심령들이
잠들지 않는
그곳에서

심령들이 잠들지 않는 그곳에서

조나탕 베르베르 장편소설 정혜용 옮김

LÀ OÙ LES ESPRITS NE DORMENT JAMAIS
by JONATHAN WERBER

This Korean edition is published by arrangement with Plon, Paris through Milkwood Agency, Seoul.

이 소설을 쓰는 내내 나와 함께했던 모든 심령에게

1
『마술의 길』
구스타브 마턴

우선, 기본부터 논의하는 것이 중요하다. 즉, 어떻게 훌륭한 마술 공연을 할 수 있는가?

감추기 마술에서 시작하여 생각을 읽는 마술을 거쳐 살아 움직이는 듯한 복잡한 자동인형을 이용하는 마술에 이르기까지, 10여 개의 공연을 보고 난 지금, 그것들의 공통점이 눈에 들어오기 시작한다.

모든 비밀은 속임수, 즉 관객의 주의를 잡아 두는 기술과 관계있다. 일단 관객의 주의력을 집중시키고 나면, 자신의 손 기술로 관객에게 즐거움을 주면서 자신이 데려가고 싶은 곳으로 그 관심을 끌고 가는 게 마술사가 할 일이다. 관객이 자신의 이해 능력을 넘어서는 마술 앞에서 자신을 넘어서는 어떤 힘의 작용을 목격했음을 받아들이고 나야, 잡아 뒀던 주의력을 놓아줄 수 있다. 바로, 그것이 마술이다!

어쨌든 마술사로서 우리는 마술 프로그램을 선보이는 예술가일 뿐임을 한 번 더 상기시키고 싶다. 그 이상이라고 주장한다면, 마술사에서 엉터리 사기꾼으로 넘어가는 셈이리라.

불행히도, 뉴욕에는 그런 사기꾼들이 넘쳐흐른다.

뉴욕, 1888년 10월, 어느 화창한 수요일 아침.

제니는 글자의 잉크 색이 옅어지고 종이가 누렇게 바랜 작은 공책을 덮은 뒤, 자그마한 갈색 가죽 핸드백 안에 조심스럽게 챙겨 넣었다. 스물여섯 살의 젊은 여성 제니는 거울을 보며 수도 없이 외모를 점검한 터였지만, 한 번 더 거울 속 모습을 꼼꼼히 살폈다. 도금된 머리띠 덕분에 기다란 금발이 완벽하게 단정했다. 약간의 미분을 바른 덕에 피부가 환해져서, 담갈색 두 눈이 더욱 돋보였다. 그녀는 반짝이로 뒤덮인 검은색 드레스를 입고 있었는데, 무엇보다도 바로 그 드레스가 사람들의 시선을 확실히 사로잡을 터였다. 그녀는 거울 속 자신을 뒤로하고, 필요한 도구가 빠짐없이 준비됐는지 떨리는 손으로 확인했다.

「넌 할 수 있어, 이미 했잖아, 늘 하는 일이고!」 그녀는 스스로에게 자신감을 불어넣었다.

익숙한 붉은 커튼이 넘을 수 없는 장벽처럼 새삼 눈 앞에 버티고 있다. 매번 그러듯이, 공포를 이겨 내고 두려움을 몰아내며, 흔들거리는 간이 의자에 올려놓은 작은 거울을 마지막으로 마주 봐야 했다. 그녀는 반사적으로 가짜 웃음을 지었고, 그 상태로 굳어 버린 얼굴 때문에 인형처럼 보였다. 그녀가 고개를 한 번 끄덕이고는 두 손에 용기를 그러모아 커튼을 젖혔다. 전투가 시작됐다.

「여러분, 안녕하세요!」

제니의 앞에 펼쳐진 수요일 정기 시장은 절정으로 치닫고 있었다. 과일 장수 해리는 매대에 앉아서 지나가는 말들에게 사과를 내밀었다. 그는 말이 과일을 먹게 되면 그 주인이 말이 먹은 과일에 대해서는 값을 치르리라는 것을 알기에, 말 주인이야 손해를 보든 말든 동물을 유혹했다. 저렴한 가격으로 제니에게 커튼을 팔았던 포목 장수 크래그는 제니에게 손짓으로 간단한 인사를 건네더니, 늘 먼지투성이인 창고에서 먼지를 뒤집어쓴 카펫 하나를 꺼내어 맹렬하게 두들겼다. 산업 혁명이 도래했음에도 변하지 않은 게 있다면, 그건 뉴욕 부둣가 시장의 야단법석이었다. 인간이 석탄과 수증기를 다스리는 법을 알게 된 이 시대에, 거대한 공장들이 제법 여기저기 들어서서 허연 연기를 뿜어 대며 한꺼번에 1백여 개의 판박이 제품을 생산해 냈지만, 여전히 간판도 내걸지 않은 채 수작업으로 작은 점포를 꾸려 가는 장인들은 자신들이 제작한 상품의 정통성을 내세우며, 그러한 공장에서 연신 토해 내는 제품들을 고발했다. 말 울음소리, 동전 땡그랑거리는 소리, 지루하게 이어지는 흥정 소리가 향신료와 말린 고기, 그리고 너무 오래 햇볕에 노출된 생선 냄새와 뒤섞이며 혼란스러운 감각의 뒤엉킴이 발생했고, 이는 제니에게 끊임없는 위협이 되었다.

다행히도 그녀의 관중이 부름에 응답했다. 저마다 일곱 살, 열 살, 여섯 살인 올던, 미첼, 그리고 조지가 맨 바닥의 첫 줄에 앉아서 자신들의 우상이 무대에 입장하는 모습을 찬탄의 눈길로 지켜봤는데, 그들이 그렇게 한 지 2년이 다 되어 갔다. 다른 아이들도 와서 이 빈약한 관객 수를 불려 줬지만, 젊은 여성은 다른 아이들을 조용히 시키는 재주가 뛰어난 오랜 꼬맹이 고객들을 유달리 높이 샀다. 어느 날, 어린 남자애 한 명이 제니가 마술 하나를 마치고 나자 〈저런 건 나도 할 줄 아는데, 너네 마술사 형편없잖아〉라고 외쳤을 때, 올던과 미첼은 그 애와 한판 붙었던 적도 있었다. 올던과 미첼 두 아이는 치고받고 싸운 통에 일주일 동안 벌을 받긴 했지만, 끄떡도 하지 않았다. 〈아빠가 근사한 것들을 누리려면 싸워야 한다고 늘 말했어요, 제니 누나.〉 올던은 마침내 다시 수요일 공연을 보러 돌아올 수 있게 됐을 때 그렇게 주장했다.

마술사는 자신의 무대에서 간판을 대신하는 널빤지를 바라봤다. 흘러내린 자국이 남은 붉은 페인트로 커다랗게 적어 넣은 글자가 〈경이로운 제니!〉를 장담했고, 그 밖에도 알록달록한 장식들, 별과 서툴게 그려 넣은 토끼와 비둘기로 꾸며 놓았다. 동물 훈련에는 형편없는 소질을 타고나서 포기할 수밖에 없었던 동물 마술이 남긴 추억이었다. 사실, 제니는 아마추어 냄새가 물씬 풍기는 장식에 별로 신경 쓰지 않았는데, 그녀가 무엇보다도 중요하게 여기는 것은 관중 앞에서 자신을 자유롭게 표현할 수 있는가였다. 그리고 이 무대가, 요즘 그녀가 조금이나마 주도할 수 있는 유일한 것이었다. 자신감을 되찾자, 숨 한번 크게 들이마시는 것만으로도 인형 같던 그녀의 어색한 미소가 솔직하게 바뀌었다. 드디어, 제니가 모조 벨벳을 덮은 테이블을 짚고서 말을 꺼냈다.

「오늘, 매주 그러듯이, 여러분 앞에서 감쪽같은 마술을 보여 줄 거예요. 내가 마녀가 아닐까 하는 의문이 든다면 그건 당연한 거지요. 어떤 사람들은 내 재능이 신이나 혹은 망자의 영혼에게서 오는 거라고 생각할지도 모르겠군요. 하지만 친구들, 내가 여러 해 동안 갈고닦은 재능일 뿐이랍니다. 다른 사람들이 바이올린이나 피아노를 배우는 것과 마찬가지지요.」

제니는 말을 끝맺는 것과 동시에 등 쪽에서 희고 검은 반투명 천을 끄집어냈는데, 끝도 없이 줄줄이 따라 나오던 천들이 제니 앞에서 우아하게 펄럭이다가, 제니가 제자리에서 뱅글 돌자 자취를 감췄다. 순식간에 지나간 환영에 구경꾼 몇 명이 걸음을 멈췄고, 제니의 입술에는 만족스러운 미소가 살짝 어렸다. 어떤 아이가 소리를 질렀는데, 제니가 모르는 아이였다.

「스카프들은 어디에 있죠?」

올던이 아이의 머리를 콩 때렸지만, 제니가 그런 식으로 끼어들어도 전혀 방해가 되지 않는다는 신호를 올던에게 슬쩍 보냈다. 제니가 깜짝 놀란 아이에게 꼭 쥔 주먹을 내밀었다.

「내 손안에? 와서 찾아볼래?」

일곱 살쯤 되어 보이는 남자애는 단골 꼬맹이들의 시샘 어린 눈빛을 받으며 무대로 올라갔다. 아이가 다가오자, 마술사는 손가락을 쫙 폈고, 그러자 빨간색 헝겊 공 두 개가 나타났다. 제니는 공 두 개를 조심스럽게 무대 중앙의 테이블에 내려놓았다.

「하지만…… 그건…… 스카프가 아닌데요.」 아이가 실망한 목소리로 느릿하게 대꾸했다.

「자, 자, 스카프들은 공 속에 있단다. 너랑 나랑 반씩 나눠 가질까? 공 하나는 네가, 다른 공 하나는 내가. 너한테 공을 하나 줄 테니, 받자마자 주먹을 꽉 쥐는 거야.」

제니는 공 하나는 자기가 갖는 시늉을 하더니, 능란하게 둘 다 사내아이의 손에 올려놓았다. 그녀가 집에서 수천 번도 넘게 연습했던 마술에 관중과 사내아이 모두 속았다.

「좋아요. 이제 셋까지 세어 볼까. 셋 하면, 공이 스카프로 변할 거란다. 준비됐니?」

아이는 빨간색 헝겊 공 두 개와 흑과 백의 스카프 사

이에 무슨 관계가 있는지 여전히 이해하지 못했다. 어쨌든 아이는 고개를 끄떡였는데, 무대 앞으로 몰려들기 시작한 관중의 눈에 바보처럼 보이고 싶지 않아서였다.

「하나…… 둘…….」 제니는 숫자를 헤아릴 때마다 주먹을 가볍게 흔들면서 세어 나갔다.

속지 않으려고 자기 손을 뚫어지게 쳐다보는 사내아이의 두 눈이 흥분으로 번쩍거렸다.

「셋!」

아이는 손가락을 꼭 오므린 채였다.

「손에 든 게 스카프 같지 않아요. 공 하나밖에 없어요!」

「어머, 그래요? 어디 한번 볼까?」

아이는 천천히 손가락을 폈고, 그러자 어안이 벙벙하게도 꼭 쥐고 있던 빨간 공이 한 개에서 두 개로 늘어나 있었다. 아이가 깜짝 놀라 어떻게 이런 기적이 일어났는지를 이해하려고 애쓰는 동안, 제니는 귀 뒤쪽에서 슬며시 스카프들을 꺼내어 길게 길게 펼쳐 보였는데, 귓불과 흘러내린 머리 타래 뒤쪽에 숨겨 둘 정도로 꼭꼭 눌러 접었기에 가능한 일이었다. 관중은 행복해하며 경탄해 마지않았다. 제니는 스카프를 쥔 채 제자리에서 한 바퀴 돈 뒤 스카프를 관중석을 향해 보냈다. 박수가 터져 나왔다.

제니는 자신이 가장 좋아하는 마술인 컵 마술로 공연을 끝내고 관중에게 절을 하면서, 반짝이는 검은색 실크해트를 테이블 앞쪽에 놓았다.

「친구들, 이 공연이 마음에 들었다면, 그리고 나날이 더 화려해질 또 다른 마술들을 보고 싶다면, 망설이지 말고 모금에 참여하세요. 여기에 사기꾼 따위는 없답니다. 그건 남성들 사이에나 있는 거죠. 저로 말하자면, 여러분을 정직한 방법으로 깜짝 놀라게 해드리고 싶은 그저 한 명의 여성일 뿐이랍니다.」

아이들은 훌륭한 관객이긴 했지만 아무 소용 없었으니, 아쉽게도 돈이 거의 없었다. 드물게 구경 온 부모들이 다정한 눈길로 지켜보는 가운데 아이들에게서 보잘것없는 돈이 걷히고 나자, 마찬가지로 가난한 몇몇 어른들이 1쿼터 혹은 1달러짜리 동전을 동전 주머니로 변한 실크해트 안에 던져 넣으며 모금에 참여했다. 제니는 명백한 사실을 인정하지 않을 수 없었다. 즉, 그녀가 곧 떼돈을 벌 일은 없었다.

공연이 끝났는데, 여성 관객 한 명만이 꾸물대고 있었다. 데커스 부인이었다. 50대로 보이는 이 자그마한 부인은, 그다지 훈련되지 못한 눈에는 지팡이가 없으면 걸음조차 떼어 놓기 힘든 병약한 여인으로 보일 수 있었다. 하지만 제니는 데커스가 교묘하게 꿍꿍이속을 숨기고 있음을 완벽하게 알고 있었다. 늘 햇빛의 공격을 받는다는 듯이 반쯤 감은 눈은 그 어떤 것도 놓치는 법 없는 취조관의 시선을 가렸다. 실제로, 그 여자는 테이블을 정리하는 마술사 제니에게 가까이 다가오더니 그녀의 손목에 손을 올려놓았고, 그 바람에 하던 일을 멈출 수밖에 없게 된 제니에게 공연이 끝날 때마다 그러듯이 자기 의견을 밀어붙였다.

「아가씨, 정말 재주가 많아. 그런데…… 앞으로도 얼마 동안이나 비굴하게…… 그 짓을 하며 살려고?」

경멸하는 말투가 제니가 사랑을 듬뿍 담아 손수 만들어 낸 무대 전체를 휘감았다.

「내 아들 루셔스가 영원히 기다려 줄 수 없다는 걸, 아가씨도 잘 알면서. 걔가 아가씨를 많이 좋아해요. 걔는 어디다 내놓아도 부끄럽지 않은 가정을 꾸리고 싶어 하지. 아내가 돈 몇 푼 벌겠다고 무대에서 뽐내느라 하루를 몽땅 갖다 바치는 그런 가정 말고. 그야 당연한 일이지, 안 그렇소?」

데커스 부인은 공격적인 만큼이나 방어적인 문장들을 만들어 내는 놀라운 재주가 있어서, 그런 말에 대답하기는 쉽지 않았다.

「데커스 부인, 난…… 루셔스는 내가 그에게 어떤 감정을 느끼는지 잘 알고 있답니다.」 제니는 같은 대답을 하도 여러 번 했던 터라 심드렁한 목소리로 응답했다.

곰삭은 손가락이 제니의 팔뚝 깊숙이 파고들자, 심지어 하얗게 질린 흔적이 남았다. 노부인은 주위를 둘러보며 자신을 주의 깊게 보는 사람이 아무도 없다는 걸 확인한 뒤, 마침내 두 눈을 활짝 떠서 바닥없는 구렁처럼 시커먼 눈동자를 내보였다.

「네가 뭘 모르는 것 같으니, 쉽게 설명해 주지. 넌 스물여섯 살인데, 아직 결혼을 못 했어. 결국엔 매독에 걸린 병사들이 성욕 배출구로 삼기에도 성에 차지 않을 창녀로 굴러먹게 될 거다. 그렇게 끝이 나지 않으려면, 루셔스는 네가 잡아야 할 마지막 희망이란다.」

제니는 노인에게 되받아치는 만족감을 주지 않고서, 자유로운 나머지 한 팔로 움켜쥔 손아귀를 풀어 버렸다. 제니는 이를 앙다문 채 그저 계속해서 묵묵히 마술 도구를 정리했다.

「내 말을 믿어. 그저 네게 도움을 주려는 것뿐이야.」 데커스 부인이 위선적으로 부드러운 목소리를 냈다. 「술도 안 마시지, 마누라도 패지 않지, 아주 좋은 사내란다. 도대체 왜인지는 모르겠지만, 아가씨에게 반했다네. 난 그저 그 애를 행복하게 해주고 싶어.」

「그러면 나는요, 나는 행복해지려고 애쓸 권리가 없나요?」

「아니, 넌 걔가 행복하게 해줄 거 아니니!」

데커스 부인은 제니가 옆구리에 차고 있던 실크해트 쪽으로 턱짓을 했다.

「가엾은 것, 시장은 일주일에 한 번밖에 열리지 않아. 네 그 시답지 않은 마술을 영원히 계속할 수는 없어. 그렇게 계속 고집을 피우다가는, 루셔스가 결혼을 해버리는 날이 올 텐데, 넌 그제야 너무 늦었다는 걸 깨닫겠지. 그때가 오면, 내 말을 믿어, 그날은 꼭 올 거란다, 넌 채 일주일도 안 되어 강간당하고 칼에 찔린 채 막다른 골목에서 발견될 거야.」

제니는 분노로 몸이 굳었지만 예의 바르게, 그저 경멸이 가득한 시선을 던졌다.

「안녕히 가세요, 데커스 부인. 그리고 다음 주에는 오지 마세요. 또 오시면, 들고 계신 지팡이를 끝까지 밀어 넣어도 닿지 않을 정도로 스카프들을 부인 엉덩이 저 안쪽 깊숙이 숨겨 드릴 테니까.」

제니는 그 말을 끝으로 몸을 돌렸다. 노부인은 그 어느 때보다 더 어두운 눈빛으로, 지팡이를 내밀어 제니의 발을 거는 것으로 복수를 했다. 그 바람에, 젊은 마술사는 돈이 든 모자를 그만 손에서 놓치고 말았다. 거둬들였던 얼마 안 되는 돈이 자그마한 목재 연단 뒤로 굴러가 버렸다. 노부인은 시장을 떠나면서 조소를 날렸다.

노인네에게 당한 제니는 무척 화가 났지만, 넘어지면서 다쳤다는 사실에는 신경조차 쓰지 않고 몸을 일으켰고, 여기저기 흩어진 동전을 거둬들여야겠다는 생각부터 했다. 그런데 당황스럽게도 처음 보는 어떤 남자가 그녀보다 앞서서 동전들을 줍기 시작하는 모습이 보였다. 설상가상으로 누군가 그녀가 애써 번 돈을 훔쳐 간다면, 오늘은 정말 저주받은 날임이 틀림없지 않을까? 제니는 눈을 들어 도둑을 관찰했는데, 통상적인 좀도둑 같은 구석은 전혀 없었다. 그 남자는 프록코트와 흰색 셔츠를 입고 검은색 타이를 맨 차림이었는데, 시장이라는 장소에서 옷을 더럽히지 않고 빠져나오는 경우는 아주 드무니만큼, 이곳을 조금이라도 아는 사람이라면 하지 않을 흔치 않은 복장이었다. 적갈색 가발이 완전히 숨기지는 못한 희끗희끗한 머리카락 몇 가닥이 제니의 관찰력을 피해 가지 못했다. 그 남자의 눈에 대해 말하자면, 불투명 안경알에 가려져 있었다.

「내 거예요.」 제니가 단호하게 말했다.

침입자는 차분하게 오른손으로 바닥의 동전을 주워 올려 왼손에 차곡차곡 쌓았다. 제니는 재빨리 힘의 관계를 따져 봤다. 저 인물은 몸무게가 제니보다 약 두 배는 더 나갈 터였다. 멋을 잔뜩 부린 것 같긴 했지만, 그에게서 뿜어져 나오는 자신감을 보건대, 그와 맞붙어 싸워서 이길 수 있는 유일한 방법은 그의 목이나 불알을 겨누는 거였다. 제니가 힘겹게 몸을 일으키며 선제공격에 나설 준비를 했다.

「돌려줘요.」

남자가 동전을 쥐고 있던 손을 내밀었다.

「모자 속에 다시 넣어 주는 게 낫지 않겠소?」 남자가 부드러운 목소리로 물었다.

그가 몸을 숙이더니 실크해트를 들어 올려, 그 안에 돈을 넣고는 제니에게 모자째 내밀었다. 어안이 벙벙해진 제니가 모자 안쪽을 들여다봤고, 전에는 없었던 20달러짜리 지폐 한 장을 발견했다.

「난 늘 직접 돈을 주는 걸 좋아해요. 20달러짜리 지폐는 바닥에 떨어지면 금방 사라질 테니까.」 그가 순대처럼 굵은 손가락으로 두툼한 수염을 쓸면서 말했다.

20달러, 마술사가 일주일 동안 버는 액수였다. 제니는 횡재에 흥분됐지만, 지폐를 집어 돌려줬다.

「내가 그 노부인에게 하는 말을 들었는지 모르겠지만, 난 창녀가 아니에요. 특별 수당은 감사하나, 정말로 공연이 마음에 들었다면 1달러를 내고 날 가만히 내버려 둬요.」

낯선 남자는 제니의 공격성을 재미있어하면서, 손짓으로 싫다는 표시를 했다.

「공연은 1달러 이상의 가치가 있었소. 당신보다 훨씬 못한 뮤직홀의 마술사도 여럿 봤는걸. 부탁인데, 지폐는 넣어 둬요.」

제니가 남자를 찬찬히 살폈다. 그의 눈빛을 가늠할 수 없다는 사실이 제니에게 불안감을 주었다. 그가 그녀의 생각을 읽기라도 한 것처럼 안경을 벗고, 유쾌한 회색빛 두 눈을 보여 줬다. 그제야 제니는 돈을 모자 속에 집어넣고 테이블 아래 모자를 뒀다.

「40달러를 더 벌 수 있다면 어떻겠소?」

제니는 그만한 액수의 돈이 무엇을 의미할지 후다닥 따져 보았다. 무대를 다시 만들고, 무대 의상도 새로 한 벌 마련하고…… 드디어 감추기 마술에서 탈피해 〈대형 마술〉을 선보이고, 조수도 한 명 고용할 수 있다.

「말해 봐요, 듣고 있으니…… 그 짓만 아니라면…….」

「이런, 날 대체 뭘로 보는 거지? 내게 같은 말을 두 번 할 필요는 없는데! 그런 일이 전혀 아니오. 내가 부탁하려는 일은 대규모 마술 공연에 나와 함께 가달라는 거요.」

그녀가 갑자기 몸을 돌리며 의심스럽다는 듯이 물었다.

「그게 다예요? 그러고 40달러를 준다니…… 여자와 함께 있는 게 사람들 눈에 띄어야 할 필요가 있나 보죠?」

그는 제니가 방금 내놓은 생각에 미소를 지었지만, 대답은 하지 않았다.

〈아무런 사심 없이 정직하게 한다면, 남자를 수행한다고 해서 불건전할 게 뭐가 있을까?〉 제니는 어느새 자신이 그런 생각을 하고 있음을 깨달았다.

「아가씨, 내가 당신을 고용하려는 이유는 미모나 여성스러움 때문이 아니라는 걸 알아 둬요.」 남자가 다시 입을 열었다. 「난 그저 아가씨가 자격이 있는지를 알아야 할 필요가 있을 뿐이니까. 이 일을 입사 시험이라고 생각해요.」

「무슨 직업인데요?」

남자가 등받이 없는 작은 의자에 앉더니, 헝겊 공 하나를 집어 들고는 손가락으로 현란하게 공을 놀리다가 손아귀 안에 감춰 버렸다. 그러고 나서 손바닥을 뒤집었는데, 빈손이었다.

「마술사들의 공연을 보고 비법을 알아내는 직업.」

제니가 그의 다른 손을 향해 다가가더니 그 손을 탁 쳤다. 남자가 공들여 감춰 뒀던 빨간 공을 내보이더니, 공을 다시 테이블에 내려놓았다.

「내 눈이 놓치는 건 아무것도 없답니다. 그런데…… 성함이……?」

「R, 우선은 R라고 불러요. 내가 내 이름을 완전히 다 밝힐지는 두고 봅시다.」

2
『마술의 길』
구스타브 마턴

1. 감추기 기술을 배우고 싶은 사람은 다른 마술사들을 주의 깊게 관찰할 의무가 있다. 기계의 도래와 함께 우리가 상대하는 것이 능란한 손놀림인지 혹은 기술의 쾌거인지를 알아내는 일은 늘 까다롭다. 그런 만큼 과학계가 돌아가는 형편을 파악하는 일이 중요하다. 많은 사람이 과학을 신의 창조에 반하는 오컬트 마술로 그리지만, 나는 그런 사람들은 미래를 두려워한다는 생각이다. 훌륭한 마술사는 결코 전진하는 일을 두려워하면 안 된다. 어제의 관중을 꿈꾸게 한 마술이 당장 이튿날부터 낡은 구닥다리 마술이 될 수도 있다. 씁쓸해진 마술사는 첫 성공이 안겨 준 월계관에 자신이 너무 오래 안주했음을 받아들이기를 거부하면서 관중을 비난할 테지만, 유능한 마술사는 그저 새로운 마술을 만들어 내리라.

2. 수습 마술사는 공연을 볼 때 단순한 관객으로서 행동하지 않는 게 중요하다. 무대에 오른 사람에게 어리숙하게 속아 넘어갔다면, 다시 와서 다음번 공연을 보다 제대로 지켜봐야 할 의무

가 있다.

훌륭한 마술을 성공시키기란 간단한 일이 아니며, 가장 위대한 마술사들이 자신들의 비법을 무덤으로 가지고 가버리는 일은 드물지 않게 일어난다. 친애하는 독자여, 그들보다 더 나은 마술사가 되는 일, 그들의 비법이 영원히 사라지기 전에 그 비법을 그대의 것으로 만드는 일, 이러한 일들은 오로지 당신에게 달려 있다. 나로 말하자면, 거기에 이르는 과정에서 사용할 만한 도구들을 제공하고자 여기 있는 것이다.

제니는 작은 공책을 덮고, 가방 안에 집어넣었다. 포장을 접은 사륜마차가 포석이 깔린 도로에 미리 와서 대기했고, 그 앞에서 황혼의 장밋빛을 받으며 서 있는 제니는 제대로 차려입느라 애쓴 보람이 있게 돋보였다. 긴 금발을 뒤로 모아 올렸고, 꼭 맞는 크림색 드레스를 입어서 허리의 윤곽이 드러났다. 하지만 가슴에서 배꼽에 이르기까지 꽉 죄어 오는 코르셋 하나만으로도 벌써 그렇게 멋을 부린 게 후회되었다. 마부가 내려와서, 그녀를 모셔 오라고 보낸 마차의 문을 열고 승차용 발판을 펼쳐 주었다. 마차 안에 앉아 있던 R가 만족스럽게 그녀를 바라봤다. 이번에는 그가 가발도 안경도 쓰지 않았기 때문에, 제니는 매끈하게 포마드를 발라 흠잡을 곳 없이 정리한 머리카락에 탄복할 수 있었다. 반면에 그의 복장은 전날과 다르지 않았다.

「당신의 간판 대용 널빤지에 적혀 있듯이 경이롭소.」 그가 웃었다.

제니는 마차 안으로 쏙 들어가기 전에 그에게 조롱의 눈길을 던졌다. 마부가 계단을 치우고, 높이 솟은 마부석에 올라가 앉더니, 마차를 출발시켰다. 제니가 이렇게 호화로운 마차에 발을 들여놓은 건 처음이었으니, 그때까지 그녀의 형편상 이용해 왔던 삯마차에는 그렇게 부드러운 감촉의 붉은색 벨벳으로 덮인 좌석은 없었다.

「자, 우선, 비록 당신 이름은 모르지만 엄청나게 부유해 보이니, 나를 칼로 찌르고 시체를 골목에 유기하는 데 필요한 그 모든 일을 할 만한 유형의 인물일 것 같진 않군요. 둘째, 만약 그런 경우라면, 그거야 금방 알게 되지 않겠어요, 혹시라도 불행한 일이 내게 일어날 것에 대비해 어머니에게 당신의 인상착의를 알리는 편지를 한 통 남겨 놨어요. 그러니까 농간은 꿈도 꾸지 말아요.」

이번에도 터져 나오는 예의 그 즐거운 커다란 웃음. 제니로서는 그가 파리 한 마리라도 죽일 수 있는 사람으로는 여겨지지 않았다.

「오늘 저녁 마술의 비법을 알아낸다면 내 이름을 알려 드리리다. 그 전에는 불행히도 이름을 밝힐 수가 없소, 몹시 애석하지만.」

전면에 〈샘리 S. 볼드윈, 백인 마하트마〉라는 문구의 포스터가 나붙은 커다란 극장 앞에서 마차가 멈췄다. 포스터에서는 인도풍 커다란 튜닉을 입은 남자가 해골이 주렁주렁 달린 막대기를 들고서 곧바로 지옥에서 솟아난 불꽃 위를 당당하게 걷고 있었다. 그의 이름 옆으로, 부엉이 한 마리가 초승달에 올라앉아서 포스터를 바라보는 사람을 쏘아보았다. 제니는 공연의 질이야 어떻든 간에, 이 마술사가 자신을 소개하는 독창적인 방식은 발견했다는 생각이 절로 들었다.

「마하트마…….」 제니가 생각에 잠겨 되뇌었다.

R는 마차에서 내려 그녀에게 손을 내밀었다.

「힌두어로 〈위대한 영혼〉을 뜻하지. 우리로 치자면, 〈성인(聖人)〉이라는 말과 같은 의미라오.」

「그러니까 내가 저 마술사의 비법을 알아내기를 원한다는 거죠? 그런데 왜요?」

「왜인지는 신경 쓰지 말아요. 어떻게에 관심을 기울이라고 비용을 지불하는 거니까.」

뉴욕의 명사들이 극장으로 이어지는 레드 카펫에 서서 기다리고 있었다. 남자들은 뒷자락이 양옆으로 갈라지는 검은색 기다란 연미복 윗도리를 걸쳐서 옷자락이 티끌 하나 없이 말끔한 바지 위에서 찰랑거렸으며, 그러한 차림새에는 공연을 하나도 놓치지 않고 보기 위한 오페라글라스가 쇠사슬에 매달린 채 한결같이 따라붙었다. 여자들의 경우, 제니는 의상의 다양함에 놀랐다. 머리카락을 장식한 공작새의 깃털, 짧은 소매의 코르사주 드레스에 어울리게 맞춘 긴 장갑, 종 모양의 치마가 허리께에서 어찌나 넓게 퍼지는지 치마폭에 다른 사람이 한 명 더 너끈히 숨을 수 있으리라는 생각이 들 정도의 드레스. 제니는 자신을 수행하는 친절한 신사를 모두가 어떻게 바라보는지를 보고서 깜짝 놀랐다. 두려움과 익숙함이 뒤섞인 시선이었다. 물고기 떼 한가운데에서 헤엄치는 상어라도 되는 것처럼, 그들이 발을 내딛자 주위로 휑한 공간이 생겨났다.

「이 사람들을 아세요?」 그녀가 물었다.

「내가 저들을 아는 걸 저들이 원치 않을 거요.」

탐욕스러운 시선으로 자신을 계속 쫓던 남자 무리에서 한 명이 내민 장미 한 송이를 받아 든 어떤 여자가 바보처럼 웃으면서 그 향기를 들이마셨다. R가 그 여자를 향해 몸을 돌렸다.

「안녕하시오, 미스 허프턴, 부군(夫君)께서는 어찌 지내시오?」 R가 간결한 인사를 건넸다.

그 여자는 그와 눈길이 마주치자 급하게 발걸음을 재촉하며 장미를 버렸고, 그 바람에 장미 꽃잎과 구혼자들이 동시에 흩어졌다. R가 만족스럽게 은근한 비웃음을 띤 반면, 그 여자는 홀 깊숙이 파고들어가 군중 속으로 사라져 버렸다.

「표를 보여 주시겠습니까?」 입구에 서 있던 구릿빛 피부의 노인이 단조로운 목소리로 요청했다.

제니는 자신이 지금 그곳에 있다는 사실이 거의 믿어지지 않을 정도였다. 제니는 이미 마술 공연을 관람한 적이 여러 번 있었지만, 이렇게 화려한 장소들은 아니었다. 두 사람은 맨 앞줄에, 둥근 유리 천장 바로 아래 자리 잡았다. 제니가 고개만 살짝 쳐들어도 별이 가득한 밤하늘을 감상할 수 있었다. 전적으로 전기로만 작동되는 램프들이 내뿜는 불빛이 천장에 매달아 놓은 거대한 크리스털 샹들리에에 부딪혀 반짝거렸는데, 기름 혹은 석유 램프에 익숙한 제니는 당연히 기술 발전이 이룬 기적에 강렬한 인상을 받았다. 마지막으로, 케이크를 완성하는 체리 장식처럼, 제니의 눈앞에 황금빛 술이 달린 두툼한 진짜배기 붉은색 커튼이 떡하니 버티고 있었다. 제니가 자신의 무대를 위해 천 쪼가리 몇 장과 가위, 그리고 참을성 많은 어머니의 도움으로 흉내나마 내보려고 애썼던 바로 그 휘장이.

홀 안의 흥분이 손에 잡힐 듯했다. 제니 옆 좌석의 젊은 부인이 남편에게 소곤거렸다.

「저분 능력은 세대를 거쳐서 이어지는 게 분명해요. 사원에서 자랐는데, 그 사원의 승려들은 음식을 섭취하지 않고서도 생존하는 방법을 발견했대요.」

또 다른 여성 관객 한 명이 사람들로 꽉 찬 홀의 열기를 누그러뜨려 보려고 분홍빛 부채로 부채질을 하다가, 좌석 사이로 머리를 들이밀며 덧붙였다.

「실제로는, 글쎄, 사백쉰세 살이라는 말을 들었어요. 인도에 싫증이 나서 뉴욕으로 옮겨 오기로 결정한 거래요.」

「그러니까 그분이 벤저민 프랭클린을 안다고 생각하는 거예요? 조지 워싱턴도?」 첫 번째 여성이 킥킥거리면서 대꾸했다.

여자의 남편은 아내를 망신 주고 싶은 욕구를 참지 못했다.

「그 정치인 둘은 인도에 발을 들여놓은 적도 없다고, 어리석은 여편네! 이제는 그 입 좀 다물고 그만 창피하게 하지 그래. 다음번에는 차라리 내가 다니는 술집의 바텐더를 초대하겠어. 적어도 그 사람은 날 기쁘게 해 줄 줄 아니까.」 그가 심술궂게 내뱉었다.

그 여성은 슬픈 표정을 내비쳤고, 그녀의 새 〈친구〉는 좌석 사이에서 머리를 거둬들이고는 다시 얌전한 자세로 앉았다. 드디어 불이 꺼졌고 침묵이 자리 잡았다. 제니는 한 시간 남짓이나마 어린 시절의 천진난만함을 되찾고 싶었기에, 마술 분석에 집중해야 하는 처지에 서글픔을 느낄 지경이었다. 고용주는 제니의 눈길에 어린 경탄을 알아차렸다.

「아가씨, 당신의 전문성이 필요한 순간은 오로지, 이 공연의 인기 종목에서뿐이라오. 그때가 되면 내가 알려 주리다. 그동안은 공연을 즐겨요.」

제니는 환한 미소를 억누를 수 없었고, R 역시 콧수염에 반쯤 가려지긴 했지만 제니에게 미소를 돌려줬는데, 수염 속 몇 가닥 흰 털이 어슴푸레한 빛 속에서 반짝였다.

벨벳 커튼 뒤에서 북소리가 둥둥 울려 퍼지는 동안, 강력한 노란색 조명이 커튼을 이리저리 가로질렀다. 리듬이 점점 빨라지면서 커튼이 열렸고, 그러자 대나무 우리 안에 갇힌 진짜 코끼리가 모습을 드러냈다. 깜짝 놀란 관객들이 미처 숨을 고를 새도 없이, 구름처럼 떠 있던 발광 물질 덩어리가 폭발하면서 흰색 연기가 자욱하게 깔렸지만, 그 후피 동물은 전혀 개의치 않는 듯했다. 연기 속에서, 마치 포스터에서 곧장 튀어나온 듯한 백인 마하트마가 번쩍거리는 해골 손잡이가 달린 지팡이를 높이 쳐든 채 나타났다.

「아시겠지만, 오늘 저녁, 여러분은 또 다른 세계로 들어서게 될 겁니다.」 그가 말하는데, 인도인 특유의 강한 억양이 극도로 창백한 피부색 때문에 야릇하게 느껴졌다. 「꿈과 현실이 하나로 통합되는 그곳으로!」

그가 들고 있던 지팡이로 마룻바닥을 내려치자 홀 전체로 쿵 하는 울림이 퍼져 나갔다. 북소리는 훨씬 더 은근해졌다.

「여러분이 보고 계신 제 뒤에 있는 동물은, 바로 제 반려동물인 코끼리 이미르입니다. 몇 분 뒤면, 저 코끼리는 잠깐 크리슈나의 세계로 여행을 떠났다가, 제가 다시 부르면 여기 이곳에 모습을 드러내게 될 겁니다.」

북소리가 한 번 크게 울려 퍼지며 그 말의 효과를 강조했다.

「하지만 코끼리를 그곳으로 보내려면, 우선 다른 것과 맞바꿔야 합니다. 그곳의 뭔가를 이곳으로 데려와야만 이미르를 그곳으로 보낼 수 있으니까요.」

그가 무대 중앙으로 이동하면서 모양과 색깔이 백조의 깃털을 떠올리게 하는 종이를 한 장 집어 들었다. 물

흐르듯이 유연한 동작으로, 어느 결엔가 손에 들린 불붙은 성냥으로 그 종이 깃털에 불을 붙였다. 요란한 폭음이 들리면서 시뻘건 불길이 치솟더니, 비둘기 한 마리가 그의 검지에 앉아 있는 게 아닌가. 관객 사이에서 터지는 박수갈채. 제니는 그 전까지 오므려져 있던 마하트마의 소매가 느슨해진 걸 알아차렸다. 제니는 같이 온 남자의 귀에 속삭이지 않을 수 없었다.

「저 사람은 새가 소맷부리에서 나오는 모습을 숨기려고 불길을 활용했어요.」

R가 놀라워하며 고개를 끄덕였다. 계속해서 마술사는 비둘기를 이용한 마술을 몇 가지 더 선보였는데, 그가 맨 처음 꺼냈던 비둘기가 두 마리로 변했다. 그중 한 마리를 붙잡아 엉덩이 쪽에서 알 하나를 끄집어냈고, 그러자 그 알에서 훨씬 더 작은 새 한 마리가 날카로운 소리로 짹짹거리며 나왔다. 제니는 그 마술들을 명확하게 꿰뚫어 보았기에, 주머니나 소매 안에서 아무 소리 없이 잠자코 있으라고 동물 모두에게 진정제를 맞혔음을 알고 있었다. 제니는 코끼리가 홀 안의 소란스러움에도 불구하고 차분한 걸 보고서, 그 가여운 동물도 보나 마나 똑같은 처치를 받았음을 의심치 않았다. 그녀 역시 새와 토끼를 길들여 보려고 시도했던 순간들이 기억 속에 되살아났다. 안타깝게도 제니는 그 자그마한 조력자들에게 너무 빨리 동정심을 품게 되어서, 동물들에게 진정제를 투입하고 폐쇄된 공간에 가둬 두는 일을 오래는 견디지 못했더랬다.

일단 새들을 전부 다 꺼내고 나자, 마하트마는 새들을 테이블에 놓아둔 새장 안에 다시 집어넣고는 새장을 천으로 덮었고, 그러더니 잠깐 새장을 흔들고 나서 불쑥 천을 치워 버렸는데, 그러자 새장은 사라지고 젊은 여인이 나타났다. 마하트마의 조수는 얼굴에 어찌나 미분을 발랐는지 일본 그림에서 곧장 빠져나온 것처럼 보였다. 그녀가 입고 있는 딱 붙는 무대 의상에는 깃털이 잔뜩 붙어 있었고, 빛을 반사하는 시커멓고 커다란 날개 한 쌍이 달려 있었다. 그녀는 자기 자신이 관조 대상인 예술 작품이라도 되는 듯이 미소를 지으며, 멍청하게 두 팔을 활짝 펼치는 게 다였다. 관객은 그 여자의 기이한 복장에는 거의 신경을 쓰지 않았고, 공연의 아름다움에 계속해서 강렬한 인상을 받자, 그 뒤로는 뭔가 새로운 요소가 무대에 오를 때마다 바로 박수를 쳐댔다.

「이제 의식이 준비됐으니, 이미르를 다른 세계로 보낼 수 있게 됐습니다.」

마술사는 코끼리를 향해 몸을 돌리더니, 우리의 대나무 살 사이로 손을 넣어 코끼리를 쓰다듬었다. 제니는 즉각 아무런 속임수가 없음을 보여 주려는 것임을 깨달았다. 동물은 혹시 땅콩이라도 있을까 싶어서 기다란 코를 이용해 마하트마의 손을 더듬었다.

「넌 훌륭한, 아니, 심지어 최고의 코끼리였단다. 널 그곳에 버려두고 오자니 마음이 미어지지만, 이미르, 넌 영원히 내 마음속에 남아 있을 거다.」

그가 감정을 추스르려는 듯 말을 멈췄다. 그는 우리에서 멀어지면서 주머니에서 작은 약병을 꺼내어 관객을 향해 조심스럽게 흔들었다.

「여기에는 크리슈나의 아주 작은 일부가 들어 있습니다. 바로 이렇게 이미르를 크리슈나로 보내려고 합니다. 이제, 너를 창조한 여신에게로 돌아가거라.」

마술사가 바닥에 약병을 집어 던지자, 녹색이 어른거리며 시끄러운 폭발음이 들렸다. 그러고 나서 보니, 우리 안에 있던 거대한 짐승이 사라져 버렸다. 무대 뒤에 쳐놓은 붉은 커튼만 대나무 살 사이로 선명하게 보였고, 창살 뒤에 있던 코끼리의 흔적은 전혀 남지 않았다. 관객이 장내가 떠나가라 박수를 쳤다.

「제가 알아맞혀야 하는 게 저건가요?」 제니가 물었다.

「아니, 다음 순서요.」

박수갈채가 끝이 나자, 마하트마는 흰색 튜닉을 벗어 던졌고, 그러자 속에 입고 있던 짧은 소매가 달린 진홍색과 황금색 의상이 드러났다.

「이제는 제가 크리슈나에게로 가겠습니다.」

조수가 무대 뒤에서 나무 궤짝을 하나 갖고 오더니, 관중 앞에서 재빨리 한 바퀴 돌리면서 그 궤짝이 완벽하게 정상적임을 보여 줬다. 마하트마가 손을 앞으로 내밀자, 조수가 손목에 수갑을 채웠다. 그러고 난 뒤, 조수가 테이블 위에 놓여 있던 헝겊 인형을 집어 들어 관중을 향해 던졌다. 장난감은 제니 바로 옆에 떨어졌다.

「자, 이제 인형을 받은 분은 무대 위로 나와 주십시오.」

인형은 그 젊은 〈어리석은 여편네〉의 품에 떨어졌더랬다. 젊은 부인은 불안만큼이나 흥분을 느끼며, 남편의 허락이 떨어질지 알아보려고 남편에게 시선을 던졌다. 남편은 짜증스럽게 고개를 끄덕였다. 그래서 그녀는 자리에서 일어나, 잔뜩 흥분한 채 무대로 올라갔다.

「자, 박수로 맞아 주십시오.」

박수갈채가 지나가고 나자, 마술사가 젊은 부인을 향해 몸을 돌렸다.

「여기로 와서 수갑이 제대로 채워졌는지 확인해 보시지요. 원하는 만큼 세게 당겨 보세요. 제가 싸구려 속임수 따위는 사용하지 않는다는 것을 관객이 확실히 알면 좋겠군요.」

젊은 부인은 금속제 수갑을 재빠른 눈길로 살피고는 수갑을 어찌나 세차게 잡아당기던지 그 가여운 마술사가 거의 앞으로 고꾸라질 뻔했다.

「어머, 죄송해요.」 젊은 부인은 어색한 사과를 남기고는 무대를 향해 몸을 돌리더니 엄숙하게 선언했다.
「수갑에는 아무런 속임수가 없습니다.」

관객이 웃음을 터뜨렸고, 젊은 부인은 당황해서 얼굴이 빨개졌다.

「자, 자, 이제는 궤짝을 검사해야죠. 망설이지 말고 열어 보고 안도 들여다보십시오.」

젊은 부인은 궤짝을 열어 안을 살펴봤고, 궤짝 주위를 한 번 돌면서 손으로 쳐보고 그 위에 머리를 대고 귀를 기울이기도 하여, 관객이 다시 웃음을 터뜨렸다.

「그래서요, 부인?」

「그게…… 평범한 궤짝이네요.」

「그리고 우리는 공범이 아니라는 사실을 확인해 주시겠습니까?」

이번에는 젊은 부인이 살짝 웃더니, 침착한 태도를 되찾고서 관객과 마주했다.

「그러죠…… 제가 이분을 실물로 본 건 이번이 처음입니다.」

「고맙습니다, 부인, 이제 자리로 돌아가셔도 좋습니다. 그리고 큰 박수 보내 드립시다.」

무대에는 다시 마술사와 조수, 단둘만 남았는데, 조수는 여전히 계속해서 한마디 말도 하지 않았다. 제니는 무대에 올라 증언을 해준 젊은 부인을 찬찬히 살폈고, 그녀에게 하수인 같은 구석은 전혀 없다고 판단했다. 게다가 인형 던지기는 빽빽하게 들어찬 관객 사이에 숨겨 둔 하수인을 콕 집어내기에는 너무 우연에 기대는 방식이었다.

「이 궤짝은 인도에서 곧장 온 물건입니다. 이 궤짝 덕분에 신성의 세계로 넘어갈 수 있는데, 저의 고국이 수천 년 전에 발견한 비밀이랍니다. 오늘 제가 여러분 앞에서 바로 그 여행을 직접 보여 드리겠습니다. 그러고 나면, 여러분의 삶은 더 이상 전과 같지 않을 겁니다.」

조수가 궤짝을 열더니, 작은 디딤판을 갖고 왔다. 마하트마가 그 안에 들어가자, 조수는 뚜껑을 닫은 뒤 맹꽁이자물쇠로 단단히 잠갔다.

「이제 마하트마는 궤짝 안에 갇혔어요. 홀로 악령들을 상대하고 계시죠.」 조수가 살짝 코맹맹이 소리로 말했다. 「그분은 태곳적 힘을 빌려 궤짝에서 빠져나올 겁니다……. 온전히 멀쩡한 모습으로!」

조수는 디딤대를 밟고 궤짝 위에 올라서더니, 자신의 목에서부터 바닥 사이의 공간을 전부 다 가리도록 기다랗고 커다란 푸른색 천을 펼쳤다. 그러고는 그 어두운 색조의 보를 펄럭였고, 그러자 푸른색 보가 그녀의 달처럼 하얀 얼굴 아래에서 요동치는 바다처럼 출렁였다.

「그런데 궤짝이 싱싱한 육신을 대가로 요구하네요. 그래서 제가 그분과 자리를 맞바꾸려고 합니다!」

그러더니 조수가 커다란 보를 허공에 던지고는 그 보 뒤로 자취를 감췄는데, 그 보가 떨어지기 전에 낚아챈 사람이 있었으니 바로 마하트마로, 그는 접신 상태에서 빠져나온 듯했다. 그가 잡았던 보를 놓고, 여전히 맹꽁이자물쇠가 채워져 있는 궤짝에서 내려왔다.

「나의 충성스러운 조수여!」 그가 탄식을 내뱉었다.

그가 궤짝을 두드렸다.

「오, 네 어찌 이런 희생을 할 수 있었단 말이냐? 내 너를 그곳에서 꺼내 오리라.」

어느 결에 그의 두 손에 묵직한 망치가 들렸는데, 아

마도 소맷부리에서 꺼낸 모양이었다. 마하트마는 맹렬하게 망치질을 했다. 두 번 만에 자물쇠가 풀렸다. 그가 궤짝을 열어 보고는 대경실색한 표정을 짓더니, 궤짝을 뒤집어서 관객에게 그 안이 완전히 텅 비었음을 확인시켰다. 청중은 숨을 죽였다. 마술사가 원래 있던 자리로 궤짝을 되돌려 놓고 신음을 흘렸다.

「어떻게 이런 일이 일어날 수 있을까? 늘 그렇게나 신중했던 너였는데!」

그가 다시 궤짝을 닫았다.

「불장난을 하다가, 내 너의 날개를 불태우고 말았구나. 어제와 오늘을 관장하는 신들이시여, 제발 간청드리오니, 제 조수를 돌려주십시오. 제가 무슨 일이든 하겠습니다!」

툭 소리가 궤짝에서 솟아났다. 궤짝을 짚고 있던 그는 화들짝 놀라는 시늉을 하며 뒤로 물러났다. 천천히 궤짝 뚜껑이 열렸고 조수가 모습을 드러냈는데, 여전히 몸에 꼭 붙은 무대 의상 차림이었지만 신기하게도 그 위풍당당한 날개는 사라지고 없었다.

인도인은 그녀를 두 팔로 번쩍 안아 들어 궤짝에서 꺼내더니, 관중의 박수갈채를 받으며 무대 위에 내려놓았다. 두 명의 예술가는 서로 손을 잡고 관중에게 인사를 했고, 그들을 향해 꽃들이 쏟아져 내렸다. 제니 역시 꽃 한 송이를 던질 수 있었는데, R가 장난스럽게 그녀에게 한 송이 꽃을 건넨 덕분이었다.

몇 분 뒤, 관객들은 방금 목격한 것을 이해하려고 애쓰며 공연장에서 빠져나가기 시작했다.

마술사 제니는 머릿속이 온갖 생각으로 부글부글 끓는 상태라서, 아무 말 없이 계속 지켜봤다.

「찾았어요.」 마침내 그녀가 여전히 생각에 푹 빠진 채 말했다.

「밖에서 이야기합시다.」 R가 대답했다.

그가 제니의 팔을 잡고서 출구로 이어지는 복도 쪽으로 데리고 갔다. 제니의 발걸음이 분장실 입구에서 멎었다.

「백인 마하트마 대 경이로운 제니. 다윗 대 골리앗에 견줄 만하겠죠, 그렇게 생각하지 않나요?」

그녀의 얼굴에 살짝 미소가 번졌다.

「단지 이번에는 물맷돌이 아니라 총이라는 점만 뺀다면.」

그가 눈썹을 살짝 찌푸렸다.

「자, 아가씨, 전부 다 털어놔 봐요, 아가씨를 시험해 봐야겠다는 나의 직관이 옳았음을 내게 보여 줘요.」

「마술사에게도 윤리가 있어요. 특히 자신만의 마술을 창조하는 마술사라면. 우선, 제게는 공연을 평가해 보고 싶은 마음이 있었음을 고백하죠. 그러니 내가 그 비법을 이해하는가 이해하지 못하는가와 상관없이, 내가 밝혀내게 될 비법을 당신에게 알려 줄지는 그다음 문제랍니다.」

R는 난처해 보였다.

「설마 그런 말을 하려는 건…… 그러니까 아가씨가 발견한 걸 감히 대담하게도 내게 숨기겠다는 건 아니겠지?!」

「내가 마술 비법을 간파해서 알려 줄 때에만 내게 돈을 지불하는 거죠, 안 그런가요? 그게 계약 내용이었잖아요. 내가 아무런 말도 해주지 않고 그냥 떠나도 빚은 전혀 없는 거죠. 그저 이런 아름다운 공연을 보게 해준 데 대한 감사의 빚이야 남겠지만…… 그러니까 감사합니다.」

그가 충격을 받은 표정으로 지폐를 꺼내어 그녀 앞에서 흔들었다.

「60달러까지 올리리다.」

제니가 거부했다.

「자, 자, 우리 40달러라고 하지 않았던가요? 내가 마저 말을 끝내게 해줘요, R 씨. 내가 아무리 마술을 좋아한다고 해도, 사기꾼들은 증오한답니다. 저 인물은 마술을 한다고 하지 않고 신비한 힘을 가지고 논다고 주장했죠. 수백 명의 관객들이 인간이 실제로 다른 세상으로 넘어가서 크리슈나 여신의 손을 잡아 보고 아무런 근심 없이 돌아올 수 있다고 믿으며 귀갓길에 오르도록 저자는 내버려 뒀답니다. 그러고도 그걸로는 충분하지 않다는 듯이, 동물들을 착취했어요. 코끼리에게 수면제를 먹였다는 사실은 추호도 의심하지 않아요. 코끼리가 아무런 소리도 내지 않고서 우리 속에 가만히 있게 하는 유일한 방법이니까요. 저자가 연막 뒤에서 꺼내려고 튜닉 안에 아무런 배려 없이 마구잡이로 처박아 뒀을 비둘기들은 말할 것도 없고요.」

R가 두툼한 손가락으로 수염을 신경질적으로 쓰다듬었다.

「그러니까 내게 그걸…… 인도에서 온 궤짝 마술의 비법을 말해 주려는 건가?」

제니는 잠깐 말을 멈췄다.

「간단해요. 그 수갑에 속임수가 있다는 건 분명해요. 단조공이나 시계공이 만들었을 텐데, 보나 마나 기계 장치를 숨겨 놓아서 몰래 조작하면 자동으로 열리게 되어 있을 거예요. 그러니까 진짜 기적은, 뒷면이 열려서 뚜껑에 손을 대지 않고서도 마술사가 빠져나가게 해주는 궤짝에서부터 나오는 거죠.」

「그럼 조수는? 조수는 어디로 간 거요?」

제니가 작별의 악수를 청했다.

「내가 전문가임을 입증해 보였다고 생각하는데요? 돈을 받지 않고서 전부 다 말씀드리지는 않겠어요. 70달러라고 했었나요, 우리?」

상대방이 이미 준비해 둔 액수의 지폐 위에 모건 실버 달러 동전 열 개를 더 꺼내어 얹은 뒤, 몽땅 제니의 손에 쥐여 주었다. 제니는 그렇게 손쉽게 돈을 벌었다는 사실이 믿어지지 않아서 잠시 쌓인 돈을 바라봤다. 그녀는 떨리는 손으로 조심스럽게 가죽 핸드백 안에, 『마술의 길』 옆에 돈을 챙겨 넣었다.

「조…… 조수는 마술사가 궤짝에서 빠져나갈 때 사

용한 곳과 같은 곳으로 들어오는 거예요. 하지만 마하트마가 관중에게 궤짝 밑바닥을 보여 줄 때에는 거울의 착시 현상을 이용해 조수의 모습을 감추는 겁니다. 하지만 몸을 숨기는 공간이 좁다 보니, 날개를 포기할 수밖에 없었죠.」

「다 그럴듯하게 들리는군. 그런데 날개를 본 건 바닥에서였던 것 같은데, 아닌가?」

「아니에요, 날개는 궤짝 바로 뒤에, 조명이 만들어 낸 어둠 속에 숨어 있었어요. 날개가 떨어지면서 내는 가벼운 소리가 없다면 알아차리는 게 완전히 불가능하죠.」

분장실 문이 벌컥 열렸다. 그 뒤에서, 더블 재킷에 흰색 바지를 차려입은 마하트마가 제니를 바라보면서 천천히 박수를 보냈다. 인도인 같던 모습은 어디로 갔는지 완전히 사라졌고, 두 줄의 금장 단추가 달린 윗도리를 입고 있는 그는 차라리 전형적인 뉴요커와 흡사했다.

「브라보, 아가씨.」 그가 말을 하는데, 인도인 특유의 억양이라고는 조금도 찾아볼 수 없었다. 「내 눈앞에서 누군가가 내 가면을 벗겨 버리는 즐거움은 지금껏 누려 본 적이 없었던 듯싶소.」

제니는 자신이 방금 마술사들의 규범을 어겼음을 깨닫고서 창피해서 얼굴을 붉혔다.

「내가 관객에게 거짓말을 한다는 건 사실이오. 그런데 그쪽이 원하는 게 뭔가? 바로 그런 게 사람들이 원하는 거지. 심령주의의 탄생 이래로, 모든 건 망자들 혹은 모호한 심령들로부터 와야만 통한다오. 적어도 나는 크리슈나를 끌고 들어와서 변화를 주려고 노력이라도 하니, 칭찬할 만하지 않나?」

「당신은…… 나는…… 음…….」

제니는 대중을 쥐락펴락할 줄 아는 그 남자에게 완전히 주눅이 들어 버려서 입이 떨어지지 않았다. 그가 여유작작하게 손을 내밀었다.

「내 진짜 이름은 노아라오. 아가씨를 알게 되어 반갑소.」

제니는 손을 잡았고, 마침내 마음에 담아 뒀던 말을 꺼낼 수 있게 되었다.

「당신의 인도인 억양은 믿을 수 없을 정도로 형편없어요! 발음을 일관되게 하지조차 못하더군요. 동물을 학대하는 당신은 마술계의 수치예요.」

그가 재빨리 손을 빼내더니 역겹다는 듯이 윗도리에 손을 쓱쓱 닦았다.

「그래, 그렇게 말하든가. 그런데 이 정신 나간 여자애는 대체 누구 조수지?」 그가 R를 향해 말을 건네면서 으르렁거렸다. 「점쟁이 이고르? 붉은 강신술사 헥토르?」

머리가 희끗희끗한 신사가 폭소를 터뜨렸다.

「조수가 아니라오, 친애하는 노아. 내일부터이긴 하지만, 이 여성은 첩보 요원이지.」

그가 명함을 꺼내어 제니에게 내밀었다. 〈핑커턴, 최

고의 사설탐정 회사〉라고 흘림체로 인쇄된 글자를 읽을 수 있었다. 그 아래에는 검은색 잉크로 왼쪽을 보는 커다란 눈이 그려져 있었고, 바로 밑에 〈우리는 결코 잠들지 않는다〉라는 글귀가 적혀 있었다.

「우리 회사에 온 걸 환영하오. 시험을 통과했소.」

이번에는 그가 제니에게 손을 내밀었고, 제니는 소심하게 그 손을 잡았다. 그가 힘차게 악수를 하고 나서, 이렇게 말을 맺었다.

「로버트 핑커턴이오, 언제든지 도움을 드리리다.」

3
『마술의 길』
구스타브 마턴

가장 어려운 기술은 틀림없이, 사람의 마음을 읽는 기술, 흔히 〈멘털리즘〉이라고 부르는 것이리라. 이 자리에서 거론하려는 대상은 공범을 둔 멘털리스트가 아니다. 당신이 그저 머릿속으로 카드를 그려 봤을 뿐인데, 아무런 속임수를 사용하지 않고서도 당신 마음속 바로 그 카드를 알아내는 데 성공할 멘털리스트에 관한 이야기다.

이 분야의 어려움은 모두, 당신이 마주한 관객이 당신이 실패하는 모습을 보기만을 고대하는 회의론자라는 사실에서 비롯된다. 그 회의론자가 알지 못하는 것, 그건 바로 이런 마술은 가시적인 지점이 전혀 없다는 것, 그리고 그 자신의 머릿속에서 이루어진다는 것이다. 재능 있는 멘털리스트는 관객이 숨기려고 애쓰던 것을 거의 스스로 밝힐 때까지 은밀하게 그의 머릿속을 구석구석 파헤치리라.

제니는 새벽이슬에 젖은 포석에 울려 퍼지는 둔탁한 말발굽 소리를 들으며 공책을 다시 덮었다. 약속 장소에 오기까지 오랜 시간 망설였더랬다. 그 일로 주머니에 챙겨 넣을 수 있었던 90달러는 그녀가 자기 공연의 질을 높이는 데 필요한 것 이상이어서, 아마도 옷장 속 낡아 빠진 옷들을 새것으로 바꿀 수 있으리라.

하지만 그녀는 아침 6시 45분에, 성실한 시민 그 누구도 아직 하루를 시작하기 훨씬 전인 시각에, 거기 있었다. 이웃 항구의 항만을 오가는 선원들만 떠오르는 태양을 그녀와 함께 나누었는데, 그들의 일과표는 일반적인 일과표와는 시간 차가 나기 때문이었다.

제니는 반들반들 광택이 나는 지질의 명함을, 가느다란 눈썹과 속눈썹으로 장식된 남자의 눈이 먼 곳을 지켜보는 도안을 한 번 더 들여다봤다. 주소는 없었고, 탐정 회사의 이름과 〈우리는 결코 잠들지 않는다〉라는 사훈만 적혀 있었다.

마부는 높이 위치한 마부석에서 재빨리 내려와 발판을 펼쳐 놓고 문을 열어 주었다. 전날과 같은 사륜마차였지만, 이번에는 차가운 대기로부터 제니를 보호하기 위해 접이식 포장을 펼쳤으며 로버트 핑커턴이 그 안에서 제니를 기다리고 있지 않다는 점만 달랐다. 젊은 여성 마술사는 마차에 올랐고, 가는 동안 넓은 실내 공간을 활용하여 길게 누운 채 포석 위 마차의 흔들림에 몸을 내맡기며 핑커턴 탐정 회사에 들어가고 나서도 이렇게 한가하게 낮잠을 즐길 수 있을지 궁금해했다.

「흠, 흠.」 마부가 그녀의 귀에 정말로 바투 다가와 요란하게 침을 삼켜 댔다.

제니는 로버트가 소매에서 코끼리를 꺼내는 꿈을 꾸다가 살짝 소스라치며 잠에서 깼다.

「죄송합니다. 더 주무시게 놔두고 싶었지만…… 대표님께서 제시간에 도착하는 일이 정말로 중요하다고 하셨기 때문에.」

제니가 여전히 멍한 상태로 고개를 끄덕이며 어설픈 동작으로 발판을 딛고 내려서니, 웅장한 4층짜리 석조 건물이 눈앞에 있었고, 그 위에 굵은 글씨로

핑커턴

전국 탐정 회사

라고 적혀 있었다.

세 군데에 난 입구들은 원주로 나뉘었는데, 건물 끝

까지 뻗어 올라간 원주들이 창문 사이사이를 가로질러서, 전체적으로 마치 정리함들을 포개 놓은 느낌이었다.

제니가 문턱을 넘어서서 홀 안으로 들어서 보니, 나이 든 비서가 검지만을 사용해서 맹렬하게 레밍턴 타자기를 두드리고 있었다. 그 여자는 천장 높이에 눌려서, 마치 마지막 순간에 화폭에 덧붙인 디테일처럼 우스꽝스러울 정도로 작아 보였다. 그 여자가 고개도 들지 않고 제니에게 말을 건넸다.

「약속 장소는 마지막 층에 있고, 내 오른편에 있는 층계로 올라가면 복도가 나올 텐데, 그 끝 방이에요.」

비서가 뾰족한 턱으로 〈계단〉이라고 적혀 있는 문을 가리켰다.

「노크 없이 들어가세요. 당신이 도착했다고 대표님들에게 알려 놓을 테니. 그리고 서두르세요, 두 분은 기다리는 걸 싫어합니다.」

「〈들〉이라니요?」 제니가 자그마한 목소리로 물었다.

미친 듯이 내달리던 검지가 멈춰 섰고, 노부인이 고개를 들었다.

「〈기다리는 것을 싫어한다〉라는 말 어디가 이해가 안 되시나?」 비서가 역겹다는 눈길로 바라보며 말을 뱉었다.

제니는 대꾸를 포기하고 계단이라고 적힌 곳으로 방향을 틀었고, 작은 기름등잔들로 밝혀 놓은 널찍한 계단을 올라갔다. 흔들리는 등잔 불빛 아래로, 액자에 넣어 걸어 둔 신문 기사들이 보였다. 〈앨런 핑커턴, 사시 은행장의 살해범을 찾아내다〉, 〈앨런 핑커턴, 애리조나에서 발생한 서른여섯 필의 말 실종 사건을 해결하다〉, 〈앨런 핑커턴, 에이브러햄 링컨을 구하다〉. 오려 낸 기사의 날짜들은 1849년에 시작되어 1884년을 넘지 않았다. 4년 전부터는, 마치 세상이 이 〈비밀〉 정보 조직에 대한 흥미를 몽땅 잃어버린 듯이, 1면에 실린 기사가 하나도 없었다.

마지막 층에 들어서니, 색 바랜 꽃문양 양탄자가 깔린 긴 복도가 제니 앞에 끝없이 이어져서, 외관을 보고 짐작했던 것보다 훨씬 더 깊고 넓은 건물임을 보여 줬다. 한쪽으로 완전히 똑같은 갈색 문들이 늘어서 있었고, 그곳에서부터 타자기 소리가 끊임없이 흘러나왔다. 그 문들 중 하나가 살짝 열려 있어서, 제니는 타자에 열중한 속옷 바람의 어떤 남자를 보고 화들짝 놀랐다. 그가 입에 문 파이프 위에서 전기 조명이 그림자놀이를 하는 바람에, 전구가 지직거릴 때마다 그의 얼굴이 바뀌는 느낌이었다. 제니는 그 미지의 남자를 방해하지 않고 다시 복도를 걸었고, 마지막 문, 그러니까 〈핑커턴가(家)〉라는 도금 명패가 달린 문 앞에서 잠시 꼼짝하지 않고 있었다. 문손잡이에 손을 갖다 댈 용기를 내기도 전에 문이 저절로 열리면서 책상 뒤에 서서 만족스러운 미소를 띤 로버트의 모습이 드러났는데, 그는 그의 제복으로 보이는 옷, 그러니까 그 영원한 검은 프록코트를 여봐란듯이 입고 있었다.

「들어와요, 기다리고 있었소.」

제니가 반쯤만 불빛이 비치는 방 안으로 소심하게 들어섰고, 그러고는 눈에 띄는 어떤 개입도 없는데 문이 등 뒤에서 저절로 닫힌다는 사실을 알아차렸다.

「저걸 설치한 사람은 나요. 굉장하지, 안 그렇소? 프랑스에서 온 거라오. 장외젠 로베르우댕[1]이란 인물이 만들었지. 마술사인 것도 같지만, 무엇보다도 경이로운 기술자라오. 저 문이 열리고 닫히는 걸 수백 번도 넘게 보았는데도, 여전히 늘 경탄을 자아낸단 말이야.」

젊은 여인은 문틀의 윗부분이 작은 압력 전달 장치와 연결되고 일련의 구리 선들이 책상 옆과 연결되어 있음을 알아차렸다. 제니는 일주일 동안 『마술의 길』을 버려두면서까지 『마술과 재미있는 물리학』을 읽은 덕분에 로베르우댕이라는 인물에 대해 잘 알게 되었는데, 그 책의 저자는 특히, 입구에서 수백 미터 떨어진 집에서 정원의 정문을 열 수 있게 해주는 기계 장치를 어떤 방식으로 설치했는지를 설명했다. 그는 또한 그걸 본 사람들이 악령의 짓이라고 생각하여 도망가는 일이 어떻게 벌어졌는지도 기술했다.

「자, 밥, 수작질은 잠깐 멈추고 조금 진지해질래?」

로버트 옆에서 어떤 남자가 이를 쑤시고 있었는데,

1 Jean-Eugène Robert-Houdin(1805~1871). 프랑스의 마술사로, 현대 마술의 아버지로 불리며 마술뿐만 아니라 발명에도 뛰어난 재능을 보였다.

책상 위에 검은색 장화를 신은 두 발을 올려놓은 흐트러진 자세였다. 가는 가죽끈 장식이 달린 갈색 가죽 외투를 입은 모습이 40년이 넘어가도록 과거에 처박혀 있는 카우보이를 연상시켰다.

「제니…… 소개하지, 이쪽은 내 동생, 윌리엄 핑커턴.」

카우보이가 마술사를 향해 경멸의 눈길을 던지며 고개를 끄덕이는 둥 마는 둥 했다.

「반갑소.」 그가 이쑤시개를 뱉으며 말했다. 「어서 앉지 그래요.」

제니가 그렇게 했다.

「윌, 똑바로 앉지 그래?」

「직원으로 온 사람이지 고객이 아니라고, 안 그래? 그러니까 네 요원은 네가 알아서 하고 내 불알은 내가 알아서 할게. 됐지?」

로버트가 어깨를 으쓱하며 포기해 버리더니, 이번에는 그가 자리에 앉았다.

「와줘서 고맙소. 우선, 우리가 이곳에서 무슨 일을 하는지 알고는 있나요?」

젊은 여성은 마침내 실내를 찬찬히 살펴볼 수 있었다. 벽을 가린 선반에는 10여 개의 바인더들이 그들이 다루었던 사건명에 따라 분류되어 있었다. 〈드라이스데일 사건〉, 〈링컨의 여행〉, 〈로즈의 배신〉…….

「두 분은 탐정이죠, 아닌가요? 링컨과 얽힌 수많은 이야기를 보니, 이 직업에 종사한 지 30년은 넘을 테고.

그렇다고…….」

그렇다고, 제니로서는 두 사람이 마흔이 넘었다고 추정하기도 쉽지가 않았다. 물론, 마흔 살이라 해도 그들이 이 일을 열 살 때부터 시작했다는 소리니, 정말이지 말도 안 되는 듯 보였지만.

「앨런 핑커턴은? 탐정 업무와 경찰 업무를 혁신했던 그 사람은? 아무 생각 없소? 밥, 대체 뭘 데려온 거야?」

로버트가 예의 바른 미소를 지어 보이며 동생을 무시했다.

「짐작한 대로요. 우리가 아니라 우리 아버지가 회사를 세웠지. 경찰의 비효율성을 더는 참을 수가 없어서, 어느 날 몸소 나서기로 작정했소. 아버지는 시카고에서 처음으로 이 일을 시작했고, 성공한 덕분에 회사를 확장했지. 남북 전쟁 동안에는 비밀 정보기관의 수장이 되었고. 그 뒤 뉴욕에 지부를 냈는데, 엄청난 성공을 거뒀소…….」

「그 시절은 갔고…… 이제는 두 분이 물려받아 사업을 하고 있고요.」 제니가 장난스러운 표정을 지으며 뒷말을 채갔다.

카우보이 윌리엄이 벌떡 일어서서 마호가니 책상을 주먹으로 내리쳤다.

「이봐, 아가씨! 자신이 누구라고 생각하고 날치는지 모르겠지만, 곧 얌전해질걸.」

「자, 자, 윌.」

로버트가 동생 어깨에 격려의 의미로 손을 얹으려고

했지만, 동생은 즉각 뿌리쳤다.

「필요 없어, 윌이라고 부르면 먹힐 것 같아? 저 여자에게 확실히 알려 줘야지.」

그가 제니를 쏘아보면서 그녀를 향해 분노의 손가락질을 했다.

「왜 우리가 고용주 자리에 있고 당신은 직원 자리에 있는지 알고 싶어? 이봐, 아가씨, 우리는 죽음을 직시했던 사람들이야. 그래, 아가씨 생각에, 그 빌어먹을 전쟁을 치르는 동안 현장에서 뛰었던 요원들, 그들이 누구였을 것 같나, 응? 친구들이 목에 밧줄이 감긴 채 눈으로 애원을 해와도 아무런 대처도 하면 안 되기 때문에 숨이 막혀 죽는 모습을 지켜봐야만 했던 사람들이 누구였을까? 그러니 네 그 경멸 어린 표정, 그건 혼자 있을 때를 위해 아껴 두라고.」

윌리엄이 거칠게 몸을 일으키자 책상, 의자, 그가 신고 있는 장화까지 끽끽 소리를 냈고, 그러고 나서 그는 일장 연설의 격렬함에 깜짝 놀란 젊은 여인 쪽으로는 눈길 한 번 주지 않고 문간을 향해 걸어갔다.

「그 여자에게 브리핑하는 일은 알아서 해. 난 그럴 기분이 아니야. 혹시라도 내가 필요하면 늘 있던 술집에 있을 거니까.」

카우보이는 문짝이 부서져라 냅다 문을 닫았다. 로버트가 얼굴을 찡그렸고, 작은 기계 장치를 흘낏 쳐다봤다. 그가 조심스럽게 버튼을 누르자 문이 덜컹거리며 다시 열렸다.

「이 작은 장치는 쉽게 고장이 난다오.」

「동생분 일은 죄송……해요.」

로버트는 이미 유쾌한 표정을 되찾은 뒤였다.

「아, 그거요? 걱정하지 말아요. 늘 그러니까. 화가 났다는 구실로 친구들과 한잔하러 갈 수 있고, 내가 다른 사람 앞에서는 혼내지 않으리라는 걸 알고 있거든.」

「그렇다면, 그 밧줄 이야기도…….」

「아, 아니, 그건 진짜로 일어났던 일이오.」

짧은 침묵이 영원히 이어질 것 같았다.

「자, 우리 회사가 어떤 분야에 특화되었는지, 그리고 내가 왜 당신의 도움을 요청했는지, 정확하게 설명해 줘야겠지.」

로버트가 일어나서 칠판에 다가가더니, 칠판을 돌려놓았다. 칠판 뒤쪽에는 붉은색 분필로 동그라미를 두르고 대문자로 써놓은 단어들이 여기저기 적혀 있었다.

「이야기를 시작하기 전에, 질문 한 가지만…… 글은 읽을 줄 알지요?」

그녀가 고개를 끄덕였다.

「좋아요, 글을 모르는 요원들은 임무를 수행할 때 진짜 골칫거리거든.」

그가 작은 막대기를 집어 들고는 그 끝을 〈요원〉이라는 말에 가져다 댔다.

「핑커턴 사무소에서는 경찰이 확보하지 못하는 사건의 실체를 드러낸다오. 보나 마나 어떻게라고 묻겠지, 안 그렇소? 국가가 실패한 그 지점에서 우리는 어떻게 성공할 수 있을까? 바로 그 점이 수수께끼인데, 나의 아버지 앨런 핑커턴만은 그걸 풀 수 있었지.」

다시 침묵이 자리 잡았지만, 이번에는 신입 사원의 주의력을 시험해 보기 위한 통제된 침묵이었다.

「자, 어서, 내게 어떻게라고 물어야지.」 그가 장난꾸러기 같은 어조로 말했다.

「음…… 어떻게요?」

「그렇게 자발적으로 물어봐 줘서 기쁘오.」

막대기가 칠판 표면을 긁으면서 다른 말, 칠판 중앙에 적힌 새로운 단어인 〈잠입〉으로 옮겨 갔다.

「아버지는 범죄를 이해하기에 가장 적합한 사람은…… 바로 범죄자 자신임을 이해했던 분이라오. 봐요, 누가 살인범인지를 발견하는 일은 정말이지 전혀 어렵지 않아요. 경찰이 어떤 식으로 수사를 진행할지 생각해 가면서 범인이 살인을 저지르려고 기이한 방식으로 움직이는 일은 몇몇 책들, 이야기에나 있는 일이지. 사실, 이 나라의 경찰은 무능하거나, 혹은 약간이라도 수사가 요구되는 범죄를 해결하는 일에는 전혀 관심이 없소. 그래서 살인범과 절도범 들이 그들의 동기와 수법이 뻔히 보이는데도 무사히 빠져나가는 거지. 그리고 최악, 최악은!」 그가 검지를 휘두르며 말을 이어 갔다. 「범인 주위에 있는 사람들 대부분은 그가 저지른 범죄를 안다는 거야. 그런 종류의 일을 혼자서만 간직하는 것보다 더 어려운 일은 없어요. 살인, 그건 머릿속을 갉아먹고 잠을 빼앗아 가며 차츰차츰 현실 인식 능력을 상실하게 하지. 만약 살인을 저지르고 싶은 욕구가 있다면, 자제하라고 권하겠소. 정신 건강에 아주 안 좋거든. 내 말을 믿어요, 내가 지금 무슨 이야기를 하는지 잘 알고 있으니.」

몹시 집중한 채 이야기를 듣고 있는 제니를 앞에 두고, 그는 자기 혼자 농담하고 자기 혼자 웃었다.

「로버트 씨…… 혼란스럽군요. 이곳에는 제대로 작동하는 시스템이 있고, 그 시스템에 다들 만족해하는 것 같은데…… 내가 어느 지점에서 도움이 될지 모르겠군요. 살인, 절도, 대통령 경호…… 난, 그런 건 해본 적이 없어요.」

그가 나무 자를 흔들었다.

「내가 말은 마치게 해줘야잖소. 당신과 관련된 이야기가 곧 나올 거요. 자신이 한 짓을 누군가에게라도 기어이 말하고 싶어 하는 범죄자에게로 다시 돌아갑시다. 그자는 자신이 저지른 짓이 악행이라는 걸 잘 알고 있지만, 바로 그 때문에라도 그것에 관한 이야기를 하고 싶어 한다오. 그자에게 필요한 것, 그건 신뢰할 수 있는 누군가가 전부요.」

그가 〈위장 침투한 요원들〉과 이어진 〈고뇌에 빠진 범죄자〉를 가리켰다.

「핑커턴이 개입하는 곳이 바로 이 지점이오. 우리는 범죄자에게 완벽하게 어울리는 잠재적 친구의 원형을 확정한 뒤, 그러한 원형에 부합하는 위장 신분을 요원한 명에게 부여한다오. 그다음, 외부 개입자들, 당신이 원한다면 조연이라고 해두리다, 그런 사람들의 도움을 받아 두 사람이 〈우연적〉으로 만나는 데 필요한 조건들을 완벽하게 전부 맞추지. 일단 우정이 구축되면, 증거를 찾는 건 아이들 장난이 된다오. 그리고 증거를 입수하면…… 우르르, 경찰이 급습하고 범죄자를 잡는다오. 우린, 이 근사한 사무실과 내 자동문 비용을 낼 수 있게 보상금을 손에 넣고.」

칠판의 마지막 말풍선은 〈체포와 보상〉으로, 말풍선 안에는 달러 표시가 작게 그려져 있었다.

「알겠어요…… 그러니까 지금 잡으려고 하는 범죄자의 가장 친한 친구가 되기를 바란다는 말이죠?」

로버트의 눈이 환히 빛났다.

「이해가 빠르군. 내가 사람을 제대로 골랐다는 걸 알고 있었지.」

제니는 막중한 책임을 손에 쥔 듯한 그 인물이 열광적인 반응을 보여서 잠시 으쓱한 기분이 들었지만, 곧바로 의구심이 빠르게 솟아났다.

「그런데…… 그러니까…… 여자가 당신네 요원이 될 수 있다는 건가요? 이곳에 와서 본 다른 여성이라고는 비서밖에 없었어요.」

「아, 글렌다. 사랑스럽지, 안 그렇소?」

이번에는 마술사가 미소를 지었는데, 이 웅장한 건물에 들어온 뒤로 처음이었다.

「거짓말은 하지 않겠소, 제니, 우리는 여성 요원들을

많이 고용하지는 않아요. 개인적으로는 그런 관례를 바꾸면 좋겠는데. 아버지는 핑커턴이 여성도 받아들여야 한다고 싸우셨지. 최초의 여성 요원이었던 케이트 원은 〈우리는 결코 잠들지 않는다〉라는 사훈을 만들어 낸 요원이기도 하다오. 케이트는 대통령 선거 유세 때 남부까지 링컨을 수행했는데, 그 기간 동안 고객이 목적지에 도착하여 안전한 장소에 있다는 확신이 설 때까지 단 1초도 쉬지 않았더랬지.」

그가 다시 책상 뒤로 돌아가, 자리를 잡았다.

「어쨌든 아버지가 돌아가신 뒤로는 동생과 내가 공동 경영을 하니…… 동생은 여자 손에 사건을 맡기자는 생각에 그다지 열의를 보이지 않는다고 말해야 할까. 그래서 내가 동생에게 당신을 만나야 한다고 고집했소. 내가 당신에게서 본 것을 그 애도 볼 수 있게.」

「그러니까 뭘요?」

「40년 전에, 그러니까 아버지가 첫 번째 사건을 해결하기도 전에 시작됐던 사건의 열쇠를.」

로버트의 눈이 반짝거렸다.

「폭스 자매에 관한 이야기를 들어 본 적이 있소?」

제니가 자기 두 눈으로 그 자매를 본 적은 없다 해도, 그 여자들은 마술계에 자신들을 있는 그대로 받아들이게 한 최초의 인물들이었기에, 마술사로서 그들의 존재를 모르기는 어려웠다. 로버트가 책상 서랍에서 사진 한 장을 꺼냈다.

사진 속 세 여자는 하나같이 갈색 머리에 창백했고,

얼굴이 서로 몹시 닮았으며, 눈에는 아무런 표정이 없었다. 양쪽 끝의 두 여자는 머리를 올린 반면, 가운데 여자는 아이처럼 머리를 땋아서 늘어뜨렸다.

「잘 알아요, 그런데…… 그러니까 이 여자들은 범죄자가 아니잖아요. 어쨌든 당신 친구 마하트마보다 더 그런 건 아니에요.」

이번에는 그가 사진을 집어 들더니, 다시 한번 찬찬히 들여다봤다.

「자, 자, 내 친구 노아를 그 거짓말쟁이들과 비교하지 않으면 좋겠소. 사실, 그는 구경꾼들을 즐겁게 해주려고 노력할 뿐이니까. 노아가 새로운 종교의 선지자로 자처한 적은 결코 없다오.」

「무슨 말을 하고 싶어 하는 건지 잘 모르겠군요. 심령주의도 그저 망자와 소통한다고 자랑할 뿐이죠, 안 그런가요? 그건 그냥 구실이에요. 당신의 마하트마가 끌어들인 인도색처럼. 그건 공연에 그저 초자연적 배경을 제공한답니다. 그 모든 건 하나에서 열까지 꾸며낸 또 다른 신화, 그 이상이 아니에요.」

로버트는 대꾸 없이 아담한 장롱으로 다가가 그 안을 뒤져, 심령주의에 관한 책들을 줄줄이 꺼내어 요란하게 쌓아 올렸다.

『심령주의 담론의 철학』, 『심령주의, 사악한 환술과 우리 시대의 징후』, 그리고 『자연의 원칙들, 이러한 신적 계시와 인류를 위한 하나의 목소리』가 곧 책상 위에 거대한 무더기를 이루게 된 서적들 사이에서 제니가 분간한 몇몇 책들의 제목이었다.

「사안의 중대성을 이해하지 못하는군. 전 세계적 현상이라오. 도처에서, 러시아에서 영국을 거쳐 캘리포니아에 이르기까지, 심령주의 교령회는 국제적 사기극이 되어 가고 있소.」

그가 다시 몸을 일으켜 가까운 창가로 다가가더니, 저 멀리 시선을 던졌다.

「이 거리 끝에만 해도, 서로 마주 보는 심령주의 살롱이 두 군데나 있다오. 진정한 전염병이지. 핑커턴에는 그 병을 고쳐 줄 의무가 있고. 그 고약한 폭스 자매는 40년 전에 자신들의 종파를 창시했는데, 그걸 끝장내려면 그들의 사기극을 만천하에 공개하는 길밖에 없소.」

로버트의 태도는 완전히 바뀌어 있었고, 얼굴에는 무시무시할 정도로 진지한 표정이 감돌았다.

「날 도와주겠소, 제니? 당신에게 그럴 능력이 있다는 걸 아니까.」

「정말로 범죄자들인가요?」

그가 갑자기 돌아섰다.

「그 어떤 범죄자보다도 악질들이지. 그들은 상을 당한 사람들의 약점을 파고들어, 마술을 이용해 그들에게서 돈을 빼낸다오. 이런데도 당신은 그런 일에 격분하지 않을 수 있겠소?」

제니는 잠시 생각에 잠겼다.

「스스로 판단해 보겠어요. 당신의 그 마하트마에 대

해서 그랬듯이. 폭스 자매가 당신 말대로 그렇게 사기를 친다면, 백일하에 그들의 실체를 드러내는 일에 내 일처럼 나서겠어요.」

탐정이 미소를 띠었다.

「내가 그 이상을 요구했던 게 아니라오.」

그가 작은 서랍을 열더니 『완벽한 요원을 위한 핑커턴 지침서』와 하드커버를 댄 문서를 꺼냈다.

신입 사원은 일어나 책자를 받아 들고서, 〈폭스 자매 사건에서 제니 마턴 요원이 사용할 가명〉이라고 적힌 문서를 책장 사이에 끼웠다.

「질문이 하나 남았어요.」

그녀가 칠판에 적힌 〈체포 및 보상〉 말풍선을 손가락으로 가리켰다.

「폭스 자매는 엄밀하게 말하자면 범죄를 저지른 건 아니에요. 대표님이 그 자매의 정체를 폭로한다 해도 국가가 나서서 그들을 체포할 거라고 믿기는 힘들어요. 나아가 국가가 보상하리라는 생각은 더더욱 안 들고요. 기껏해야 그 조직이 소탕되겠죠. 그러니 대체 왜 그 사건에 그렇게 집착하는 건가요? 핑커턴이 거기에서 얻는 게 뭐죠?」

그가 잠시 망설였다.

「여기 오다가 신문 기사들을 봤겠지, 그렇지 않소?」

제니가 뒤쪽으로, 복도를 향해 눈길을 돌렸다.

「최근 기사를 한 개라도 봤소?」

제니는 처음 들어서면서부터, 성공적으로 완수한 수

사를 다룬 신문 기사의 마지막 스크랩이 4년 전으로 거슬러 올라간다는 것을 눈치챘더랬다.

「거짓말을 하지는 않겠소, 마틴 양. 우리는 재정과 여론, 양 측면에서 내리막길에 들어섰소. 아버지가 돌아가신 뒤로 사람들은 다른 사립 탐정 회사에, 우리의 수사 기법을 도둑질해 간 천박한 짝퉁 회사에 도움을 청하고 싶어 하지.」

그가 잠시 유명한 범죄자들 이름이 붙어 있는 서류함들을 응시했다.

「폭스 자매의 불가사의를 해결하는 것이 우리 탐정 회사를 업계 전면에 다시 내세우게 할 혁혁한 공로를 세우는 일임을 잘 알고 있소. 어쩌면 그로 인해 핑커턴이란 이름이 더 이상 아버지와만 결부되는 이름이 아니게 될 수도 있을 테고.」

제니는 앨런 핑커턴의 유령이 여전히 이곳에 머무르기라도 하는 것처럼, 벽에 걸려 있던 액자 속 기사들에 앨런 핑커턴의 이름만 나와 있음을 인지했다. 로버트와 윌리엄은 아직 자신들의 영광의 순간을 누릴 권리를 갖지 못한 듯했다.

탐정은 예의 그 작은 버튼을 눌렀고, 문이 덜컥거리면서 열렸다. 카우보이가 보여 준 폭력적 행동의 결과였다.

「당신에게 부여된 임무의 세부 사항들은 전부 다 문서에 나와 있지. 그 문서는 집 안 안전한 곳에 보관하고, 내용을 완전히 암기하게 되면 불태워 버리도록. 그리고 특히…… 특히, 당신의 업무에 대해 핑커턴 요원이 아닌 그 누구에게도 말해선 아니 되오. 확실히 이해했소?」

그녀가 고개를 끄덕였다.

「입사를 환영하오.」

4
『완벽한 요원을 위한 핑커턴 지침서』

앨런 핑커턴

서론

이 책자가 당신 손에 들려 있다면, 그건 이제부터 당신이 핑커턴 소속 요원 조직의 일원이기 때문일 테니, 반가워하는 나의 마음을 전한다. 바로 나, 앨런 핑커턴이 앞으로 당신이 수행하게 될 임무가 완수될 때까지, 당신의 안내자가 되려고 한다.

그러니 이제 당신이 맡은 수사의 가장 중요한 요소, 바로 당신에서부터 출발하겠다.

당신이 가장 먼저 스스로에게 제기할 첫 번째 질문은 보나 마나 〈왜 나일까?〉이리라. 당신은 자신이 경찰 업무를 수행할 거라는 상상을 해본 적이 없을 테니까(만약 당신이 여자라면, 아마도 상상에서조차 직업을 가진 자신의 모습을 그려 보지 않았으리라). 하지만 당신은 범죄를 단칼에 베어 버리고, 진실을 그 가장 어두운 구석까지도 좇으며, 자신은 처벌받지 않으리라고

생각하는 사람들에게까지 정의를 구현할 준비가 되어 있다.

아주 단순한 이야기인데, 당신이 선발된 이유는 프로필이 비범하고, 희귀한 전문 지식과 능력을 겸비했기 때문이다. 당신은 특정 분야로 아주 수월하게 잠입할 수 있는데, 당신이 선호하는 분야이기 때문이다.

가장 간파하기 힘든 거짓말은 진실이 배어 있는 거짓말인 법이고, 바로 그런 까닭에 그 누구도 당신의 위조 신분을, 가명을 꿰뚫어 볼 수 없다. 그 위조 신분의 개인사가 당신의 개인사가 될 때까지, 그 사람과 당신 자신이 혼동될 때까지 내용을 완벽하게 암기하라. 당신이 심문을 당하게 된다면, 출생지 같은 단순한 정보가 생사를 갈라놓을 수 있다.

맨해튼 남쪽에 위치한 앨런가(街)의 소형 아파트에서 비둘기가 소란을 피웠다. 그 집은 그 동네에 사는 사람 누가 봐도 특별할 게 없었다. 갈색 벽이 맞은편 건물이 들여보내 주는 약간의 햇빛을 머금고 있었다. 좁은 방 안은 바닥에 굴러다니는 2인용 매트리스 하나와, 너무 오래 쓰다 보니 검은색 페인트 아래로 금속이 드러난 풍로 하나, 부서진 다리에 대충 못을 박아 수리한 테이블 하나, 의자 둘, 비록 그중 하나는 이웃 레스토랑에서 훔쳐 온 것이지만, 그리고 습기에 먹혀 군데군데 얼룩진 거울이 달린 장롱 하나로 구성된, 나름의 질서를 보여 주는 카오스였다.

이 집에 갇힌 암컷 비둘기는 자신의 유전자에 각인된 야생의 과거를, 비록 겪어 본 적은 없지만, 그리워했다. 쇠로 만든 새장 안에 갇힌 새는 어떻게 전달해야 할지 알 수 없는 불만을 표출하기 위해 이 창살에서 저 창살로 끊임없이 옮겨 다녔고, 새장이 거울 근처에 놓여 있는 바람에 거울에 비치는 자신의 모습을 거의 달가워하지 않았다.

「블랑슈, 그만큼 했으면 그만하지!」

주의를 끌고 싶어 하는 새를 명령 소리만으로 멈추게 하기란 어림도 없는 일이었다. 제니는 잠자코 있으라고 새를 향해 발로 낡은 바닥을 쿵 굴렀다가 의도치 않게 자신의 의자를 자빠뜨렸고, 그 바람에 갈색의 거대한 〈난쟁이〉 토끼 우댕이 의자 밑에 깔릴 뻔했는데, 그 〈난쟁이〉는 이제 무려 6킬로그램이나 나갔다. 우댕은 파슬리 가닥을 씹으면서 제니를 바라보다가, 자신이 방금 죽음을 스쳐 갔음은 깨닫지 못하고 다시 즐겁게 좁아터진 아파트 안에서 깡총거렸다. 제니는 이 야단법석에 굴복하여 『핑커턴 지침서』를 덮어 버렸고, 그 순간 그녀의 어머니가 저녁거리를 장만하여 들고 들어왔다.

「특별 수당 받은 걸 축하해야지. 황새치, 소고기, 가지, 해콩, 그리고 시금치를 샀어! 매일 이럴 수는 없을 테니까, 즐기자고!」

제니는 가녀리고 호리호리했지만, 엘런은 정반대였다. 남편의 죽음으로 우울증을 겪는 동안 슬픔을 상쇄하려고 어찌나 폭식을 했는지 체형이 영구히 풍만한 곡선으로 휘감기고 말았는데, 이제 와서는 그런 몸을 혐오했다. 오로지, 정부가 전쟁 중 남편의 사망으로 전쟁 과부가 된 그녀에게 지불하는 바로 그 빈약한 연금 덕분에 — 혹은 때문에 — 그녀는 파멸을 피했고 다시 자기 앞가림을 하기 시작했더랬다. 그 뒤로, 그녀는 바닥없는 우물 같은 생활비를 충당하는 수단으로서뿐만 아니라 요리의 세련된 맛 자체 때문에도, 진정 음식을 가치 있게 여기기에 이르렀다. 그녀는 소박한 작업대 위에 재료를 올려놓고서 테이블 위를 재빨리 훑어보고는 눈길을 옮겨 갔다.

「어머 저건…….」 그녀가 놀라서 말을 꺼냈다.

제니가 재빨리 책자를 작은 갈색 핸드백 안에 챙겨 넣었다.

「엄마, 맹세해, 엄마가 생각하는 그런 게 아니에요.」

「오, 천만에, 정확히 내가 생각하는 바로 그거다. 네 아버지의 책이 아닌 다른 책이라니, 드디어!」

그녀가 두 팔을 하늘을 향해 치켜들었다.

「할렐루야! 내 기도가 드디어 통했군.」

「그런 게 아니라니까……. 새로 시작하는 일 때문이에요.」

엘런이 나머지 하나의 나무 걸상을 절도 있는 동작으로 홱 돌려놓더니, 두 팔을 등받이 위에 올린 자세로 거꾸로 앉아서 딸을 마주 봤다.

「그러니까 90달러나 되는 특별 수당이 또 있을 거라는 말이니?」 그녀가 흥분하여 물어 댔다.

제니가 일어나 어머니에게서 살짝 비켜섰다.

「일을 하나 제안받았어요, 그런데 잘 모르겠네, 내가…… 그러니까 좀 복잡해요.」

「몸 파는 일은 아니지?」

「엄마!」

제니가 소리를 지르자 블랑슈는 새장 안에서 더욱 난동을 피웠고, 결국 새 주인은 블랑슈를 새장에서 풀어 주기로 했다. 비둘기는 제니의 어깨에 올라앉더니 장밋빛 부리로 제니의 머리카락을 쪼아 댔다. 제니는 곡물 몇 알을 집어 들어 비둘기에게 내밀고는 다시 자리에 가서 앉았다.

「좋아, 좋아…… 말하고 싶지 않다면야. 넌 내 딸이고, 다 컸고, 난 널 믿으니까. 그러니까 내가 하고 싶은 말은, 어쨌든 마약 거래라면 사람들이 다 안 좋게 얘기하잖니, 하지만 그게 사람들을 얼마나 만족시키는데…… 마약 때문에 이가 훌렁 빠지기 전까지긴 하지만.」

제니는 어머니를 노려보다가 그 장난스러운 표정을 보고 웃지 않을 수가 없었다.

「쯧, 설명할게요. 내가 엄마를 상대로 오랫동안 비밀을 지키지 못한다는 건 엄마도 잘 알잖아.」

「어어, 언젠가 네가 날 내버리면, 카드에 환장한 놈 중 처음 만나는 놈 아무에게나 네 마술을 몽땅 팔아 버릴 거다! 오, 놈놈거리다 보니까 생각이 나는군, 하마터면…….」

엘런은 일어나더니 딸과 함께 쓰는 짚이 든 낡은 매트리스를 놓아둔 침대로 다가가서, 매트리스를 덮은 시트의 찢어진 틈으로 손을 쑥 집어넣어, 작은 봉투를 하나 꺼냈다.

「잊어버릴 뻔했네! 루셔스가 오늘 편지를 한 통 보내왔더라. 직접 갖고 왔어. 네가 봤어야 했는데, 감정에 휘둘려서 말도 제대로 못 하더라. 내가 걔한테 이랬지. 〈뭐라고? 엉? 크게 말해 보아라, 하나도 안 들리잖니!〉 하, 걔 놀려 먹는 게 얼마나 재밌는지. 내가 한마디 할 때마다 얼굴을 붉히는 모습을 너도 봤어야 해.」

제니는 봉투를 받아 들었지만 열어 보지도 않고 바닥을 향해 늘어뜨렸다. 우댕이 킁킁거리며 봉투의 냄새를 맡다가 앞니로 물고는 벽장 밑으로 가지고 갔다. 편지는 토끼가 사납게 물어뜯는 대로 발기발기 찢겼다.

「너도 알지, 90달러를 다 쓰고 나면 루셔스가 네 마지막 방책이 될지도 모른다.」

「이 일이 새로 생겼잖아요, 엄마, 내가 정말로 뛰어나게 잘할 수 있는 거예요. 날 믿으라니까.」

엘런은 고개를 끄덕이고는, 저녁에 먹을 잔치 음식을 장만하려고 장 봐 온 재료들을 향해 다가갔다. 제니는 위조 신분 관련 문서를 집어 들고는 낮은 목소리로 조용히 읽었다.

「헤이즐 바월, 과부, 두 자녀…….」

5
폭스 자매 사건
담당 요원 제니 마턴을 위한 위조 신분

• 이름: 헤이즐

• 성: 바월

• 작고한 남편: 헨리. 서유럽과 뉴욕을 오가며 생선 및 갑각류 무역에 종사하던 남자로, 대서양을 건너던 중 실종되었다.

바월 거래소라는 상호를 쓰는 그의 사업은 여전히 번창하고 있으며, 현재 알렉 녹먼이 경영을 맡고 있고, 덕분에 헤이즐은 생활이 곤궁해지지 않았다.

• 헤이즐이 심령주의에 끌리는 이유: 헤이즐은 남편과의 교신에 성공하여 그의 죽음을 확인하게 되면, 제대로 애도할 수 있으리라고 생각한다. 또한 남편에 대한 자신의 사랑을 전하기 위해 마지막으로 그에게 말을 건넬 수 있기를 바란다.

• 자녀: 클라크, 9세…….

제니는 텅 빈 무대 앞으로 몰려드는 군중에게 떠밀려서, 이미 셀 수도 없이 여러 차례 읽었던 문서를 읽다가 중단해야만 했다. 이곳은 어느 모로 봐도, 그녀가 익숙한 마술 공연과 닮은 구석이 한 군데도 없었다. 좌석도, 붉은 커튼도, 유리를 끼운 둥근 천장도 없었다. 몇 군데 쇠시리를 제외하면 가능한 한 가장 소박하게 꾸며 놓은 극장에, 어두운 벽을 따라 배치된 가스등 불빛이 비추는 보잘것없는 무대가 있었다. 그 모든 것이 작용해 그 공간은 거칠고 당혹스럽고 제법 불안을 자아내는 분위기를 띠었다.

홀은 온갖 종류의 사람들로 꽉 찼고, 검은색 드레스와 베일 차림의 과부들, 석탄 가루가 묻은 헌팅캡을 쓴 아이들이 다닥다닥 붙어 있었다. 최상류층 사람들 역시 와 있었는데, 거기 속한 사람들은 최고급 옷감으로 만든 의복만이 아니라 이런 서민들이 경멸스러운데도 그들과 어쩔 수 없이 접촉하는 데서 느끼는 명백한 역겨움에 의해서도 구별되었다. 제니는 폭스 자매가 자신들이 시골 출신임을 잊지 않고서 공개 교령회에서 계급 사이에 차별을 두지 않는다는 말을 들었더랬다.

어떤 남자가 텅 빈 무대로 나오더니 테이블을 하나 놓았고, 그 뒤를 따라 또 다른 남자가 테이블 뒤에 의자를 놓았다. 무대 뒤편에 쳐놓은 연보랏빛 커튼 뒤에서 일흔다섯가량으로 보이는 어떤 우아한 부인이 나타났고, 어두컴컴한 배경 한가운데에서 빛나는 작은 형체인 그 부인이 두 남자에게 머리를 끄덕여 됐다는 신호를 보냈다.

「고맙소, 내 충직한 사람들. 당신들이 없으면 내 어찌할까?」 그녀가 삽시간에 사라지는 미소로 자신의 말을 뒷받침했다.

제니는 노부인이 귀에 커다란 은귀고리를 달고 있어서, 단발로 자른 고운 백발이 마치 늘어진 듯 보인다는 사실을 알아차렸다. 그녀는 흰색 플란넬 천으로 만든 작은 옷깃을 댄 검은색 판초형 사제복을 걸치고 있어서 수녀처럼 보였지만, 알록달록한 보석 반지로 뒤덮인 손가락을 보면 차라리 여장부를 떠올리게 했다. 노부인은 손에 지팡이를 들고 천천히 무대 앞으로 걸어 나오며 그 존재만으로도 좌중을 조용히 시켰고, 그러고 나서는 갑자기 얼굴에 자글자글 주름을 잡으며 미소를 지었다.

「여러분을 다시 만나서 얼마나 좋은지요.」

우레와 같은 박수갈채가 홀을 가로질렀다. 곧 또 다른 여성이 무대로 나왔는데, 그녀는 관객은 개의치 않는 무심한 표정으로 의자에 앉았다. 보석 반지를 낀 노부인보다 스무 살가량 어려 보였지만 얼굴에는 훨씬 더 많은 피로와 권태가 드러났다. 그녀가 테이블 위에 손을 얹더니, 자기만의 생각에 빠져 차분한 표정으로 손을 내려다봤다.

「오늘 저녁 이 자리에 새로 온, 그러니까 산 자들 가운데서든 망자들 가운데서든 새로 온 분들이 계신지 모르겠지만, 제가 제 소개를 하는 동안 예의를 갖춰 주시리라 생각합니다.」

노부인은 부인할 수 없는 카리스마와 단호한 목소리의 소유자였고, 그 연약한 체구는 그녀에게서 발산되는 세찬 생명의 불꽃을 그 안에 가둬 두느라 애를 먹고 있었다. 한두 번 해본 솜씨가 아님이 명백했다.

「전 리아 폭스입니다. 여기 오신 관객 여러분 중 한 분과 망자를 이어 주는 일을 할 겁니다. 제 뒤에 있는 동생 마거릿 폭스는 혼령을 불러낼 거고요. 이런 약속이 여러분 모두의 마음에 드십니까?」

열광적인 〈예〉 소리가 퍼져 나갔다. 리아가 마거릿의 동의를 구하려고 뒤를 돌아봤고, 마거릿은 멍한 상태에서 잠시 빠져나와 고개를 끄덕였다.

「그럼요, 좋아요, 좋아…….」

리아는 극적인 몸짓으로 널빤지를 발로 쿵 굴렀다.

「저세상의 심령들이여, 제가 한 번 더, 달도 뜨지 않은 이 밤에, 그대들에게 말을 건넵니다. 너무 일찍 떠났던 그대들이여, 우리를 이끌기 위해 돌아와야 합니다. 오, 가엾게도 우리는 얼마나 무지하고 유한한 존재들인가!」

그녀가 잠시 눈을 감고 기다렸다.

「오, 산 자들 사이로 돌아온 망자여, 당신이 누구에게 말을 하고 싶어 하는지 제게 알려 주어 그 사람을 고를 수 있게 하소서.」

그녀의 몸에 가벼운 경련이 일었다.

「흠…… 흠…… 예…… 그래요…….」

그녀가 다시 눈꺼풀을 들어 올렸을 때, 동자가 어찌나 팽창했는지 눈 주위의 거무스름한 무리가 동자와 거의 섞일 듯했다.

「알겠어요.」

그녀가 사파이어가 박힌 백금 반지를 낀 검지로 관객 중 한 명을 위압적으로 가리켰다.

「거기, 당신!」

지명당한 관객이 누군지 보려고 군중이 쫙 갈라졌다. 20대로 보이는 어떤 남자였는데, 머리를 완전히 밀었지만 벌써 몇 가닥 잿빛으로 변한 수염은 풍성하게 기르고, 원통 안에 잉크 저장 공간이 갖춰진 신문물인 만년필로 메모지에 맹렬하게 뭔가를 적고 있었다. 그는 홀 안 모두의 관심이 자신에게 쏠린 것을 갑자기 깨닫자 굉장히 거북해했다. 그런데 그마저도 위압적인 사회자의 끈질긴 시선을 받아 내는 것에 비하면 아무것도 아니었다.

「난…… 흠…… 난…… 의뢰인이 아니에요……. 그런 종류의 일은…… 하지 않아요……. 그쪽은…… 내 분야가 아닙니다. 난 그저 관찰자로 온 겁니다. 미안합니다.」 그가 힘겹게 말을 더듬었다.

리아가 지팡이로 마룻바닥을 내려쳤다.

「심령들이 당신 의견 따위에 신경이나 쓸까요? 심령이 사람들이 흥정하려고 드는 평범한 과일 장수라고 믿으십니까?」

어디서 들려오는지 알 수 없는 〈딱〉 소리가 홀 안에 묵직하게 울려 퍼졌다. 사람들이 흥분해서 술렁였다. 바로 그게 〈폭스 자매들의 비법〉, 소위 망자가 낸다는 그 유명한 〈딱〉 소리의 근원이었다. 제니가 눈여겨본 바로는 노부인도 그 여동생도 전혀 움직이지 않았다. 진정한 공연이 드디어 시작됐다.

「그들의 분노가 이곳을 후려치기를 바랍니까? 그들을 다독이기 위해서는 그저 무대에 오르면 되는데?」

군중이 메모첩을 든 남자 뒤로 밀려들더니, 그를 연단으로 올라가는 계단 쪽으로 밀어붙였다. 그 어떤 타협도 불가능해 보이자, 남자는 수첩을 챙겼고, 드디어 계단을 올라갔다.

「고마워요, 후회하지 않을 겁니다. 이름이 뭐죠?」

「빌.」

「빌, 아주 좋은 이름이군요, 버펄로[2]가 생각나는…….」

2 Buffalo Bill(1846~1917). 서부 개척 시대의 전설적 인물. 들소 사

딱 소리가 들렸다. 리아는 미소를 띠며 말을 중단했다.

「미안해요, 빌, 하지만 우리가 기초를 엉망으로 해놓고 시작하고 싶지는 않군요. 신뢰, 그건 아주 중요합니다. 전 여러분 앞에서 꾸밈없이 제 소개를 했어요, 리아 폭스, 저세상을 위한 겸손한 봉사자라고. 당신도 그렇게 하면 좋겠군요. 이번에는, 진짜 이름을 대기를 바랍니다.」

남자가 무엇이 이런 소리를 만들어 내는지를 찾아보려고 주위를 두리번거렸다. 그는 테이블에 앉아 있는 또 다른 여자 말고는 아무것도 발견하지 못했다.

「자, 심령이 이미 마거릿에게 전부 다 일러 줬답니다. 이제 진짜 이름을 말해요.」

땀방울이 민머리인 그의 이마에 맺혔고, 어느새 묵직한 침묵이 내려앉았다.

「프랭크.」 마침내 그가 굴복했다.

세 차례 딱 소리가 울렸고, 리아가 만족스러운 표정을 지었다.

「봐요, 당신이 원하면 우린 앞으로 나아갈 수 있어요. 그게 그렇게 어려웠을까? 흐음?」

제니는 자신이 오로지 소리의 출처에만 정신을 집중해야 함을 알고 있었지만, 심령술사에게 매료되고 말았다.

「자, 마거릿 앞에 가서 앉도록 해요.」

냥꾼으로 명성을 날린 동시에 와일드 웨스트 쇼라는 극단을 이끌었다.

두 번째 의자가 두 자매 중 동생 앞에 마치 요술처럼 어느새인가 놓여 있었는데, 질문을 이어 가는 사이에 조수가 갖다 놓았을 터였다. 고분고분 자리에 앉는 프랭크의 두 손이 가볍게 떨렸다.

「테이블 위에 손바닥을 아래로 해서 손을 올려놓으시겠어요?」 폭스 자매 중 동생이 그때까지 침묵을 지키고 있다가 친절하게 부탁했다.

프랭크가 리아 쪽으로 시선을 던지자, 리아가 고갯짓으로 따르라고 지시했다. 그의 손바닥이 영매의 손바닥 위에 놓였다. 리아가 무대 앞에서 물러나 테이블 뒤로 가서 자리 잡았다. 그녀는 간단한 동작 하나로 무대의 구성을 완전히 바꾸어 놓았다. 이제 테이블이 전면에 나왔고, 그녀는 그 뒤에 있었다.

「좋아요…… 프랭크. 당신은 아직도 당신이 알던 어떤 사람의 죽음에 영향을 받고 있나요?」

세 차례 딱, 딱, 딱.

「쯧쯧…… 아직 당신에게 말하는 게 아니에요. 곧 당신 차례가 될 겁니다.」 리아가 천장에 시선을 던지며 응수했다. 「자, 프랭크, 대답해요. 당신의 교령 상대가 초조해하네요.」

「그녀는…… 그건…… 아니…….」

그가 갑자기 일어섰다.

「이 우스꽝스러운 짓거리가 다 뭔지 모르겠군! 더 이상 여기 있지 않겠어…….」

「다시 앉아요. 내 손에서 손을 빼내지 말아요. 방금

한 짓은 매우 위험하답니다.」 마거릿이 차분하게 말했다.

남자가 그 말에 따랐고, 다시 손바닥을 제자리에 갖다 놓았다. 리아가 관중을 향해 돌아섰다.

「자, 좋아요, 이제 모든 준비가 완벽하게 된 것 같군요. 이제 심령에게 그녀가 생전에 불렸던 이름을 내게 달라고 부탁할 겁니다. 〈아이i〉가 들리는군요……. 그래요……. 짧은 이름인데…… 잉그리드? 아냐, 그건 아니고…… 더 단순한데……. 글자 수가 더 적어……. 정신을 집중해야 합니다.」

프랭크는 강신술사가 정확한 이름을 찾아낼까 봐 두려워하면서, 그녀의 입술만 뚫어져라 바라보았다.

「그래, 이제 확실히 들리네요. 오! 듣기 참 좋은 이름이군요! 우리랑 함께 있나요…… 아이다!」

세 차례 딱딱딱. 제니는 어디서 들려오는지 여전히 특정하지 못하는 그 소리보다 자신이 늘 한발 늦음을 깨달았다. 저 빌어먹을 노부인이 그녀의 주의력을 몽땅 앗아가 버렸다.

「아이다, 당신 오빠가 마음에 맺힌 이야기를 하고 싶어 해요, 당신이 죽은 그날부터 간직했던 메시지고, 당신에게 결코 털어놓을 생각을 못 했던 메시지죠. 당신의 죽음이 오빠를 몇 년 동안이나 줄곧 괴롭혔다는 걸 알아야 해요. 당신도 오빠에게서 그 짐을 치워 주려고 우리 가운데로 내려온 거잖아요.」

커다란 침묵이 좌중을 내리덮었다. 마거릿은 두 눈

을 감은 채 이제 흥분 상태인 남자에게 말을 건넸다.

「동생이 당신 말을 듣고 있어요.」

프랭크의 호흡이 점차 가빠졌고, 얼굴이 불안감으로 벌게졌다.

「아이다…… 난…… 정말이지……. 그러니까…….」

「자, 자, 단지 주위에서 자꾸 맴돌 필요는 없잖소, 벌써 여러 번 확인해 주었으니. 이렇게 교령 상태를 유지하는 일이 내 동생에게는 진이 빠지는 일이라오, 자, 어서.」

프랭크는 정면의 여자를 바라봤고, 그녀는 눈을 감고 있는데, 눈꺼풀 아래에서 두 눈알이 분주하게 움직였다.

「아이다…… 왜…… 대체 왜 그자를 떠나지 않았지, 응? 너도 알고 있었잖아, 안 그래?」

그의 얼굴에 역력했던 두려움이 사라진 자리에 분노가, 그가 마거릿을 향해 쏟아 내는 분노가 자리 잡았다.

「수상쩍은 놈이라고, 그자의 전 부인은 버몬트의 외딴 늪에서 익사체로 발견됐다고 말해 줬잖아. 그런데 넌…… 넌…… 넌 네 맘대로만 했어. 넌 내 말을 들으려고 하지 않았지. 그래서 지금 어디 있니? 어디에서부터…… 어디에서부터 내게 말을 걸어오는 거야…….」

남자의 두 눈은 붉게 충혈되었지만, 맞은편 여자는 꿈쩍도 하지 않았다.

딱.

「아이다는 어리석었어요. 부자이고 잘생긴 그가 아

이다에게 관심을 표명했죠. 아이다는 당신이 사실을 코앞에 들이밀어도 보려고 들지 않았어요. 〈나 같은 여자에게는 꼭 한 번 찾아오는 기회야.〉 이게 아이다가 한 말이네요.」

마거릿이 두 눈알이 여전히 바삐 움직이는 상태로 차분하게 말했다.

「넌 어리석었던 게 아니야, 넌 네 생각만 했던 거야! 어머니는 계속해서 밤마다 발광을 하시는데, 넌 그런 어머니 곁에 나만 내버려 뒀지. 넌 그저 떠나고 싶었던 거야, 인정해, 인정하라고!」

그는 하마터면 손을 빼내어 마거릿을 상대로 삿대질을 할 뻔했지만, 리아가 자신의 손바닥으로 그의 손을 덮어 버리면서 못 하게 막았다. 마구 고개를 저어 대는 영매는 불안정해 보였다.

「아이다가 말하길…… 아이다가 말하길, 당신은 당신 자신을 용서해야 한대요. 아이다가 당신을 불러요, 프랭키. 내 귀에 뭔가를 말하는데, 잘 들리지 않는군요. 난…….」

마거릿은 경련에 사로잡혔다가, 경련이 멈추자 마침내 눈꺼풀을 밀어 올렸다. 그녀의 얼굴이 완전히 변한 것 같았다. 눈 깜빡할 사이에 그녀에게서 30년의 세월이 사라져 버렸고, 그녀의 타고난 온화함이 날아가 버린 자리에 차가운 표정이 들어서 있었다.

「오빠, 난 저세상에서 오빠를 보고 있어. 내 죽음을 핑계 삼아서 그 누구와도 교류하지 않는 짓은 그만해야 해. 벌써 3년이야. 이젠 다른 일로 넘어가지 그래.」

마거릿이 다시 눈을 감았다. 딱 소리가 여러 차례 울렸고, 마치 폭주하는 메트로놈처럼 그 소리가 점점 더 요란해지다가 드디어 멈췄다. 다시 자신에게로 돌아온 영매가 깨어났다.

「아이다는 떠났어요.」

그녀가 프랭크의 손에서 자신의 손을 빼냈다. 프랭크는 마치 하고 싶었던 말이 목구멍 저 안쪽에 걸려 있기라도 한 듯, 입을 벌린 채로 굳어 버렸다.

「아이…… 다…….」

리아가 다가와 남자를 부축해서 일으켜 세웠다.

「진짜로…… 내가 봤어요……. 당신도 아이다를 봤나요? 여기 있었어요……. 그 애가 여기…….」

노부인이 그에게 미소를 던졌고, 그러자 손자가 부리는 응석을 다 받아 주는 할머니같이 해맑은 느낌이 났다.

「아이다는 당신을 자랑스러워해요, 해오던 대로 쭉 해요.」

그가 마거릿을 향해 눈길을 던지자, 마거릿은 그에게 홀 쪽으로 시선을 돌려보라고 권했고, 그는 문득 자신이 그곳에 혼자 있는 게 아님을 깨달았다.

「자, 박수를 보냅시다.」

관중은 마치 한 몸인 듯 다 같이 박수갈채를 보냈는데, 제니는 자신도 어느새 모두와 함께 열광적 환호를 보내고 있음을 퍼뜩 깨달았다. 이번에는 마거릿이 무대 전면으로 나오자 박수 소리가 한층 거세졌다. 박수 소리가 일단 가라앉자, 남자는 안내를 받아 무대 아래로 내려갔고, 리아가 발언을 시작했다.

「자…… 자…… 여러분 가운데에는, 딱딱 소리가 기계 장치나 뭔지 모를 그 무언가로부터 나온다고 생각하며 믿지 못하는 사람들이 있다는 걸 잘 압니다. 그래서 자원하는 사람을 다섯 명 골라서 이곳으로 올라오라고 하여, 마음대로 무대를 살펴보게 하고 싶군요. 자, 여러분 가운데 가장 의심이 많은 분들, 어서요.」

손들이 올라갔다. 제니는 위조 신분 관련 문서에 순진한 여자로 묘사되었기 때문에 잠시 망설였지만, 호기심을 누르지 못하고 손을 들고 말았다. 오케스트라 박스에서는 아무것도 보이지 않았기 때문에, 제니는 마술이 진행되는 장소와 가장 가까운 곳으로 가서 비법을 알아내는 게 당연한 의무였다. 리아의 검지가 그녀를 지목했다. 그녀는 자신이 유일한 여성 지원자라는 사실에 깜짝 놀랐다.

「여자가 의심하는 경우는 드물지만, 자, 어서 올라와서 좋을 대로 살펴봐요. 그저 여러분에게 당부하고 싶은 건, 우리를 샅샅이 조사하고 싶다면 거칠지 않게 해달라는 겁니다.」 무대 총괄 책임자인 리아가 〈판관들〉에게 당부했다.

〈판관들〉은 동의했다. 제니는 그 해답이 대놓고 전면에 내세운 테이블이나 의자에는 있지 않을 거라고 짐작했다. 실제로 공연에서 그 무엇도 숨기는 게 없어 보이는 점이 여성 마술사는 몹시 훌륭하다고 여겼다. 무대 뒤편을 살펴봤지만, 커튼을 여닫는 데 사용되는 고전적 평형추들만 발견했다. 딱 소리가 나는 완벽한 타이밍은 여전히 지독한 수수께끼였다. 두 자매는 원격으로 그런 소리가 나게 하는 특수 기계 장치를 갖고 있음이 틀림없었다.

제니는 조사를 진행해 나가다가 몸을 숙여서 손가락을 구부려 가운데 마디로 마룻바닥을 툭툭 쳐봤다. 바닥이 텅텅 울리는 걸 보니, 거기에는 특별한 게 아무것도 없었다. 무대 뒤로 가서 작은 계단을 내려가 보니 무대 밑이 나왔는데, 실망스럽게도 텅 비어 있었다. 계단을 다시 오르는데, 북슬북슬한 구레나룻을 기른 장신의 남자가 마거릿만 따로 낚아채서 커튼 뒤로 끌고 와 있는 게 아닌가.

「무대 전면에 다 함께 남아 있었더라면 좋았을 텐데.」 마거릿이 소심하게 중얼거렸다.

「닥쳐. 내가 말을 걸 때에만 대답하라고.」

그 거친 사내는 튜닉형 터키옥색 드레스 소매를 마구 더듬기 시작했다.

「모두들 소리가 드레스에서 나온다고 생각하죠……. 한번은 트로이에서였는데, 내가 코르셋 안에 납 구슬들을 가지고 있다가 그것들을 흔들어서 딱딱 소리를 낸다고들 여기더라고요. 말도 안 되는 소리, 난 줄곧 앉아 있었는데…….」

「내가 좀 전에 뭐랬지?」

그 남자는 재빠른 동작으로 강신술사를 자신의 가슴팍에 밀착시키면서, 손으로 그녀의 가슴을 더듬었다. 구레나룻이 어찌나 귓전에 바싹 다가왔는지, 수염이 긁어 대는 게 느껴질 정도였다. 그녀는 역겨워서 흠칫 뒤로 물러섰지만, 남자가 몸을 단단히 붙잡고 있었다.

「너랑 놀 시간 없다. 그러니까 그따위 좀스러운 술책은 그만두고, 어서 불지. 그 빌어먹을 소리를 어떻게…….」 그는 그녀의 귀에 대고 속삭이던 중에, 갑자기 저지당했다.

제니가 그를 돌려세운 뒤, 그의 구레나룻을 휘어잡고서, 절묘하게 들어 올린 불쑥 나온 자신의 무릎을 향해 그 사내의 머리를 거세게 잡아당겼다.

「이자는 무대 검사는 나중에 끝낼 거랍니다. 어서, 언니를 보러 돌아가세요.」 제니가 숨 가쁘게 말했다.

마거릿은 급하게 무대로 돌아갔다. 사내가 머리를 쳐들었는데, 코에는 멍이 들었고 왼쪽 콧구멍에서는 가느다란 핏줄기가 흘러내렸다.

「내 코를 깼어, 이 망할 년이 내 코를 깼어!」

사내가 제니에 맞서서 주먹을 내지르다가, 자신을 공격한 젊은 여자의 얼굴을 알아보고서는 아슬아슬하게 멈췄다.

「당신이로군! 그…… 제니, 그렇지?」

마술사가 뒷걸음질을 쳤다.

「난 당신을 몰라요. 어쨌든 저 부인을 다시 괴롭히면

이번에는 내 발이 당신 거기로 날아갈 겁니다.」

그가 폭소를 터뜨리며 몸을 바로 세웠는데, 수염을 따라서 흘러내린 피로 이가 지저분하게 붉게 물들었다. 그가 혀를 내밀어 피 맛을 봤다.

「윌리엄이 로버트의 신입 요원이 아주 고약한 계집애 같다고 하더니만. 녀석, 거짓말은 아니군.」

그가 그녀의 얼굴에 침을 뱉었다. 제니는 따귀로 갚아 주려고 했지만, 피가 섞인 침을 맞고 당황한 바람에 어설픈 손놀림은 쉽게 가로막혔다.

「너 새로 와서 아직 뭘 모르는 모양인데, 나중에 내게 감사하게 될 거야.」

제니는 그가 날린 호된 따귀를 맞고서 그 자리에 쓰러졌다. 그러자 사내는 자신이 이룬 일에 의기양양하여 무대 뒤를 차분히 가로질러 극장 뒤쪽 출구로 향했다. 마거릿이 알려서 리아가 도착했고, 제니를 도우러 다가왔다.

「괜찮소, 아가씨?」

마술사는 몸을 일으켰지만, 아직 살짝 정신이 없고 어수선한 상태였다.

「그럼요, 그저 살짝 따귀를 맞은 거예요…….」

「미안하오. 평소에는 경호원이 다 알아서 하는데. 어떻게 이런 일이 벌어지게 내버려 뒀나 모르겠네.」

제니가 얼굴을 닦아 냈지만, 그래도 얼굴에서 씹는 담배 냄새가 풍겼다.

「고마워요. 내가 왜 그랬는지 모르겠지만…… 완전

히 얼어붙었더랬어요.」 마거릿이 리아 뒤에 숨어서 소곤거렸다.

마술사는 〈천만의 말씀이에요〉라고 말하는 듯한 미소를 활짝 지어 보였지만, 뺨에 남은 따귀 자국이 그녀가 정신이 없는 상태임을 잘 보여 줘서, 리아가 먼저 제안을 하게 되었다.

「저 의심 많은 사람들이 볼일을 다 보고 가면, 날 보러 와요. 당신이 편한 시간에 개인 교령 상담을 받을 수 있게 일정을 조정해 보도록 하겠소. 이름이 어떻게 되시나?」

「헤이즐, 헤이즐 바월이에요.」 제니가 잠시 머뭇거리다가 답했다.

이렇게 그녀의 잠입 근무가 공식적으로 시작되었다.

6
『완벽한 요원을 위한 핑커턴 지침서』

앨런 핑커턴

정보원 찾아내기

당신에게 부여된 위조 신분과 친해졌으면, 이제는 접점 노릇을 할 사람들을 찾아내야 한다. 이들은 가장 자연스러운 방식으로 용의자와 친분이 생기게 해줄 뿐만 아니라, 당신의 표적인 용의자 자신도 알지 못하는 정보들을 유일하게 갖고 있는 경우도 종종 있다. 당연히, 이 기술의 모든 어려움은 접근에 있다. 일반적인 믿음과 달리, 대부분의 사람들은 친구를 찾고 있으며 비통한 고독 속에서 살아가기에, 그들의 신뢰를 쉽게 얻을 수 있다. 일단 정보원이 되어 줄 만한 인물이 식별되면, 그 인물에게 다가가는 데 단순한 호기심 이상의 특별한 이유가 필요하지 않으니 곧장 그 인물에게 접근하라. 그의 고민거리, 그가 실어 나르는 험담을 들어 주고, 약간의 잡담을 나누어라. 직접적이든 간접적이든 간에, 수사에 필요한 것이라면 전부 다 기억하도록 유

의하라. 이 임무의 가장 중요한 부분은 당신이 정보에 관심이 있음을 숨기는 것이다. 그러니 정보원이 사소한 것들을 떠올리게 유도하라. 사람은 누구나 자기 이야기를 하기 좋아하며, 흥미로운 정보들은 저절로 나오는 법이다. 선로 변경 통제원이 기차를 올바른 선로에 올려놓기 위해서 지렛대를 한두 개 작동하듯이, 당신도 비슷한 일을 한다고 생각하라. 그리고 나서는 나머지 시간 동안 편안하게 자리 잡고 앉아, 차량이 지나가는 것을 지켜보면서 차창 너머로 몇 가지 자잘한 사항들을 수집하라. 그리고 당신이 정한 행선지의 효력에 확신을 가지라.

홀에서 서로 이야기를 나누던 관객들은 폭스 자매의 사인을 받고 나서야, 드디어 극장을 벗어나야겠다고 마음먹었다. 이미 입구에 서 있던 제니는 『핑커턴 지침서』를 챙겨 넣고 나서, 자신이 찾고 있는 인물이 눈에 띌 때까지 관중을 훑어봤다. 그는 가슴 앞에서 엇갈린 두 팔로 수첩을 꼭 누른 채, 여전히 넋 나간 시선을 하고 저쪽에 서 있었다. 제니가 군중을 가르면서 그를 향해 다가갔다.

「프랭크!」

그가 돌아보았고, 어디서 소리가 들려오는지 찾느라, 마치 누이 아이다가 저 위에서 여전히 그에게 말을 건네기라도 하는 듯 비 오는 하늘을 올려다보기까지 했다. 그는 바다에 떠다니는 병처럼 관객의 물결에 떠밀렸는데, 공연장을 떠나온 관객들은 소나기와 저녁 어스름과 저세상을 피해 곧 뿔뿔이 흩어졌다. 어떤 포동포동한 과부 한 명이 허둥지둥 서두르다가, 첫 번째 걸음마를 떼다 넘어진 아이처럼 당황한 표정으로 젖은 포석에서 미끄러지고 말았다. 프랭크가 그녀를 도와주러 몸을 움직일 새도 없이 검은 장갑을 낀 어떤 손이 그의 어깨에 놓이는 바람에 그가 소스라쳤다. 그가 흠칫 몸을 떼어 내다가 이번에는 자신이 미끄러질 뻔했다. 제니가 아슬아슬한 순간에 그를 잡았다.

「고맙습니다…….」

두 사람은 군중에서 빠져나와 극장의 차양 하나를 골라 그 밑으로 피신했고, 그러는 동안 비는 더욱 거세게 쏟아졌다. 뒤쪽에는 포스터가 붙어 있어서, 폭스 자매가 두 사람을 지켜보고 있었다.

「공연이 끝나고 나서 살펴보러 올라갔던 분이 아닌가요?」

「맞아요……. 그런데 아무것도 발견하지 못했답니다. 자매들에게서도, 의자에서도, 무대 뒤에서도요.」

그가 짤막하게 웃더니, 차양 밖으로 나가 모자를 벗어 버리고는 하늘에서 내리는 빗물이 얼굴로 흘러내리게 내버려 뒀다.

「그 말을 듣고 놀라 마땅한데, 놀랍지가 않네요……. 이상하죠, 안 그래요?」

마치 수염이니 윗도리니 전부 다 비에 휩쓸려 녹아 버린 것처럼, 수염과 윗도리가 몸에 찰싹 달라붙은 채 쏟아져 내리는 폭우를 맞고 서 있는 남자의 모습만큼이나 이상한 광경이 또 있을까. 제니는 그 남자의 변한 모습에 너무나 정신이 팔려서 그가 멀어져 간다는 사실을 겨우 깨달았다.

「잠시만요…… 당신이 날 모른다는 걸 잘 알아요, 하지만…… 알고 싶은 게 있어서, 그러니까 그게 어땠는지. 혼령을 본다는 것, 그게요…….」

물을 잔뜩 머금은 덩어리가 휙 돌아서자, 대기 중에 물방울로 이루어진 원이 그려졌다.

「왜죠? 두 눈으로 보고 나서도, 본인이 직접 관찰해 놓고서도 아직 의심하나요?」

「당신이 어떤 기분을 느꼈는지 알고 싶어요.」

프랭크가 다시 모자를 쓰고 차양의 경계에 와서 서자, 얇은 물의 장막이 그와 제니를 갈랐다.

「비를 좋아하는 사람은 아무도 없죠. 고작 수염에 물방울 몇 개 남겨 놓으며 산뜻한 기분을 안겨 주는 이슬비 이야기를 하는 게 아니에요. 그게 아니라, 이런 폭우를 말하는 겁니다. 이런 비가 내리면, 물먹은 옷은 한없이 묵직해지고, 죽을 정도로 병이 들고, 뉴욕처럼 막강한 도시도 멈춰 서기 마련이죠.」

빗물이 번쩍이는 실크해트 주위로 흘러내리면서, 최근에 설치된 가로등의 전기 불빛을 반사했다.

「자, 왜일까요…… 왜 빗방울 하나하나가 기쁨의 눈물인 듯 여겨지는 걸까요?」

그가 다시 웃기 시작했다.

「당신이 속에 간직하던 게 마침내 밖으로 빠져나와서가 아닐까요.」

「저런, 날 상대로 싸구려 심리 분석은 말아요. 난 바보가 아니랍니다……. 아니, 바보인지도 모르죠. 그러고 보니, 이름도 모르는군.」

제니가 물의 장막을 뚫고 손을 내밀었다.

「헤이즐…… 바월, 작고한 남편처럼요.」

제니는 속으로 자신을 저주했는데, 그 이름이 아직도 자연스럽게 입에서 나오지 않았기 때문이었다.

「프랭크 코블리드예요.」

제니는 손을 쥔 김에 그를 차양 아래로 끌어당겼고, 그가 가까이 다가왔다. 두 사람이 서로 다붙자, 프랭크는 그녀를 찬찬히 살피지 않을 수 없었다. 상대방 여성은 펑퍼짐한 검은색 드레스를 걸쳤지만, 프랭크는 그 아래 가느다란 실루엣이 들어 있음을 알아차렸고, 그녀의 담갈색 두 눈 속으로 빨려 들어가는 느낌을 받았다. 그는 등에 닿은 손길을 느끼고서야, 너무 가까운 거리에 살짝 거북해져 몸을 뒤로 뺐다.

「비를 맞지 마세요, 지금 병이 나면 그런 바보 같은 일이 어디 있겠어요……. 이제 비로소 망자들에게 말할 수 있다는 걸 알았는데.」

그가 옷의 물기를 살짝 짜고 나서 대답했다.

「어, 그래도 별문제 없을 겁니다, 거기 가서도 계속 이야기를 나눌 텐데요, 뭘.」

극장에 있던 사람들이 이제는 모두 떠나가서 골목길에는 빗방울 떨어지는 소리만 남았다.

「그 애를 느꼈어요, 아시겠어요? 아이다를. 내 어깨 위로, 마치 바람이 지나가듯. 처음에는 믿지 않았더랬죠, 하지만…… 그 애였어요, 그 애였다는 걸 확신해요.」
제니는 아무 말도 하지 않았다.
「이제는…… 뭘 써야 하죠?」 그가 물었다.
「수첩에요?」
「그래요, 그 빌어먹을 수첩에.」
그가 주머니에서 수첩을 꺼냈는데, 종이를 보호한다고 알려진 사슴 가죽 커버인데도 종잇장들은 물을 먹은 상태였다.
「폭스 자매의 숭배 현상에 관한 기사를 쓰기로 되어 있었어요……. 그 자매들이 어떻게 사람들을 속이는지 이야기해 주기로요……. 어쨌든 보시다시피 숭배죠, 뭐.」
그래서 폭스 자매는 사람들이 자신들의 비밀을 간파하려는 시도에 익숙했구나, 제니가 생각했다.
「어떤 신문인가요?」
「『뉴욕 헤럴드』요. 하지만…… 이젠 쓸 수가 없어요. 그럴 수 없어요……. 이해하시겠죠? 그러니까 내가 봤는데, 아이다를 만났는데!」
「일말의 의심도 남지 않은 건가요?」
「난…… 모르겠어요. 하지만 내겐 직업 윤리가 있어요. 내가 다루는 주제에 대해서 거짓말을 쓸 수는 없어요. 그런 까닭에 이런 주제를 택했던 건데, 이해하시겠어요? 믿지 않았으니까, 이렇게 생각했죠. 〈프랭크, 간단할 거야, 이번에도 조악한 사기극일 테니. 그 여자들은 가장 어리석은 사람들에게서 돈을 갈취한다는 내용의 기사를…….〉 하지만 이제…… 이제…….」

「그걸 믿기 시작한 거죠.」

「내가 최고로 어리석은 그런 사람들 중 한 명일까요?」

제니는 프랭크의 커다랗고 슬픈 눈을 봤다.

「당신이 어리석은 사람인지는 모르겠어요, 『뉴욕 헤럴드』지의 프랭크 코블리드 기자님. 하지만 어쨌든 정직하네요. 내 생각에는, 중요한 건 그게 다죠.」

제니는 그에게 인사를 한 뒤, 다시 검은색 상복용 베일을 쓰고 녹색 우산을 펼쳐 들고는, 10분도 더 전부터 그녀를 기다리고 있는 로버트의 마부를 향해 걸어갔다.

「사장님은 인내심이 없다는 걸 아셔야 합니다, 바월 부인.」 그가 비꼬듯 힘주어 말했다.

제니는 비 오는 밤에 맞춰 신중하게 선택된 뚜껑 덮인 마차에 올라 편안하게 자리 잡은 다음, 마부와 실내 공간을 갈라놓는 가림막에 뚫린 네모난 창에 시선을 던졌다.

「저도 그 생각을 하는 중이에요, 그런데 당신 이름조차 모르는군요.」

「마부 빌입니다. 그냥 빌이라고 부르시면 됩니다. 그게 좋습니다, 빌.」 그가 그렇게 말한 뒤 고삐를 살짝 당기니, 말은 줄줄 흘러내리는 빗물을 털어 버리느라 갈기를 흔들면서 내달렸다.

마차는 골목을 돌아 빠르게 사라졌고, 프랭크 혼자 남았다. 천으로 제작되어 습기를 잔뜩 머금은 차양을 향해 그는 눈을 들어 올렸고, 거기 그려진 빗물의 흔적이 이제는 그를 끈질기게 따라다니기를 그만둔 누이의 친근한 얼굴 같아서, 미소를 지었다.

7
『마술의 길』
구스타브 마턴

당연한 소리로 들릴 수도 있겠지만, 예술이나 스포츠와 다를 바 없이, 마술 역시 실기에 기초한다. 내 의견으로는, 눈속임 기술 연마에 바칠 시간을 정확하게 정해 놓는 것이 실력 향상을 위한 가장 좋은 방법이다. 그러한 기본적인 틀이 있다면 실력이 얼마나 늘었는지를 정밀하게 측정할 수 있는데, 이는 사기를 진작하는 데에 아주 중요하다. 자신의 출발점을 잊어버린 경우, 자신이 어느 정도의 거리를 주파했는지 실제로 인식하기 힘들다.

예를 들어, 내 경우, 난 아직도 1달러짜리 동전들을 숨기기 위해 이 손가락에서 저 손가락으로 동전들을 물 흐르듯 옮기는 데 어려움을 겪는다. 이 사소한 마술은 복잡해 보이지 않지만, 민첩하고 재빠른 손가락 움직임이 필요하다. 그런데 그런 능란함은 엄격한 규율 준수와 규칙적인 훈련 없이는 획득될 수도 유지될 수도 없다. 이 마술을 해내는 실력이 얼마나 발전했는지를 가늠할 수 있는 쉬운 방법은 회중시계를 이용해서 동전이 이 손에서 저 손으로 오가는 데 걸리는 시간을 측정하는 것이다. 매일 약 10분씩 연습하고, 일주일에 한 번 시간을 측정하라. 몇 달 연습을 하고 나면 4초가 채 안 걸려서 성공하게 될 것이다.

• 비고: 손가락 연습을 하면 할수록, 다른 새로운 마술들도 빠르게 익히게 될 것이다.

제니는 1달러짜리 동전을 오른손에서 왼손으로 유연하게 옮기는 일에 정신을 집중했다. 포석을 달리는 마차의 불규칙한 속도 때문에 작업이 수월하지 않았지만, 제니는 그런 조건 속에서 성공한다면, 유명 극장의 관객이 주는 압박감을 이겨 낼 수 있으리라는 걸 알고 있었다. 그녀를 가장 곤란하게 하는 건 중지에서 약지로 넘어가는 과정이었다. 동전을 자연스럽게 넘기려면 중지를 충분히 높이 들어 올려야 하는데 그게 잘 되지 않았다. 카드나 헝겊 공은 가볍고 유연하여 다루기가 쉬웠지만, 동전의 경우 그 어떤 실수도 용납하지 않았다. 마차가 속도를 늦추는 순간, 마술사도 물 흐르듯 자연스럽게 동전을 굴리는 데 성공했다. 처음이었다. 그게 제니에게 필요했던 전부였다. 이제부터는 언제라도 그 마술을 성공시키리라는 걸 제니는 깨달았다.

「다 왔습니다, 부인.」

동전이 손에서 빠져나갔고, 그녀의 집중력이 흐트러

짐과 동시에 좌석 밑으로 굴러 들어가서 사라져 버렸다.

「놔두세요. 그런 동전 따위는 주울 필요가 없게 되었다는 걸 곧 아시게 될 겁니다.」

「이 일을 영원히 할 생각은 없답니다, 아시겠지만.」

「모든 요원이 처음에는 다 그렇게 말해요. 하지만 보수가…….」

「나는 나예요, 난 모든 요원이 아니라고요…….」

그가 자그마하게 웃음을 터뜨리더니 주머니에서 구겨진 종이 한 장을 꺼냈는데, 거기에는 이렇게 적혀 있었다. 〈난 다른 요원들과는 달라요.〉

「이 방식이 매번 잘 먹힌답니다! 자, 이게 정확하게 당신이 한 말과 일치하지는 않겠지만, 비슷하긴 하다는 건 인정해야죠! 마부 윌이 가르쳐 준 거예요.」

제니는 가림막에 난 창을 통해 그의 손에서 재빨리 종이를 낚아챘고, 그 종이를 갈기갈기 찢어 버리고 나서야 마차에서 내렸다.

「경쟁을 정말로 싫어하는군요, 당신은, 응! 그래도 괜찮소, 난 당신이 아주 마음에 드니까.」 제니는 마부의 웃음을 뒤로하고, 핑커턴 본사로 들어갔다.

비서 글렌다는 어둡고 커다란 홀 안의 자기 자리에 앉아 있었는데, 고작 가물거리는 가스등 불빛 하나를 밝혀 뒀을 뿐이었다. 제니가 가까이 다가가 보니, 그 노부인은 손에 펜대를 쥐고서 잠들어 있었는데, 아마도 일하고 있는 중이라고 믿게 하려고 그런 것이리라. 그런데 그런 믿음은 착각임을 입에서부터 책상을 향해 흘러내리는 침 한 줄기가 보여 줬다. 최근에 고용된 신입 요원은 그녀를 깨우지 않는 것이 낫겠다고 판단했고, 신문에서 오려 낸 기사를 걸어 둔 계단으로 접어들어 대표 집무실로 향했다.

제니는 꽃무늬 양탄자가 깔린 복도를 따라 걷다가, 마지막 문에 노크를 했다. 놀랍지도 않게, 문이 저절로 열리면서 로버트의 장난꾸러기 같은 표정이 나타났는데, 그는 여전히 자신의 장난감에 홀딱 반한 상태였다. 그의 책상은 서로 다른 필체를 보여 주는 서류들로 화려했다. 뒤죽박죽 정신없는 그곳의 유일한 빈 공간은 이미 한참 타들어 간 커다란 밀초 두 개가 차지하고 있었다.

「잠깐만, 제니.」

그가 코안경을 걸친 채 알아들을 수 없는 소리를 웅얼거리면서, 코앞까지 들어 올린 종이를 마저 읽었다.

「흠…… 흠…… 생각하던 대로군.」

그가 손에 든 종이를 촛불을 향해 내밀자, 곧 종이에 불이 붙었다. 로버트는 불길이 종이의 절반을 먹어 치우자 의자 옆에 놔둔 작은 철제 휴지통에 불붙은 종이를 넣었고, 마저 다 탄 종이의 재가 다른 재 위에 더해졌다. 제니는 만약 저 휴지통이 말하는 능력을 타고났다면, 아마도 미국에서 가장 위험한 증인이 되지 않을까 하는 생각을 했다.

「자, 이제, 할 일을 해치웠으니.」 로버트가 말하며 자신의 요원을 향해 돌아섰다. 「그래서? 알아냈소? 알아냈다고 말해 줘요.」

「이 임무에는 뭔가 독특한 지점이 있죠, 안 그런가요? 그러니까, 내 말은……. 마술, 좋아요, 하지만 범죄와 죽음과 배신도 있어요. 그런데 난 그런 건 싫어요. 이해하겠어요? 그건 내가 할 일이 아니에요.」

탐정은 검지를 입술에 갖다 대며 회전의자에 앉아 의자를 조금 돌렸다.

「내가 당신에게서 흥미롭다고 생각한 게 뭔지 아오, 친애하는 제니? 내가 폭스 자매 이야기를 꺼낸 순간부터 당신은 돈 얘기를 그쳤지. 어쨌든 그 얘기를 듣고서는, 당신에게 자기 이름조차 밝히지 않았던 생판 처음 보는 남자와 함께 움직이기로 결심했잖소.」

제니는 아무 말 없이 입술을 깨물었다.

「난, 당신도 나만큼이나, 그 자매들이 어떻게 그런 일을 해내는지 알아내고 싶어 한다는 사실에 대해서는 추호도 의심하지 않소. 그래, 뭐를 알게 됐나? 이 점은 한 번 더 분명히 합시다. 난 왜에는 아무런 관심이 없어. 내가 원하는 건 어떻게가 다라오. 그래, 아가씨, 어떻게에 대해 말해 볼까?」

대표의 말투에 넌덜머리가 난 제니가 맨주먹으로 촛불 두 개의 심지를 움켜쥐면서 응수하자, 방 안이 밤의 어둠 속에 잠겼다. 초승달이 비추는 책상만이 환했다.

「핑커턴 씨, 날 아이 취급하는 일을 그만둬요. 당신

이 내게 주는 도움은 내가 당신 체면을 살려 주는 것에는 한참을 미치지 못하죠. 나 없인 당신은 아무것도 갖지 못할 테니까, **아무것도**! 그 자매를 봤어요, 그들은…… 그들은…….」

로버트는 인내심을 갖고 아이가 변덕을 그치기를 기다리는 부모처럼, 그녀가 긴 독백을 마무리 짓기를 기다렸다. 제니는 맞춤한 말을 찾아내기 위해 몇 초 뜸을 들였다.

「뭔가 달라요.」

제니는 육중한 책상에 잠시 기대었다가 맞은편 의자에 앉아야겠다고 결정했고, 그러고는 침묵을 지켰다. 로버트가 책상에 대고 성냥을 긋자 휜인에 불이 붙었고, 그는 아직 연기가 피어오르는 밀초의 심지에 다시 불을 붙였다. 두 번째 밀초에도 불을 켜자 드디어 빛이 다시 제 권리를 누렸다.

「협박에 관한 장을 읽지 않았소?」

제니가 그를 노려봤다.

「자, 내 귀여…… 제니. 우리 진정합시다. 그저 당신이 본 것만 말해 봐요. 두뇌 하나보다야 둘이 낫지 않겠소?」

「2,463달러.」

「뭐라 그랬소?」

「내가 원하는 금액이에요. 그 액수면 누구에게도 의존하지 않고서 평온하게 살아갈 수 있지요. 내가 하고 싶은 공연까지 다 넣어서 계산을 해봤어요. 사람들이 내게 이런저런 일을 하라고 강요하지 않게 하려면 2,463달러가 필요하더군요. 그게 당신은 명성을, 나는 자유를 누리는 대가예요.」

로버트가 자리에서 일어서더니, 양탄자를 응시한 채 원을 그리며 기계적으로 걷기 시작했다.

「차라리 월급을 주겠다면? 당신 생각에 그게…….」

「2,463달러. 내가 알아내지 못하면 한 푼도 지불할 필요가 없어요. 내가 쓴 비용을 정리해서 올리면, 그 비용은 댈 거죠? 『핑커턴 지침서』에 그렇게 나와 있던데. 걱정하지 말아요. 난 소박하게 사니까. 하지만 계약서는 필요해요. 내가 알고 있는 걸 당신에게 넘기고 난 뒤, 당신이 내 뒤통수를 치는 걸 방지하기 위한 장치죠.」

「그래, 현재, 뭘 알고 있소, 친애하는 제니?」

「그저 제니라고 부르세요. 아니면, 미스 마턴이 좋으면, 그렇게 부르시든가. 그리고 내가 무엇을 알고 있는가에 대해서는, 내 눈앞에 계약서를 대령하면, 그때 가서 말하죠.」

로버트가 그녀를 찬찬히 살폈다.

「통상적으로는 그렇게 처리하지 않소.」 그가 무뚝뚝하게 대꾸했다.

「당신의 그 폭스 자매, 그 사건 역시 통상적이진 않죠, 안 그런가요? 이제부터는 그 사건에 관심을 갖는 사람이 당신 혼자가 아니라는 말을 해주지 않을 수가 없군요. 신문사에서도 그 자매 사건을 1면에 실으려고, 자매가 발을 헛딛기만을 기다리고 있어요. 그런데 이런 건, 당신도 알고 있는 사실이겠죠? 그들이 내는 딱 소리의 비밀을 알아내려고 당신에게 거금을 지불할 준비가 된 고객이 이미 있으리라고 짐작해요. 1만 달러? 2만 달러? 하나의 제국을 무너뜨리는 일의 값어치는 얼마나 되려나?」

로버트는 예비 신입 사원의 건방이 하늘을 찌르는 걸 보면서, 얼굴이 찌푸려지는 걸 억누르기 힘들었다. 어쩌면 바로 이래서 동생 윌리엄이 핑커턴사에 여성을 받아들이려고 하지 않는 건지도 모르겠다. 그들에게는 고분고분함이 부족했고, 그 의도는 예측 불가능했으니까.

그는 서랍 안에서 인쇄된 종이를 하나 꺼내어 빈칸 몇 개를 채웠다.

「그런 종류의 일을 처리하면서 변호사를 대동하지 않나요?」

「간단한 계약서니까. 당신이 임무를 완수하면, 핑커턴은 평판과 보상을 거둬들이고, 당신은 돈을 받는 거지. 변호사가 미리 작성해 준 계약서요. 직원이 되기는 거절하니, 소위 성공 보수 계약서를 쓰는 거라오.」

그가 서류에 자신의 이름으로 수결하고, 아직 비워 놓은 액수를 기입해야 할 칸을 가리켰다.

「2,463달러.」 제니가 되뇌었다.

그가 계약서를 내밀자 제니가 꼼꼼하게 읽었다.

「함정은 없소. 지금으로서는 당신이 필요하니까.」

제니는 작은 은색 펜을 집어 들고 찬찬히 살폈다. 펜

촉이 있어야 할 자리에 정말 작은 금속 볼이 있었다.
「이게 뭐죠? 지금 준 거요.」
「볼펜. 아직 시장에 나오지는 않았지만, 그걸 만든 사람을 알고 있어서. 줄을 그어 정정하지 않으려면 그보다 더 좋은 게 없지. 볼펜, 그건 미래라오. 날 믿으라니까.」
제니가 어설프게 서명했다.
「펜이 더 낫네요.」
「모두가 자신이 이미 알고 있는 걸 더 좋아하지. 이제 지구 전체를 답파했으니, 다음번 탐험은 기술 분야에서 이루어질 거요. 그때가 되면, 그래요, 이런 종류의 발명품들이 사방으로 뻗어 나가겠지. 이 작은 걸음이 우리를 얼마나 멀리까지 이끌지 보게 될 거야.」
그녀가 계약서를 내밀자, 그는 그 서류를 다시 그녀에게로 밀어 놓았다.
「다음번에 회사에 올 일이 있을 때까지 갖고 있어요. 마음껏 다시 읽어 보라는 소리요. 그 뒤에 사본을 한 부 인쇄합시다. 그 일에 또 시일이 소요되니, 조금 긴 과정이지. 그사이에, 당신이 알고 있는 걸 말해 보오.」
제니가 정성스럽게 서류를 핸드백에 챙겨 넣었다.
「사실대로 말하자면…… 아무것도 없어요…….」
로버트가 하마터면 의자에서 굴러떨어질 뻔했다.
「뭐라고? 하지만…… 어쨌든…….」
「아무것도…… 구체적인 건 없어요. 하지만 실마리는 있어요.」

그녀가 일어나서, 로버트가 그렇게 자랑스러워하는 신입 요원을 위한 매뉴얼이 적혀 있는 칠판을 향해 갔다.

「전깃불을 켜줄 수 있나요? 어둡군요, 여긴.」

로버트가 스위치를 누르자, 실내가 곧 호박색 불빛에 잠겼다.

「좋아요.」

그녀는 칠판 하단에 놔둔 칠판지우개를 집어 들고는 단호한 동작 세 번 만에 탐정 회사의 작동 원리에 관한 도표를 지워 버렸다.

「어이!」

제니는 그가 뭐라든 전혀 신경 쓰지 않고 분필을 잡더니, 커다란 원을 그리고 그 안에 〈무대〉라고 적어 넣었고, 그 안에 그려 넣은 좀 더 작은 원 두 개에, 그러니까 앞쪽의 원에는 〈리아〉라고 쓰고 중앙의 원에는 〈마거릿〉이라고 쓴 뒤, 마지막으로 마거릿 맞은편에 〈고객〉이라고 적어 넣었다.

커다란 원 바깥에, 리아 앞에 〈관객〉이라고 적고서 그 옆에 〈제니〉라고 쓴 작은 원을 그려 넣었다.

「핑커턴 씨…….」

「로버트라고 불러요. 안 그러면 내 동생하고 뒤섞여서 갈피를 못 잡을 테니.」

「로버트…… 그들이 개최하는 교령회를 보러 간 적 있죠?」

그가 고개를 끄덕였다.

「잘됐군요. 그렇다면, 고령이지만 관객의 주의를 잡아 두는 사람은 리아라는 걸 알아챘겠군요. 적어도 〈고객〉이 무대로 올라와 자리 잡을 때까지는요.」

「당연하지. 고객이 공연의 중심이오. 바로 그 고객이 그런 체험을 진짜로 만들어 주니까. 고객이 등장하기 이전의 일은 공연에 대한 소개 그 이상은 아니지.」

그녀가 분필로 칠판을 톡톡 두드렸다.

「맞는 말이긴 한데, 그 소개가 중요해요. 이미 몇 차례 딱딱 소리가 나는데, 소개하는 동안 리아의 분주한 움직임을 고려하면 그 소리가 리아에게서 나올 수는 없어요. 고령인 만큼, 뭐든 시도하기에는 동작이 너무 느리니까요. 설사 그녀가 한다손 쳐도, 그렇게 계속 말을 하면서 마술을 성공시키기란 불가능할 거예요. 그러자면…… 어쨌든…… 내 말을 믿어요, 그건 불가능해요.」

깊은 생각에 잠길 때마다 늘 그러듯이, 로버트는 수염을 계속 만지작거렸다.

「그렇다면 마거릿이라는 말이오?」

제니가 자신이 그려 놓은 도표를 응시하면서 그 도표를 당시 정황 속에 갖다 놓았고, 아무 장식도 없는 테이블과 마주하고 앉아 있던 소심한 부인을 다시 떠올렸다.

「아니에요.」

「아니라고? 그럼 뭐요?」

로버트는 자신의 요원이 다른 데에 정신이 팔려 있다

고 느꼈으니, 제니는 그에게 말을 건다기보다는 칠판에 눈길을 못 박은 채 자기 생각을 혼잣말로 이어 갔다.

「마거릿은 사실상 거의 움직이지 않아요. 그녀가 마주한 테이블은 더할 나위 없이 소박해요. 게다가 두 손은 교령회 내내 그 위에 올려져 있었고.」

「그렇다면, 남은 건 오로지…….」

「바로 그게 제 생각이에요…… 고객!」 그녀가 두 눈을 흥분으로 번쩍이며, 그를 돌아보며 대답했다. 「백인 마하트마가 궤짝을 살필 사람을 어떻게 골랐는지 아직 기억하는지 모르겠지만, 그 마술사는 헝겊 인형을 관중을 향해 던짐으로써, 그게 우연히 이루어진 것임을 사람들이 의심할 수 없게 했죠. 하지만 리아는…….」

갑자기 그가 일어섰다.

「리아는 피해자에게 말을 걸고, 피해자를 지목하는 건 혼령들이라고 주장하지!」

「바로 그거예요.」

로버트는 강렬한 인상을 받았다. 제니는 방금 공연장에서 나왔을 뿐인데, 벌써 이제껏 누구도 이해하지 못했던 속임수에 대한 가설을 세웠다는 게 믿어지지 않았다. 폭스 자매는 어쩌면 영리할 수도 있겠지만, 만약 누군가가 그들의 비밀을 간파하는 데 성공한다면, 아마도 그건 바로 이 요원이리라.

「그렇군, 맞아, 약은 짓이지. 그 누가 무대에 올라왔던 고객을 뒤질 생각을 하겠소? 바로 그런 까닭에 공연 마지막에 관객 몇 명을 무대로 불러 올려 면밀하게 살펴보라고 제안하는 거야. 그 관객은 딱딱 소리를 만들어 내는 장치를 몸에 지닌 채 좌중 속으로 돌아가 버렸으니까. 제니, 당신은 정말이지 이름대로 천재적이군.」

그가 제니의 이름을 갖고 말장난을 하며 웃더니, 종이를 한 장 꺼내고 볼펜을 들었다.

「전화 교환수들은 이 시간에 벌써 잠들었겠지. 그 고객의 인상착의를 알려 주면, 내일 당장 요원에게 전화를 걸겠소.」

로버트는 과장된 동작으로 그가 자랑스러워하는 또 다른 신기한 물건을 보여 주지 않을 수 없었다. 제니는 벽 한 면을 장식하고 있는 위압적인 갈색 상자를 바라봤는데, 두 개의 종과 작은 핸들, 그리고 수화기와 마이크 노릇을 동시에 하는 송화기로 구성된 물건이었다.

「그런 일을 할 필요가 전혀 없어요.」

「왜? 편지보다 훨씬 낫다오. 그저 교환원을 기다리는 시간 정도가 불편할 뿐이지.」

「내가 그 고객과 직접 이야기를 나눠 봤어요.」

「당신…… 당신이? 직접? 아니…… 지침서를 준 게 다 무슨 소용이람? 늘 중간에 사람을 세워야지, 안 그러면 표적이 당신의 얼굴을 알게 되는데, 그러면 그 이후 수사에서 당신은 망하는 거라고.」

그의 주먹이 격렬하게 테이블을 내려쳤다.

「염병할! 여기 있는 사람들이 어릿광대는 아니오, 마턴 양. 회사에는 나름의 방식이 있고, 그 방식은 당신이 아무렇게나 다루라고 있는 게 아니야.」

「그래서 그 방식들, 그게 당신을 어디로 데려갔나요? 벽에서 본 바에 의하면 4년 전부터 중요한 사건은 하나도 해결 못 하셨잖아요.」

로버트는 열에 들뜬 손으로 책상 위에 쌓여 있는 서류들을 정리했는데, 그 행위가 스트레스를 다스리는 데 도움이 되었다.

「윌리엄이 말했더랬지. 〈그 여자는 문제를 일으킬 거야. 그 일은 우리 식으로 해야지.〉 그런데 난 멍청이처럼…… 나는 새로운 피를 원했지, 알겠소? 새로운 시선을. 그런데 봐, 이제…….」

제니는 그래도 당황하지 않았다.

「좋아요. 그냥 갈까요, 아니면 내가 뭘 발견했는지 들을래요, 편집증 환자 양반?」

그가 서류 정리를 마치고는 수염 속에서 웅얼댔다.

「자, 해보오. 고객에 대해 얘기해 봐요. 우리 범인을 발견했다고 말하라고.」 그가 넌덜머리를 내며 대답했다.

「그게…… 복잡해요. 지목된 사람은 기자예요. 프랭크 코블리드라고, 『뉴욕 헤럴드』 소속이고. 그 사람 역시 폭스 자매의 비밀을 만천하에 밝히고 싶어서 왔어요. 공연이 끝난 뒤, 가서 그 사람과 대화를 나누었고, 그 기회를 틈타서 몰래 뒤져 봤어요. 주머니에는 이상한 게 전혀 없었고 소매에도 아무것도 없었어요. 그저 그 사람 직업과 연관된 수첩 하나뿐이었죠. 죽은 누이와 말을 했다는 충격으로 온몸을 떨고 있더라고요. 마술사와 미리 짠 조력자들을 본 적이 있어요. 그들은 다른 사람들보다 자신들이 더 영리하다고 느끼지 않으려야 않을 수가 없어요. 다른 사람들을 속이는 동안에는 늘 살짝 입을 비죽대죠. 그런 티를 안 낼 수가 없어요. 하지만 그 남자는 진짜로 충격을 받았더군요.」

제니의 분석을 듣고 로버트는 침묵에 빠졌다. 그가 잠시 생각에 잠겼다가, 말을 뱉었다.

「이런 생각은 안 해봤소, 그자가 아주 훌륭한 배우라는…….」

제니가 단호하게 고개를 저었다. 탐정은 자리에서 일어나서 창가로 가, 그 길 아래쪽에 위치한 심령주의 상담소들을 내다봤다. 탐정 사무소 대표는 벽을 쳤고, 그 바람에 벽에 걸려 있던 그림들이 흔들리다가 그중 하나가 떨어졌다.

「또 다른 공개 교령회가 얻어걸리려면, 아마도 두 달은 더 걸릴 텐데…… 염병할!」

「그렇게 오래 기다릴 필요 없어요.」

「그게 내 마음대로 되는 일이 아니오. 비록 심령주의 운동이 내리막길이긴 하지만, 폭스 자매와 함께하는 교령회는 아직도…….」

「내일 오후 개별 교령 상담에 참석할 거예요. 대표님 동생 윌리엄의 말단 직원이 어찌나 예의 바르던지. 그가 마거릿에게 폭력을 휘두르기에 내가 끼어들었어요. 덕분에 리아에게서 특별 배려를 받게 됐죠.」

「개별 교령 상담?」

제니가 고개를 끄덕였다. 로버트의 얼굴에 다시 미소가 돌아왔다.

「그게 그리 쉽게 얻어 낼 수 있는 게 아니라는 점을 인정하지 않을 수 없군. 덕분에 확실히 수사에 진척이 있을 거요. 리아가 나올지 혹은 마거릿이 나올지 아시오?」

「전혀 몰라요. 까다롭게 고를 처지가 아니었으니까요.」

그가 드디어 다시 자리에 앉아서, 신입 사원이 사무실 문을 열고 들어온 순간부터 그를 갉아 댔던 불안감을 긴 숨에 실어 날려 보냈다.

「좋소, 좋아…… 이제 가봐요, 제니, 두 번의 교령회에 관한 보고서를 최대한 빨리 제출해 주기를 기다리겠소. 봤다시피, 이곳에서는 모든 걸 문서로 만들어서 보관하니까.」

「그것 역시 재로 만들려고요?」

「어떤 서류들은 사라지는 게 더 낫다오…….」

문이 제니의 등 뒤에서 저절로 열렸다.

「내일 일이 잘되기를 바라오. 어서, 위조 신분을 한 번 더 들여다봐요. 개별 교령 상담이니, 조금의 실수도 있어선 안 되리다.」

8
폭스 자매 사건
담당 요원 제니 마틴을 위한 위조 신분

• 이름: 헤이즐

• 성: 바월

• 작고한 남편: 헨리. 서유럽과 뉴욕을 오가며 생선 및 갑각류 무역에 종사하던 남자로, 대서양을 건너던 중 실종되었다.

바월 거래소라는 상호를 쓰는 그의 사업은 여전히 번창하고 있으며, 현재 알렉 녹먼이 경영을 맡고 있고, 덕분에 헤이즐은 생활이 곤궁해지지 않았다.

• 헤이즐이 심령주의에 끌리는 이유: 헤이즐은 남편과의 교신에 성공하여 그의 죽음을 확인하게 되면, 제대로 애도할 수 있으리라고 생각한다. 또한 남편에 대한 자신의 사랑을 전하기 위해 마지막으로 그에게 말을 건넬 수 있기를 바란다.

• 자녀: 클라크, 9세. 살짝 부산하나 나비에 푹 빠져 있다. 그것만이 아이를 차분하게 만들 수 있다. 헤이즐은 아이가 조용해졌다 하면, 나비를 쫓아갔다는 소리

임을 안다. 아이는 그러다가 여러 번 길을 잃었다.

닐, 7세. 훨씬 차분하다. 나이에 비해 아주 조숙해서, 벌써 글을 읽을 줄 알며, 셰익스피어에, 특히 『한여름 밤의 꿈』에 매료되었다. 극장으로 연극 공연을 보러 갔던 이래로 장난꾸러기 요정 퍽을 즐겨 흉내 내어, 종종 당나귀들을 보러 가서는 〈네가 말을 잘 들으면 널 다시 인간으로 바꿔 주겠다!〉라고 말한다.

• 심리 상태: 헤이즐이 헨리에게 느꼈던 사랑은 굉장히 강렬한 종류여서, 그녀는 작고한 남편의 이름을 누가 언급하기만 해도 눈물이 차오르며 어찌할 바를 모른다. 헤이즐은 혼자서 아이들을 키워야 하는 혹독한 임무에 과감히 대처하는 데 어려움을 느끼는 연약한 여인이다.

• 추가 정보: 1862년 스탬퍼드에서 출생. 아버지는 생선 판매상(그래서 헨리와 만나고 결혼이 성사되었다).

1879년에 결혼.

블랑슈가 제니의 귀를 쪼아 댔다.

「아야!」

화들짝 놀란 비둘기가 새장으로 날아가 조심스럽게 나무 횃대에 내려앉았다.

「블랑슈, 당장 이리 오지 못해!」

새는 방향을 바꾸어 자신의 희생물과 등지고 앉았는데, 아마도 그럼으로써 자기가 저지른 일의 결과를 마주하지 않아도 된다고 생각하는 모양이었다.

「그 빌어먹을 동물들은 대체 왜 돌려주지 않는지 모르겠구나. 이젠 마술할 때 이용하지도 않으면서, 골칫거리만 안겨 주는데 말이야.」 엘런이 저녁 식탁에 퓌레로 오르게 될 삶은 감자를 기운차게 으깨면서 말했다.

블랑슈가 저지른 사건을 아직은 덮어 둘 수 없었던 제니는 벌떡 일어서서 새장을 돌아, 말 안 듣는 새와 정면으로 마주했다.

「좋아, 이제 내 말 잘 들어, 그게 애정을 표현한다는 건 알지만…….」

블랑슈는 우아하게 팔짝 뛰어올라 다시금 제니에게 자신의 엉덩이를 내보였고, 그러고는 짤막하게 구구거리다가 똥을 싸질러, 똥이 새장 바닥에 놓인 짚 위로 떨어졌다.

「어머나, 저 봐라, 드디어 새장 안에서 일을 보네!」 엘런이 비웃었다.

제니는 비둘기의 뻔뻔함에 진이 빠지긴 했지만, 어쨌든 그 빈약한 승리에 만족하며 다시 자리에 앉았다. 우댕이 갑자기 제니의 발 주위를 깡충거리며 돌기 시작했다. 제니가 토끼를 들어 무릎 위에 올려놓았다. 토끼는 차분해져서 주인에게 기대 왔다. 제니는 흰색 작은 토끼의 털도, 손가락 아래서 요동치는 심장의 리듬을 곧장 전해 주는 그 긴 귀도, 행복으로 파르르 떠는 그 콧방울도 좋아했다.

「엄마, 질문이 하나 있는데요…….」

「말해라.」 엘런이 홍당무를 얇게 썰면서 대답했다.

「엄마가 아빠에 대해 느꼈던 것…… 그걸 어떻게 묘사하겠어요?」

탁 소리가 나더니 칼질 소리가 멎었다. 엘런은 풍로 위에 놓인 작은 프라이팬 속에 채소를 쏟아부었다. 그러더니 풍로의 작은 뚜껑 문을 열고 석탄으로 꽉 찬 그 안에 신문지를 쑤셔 넣었고, 그러자 곧 신문지에 불이 붙었다.

「이것 끝내주게 금방 뜨거워지네, 요 작은 게 물건

일세!」

엘런이 의기양양해서 한옆에 빼놓았던 홍당무 조각 하나를 집더니 우댕에게 내밀었고, 우댕은 잠깐 킁킁거리고는 갉아 먹기 시작했다.

「엄마, 늘 그 문제만 나오면 피하더라…….」

엘런이 딸의 시선을 애써 피하며 파슬리 한 가닥을 우댕에게 내밀었다.

「그런 느낌을 주는 사람이라도 생긴 거냐? 새 직장에서?」

「아뇨! 그러니까, 무대 일 때문이에요. 일생일대의 사랑을 상실한 여자 역을 해야 해서…… 그래서 그런 걸 잘 알 만한 사람에게 물어봐야겠다고 생각했지.」

「마술사에서 배우로 넘어간다라, 한 발짝만 떼면 된다는 걸 짐작했어야 했는데.」

「일시적인 거예요, 워낙 돈을 많이 주니까. 그게 어떤 건지 알아야 하는데…….」

어머니가 드디어 딸에게 눈길을 주었다.

「사랑?」

엘런이 제니 앞에 앉더니 테이블 위에 기운 양말을 신은 두 발을 거리낌 없이 올려놓았다.

「엄마! 더럽잖아요.」

「오! 이러면 생각하는 데 도움이 된다. 네 질문이 그리 간단한 게 아니야.」

그 50대 여성은 머리를 감싸 쥐고 천장에 눈길을 고

정했다.

「그건 마치…… 음…… 네 아버지는 정말이지 특별한 데가 있었어, 그래서 잘 모르겠는데…….」

「도망가지 마요.」

「알았어, 알았다고…….」

흰색 천장이 이제 캔버스로 변하여, 그곳에 엘런에게 남아 있던 추억의 골조가 다시 세워졌다.

「사람과 사람 사이의 관계를 이야기하려고 할 때 미치겠는 건, 바보 같은 순간들만 기억에 남아 있다는 거지. 결혼하던 날도, 항만에서 우리가 처음 만난 일도, 우리가 처음 잠자리를 가졌던 일도 아니야. 그래, 내가 가장 아끼는 추억, 그건 네 아버지가 자신이 소속된 연대의 병사들에게 나를 소개했던 날이구나.」

엘런이 웃었다. 제니는 어머니가 서른 살을 훌쩍 덜어 낸 듯 느껴졌다.

「기억난다, 그게…… 62년이었어. 남북 전쟁[3]으로 인한 살육이 이미 시작된 때였지. 그 연대를 봤어야 하는 건데. 전쟁에 대해서는 건너, 건너 들었을 뿐인 사내들이었어. 그 사람들의 아버지들은 아마 멕시코전[4]에 참전했을걸. 하지만 그런 경우마저도 드물었고…… 남북

3 남부 주들의 연방 탈퇴와 노예제 등의 문제로 촉발된 전쟁(1861~1865)으로, 북부의 승리로 끝나며 노예제가 폐지된다.

4 미국-멕시코 전쟁(1846~1848). 미국이 텍사스 공화국을 주로 편입하자, 국경을 둘러싸고 미국과 멕시코 사이에 발생한 분규가 전쟁으로 이어졌다. 미국이 승리하면서 멕시코는 뉴멕시코주를 비롯한 많은 지역을 잃는다.

전쟁이 멕시코전과 같지도 않았고. 그 사람들은 다른 미국인들을, 두 개의 물방울처럼 자신들과 똑 닮고 그저 목화 농장을 지켜 내고 싶다고 말하는 남자들을 상대로 싸우러 가지는 않았으니까. 〈너랑 똑같은 언어를 말하는 누군가를 죽이는 것, 그건 사람을 변하게 한다. 그리고 누가 살아남을지를 정해야만 하는 순간이 오거든. 그들이냐 아니면 너냐. 내 말을 믿어, 넌 그게 너이기를 바랄걸.〉 사격 연습 때 중사가 계속 병사들에게 되풀이했던 말이란다.」

제니는 짚으로 만든 인간 모형을 상대로 쏴대는 총소리가 거의 귀에 들리는 듯했다.

「보통은 남군이 패배했지만, 그렇다고 해서 북군의 사내들이 불면증에 시달리지 않은 건 아니었어. 그러니 결국 그들이 시간을 보내는 가장 좋은 방법은 훈련장 근처의 술집이었단다. 그들은 술을 마시고 카드놀이를 하면서 전쟁이 그들에게 안겨 줬던 드물게 좋은 점 중 하나를 누렸더랬지. 그러니까 새로 사귄 친구들 말이다. 그러던 어느 날, 그들 중 한 명이 네 아버지한테 사정없이 깨지는 중이었어 — 너도 알잖니, 네 아버지가 얼마나 카드놀이에 뛰어난지. 그 남자는 막 주급의 반을 날린 참이었어. 그래서 내가 지나가는 걸 보고는, 내 엉덩이에 손을 갖다 대며 맥주 한 잔 갖다 줄 수 없겠냐고 부탁하면서 희롱을 했단다. 이제부터는 그 작자의 말이야. 〈내가 방금 당신 사내에게 준 그 모든 쩐에 비하면 이건 시작일 뿐이라고.〉 지금도 기억난다.

네 아버지 구스타브와 주고받았던 그 공모의 눈길이. 구스타브는 내가 무슨 짓을 저지를지 짐작도 못 했으면서, 그래도 내게 작게 고개를 끄덕여 줬거든. 난 시간을 끌지 않았어. 그 작자의 코를 깨줬지. 그 작자의 얼굴 한복판에 주먹을 먹였지. 그 남자가 의자에서 굴러 떨어질 때 우지끈하던 소리가 아직도 손가락에서 울리는 것 같구나.」

엘런의 눈길은 저 멀리를 보는 듯했다. 마치 천장 뒤에 술집이, 그녀의 남편이, 그리고 그녀가 유일한 관객이었던 예전의 달콤한 장면이 존재한다는 듯이.

「아무도 반응을 보이지 못했는데, 구스타브만이 웃더니 이렇게 말했어. 〈제기랄, 친구들, 패가 너무 좋은데, 15센트 더 올리겠어.〉 이번에는 연대원 전부가 웃음을 터뜨렸단다. 네 아버지가 그 판을 잃었지만, 내 마음은 얻었지.」

제니는 어안이 벙벙해졌다.

「하지만…… 뭐 한 게 없잖아요, 아빠는! 이야기 주인공은 엄만데!」

「저런, 내게 사랑은 그런 거야, 젠, 네가 네 이야기의 주인공이라고 느끼게 해주는 사람 말이야.」

엘런의 뺨 위로 한 줄기 눈물이 흘렀고, 엘런은 두 사람의 관계에서 가장 좋았던 순간들을 되새기며 손가락을 기계적으로 움직여 배를 피아노 치듯 두드렸다.

그런데 이상한 냄새가 곧 그녀의 시간 여행을 방해

하러 왔다.

「염병할, 염병할, 염병할!」

엘런은 일어서려고 버둥거리다가 의자를 뒤로 넘어뜨리고 말았다.

「젠, 홍당무!」

젊은 여자가 차분하게 일어나서 따뜻한 물 한 잔을 냄비에 붓고 채소를 뒤적거리니, 거무스름한 색깔이 빠르게 사라졌다. 어머니가 옆에 다가와, 딸을 밀어내고 다시 작업을 지휘했다. 제니는 어머니가 요리에서 주도권을 쥐는 걸 얼마나 좋아하는지 알기에 어머니에게 맡겼다.

「아빠와 나…… 우리가 서로 마음이 잘 맞았을까요?」

「농담해? 널 보고 있으면, 가끔은 네 아버지가 떠나지 않은 것 같다. 너도 아버지랑 똑같이 독립적이고, 참을성이 많단다. 그래서 난 군대가 네 아버지 취향은 아닐 거라고 확신했지. 네 아버지라면 저녁 내내 길바닥에서 멍청이 같은 마술을 보여 주려고 낑낑대고도 남았을 거야. 그런가 하면, 침대를 정리할 때 시트 가장자리를 매트리스 밑으로 밀어 넣어야 한다는 건 그이에게 결코 설득하지 못했지.」

눈물 한 방울이 떨어져, 뭉근한 불에서 천천히 익어가던 채소 수프와 한데 섞였다.

「그렇고말고, 정말이지, 네 아버지는 바보였는지도 몰라.」 그녀가 우스갯소리를 하는 동안 새로운 눈물이 채소 한복판에 떨어져 내렸다. 「그이가 내가 이런 바보 같은 얘기를 하다가 우는 모습을 보면서 무슨 생각을 할까.」

「그러니까 〈모습을 본다면〉, 그 말이죠?」

냄비에서 하얀 김이 올랐다.

「젠, 네가…… 홍당무는 알아서 해라……. 금방 오마.」

엘런이 자신의 아픔을 감추려고 콧구멍만 한 방 안의 한구석으로 갔다. 딸은 어머니가 다시는 이런 이야기를 하지 않으리라는 걸 알았다. 제니는 홍당무를 던 뒤 국자를 옆에 내려놓고, 우댕과 함께, 그리고 어머니의 시끄러운 울음소리를 못 들은 척 배려하면서, 곰곰 생각에 잠겨 수프를 먹었다.

9
『완벽한 요원을 위한 핑커턴 지침서』
앨런 핑커턴

활동 기록

핑커턴 탐정 회사에서는 비할 데 없이 뛰어난 능력을 지닌 법률가와 변호사로 이루어진 법무팀의 지원을 언제든지 제공한다는 사실을 기억하라. 그들 덕분에 당신은 경찰의 권한이 미치지 않는 곳에서 활동할 수 있고, 국가의 권한 앞에서 당신의 범인 검거를 정당화할 수 있다. 만약 본사에서 그들 중 한 명과 마주친다면 서슴지 말고 감사를 표하라. 그가 당신이 투옥되는 것을, 나아가 교수형당하는 것을 이미 막아 줬을 가능성이 높으니까. 어쨌든 그들이 사법 사건에서 당신을 빼내는 데 필요한 유일한 무기는 당신의 기록, 즉 당신 활동의 엄정성을 보여 줄 증거들이다. 수사의 진척 상황과 당신이 쓴 경비, 잠입 방식에 대해 정확한 일지를 남기라. 당신 몫의 역할을 수행하고 나면, 그 일지를 수사팀장에게 전달하라. 그는 무슨 일을 해야 할지 정확히 알 것이다.

제니는 자신이 극도로 신경이 곤두서 있음에 놀랐다. 검은 장갑을 낀 두 손이 덜덜 떨려 와, 동요를 숨기기 위해서 두 손을 깔고 앉아야 할 정도였다. 게다가 베일을 통해 내다보이는 세상은 어찌나 음울해 보이는지! 심령주의 상담소의 대기실은 믿을 수 없을 정도로 멋없어 보였다. 벽에서부터 서로 메아리처럼 울음소리를 이어 가는 여자들의 얼굴에 이르기까지, 그곳은 모든 것이 잿빛이었다. 제니는 상중인 여자는 으레 그러는 것 같길래, 자신도 눈물 몇 방울을 흘려야 할지 망설였다.

나무 문이 열리면서 억눌린 흐느낌으로 간간이 끊어지던 침묵이 부서졌다. 젊은 여성 요원은 상담실의 방음이 완벽함을 알아차렸는데, 직전에 들어간 고객의 감동으로 떨리는 목소리가 문이 조금 열리자마자 대기실로 밀려들었기 때문이었다.

「오, 감사해요, 폭스 부인, 다시 한번 감사드려요.」

「뭘요, 샤피시 부인, 천만에요.」

과부가 마거릿 폭스를 포옹하다가 검은색 너울을 흘렸다. 영매는 그런 과감한 접촉에 몹시 당황한 듯 보였지만, 그런다고 그 고객이 포옹을 당장 그만두지는 않았다. 과부는 정숙과는 거리가 먼 시간이 제법 흐른 뒤, 마지막으로 황홀한 눈길을 던지며 너울을 바닥에 놔둔 채 나갔는데, 입술은 미소를 머금고 두 눈은 촉촉한 모습이었다.

「바월 부인, 들어오세요.」 마거릿이 다음 환자를 받을 준비가 된 의사처럼 호명했다.

두 다리를 떨고 있던 제니는 아직도 자신이 다른 사람이 되었음을 스스로 받아들이지 못했다. 지난날 리아에게 가짜 신분을 줬다는 사실이 입 안에 씁쓸한 맛을 남겼더랬다. 정직성을 마술 활동의 초석으로 삼았고 마술계에서 진실을 옹호하는 데 시간을 쏟았던 제니는, 이제 말도 안 되는 사이비 종교에 돈을 갖다 바칠 준비가 된 순진한 관객 흉내를 내며, 그녀에게 혐오감을 불러일으키는 거울 저편의 세계로 와 있었다.

「바월 부인 계신가요?」

제니는 눈을 들어 올렸다가, 마거릿의 부드러운 시선에 빠져들었다. 이 자그마한 여인이 금세기 가장 규모가 큰 축에 드는 종파의 수장일 수 있음은 믿기가 정말로 힘들었다. 영매가 제니에게 묻는 듯한 몸짓을 보이자, 제니는 흥분한 상태로 긍정했다. 마거릿이 다가왔다.

「이 모든 일이 많은 걸 견뎌야 할 듯이 보인다는 건 잘 알아요. 그 길을 홀로 가는 건 그만두라고 제안하고 싶군요. 당신 어깨에 짊어진 짐의 무게를 조금이나마 내게 덜어 주면 어떻겠어요?」

제니는 연신 고개를 끄덕였다. 제니는 마침내 몸을 일으켰고, 영매의 인도를 받아 어두컴컴한 작은 방으로 들어갔다. 일단 문을 열고 들어서자, 또 다른 세계가 나타났다. 방의 벽은 짙푸른 벨벳 벽지로 덮여 있었고, 그 위에 기름 램프의 반사광이 어른거렸다. 지난번 제니가 무대에서 봤던 식탁보다 조금 더 큰 테이블이 어두운 색깔의 소박한 테이블보로 덮여 있었다. 방 한 귀퉁이에 커다란 괘종시계가 위풍당당하게 자리 잡고 있었고, 그 문자반의 금빛 둥근 테가 유일하게 화려한 색채였다. 또 다른 구석을 차지한, 니스 칠을 한 작은 나무 궤짝은 주변의 어슴푸레한 빛에 녹아들어 하나를 이루었다.

마거릿은 제니를 나무 의자에 앉혔다. 마술사는 자신의 모습이 커다란 거울에 비치는 걸 보고 깜짝 놀랐다. 고개를 돌렸다가 등 뒤에도 거울이 있음을 보았다.

「마음에 들어요? 언니 말이 그래야 공간이 더 넓어 보이고, 등 뒤에 아무것도 없다는 걸 확인시켜 준다네요. 사람들이 얼마나 불신하는지 당신이 안다면. 그들을 도우려는 건데…….」

고객의 고통스러운 눈빛에 영매는 말을 멈췄다.

「우리가 실내 장식 이야기나 하려고 여기 있는 건 아니죠. 자신에 관한 이야기를 해주세요, 성함이…….」

영매는 바닥에 놓인 수첩에 흘깃 시선을 던졌다.

「……바월이에요.」

드디어 진실의 순간이 닥쳤다. 제니는 이제 거짓말을, 그것도 설득력 있게 해야만 했다. 하지만 그럴 만한 정당한 이유가 있었고, 제니는 스스로 그렇게 믿으려고 애썼다. 이 여자들은 상처 입기 쉬운 사람들을 골라 마술을 부림으로써 마술을 배신했다. 임무를 제대로 수행하고 싶다면, 이제 자기 육체의 통제권을 되찾고, 손을 그만 떨고, 끊임없이 꿈틀대며 경련을 일으키는 두 다리를 제어하고, 부글부글 끓는 머리를 식혀야만 했다.

「내…… 남편은…… 그러니까…… 그는…….」

제니는 영매가 자신의 진실성을 의심하지 못하게, 기를 쓰고 영매의 두 눈을 똑바로 바라보려고 했다.

「그는…… 그러니까…… 바다…… 바다에서. 그 사람…… 그 사람 사업 때문에…….」 가짜 과부의 말이 툭툭 끊어졌다.

제니는 너무나 많은 질문이 밀려드는 통에 말이 안 나올 지경이었다. 왜 제대로 된 문장을 말하지 못하는 걸까? 지난번 기자를 상담할 때는 폭스 자매가 다 알아서 일을 진행하고 기자는 거의 말을 하지 않았더랬는데, 왜 지금은 그때와 다르게 진행이 되는 걸까? 이 마거릿이라는 여자는 양처럼 유순한 시선으로 자신을 지켜보고 있는데, 이 여자가 정말로 40년 전부터 전 미국인을 속여 넘겼던 사기꾼일 수가 있을까?

「테이블 위에 손을 올려놓으세요. 손바닥이 위로 가게요.」 드디어 강신술사가 제니의 말을 끊었고, 제니는 견디기 힘든 마음의 고통이 진정되었다.

제니가 명령을 따랐다. 영매가 제니의 떨림을 멎게 할 정도로 제니의 손을 단단히 잡았다.

「지금 당신이 겪는 일에 대해서 아셔야 할 건, 바월 부인, 수많은 여성이 당신보다 앞서 그 일을 겪었다는 겁니다. 그리고 그 여성들 모두 무사히 그 일을 넘겼다는 거지요. 애도는 끝이 아니라 다시 태어나는 거예요. 나를 믿어요, 사후의 삶이 있답니다.」

영매의 살짝 주름진 손바닥과 맞닿자, 그 행위가 믿을 수 없을 정도로 진정 효과를 발휘함이 드러났다. 제니는 드디어 자기 어머니뻘인 그 나이 든 여자 앞에서 스스로에 대한 통제력을 되찾았다.

「나도…… 갑자기 왜 그랬는지 잘 모르겠어요. 헨리…… 이야기를 하자마자.」

「그건 정말 당연한 거예요. 오늘 보고 싶은 사람이 그분 맞죠? 그건…….」

영매는 갑자기 표정이 바뀌더니 손을 즉각 빼내어 돌연 미소가 역력한 입을 가렸다. 제니는 영매의 엉뚱한 반응에 놀라기도 하고 불안하기도 하여, 역시 손을 치워 버렸다.

「누군지 알겠네! 지난번 공개 교령회 때 날 주물러

대던 그 작자에게서 구해 줬잖아요.」

그때부터 마거릿은 유명 인사를 만난 어린 소녀와 흡사했다. 제니는 이러한 변화에 당혹스러웠다.

「그렇게 싸우는 법은 어디서 배웠어요? 놈에게 어찌나 시원하게 한 방 먹이던지! 아, 놈은 떠날 때에는 쭈그러져서 갔어요.」

「어…… 그게…… 항만 근처 수요일 시장에서요. 그렇죠, 싱싱한 물건들이 많아요. 그래서 그러니까…… 망설이지 말고 뚫고 들어가야 해요, 좋은 물건에 끌리는 사람은 여럿이니까. 그리고…… 즉시 달려들어야 해요. 가만히…… 가만히 밀리는 대로 있으면 안 된단 말이죠. 그러다 보니…… 그러다 보니 때리기도 하고.」 제니가 더듬어 댔다.

마술사는 보기 딱할 지경이었다. 가끔은 무려 50여 명이나 되는 관객을 전율하게 했던 그녀가 이 50대 여성 앞에서 몇 마디 말도 연달아 말하기 어려울 정도였다. 그녀가 방금 자신의 진짜 신원을, 그러니까 〈항만 근처 수요일 시장에서요〉라는 말로 노출했음을 고려하지 않아도 말이다. 하지만 마거릿은 두 눈이 찬탄으로 가득하여 그녀의 말을 그냥 먹어 버렸다. 영매는 쾌활하게 책상을 탁탁 쳤다.

「이봐요, 바월 부인 — 그녀는 다시금 자신의 수첩을 내려다봤다 — 헤이즐이라고 불러도 되죠?」

제니가 동의했다.

「알겠지만, 헤이즐, 평소에는 떠나간 망자들이 어떤

사람인지를 조금이라도 알려고 들죠. 그러면 혼령과 접촉하기가 수월하고, 영이 내게 나타날 때 그 영을 확실히 알아볼 수 있거든요. 하지만 당신은 말보다는 행동이 앞서는 여성이라고 느껴요. 우리, 핵심 주위를 빙빙 도는 건 그만하고, 당신 남편을 우리의 작은 회합에 바로 초대하면 어떨까요?」

영매가 테이블 위에 다시 손을 올려놓으면서, 자신의 새로운 우상에게 마찬가지로 따라 하라고 청했다. 마술사는 세월의 영향을 전혀 받지 않은 듯 보이는, 아이 같은 순진함을 지닌 그 여성 때문에 당황하면서 주저했다. 어쨌든 제니는 똑같이 하기로 동의했다.

「심령은 우리가 전적인 신뢰를 줘야만 나타날 수 있어요. 눈을 감아요.」 마거릿이 눈꺼풀을 내리면서 명령했다.

여성 요원은 스스로 시각을 포기하면 조사하기가 더 복잡해질 듯해서 망설였다. 그러다가 아마도 영매는 자신이 한쪽 눈을 반쯤 뜨고 있는지 신경을 쓰지는 않을 테니, 그 무엇도 자신이 거짓말하는 것을 막을 수 없다는 데 생각이 미쳤다.

「바월 부인?」

여성 마술사는 고분고분 두 눈을 감았다.

「좋아요, 이제 우리에게 와달라고 헨리 바월을 부릅시다. 헨리, 여기, 우리와 함께 있으면, 모습을 드러내요!」

아무 일도 일어나지 않았다. 제니는 공개 교령회에

서 들었던 딱 소리가 들려오기를 기다렸지만, 침묵만 이 내리눌렀다. 제니는 자신의 손과 맞닿아 있는 마거릿의 손이 마치 둘 사이에서 전류가 통하기라도 한 것처럼 경직됨을 느꼈다.

「헨리.」 그녀가 말을 이어 갔다.「아내 걱정으로 여념이 없다는 걸 알아요. 이제 아내에게 여전히 사랑한다는 말을 해주러 올 때가 됐어요. 당신의 사랑이 영원하며 그 어떤 경계도 넘어선다는 걸요. 헨리, 내 말이 들리면 세 번의 딱 소리로 대답해요.」

제니는 바싹 귀를 기울인 채 소리가 어디서부터 나오는지 주의 깊게 찾아보았다. 여전히 아무 소리도 없었다.

「제대로 안 되어도 괜찮아요.」 가짜 과부가 중얼거렸다.

이번에는 마거릿이 신경이 곤두섰다. 두 손은 축축해졌고 얼굴은 불안해 보였다. 사실대로 말하자면, 영매가 스트레스를 받는 듯이 보일수록, 제니는 침착해졌다. 제니는 여전히 두 눈을 감은 채였지만, 다시 상황을 제어했다.

「그는…… 흠…… 헤이즐, 남편이 군대에 있었어요?」

「아니요…… 시민전쟁이 일어났을 때 그 사람은 어린 소년이었어요.」

「아, 그래요…… 그런데…… 그런데…… 병사 한 명이…… 그래요, 그가 당신에게 말을 하려고 애를 써요.

하지만…….」

영매의 말은 어렵사리 입 밖으로 느릿느릿 나왔다. 주저하며 더듬어 대느라 툭툭 끊어지는 리듬은 전혀 아니었고, 마치 그녀는 다른 곳에 있고, 뇌의 아주 작은 일부만이 현실 세계와의 연결을 유지하기 위해 남아 있는 것 같았다.

「헤이즐에게 말하고 싶어요?」

딱 소리가 한 번 들려왔다.

「싫다고요? 당신이 말을 건네고 싶은 사람이…… 그럼…… 나인가요?」

또 다른 딱 소리. 그 소리가 어디서 오는지 알 수가 없었다. 제니는 혹시 바닥에서 나올지도 모른다는 의문을 품었지만, 눈꺼풀이 내려와 있으니 소리의 출처와 명확한 시각적 영상을 결부시킬 수가 없었다.

「그것도 아니라고요? 난…… 난 이해가 안 되는군요. 심령이여, 뭘 원하죠?」

다시 침묵. 제니로서는, 그 이상의 일이 일어나기를 바랐겠지만.

「아니…… 가지 말아요! 제발! 부탁해요.」

맞닿아 있던 두 손이 떨어지자, 드디어 요원은 눈을 떴고, 자기 앞에서 눈물을 흘릴 듯한 뿌연 마거릿의 두 눈을 발견했다.

「미안해요. 성공하지 못했어요…… 그가 아니었어요, 소득이 없네요.」

제니는 영매가 혼란스러워하는 틈을 타서 방 안을

조사하느라, 그녀의 반응에 거의 신경을 쓰지 못했다. 딱 소리는 커튼 밑에서 나온 게 틀림없었다. 그래야지 그 둔한 소리가 설명이 됐으니까.

「이번 상담에 대해 내게 사례를 할 필요는 전혀 없어요. 정말 미안하군요. 이런…… 이런 일은 일어난 적이 없는데. 게다가 너무나 당신을 돕고 싶었어요. 맹세해요, 정말 할 수 있는 건 다 했지만…… 그는…… 여기 왔던 심령은 다른 이예요. 정말 아무도 모르나요? 그는 북군이었어요! 군청색 군복 윗도리를 입고 있었는데…… 그리고…….」

핏기가 가시고 말을 잃은 마거릿이 절망적으로 대답을 찾아 고객을 응시했지만, 제니가 시선을 피하자, 완전히 풀이 죽었다. 마술사는 방 안을 둘러보는 일을 재빨리 마치고, 영매를 불안에서부터 꺼내 주기로 했다.

「아시겠지만, 남편이 죽은 뒤로 누구도 내게 이렇게 오래 말을 걸어 준 적이 없었던 것 같아요. 덕분에, 내가 내 인생의 사랑 이상의 것을 잃었고, 얼마 안 되는 내 친구 중 한 명을 잃었음을 깨달았어요.」

「그러니까…… 내가 원망스럽지 않나요?」

제니는 미소를 짓고 고개를 저었다. 그녀는 지갑에서 5달러를 꺼내어 상담 비용인 15달러에 더했다. 돈 많은 과부 역할이어서 돈을 펑펑 쓸 수 있었다. 핑커턴사에서 비용을 몽땅 대기 때문이었다. 제니가 방에서 나갈 채비를 하자 마거릿이 일어나 그녀를 잡는데, 얼굴에 다시 핏기가 돌았다.

「난…… 음…… 시간이 조금 있나요? 그러니까 내가 남은 상담을 마저 끝내게 해주면, 우리 조금 더 이야기를 나눌 수 있어요.」

여성 마술사가 돌아보았다.

「여기에서 말고요.」 영매가 거북한 표정으로 덧붙였다. 「난…… 당신에겐 뭔가 특별한 데가 있어요, 그게 느껴져요. 당신을 만나러 온 북군 병사도 그런 말을 하더군요.」

탐정은 잠시 주저하는 척했는데, 흥분을 감추려는 수작이었다. 이번 상담에서 빈손으로 나가게 생겼는데, 수사를 심화하기에 그보다 더 좋은 기회를 꿈꿀 수는 없었으리라.

「좋아요, 폭스 부인, 그러기를 원한다면. 책을 한 권 가져왔고, 아이들에게는 돌봐 줄 가정 교사가 있으니까, 기다리도록 하죠. 남은 오후 시간을 보내기에 그게 제일 괜찮은 일이라서 그러는 건 아니에요. 부인이 고객을 상대하는 일을 마치도록 기다릴게요.」

「회원이요. 리아는 〈고객〉이란 말이 듣기 좋지 않다고 해요. 심령주의 운동의 회원들이죠. 이제부터는 당신도 그런 셈이지만. 지금부터 두 시간 뒤면 놓여날 거예요!」 그녀가 환한 얼굴로 외쳤다.

「잘됐군요.」

제니는 상담소에서 나와 뉴욕의 근사한 동네를 한가로이 거닐었다. 바워리 쪽으로 갔더니 사륜마차, 승합 마차, 역마차, 이륜마차, 그 밖에 말이 끄는 온갖 종류의 운송 수단이 끊이지 않고 오가는 바람에 포석이 닳아서 길이 울퉁불퉁했고, 그 길 바로 위로 최근에 설치된 고가 철도가 보였다. 기계의 근대성이 동물을 이용하는 전통에 대해 차근차근 우위를 다져 나가는 그 시대를 완벽하게 보여 주는 풍경이었다. 평소에는 그토록 관찰하기를 좋아하는 그녀였지만, 방금 겪은 경험으로 인한 흥분이 여전히 가시지 않은 상태라, 거기에 거의 주의를 기울이지 못했다. 충분히 멀어졌다 싶자, 제니는 길 한복판에서 마음 놓고 소리를 질렀다.

「아아아아아아! 해냈어!」

지나가던 사람들이 돌아봤지만, 제니는 개의치 않았다. 폭스 자매와의 최초의 접촉이 이뤄졌고, 진실을 향한 길이 드디어 모습을 드러냈다.

10
『마술의 길』
구스타브 마턴

모든 수습 마술사는 특정 분야를 골라서 훈련을 시작해야 한다. 엄격한 연습을 실천하려고 애쓰는 모든 초심자에게, 내 판단으로는 가장 만족감을 주는 방식인 눈속임 기술을 개인적으로 추천하겠다. 가장 단순하며 가장 유명한 마술이고 당신 친구와 가족에게 강렬한 인상을 안겨 줄 마술, 〈공 옮기기〉를 어떻게 하는지 그 방법을 알려 주겠다.

필요한 소품은 다음과 같다.

– 쉽게 알아볼 수 있고 시선을 끄는 색상(빨간색은 늘 효과가 확실하다)으로, 말랑거리는 공 두 개(스펀지 공이나 헝겊 공 중 마음에 드는 것으로).

– 공을 놓을 수 있는 작업대(테이블 정도면 적절하다).

– 마술을 실험할 대상으로 관객 한 명(당신이 잘 모르는 사람일수록 마술의 효과는 더 인상적이리라).

• 마술: 우선, 관객과 당신, 두 사람은 공 두 개가 놓인 테이블을 사이에 두고 마주 앉아야 한다. 그에게 공들을 검사하라고 제

안하여, 공에 어떤 장치도 없으며 두 공이 똑같음을 확인해 달라고 부탁하라. 검사를 하고 확인을 해주면, 손바닥이 위로 가게 당신의 왼손을 내밀고 관객에게도 똑같이 해달라고 부탁하라. 오른손으로 공을 잡아서 왼손에 갖다 놓고 주먹을 쥔 뒤, 또 다른 공을 잡아서(계속해서 오른손으로) 관객이 내민 손에 공을 놓고, 이번에는 그에게 주먹을 쥐라고 요구하라. 그러고 나서, 무슨 일이 일어날지를 설명하는 간단한 문장을 말하라. 〈우리 두 사람의 손이 서로 닿지 않는데도, 내 손에 있는 공이 곧 당신 손으로 들어갈 겁니다.〉

당신의 손을 펴고 ― 이제 아무것도 없는 ― 상대방도 손을 펴면…… 그의 손에는 공이 한 개가 아니라 두 개가 들어 있다.

공은 아주 조금의 육체적인 접촉도 없이, 마치 마술처럼 상대방의 손으로 옮겨 갔다.

• 속임수: 훈련된 마술사라면 잘 알듯이(설혹 이 사소한 마술을 아직 모른다 해도), 모든 건 오른손의 작업에서부터 비롯된다. 사실, 왼손은 그저 관심을 다른 데로 돌리는 데 사용된다. 왼손의 손가락이 일종의 차단 벽 노릇을 하여 그 뒤에서 조작이 일어날 수 있게, 왼손을 약간 둥글게 말아 주기만 하면 된다(서문에 기술된 관심 돌리기에 관한 대목을 참조할 것).

따라서 부지런한 오른손의 작업에 대해 다시 이야기를 이어가겠다. 오른손은 왼손이 만들어 낸 차단 벽이 시선을 가려 주는 틈을 타서 첫 번째 공을 왼손에 놓는 시늉을 하지만, 사실은 공을 엄지와 검지 사이의 우묵한 곳에 감춘다.

그렇게 조작하려면, 검지와 중지로 공을 잡은 뒤, 공을 잡은 두 손가락을 눈에 띄지 않게 구부려서 엄지와 검지 사이의 우묵한 장소로 공을 밀어 넣어라(이 조작은 왼손 손가락 뒤에서 일어난다. 그 동작이 알아채지 못할 정도로 유연하게 이루어질 때까지 어서 거울 앞에서 연습하라).

공 하나로 그 일을 하고 나면, 다른 공도 집어 들어라(이제는 첫 번째 공이 숨어 있는 오른손을 계속 사용해서). 공 두 개를 합쳐서 마치 커다란 공 한 개인 듯 착각하게 만들어라. 그러고 나서 맞은편 관객의 손바닥에 공 두 개를 내려놓고, 손가락을 단단히 오므리라고 부탁하라. 이 마술을 제대로 실현했다면, 관객은 손을 펴 본 뒤에야 사실은 하나가 아니라 둘이었음을 깨닫게 되는데, 그때까지는 자신의 손바닥에 공이 한 개만 있다고 느낄 것이다.

자, 이제 당신에게는 관객의 박수갈채와 찬탄을 거둬들일 일만 남는다. 사람들이 어떻게 한 것인지를 물어 온다면, 초자연적 힘이 있다고 우기지 말고, 그저 〈마술사는 자신의 비법을 절대 누설하지 않아요〉라고 답하면서 약간의 짓궂은 미소를 덧붙이면 된다(그런 짓궂은 미소는 마술을 완벽하게 성공시킨 경우에만 허용된다. 그렇지 않으면, 당신은 잘난 척하는 얼간이로 보일 위험이 있음을 알아 두라).

두 사람은 마거릿의 이두 사륜마차를 타고 뉴욕의 가을 정취를 즐기러 센트럴 파크로 향했다. 가는 길에, 제니는 영매가 무서울 정도로 핏기가 없음을 알아차릴 수밖에 없었는데, 바깥출입을 거의 하지 않는다는 단서였다. 어쨌든 요원은 그 문제에 대해서는 묻지 않기로 하고, 바깥 경치를 화제로 택했다.

오후 6시경의 센트럴 파크는 황혼에 물들어 나뭇잎들이 주황색으로 변해 가고 있었다. 제니는 초등학교 수업이 끝난 직후의 오후 시간에, 혼자 그곳에서 산책하기를 좋아했다. 그곳에서는 늘 새로운 마술의 완벽한 모르모트가 되어 줄 어린이 관객을 발견할 수 있었다. 하지만 그 무엇보다도 마술사가 좋아하는 것, 그건 베세즈다 분수에 비치는 자신의 모습을 마주하고 하는 훈련이었다. 집에 있는 거울은 군데군데 곰팡이 얼룩이 있고 하단에 금이 갔다. 그 거울을 보면서 옷을 입어 보는 일은, 거울이 그녀 자신의 부서진 모습을 되돌려

주는 만큼, 기분이 좋지 않았다. 반면에 분수의 물을 보며 연습을 할 때면, 늘 잔잔한 물결이 일기 때문에, 자신을 도와줄 뿐만 아니라 자신을 돌봐 주는 누군가를 앞에 두고 있다는 느낌을 받았다. 또한 계속 다시 오게 하는 분수의 아름다움이 있었다. 게루빔에 둘러싸인 청동 천사상이 마치 처음으로 자연을 발견하기라도 한 듯 손가락에 의문을 담아 느릅나무 꼭대기를 가리키고 있었다.

「여기 세워요.」 마거릿이 마부에게 부탁했다.

말들이 거친 콧숨을 뿜으며 너른 풀밭 앞에 멈춰 서서, 자신들의 발굽은 포석에 꼼짝없이 묶여 있는데 두 여자는 녹색 양탄자에 몸을 내맡기려고 마차에서 뛰어내리는 모습을 부럽게 바라보았다. 마거릿과 제니는 조금 거닐다가, 공원에서 가장 넓은 면적에 물을 가둬 둔 저수지로부터 몇 미터 떨어진 곳에 자리 잡았다. 저수지 주변에는 이파리가 무성한 나무들이 둘러서 있어서, 습지에서 쑥쑥 자라는 버섯처럼 우뚝 솟은 건물로 가득한 도시를 가려 줬다. 그곳에서 보이는 문명의 유일한 흔적은, 호숫가를 따라 보이는 미국 국기와, 가사 노동에 지쳐 자기 자신에게 약간의 휴식을 선사한 가정주부들이 팽개쳐 둔 자전거 몇 대뿐이었다. 제니는 이곳에 올 때마다, 산책하는 동안은 자신이 뉴욕에 있다는 사실을 잊곤 했다.

「있잖아요, 난 여전히 그 생각이 나네…….」 마거릿

이 풀밭에 앉아서 말했다.

「뭐요?」 제니가 호수에 비친 풍경에 시선을 뺏긴 채 건성으로 대답했다.

「당신이 그 작자 코에 무릎을 날린 일. 한 방 먹고 얼굴이 피투성이가 된 그 꼬락서니라니!」

그녀가 미소를 지었다.

「내가 직접 그랬더라면 좋았겠지만, 용기가 안 났어요. 그런 상황에서는 늘 마비라도 된 듯 꼼짝도 못 해요. 대체 어떻게 그러는 거죠, 당신은?」

제니는 자신을 데리고 불법 복싱 경기를 즐겨 보러 갔던 어머니를 둬서 그런 일이 가능하다고 설명하는 자신의 모습은 상상조차 할 수 없었다.

「뭘 어떻게요?」

「그러니까 행동으로 옮기는 용기를 갖는 거요. 무사히 빠져나올 수 있기를 바라면서, 그저 상황이 지나가기만을 기다리지 않는 거요. 남자들은 그걸 부르길…… 이런 단어를 써서 미안한데…… 〈불알 값을 한다〉고 하죠. 우리 여자들에게는 그에 맞먹는 것조차 없고, 고작해야 그런 표현을 사용하는 것도 허용이 되네 마네 할 정도니.」

제니는 주변에 잠깐 시선을 던졌다. 누구도 두 사람에게 신경을 쓰지 않았다. 딱 좋다.

「일어나요, 폭스 부인.」

마거릿은 조심스레 치마를 들어 올리고는, 상류층 아가씨의 몸에 뱄을 법한 우아함을 있는 대로 보여 주며 일어섰다.

「케인 부인입니다.」 영매가 단호한 어조로 대꾸했다.

제니는 놀랐지만, 그 의혹은 나중에 풀겠노라 결심했다.

「좋아요…… 케인 부인. 여자들 대부분의 문제는 맞을 때의 고통을 과대평가하기 때문에 폭력을 두려워한다는 거죠. 사람들이 부인에게 어떤 주먹질을 하든 간에 그보다 훨씬 더 고통스러운 생리를 겪어 봤으리라고 장담해요. 직접 보여 드리게, 우리 사소한 놀이를 하나 해볼까요. 저를 살짝 치세요. 그러면 제가 조금 더 세게 부인을 치도록 하죠. 그다음에는 부인이 강도를 조금 더 올리는 거예요…… 우리 중 한 명이 그만하고 싶을 때까지 이렇게 쭉.」

마거릿은 움찔 뒤로 물러났다. 그녀의 튀어나올 듯 커다래진 두 눈이 두려움과 분노가 뒤섞인 감정을 드러냈다.

「하지만 난…… 난 싸워 본 적이 없어요. 게다가 당신은 내게 아무런 짓도 하지 않았는데, 그리고 난…….」

찰싹! 제니가 막 뺨을 살짝 쳤고, 영매는 완전히 기습을 당한 셈이었다.

「자, 이제는 내가 부인에게 무슨 짓을 했네요.」

분홍빛이 희미하게 돌던 뺨이 삽시간에 시뻘게졌는데, 뺨만이 아니라 분노와 수치심에 휘둘려서 얼굴의 다른 부분도 몽땅 그렇게 되었다.

「당신이…… 당신이…… 당신이…….」

영매는 제니를 손가락으로 찌를 듯이 가리키다가, 망연자실하여 자신의 얼굴을 살짝 만졌다. 마술사가 얼굴을 앞으로 내밀었다.

「부인 차례예요.」

마거릿은 격분했다. 그녀는 손을 앞으로 뻗었다가 직전에 멈추었고, 당당하게 제니에게 등을 보이는 쪽을 택했다.

「난…… 난 그런 놀이를 할 정도로 품격을 낮추지 않겠어요.」

「자, 폭스 부인.」

「케인 부인이라니까.」

「하지만 모두가 폭스 부인이라고 부르지 않나요.」

그녀가 드디어 돌아섰는데, 화가 난 어린 소녀처럼 두 팔을 늘어뜨리고 주먹을 꼭 쥔 모습이었다.

「그들이 틀린 거죠. 그들은 아무것도 몰라요!」 그녀가 분노로 얼굴이 자줏빛이 된 채 울부짖었다.

「혹시 모든 걸 당신이 꾸며 낸 건가요?」

마거릿이 어찌나 세게 따귀를 날렸는지, 제니는 균형을 잃고 말았다. 영매가 그녀가 바닥에 쓰러지기 직전에 아슬아슬하게 붙잡았고, 자신이 저지른 분노에 찬 행위가 어느 정도 피해를 입혔는지 가늠조차 못 하고, 상황에 압도된 표정으로 피해자를 바라봤다.

「오! 바월 부인! 미안해요, 내가 제정신이 아니었나 봐.」

마술사는 다시금 몸과 마음의 원기를 회복하기 위

해, 잠시 숨 돌릴 틈을 스스로에게 주었다. 시간이 멈춰 선 듯한 짧은 순간이 지나고 나서, 제니가 웃음을 터뜨리고 말았다. 마거릿은 피해를 입히지 않고서 그 상황에서 벗어날 수 있었음에 안심이 되자, 자신도 제니를 따라서 슬그머니 웃었다. 제니는 마거릿의 어깨를 톡톡 쳤다.

「봐요, 마거릿, 난 당신 안에 그런 게 들어 있다는 걸 알았어요. 그저 조금 풀어놓기만 하면 충분했죠.」

영매는 이제 자신에게 주어진 가능성의 폭이 확 넓어진 상황을 맞아, 마치 손을 처음 보는 사람처럼 자신의 손을 찬찬히 들여다봤다.

이러한 감정 소모에 지친 두 여자는 말없이도 마음이 통하여 풀밭에 나란히 앉았다.

마거릿은 황홀하게 대지를 어루만졌다. 그녀의 손이 풍뎅이와 개미에게 조금도 방해가 되지 않게 그들을 아슬아슬 스치며 풀잎을 훑고 지나갔다. 그러고는 그 작디작은 생명들의 침상에 몸을 길게 뻗더니 하늘을 응시했다. 제니도 그녀를 따라 했고, 그러다가 곧 영매를 향해 고개를 돌렸다. 영매는 완전히 다른 데 정신이 팔린 표정으로 어찌나 꼼짝도 않고 있는지, 몇몇 대담한 곤충들은 그녀를 타고 올라야 할 바위로 여기기 시작했다.

「그러니까 그렇게 밑도 끝도 없이, 그냥 케인 부인이라고요?」

「그래요.」

제니가 고개를 끄덕이고는 시선을 하늘로 돌리며, 마거릿이 속내를 어렵사리 털어놓을 참인데 자꾸 묻지 말아야 함을 깨달았다. 자부심이 엄습했다. 얼마 걸리지 않아서 마거릿과 가까워지는 데 성공했다. 그런데 위조 신분의 덕을 본 게 아니라, 순진하게도 맨해튼에 있는 파이브포인츠의 위험한 거리에서 마술 공연을 처음 시도했을 때 자신을 방어하는 법을 홀로 깨쳤던 젊은 아가씨의 덕을 본 거였다.

「미안해요, 조금 언짢네요. 당신을 내가 때렸고…… 그리고 내가 맞았다는 사실에, 아직도 여전히 감정이 흔들려요.」

「걱정 말아요. 손으로 무슨 일을 할 수 있는지를 발견하는 데 나이란 없어요.」 제니가 장난스럽게 말했다.

영매가 슬며시 미소 짓다가 심지어 쿡쿡 웃음소리를 냈다.

「날 웃게 하는군요, 바월 부인. 혹시 처녀 적 이름을 불러 드리는 게 더 좋나요?」

「오, 나를…….」 제니는 쾌활한 어조로 말을 꺼냈다가 〈제니〉라는 이름이 입에서 튀어나오려는 순간에 말을 멈췄다.

제니는 자신이 믿을 수 없을 정도로 어리석다고 느끼면서 말을 삼키고, 다시 평정심을 찾았다.

「바월 부인이라고 불러 주세요, 그거면 됩니다.」

영매는 저 멀리에 시선을 빼앗긴 채 다시 진지한 표

정으로 돌아갔다.

「그 사실을 알고 있는 사람들이 많지는 않아요. 어쨌든 난 35년 전부터 더 이상 폭스 집안 사람이 아니에요. 리아를 기쁘게 해주려고 〈폭스 자매〉라는 가명을 계속 썼죠. 리아 말로는, 무대 공연에는 그게 더 잘 어울린대요.」

자신의 손가락에 기어오른 작은 벌레를 알아차린 그녀는 두 눈을 가까이 갖다 댔다. 길을 잃은 벌레가 자신을 관찰하는 커다란 두 눈을 향해 몸통의 절반을 일으켜 세웠다.

「흠…… 케인 부인. 궁금한 게 있는데, 남편분이 불편해하지 않나요, 이 모든…… 그러니까 이런 일상에 대해서요. 부인이 가정을 돌보기를 바라지 않나요? 아니면 가정부가 있나요?」

마거릿은 조심스럽게 풀밭에 놓아준 지렁이가 안전한 땅속으로 다시 파고들어 가게 놔둔 채, 몸을 일으켰다. 제니는 이런 식의 대화 회피가 무의식적인 자기 보호의 한 방식일지 궁금해졌다.

「내가 질문이 너무 많죠. 우리에게 필요 없…… 그러니까 이 이야기는 그냥 둬두죠.」

태양이 넘어가면서 나무들에 불이 붙은 것 같았다. 하지만 제니는 그런 풍경에는 전혀 관심이 없었고, 회사에서 준 폭스 자매에 관한 정보를 정리해 놓은 문서들을 전부 다 읽어 보지 않은 자신을 저주하는 중이었다. 영매의 평범한 취미가 무엇인지 알고 있었다면 그거라도 화제로 삼을 수 있었을 텐데, 지금 어떤가 봐라, 깨기에 가장 어려운 거북한 침묵을 만들어 버리지 않았는가. 갑자기 불안해진 여성 마술사는 손을 떨기 시작했는데, 마술 공연을 시작한 뒤로 그녀에게 생긴 가장 큰 강박증이었다.

「당신이 젊긴 하지만, 엘리샤 케인에 관한 이야기는 아마 들어 보지 않았을까요? 북극 근처의 케인 해분(海盆)이라고, 뭐 생각나는 것 없어요?」 드디어 마거릿이 입을 열었다.

제니는 실제로 그 이름을 알고 있었고, 역사 시험을 칠 때 스쳐 가듯 봤더랬다. 자신이 태어나기 직전에 사망한 탐험가였다. 그녀의 기억이 맞는다면 말이다. 제니가 적절한 답을 말하기도 전에, 영매가 다시 말을 이었다.

「괜찮아요. 어쨌든 그이를 제대로 알고 있는 사람은 아무도 없으니까. 그이는 영예 따위는 신경도 쓰지 않았어요. 영예는 우연히 따라왔죠, 알겠어요? 천재들이 겪는 숙명적 불운일 테죠.」

마술사는 영매가 언급하는 그 남자에 대한 자세한 사항들이 드디어 기억났다. 엘리샤 케인[5]이라는 사람은, 또 다른 탐험가 존 프랭클린이 타고 간 선박이 북극의 추위 속에 사라지자, 수색 팀을 이끌고 그 선박을 찾아 나섰다. 그랬다가 그 역시 수색 팀과 함께 길을 잃고

5 Elisha Kent Kane(1820~1857). 미 해군 소속 의사이자 탐험가.

말았지만, 작은 얼음 섬에서 83일을 버틴 끝에 영국 선박에 의해 구조되었다. 엘리샤는 추위에 맞서기 위해 특히 이누이트 부족의 방식을 주도적으로 원용하였고, 그 덕분에 아흔 명의 팀원 중 세 명을 잃는 선에서 참사를 막는 기적이 일어날 수 있었다.

「천재들에게 닥치는 또 다른 저주, 그건 그들이 포기하는 법을 모른다는 거예요. 그들은 성공해야 한다는 생각에 너무나 사로잡혀서, 그게 안에서부터 그들을 집어삼켜요. 그들의 아내가 구하려고 나서도 그들은…… 그들은 스스로를 그 무엇도 멈춰 세울 수 없는 초인들이라고 생각하면서 아내를 내치죠. 하지만 가장 용감한 남자일지라도, 그를 멈춰 세울 수 있는 게 있어요…….」

「죽음.」 제니가 중얼거렸다.

마거릿은 저 멀리, 분홍빛으로 물든 코끼리 모양의 구름을 멀거니 바라봤다.

「평생을 이런 말들을 하면서 보냈죠. 죽음은 하나의 단계일 뿐이라는 둥, 우리는 언제라도 망자를…… 그러기 위해서는 테이블과 서로 맞잡은 손이면 충분하다고……. 하지만 그이…… 그이는…… 내가 무슨 짓을 해도…… 내게 대답한 적이 한 번도 없어요.」

영매가 제니를 돌아보면서 드디어 향수로 가득한 시선을 던졌다.

「아마도 나 역시, 결국에는 친구와 함께 있는 시간이 조금은 필요했나 봐요.」 그녀가 서글픈 미소를 지으며 말했다.

11
임무 지시서: 폭스 자매(1/5)

로버트 핑커턴 작성

리아, 마거릿 그리고 케이트로 이루어진 3인조는 예전에는 〈폭스 자매〉라는 이름으로 알려졌다. 오늘날에는 리아와 마거릿만 남아 있고 케이트는 행방이 묘연한데, 우리의 수많은 요원이 그녀를 찾아내려고 대단한 노력을 기울였지만, 대략 5년 전부터 종적을 감추었다.

• 그들의 이야기: 1848년 3월의 어느 밤, 각각 열다섯 살과 열두 살인 마거릿과 케이트는 뉴욕주의 하이즈빌에 위치한, 그들 가족이 살고 있던 농가에서 이상한 소리를 듣는다. 곧, 소녀들은 심령에게 말을 하게 되는데(적어도 그렇게 주장한다), 심령은 자신을 〈사탄 씨〉라고 칭한다. 사탄 씨는 모두에게 들릴 정도로 커다랗게 울리는 분명한 딱, 딱, 소리로 소녀들의 질문에 답한다. 역시 마거릿이라는 이름을 지닌 자매들의 어머니(혹시 있을지도 모를 혼란을 피하고자 편의상 〈어머

니〉라고 부르겠다)는 겁에 질려 이웃 여자를 찾으러 간다. 이웃 여자는 그 이상한 농가에서 벌어지는 사건들을 직접 보고 난 뒤, 자신이 미치지 않았음을 확인하고 싶어서 또 다른 이웃을 데려온다. 결국 온 마을 사람들이 어디서부터 들려오는지 알 수 없는 딱, 딱, 소리를 들어 보려고, 작은 집 앞에 몰려든다. 일종의 모스 부호를 이용해서 의사 표시를 하는 사탄 씨는 자신이 농가의 이전 주인에게 살해당한 뒤 지하실에 묻힌 젊은 행상인이라고 말한다. 현장에 있던 마을 사람들은 시신을 찾아내야 한다는 결론을 급하게 내린 뒤, 폭스 가족에게 허락을 구하지도 않고서 지하실 바닥을 파보기로 결정한다. 소동에 대경실색한 어머니는 소란을 피해서 딸 둘을 데리고 장남 데이비드의 집으로 피신한다. 일단 자매들이 떠나고 나자 사탄 씨는 잠잠해지고, 발굴 작업도 성과 없이 끝난다.

만약 당시 서른다섯 살이었던 자매들의 언니 리아가, 그 수다스러운 심령에게서 자신이 사회적 곤궁에서 탈출할 수 있는 길을 보지 못했더라면, 이 사건은 거기서 그쳤을 것이다. 리아는 어린 두 여동생을 자신이 돌보겠다며 투쟁한 끝에 보호자가 되는 데 성공한다. 교회의 압력, 그러니까 성인품에 오르지 못한 망자들과 아무리 사소한 접촉이라도 해서는 안 된다는 생각을 지닌 기독교의 압력은 논외로 친다고 하더라도, 부모가 그 작은 마을의 병적인 호기심과 딱, 딱 소리, 유령을 더 이상 견디지 못했기 때문이었다.

그리하여 마거릿과 케이트는 로체스터로 떠나게 되고, 그곳에서 리아는 두 여동생을 뉴욕의 상류층으로 밀어 넣을 계획을 마련한다.

제니는 회사 대표의 집무실 문 앞에서 망설였다. 개별 상담 전에 폭스 자매에 관한 자세한 정보들을 제대로 숙지하지 못한 걸 여전히 뉘우치고 있었다. 역사 지식이 빈약했기 때문에 엘리샤 케인이 누구였는지를 제대로 기억해 내지 못했다. 어쨌든 『핑커턴 지침서』에서 훌륭하게 제시했던 대로, 마거릿은 속내를 털어놓을 누군가를 찾고 있었고, 제니는 그런 상대가 되기 위한 제대로 된 길에 들어섰다.

제니는 노크하기 전에 전날 풀밭에 앉았던 흔적들이 남아 있는 드레스에서 얼룩을 없애 보려고 애를 썼다. 하지만 그러한 노력이 소용없음을 알고 있었다. 얼룩들은 그녀가 사는 아파트 맞은편에 있는, 축축한 공기로 가득한 대형 세탁장에서 몇 시간을 보내야만 사라지리라. 그곳은 온화하기를 강요당하는 끊임없는 억압으로 점철된 일상에서 폭력을 휘두를 수 있는 유일한 배출구였고, 슬픈 시선으로 비눗물에 담근 빨래를 커다란 방망이로 두드리는 여자들로 가득했기에, 그곳이 마술사에게는 최고로 견디기 힘든 장소였다. 마치 다른 사람들의 더러움을 씻어 주는 것이 그 자체로 삶의 목적이 되기라도 한 느낌이었으니까. 어머니를 따라서 그곳을 처음으로 방문했을 때부터, 제니는 자신이 무슨 일이 있더라도 가정주부의 삶은 절대 받아들이지 않으리라는 사실을 깨달았다.

평소처럼, 문이 저절로 열렸다.

「아, 제니!」 로버트가 즐겁게 외쳤다. 「문 너머에서 움직이지 않고 가만히 서 있는 그림자를 봤다오. 초조한 상태를 더 이상 참을 수가 있어야지.」

그의 곁에 앉아 있는 윌리엄은 갈색 가죽 장화를 신은 발을 책상 위에 올려놓은 자세로, 왼손에는 모자를 들고 오른손으로는 스미스 앤드 웨슨 권총으로 제니를 겨누었다. 제니는 몸이 굳어 버렸는데, 그 카우보이는 무엇보다도 생각하기 전에 총부터 쏘고 보는 그런 남자 같았으니까. 「나도 그랬는데. 아마 집안 내력인가 봐.」

그는 잠시 기다렸다가, 허리띠에 찬 권총집에 무기를 집어넣었다.

「자, 아가씨, 그쪽은 뭐 알아낸 거라도?」 그가 하품을 했다.

제니는 면담을 위해 정성스럽게 작성한 서류를 들고 앞으로 걸어가서 테이블 위에 올려놨다. 윌리엄이 그것을 낚아채더니 확 구겨서는, 벽난로에서 타오르던

불 속으로 던져 넣었다.

「아니, 그게 무슨 짓이냐?!」

「이거 봐, 형, 난 임무 보고서라면 치가 떨려. 개성이 몽땅 사라져서 지겨워 죽겠다고. 마술 공연을 한다면서? 그렇다면 구두로 하지.」 그가 명령했다.

「네 요원이 아니야.」

로버트가 어느샌가 일어나서, 늘 그렇듯이 반쯤 누워 풀어진 자세를 취한 동생을 내려다봤다.

「알아, 밥, 안다고. 난 여자들이라면 이미 안 쓰고 있어. 여자들이 신경 발작을 일으키면서, 우리의 표적이 바라보는 데서 다른 요원들을 패는 일은 피하려고. 그다지 프로답지는 않더군, 제니 요원.」

「당신의 부하가 마거릿을 폭행했어요.」 마술사가 항의했다.

「몸수색을 했지.」

「가슴을 만졌다고요!」

윌리엄이 장화로 요란하게 바닥을 치면서 벌떡 몸을 일으켰다. 그가 권총집에서 콜트 권총을 꺼내더니 테이블 위에 올려놓고, 그 위에 손을 얹었다.

「알겠지만, 아가씨, 고작 며칠 전에 우리 회사에서 일을 시작한 젊은 여자치고는 상당히 느긋해 보이네. 아가씨가 내 귀 뒤에서 갑자기 카드가 나타나게 할 수 있다고 해서, 내가 나를 위해 두 번 생각해 보지도 않고 자기 목숨을 걸었던 사내보다도, 아가씨를 더 신뢰할 거라고 믿기라도 하는 건가? 게다가 그 사내 덕분에 마거릿과 함께 잠시나마 특혜의 순간을 보냈지, 아마?」

그의 손가락이 제니를 똑바로 겨눈 총신을 톡톡 두드렸고, 제니는 총을 보자 말을 잃고 창백해졌다.

「내가 조금 다혈질이기는 하지만 핑커턴가 사람이 아닌 건 아니오. 들어올 때 당신 반응을 눈여겨봤지. 센척하지만 그저 양순한 부인네더군. 그러니 나를 상대할 때는 그보다는 더 약게 구는 게 좋을 거야.」

로버트가 총신이 벽난로를 향하게 방향을 돌려놨다.

「집어넣어라.」

「저 여자 편이야?」

「집어넣으라고 말했다!」

윌리엄은 형의 기색을 살폈다. 평소의 반짝거리는 장난기는 눈빛에서 사라져 버렸고, 애매한 구석이라고는 없는 진지한 표정이었다. 윌리엄은 마지못해 권총을 허리띠에 다시 찼다.

「그렇게 늘 머저리처럼 처신해야만 하겠니? 임무 중에 멍청이처럼 굴고 총을 쏘고 불을 질러 모든 걸 해결하려는 걸로는 충분하지 않아? 아니, 아니…… 신사분께서는 우리가 수십 년 전부터 허우적대는 사건을 해결해 줄 우리의 으뜸 패를 꼭 그렇게 공포에 떨게 해야 하는 거겠지. 브라보, 정말이지, 넌 매일매일 더욱더 훌륭해지는구나, 사랑스러운 동생아.」

윌리엄은 다시 두 발을 책상 위에 올려놓은 자세로 돌아가 찌푸린 얼굴을 모자로 가리고는, 제대로 된 말대답을 찾아내지 못하고 수염 속에서 몇 마디 말을 우물거렸다.

「각설하고, 내 동생이 당신의 보고서를 불태웠으니, 개별 상담에 대해서 간단하게 보고해 줄 수 있을까, 귀여…… 제니?」 형이 수염을 만지작거리면서 다시 말을 이어 갔다.

마술사는 가족 사이의 분쟁 중에 입도 벙긋 안 했다. 가까스로 감정을 억제하면서 어제를 다시 떠올려 보았다.

「개별 상담을 받으러 갔어요. 운 좋게 마거릿과 상담할 기회를 얻었어요. 십중팔구, 내가…… 공개 교령회 동안 곤경에서 구해 줬으니, 그녀가 일부러 직접 나를 상담하겠다고 나섰겠죠.」

윌리엄이 자긍심을 느끼며 모자를 치웠다.

「그리고 상담 시간에…… 마거릿에게 부탁을 했지만, 그녀는 내 가짜 남편 헨리를 보지 못했어요.」

로버트가 조금 더 앞으로 나왔다.

「딱, 딱 소리는 났소?」

「예. 죽은 남편 때문에 난 건 아니었어요. 다른 심령이 왔는데, 북군 병사로…….」

제니가 잠깐 말을 쉬었다.

「……날 아는 듯했지만, 헤이즐이라는 이름이 아니라며 내게 말을 걸기를 거부했어요.」

윌리엄은 우레 같은 소리로 웃음을 터뜨리다가 뒤로 나자빠질 뻔했다.

「윌, 진정해라.」

카우보이는 드디어 한숨 돌리고는, 형의 어깨를 툭 툭 쳤다.

「5일. 폭스 자매에게 저 여자가 잠입했다는 게 들통 날 때까지 5일 걸렸네.」

로버트가 애드미럴 담뱃갑에서 담배 한 개비를 꺼내어 불을 붙이려고, 초를 입술로 가져갔다. 제니는 즉각 목구멍과 폐로 자극적인 담배 연기가 밀려들어 오는 것을 느꼈다. 제니는 담배를 좋아하지 않았지만, 담배가 상황에 잘 어울리는 극적이고 신비로운 분위기를 준다고 생각했다.

「윌리엄, 보나 마나 로버트가 나에 관한 보고서를 작성했을 텐데, 당신은 그 자료를 읽지 않았다고 추정되네요. 직접 알려 드리죠. 나의 아버지 구스타브 마틴은 1850년대에 뉴욕으로 이주한 프랑스인이었어요. 시민 전쟁이 발발하자 그분은 곧장 북군으로 징집되었고, 북군이 패배한 드문 전투 중 하나인 포이즌 스프링 전투[6]에서 불행히도 전사하셨어요. 난 아버지를 본 적이 없어요. 내가 태어나기 전에 참전하셨으니까. 내가 그 분에게서 받은 거라고는 개인적인 건 없고 마술에 관한 작은 책자가 전부예요. 아버지 생각에 북군이 패한다는 건 불가능했더랬죠. 북군이 훨씬 더 많은 부대와 장비를 갖고 있으니, 생각조차 못 하셨을 거예요, 자신

6 1864년 4월 18일, 남북 전쟁 중에 아칸소주의 캠던에서 벌어진 전투로, 패배한 북군 포로에 대해 원주민 부대가 저지른 잔혹 행위로 악명이 높다.

이 다시…… 돌아오지 못하리라는 건.」

「그래서? 당신에 관한 이야기는 그럴싸하지만, 그게 마거릿과 무슨 상관이오?」

「넌 관찰할 줄은 알지만, 윌, 들을 줄은 몰라. 네 생각에는 그 심령이 누구였을 것 같니?」 로버트가 끼어들었다.

윌리엄이 깔보듯이 형을 바라봤다.

「난 아주 잘 이해했어, 밥. 그쪽 요원을 그다지 신뢰하지 않는 걸 용서해 줘. 상담을 두 번도 채 받지 않았는데 심령술에 물든 여자를 고용했다니, 믿을 수가 없네.」

그는 제니를 향해 돌아섰다.

「당신이 말하려던 게 그거였으니까, 아니오? 당신 아버지의 **진짜** 심령이었다는 얘기를 하려던 거지? 그 짓을 40년 전부터 해오던 여자가 아무렇게나 던지는 거짓말이 아니었다는?」

그는 한 문장을 말할 때마다 좀 더 제니에게 가깝게 얼굴을 가져갔다.

「맞는 말만 하네. 그 전쟁 동안 죽은 북군 병사는 정말 적었어. 그래서 고작 35만 명이지! 천만에, 천만에, 그 심령은 당신을 알아봤어, 당신을! 예전부터 그는 당신을 따라다녔지! 그는 당신이 성장하는 모습을 봤다고! 오, 얼마나 당신이 자랑스럽겠어.」

「모욕까지 줄 필요는 없어요, 핑커턴 씨. 난 그저 진실을 찾고 있을 뿐이니까. 하지만 당신과 다르게, 나는 모든 가능성을 다 고려하죠.」

윌리엄이 일어나서 의자에 걸쳐 뒀던 윗도리를 집었다.

「아가씨, 아마 모르는 모양인데, 밥과 나, 우린 살육 현장의 한가운데에 있었다오. 당시 우리 아버지가 링컨의 정보기관 수장이었지. 그분은 아들 둘이 손끝 맺고 앉아 있게 내버려 두지 않았거든. 열네 살인 나를 남군이 득시글거리는 앨라배마의 터스키기로 보내서, 어떤 대장장이의 조수로 만들었소. 그 대장장이는 현지에 있는 우리 정보원이었는데, 벤이라는 이름이었지. 정말 천사 같은 얼굴을 한 멋있는 사내였는데, 서슴지 않고 나를 자기 날개 아래 품어 줬어. 아마 스무 살이 채 넘지 않았을 거요. 지금 내 나이의 반이…….」

「윌, 그런 말까지 할 필요 없다.」

윌리엄은 형을 무시하고, 제니에게 더욱 가까이 다가갔다.

「그런데 벤, 그이는 공공장소에서 사람들이 팔려 나가는 꼴을 봐주지 못했지. 노예 시장이 열릴 때마다 노예 주위에 있던 작자들이 돌이나 바로 옆에 있던 술집의 맥주잔 혹은 그저 길바닥에 굴러다니는 마른 말똥을 던지는 일이 꼭 발생했소. 그 흑인들, 그들은 돌멩이가 이마를 맞춰도 꿈쩍도 안 했다오. 만약 자신들이 넘어지면 약하다는 증거가 된다는 걸 알았으니까. 그리고 약한 노예는 아무도 원하지 않았지. 그래서 쓰러지는 노예에게는 몽둥이질을 했어. 가끔 그들이 바닥에 쓰러져 있으면 다시 일어날 때까지. 그래도 일어나지 못하면 노예 상인의 조수들이 그들이 판매를 망치지 못하게 저 뒤쪽으로 데리고 갔지. 그런데 이런 광경을 보면 벤은 속을 게워 냈다오. 그저 속이 울렁거리는 정도가 아니었다고. 그 양반은 아침 일찍 아침 식사로 속에 집어넣었던 걸 전부 다 토해 냈어. 노예 매매를 봤다 하면 어찌나 심하게 토악질을 해대는지, 그날은 온종일 일을 하지 못했소. 그래서 자신이 직접 만든 철제 요강을 옆에 두고 침대에 뻗어 있는 동안, 그 아내가 대신 일을 하러 왔더랬지. 그이는 아주 오랫동안 혹시 자신에게 흑인 알레르기가 있는 게 아닌가 자문했다오. 하지만 난, 그게 그런 게 아니고 뭔가 다른 것임을, 우리 각자의 마음속 깊은 곳에 묻혀 있는 어떤 것임을 알고 있었지. 벤을 토하게 한 것, 그건 그의 공감 능력이었소.」

「윌, 우리는 네 전쟁 추억담 듣는 일 말고도 다른 할 일이 있다.」

제니가 손을 들었다.

「죄송하지만, 대표님, 흥미진진한데요.」

제니가 담배를 한 모금 빨아들이고는 팔짱을 끼었다.

「계속하세요, 윌리엄 핑커턴, 이야기가 어떻게 끝나는지 들려줘요.」

카우보이는 만족스러운 미소를 지었다.

「1년 하고도 넉 달, 그리고 열여드레를 그와 함께 일했지. 수많은 유용한 물건을 만드는 법을 배웠소. 여기 이 스미스 앤드 웨슨 복제품 같은 것 말이오.」 그가 가죽으로 만든 권총집을 가리키면서 말했다. 「게다가 그 사람은 날 자기 집에 들이고, 그 집 장남으로 대우했소. 난 사실상 가족이었지. 현실을 잊고 있다 퍼뜩 정신이 들 때는 임무를 수행할 때였다오. 일주일에 한 번 저녁에 그 지역의 남군 장군이 주문한 무기 리스트를 옆 도시 오번에 있는 아버지의 부하 요원에게 가져다줬어. 그게 벤과 내게 주어진 임무의 유일한 목적이었지, 정보 수집 말이오. 하지만 그 평범한 대장장이는 그 이상을 하고 싶어 했소. 그 사람은 입하 절차를 지연시켰고, 쇠붙이를 늦게 주문하거나 잘못된 주소로 부쳤고, 화덕의 불을 늘 활활 타오르게 돌보지 않았고, 도구들을 잘 관리하지 않았지…… 그런 사소한 행위들을 통해 자신이 더 이상 동조할 수 없는 남부의 정책에 저항한다고 느꼈던 거야. 아버지가 관심을 두는 것, 그건 그저 주문 명세서였고, 나머지야 어찌 되든 아무런 관심이 없었는데. 하지만 난, 그가 석탄과 철 주문서에 알아보기 힘든 필체로 숫자를 적어 넣으면서 살짝 미소 짓던 모습이 아직도 눈에 선하오.」

윌리엄이 크게 숨을 들이켰다.

「그러고는 당연하게도…… 그들이 어느 날 저녁 들이닥쳤소. 회색 군복 상의를 입은 네 놈이었지. 놈들이 그를 끌고 갔고, 결과가 뻔한 재판을 치렀고, 그 일은 시 외곽에서 끝이 났어. 그의 아내가 〈왜 이러세요,

왜?〉라고 계속해서 소리 질렀지만, 놈들은 무시했지. 일단 죄목을 줄줄이 읽고 나자, 나무로 만든 작은 단 위에 벤을 세우고 목에 밧줄을 걸더니, 어떤 수염투성이 사내가 교수대 바닥의 함정 문을 아래로 당겼다오. 마치 그따위 일로는 열받지도 않고 오싹하지도 않다는 듯이 심드렁한 표정이었지. 벤은 그 자리에서 바로 숨진 것 같아. 어쨌든 버둥거리지 않았으니까. 아마도 자기 아내를 위해서, 아마도 자기 자식들을 위해서, 아마도 나를 위해서였겠지. 개인적으로는, 삶을 마감하는 순간에조차 그가 저항을 했고, 형리들에게 자신이 고통받는 모습을 보면서 만족할 기회를 주기 싫어했던 걸로 믿고 싶소.」

「됐다, 이제 끝났니?」

윌리엄은 형을 무시한 채 담뱃갑을 집어 들었다.

「보나 마나, 오번에 있는 접선 상대가 위스키를 너무 마시고는 술집에서 정보를 흘렸겠지. 내가 아직 애나 다름없는 걸 보고서 놈들은 날 범죄자로 여기지조차 않았는데, 벤이 나를 좌지우지한다고 생각했던 거야. 나는 심문조차 받지 않았으니까.」

「마음이 아프군요, 윌리엄.」

그가 작은 상자에서 성냥을 한 개비 꺼내더니, 애드미럴의 푸른 독수리가 찍힌 흰색 담뱃갑에 불을 붙였다. 불길이 주황색으로 길게 치솟으며 담뱃갑과 종이를 태웠다. 마침내 그가 몽땅 벽난로에 던져 넣었다.

「그를 체포했던 네 놈, 난 교수형이 끝나고 그들을

뒤쫓았소. 다음 날 저녁, 아주 늦은 밤 시간에, 난 그들의 야영지로 침투했지. 거기서 그들이 잠을 자고 있는 텐트를 발견했다오…… 그러고는 석유로 텐트를 적신 뒤 그 위에 불붙은 성냥을 던졌지. 그 당시에는 내가 무슨 짓을 하는지도 깨닫지 못했더랬소. 마치 정신은 다른 데에 가 있는 것처럼, 몸만 저절로 움직였어. 다시 정신을 차렸을 때, 난 말을 타고 뉴욕 방향으로 달리고 있더군. 나중에 가서, 그 화재가 야영지 전체로 번졌고, 그 때문에 켄터키에서 진행될 예정이었던 남군의 결정적 공세가 늦어졌다는 걸 알았지. 하룻밤 사이에 내가 한 일이 벤의 집에서 1년 동안 했던 일보다 더 효과적이었던 거야.」

윌리엄의 눈에, 벽난로에서 솟아오른 회색 담배 연기가 비쳐 어른거렸다.

「아시겠소, 마턴 양, 가끔은 말로는 충분하지 않다오. 말한다는 것, 그건 자기를 노출하는 것이고 자기 꾀에 자기가 넘어가는 거지. 당신이 마거릿과 그랬듯이. 그래, 가끔은 불을 놓아야만 일에 진척이 있다오. 벤과 함께하던 때, 그런 일이 좀 더 일찍 발생하지 않았던 게 그저 유감스러울 따름이오.」

무거운 침묵이 자리 잡았지만, 이번에는 로버트가 일어나서 그 침묵을 깼다.

「넌 그 이야기가 정말 자랑스럽니? 응? 네가 진짜 센 놈이라는 걸 믿게 하려고, 요원이 새로 오기만 하면 그 이야기를 해대는구나. 하지만 그들 모두 널 꿰뚫어 본다고, 윌. 모두 네가 여전히 주문서를 받을 때마다 매번 무서워서 오줌을 찔끔거리던 열네 살짜리 겁에 질린 그 소년임을 알아본다고. 그 누구에게도 강한 인상을 주지 못해. 알겠니, 수사에 해를 끼치지 않는 한, 난 네가 그 민망한 애창곡을 아무리 틀어 대도 개의치 않는다.」

「다시 자리에 앉지, 밥.」 윌리엄이 위협하며 권총을 찾았지만, 그가 깜짝 놀라게도, 권총은 권총집 안에 없었다.

카우보이가 제니에게 시선을 던졌지만, 제니는 최대한 존재감을 드러내지 않으려고 애쓰며 꼼짝 않고 있었기에, 그는 결국 형을 향해 돌아섰다.

「네 마음에 들지 않는 주장을 펼 때마다 넌 늘 그걸 꺼내지. 그래서 미리 대비해 뒀다.」 그가 권총을 보여 주면서 조롱하더니 책상 서랍 안에 권총을 집어넣었다. 「이제 내 요원에게 사과하렴.」

윌리엄은 노발대발하여 한마디 말도 없이 문을 향해 걸어갔다. 하지만 그가 문에 손을 대기도 전에 걸쇠가 자동으로 잠겨 버렸다. 그가 거칠게 손잡이를 돌려 댔다. 소용없었다.

「오로지 널 위해서 그걸 설치했지, 윌. 평생 도망만 치면서 보낼 수는 없잖아.」

동생이 돌아서서 천천히 박수를 치면서, 느릿느릿 로버트를 향해 다가갔다. 두 사람을 보면서 제니는 그렇게나 서로 다른 두 사람이 같은 핏줄일 수 있다는 사실이 믿기 힘들 지경이었다. 호리호리하고 수염을 기르고 보지 말아야 할 걸 너무 많이 본 사람 특유의 시선을 지닌 윌리엄에게서는, 차분해진 순간에 깊은 슬픔이 배어 나왔다. 하지만 그가 형을 향해 다가가던 그 순간, 그에게서는 격렬한 분노가 온몸에서 솟구쳤다. 먹잇감에 달려들기 전에 느긋하게 나아가는 고양이 같았다. 한편, 로버트는 무슨 위협이 닥쳐도 꿈쩍 않는 늙은 코끼리였다. 눈 주위로 넓고 거무스름하게 무리진 모습을 보건대 수사 때문에 잠을 이루지 못한 것으로 보였지만, 그의 근육은 팽팽했고 타격을 받아 낼 준비가 되어 있었다. 윌리엄은 오른손으로 훅을 날리는 시늉을 하다가 재빨리 왼손으로 훅을 날렸지만, 로버트는 이미 주먹이 날아올 걸 예상했었고, 두 사람을 갈라놓은 책상 덕분에 그로서는 책상을 한 손으로 짚으면서 주먹을 피할 시간이 충분했다. 로버트가 윌리엄을 거칠게 앞으로 잡아챘고, 그가 서류 더미 위로 쓰러지자 팔을 확 꺾어서 카우보이를 책상 위로 짓누르며 꼼짝 못 하게 했다. 로버트가 동생의 모자를 주워서 자유로운 손으로 조심스럽게 동생 머리 위에 올려놔 주는 동안, 윌리엄은 빠져나오려고 애를 쓰면서 욕설을 퍼부어 댔다. 전투는 시작도 하기 전에 끝나고 말았다.

「청소년기 이래로 우리 싸움의 규칙은 바뀌었다. 네가 늘 강하고 빨랐지만, 맞서…….」

로버트가 깜짝 놀라게도, 이번에는 자신이 동생을 누르고 있지 않은 자유로운 팔을 쓸 수 없게 되면서 온

몸을 꼼짝 못 하게 되어 버렸다.

「좋아요, 누가 대장인지 뽑는 선발 대회, 이제 끝났나요?」 제니가 쏘아붙였다.

로버트는 자신이 거느린 요원의 힘을 과소평가했더랬다. 아무리 그 팔이 로버트의 약한 팔이긴 하지만, 몸무게의 차이만으로도 젊은 여성을 굴복시켜야 마땅했을 텐데, 뜻밖에도 제니는 꿈쩍도 하지 않았다. 로버트는 만약 자신이 풀려나려고 동생의 족쇄를 풀어 준다면, 보나 마나 주먹질을 당하고 한쪽 눈에 시커멓게 멍이 들리라는 걸 잘 알았다. 제니 역시 그런 상황을 꿰뚫고 있었다.

「이제 두 사람 다 내 말을 들어요. 우리가 다 함께 일할 적에는 제대로 굴러갔어요, 안 그런가요? 나 말고 어떤 요원이 교령회에 단 한 번 참석하고서 개인 상담을 따냈던가요? 아무도 없어요. 그리고 윌리엄, 내가 그렇게 해낼 수 있었던 건 당신 부하 덕분임을 잊지 않고 있어요, 비록 그 방식이 고약하다고는 생각했지만. 난 로버트의 요원이고 로버트의 요원으로 남겠죠. 하지만 당신 둘의 회사를 위해 일한답니다. 우리가 무엇보다도 찾아내려는 것, 그건 진실이에요…… 그 진실은 뉴욕의 영매들이 운영하는 상담소들을 죄다 활활 불사른다고 해도 절대 획득하지 못할 거예요. 그들의 비밀을 캐내지 못하는 한 폭스 자매가 누리는 신망을 무너뜨릴 수 없고, 심령주의 운동은 계속 확장되기만 하겠죠. 동의하나요, 두 사람 모두?」

「그게 내가 늘 하는 말이오.」 로버트가 말했다.

카우보이는 침묵을 지킨 채였다.

「윌리엄?」 제니가 물었다.

「형에게 날 풀어 주라고 말해요.」

「앙심은 안 품는 거죠?」

윌리엄은 여전히 침묵을 지켰다. 제니가 로버트의 팔을 놓자 로버트가 제니에게 분노의 시선을 쏘았다.

「자, 놔줘요, 날 해고하는 일은 나중에 하고.」

그가 말을 따랐다. 즉각, 윌리엄은 몸을 일으키며 반격을 준비했다. 재빠른 몸짓으로 오른팔 근육을 팽팽하게 부풀리더니 로버트의 얼굴을 향해 내질렀다. 불시에 당한 로버트는 두 눈을 감고 기다렸다…… 하지만 주먹은 와 닿지 않았다. 그가 다시 눈을 떴을 때, 이미 모자를 집어 든 윌리엄이 그것을 머리에 쓰는 중이었다.

「총도 돌려줘.」 그가 자신의 존엄성에 상처를 입힌 장본인과 마주하기를 피하려고, 형과 시선을 마주치지 않으면서 말했다.

제니는 책상 서랍에서 총을 찾아내어 주인에게 내밀었다.

「고맙소.」

그는 방 안의 또 다른 쪽 구석에 걸려 있는 작은 거울 앞으로 가더니 옷과 머리를 매만졌다.

「우리는 이미 알고 있지 않았나, 응, 로버트?」

그의 동생이 그를 정색하고 로버트라고 부른 적이

없었으니, 10년 전부터는 둘 사이에 오늘처럼 굉장한 다툼은 없었더랬다.

「윌, 내가 욱했다. 제니가 옳아, 어쩌면 협력해서…….」

「아니, 우리가 함께 일한 지 4년째지만 아무것도 해결 보지 못했어. 어쩌면 그 때문에 우리 수사가 막혀 있는 걸지도 몰라. 형은, 옛날식으로, 아버지처럼 일하기를 좋아하잖아. 난…… 그저 이렇게 말해 두지. 난 내 방식이 있고, 혁신하기를 좋아해.」

「무슨 말을 하는 거냐?」

「우리 둘 사이는 끝났다는 이야기를 하는 거야. 핑커턴은 더 이상 이렇게 계속 갈 수는 없어. 회사에는 경영 책임자가 있어야 해. 우리가 계속 이렇게 어중간한 상태에 있으면, 우리 요원들은 이리 갔다 저리 갔다 하겠지. 표적을 두드려 패서 입을 열게 하려는 사람과, 표적과 너무 친해져서 그들과 의기투합하는 사람, 이 둘을 동시에 가질 수는 없어.」

「어머! 내가 언제 의기투합했나요, 난 그저…….」

「제니, 끼어들 때가 아니오. 그래서? 뭘 제안하는 거지?」

「폭스 자매 사건으로 결정을 내자고. 10만 달러의 보상금이면 회사를 다시 일으켜 세우기 충분할 거야. 그 돈을 따내는 사람이 핑커턴 사무소의 유일무이한 대표가 되는 거지.」

로버트는 잠시 말을 잃었다. 몇 초가 흐르고 그가 다시 정신을 추슬렀다.

「그러면 다른 사람은?」 그가 분위기를 무겁게 짓누르는 침묵을 단박에 깨면서, 그저 신중하게 묻는 선에서 그쳤다.

「나머지 한 사람은…… 요원 자격으로 남을 수 있잖아, 그럴 것 같은데.」

제니가 끼어들었다.

「아니, 정말, 두 사람 다 내가 말할 때는 하나도 안 들은 건가요? 마흔 살이 넘었는데도 그렇게 멍청하게 구는 데 질리지 않나요? 잠깐만, 그런데 얼마라고요?」

문의 걸쇠가 풀렸다.

「좋아.」 로버트가 말했다. 「실력 있는 사람이 이기기를.」

윌리엄이 나가면서 모자를 흔들었다.

「그동안 사무실은 형이 써. 난 서류를 좋아하는 남자였던 적이 한 번도 없었어.」 그가 복도로 사라지기 전에 쐐기를 박았다.

로버트는 육중하게 다시 자리에 앉았다. 마치 방금 세상의 무게가 그의 넓은 어깨 위로 내려앉기라도 한 듯했다.

「로버트…….」

「나가요, 날 내버려 두고.」 그가 쌀쌀맞게 대꾸했다.

그가 결국 자신의 요원을 향해 고개를 들었다. 제니는 그의 눈을 유심히 살폈지만, 거기에서 발견해 낸 모든 것은 겁에 질린 얼떨떨한 표정이었다.

「제발, 제니, 혼자 있고 싶소.」 그가 누그러진 어조로 호소했다.

제니는 그 말에 복종하여 소지품을 챙겨서 살며시 나갔다. 일단 복도로 나간 제니는, 작은 문이 매끄럽지 못하게 닫혀 감에 따라, 머리를 두 손으로 감싼 채 꼼짝 않고 앉아 있는 로버트의 모습이 차츰차츰 가려지는 걸 보았다.

제니는 잠시, 우선 집에 돌아가서 좀 더 상세한 지시가 내려올 때까지 기다려 볼까 생각해 봤다. 하지만 전문 직업인에게 가장 어울리는 선택은, 사장이 자신과 함께 수사가 어느 길로 가야 할지를 따져 볼 정도로 충분히 침착함을 되찾을 때까지, 그 자리에서 기다리는 거였다. 제니는 복도 끝에 놓여 있는 의자를 찾아 와서 굳게 닫힌 사무실 앞에 자리를 잡았다. 제니는 자신이 방금 목도한 부적절한 장면을 다시 떠올려 보았고, 혹시 두 사람의 아버지가 책 속에 이 두 무뢰한이 보여 주는 처신의 뿌리가 무엇인지를 이해하는 데 도움이 될 만한 단서를 남겨 놓았을지도 모른다는 막연한 희망을 품고서, 핸드백에서 『핑커턴 지침서』를 꺼냈다.

12
『완벽한 요원을 위한 핑커턴 지침서』

앨런 핑커턴

가족 흉내 내기

현대 사회에서는, 개인이 노동을 할 수 있는 나이에 도달했을 때, 대체로 이미 자식이 한 명 정도 있기 마련이다. 하지만 이 책을 쓰고 있는 1871년 현재, 풍습이 변하고 있음을, 시민전쟁으로 인해 사회가 급변했음을 느낀다. 따라서 친애하는 독자여, 당신도 자식을 낳지 않겠다고 이미 결심했을 수도 있다. 당연히 그건 몹시 유감스러운 일이다. 왜냐하면 이미 당신은 회사에서 획득한 지식을 전수하지 않기로 했다는 소리이기 때문인데, 회사가 세계에 대한 우리의 인식을 벼려 준다는 사실은 신도 아시지 않는가 말이다. 또한 무엇보다도 다른 사람들과 가장 쉽게 친분을 맺게 해주는 자식이라는 대화 주제를 놓치게 되기 때문이다.

따라서 이번 편에서는, 나이에 따라서, 허구의 자식들에 대해 어떻게 말해야 하는지를 알려 주겠다. 개인

적으로, 내게는 두 살 터울의 사내애가 둘 있다. 그러니 그들을 키우면서 쌓인 나의 경험에 대해서 말하겠다.

(수월하게 읽으라고, 이름이 로버트이지만 여기서는 밥이라고 부를 큰애의 나이를 기준으로 삼겠다. 둘째는 윌리엄이고, 윌이라는 애칭을 써서 그 아이를 가리키려고 한다.)

• 0~6세: 부모의 관심사는 단순하다. 아이를 안전하게 보호하는 것인데, 아이는 끊임없이 위험한 상황으로 들어간다. 아기는 지치지도 않고 아무거나 입에 가져가고 전부 다 만져 보려고 한다. 따라서 수사 활동 중에, 당신이 아이에게 풍로가 뜨겁다고 미리 알려 줬는데도, 아이가 풍로에 손을 가져다 대려고 했던 날 이야기를 할 수 있다. 만약 당신이 여성이라면, 주저하지 말고 기저귀 빨래나 그런 종류의 빨래가 얼마나 고역인지를 언급하면서, 여성 간의 연대감을 자극하라. 나는 아내가 그런 일을 처리하는 것을 보았고, 보기만 해도 속이 울렁거렸다. 조앤, 만약 당신이 이 글을 읽는다면, 그러한 용기에 필적하는 것은 당신의 아름다움뿐임을 알아주기를.

• 6~13세: 형제를 여럿 부양하는 부모로 위장하기로 결정했다면, 형제끼리는 종종 6세에서 13세 사이에 질투가 생기는데, 이 감정에는 형이 동생에 대해 느끼는 아버지다운 감정이 수반될 수 있음을 알아 두라. 우

리 집의 경우, 밥이 착실하게 복습하면서 하루를 마무리하는 조용한 아이였다면, 윌은 지평선을 보려고 나무 꼭대기에 오르거나 풀밭에서 뛰어다니려고 어서 학교가 파하기를 초조하게 기다리는 아이였다.

어느 날, 윌이 굵은 몸통의 소나무를 오르다가 미끄러졌다. 벌어진 상처를 본 적이 없는 사람에게는 제법 놀랄 만한 찰과상이라는 점을 제외하면, 정말이지 심각한 부상은 전혀 아니었다. 그 사건 이래로, 밥은 윌이 바깥으로 놀러 나갈 때마다 따라갔다. 두 아이는 이렇게 가까워지면서 서로에게 흥미를 갖게 되었다. 그때부터 윌은 기하학과 문학이라는 정교한 예술에 입문할 수 있었고, 반면에 밥은 자연이 베푸는 온갖 다양한 아름다움, 비록 가장 소소한 것일지라도, 그런 아름다움을 관찰하고 감상하는 법을 배웠다.

• *13~16세:* 가장 어려운 시기로, 사내애들의 반항이 시작되고, 어떻게 표현해야 할지는 모르면서 젊은 여자에게 관심을 보이는 시기다. 만약 당신이 남자이고 아들이 있다고 암시했다면, 어떻게 아들들을 동네 유곽에 데리고 가서 동정을 떼게 했는지 서슴지 말고 이야기하라. 내 기억에 윌은 믿을 수 없을 정도로 거북해 보였다. 결국, 윌보다 나이가 더 많을까 말까 싶은 어떤 젊은 매춘부가 그 애가 첫걸음을 떼게 해줬다. 유곽의 주인 여자는 〈새로 고용한 애〉라고 내게 말했더랬다. 〈경험은 거의 없는데, 나이 든 남자들을 두려워해서,

그 댁 아드님처럼 젊은 남자들에게 기꺼이 뛰어가죠.〉 그 〈경험〉 이후, 윌은 그 일을 다시 해보기 위해서만이 아니라 자신에게 쾌락의 문을 열어 줬던 그 젊은 여성과 시간을 보내기 위해서라도 정기적으로 유곽에 출입했고, 나는 그 사실을 그 애의 형을 통해 알았다. 심지어 한번은 임무 수행 중에, 그 애가 그 젊은 매춘부를 데리고 공원에서 행복하게 오리를 구경하고 있는 모습을 본 적도 있다.

• 16세 이후: 아이는 변모하여 이제 어른이 된다. 당신에게 사내애들이 있다면, 그 아이들은 보통은 아버지와 같은 계열에서 직업 활동을 하게 될 거다. 나의 두 아이도 망설임 없이 핑커턴의 요원이 되었다.

윌리엄은 운 나쁘게도 터스키기에서 진행된 임무에 투입되었는데, 그 임무는 틀어지고 말았다. 그 아이가 돌아왔을 때, 누구인지 알아보기 힘들 정도였다. 뉴욕으로 돌아왔지만, 자주 찾던 그 젊은 매춘부를 더는 보고 싶어 하지 않았다. 그 애는 이 도시에 잠깐 머물렀다가 중서부의 사막에 틀어박혔고, 자신에게 커다란 외상을 남겼던 문명 세계로부터 멀리 떨어져서 살았다.

로버트의 경우, 첫 번째 임무를 맡은 뒤로 그 애는 그 무엇도 놓치는 법이 없어서, 남의 말을 듣는 일에 뛰어나고 자신의 감정을 완벽하게 통제한다. 절도와 신중, 이는 잠입 요원에게 필요한 자질들이다. 이러한 장점의 이면인 지나친 긴장으로 인해 그 애는 불면증을 그

대가로 치렀다. 훌륭한 요원이 되기 위해서는 희생이 없을 수 없음을 알아 두라.

자, 엄격한 인물인 내가 여기 몇 줄에 걸친 이야기를 통해 감상주의로 빠지기를 감행했다. 이건 뻔뻔함이나 사생활 노출과는 아무런 연관이 없고, 보다 효과적으로 구체적인 충고를 해주기 위해서 솔직함을 발휘했을 뿐임을 믿어 주길. 어쨌든 그렇게나 상보적인 내 아들들은 나 자신의 가장 좋은 점을 각각 구현하기 때문에, 둘이서 훌륭한 팀을 이룬다. 둘이 함께 회사를 키워 나가고, 당신의 임무 수행을 위해 가능한 한 최상의 지원을 제공하기 위해 전력을 다하리라는 점을 믿어 의심치 않는다.

사무실 문이 열렸는데, 얼마나 시간이 흐른 뒤인지는 제니라도 정확히 특정할 수 없었으리라. 사무실로 다시 들어가면서 마술사는 벽난로 속 불길이 약해졌음을 파악했는데, 로버트의 이마에 난 손자국은 그 불빛에 불그스름해 보였다.

탐정이 입에 볼펜을 물고 험상궂은 눈빛으로 고개를 들어 올렸다.

「당신을 해고하지 않아야 할 이유를 한 가지만 대봐요, 마턴 양.」

그가 정확하게 발음하는 데 방해가 되는 볼펜을 뱉었다.

「내가 틀리지 않았음을, 내가 제대로 된 방법과 제대로 된 동맹을 골랐음을 증명해 봐요!」 그가 몹시 불안해하는 목소리로 말했다.

제니가 볼펜을 집어 들더니 엄지 관절에 대고 돌리기 시작했다. 오른손이 회전축이 됐고 왼손은 속도를 담당했다. 하지만 그 물체는 순조롭게 돌지 못했다. 작동 불량인 톱니바퀴처럼 움직임에 유연성이 부족했다.

「그런 일을 내가 할 수는 없어요, 핑커턴 씨.」 그녀가 가설을 내놨다. 「미래가 우리에게 무슨 일을 마련해 두고 있을지 전혀 예측할 수 없으니까. 사무실을 나가자마자 당신 동생이 핵심 정보원을 만났을 수도 있고, 그러면 당장 내일이라도 사건을 해결할지 모르죠.」

볼펜 돌리기는 이제 느리지만 안정적이었다.

「그리고 형제간 경쟁심에 대한 대가를 치르게 하려고, 당신이 핑커턴사에서 일하는 것을 영구적으로 금지하고 당신을 길바닥에 내팽개쳐 둘 수도 있어요. 그런 일이 벌어진다면, 당신이 맡고 있던 미해결 사건 대부분을 버려둔 채, 혹은 더 안 좋은 경우라면 전통적인 경찰로 직종을 바꾸어서, 초기에 설치한 14번가의 전기 가로등 고장 사고 같은 하찮은 사건들이나 맡는 것 말고는 다른 선택을 할 수 없겠죠.」

볼펜은 이제 안정적으로 굴러가는 마차 바퀴같이 돌고 있었다.

「조심해요, 선물 받은 거요.」

볼펜이 갑자기 증발하듯이 제니의 손가락에서 사라졌다.

「우리 현실적으로 생각하죠. 그런 일이 벌어질 가능성은 극히 적어요. 핑커턴사는 다른 경쟁사들에 대해서만이 아니라 자기 자신에 대해서도 분초를 다투는 경주에 들어섰어요. 우리 모두는 동일한 질문 앞에 서 있죠. 그 소리는 어디서부터 나는가?」
제니가 오른손을 내리자 작게 금속성 소리가 들렸다.
「오른팔.」
여성 마술사는 왼팔 소매에서 볼펜을 꺼내어 뱅글뱅글 돌리다가 고용주에게 넘겼다.
「날 해고할 수 없어요, 〈밥〉, 당신이 관찰하는 법을 배우는 데 평생을 썼다 해도, 당신은 늘 속이는 쪽에 있었으니까. 거짓말이 너무나도 자연스럽게 당신 일상의 한 부분이 되어서, 당신은 그런 행동 방식밖에는 알지 못하죠. 시대가 계속 바뀌고 있고, 이제 자기 고집대로 밀고 나가는 것만으로 충분하지 않은 순간이 왔으니, 당신은 나를 필요로 해요.」
이번에는 탐정이 볼펜을 돌리려고 해봤다. 능란함은 부족했지만, 볼펜은 엄지 주위를 느리게 돌다가 떨어졌다.
「왼손으로 가속을 준 이유가 그 손이 거기 있어도 이상하게 보이지 않도록, 그리고 볼펜이 사라지는 그 순간, 은근슬쩍 왼손으로 볼펜을 쥐려고 그런 거였군. 머리를 잘 썼다고 인정하오.」
그가 땅에 떨어진 볼펜을 집어 들었고, 이번에는 손에서 떨어지기 전에 완벽한 마술을 선보이는 데 성공했다.
「그런 꾀를 쓴다고 해서 당신이 내가 당신에게 맡겼던 표적 편에 섰다는 걸 정당화하지는 못하오. 마거릿이 당신에게 해준 그 말도 안 되는 소리를 믿지 않는다고 말해요.」

제니가 장작을 하나 더 집어넣자 벌겋게 단 잉걸불들이 조금 기운을 차렸다. 제니는 불꽃이 번지며 살짝 흰 연기를 뿜고 있는 장작의 껍데기를 삼킬 때까지, 풀무질을 했다.

「제니…….」

「조사를 하라고 나를 고용하셨죠, 핑커턴 씨. 내 임무는 아직…….」

이번에는 볼펜이 바닥에 떨어졌다. 마술사는 로버트의 꾸짖는 눈길과 부딪히고 싶지 않아서 다시 벽난로로 주의를 기울였고, 불 속에서 위안을 발견했는데, 제니는 예측이 불가능한 불의 움직임을 관찰하기를 늘 좋아했더랬다. 마술이 정말로 존재한다면, 그건 수령이 1백 년은 된 나무를 불꽃 하나 덕분에 빛과 열의 원천으로 변화시키는 마술이었다.

벌겋던 숯에 로버트가 물 한 병을 들이붓자 연기 기둥이 솟구치고는 꺼져 버렸다. 아궁이에는 곧 물에 젖어 날카로운 치이익 소리와 함께 숨이 꺼져 가는 검은 그을음과 재만 한 무더기 남았다. 탐정은 벽난로 앞에, 직원 옆에 무릎을 꿇고 앉았다.

「당신이 옳소, 제니. 당신을 해고할 수는 없지만, 지금으로서는 당신을 신뢰할 수도 없지. 내가 지금까지 당신의 행동을 용납했다면, 이제부터는 상황이 바뀌었다오. 내 회사가 걸린 문제니까. 그러니까 이 말을 들어

줘야 해. 당신 아버지, 구스타브 마틴, 확신컨대 훌륭한 사람이었겠지만 더는 존재하지 않소. 죽음이 그를 데려가면서 뒤에 남겨 두고 간 건 나무 관 속에 든 살덩어리뿐이고, 벌레나 두더지, 또 잘은 모르겠지만, 이런저런 다른 살아 있는 동물들이 그걸 먹어 치우면서 즐거워했겠지. 내게도, 물론 당신에게도 같은 일이 닥칠 거요. 그게 삶이오, 제니. 아니, 차라리 죽음이라고 해야 하나. 당신이 그 사실을 받아들일 수 없는 한 그 거짓말쟁이들의 정체를 밝힐 수가 없어요.」

「난 늘 그 사실을 받아들였어요, 핑커턴 씨. 하지만 내가 모든 걸 아는 게 아니며, 가장 예기치 못한 곳에서 종종 배울 게 있더라는 사실 또한 인정하지 않을 수 없다는 거죠.」

로버트가 가죽 핸드백을 가리켰다.

「『마술의 길』이 그 안에 들어 있지, 안 그렇소?」

모욕을 당했다고 느낀 제니의 언성이 올라갔다.

「당신은 마술 분야의 전문가를 원했고, 지금 한 명 데리고 있죠. 난 금세기 최고로 풀기 힘든 마술과 마주하고 있어요. 그러니 당신의 결론을 순순히 받아들이기 전에, 모든 가능성을 살필 수 있게 해줘요.」

탐정은 화가 나서 제니를 바라봤다.

「당신이 노새처럼 고집불통이라는 사실을 알았어야 했는데.」 그가 한숨을 쉬었다. 「하지만 어째서인지는 모르겠지만, 당신은 폭스 자매 중 한 명과 친교를 맺는 데 성공한 유일한 사람이오.」

그가 작은 종이를 꺼내더니 그 위에 뭔가를 끄적거렸다.

「당신 이름으로 또 다른 개별 상담을 예약해 뒀소. 내일이오. 내가 물어다 준 기회에 걸맞은 모습을 보이도록 해요.」

제니는 자제력을 조금 되찾았다.

「그러니까 그래도 괜찮으시겠어요……? 내가 의심을 품어도?」

「회사는 변화하고 있소, 마턴 양. 핑커턴 형제도 이제는 날아갔고. 아마도 우리에게 부족했던 게 범인을 찾는 대신 진실을 찾는 일이었나 싶군. 자, 이제 움직여요, 요원. 내가 동생과 맞붙어 체면이 구겨질 일을 만들 생각은 말아요. 온종일 녀석이 명령을 내리는 소리를 어찌 참고 듣겠소.」

나가기 직전, 제니는 자신을 괴롭히던 마지막 질문을 던지고 싶은 욕구를 참을 수 없었다.

「폭스 자매 건으로 누가 10만 달러를 내려고 하는 거죠?」 제니가 장난스러운 표정으로 캐물었다.

「마거릿에게나 신경 쓰고 보상금을 회수하는 노고는 회사에 맡겨요. 그저 당신이 임무를 훌륭하게 수행한다면, 그에 따른 수당을 받게 되리라는 것만 알아 두고.」 그는 그런 대답을 던지고는, 책상 위에 널려 있는 서류 더미 속에 다시 고개를 처박았다.

13
임무 지시서: 폭스 자매(2/5)

마거릿과 케이트는, 가톨릭교회가 보기에는 너무 특별한 이 두 소녀를 감당하기 힘들어한 부모에게 등 떠밀려, 고향을 떠나 로체스터에 거주하는 언니 리아의 집으로 간다.

두 소녀에게는 다행스럽게도, 산업 혁명이 미국에서 수많은 기적을 만들어 내던 때라서, 하이즈빌 농가 사건은 빠르게 망각 속으로 빨려 들어간다. 리아가 끼어들지 않았더라면, 그 사건은 1841년 당시에 자연사하여 소멸했으리라.

이후의 사건을 들여다보기 전에, 세 자매 중 영매로서의 자질이 가장 부족한 리아 폭스를 주의 깊게 살펴보는 일은 중요하다.

1813년에 태어난 리아 폭스는, 훗날 피아노 교사가 될 운명을 보여 주듯, 피아노에 대한 재능을 아주 이른 나이부터 발휘했다. 그녀는 조혼 풍습이 있던 그 시절에조차 너무 어린 나이인 열네 살에 결혼한다. 그녀의 남편은 그녀가 임신하자마자 도망가는데, 그 이유는 알려지지 않았다. 과부도 아니고 그렇다고 결혼할 처지도 아닌 리아는 아주 불안정한 상황에 놓이고, 그 당시 여성에게 허용된 드문 직업 중 하나인 피아노 교습을 통해서만 근근이 살아가기에 이른다.

리아는 동생들이 도착하는 걸 보면서, 운명이 자신의 집 문을 두드리고 있음을 깨닫는다. 두 동생은 보다 나은 세계로 진입하기 위한 입장권이며 〈참깨〉이니, 〈열려라, 참깨!〉를 말하지 않는 것은 어리석은 일이리라.

리아는 뉴욕의 퀘이커 친우회를 상대로 자매들의 재능을 내보이기 시작하는데, 퀘이커교는 영국 교회의 일파로서, 위계도 없고 신도 개개인의 내면에 자리한 신성을 믿는다. 심령주의가 싹트고 자라나기에 아주 적합한 모임이었다. 몇 번의 무료 교령회 끝에, 퀘이커 교도들은 영매의 재능에 설득당하여 자신들의 단체를 해체하고 심령주의 운동에 합류한다.

몇 달 사이에 심령주의 운동은 수백 명의 신도를 거느리게 된다. 물결이 형성되었다. 이제 곧 거세게 출렁이리라.

개별 상담실은 망자로 우글거리는 세계로 들어가기 전의 대기실이자 내밀한 공간으로서, 서늘함과 신비주의 사이에 걸쳐 있는 독특한 분위기를 지녔더랬다. 자기도 모르게 제니의 피부에 소름이 돋았다. 마거릿 쪽은 지난번 방문 때보다 더 여유 있어 보였다. 심지어 〈친구〉를 맞아들이게 되어 확연히 행복해 보였다.

「휴우, 대단한 하루네요. 고객 중 한 명이 남편과 만났는데, 남편이 아내에게 아이들을 가혹하게 다루지 말라고 부탁하더라고요. 그런데도 그 여자는 전혀 들으려고 하지를 않았어요. 계속 주제를 바꾸려고 애를 쓰면서, 앞으로 며칠 동안 날씨가 어떻게 바뀔지, 광산에 투자했는데 그게 어떻게 될지, 그런 것들이나 묻더군요. 그런데 남편은 아내에게 아이들이 옷을 더럽혔다 싶으면 애들 굶기는 일을 그만두라고 말하지 뭐예요. 정말이지 귀머거리들의 대화였답니다.」

영매는 잠시 눈앞의 고객과 그녀가 쓰고 있는 검은색 베일을 살피다가, 아차 싶어서 얼른 입을 닫고는, 전문 직업인답지 못한 그런 흥분을 가라앉혔다. 잠시 침묵이 흐른 뒤, 제니가 베일을 벗고 미소를 지었다.

「매일 그런 일을 하려니 쉽지 않겠어요.」

마거릿은 그날 하루 벌어졌던 몹시 이상했던 만남에 관한 이야기를 꺼내 놓으려고 하면서 제니에게 미소를 돌려줬지만, 커다란 괘종시계의 추가 댕댕 울리면서 그녀가 해야 할 일을 일깨웠다. 마거릿은 테이블보가 구겨지지 않았는지 확인한 뒤 자기 의자에 편안하게 자리 잡고서, 손바닥을 위로 향해 놓으며 시작할 준비를 했다. 제니 쪽에서도 역시 자리에 앉은 뒤, 다시 그 북군 병사와 맞닥뜨릴 수 있다는 예상에 불안해하면서 마거릿의 손에 자신의 손을 올려놓았다. 사실대로 말하자면, 그녀의 가짜 남편 헨리가 영매를 통해 의사 표명을 하는 말을 듣는다면, 그것보다 더 그녀를 기쁘게 할 일은 없었으리라. 그렇게만 된다면 굳이 거짓말을 할 필요도 없이 헨리가 심령으로서 무엇을 하며 지내는지 묻는 질문 몇 개를 찾아내기만 하면 될 테고, 그러면 결판이 날 테니까. 그렇게 마침내 자신이 처음에 생각했던 걸 확인하게 될 텐데.

「눈을 감을래요? 헨리, 맞죠?」

마술사는 끄덕이고는, 하라는 대로 했다.

「헨리 바월, 저세상에서부터 사랑하는 여자를 돌보는 당신, 당신에게 간청할게요. 당신은 이곳에서 할 일이 아직 끝나지 않았고, 뭔가가 여전히 당신을 붙들고 있으니까요. 당신이 자유롭게 의사소통을 할 수 있게 내가 영매가 되어 드릴게요.」

제니는 다시금 마거릿의 몸이 경련으로 꿈틀댐을 느꼈다.

「헨리, 모습을 보여요! 세 번 딱 소리를 내세요, 그것 말고 더 요구하지 않아요.」

바닥에서 올라오는 딱 소리가 한 번 울리더니, 그 뒤를 이어 들리는 소리는 없었다. 제니는 그게 무엇을 의미하는지 몰랐다. 마거릿의 손이 빠져나갔다. 여성 마술사는 의자가 바닥에서 움직이며 나는 끽끽 소리를 들었다. 제니는 눈을 떠보고 싶은 욕망을 참지 못했고, 영매가 니스 칠이 벗어진 갈색 궤 앞에 서 있는 모습을 발견했다. 영매는 왼손으로 뭔가를 찾느라 정신이 없었고 그녀의 오른팔은 축 늘어져 있는 모습이 마치 팔을 움직일 수 없는 듯했다.

「아하! 찾았다.」 마거릿이 의기양양하게 외쳤다.

영매는 여전히 왼팔을 사용하여, 펜대가 닭발 모양인 낡은 펜을 테이블 위에 내려놓았다. 그러고는 다시 궤로 가서 반쯤 차 있는 네모난 잉크병과, 끝으로 백지 한 장을 들고 돌아왔다. 그녀는 백지 위를 후 불더니, 왼팔과 이(齒)를 이용해 잉크병의 코르크 마개를 뽑았고, 그러고는 바닥에 마개를 뱉었다.

「이게 다 무슨…… 그러니까 마거릿, 이게 다 무슨 의미예요?」

「잠깐만요, 정말 잠깐만요…….」 그녀가 환각을 보고 있는 눈길로 대답했다.

영매는 조심스럽게 왼손을 사용해 잉크병 속 잉크에 펜대를 적셨고, 그러고는 여전히 움직이지 않는 오른손에 펜대를 갖다 댔다.

갑자기 잠자던 동물이 주둥이에 들이민 음식에서 풍기는 맛있는 냄새를 맡고 깨어나듯이, 움직이지 못하던 오른팔이 꿈틀거리고 손이 움직거리더니 드디어 손가락이 필기도구에 닿았고, 그걸 움켜쥐었다. 그러고는 손가락에 쥔 필기도구가 사방으로 날뛰다가 갑자기 동작을 멈췄다.

「좋아, 준비됐어.」

「누가 준비가 돼요?」

「조금만 참아요, 헤이즐, 조금만.」

오른손이 힘겹게 들리더니 테이블에 다가갔다. 마거릿은 오른손을 왼손으로 받치면서 조심스럽게 백지가 놓인 곳에 가져다 놓았다. 개가 난생처음 눈에 발을 들여놓은 것처럼, 펜이 종이를 느끼고 놀라 살짝 소스라치더니, 단어들을 그려 놓기 시작했다. 영매는 그 작업이 진행되는 과정을 찬탄하며 지켜봤다. 펜대 아래에서 가는 선, 굵은 선, 모음과 자음이 태어났다.

「자, 봐요!」

곧 움직임이 빨라졌다. 한 단어의 뒤를 이어 곧바로 다른 단어들이 쏟아졌고, 속도가 점점 빨라졌다. 제니가 있는 곳에서는 읽을 수가 없는 문장이 두 줄 나타났다.

그러고 나서 펜이 종이를 톡톡 두 번 치는 바람에 종이에 작은 잉크 얼룩이 남았다. 그러고는 손에서 닭발 모양 펜이 빠져나갔고, 손은 꼼짝 않는 시신처럼 테이블 위로 다시 툭 떨어졌다.

「다 끝냈대요.」

마거릿은 제니가 종이를 살펴볼 수 있게 제니에게 종이를 내밀더니, 자신은 마치 오른손이 오랜 마비 상태에서 빠져나온 것처럼 오른손을 문질러 댔다. 그녀는 오른손의 손가락이 정상적으로 움직일 때까지 손가락 하나하나를 잡아당겼다.

「뭔가 짚이는 게 있나요, 거기 써진 걸 보면?」

종이 위의 도안들은 글자를 닮았지만 읽을 수가 없었다. 마치 거꾸로 쓰인 것처럼. 하지만 그 종이가 마거릿 앞에 놓여 있을 때에도 맞은편에 있던 제니는 아무것도 해독해 내지 못했더랬다. 제니는 종이를 이렇게 돌려 봤다 저렇게 돌려 봤다 온갖 방향으로 돌려 봤지만, 성과는 없었다.

「이해가 안 되네. 이 모든 서커스가 뭘 의미할까요? 내가 말을 하려는 상대는 내 남편인 게 아니었나요? 그런데 내게 주어진 건…… 이것뿐이니.」

마거릿이 종이를 집어 들고 꼼꼼히 살폈다.

「당신에게 나타나는 그 병사의 심령이에요. 그 사람은 정확하게, 뭔가를 내게 기어이 말하고 싶어 했어요. 그러니까 간단하게 〈예〉, 〈아니요〉로는 표현될 수 없는 종류죠. 그래서 그 사람이 내게 빙의하게 내버려 뒀어요. 그러니까 내 오른팔로 들어오게요. 그리고 그 사람이 내 오른팔로 해놓은 일을 보니…….」

갑자기 이 수수께끼의 해법이 퍼뜩 제니의 눈에 띄었다. 글자들은 거꾸로 써진 것이 아니라 오른쪽에서부터 왼쪽으로 써진 것이었다. 그 글자들을 해독할 수 있는 유일한 방법은…….

「마거릿, 내가 종이를 다시 가져가도 될까요?」

마거릿이 즉각 종이를 넘겨줬다.

「미안해요, 당신은 정말 운이 없네요. 하지만 그 남자도 그래요. 매번 당신의 상담을 진행할 때마다 끼어들어서 완벽하게 훼방을 놓으니.」

마술사가 일어나서, 영매 뒤에 걸어 둔 거울을 향해 다가갔다.

〈옳거니!〉 제니는 속으로 외쳤다. 예상했던 대로, 메시지는 거울을 통해 완벽하게 읽혔다. 이렇게 쓰여 있었다.

〈가면을 조심해라. 가면을 너무 오래 쓰다 보면 가면이 우리의 얼굴에 영원히 새겨지고 만다. 그러면 우리는 가면을 쓰기 이전의 우리가 누구였는지를 잊게 된다.〉

호기심이 동한 마거릿이 제니에게 물었다.

「읽혀요?」

제니가 빠르게 종이를 구겼다.

「아니요. 거울이 도움이 될 줄 알았는데, 아니네요.」

제니는 종이를 몰래 코르셋 속에 집어넣었다.

「미안해요. 두 번째인데도 여전히 소득이 없네. 내가…… 다음번에는! 다음번에는 헨리가 와서…… 헨리가 내게 대답하리라고 확신해요. 이 훼방꾼은 내가 알아서 정리해 보죠. 두고 보라니까.」

하지만 제니는 그 심령을 내쫓을 방법이 전혀 없음을 너무나 잘 알고 있었다. 자신이 조사를 진행하는 한. 자신이 헤이즐 바월로 머무르는 한.

14
『마술의 길』
구스타브 마턴

그럼, 이 모든 일에 있어서 나는?

마술 공연에 대해 말할 때, 많은 사람이 마술에 치중한다. 마술은 당연히 중요한데, 보여 줄 게 아무것도 없다면 마술은 존재하지 못할 것이다. 하지만 결코 잊어서는 안 되는 것, 그것은 자기 자신의 자리다. 수많은 초보 마술사가 간단한 카드 조작만으로도 관객에게서 나타나는 효과에 강한 인상을 받고는, 마술을 내세우고 자신은 지워 버리는 경향이 있다. 마치 인형극의 인형이 복화술사에게서 스타 자리를 훔쳐 내는 것과 같아서, 마술사는 자신이 보여 준 마술의 그늘 속에 남게 될 수도 있다. 따라서 무대에서 보여 줄 인물, 당신의 특징을 잘 나타내 줄 뭔가를 자신에게 만들어 주는 게 필요하다. 예를 들어, 내가 좋아하는 예술가인 마술사 보스코[7]는 공연의 도입부에서 곧장 참전 당시 겪은 모험 이야기를 들려주고 나서야, 맨손으로 총알을 잡는 묘기를 선

7 Giovanni Bartolomeo Bosco(1793~1863). 이탈리아의 마술사로, 컵과 공 마술로 유명하다.

보인다. 이런 식으로 공연은 그의 정체성의 연장이 되었지, 그 반대가 되지는 않았다. 따라서 바르톨로메오 보스코는 그가 보여 준 특별한 마술이 아니라, 우리에게 간접 체험을 안겨 준 여행으로 기억된다.

훌륭한 공연은 서로 독립된 부분의 합 그 이상의 가치를 띤다. 그리고 공연의 부가적 구성 요소가 바로 당신이다.

〈가면을 조심해라. 가면을 너무 오래 쓰다 보면 가면이 우리의 얼굴에 영원히 새겨지고 만다. 그러면 우리는 가면을 쓰기 이전의 우리가 누구였는지를 잊게 된다.〉 제니는 그 메시지에 대해 어떻게 생각해야 할지 알 수 없었다. 아버지는 살짝 문학적인 정신의 소유자이긴 했지만, 『마술의 길』에서 그렇게 심오한 문장들이 나타나는 걸 본 적은 없었다.

제니는 실제로 그 종이가 무엇을 의미하는지를 더 깊이 생각해 볼 시간이 없었다. 개별 상담이 끝나자마자 다시금 마거릿과 함께 마차 좌석에 나란히 앉아야 해서였는데, 이번에는 2인승 유개 사륜마차가 제니를 수수께끼에 싸인 목적지로 데려가는 중이었다. 「가보면 굉장히 좋아할 거예요, 확신해요.」 제니는 자신이 당했다는 생각에 빠져서, 마거릿의 말이 거의 귀에 들어오지 않았다. 영매 몰래 편지를 숨긴 일은 전문가로서 해서는 안 되는 실수를 저지른 거였다. 마거릿이 아버지가 아니라 제니 본인을 머릿속에 떠올렸다면, 그것은 영매가 헤이즐은 존재하지 않으며 서툴게 쓴 가면일 뿐임을 훤히 꿰뚫어 봤다는 의미였다. 그렇다면 그 메시지는 제니에게 거짓말을 털어놓게 하려는 목적의 계략이리라.

마술사 제니는 옆에 앉아 있는 여성을 불신의 눈으로 유심히 살폈다. 하지만 마거릿은 이 잠깐의 일탈과 결부된 아이 같은 흥분만을 내보였다. 심지어 마부에게 헤이즐을 위한 깜짝 쇼를 망치면 안 되니까 커튼을 쳐달라고 부탁하기까지 했더랬다. 밤의 어둠을 밝히는 가로등 불빛만이 두툼한 천을 뚫고 들어왔다. 한 시간 남짓한 여정을 마치고 말들이 드디어 멈췄다.

「폭스 부인, 도착했습니다.」

「케인 부인이에요.」

마거릿은 마부가 발판을 놔주기를 기다리지 않고 우아하게 폴짝 뛰어내리더니, 제니에게 문을 열어 주러 갔다.

「가방 놔두고 와도 돼요. 가방은 짐이 봐줄 거예요.」

마술사 제니는 본능적으로 『마술의 길』 한 권 말고는 아무것도 들어 있지 않은 가방에 손을 올려놨다. 제니는 잠입이 발각될까 두려워서 이제 더는 『핑커턴 지침서』를 들고 다니지 않았다. 제니는 가방을 마차에 버려두고, 회사의 변장 팀에서 제공해 준 연한 색상의 편상화를 신은 발로 쑥 들어가는 부드러운 땅을 밟았다. 가벼운 바람이 불어와 얼굴을 쓰다듬었고, 떡갈나무

이파리 몇 장이 발치에서 굴렀다. 제니 앞에는 위압적인 철책 문이 우뚝 솟아 있었고, 반쯤 열린 그 문 뒤로 경사진 흙길이 이어졌는데, 제니는 철책 문에 붙어 있는 표지판에서 〈뉴 라츠 묘지〉라고 적힌 글귀를 읽을 수 있었다.

「왜 저를 이곳으로 데려왔어요?」

「자, 자, 헤이즐, 참을성이 없네.」

영매는 제니의 손을 잡더니 웅장한 철책 뒤편으로 이끌었다.

바람 부는 밤에, 달빛이 그려 내는 그림자들이 실버들나무의 몸통에서 춤을 추고 있었다. 제니는 컴컴한 풀숲 한가운데를 가르며 제방처럼 뻗어 나간 오솔길로 들어서서, 그 환한 흙길에 의지해 나아갔다. 주위에는 가슴을 내놓은 여자 형상의 조각상들이 가장 유복한 남자들의 마지막 거처인 거대한 석관묘 위에 당당히 군림하고 있었다. 마술사 제니에게는 그 조각상들이, 죽음이 맡긴 아이들의 잠을 영원히 돌봐야 할 운명을 타고난 가정부들로 보였으니, 대리석 혹은 화강암으로 만들어진 그 보모들은 나무들의 무성한 꼭대기가 맞닿아 생겨난 두툼한 이불로 아이들을 덮어서 그들을 하늘로부터 가려 주었다. 길 끝에 이르니 묘지 한가운데에 공터가 나왔는데, 정말이지 고여 있는 달빛이 찰랑거리는 우물이었다. 그곳의 무덤들은 훨씬 소박해 보였고, 망자의 이름만 새겨 놓은 단순한 묘석들이 동심

원을 그리며 배치되어 있었다. 그 묘석들 한가운데에 붉은 장미와 흰 장미의 이종 교배로 꽃을 매단 웅장한 장미나무가, 신이 만든 작품이, 우뚝 솟아 있었다. 단 한 송이 꽃도 꺾여 나가지 않은 모습이어서, 마치 가장 흉악한 강도일지라도 이렇게 황량한 장소에 그토록 아름다운 것을 놓아둔 분의 분노를 살 위험을 감수할 용기는 없을 듯했다.

마거릿은 거기 있는 어떤 묘비 앞에 앉더니 제니 보고도 옆에 앉으라고 권했다. 마술사 제니는 마거릿을 기다리게 하지 않고 재깍 앉았는데, 유리 뚜껑 안에 갇혀 꼼짝달싹 못 하게 된 사람처럼 자연 속 묘지의 음산한 분위기에 거의 불안감을 느끼는 상태였다.

영매는 성명 불상의 묘석을 마주하고 있었다. 그녀는 면직 드레스의 가슴팍에 꿰매어 놓은 작은 주머니를 뒤져서 종잇조각을 하나 꺼내어 묘석 위에 놓았는데, 종이에는 〈헨리 바월〉이라고 적혀 있었다.

「남편이 바다에서 사망한 거, 맞죠? 당신이 남편에게 말할 수 있게 해주지 못했지만…… 이렇게 하면, 적어도 그분이 당신 말을 듣고 있다는 느낌은 들어요.」

「그러니까 이게 당신이 말한 깜짝 쇼였군요? 그러니까 마거릿…… 그건…… 그건…….」

그녀의 표적이 순진한 암사슴의 눈망울을 굴리면서 자신을 헤이즐이라고 부르는 것부터 벌써 견디기 힘들었는데, 이제 그녀가 두려워하는 순간이 닥쳤다. 위조 신분의 삶을 피해 달아나는 것이 더는 가능하지 않았고, 가면이 딱 들러붙게 생긴 형국이었다.

「마음에 맺힌 말을 하기만 하면 돼요. 그게 쉽지 않다는 건 알아요. 그리고 당신이 쉽게 마음을 여는 사람이 아니라는 것도 알아봤죠. 하지만 당신을 위해 이렇게 해주고 싶어요.」

「마거릿…….」

「나를 매기라고 불러요.」

수많은 생각이 제니의 머릿속으로 밀려들었다. 그녀는 영매를 겨우 아는 정도였지만, 억누를 길 없이 감정이입이 되어 그녀에게 끌렸다. 마술사 제니는 이 여성과 친구가 될 수 있었을 거라고 느꼈는데, 둘 사이에 나이 차이가 나는데도 말이다. 반면에, 제니가 이해하지 못한 것, 그것은 매기가 그녀에게 보여 주는 맹목적인 신뢰, 특히 만약 그녀가 실제로 자신의 위조 신분을 꿰뚫어 봤다면 더욱이, 그런 신뢰가 어디서부터 비롯되는가였다.

「고마워요.」 제니는 한참을 망설이다가 감사의 말을 중얼거리는 선에서 그쳤다.

제니는 머리가 텅 빈 채 무릎을 꿇고서, 자료에서 읽었던 것들이 이 순간에는 아무런 도움도 되지 않음을 절감했다. 이제 그녀가 매달릴 수 있는 유일한 것은, 가을밤에 불어오는 바람에도 날아가지 않고 서글픈 잿빛 돌에 붙어 있는 이 종잇조각이었다.

「몇 마디 말이면 충분해요, 헤이즈. 시작이 제일 어렵고, 그러고 나면 나머지는 저절로 흘러나온답니다.」

〈헤이즈〉, 바로 매기가 그녀에게 줘야겠다고 결정한 애칭이었다.

「왜…… 헨리…… 왜 떠났어요? 내가 얼마나 사랑하는데…….」

오, 하느님, 얼마나 거짓으로 들리던지, 어린아이라도 그 말을 믿지 못했으리라. 극장에서라면, 보나 마나 토마토 세례를 흠씬 받았으리라. 하지만 마거릿은 그런 걸로 비난하지 않았고, 그저 종이를 주워서 제니에게 내밀었다.

「적어도 그분이 왜 오지 않는지는 알겠네요. 당신은 준비가 안 됐어요, 아직은.」

마거릿은 〈헨리 바월〉이라는 쪽지를 치우고 주머니에서 또 다른 종잇조각을 꺼냈는데, 거기에는 〈엘리샤 켄트 케인〉이라고 적혀 있었다. 제니가 일어서는데, 영매가 어깨에 손을 올리면서 멈춰 세웠다.

「내 생각에 그이는 나 혼자 주절대는 이야기를 듣는데 아마 조금 질렸을 거예요. 우리의 대화에 합류하는 그이 나름의 방식이라고 확신해도 돼요. 그 사람도 당신처럼 겉모습은 자부심이 강하지만 수줍음을 타거든요. 두 사람이 서로 마음이 잘 맞을 거라고 확신해요.」

두 여성은 무릎을 꿇은 채로 잠시 가만히 있었다.

「그분께 〈안녕하세요〉라고 말해도 될까요…… 그러니까 잘은 모르겠지만…….」

「그럼요, 자, 어서, 당신 소개를 해봐요.」

제니는 산 사람들에게 거짓말을 하기는 어려웠지만,

심령들을 속인다는 생각은 덜 괴로웠는데, 무엇보다도 그들의 시선과 부딪히지 않아도 되어서 그랬다.

「안녕하세요, 케인 씨, 반가워요…… 당신을 알게 되어서. 난…… 난 소중한 어떤 사람을 잃었어요. 우리가 종이를 바꿨던 그 순간에, 그 사람이 떠나가는 모습을 보셨겠죠.」

마거릿은 유머가 자신의 초대객이 신경의 흥분 상태를 숨기려는 방식임을 잘 알기에, 미소를 지었다.

「그 사람은…… 그러니까 내가 믿기로는 좋은 남자였어요. 내게 관찰하고 귀 기울이는 법을 알려 줬더랬죠. 정말로 열정적인, 그런 사람이었죠. 우리는 서로 많은 이야기를 나누지는 못했지만, 심지어 진짜로 대화를 나눠 본 적은 결코 없었지만, 하지만 내게는 그것만으로도 충분했어요. 그의 말에 귀를 기울이느라, 늘 내 곁에 있는 그 사람에게 나의 생각을 설명하느라 평생을 보냈죠.」

제니는 퍼뜩 엉뚱한 생각이 들었다. 두고 온 가방이 그립다는. 『마술의 길』을 들고 있었더라면, 아니면 적어도 그 책이 가까이에 있다고 느껴진다면, 좋았으리라.

「난 당신을 잘 몰라요, 케인 씨. 하지만 당신이 마거릿에게 강렬한 인상을 남겼다는 데에는 전혀 의심이 없어요. 만약 당신이 마거릿에게 잠시 말을 걸어 준다면, 사소한 질문에 그저 〈예〉 혹은 〈아니요〉만으로라도 대답을 해준다면, 당신은 다시 한번 마거릿을 세상에서 가장 행복한 여성으로 만들어 줄 거예요.」

제니가 이 말을 마치자마자 산들바람이 불어와서 그 작은 종잇조각을 날려 버렸다. 제니는 종이를 붙잡으려고 했지만, 종이는 손가락 사이로 빠져나가서 날아올라 숲의 어둠 속으로 사라져 버렸다.

「미안해요.」 당황한 제니가 어물거렸다.

「걱정하지 말아요. 그 사람은 늘 이야기를 짧게 끝내는 걸 좋아했어요.」

두 여성은 그러고도 좀 더 무릎을 꿇고서 각자 생각에 잠겨 있었다. 마침내 마거릿이 몸을 일으키며 하늘을 향해 시선을 들었다.

「그런데 헤이즈, 난 당신과 함께 있을 때면 여동생이 다시 생긴 느낌이 들어요.」

「케이트요?」

영매가 잠시 틈을 줬다.

「케이트를 알기에는 당신이 너무 어리다고 생각할 뻔했네. 그래요, 나의 단 하나뿐인 케이트 폭스, 내 최초의 공연 파트너.」

갑자기 솟구친 아드레날린이 마술사의 혈관과 두뇌에서 콸콸 흘렀다. 방금 자신이 행한 작문 놀이의 정당성에 대한 의문과 주저, 또한 그리도 뻔뻔하게 거짓말을 늘어놓은 데 대한 자책, 그 모든 게 날아가 버렸다. 마침내 제니는 커다란 물고기를 낚았고, 그걸 놓아줄 의향이 전혀 없었다.

「동생분에게 무슨 일이 생겼나요?」

「뉴욕 때문이죠, 헤이즈, 뉴욕. 누구나 이 도시를 견딜 수 있는 건 아니에요. 밤마다 벌어지는 파티와, 끊임없는 부산스러움, 퇴폐. 폭스가 사람들은 예전부터 시골 사람들이죠. 우리 부모는 로체스터에서 살아 보려고 했지만, 그것도 너무 크다고 느껴서 결국 하이즈빌이라는 작은 마을로 갔거든요.」

그녀가 숨을 크게 들이쉬었다.

「우린 어릴 적엔 대도시를 보고 싶어 했죠. 그리고 대도시 덕분에 별의별 꼴을 다 봤어요. 화려한 파티, 끝이 없는 사교 만찬, 입에서 녹는 고급 음식들, 어느 하나 덜하다 할 것 없이 죄다 멋있는 살롱들. 이 나라에서 가장 유명한 인사들이 앞다투어 우리가 날씨를 예측하는 말을 들으려고 했죠. 너무 바빠서 정신이 없었고, 도취되었고, 그저 휩쓸려 가다가…… 너무 지나친 지경에까지 이르렀죠.」

「케이트의 이름이 적힌 종잇조각을 혹시 갖고 있나요? 그러면 만날 수 있을 텐데.」

마거릿이 웃음을 터뜨렸다.

「아니에요…… 불행히도 그런 식으로는 만날 수 없을걸요. 아마도 케이트는 모든 일이 시작되었던 그곳으로 돌아갔을 거예요. 나도 어느 날엔가는, 거기를 한 번 돌아보러 가야 할 텐데.」

마거릿의 눈이 별들을 응시했다.

「그래요, 돌아갈 거예요…… 어느 날엔가는.」

15
『마술의 길』
구스타브 마턴

세일럼의 마녀들

그 사건에 관한 이야기는 모두 들었겠지만, 그 사건을 구체적으로 되짚어 보는 일이 중요하다는 생각이다. 이로 인해 미국의 역사가 바뀌어서만이 아니라, 나아가 단순한 장난과 거짓말이 낳을 수 있는 결과에 대해 가르침을 주기 때문이기도 하다.

1691년이 저물 무렵, 매사추세츠의 작은 시골인 세일럼 마을에서 각각 지역 목사의 딸과 조카인 베티와 애비게일은 비술을 행한다고 주장하며 정기적으로 모여서 놀았다. 어느 날, 두 아이는 자기네 집에서 일하는 앤틸리스 제도 출신의 하녀에게 미래를 점쳐 달라고 부탁했다. 하녀는 별생각 없이 명령을 따랐는데, 그녀는 자기네 나라에서 조상 대대로 내려오는 몇 가지 전통을 아이들과 나누는 방식일 뿐이라고 여겼더랬다.

그런데 빠르게 소녀들의 장난이 고약한 방향으로 변질되었다. 그 일은 이상한 환영이 보이는 것으로부터 시작되어, 불안 발작으로 발전하더니, 곧 경련과 환각으로 이어졌다.

급하게 의사들을 데려왔지만, 그 누구도 해법을 찾지 못했다. 더 안 좋은 일은 아이들이 걸린 병이 전염성으로 보였다는 것인데, 마을의 또 다른 소녀들도 비슷한 증세를 보였다.

그러자, 베티와 애비게일은 자신들이 마법에 걸려들었다는 확신을 갖고, 자신들을 그 세계로 이끈 세 명의 마을 여자를 고발했다. 지목된 여자들은 마을에서 구걸하여 살아가는 여자와 거의 침대에서 벗어나는 일이 없는 노파, 그리고 앤틸리스 제도 출신의 하녀였다. 그 세 명의 여자들은 마녀재판을 받아야 했고, 곧 투옥되었다.

그런데 소위 그 〈마녀〉들이 쇠창살 뒤에 갇힌 뒤에도 광기의 발작은 계속 퍼져 나갔다. 베티와 애비게일은 착란 상태에서 또 다른 사람들을 지목했다(그중 한 명은 네 살짜리 어린 여자아이였다). 모두 체포되었고 약식 재판의 제물이 되었다.

죄수의 숫자가 급증하자 윌리엄 핍스 주지사를 재판관으로 파견하여, 그 유례없는 상황의 관리에 들어갔다.

주지사는 이 새로운 역할에 너무나 심취한 나머지 무죄를 주장하는 피의자 모두에게 사형을 언도했고, 주술 행위를 저질렀다고 자백한 사람들(앤틸리스 제도 출신의 하녀처럼)은 목숨만은 살려 줬다.

이러한 재판을 통해 목숨을 잃은 사람들은 도합 여성 열네 명과 남성 여섯 명(이 중 한 명은 마녀사냥에 동참하기를 거부한 경찰관)이었다.

이러한 학살에 충격을 받은 보스턴의 종교계가 인크리스 매더[8]를 필두로 압력을 행사했고, 주지사가 그러한 압력에 굴복하면서, 1692년 10월에 들어서서야 체포와 재판은 중단되었다.

매더는 그 사건이 일어난 지 얼마 안 되어 출간된 저서 『인간의 모습으로 나타난 악령들에 관한 양심의 문제』에서 다음의 유명한 구절을 남기게 된다. 〈한 명의 무고한 사람이 처벌받는 것보다는 열 명의 피의자인 마녀들이 (법에서) 빠져나가게 두는 것이 더 낫다.〉

세일럼의 재판을 둘러싼 광기는 미국 전역을 충격으로 몰아넣었다. 그로부터 거의 160년이 흘렀지만, 어떻게 그 소녀들이 환각을 보았으며 그 환각의 원인이 비술이라고 마을 사람 모두를 설득할 수 있었는지, 이는 여전히 의문으로 남아 있다. 한 가지 사실은 분명하다. 그러한 환영과 소문 들이 그렇게 작은 공동체 한가운데에 일으켰던 전대미문의 폭력을 볼 때, 폭스 자매와 같은 현상의 위험성에 대해 인식하게 되는데, 이들 자매는 매사추세츠의 작은 마을을 넘어서서 다른 여러 나라로까지 초자연에 대한 자신들의 믿음을 전파하며 사람들의 마음을 휘어잡지 않았는가.

8 Increase Mather(1639~1723). 영국의 청교도 박해를 피해 뉴잉글랜드로 이주한 리처드 매더의 아들로 신학자이자 교육자.

마거릿이 자신을 집까지 데려다준 2인승 유개 사륜 마차에서 내리자마자, 마부 짐이 말에 박차를 가했다.

「마거릿이 집 주소를 줬어요?」 제니가 놀랐다.

「그럴 필요 없습니다.」

「내가 어디 사는지 알아요?」

마부는 아무런 대답도 하지 않았고, 마차는 몇 미터 더 가더니 멈춰 섰다. 마부가 마치 뭔가를 기다리는 것처럼, 몇 초의 시간이 흘러갔다.

「당신에게는 거짓말을 하고 싶지 않군요. 우리는 당신 집으로 가는 게 아니에요.」

마술사 제니는 급하게 달아나려고 했지만, 그녀가 마차를 가린 천을 살짝 젖히자마자 고릴라 같은 체구의 남자가 가로막았다. 마찬가지로 건장한 체구의 하수인이 벌써 다른 쪽을 통해 마차 안으로 들어오고 있었다. 첫 번째 남자가 제니를 밀어 대면서 마차 안으로 들어오더니 그녀 옆에 바싹 다가앉았다. 제니가 일어서려고 해봤지만, 왼편의 건장한 남자가 두툼한 팔을 빗장처럼 활용했다.

「앉아요.」 그가 아일랜드 억양이 강한 저음의 목소리로 말했다.

제니가 복종하자, 두 남자는 커튼을 쳐서 이 밤에 다시 한번 가는 길을 보지 못하게 막았다. 제니는 잠시 유괴범 둘을 관찰했다. 바지 밖으로 빠져나온 셔츠와 비뚤게 쓴 모자를 보니, 옷을 제대로 입는 방법을 설명해 주지도 않고서 갖춰 입히려고 한 이 사람들이 노동자일 거라는 짐작이 갔다.

「어디로 가는 거죠?」 제니가 물었다.

그들은 아무런 대답 없이 앞만 바라보면서, 의연한 태도를 보여 줬다.

저항하거나 달아나려는 시도가 불필요한 싸움이 되리라고 생각한 마술사 제니는 얌전하게 앉아서, 유괴범들에게서 도망갈 방법에 대해 곰곰이 생각해 보는 쪽을 택했다. 가장 좋은 선택은 늘 그렇듯이 자유롭게 움직일 수 있게 되자마자 두 다리 사이에 거센 한 방을 먹이는 것인 듯했다. 어쨌든 세 명을 성공적으로 연달아 해치우려는 시도는 제니에게는 오만함 이상으로 보였다.

곧 말발굽 소리와 마차 바퀴 소리가 멎었다.

「두 손을 앞으로.」

「네?」

「두 손을 앞으로 내밀라고.」 둘 중에 더 떡 벌어진 남자가 수갑을 흔들면서 으르렁댔다.

수갑을 차게 되면, 달아날 기회는 전부 날아가리라. 이 소규모 격투기장은 순전한 힘을 선호했으므로, 불행히도 제니로서는 선택의 여지가 정말로 없었다. 그래서 마술사 제니는 손을 묶게 내버려 뒀다. 말이 없는 졸개가 제니의 머리에 천으로 만든 자루를 씌웠다.

따라서 전투는 시작도 해보기 전에 끝이 났다. 마차에서 내린 제니는 앞이 보이지 않는 상태로 문지방을 넘는 걸 느꼈고, 또 다른 문이 열리는 소리를 들었고, 그러고 나서 계단을 몇 개 올라가야만 했는데, 자신을 포위한 채 데려가는 하수인 두 명의 요란한 숨소리는 계속 들려왔다. 누군가 그녀를 거칠게 의자에 앉혔고, 그러고 나서 제니는 자신의 두 팔을 앞으로 잡아당기는 걸 느꼈다. 드디어 자루가 벗겨지자, 다시 시야가 밝아졌다.

제니는 순간적으로 눈이 부셨는데, 거의 고무줄처럼 탄력 있는 귓불에 매달린 커다란 은귀고리의 반짝거림 때문이었다. 눈을 내리뜨자 그녀의 시선은, 보석으로 뒤덮인 주름진 손가락이 뻗어 나간 곳에 자리한 기다란 손톱들이, 연보라색 천으로 덮어 놓은 테이블을 톡톡 두드리고 있는 광경과 맞닥뜨렸다.

「헤이즐 바월이란 말이지?」 리아 폭스가 물었고, 제니는 그녀를 곧바로 알아보았다.

마술사 제니는 신경질적으로 고개를 끄덕였다. 수갑

찬 손을 움직일 수 없게 테이블에 설치된 철제 고리에 고정했는데, 그 고리만 제외하면 방은 마거릿의 개인 접견실과 흡사했다. 한눈에도 그 고리는 테이블에 용접이 되어 있어서, 잡아 뽑으려고 해봤자 쓸데없어 보였다. 두 명의 덩치가 여전히 그녀에게서 눈을 떼지 않은 채 뒤에 버티고 있으니, 더욱 그랬다.

「그리고 당신의 남편이 작고한 헨리 바월, 바월 거래소의 주인?」

다시 그녀가 고개를 까닥였다.

「자녀 이름을 다시 말해 줘요. 제대로 들었던 기억이 없네.」

「클라크…… 클라크는 아홉 살이에요, 그 애는…… 나비에 관심이 무척 많아요. 걔는…… 나비라면 환장해요!」

제니는 헤이즐에 관한 자료를 읽고 또 읽었던지라, 그 내용이 머릿속에 새겨져 있었다. 하도 여러 번 커다란 목소리로 그 내용을 되풀이했기 때문에, 그 내용을 말하는 목소리에 살짝 가락이 느껴질 정도였더랬다. 제니는 자신이 확신에 차 보이는지를 말해 줄 수는 없었을 테지만, 한 가지는 확실했으니, 마치 자신이 직접 겪은 것처럼 위조 신분의 삶을 꿰고 있다는 것이었다.

「그리고…… 닐, 막내는 셰익스피어를 좋아해요. 『로미오와 줄리엣』…… 『한여름 밤의 꿈』…… 『오셀로』.」

「흠, 흠.」 리아가 끄덕거렸다. 「그렇다면 당신 자신에 대해서는 어떻게 묘사하려나?」

「어…… 어떻게라니요?」

상대방은 손가락으로 테이블을 톡톡 두들기던 동작을 멈추고는, 손바닥으로 테이블을 쾅 내리쳤다.

「말 그대로요. 당신 자신에 대해서는 어떻게 말하려나? 뭐, 어려울 게 있소?」

그 노부인은 자신이 거느린 고릴라들을 흘낏 쳐다봤다.

「내가 한 말이 명확하지, 그렇지 않나?」

두 남자가 한 동작으로 고개를 끄덕였다.

「자, 그래서?」 그녀가 다시 자신의 인질을 향하며 끈덕지게 물었다.

제니는 몰래 손을 움직여서 수갑을 걸어 둔 고리를 움직여 보려고 했지만 헛수고였다. 제니가 웅얼거렸다.

「난 과부고 아이들을 사랑하죠, 난…… 1862년에 스탬포드에서 태어났어요…….」

리아가 손동작으로 말을 중단시켰다.

「운이 좋소, 〈바월〉 부인. 내가 조롱당하는 것보다는 폭력을 행사하는 걸 더 싫어하니.」

리아가 세피아 색깔의 사진 한 장을 꺼냈는데, 사진 속에서 갈색 머리에 연한 색의 눈을 가진 젊은 여성이 여름 원피스를 입고 담배밭 앞에서 포즈를 취하고 있었다.

「자, 여기 이 여자가 사망한 헨리 바월의 아내이자 닐과 클라크의 어머니인 진짜 헤이즐 바월이요.」

마술사 제니는 잠깐 몸이 굳었다가, 자유를 얻기 위

해서 미친 듯이 수갑을 잡아당겼다. 이번에는 숨기지도 않았건만, 그녀를 초대한 주인들은 전혀 걱정하지 않는 표정이었다.

「당신이 저지른 실수, 그건 마거릿에게 너무 가까이 다가갔다는 거지.」

리아 폭스는 하수인 한 명에게 진짜 과부의 사진을 내밀었다.

「내가 바라는 건 오직 하나, 내 동생의 행복이라는 사실을 알아 둬요. 난들 어쩌겠소, 그 애는 마치…….」리아는 손가락으로 자신의 명상에 장단을 맞추면서, 가장 적합한 말을 찾아내느라 잠깐 생각에 잠겼다. 「……질 나쁜 사람들에게 자석처럼 끌려가지.」 그녀는 자기가 보기에 가장 적절한 단어를 드디어 찾아내고는 만족해하며 말을 맺었다.

마술사 제니는 수갑이 손목을 파고드는 걸 느꼈다. 가느다란 핏줄기가 짙은 회색의 금속 위로 방울져 떨어질 정도로, 그녀는 옥죄어 드는 수갑을 풀려고 맹렬하게 애를 썼다.

「아가씨가 운이 없었다는 사실을 털어놓아야겠네. 당신이 어떤 남자로부터 마거릿을 구해 냈잖소. 그 남자가 대담하게 다시 돌아와서 상담을 요청했다오. 가발을 쓰고 가짜 수염을 붙이면 내가 알아보지 못할 거라고 생각을 했지 뭐야.」

제니는 이제 머리가 완전히 헝클어져서 금발 머리 몇 다발이 이마로 흘러내렸고, 그 바람에 납치를 지시

한 여자는 제니의 단호한 시선을 알아차리지 못했다.

「그 남자에게 무슨 짓을 했죠?」 제니가 으르렁거렸다.

리아가 조심스레 한쪽 눈썹을 들어 올렸다.

「어머나. 이제 말을 안 더듬네? 드디어 진짜 얼굴을 보여 주는 건가?」

「난 별별 질문에 다 답했어요. 이젠 당신 차례죠.」

「수갑을 찬 사람은 내가 아닌데.」

「나도 아니죠.」

제니는 엄지를 최대한 중지에 바싹 붙이고 피를 본 덕분에, 수갑의 둘레보다 아주 조금 작은 자신의 손을 금속 쇠고리에서 빼내는 데 성공했다. 뒤쪽에 버티고 있던 남자들의 주의력이 느슨해진 틈을 타, 제니는 팔꿈치로 고릴라 중 한 명의 고환을 힘껏 가격했고, 얻어맞은 남자는 숨이 턱 막혀서 새우처럼 허리를 꺾었다. 제니는 두 번째 남자에게도 똑같은 기술을 되풀이할 시간이 없으리라는 걸 잘 알기에, 자신의 희생자가 바닥에서 구르며 날카로운 비명을 지르는 동안, 벌떡 일어나서 다가올 공격에 맞설 준비를 했다. 계속 서 있던 졸개가 싸움에서 쓰러진 동료의 복수를 하기도 전에 두 차례 〈탕탕〉 소리가 울려 퍼졌다. 리아가 일어서서는 손 닿을 곳에 간직했던 지팡이로 바닥을 쳤기 때문이었다.

「내가 폭력을 싫어한다고 말할 때 아무도 듣지 않은 건가? 다시 자리에 앉아요, 아가씨.」

제니는 어떻게 해야 할지를 알 수 없었다. 적으로 말하자면, 그는 전투 자세를 내버리고 노부인의 요구와 명령에 고분고분 절대적으로 복종했다.

「자, 자, 앉아요, 당신이 옳았어, 수갑은 너무했지. 이제 대등하게 대화를 해봅시다.」

마술사 제니는 잠시 동작을 멈추고 마주한 여자를 찬찬히 살폈다. 터번을 두른 머리카락에 작은 꽃이 한 송이 달려 있었는데, 그렇다고 덜 끔찍해 보이지는 않았다. 부를 과시하는 그 모든 야릇한 보석과 의상이, 그녀가 벼락부자에 지나지 않음을, 첫선을 보인 뒤로 40년이 흘렀고 명성과 재물이 쌓였음에도, 그녀와는 여전히 어울리지 않는 상류층에 녹아들려고 절망적으로 애를 쓰는 침입자에 불과함을 뚜렷하게 보여 주었다.

「다시 자리에 앉아요. 질문에 답하리다.」

제니는 이 볼품없는 승리를 받아들이며, 다시 자리에 앉았다.

「그러니까 마거릿을 공격한 자에게 무슨 일이 벌어졌는지를 알고 싶었소? 그건가? 그자와 당신은 가까운 사이인가?」

제니는 입을 꾹 다문 채 리아를 무섭게 노려봤다.

「아. 좋아, 좋아, 다 말해 주리다. 아가씨는 도박은 못하겠어…….」

젊은 여성 제니는 경계를 늦추지 않고 자신이 바닥

에 쓰러뜨린 하수인이 가할지도 모를 보복에 대비했지만, 그 남자는 일어나면서 인상을 썼을 뿐, 다시 자리에 앉았다.

「내가 말했듯이, 당신네가 보낸 그 남자는 대담하게도 다시 나타나 상담을 요청했지. 변장을 꿰뚫어 보지 못할 거라고 생각했나 보오. 엄청난 실수지. 난 내 가족에게 위해를 가했던 사람들의 얼굴을 절대 잊지 않아요.」

그러니까 일단 잠입이 발각되었는데도 요원을 계속 파견할 정도로 윌리엄은 머리가 나빴던 걸까? 마술사 제니는 윌리엄이 자기 아버지가 쓴 지침서를 읽기는 했을지 궁금해지기까지 했다.

「그러고는…… 조금 특별한 상담을 해줬다고 말을 해야 하나. 그자는 자기 할머니의 심령을 만났다오. 일단 할머니가 나타나니까, 진짜 신분을 밝히도록 밀어붙이는 건 쉬웠지. 자기 신분이 밝혀지자, 그자는 어느 결에 털어놨어요. 자신이 심령 운동에 몰래 침투한 유일한 사람이 아니라 또 있다며…….」

리아가 반지를 잔뜩 낀 손을 들어 제니 쪽을 가리키는 동작을 취했는데, 금속이 쨍그랑거리는 소리와 함께 완성된 극적이고 과장된 몸짓이었다.

「……당신. 내 동생을 보호해 준 여자.」

요원 제니의 머릿속에서 모든 것이 명확해졌다. 그 남자는 정보를 입수하려고 다시 잠입을 시도했던 게 아니라, 제니의 알리바이를 망가뜨리려고 일부러 잡혔던 거다. 윌리엄은 자기 수하가 발각되었기 때문에, 명부에서 그 수하의 경쟁자를 지워 버림으로써 다시 동일 선상에서 출발하기를 원했다.

세 번째 남자가 방 안으로 들어오더니 리아의 귀에 몇 마디를 속삭였다. 그녀가 고개를 끄덕였다.

「운이 좋네, 아가씨는. 마거릿이 방금, 몇몇 신문에서 이미 지껄였던 것들, 그러니까 거짓말과 중상모략을 빼면, 당신이 우리에 대해서 아는 건 아무것도 없다고 확인해 줬소. 마거릿이 자신이 실망했음을 반드시 알려 주라고 하네. 그리고 다시 연락을 취할 생각은 하지도 말기를 바란다는군. 나도 그렇게 생각하고. 걔가 본래 심성이 고와서, 그래도 당신에게 아무 일도 일어나지 않도록 해달라고 부탁해 왔소. 내 생각에 그 애는 그런 친절을 베풀다가 큰코다칠 거야. 하지만 오늘은 걔와 부딪히고 싶은 기분이 아니니까.」

「그런데 대체 내게서 아직도 뭘 기대하는 건가요?」

리아가 긴 한숨을 내쉬었다.

「내가 보기에 당신은 영리한 여자 같아. 그러니 물어보지 않을 수가 없네. 자신의 임무가 얄궂다는 생각은 하지 않소?」

제니가 당황해서 그녀를 바라봤다.

「무슨 얘기를 하는 거예요?」

「자, 순진한 척은 하지 말아요. 당신이 프로테스탄트 교회를 위해서 활동한다는 걸 알고 있소. 심령주의 운동에 대한 이런 엄청난 규모의 작업에 재정을 댈 수 있는 자들은 그들뿐이야. 그 책임자들은 우리가 사라지는 광경을 보기 위해서라면 거금을 투척할 준비가 되어 있을 거요. 경쟁을 좋아하지 않는 진짜배기 불량 선수들이라고 할 수 있지. 다행히도 그들은 스스로 그 일을 할 수가 없어. 세일럼의 비극이 일어난 뒤니, 나쁜 이미지가 생길 수도 있거든. 그래서 당신과 당신의 친구인 그 박해자가 그들 대신에 궂은일을 맡은 거고.」

순진한 사람을 상대로 벌이는 사기일 뿐임을 증명함으로써 다른 종교를 파괴하려고 애쓰는 하나의 종교라, 바로 그래서 로버트는 제니가 그러한 역설 앞에서 탐정 사무소에 합류하기를 거절할까 봐 겁이 나서, 고객에 대해서 밝히려고 하지 않았던 거였구나, 제니가 생각했다. 제니는 방금 잠입이 발각된 시점에 그러한 진실이 떠오른 것이 유감이었다.

「이런 일에 개인적인 감정이 전혀 개입되지 않았다는 건 잘 알고 있소.」 노부인이 말을 이어 갔다. 「당신은 그저 당당하게 생계비를 벌려는 것뿐이니까. 당신의 집요함과 무모함을 존중한다고까지 말하고 싶군. 현장에서 여자들을 보는 일은 드물다오.」

리아 폭스가 갑자기 음울한 표정을 지었다.

「어쨌든 한 번 더 마거릿에게 접근한다면, 그것이 설령 인사를 건네기 위해서일지라도, 폭력을 동원하지 않을 수 없다는 건 알아 둬요. 물론 내가 직접 하지는 않지. 하지만 기필코 당신이 그런 일을 후회하게 해주리라는 건 믿어도 된다오. 내 말뜻을 잘 알아들었소?」

제니는 침묵을 지켰다.

「이번에는 당신이 대답할 차례야.」

「이해했어요.」 마술사 제니가 똑똑히 답해 줬다.

「데려다줄까요?」 사타구니가 멀쩡한 고릴라가 여전히 찡그린 동료가 평소의 임무를 수행하지 않아도 되게 물었다.

「아, 토니, 당신과 일할 때 좋은 게 이거야. 일일이 말하지 않아도 서로 잘 이해하거든.」 노부인이 즐겁게 말했다.

토니가 천으로 만든 자루를 꺼내어, 소믈리에가 저장고에서 꺼낸 포도주를 자랑스럽게 보여 주듯이 제니에게 내밀었다.

「수갑은 됐어요.」 제니가 리아를 향해 외쳤다.

「수갑은 됐어.」 노부인이 자신의 하수인을 향해 대답했다. 「마차에 타면 자루를 벗겨요. 그놈의 것을 쓰고 있다가는 숨이 막힐 거야.」

제니는 스스로 두건을 집어 머리에 쓰면서, 자신의 목숨을 앗아 갔을 수도 있는 그러한 배신을 저지른 대가를 어떻게 윌리엄에게 치르게 할지를 생각했다. 이제부터 이 사건은 수사에서 개인적인 사안으로 바뀌었다.

16
임무 지시서: 폭스 자매(3/5)

일단 심령 운동이 시작되자, 폭스 자매는 제어가 힘들어지는 사태를 피하기 위해서 심령주의 운용 규정들을 빠르게 제정한다.

1. 심령에게 제기하는 대부분의 질문은 〈예〉 혹은 〈아니요〉로만 답할 수 있는 단답형 질문이어야 한다.

2. 심령은 명확하고 정확한 소통 방식을 사용한다. 한 차례의 딱 소리는 〈아니요〉를, 세 차례의 딱 소리는 〈예〉를 의미하며, 두 차례의 딱 소리는 질문이 적절하지 못하거나 심령이 알지 못함을 뜻한다.

여러 차례 강하게 반복되는 딱 소리는, 조화가 깨져서 심령이 격노하는 일이 벌어지지 않으려면 교령 상담을 끝내야 함을 가리킨다.

3. 조화(영매와 심령 사이의 유대)는 늘 존중되어야 한다. 저세상의 말을 해석하는 영매는 그가 전달하는 메시지가 무엇이든지 간에, 어떠한 폭력이나 위협도 당해서는 안 된다.

4. 심령주의 단체의 회원들은 그 어떤 구실로도 영매의 말을 끊을 수 없다.

5. 심령이 모든 사안에 대해 반드시 답을 갖고 있지 않음을 받아들여야 한다. 저세상의 존재들이라고 해도, 몇몇 지식에는 그들도 접근할 수 없다.

폭스 자매는 퀘이커 교도들만으로는 성에 차지 않자, 교세 확장을 바라며, 로체스터에 위치한 온타리오 호 호숫가의 코린티안 홀에서 최초로 몇 차례 공개 교령회를 개최하여 연거푸 성공을 거둔다.

자매는 곧 전국 순회에 나서고, 최종 목적지를 뉴욕으로 정한다. 늘 성공이 기다리지는 않아서, 아주 종교적인 몇몇 소도시에서는 자매를 악마를 섬기는 여자들로 간주하여 적대감을 표출하는 일이 제법 발생한다. 세일럼에서 교수형을 당한 무구한 여자들에 대한 기억이 미국 전역에서 아직 생생한지라, 때때로 자매들은 실제로 입은 피해에 비해 더 많은 두려움을 느끼면서 교령회를 마친다.

일단 뉴욕으로 들어오자, 세 자매는 하나의 사회 현상이 되고, 심령주의는 도화선에 불이 붙듯 번져 갔다. 그때까지도 개별 교령 상담이 있으면 리아가 수줍음을 많이 타는 여동생들 곁에 함께했지만, 고객의 수가 빠르게 불어나면서, 두 젊은 여성은 혼자 헤쳐 나가는 것 말고는 다른 선택을 할 수 없게 된다.

마거릿과 케이트는 그렇게 젊어서부터 파티와 사치

의 세계에 노출되었고, 그로 인한 영향을 평생 받게 된다. 실제로 리아와 두 여동생 사이의 균열은 빠르게 나타난다. 여동생들은 음울한 시골에서 살 적에는 그토록 꿈꿨던 삶이었는데도, 대도시의 일상을 견디기 힘들어한다.

그래서 장녀가 심령주의 운동 전체를 본인의 어깨에 짊어지고, 『뉴욕 트리뷴』의 발행인 호러스 그릴리와 접촉한다. 그 저명한 언론인은 리아에게 대중을 정복하는 방법에 대해 충고를 해주면서, 정기적으로 자신의 신문에서 자매에 관한 뉴스를 다뤄 준다. 곧, 교령회 참가비가 1인당 1달러에서 5달러로 오르지만, 여전히 사람들이 몰려든다. 심지어 사교계의 인사들까지 몰려들기 시작하면서, 일은 더 잘 풀린다.

마거릿과 케이트는 협상을 통해, 그리워지기 시작한 고향 하이즈빌에 정기적으로 내려가게 된다. 두 자매는, 가족의 거처였던 농가에서 비술 활동이 행해졌다는 이유로 지역 교회가 농가를 폐쇄해 버리는 바람에, 오빠인 데이비드의 집에 기거한다.

1852년까지 폭스 자매는 수많은 중상모략에 맞서게 되는데, 그중에는 의학 박사로, 그 유명한 딱 소리가 무릎에서 나온다고 확신한 리와 코번트리가 있고, 혹은 발에서 나온다고 주장한 버 목사 형제도 있다.

불행히도 의사들은 재연에 성공하지 못하고, 자매들은 한 번의 공연에서 마치 무제한으로 보일 정도로 수도 없이 딱 소리를 내는 데 반해, 버 형제는 딱 소리를 한 번 이상 내지 못한다.

버 형제 중 동생은 그 유명한 딱 소리를 내려고 발가락 관절이 어긋날 정도로 무리를 하다가 그만 종양이 생기는 바람에 발을 절단하게 된다. 그러고는 리아의 고소로 법정에까지 끌려가고, 명예 훼손죄가 성립하므로 심령주의 운동 본부에 1만 달러의 배상금을 물라는 판결을 받는다.

1852년부터는 이제 그 무엇도 폭스 자매를 멈춰 세우지 못한다. 성공은 확실하고, 세간의 인정 역시 그러하고, 가장 악의적인 적들은 입을 다물게 된다.

리아에게는 근심거리가 하나 남는다. 바로 전도유망하며 부유한 해군 엘리샤 케인과 마거릿 사이의 서신 왕래였다.

〈전국에서 가장 훌륭한 요원들〉이, 적어도 로버트는 여전히 그러기를 바라는데, 그런 요원들이 모인 건물의 마지막 층에서는, 로버트 핑커턴이 노발대발하는 중이었다. 그가 완벽한 원을 그리며 수도 없이 맴도는 바람에 사무실 중앙에 놓아둔 양탄자는 닳는 중이었고, 그 앞에 선 제니는 신경질적으로 드레스 천을 만지작거리면서 가련하게도 자신이 입고 있는 드레스를 내려다보고 있었다.

「윌리엄이 그 정도까지 가리라고는 생각하지 않았는데. 과단성은 있지만…….」

로버트가 갑자기 맴돌기를 그치더니, 격렬하게 검지를 휘두르다가, 다시 가일층 맹렬하게 빙빙 돌기 시작했다.

「죄송해요, 핑커턴 씨…… 죄송해요……. 내가 더…… 조심…….」

제니는 집에도 들르지 않고서 머릿속 생각을 분명히

정리해 보려고 곧장 회사로 왔더랬다. 제니는 즉각 그 운동을 이끄는 여장부와의 만남에 대해 보고했지만, 어쨌든 이제는 조사 발주자의 진짜 신원을 알고 있다는 사실은 밝히기를 자제했다. 로버트는 그녀가 꿈꾸는 삶을 갖게 해줄 최상의 기회를 의미했기에, 그를 적대적으로 대할 수 없었다.

「게다가 헤이즐의 위장은 정말로 완벽했는데. 그 멍청한 놈이 그러지만 않았어도, 리아가 색출해 내지 못했을 텐데…….」 탐정이 격분했다.

그는 꼼짝 않고 가만히 서서, 해답을 찾느라 바닥을 절망적으로 내려다봤다. 제니 쪽에서는 자신이 유괴를 당했다가 아무런 후유증 없이 빠져나올 수 있어서 얼마나 운이 좋았는지를 이제야 드디어 절감하면서, 최근 24시간 동안 일어났던 수많은 사건에 대해 되짚어 볼 약간의 여유를 가졌다. 아드레날린의 도움을 받아 날쌔게 움직였지만, 긴장이 풀린 지금 자신이 잘해 봐야 본격적인 난투극이요, 잘못되면 엘리샤 케인과 아버지의 말동무가 되어 주기 위한 편도 여행이 되고 말았을 그런 상황을 아슬아슬 비껴갔음을 깨달았다. 제니는 폭스 자매들이 트로이에서 린치 시도를 겪고 난 뒤에 그 자매들 역시 이런 쇼크 상태를 견뎌 냈을지 궁금해하면서, 그 여자들을 생각했다. 폭력적인 응수에 대한 리아의 증오심은 아마도 거기에서부터 비롯되었으리라.

「제니, 그 일에 대해 내가 미안해한다는 건 알아 두

오. 하지만 당신을 이 임무에서 제외하는 것이 나의 의무라고 믿소.」

제니는 생각에 잠겨 있다가, 한 대 얻어맞은 것처럼 정신이 번쩍 들었다.

「그러지 말아요.」

「무슨 말이오? 〈그러지 말아요〉라니? 보수는 지불할 테고……. 물론, 임무를 완수하지 못했기 때문에 합의된 금액만큼은 아니지만. 하지만 몇 달간 돈 걱정은 하지 않아도 될 정도로 충분한 금액이오.」

이상하게도 제니는 이제 정상적인 삶으로 되돌아가고 싶지 않았다. 지금 포기한다면, 너무나 많은 질문이 답을 찾지 못한 상태로 남게 되리라. 호기심이 타올라, 이제 제니는 어떤 대가를 치르든지 간에 알아야만 했다. 아마도 『마술의 길』을 읽어 댔기 때문인지 모르겠지만, 제니는 충분히 오래 수수께끼의 답을 찾아다닌다면, 모든 수수께끼에는 답이 있다고 믿었다. 잠시 생각에 잠기고 난 제니에게 바위틈에서 솟아나는 물처럼 명징한 해결책이 나타났다.

「케이트!」

「무슨 소리요? 케이트라니?」

「임무 지시서를 읽었나요?」

「내가 직접 작성했소.」 그가 자랑스럽게 답했다.

「좋아요. 영매 노릇을 하는 자매는 셋이에요, 그렇지 않나요? 그중 둘에게 내 위장이 발각되었지만, 셋째는 어떨까요?」

로버트는 맴돌기를 그쳤고, 비웃음을 억누르지 못했다.

「제대로 이해한 거 맞소? 지시서를? 서론에 케이트는 사라졌다고 분명히 적어 놨는데. 몇 년 전부터 케이트를 본 사람은 아무도 없어요. 심지어 마거릿이 정기적으로 오갈 때마다 뒤를 밟았는데 아무것도 발견되지 않았소.」

「하이즈빌에서 확인을 하셨나요?」

로버트가 책상으로 다가가 〈폭스 자매 — 하이즈빌 관찰 보고서〉라고 적힌 작은 공책을 꺼내어 자랑스럽게 흔들어 보이더니, 요원에게 던졌다.

「1년 전부터 진행된 마을 전체에 대한 감시 기록이오. 사라진 자매에 대한 단서는 전혀 없소. 거기 있는 거라고는 장남 데이비드와 그의 아내 레인뿐이지. 그런데 그 두 사람은 나이도 많고 의심도 많아서 늘 덧창과 커튼을 치고 산다오. 그들에게 감시를 붙였지만 아무것도 밝혀내지 못했고, 좀 더 많은 정보를 구하기 위한 우리의 잠입 시도는 헛수고로 끝났어. 그 부부에게서 끌어낼 건 아무것도 없었고, 그래서 그쪽 방향으로는 포기했소.」

제니는 수첩을 넘겨 봤고, 그러는 동안 로버트는 안락의자에 철퍼덕 널브러졌다.

「팀을 파견해요.」 제니가 계시에 사로잡히기라도 한 듯이 말했다.

「뭐라고?」

「데이비드의 아내가 시장에서 산 것들을 주의 깊게 살펴보면, 늘 3인분의 고기를 구입한다는 사실을 알 거예요. 등심 세 개, 달걀 여덟 개 혹은 닭 한 마리가 그들에게는 고작 한 끼 식사거리네요. 강낭콩과 감자의 양이 둘이 먹기에는 너무 많아요.」

로버트가 일어나서 마술사의 손에서 수첩을 집어 들고는 이번에는 자신이 꼼꼼히 살폈다.

「요원들은 그들이 이웃을 정기적으로 초대하거나, 혹은 나무꾼 데이비드가 엄청난 식욕을 보이는 모양이라고 결론을 내려 놓았군.」

「그는 리아와 같은 세대예요. 여든 살 난 노인이 도끼를 휘두르고 식인귀처럼 먹어 대다니, 이상해 보이는데요. 감시책이 데이비드가 나무를 베는 모습을 봤대요?」

로버트가 몇 장을 넘겼다.

「아니. 데이비드는 젊은 남자에게 돈을 지불하고 필요한 장작을 배달시키니까.」

「감시 팀을 파견해야 해요, 핑커턴 씨. 그래도 아무것도 나오지 않으면, 내게 줄 금액에서 비용을 제하면 되잖아요. 하지만 요원들이 케이트를 찾아낸다면, 그때는 내가 접근하게 해줘야 합니다.」

제니는 갑작스러운 이러한 생각이 마거릿이 묘지에서 해줬던 말에서 나온 것임을 굳이 밝히지 않았다. 〈그 애는 모든 것이 시작되었던 그곳으로 돌아갔어요〉라는 말, 그 조커 패를 소매 안에 간직한 채 있으려고,

보고서에서도 언급하지 않았던 그 말. 증발한 자매가 더 이상 하이즈빌에 거주하지 않을 위험이 확률적으로 상당했지만, 어쨌든 이제부터 제니는 거기에 전부 다 걸었다. 뭐니 뭐니 해도, 마거릿은 더 이상 케이트와 아무런 연락을 하고 있지 않았으니까.

「감시 팀 파견 비용은 회사가 당신에게 줘야 할 것보다 훨씬 더 들 텐데.」

그가 공책을 덮더니 책상 서랍에 집어넣었다.

「어쨌든 케이트를 찾으면 우리가 윌리엄에 비해 상당히 앞서 나가게 되리라는 건 인정하지 않을 수 없군.」

로버트는 코르네유[9]의 딜레마 앞에 놓였다. 이러지도 저러지도 못할 이런 종류의 번민에 물어뜯길 때마다 그러듯이, 그는 책상 앞에 앉아서, 자신의 무의식이 서로 다른 여러 가지 선택을 놓고 찬반의 무게를 재는 신중하고 엄청난 작업을 행한 뒤, 마침내 수사를 진척시킬 만한 결론을 은혜롭게 내어 주기를 기다렸다.

「이 얘기를 털어놓지 않을 수가 없군. 내가 가장 어려움을 겪는 지점은, 마턴 양, 당신을 다시 말안장에 올려야 하나라는 생각이라오. 당신은 하마터면 죽을 뻔했는데, 이 조사 때문에 다시 생명의 위험을 무릅쓸 준

9 Pierre Corneille(1606~1684). 프랑스의 고전주의 비극의 창시자로 『르 시드』, 『오라스』 등의 작품을 남겼으며, 즐겨 주인공을 이러기도 저러기도 힘든 복잡한 딜레마와 마주하게 하여, 〈코르네유의 딜레마〉라는 표현이 생겨났다.

비가 되었다고? 그 이유를 설명해 봐요.」

제니는 가방에 한 손을 올려놓았고, 침착하게 몸을 일으켰다.

「진실이요. 난 진실 추종자예요. 난 이 이야기의 진상을 원해요. 내가 직접 자매들의 입에서 진상이 튀어나오게 해야만 만족할 수 있으리라는 걸 아니까요.」

로버트는 젊은 제니가 그때까지 그들에게 부족했던 으뜸 패가 분명한지 자문하면서, 제니를 재보았다. 그녀의 예측 불가능성과 독립성이 수사에뿐 아니라 그녀 자신에게도 모두 위험 요소였다. 탐정은 또 다른 죽음이 양심에 걸리게 된다면, 특히 그것이 자신이 새로 고용한 직원의 죽음이라면, 그런 죽음이 발생하는 일을 자신이 견디지 못하리라는 걸 잘 알았다.

「좋소. 하이즈빌에는 새로운 감시 팀을 보내지. 당신의 임무 복귀에 대해서는 생각을 해봐야겠소. 내 생각에 당신은 수사에 잔류함으로써 겪게 되는 위험을 여전히 과소평가하는 것 같군. 어쨌든 더 이상의 정보나 새로운 공격 전략이 나오지 않는 한, 당신의 임무는 중단 상태요. 그동안은 자유고. 우리에게 당신이 필요해지면 내 마부가 찾으러 가리다.」

그가 백지를 한 장 꺼내더니 마을 염탐과 관련한 지시 사항을 작성했다. 제니가 문을 향해 가다가 불안해져서 돌아보았다.

「아시겠지만, 핑커턴 씨, 내가 리아의 마음에 들지 않는 말을 뭔가 했는데도, 리아는 내게 아무 짓도 하지 않았던 것 같아요. 협박의 여왕이긴 하지만, 스스로도 폭력을 좋아하지 않는다고 털어놓았고요.」

「그 여자는 자기 동생들이 망자에게 말을 한다는 말도 했고.」

로버트가 종이를 책상 한옆으로 치웠다.

「내가 탐정 일을 시작하기 전에 알 수 있는 기회가 있었더라면 좋았을 뭔가를 당신에게 알려 줘도 되겠소? 『핑커턴 지침서』에서 읽을 수 있었더라면 좋았겠지만, 불행히도 자비로 배워야만 했던 교훈이지. 모든 말은 그 말을 믿는 사람만을 얽어맨다.」

로버트의 시선이 흔들렸다. 그 문장으로 인해 그에게서는 뭔가 깊이 묻어 뒀던 고통스러운 일이 떠올랐다. 깜짝 놀란 마술사 제니는 감히 대꾸하지 못했다.

「자, 이젠 가보도록 해요.」 그가 딱딱하게 굳은 표정으로 말했다.

17
임무 지시서: 폭스 자매(4/5)

마거릿 폭스와 엘리샤 케인은 당시 언론을 떠들썩하게 만들면서 로맨스를 시작한다. 하지만 케인 가문은 이러한 목가를 호의적인 시선으로 보지 않는다. 마거릿이 상류층 가문 출신이 아니어서일 뿐만이 아니라, 그녀로 대표되는 것 때문이기도 하다. 실제로 심령주의 운동의 원칙들은 열렬한 가톨릭 신자인 케인 가문의 신앙을 거슬러서, 그 집안 사람들은 유명한 영매가 자기네 가문의 아들에게 아주 고약한 영향을 미친다는 이야기를 아무나 붙잡고 늘어놓기를 서슴지 않는다.

엘리샤 본인도 그러한 종교적 실천에 반대한다. 그가 열심히 설득한 끝에 마거릿은 심령주의 운동을 떠나, 심지어 잠시 수도원에 들어가기까지 한다. 예비 신랑은 아마도 수녀들의 신앙과 가르침을 받고 아내가 심령들과 접촉하는 일을 그만두기를 바랐던 모양이다(이 대목은 추측이다. 우리 요원들은 엘리샤 가문과 접촉하지 못했다).

약혼식 날짜가 잡혔지만, 엘리샤는 해양 탐험을 위해 북극으로 떠나고, 그 과정에서 중병을 얻는다. 그는 빙하로 덮인 툰드라 지역에서 83일 동안 팀원들을 생존하게 하는 영웅적인 행위를 완수한 뒤에 드디어 귀환하는 데 성공하지만, 더 이상 결혼에는 마음이 없다. 그는 육신의 병이 정신 건강을 무너뜨리기 전에 항해 경험을 담은 책을 쓰고 싶어 한다.

그는 마거릿을 만나고 5년 뒤인 1857년에 사망했고, 혼인은 성사되지 못했다. 공문서가 존재하지 않는다는 핑계로 그 해군 가문은 강력한 변호인들을 고용하여 아무것도 마거릿에게 유산으로 남기지 않게 확실히 손을 썼고, 그 목적을 쉽게 이루어 심지어 케인이라는 이름까지 빼앗아 갔다.

하지만 마거릿은 형사 처벌을 받을 위험이 있는데도, 무대에서만 폭스라는 이름을 사용하지, 그 외에는 케인 부인으로 불리기를 오늘날에도 여전히 고집한다.

리아 쪽에서도 역시 몇몇 문제에 봉착한다. 1850년에 심령주의 신봉자 수가 약 2백만에 달하게 되자, 수많은 사람이 그처럼 대규모의 운동을 이끄는 이가 여자인 것을 몹시 마뜩잖아한다. 그러한 저항감을 의식한 리아는 이 사업에 남자를 끌어들임으로써 보수주의자들을 다독여야겠다는 생각을 한다. 그리하여 리아는 1851년에 캘빈 브라운이라는 남자와 혼인을 한다. 양오빠였던 그는 병을 앓고 있었고, 곧 그 병으로 쓰러지게 되면서, 리아는 과부의 자격을 부여받게 된 것으로 알려졌다. 캘빈은 1853년에 사망한다. 1858년에 리아는 대니얼 언더힐이라는 극도로 부유하며 심령주의 신봉자인 변호사와 재혼한다.

엘리샤가 사망하고 얼마 안 되어 마거릿은, 아마도 돈이 없어서 그랬을 텐데, 다시 심령주의 운동으로 복귀한다.

그러는 동안 케이트는 리아의 명령에 복종하여 고분고분 운동에 참여하고, 그저 새로운 삶을 즐기며, 어떠한 애정 관계도 맺지 않는다(우리의 정보에 의하면).

심령주의 운동은 전염병처럼 계속 세력을 확장해 나가서 작가들, 그러니까 에드거 앨런 포나 프랑스의 빅토르 위고 같은 유명 인사들을 끌어들인다.

제니는 식탁을 끌어다가 자신의 작은 아파트에 걸어 둔 금 간 거울 앞에 놓았다. 회사에 제출해야 하는 보고서에 자신의 요원 활동을 기록하면서, 한 번도 그래 본 적이 없을 정도로 글을 썼더랬다. 제니가 종종 구두로 전부 설명을 하고 말아도, 로버트는 자신이 그토록 집착하는 수기 보고서를 받아야겠다고 고집했다.

「난 순간의 동요와 감정 없이, 개운한 머리로 문제에 대해 생각해 볼 수 있기를 바라오.」 그가 펴는 논리였다. 「가끔 말로 할 때는 너무 빨리 지나갔지만, 글로 읽으면 유용한 단서가 드러나기도 하니까. 그런 문서들이 법정에서 갖는 평가할 수 없을 정도로 귀중한 가치는 말할 것도 없고.」

제니는 그 임무를 중단하고, 대신 훨씬 더 어렵지만 수사에 필요한 연습에 매달리기로 했는데, 이제 자신이 하려는 일을 대표에게는 비밀에 부칠 작정이었다.

마술사 제니는 거울 앞에 작은 종이를 내려놓았는데,

마거릿은 그 종이에 자신의 광기 어린 손이 분주하게 움직이게 내버려 뒀더랬다. 〈**가면을 너무 오래 쓰다 보면 가면이 우리의 얼굴에 영원히 새겨지고 만다. 그러면 우리는 가면을 쓰기 이전의 우리가 누구였는지를 잊게 된다.**〉

제니는 탐정의 충고를 적용하여, 집에서 혼자 있으면서 시간의 제약을 받지 않게 된 지금, 그 당시 느꼈던 감정과 놀라움을 차단한 상태에서 마침내 그 문제에 대해 숙고할 수 있게 됐음을 알았다. 마술의 기술을 찾아내려면, 자신이 목도한 것과 유사한 무언가를 재연할 방법을 혼자서 찾아낼 수 있는가 여부를 살피는 것이 가장 좋았다. 따라서 첫 번째로 할 일은 그런 종류의 메시지가 심령의 개입 없이 의식적으로 작성될 수 있는지를 확인하는 거였다. 물론, 가장 어려운 단계는 왼쪽에서 오른쪽으로 가는 글씨에서 오른쪽에서 왼쪽으로 가는 글씨로 바꿈으로써, 반사적인 행동을 억지로 거슬러야 하는 일이었다. 제니는 거울이 도움이 되리라는 생각으로 거울 앞에 자리 잡았지만, 눈과 손을 연계하다 보니 동작의 자연스러움이 사라져서 뒤죽박죽 읽을 수 없는 글씨가 되고 말았다.

「새로 알파벳을 배우듯…….」 그녀가 머릿속 생각을 말로 옮기며 중얼거렸다.

불티처럼 생각 하나가 튀면서 머릿속을 환하게 밝혀 줬다. 그 메시지를 다시 베끼려고 한 게 실수였구나. 메시지 내용을 암기하는 게 문제가 아니라 글씨를 쓰는 새로운 방식을 내 것으로 만드는 게 문제였다. 다시 종이를 한 장 꺼내어 기존의 알파벳을 적은 뒤, 각각의 알파벳 밑에 그 거울상을 열심히 그려 넣었다. a, b, c, d 등등이 완전한 좌우 반전상이 될 때까지 여러 차례 되풀이해 써봤다. 그러고는 〈쓰다〉, 〈가면〉 혹은 〈우리〉 같은 간단한 단어들이 만들어지게, 알파벳들을 따로 떼어 쓰는 연습에 매진했다.

어머니의 아연실색한 눈길을 받으며 며칠 동안 연습한 결과, 제니는 거울상 글씨에 뛰어난 재주를 보이게 되어서, 머릿속에 떠오르는 모든 생각을 그런 방식으로 적으면서 즐길 정도까지 되었고, 글씨가 부드럽게 연결될수록 처음에 얼핏 봐서는 암호화 효과가 눈에 덜 띈다는 사실을 확인했다. 그러니까 그건 단순한 마술, 평범한 속임수로서, 연습에 몇 시간을 할애할 생각만 있다면 그 누구라도 습득할 수 있었다.

여전히 제니가 파악하지 못한 문제로는 메시지의 성격이 남았다. 그것은 마거릿의 경고였을까? 처음부터 혹은 두 번째 상담이 진행되는 동안, 제니의 수작을 꿰뚫어 봤던 걸까? 그게 아니라면……. 그런 생각이 아예 더는 싹을 틔우지 못하게, 제니는 얼른 그런 생각을 머릿속에서 몰아냈다. 거울상 문장의 수수께끼를 풀고 났는데, 음울한 가정을 하면서 주의력을 흩트릴 때가 아니었다.

어쨌든 변조된 글자의 비밀을 발견하고 나자 전반적으로 속임수라는 확신이 강해졌고, 이제 남은 문제는 보다 까다로운 비밀, 그토록 여러 번 살펴봤지만 여전히 밝혀지지 않은 딱 소리의 출처를 해결하는 일이었다.

제니는 그 뒤 연달아 사흘을 개별 상담이 진행되었던 방의 도면을 그리느라 보냈고, 그러면서 그 방 안 어디에 장치를 은폐할 만한 장소가 있을지를 상상해 보려고 애썼다. 제니는 괘종시계와 연결된 타이머가 그런 소리의 출처라는 가정은 배제했다. 공개 교령회 직후 확인했듯이, 그런 마술은 공모 관계에 놓이지 않은 고객 혹은 관객 들과 함께 진행되어야 했기 때문에, 그들의 대답에 들어 있을 일정 정도의 〈즉흥성〉을 받아들인다는 점을, 따라서 실시간으로 딱 소리를 제어한다는 점을 전제로 했다. 또한 그 시스템은 영매의 손이 움직이지 않는 상태에서 작동될 수 있어야 했다. 만약 장소의 어두움을 활용하여 보이지 않게 투명한 가느다란 실을 설치할 수 있다면, 그 실들은 바닥에 붙어 있어야 했다. 그렇다 쳐도 그 가정으로는 공개 교령회의 경우가 해명되지 않았는데, 40년 전부터 매번 관객들이 공연 마지막에 조사를 위해 무대에 올랐기 때문에, 조금이라도 수상쩍어 보이는 실이 있었다면 분명히 발각됐을 터였다.

제니는 가정 세우기, 도면 그리기, 가정 폐기하기, 재가정하기를 연거푸 이어 가며 점점 더 복잡해져 가는 도식들을 만들어 냈고, 결국에는 자매들이 특정 동작을 하면 응답하도록 훈련받은 새들을 상상하기에까지 이르렀는데, 제니 자신이 보기에도 그런 생각의 부조리함은 금방 눈에 띄었다. 제니는 머릿속이 부글부글 들끓었고, 강박 관념에 사로잡혔으며, 무찌르고 말겠다는 열의에 휩싸였는데, 마치 서부의 기억에 아직 남아 있는, 기적의 광산을 찾아다니는 황금 사냥꾼들이 열기에 사로잡혔던 모습과 흡사했다. 가끔 제니는 식탁에서 고개를 들어 올렸고, 그토록 뭔가에 정신이 팔린 제니가 쉬엄쉬엄 머리를 식혀 가며 하라는 어머니의 충고와 꾸지람을 하나도 듣지 못한 채, 자신을 버려두어 토끼가 충격을 받았는데도 그저 토끼를 멀거니 바라만 보다가, 다시 생각에 잠겨 점점 더 황당한 추측과 가정을 이어 갔다. 제니는 저녁 식사를 하면서도 끊임없이 연필로 뭔가를 끄적거렸는데, 저녁 식사를 준비한 건 엘런이었지만 그 비용은 핑커턴이 대줬고, 요원 제니는 자신이 공식적으로 사건에서 빠진 게 아닌 만큼 핑커턴의 금전적 배려를 받아들였다.

드디어 제니가 수도 없이 종이를 구겨서 버들가지 휴지통에 던져 넣고 난 뒤, 무너졌다.

「아빠에게도 이런 일이⋯⋯ 그러니까 마술을 이해하지 못하는 일이 있었겠죠.」

「어머, 다시 말을 할 줄 알게 됐네!」

제니가 자신을 놀리는 어머니에게 환멸이 가득한 시선을 던졌다.

「죄송해요. 일 때문에 그래요.」

「배우 일이라더니, 도면도 그리라디?」

침묵이 지나갔다.

「마술이라고 했지?」 어머니가 눈 주위가 시커멓게 무리진 딸을 보면서, 성질을 건드리는 건 좋은 생각이 아님을 깨닫고 말을 이어 갔다.

제니가 몸을 일으켰고, 드디어 외부인의 의견을 들을 준비가 되었다.

「어디 보자. 네 아버지는 마술 공연을 정말로 좋아했어. 똑같은 공연을 연달아 다섯 번, 여섯 번, 심지어 열 번도 볼 수 있는 사람이었으니까. 처음에는 나도 따라다니려고 했는데, 예산이 빠듯해서 포기했지. 솔직히 다 털어놓자면, 난 똑같은 걸 계속 보는 게 지겨웠단다. 다음번에 무슨 일이 벌어질지 정확하게 알고 있는데 계속 감탄하는 건 어렵잖아. 거기서 더 나아가기까지 하는 네 아버지만 예외였지. 네 아버지는 일단 집에 돌아오면, 공연을 재연하려고 노력했어. 필요한 물품이 없을 경우에는, 커다랗게 소리 내며 말로 공연을 재연했지. 〈커튼 뒤에 숨어 있는 조수가 마술사의 키보다 더 높은 연단에서부터 장미를 떨어뜨리면, 마술사가 등 뒤로 손을 돌려 떨어지는 장미를 몰래 받는다.〉 네 아버지는 배우가 장면을 되풀이해 연습하듯이 그 일을 했고, 심지어 억양까지 흉내 내는 지경에 이르렀단다. 너도 아버지의 이탈리아 말을 들어 봤어야 하는 건데. 여기가 로마인가 싶었다니까.」 엘런이 웃었다. 「어떻게 속이는지 이해가 안 되면 즉각 다음번 공연 입장권을 샀고.」

흉내 내다. 바로 그 지점에서 제니는 실수를 저질렀다. 그녀는 마거릿과 리아의 몸을 바라보고 실내 장식을 살피고 그들의 동작을 염탐하는 일이 중요하다고 생각하여, 두 여자가 무슨 말을 하는지는 듣지 않았더랬다. 요원 제니는 겉모습 너머를 보려고 애쓰면서 자기 자신의 가명에 어울리는 가면을 쓰느라 너무 바빠서, 그들 입장이 되어 볼 생각은 전혀 해보지 못했다.

「고마워요, 엄마.」

이 새로운 관점을 어떻게 사용해야 하나 숙고해 볼 틈도 없이, 누군가가 와서 문을 두드렸다. 간결한 두 번의 노크. 제니는 의자에서 벌떡 일어나, 어머니가 흥미롭게 지켜보는 가운데 문을 열어 주러 갔다.

「네 일이냐?」

마술사 제니가 문을 열었고, 그녀는 꾀바른 미소를 띤 로버트의 마부와 맞닥뜨렸다.

「마턴 부인, 업무에 복귀하셔야 할 듯합니다.」

〈그러니까, 케이트를 찾아냈구나. 내가 옳았어!〉 제니는 속으로 기뻐 날뛰었고, 그런 의기양양한 감정이 자신도 모르게 살짝 드러나는 것까지 막을 수는 없었다.

「엄마…….」

어머니는 손짓으로 알았다는 신호를 보냈다. 제니가 뛰쳐나가려는데, 마부가 멈춰 세웠다.

「갈아입을 옷을 챙겨서 가방을 꾸리셔야 할 겁니다. 며칠이 지나기 전에는 돌아오지 못할 테니까요.」

「어디로 가는 거죠?」

그가 회사와 무관한 외부인 앞에서는 그 어떤 것도 밝힐 수 없음을 의미하는 정중한 미소로 답했다.

리아를 상대해 본 뒤로, 제니는 마부들을 믿지 못했고, 더구나 그들이 의문의 장소로 자신을 데려갈 때면 더욱 그랬지만, 호기심이 훨씬 강했기에 옷가지와 함께 『핑커턴 지침서』와 『마술의 길』을 급하게 여행 가방에 쑤셔 넣었다. 이제 준비되었다.

제니는 작은 아파트의 문지방을 넘어가면서 어머니에게 키스하는 것을 겨우 잊지 않았다.

18
임무 지시서: 폭스 자매(5/5)

이제 세 자매 중에서 가장 알려지지 않은 인물, 포위도 추격도 늘 불가능했던 인물, 케이트 폭스에게로 우리의 관심을 돌려 보자.

그 인물에 대해서 우리가 수집할 수 있었던 빈약한 정보에 따르면, 막내는 늘 자유롭고 격렬한 마거릿이라는 인물과 리아의 위풍당당한 카리스마 사이에서 갈팡질팡했음이 분명하다. 케이트는 두 언니에게 눌려서 본인의 의지를 전혀 드러내지 않은 것처럼 보이며, 마거릿과의 사이에 강력한 묵계가 있어서 마거릿의 엉뚱한 짓을 함께했다(어렸을 적 두 사람을 알고 지내던 정보원들에 따르면). 두 자매가 유명해지고 나서도, 케이트는 언니를 따르는 것으로 만족한다. 마거릿이 심령주의 운동을 포기하고(따라서 동생도 포기한다) 새로운 사랑인 엘리샤를 따르자, 어쨌든 변화가 일어난다.

그때부터 고립된 케이트는 리아에게 좌우된다. 13년 동안 케이트는 심령주의 운동의 중심인물이자 스타로,

무대에 고분고분 오르는 순종적 동물처럼 여겨진다. 하지만 1865년, 케이트는 심령주의 운동의 회원이자 부유한 은행가인 헨리 젱킨스의 도움으로, 드디어 달아난다. 그녀를 구해 낸 사람이 영국의 자기 집으로 그녀를 맞아들인다. 대서양 저편에서처럼 런던에서도 심령주의 운동은 규모를 불려 가고 있어서, 케이트는 곧 은행가의 고위직 연줄 덕분에 상류층의 여러 살롱에서 총아가 된다.

케이트와 헨리 사이에서 순정적 사랑이 싹튼다. 얼마 안 가 케이트는 임신한다. 그들의 결합으로 사내 아기가 태어나고, 심령주의 운동 추종자들은 퍼디낸드라는 이름을 붙여 준 그 아기에게서 일찌감치 영적 자질을 확인한다. 아이를 그런 세계로부터 보호하고 〈정상적인〉 유년기를 제공하려고 애쓴 부모로서는 불행하게도 말이다.

케이트와 헨리는 둘째 아기를 갖게 되지만, 아이는 유년기에 사망한다. 불행은 혼자서 오는 법이 없기에, 이번에는 얼마 안 있어 배우자가 사망한다. 이 집안 특유의 저주대로, 남편은 케이트에게 아무런 유산도 물려주지 않는다. 한술 더 떠, 케이트는 남편이 위험하고 부정직한 자금 운용에 발을 담갔음을 알게 된다. 빚을 진 데다 돈 한 푼 없던 과부는 서둘러 미국으로 돌아갔다는 말들이 돈다. 그 이후 케이트에 대한 소식은 우리에게 닿지 않았다.

동시에 마거릿 역시 리아의 속박에서 벗어나려고 한다. 그러한 목적을 달성하려고 마거릿은 필라델피아로 달아나고, 그곳에서 케이트를 방문했을 당시 런던에서 만났던 부유한 은행가에게 영매로 고용된다. 강박적으로 신앙에 매달린 게 확실한 그 남자는 마거릿에게 끊임없이 성서에 나오는 인물들과 소통하기를 요구하여서(은행가의 비서와 가정부가 우리에게 이런 사실을 확인해 줬다), 영매는 지쳐서 뉴욕으로 돌아가 다시 심령주의 운동에 합류했던 듯하다.

리아로 말하자면, 그녀에 대한 최신 정보를 얻는 일은 쉽지 않았는데, 주변 사람들을 경계하고 가십난에 소재를 제공하지 않으려고 조심하기 때문이다. 우리가 유일하게 확인할 수 있었던 것은 심령주의 운동의 문어발식 확장, 그리고 자신이 가는 길에 거치적거리는 자가 있으면 그 누구라도 짓밟는 데 늘 성공했다는 사실뿐이다.

이틀간 여행하면서, 제니는 끈질기게 스며드는 먼지에 맞서 싸우고 마차를 끄는 말들은 수고를 아끼지 않은 끝에, 드디어 목적지가 눈에 들어왔다. 하이즈빌. 교회는 뉴욕주 한가운데 고립된 그 마을을 저주받은 곳으로 기술했다. 제니는 호기심에 끌려, 여기까지 그들을 데리고 온 마차의 창 너머로 주변을 관찰했고, 감자밭과 옥수수밭과 담배밭을, 그리고 암소와 닭과 말을 발견했다. 말들은 거울을 가로지르는 게 불가능하듯, 넘어갈 수 없는 목축장 너머와 그곳에서 펼쳐지는 삶을 관망하고 있었다. 계속해서 나타나는 농가들은 하나같이 서로 닮았는데, 지는 해가 선명한 지평선까지 끝없이 이어졌다.

드디어 마차가, 요원 제니가 들판 한가운데 고립된 지역은 이럴 거라고 상상한 것보다는 훨씬 더 발달한 도심에 도착했다. 상점들은 대도시에서 발견할 수 있는 상점들에 필적했다. 예를 들어, 다양한 종류의 고기를 판매하는 보여스 정육점은 가격표 아래 크기순으로 고기를 매달아 놓는 열성을 보였다. 마차가 상점 앞을 지나가는데, 미소를 띤 정육점 주인이 밤이 되면 코요테들이 냄새를 맡고 몰려들까 봐 두려워, 그날 아침 사냥에서 잡은 토끼를 떼어 내어 안으로 들이고 있었다. 또한 래기스라는 폭넓은 취향을 보여 주는 의류 판매점도 있었는데, 거기 진열된 옷들은 낮의 밭일에 필요한 전통적인 멜빵바지에서부터 주도의 근사한 야회에 입고 갈 만한 양복까지 아울렀다.

마차가 꽁무니에 황갈색 먼지구름을 줄곧 일으키며 계속해서 길을 따라 나아가다가, 소박한 외관의 여인숙 앞에 정차했다. 붉은 벽돌로 지은 그 건물은 길을 따라 보이는 건물 전면이 어설픈 뱀처럼 삐뚤빼뚤했다. 흔들거리는 나지막한 목책이 선술집과 맞닿은 건물 주위를 두르고 있었고, 선술집의 카우보이 문은 손님이 떠난 뒤에도 여전히 흔들리며 삐걱대었다. 남부 유럽의 방언과 다양한 억양으로 너덜거리는 영어가 뒤섞여 시끄러운 소리가 그 장소로부터 새어 나오는 바람에, 벽이 마치 귀신 들린 집처럼 말을 하는 느낌이었다.

「도착했습니다, 마턴 부인. 핑커턴 씨가 안에서 기다리고 계십니다.」

제니가 가방을 챙겨 마차에서 내린 뒤, 더러운 유리 너머로 달랑거리는 전구 불빛에 주눅이 든 채 앞으로 걸어갔다. 제니가 입구의 문짝을 미니, 이런 유형의 술집에 대해 그녀가 지닌 생각에 꼭 들어맞는 홀이 보였다. 독일인 이민자 그룹이 맥주잔을 요란하게 부딪치면서 건배를 하더니, 어찌나 빨리 비워 대는지 술이 반 넘게 옷 위로 흘러내리며 흙과 퇴비가 남긴 시커먼 얼룩과 뒤섞였다.

제니는 몇 미터 안쪽에서 카드놀이를 하는 이탈리아인 그룹 한가운데에서, 청색 멜빵바지에 흰색 깃이 달린 셔츠를 입은 자신의 고용주를 드디어 알아봤다. 조금 더 진짜같이 더럽게 보이게 하느라, 정말로 흙바닥에 뒹굴렸을 옷들이었다. 그는 안경을 포기한지라 은빛이 도는 두 눈의 생동감이 그대로 드러났으며, 희끗거리는 머리카락은 검은 당밀로 염색하여 몇 년은 젊어 보였다. 마술사 제니는 이렇게 분장한 모습을 보면서 순간 미소 지었다. 입구에서 어떤 남자가 그에게 다가가려는 제니를 멈춰 세웠는데, 리아에게 고용된 고릴라의 몸짓을 연상시키는 구석이 있었다.

「누굴 보러 왔소?」

당황한 제니가 로버트가 자신을 돌아보기를 바라며 집요하게 로버트를 바라봤지만, 그는 카드놀이에 푹 빠진 듯했다. 대답이 없자, 기도는 제니의 시선이 간 방향으로 자신의 시선을 옮겼다.

「아, 신참이로구먼. 썩 맘에 드는 녀석이지. 그러니까 저이에게 말하려고……」

그의 둔한 머리는 그 문장을 어떻게 끝맺을지에 대해 미리 생각해 두지 않았음을 깨달았다.

「……그러니까 내가 썩 맘에 들어 한다고 말해 주구려, 알겠소?」

제니는 고개를 끄덕이고 말았다.

「그리고 당신의 〈봉사〉에 팁을 너무 많이 주거들랑, 편하게 나랑 나눠요, 응.」 그가 한쪽 눈을 찡긋하며 말하더니 제니의 엉덩이를 찰싹 때렸고, 그 바람에 제니는 술집 한복판으로 후다닥 이동했다.

제니는 대거리를 할까 잠시 생각해 봤지만, 자신의 임무는 도착하자마자 사람들 눈에 띄는 게 아니었기에 자존심을 억누르며 핑커턴이 앉아 있는 테이블로 다가갔는데, 핑커턴이 마지막 패를 보여 주려는 참인 듯했다. 마술사 제니는 스터드 포커 게임임을 알아봤다.

스터드 포커는 참가자당 일곱 장의 카드로 게임을 하는데, 네 장은 공개하고 나머지 세 장은 참가자만 알고 있다. 참가자마다 엎어 놓은 두 장과 공개된 한 장을 받는 것으로 시작하며, 그 뒤로 다섯 번 카드를 돌릴 때마다 배팅을 한다. 가장 강한 조합을 만든 승자가 드러날 때까지.

마지막 카드 돌리기를 남겨 두고 로버트 홀로 엄청난 근육을 자랑하는 땅딸막한 남자를 상대했는데, 그 남자는 퀸 두 장을 갖고 있었다. 핑커턴, 그는 눈에 보이는 조합은 전혀 없었고, 공개된 카드 중 세 장이 스페이드였다.

중앙에 놓인 판돈은 35달러는 되어 보였다. 썩은 이가 보이는 어떤 남자가 그 이탈리아인에게 이탈리아어로 말했다.

「베치, 어서, 저 미국 놈을 쳐부수라고!」

그러자 상대방이 요란하게 기뻐 날뛰면서 자신의 패를 내보였다. 손에 퀸을 하나 더 쥐고 있어서 트리플이라며 좋아했다. 그는 무척 흥분한 바람에 작은 머리통에 비해 넓은 치열이 다 드러나서 피라냐처럼 보였다.

로버트가 다른 참가자들을 바라보다가 드디어 제니를 발견하고는 쾌활하게 맞았다.

「아! 미스 하퍼, 맞춤한 때 도착했군.」

그가 그녀를 잡아당기더니 자기 무릎에 앉혔고, 그런 식으로 그녀의 새로운 신분이 어떤 성격인지를 알려 주면서, 자신의 패를 제니에게 보여 줬다. 손에 들린 패 중 두 개가 스페이드였으니, 제니의 얼굴에 화색이 돌았다. 그러니까 로버트가 이겼다. 두 사람이 공범의 미소를 교환하자 상대방이 기겁을 했다. 상대방에게서 의기양양하고 교활한 표정이 날아가 버렸고, 적수는 신경질적으로 담배를 씹어 댔다.

「잘하는데, 베치.」

탐정은 딜러를 향해 카드를 엎은 채로 내려놓았다. 그가 경기를 포기해 버렸다. 이탈리아인은 잠시 믿기지 않아서 멍하니 있다가 웃음을 터뜨리며 친구들과 악수를 나누고는 지폐와 동전을 자기 쪽으로 끌어왔다. 로버트가 제니를 밀치고, 일어섰다.

「친구들, 난 오늘 잃을 만치 잃었어. 그리고 아가씨를 기다리게 하고 싶지도 않고.」

남자들이 노골적인 웃음으로 대답하면서 음탕한 눈길로 로버트를 따라가는 제니를 탐내듯 바라봤다.

「어이, 조니, 한 판 더 하지 그래. 만회해야 하지 않겠어!」 이번 판에서 이긴 사람이 자신 앞에 자랑스럽게 쌓아 둔 돈을 가리키며 제안했다.

「아가씨를 돌봐야 한다면, 자네가 한 판 할 시간 동안 내가 대신해 줄 수 있는데.」 지저분한 수염을 기른 뚱뚱한 옆 사람이 놀려 댔다.

로버트가 게임 테이블을 바라보며 잠깐 생각하는 척하다가, 멜빵바지 주머니에 손을 넣어 텅 빈 주머니를 까뒤집어 보였다.

「봉급만 들어오면, 내 당장. 친구들, 날 믿으라고.」

그가 손으로 작별 인사를 날리면서 제니의 팔꿈치를 잡았고, 이탈리아인들은 농담을 늘어놓으면서 성행위를 흉내 낸 외설스러운 몸짓을 해댔다.

로버트 핑커턴이 빌린 방은 기다란 뱀처럼 자리한 벽돌 건물의 끝에 있었다. 오래전부터 손보지 않은 황량한 방에는 그냥 맨바닥에 놓아둔 짚을 넣은 매트리스, 고객들이 사냥용 칼로 〈제이슨과 베스가 여기서 잤다〉 따위의 글귀를 새겨 넣은 덕분에 뛰어난 조각 작업이 돋보이는 테이블 하나, 흔들거리는 의자 하나가 굴러다녔다. 역시 더러운 창문은 토마토가 자라는 땅뙈기를 향해 나 있었다.

로버트가 침대에 앉으면서 의자를 가리켰다.

「넘어지고 싶지 않다면, 비결은 벽에 등을 대고 앉는 거요.」

제니가 의자를 볼품없는 초벽에 기대어 놓고, 그 위에 조심스럽게 앉았다.

「날 매춘부로 여기게 해야만 했어요?」

「그게 아니면 내 아내였을 텐데, 불행히도 당신 신분증에는 미혼이라고 나와 있으니까.」

「그래서 매춘부인 거예요?」

「그치들이 빠르게 잊는 게 더 낫소. 그들을 다시 볼 일은 없을 거요.」

제니는 앞으로 견뎌야 할 그 모든 모욕을 생각하면서 얼굴을 찌푸렸다.

「자, 나를 왜 이곳으로 불렀어요? 당신이 새로 사귄 친구들 앞에서 나와 함께 있는 걸 보이면서 뻐기라고, 이틀이나 걸려서 여기 온 건 아니랍니다! 사견을 말씀드려도 된다면, 그것도 그리도 대단한 계층의 사람들 앞에서요.」

로버트가 베개 밑에서 안경을 꺼내어 시트 자락으로 둥근 안경알을 닦고는 코에 올려놓았고, 그러고는 침대에 길게 누워서 천장을 올려다봤다.

「그 여자가 이야기해 줬겠지, 안 그렇소?」

제니는 아무런 대답도 하지 않았다.

「묘지 방문에 관한 보고서를 읽어 봤소. 엘리샤에 관해서만 언급했더군. 하지만 확신컨대, 마거릿은 바로 그곳에서 케이트에 대해 얘기해 줬을 거요. 당신이 너무 자신만만했거든.」

「중요한 건, 결과가 아닌가요?」

「틀렸소. 중요한 건, 정보의 가치지. 당신이 내게 뭔가를 감추는 한 우리는 앞으로 나아갈 수 없어요. 핑커턴사는 개미 무리와 같아서, 전 시스템이 제대로 작동하려면 각자 자기가 맡은 몫의 일을 해야 하오. 목적은 집단 지성을 형성하는 거고. 그러면 그 누구든 단독으로 해낼 때보다 훨씬 더 빠르고 강력하게 앞으로 나아가니까. 혼자서 생각하기를 원한다면, 핑커턴사에 남아 있을 하등의 이유가 없소. 당신 쪽에서 단독으로 수사를 진행하고 영광을 거둬들여도, 난 당신에게 아무것도 요구하지 않을 테지. 하지만 회사에 남아서 조사를 계속하기를 원한다면, 정정당당하게 플레이를 하고 나에 반해서가 아니라 나와 함께 일하는 법을 배워야 할 거요.」

제니의 눈에 로버트가 거의 손을 대지 않고 남긴 걸로 보이는 감자와 옥수수오믈렛을 공격하는 개미들의 종대가 눈에 띄었다.

「노력하겠어요.」 그녀가 뿌루퉁해서 중얼거렸다.

「아니, 성공해야지. 이제 더는 실패하면 안 되오. 리아와 마거릿에게는 위장이 발각당했으니까, 만약 케이트하고도 마찬가지 사태가 발생한다면, 우리가 했던 모든 일이 물거품이 되는 거라오.」

「하지만 그건 윌리엄이…….」

그녀가 문장을 마저 마치지도 못했는데, 로버트는

이미 누워 있던 자세를 버리고 그녀 앞에 버티고 서 있었다.

「죄송합니다. 앞으로는 주의하겠어요.」

「좋소. 이제 업무에 복귀할 준비가 된 것 같군.」

그가 매트리스 밑에 뒀던 작은 봉투를 꺼내어 그녀에게 내밀었다.

「당신에게 필요한 모든 정보가 들어 있소. 그리고 은신처도 찾아 뒀고. 누군가 물어 오면, 당신은 이번 주 동안 조니 고트의 애인 대행인 거요. 작전은 다음번 비 오는 밤에 시작될 거고. 당장 내일 비가 올지, 혹은 한 달 후에나 비가 올지 알 수 없으니, 늘 준비 태세를 갖추고 당신 목숨이 거기 달리기라도 한 것처럼 이 문서들을 공부해 두도록.」

제니가 봉투를 받아 들어 열고서, 그 안에 든 서류들을 넘겨 보았다.

「떠나기 전에 질문 하나만 해도 되나요.」

「그렇게 해요.」 그가 답했다.

「아까 포커 게임에서 왜 다 이긴 패를 보여 주지 않았나요? 당신이 순진한 얼간이가 아님을 보여 줄 수 있는 좋은 방법이 됐을 텐데.」

「내가 순진한 얼간이처럼 보이기를 원하지 않는다고 누가 그러오?」

마술사 제니는 이번에도 아무런 대답거리를 찾지 못하고 방에서 나오면서, 돌아보지 않고서도 탐정이 살짝 만족스러운 미소를 짓고 있으리라고 짐작했다.

19
잠입 임무 지시서: 케이트 폭스

제니 요원이 제출한 정보와 추론의 결과, 우리는 케이트의 행방을 알기 위해서 하이즈빌로 되돌아가, 데이비드 폭스의 농가에 대한 조사를 진행했다. 며칠간의 관찰 결과, 우리는 데이비드가 종종 배우자인 레인 이외의 여성과 동행한다는 사실을 확인할 수 있었다. 또한 식사가 끝난 뒤, 데이비드가 초대한 사람이 아무도 없는데, 세 벌의 식기가 비눗물이 담긴 양동이로 들어간다는 사실을 알아차렸다(안타깝게도 덧문을 내리고 식사를 하기 때문에, 우리는 식사 이후만을 관찰할 수 있었다). 드디어 요원 한 명이 집에서 여자 둘의 목소리가 나는 것을 여러 차례 들었다.

한편, 베치라는 이름의 이탈리아인 농부가 그 집에서 또 다른 〈부인〉을, 그의 표현을 따르자면 〈여전히 싱싱한〉 여성을 여러 번 보았다고 이야기해 줬다. 현장에 침투해 그 농부와 친교를 맺은 우리 측 요원의 말에 따르면, 그 이탈리아인 농부는 〈마치 일흔 살은 먹은

것처럼 옷을 입는 쉰 살가량의 여성〉으로 문제의 여성을 묘사했다.

따라서 이런 여러 가지 요인들을 종합해 보건대, 농가의 비밀에 싸인 손님은 케이트 폭스라고 믿을 만하다.

이제 접근 전략을 세우는 일만 남았다.

하지만 데이비드와 그의 아내는 의심이 많다. 언론에서는 여전히 폭스 자매에 대한 특종을 찾고 있고, 기자가 농가에 와서 운을 시험해 보다가 늙은 나무꾼이 소총을 겨누면 뒷걸음질 치는 광경을 보는 일이 드물지 않다.

따라서 표적과의 관계를 지속하기 위해서는, 그러한 경계심을 뚫고 들어갈 수 있는 조건을 갖춰서 요원을 침투시키는 일이 우리의 임무일 것이다.

*

침투 임무를 위한 제니 마턴 요원(이전의 H. B.)의 위조 신분

- 이름: 애덜리아
- 성: 말릭
- 상황: 미국(특히 엄청나게 관심이 많은 나이아가라 폭포)을 돌아보려고 온 런던의 여행객인 애덜리아는 뉴욕으로 가는 길에 떼강도에게 피습당했다. 강도들에

게 탈탈 털려서 보석, 마차, 조금이라도 값나갈 만한 것은 모조리 빼앗겼다. 애덜리아는 아슬아슬하게 달아나는 데 성공했고, 무슨 일이 있더라도 피난처를 찾아내야 한다. 일단 피난처가 발견되면, 친인척에게 연락하여 영국으로 되돌아갈 여비를 받을 때까지 잠깐 그곳에 머물러야 할 것이다.

• 애덜리아의 남편: 윌슨 말릭은 독일 태생으로 에어레이티드 브레드 컴퍼니의 가맹점인 차 전문점[10]*을 운영한다. 자신은 여행을 다닐 만한 시간이 없었기 때문에, 아내에게 이번 기회를 이용하여 미국의 차와 제과에 대해서 조금 더 배워 오라고 당부했다.*

(그런 이유로, 당신이 가방에서 발견하게 될 서류에 차와 제과에 대한 몇몇 분석을 첨부했다.)

• 자녀: 애덜리아는 세 자녀 홀시, 포피, 브라이언에게 거의 신경을 쓰지 않으며, 아이들은 상주 가정부가 돌본다.

(자녀 문제에 관한 한 자체적으로 융통성을 발휘하기를. 아이디어가 더 필요하다면 『핑커턴 지침서』의 부록을 참조할 것.)

• 런던 생활: 뉴욕과 마찬가지로 런던은 여러 개의 활기찬 항만을 거느린 거대한 항구 도시다. 따라서 다

10 〈ABC〉라는 약자로 잘 알려진 에어레이티드 브레드 컴퍼니 제과점에서는 차와 제과를 직접 가져다가 상점에서 먹을 수 있게 했고, 이 방식이 인기를 얻자 1864년에 런던에 최초로 찻집을 열었다. 이후 많은 가맹점이 생겨났고, 남성을 동반하지 않고도 여성들이 모일 수 있는 최초의 공공장소가 되면서 여성의 참정권 획득에 긍정적 영향을 미치게 된다.

양한 문화가 교차하는 지점으로서 갖는 특징을 모두 보여 주어, 특히 아일랜드, 그리고 최근에는 러시아와 동부 유럽, 나아가 중국에서 온 이민자들이 함께 살아가며, 각 민족끼리 모여 사는 지구가 존재한다.

주요 산업은 다음과 같다.

– 섬유. 특히 버몬지와 서더크 지구는 가죽 세공과 모자 제조에 특화되어 있으며, 베스널 그린은 신발로 유명하다.

– 시계 제조와 보석. 클러큰웰에서 제작된다.

– 도구 및 마차 제조.

만약 당신이 런던에 거주한다면, 13년 전인 1875년에 하수도 시스템을 갖췄음을 기억해야 한다. 이로 인해 도시가 엄청나게 깨끗해졌고, 할아버지 세대가 여러분에게 분명히 이야기해 줬을 콜레라 창궐에 제동을 걸었다. 따라서 당신은 마치 직접 겪은 것처럼, 콜레라가 2만 3천 명 이상의 목숨(당시 런던 인구의 약 1.5퍼센트)을 앗아 갔던 해인 1854년도의 트라우마를 알고 있다.

• 주의 사항: 침투가 시작되기를 기다리는 동안, 당신은 미스 하퍼, 조니 고트의 애인 대행을 하는 〈아가씨〉다. 그런 자격이기 때문에, 당신은 당신 개인의 삶에 대한 질문들에 대답할 필요가 없다.

아, 양재사에게는 당신이 연극의 배역을 준비 중이라고 말해 뒀다.

제니는 〈은신처〉, 시 외곽에 있는 아담한 주택으로 가기 위해서 이른 아침부터 여인숙에서 나와야 했다. 그 주택은 작은 규모였고, 뒤뜰에서 자라는 이국적인 품종의 감자만 아니라면 마을의 다른 집들과 구별이 되지 않았다.

로버트에 의하면, 하이즈빌에 정착하고 난 뒤 캘리포니아를 구경하러 가기로 결심한 어떤 이민자 가족의 거처였다. 그들은 자신들의 소유지를 방치해 둬야 한다는 생각에 안심이 되지 않아서 부동산 업자에게 임대를 했는데, 그 업자가 바로 위장한 핑커턴의 직원이었다.

집 안은 추억들로 넘쳐 났고, 제니는 들판에서 찍은 가족사진들, 이국적인 풍경의 그림들, 이해할 수 없는 언어로 작성된 서류들을 찾아내는 데에서 짓궂은 즐거움을 누렸다. 시간을 보내느라 조사에 나선 마술사 제니는, 이 농부 부부의 엄청난 체격과 자신이 거의 아는 게 없는 그 언어로 보건대, 그들이 네덜란드 출신이라는 결론에 도달했다. 그들에게는 자녀가 셋이었는데, 청소년 한 명과 대서양을 건너기 전에 태어난 것으로 보이는 어린애 둘이 있었다. 제니는 오랜 시간 이 가족이 겪었을 모험에 대해 몽상에 잠겼는데, 예외적인 경우가 아니라면 외출이 엄격하게 금지된 제니로서는 그것이 유일하게 할 수 있는 탈주였다. 로버트의 말을 따르자면, 제니의 모습이 덜 노출될수록 더욱 좋기 때문이었다. 호기심 많은 사람들이 무서워서 덧문을 닫고 어둠 속에 계속 잠겨 있던 제니는, 성가신 쪼그만 야행성 동물처럼 그렇게 집 안의 구석구석을 샅샅이 뒤지고 다녔다.

다행스럽게도 회사에서는 요원들을 잘 돌보는 전통이 있었다. 저녁마다, 정확히 오후 6시에, 이튿날을 위한 식사가 뒷문 앞에 놓였다.

지겨움이 덮쳐 올 때면, 제니는 카드를 꺼내어 카드 다루는 기술을 연마했다. 거실의 거울과 석유 등불이면 조명은 충분했다. 카드가 싫증 나면 컵으로 옮겨 가서, 컵 다루는 비법과 비밀에 푹 빠져서 시간이 흘러가는 것을 잊고 있다가, 식사 배달을 알리기 위해 바깥에 놓아둔 종이 울리면 소스라치곤 했다. 자신의 처지가 얼마나 고독한지를 가늠하게 될 때는, 석탄 풍로에 음식을 데우는 순간이 유일했는데, 그 순간에는 결코 평화롭게 식사를 하게 내버려 두는 법이 없는 비둘기와 토끼를 아련히 그리워했다.

사흘 만에 로버트가 고용한 무대 의상 담당자가 드디어 문에 노크를 했다. 언젠가는 영국을 방문할 수 있기를 꿈꾸는, 연극과 영국에 심취한 자그마한 여성이었다. 그녀가 제니가 런던 스타일을, 그러니까 뉴욕의 상류층이 따르는 유행과 크게 다르지 않은 스타일을 장착할 수 있게 제니를 도와 의복을 점검해 줬고, 과산화 수소수와 페닐렌디아민의 도움을 받아 머리를 갈색으로 염색해 줬다. 마술사는 삼중 밑단 장식이 달린 푸른색 새 드레스를 입은 자신의 모습을 보고 낯설어했다. 우아한 의상에는 브이v 자로 파인 목선을 따라 검은색 장미가 수놓여 있어서 그녀의 하얀 피부가 돋보였다. 제니는 갈색 머리카락 때문에 거울 속 자신의 모습이 마치 다른 누군가인 듯이 살짝 어리둥절했지만, 자신이 그렇게 매력적으로 보인 적이 드물다고 여겼다.

그 뒤로 로버트가 몇 번 오후에 집으로 찾아와서 영국식 억양을 훈련시켰고, 자주 쓰는 감탄사와 인사말을 영국식으로 손봐 줬다. 또한 차와 관련된 어휘도 배워야 했지만, 마술사에게 가장 까다로웠던 일은 애덜리아, 거울 속에서 뚫어져라 자신을 바라보고 있는 그 새로운 분신을 파악하는 거였다. 제니는 드디어 그 이미지를 자기 것으로 만들고 그 시선을 차분히 받아 낼 수 있게 되어서야, 스스로 준비가 되었다고 느꼈다.

마치 운명이 그녀의 생각을 읽기라도 한 듯이, 비가 쏟아지는 밤이 마침내 찾아왔다.

억수처럼 가을비가 쏟아졌고, 그 무거운 빗방울에 맞을 때마다 옷이 무거워지더니 물먹은 옷의 무게만으로도 움직이기 힘들 지경이 되었다. 의상 담당자가 공들여 입혀 준 제니의 화려한 의복은 금방 추레해졌다. 드레스에는 무릎까지 진흙이 튀었고 굽이 있는 편상화는 물을 잔뜩 먹은 흙 속에 푹 빠졌다가 보기 싫은 밤색의 끈적거리는 불순물을 잔뜩 묻힌 상태로 가까스로 빠져나왔다. 포니테일 스타일로 매만진 진갈색 머리카락으로 말하자면, 축축하고 딱 달라붙은 덩어리로 바뀌어서 마치 싸구려 가발을 둘러쓴 모양새였다.

제니는 〈엉덩이에 사냥용 총알이 박히고 싶지 않으면 접근하지 말 것〉이라는 글귀가 적힌 표지판 앞에 잠시 멈췄다가 불안한 표정으로 침을 꼴깍 삼키고는, 자신과 농가를 갈라놓은 거리를 가로질러 가, 나무 문을 주먹으로 두드렸다.

「실례합니다. 계세요? 도와주세요.」 그녀가 자신의 실력을 최고로 발휘하여 영국식 억양을 구사해 가며 크게 외쳤다.

시찰구가 빼꼼히 열리더니 눈가의 주름과 개암나무 색깔의 눈동자가 보였다.

「내가 해줄 게 없군. 잠잘 곳을 찾는다면, 도로를 따라 약 1마일 정도 곧장 가다 보면, 문제를 확실히 해결해 줄 만한 주막이 하나 나올 거요.」

눈이 사라졌고 나무 뚜껑이 닫혔다. 로버트가 데이비드는 의심이 많다고 미리 일러 줬더랬다. 그래서 제니는 수없이 연습했던 문장을 다시 읊기 시작했다.

「강도들이 내가 탄 마차를 공격했어요. 돈도 없고 잠잘 곳도 없답니다. 놈들에게 다시 붙잡힐까 봐 무서워요. 제발요, 선생님, 미국인의 환대 정신이 대단하다고 칭찬을 그리도 하던데!」

시찰구의 망창 너머로 눈이 다시 나타나 침입자와 비에 젖은 이상한 차림새를 살폈다. 제니는 갑자기 열린 덧창 너머로 어떤 여자의 머리가 빠르게 내다보는 것을 보았다. 발소리가 잇달았는데, 그 소리에 흥분된 속삭임이 간간이 섞여 들었다. 좋은 징조다. 여성 간의 연대는 서로 매력을 경쟁할 필요가 없는 한 신뢰할 만한 그 무엇이니까, 그녀 편에 선 누군가가 있는 게 확실했다. 잠깐의 침묵 뒤, 빗장을 푸는 소리가 들렸다.

번쩍하더니 멀리서 우르릉 소리가 들렸고, 문이 살짝 열린 틈으로 그녀를 똑바로 겨눈 총신이 나타났다.

「내가 해줄 게 없다는 말이 어디가 이해가 안 되지?」

마술사는 즉시 두 손을 들어 올렸고, 온몸이 굳어 버렸다. 총신은 그녀의 얼굴에서 1미터도 채 떨어지지 않았다. 총을 겨눈 남자가 나이가 많아서 총을 똑바로 드는 일마저 버거워 보이기는 했지만, 그 거리에서 그녀를 맞히지 못할 수는 없었다.

「여기는 사유지야. 총을 쏜다 해도 그 일에 대해 변호할 필요조차 없을 거요. 당신을 과수원에 묻어 버리면 그만이지. 아주 좋은 거름이 될걸. 자, 아가씨, 1마일, 그건 후딱이라고.」

그가 총신을 도로 쪽으로 움직이며 썩 꺼지라고 명령했다.

「싫어요!」

「싫어요?」

제니 자신도 깜짝 놀랐다. 곤경에 처한 순진한 피해자를 그런 식으로 매몰차게 거부하는 건 로버트의 계획에서도 예상하지 못했던 일이었지만, 제니는 의상을 차려입고 꼼꼼하게 준비하는 과정에서 미국을 횡단하는 그 대담한 여행객 역할에 완전히 몰입하고 말았더랬다.

「당신의 그 빌어먹을 1마일 길을 가다가 강간당하고 칼에 찔려 죽느니, 이 집 문 앞에서 총에 맞아 죽겠어요. 양심을 짓누를 내 죽음의 무게를 지고 살아갈 자신이 있으면, 쏘세요. 안전한 곳으로 피할 수 없는 한 여기서 한 발짝도 움직이지 않을 테니까.」

문이 조금 더 열렸고, 남편이 들고 있는 총신만큼이나 날씬하고 주름진 얼굴의 병약한 여성이 모습을 드러냈다. 그녀는 남편 앞으로 나오더니 두툼한 담요를 제니의 어깨 위에 둘러 주었다.

「들어와요, 아가씨, 춥겠네.」

「하지만 여보…….」

「당신 방법으로 해봤는데 안 먹혔잖아. 이제는 내 방법을 따라요.」

데이비드는 찍소리 한번 못 냈다. 함께 산 지 32년이 흐른 지금, 그에게는 따질 힘조차 남아 있지 않았고, 레인은 그 사실을 알고 있었다. 주부가 손님을 안으로 데리고 가서 불가에 앉혔다. 그녀의 남편은 총은 내렸지만, 벽난로 근처에서 덜덜 떠는 침입자를 여전히 의심하는 표정이었다. 제니는 마치 자신이 상처 입은 야생동물이라도 되는 듯이, 집 안에 그녀를 들여놓은 위험을 가늠해 보려고 애쓰면서 자신을 관찰하는 노인의 눈길을 상대하지 않으려고, 불길을 뚫어져라 응시했다.

레인이 영국 여자의 가방을 가져다가 뒤졌고 — 제니는 보통 때라면 항의를 했겠지만, 화내지 않았다 — 옷가지 몇 점, 미국의 차와 제과에 대한 메모를 꺼내었고, 가방 안에 들어 있던 『마술의 길』에는 거의 관심을 보이지 않았다. 레인은 가방 속을 데이비드에게 보여줬고, 데이비드는 총신을 이용해 속옷 하나를 들어 올려서 가까이 가져다가 관찰을 한 뒤 다시 가방 안에 떨어뜨렸다.

「제발 이번 한번이라도 날 믿어요. 저 여자가 그래서 얻을 게 뭐가 있겠어?」

「당신은 놈들을 몰라. 광적이라니까! 가끔은 그저 그 애한테 접근해서 질문을 던지려고 그러기도 하지만, 그 애를 끌어내리려고 애쓰는 놈들도 있다고. 당신은 운 좋게 그 모든 난장판이 지나간 뒤에 왔지만, 난 알아…….」

「그 딱딱한 빵처럼 굳어 버린 머리통으로야 이젠 상황을 분명하게 이해하지 못하겠죠. 이런 말을 안 할 수가 없네. 광적으로 된 건 당신이라고! 이젠 그녀의 이

전 삶에 관심 두는 사람은 아무도 없어요. 게다가 누가 알겠어요, 두 여자가 서로 마음이 잘 맞을지?」

데이비드는 뿌루퉁한 표정을 지은 채 다시 한번 손님을 흘낏 봤다. 진갈색 머리가 흘러내리고 아내가 어깨에 걸쳐 준 무당벌레 문양의 담요를 두른 침입자는, 이제는 길 잃은 소녀와 흡사했다.

「오늘 밤만이야, 알겠지? 그리고 조금이라도 수상한 짓을 했다가는, 내 아스발 소총이 저 여자를 알아서 처리할 거야.」 그가 총을 쓰다듬으면서 위협했다.

레인은 남편에게 시선을 던졌다가, 자신이 어떻게 저 얼간이를 그토록 오랜 세월 견디는 데 성공했는지 자문하며 머리를 절레절레 흔들었다. 그녀가 제니의 소지품을 문간에 갖다 놓고서 물을 끓이려고 부엌에 갔다가, 다시 손님에게로 돌아왔다.

「영국에서는 차를 더 좋아한다고 하던데, 커피 한잔 마시면 기운을 좀 차리는 데 도움이 되지 않을까요?」

세월이 레인의 눈가와 입가에 유쾌한 주름을 새겨 놓았는데, 벽난로의 불길이 던져 주는 주황색 불빛이 자비로운 천사의 후광을 그려 놓아 더욱 돋보였다.

「커피 한잔이면 됩니다. 도와…… 아니, 저를 밖에 버려두지 않으셔서 고맙습니다. 저는…… 어찌할 바를…….」

노부인이 미소를 짓자 얼굴 전체가 위로 당겨졌다. 제니는 미소를 돌려줄 틈이 미처 없었는데, 마치 너구리가 재빨리 쓰레기통을 뒤지기라도 하는 것처럼 입구

쪽에서 이상한 소리가 났기 때문이었다.

「케이트, 안 돼!」 데이비드가 명령조로 소리쳤다.

소리가 멎었고, 그림자 하나가 복도를 가로질렀고, 계단 삐걱대는 소리가 났다.

「가방 안에 혹시 술이 있는 건 아니죠?」 노부인이 갑자기 불안한 표정으로 물었다.

제니가 당황해서 고개를 저었다. 레인이 한숨 돌렸다.

「됐어요, 불가에 있어요. 당신 물건에서 뭔가 사라진 게 있는지 어서 살펴보고.」

주인 여자가 몇 걸음 떼다가 돌아서서 물었다.

「고구마 좋아해요?」

20
『마술의 길』
구스타브 마턴

서문(1/2)

왜 이 책을 썼는가?

우리가 함께 마술의 세계로 모험을 떠나기에 앞서 내 소개를 하는 게 좋겠다. 분명 짐작했을 테지만, 내 이름은 구스타브 마턴이고, 나는 내가 마술사라고 생각하기를 좋아한다. 〈생각하기를 좋아한다〉라고 쓰는 이유는, 본인이 정할 수 없는 종류의 일이어서다. 관객이 우리가 마술사라고 판단해야만, 우리는 마술사가 된다.

개인적으로, 첫 관객은 부모였다. 우리는 프랑스 파리의 외곽에서 살았다. 어머니는 가정주부로서, 형제 셋과 나를 키우는 데 시간을 쏟았다. 아버지는 말안장 제작을 전문으로 하는 장인이었고, 수도의 부유한 지역에 자리 잡은 세련된 상인들에게 물건을 댔는데, 그 상인들은 모든 것을 자신들이 직접 만들었다고 장담하고는 구매가의 세 배를 받고 안장을 팔길 서슴지 않았다. 하지만 아버지는 그런 일로 불편을 느끼지 않았으니, 소란스러운 파리는 아버지의 신경을 곤두서게 했고, 아버지는 자신이 사는 근교의 조용함과 뜻밖의 놀라움이 없는 단조로움을 사랑했다.

하지만 나의 아홉 번째 생일을 축하하기 위해서, 아버지가 우리를 데리고 〈대도시로〉 놀러 가기로 결심했다. 아마도 그저 어머니를 즐겁게 해주려는 것일 수도 있었겠지만, 그건 중요하지 않다. 그날 저녁 나들이가 내 삶을 바꿔 놓았으니까. 난생처음 레스토랑에서 최상급 소고기를 맛봤는데, 그건 경이로운 그날 밤의 전채 요리에 불과한 즐거움이었으니, 그다음 순서가 극장이었다. 아버지는 마술 공연을, 그것도 아무나가 아닌 바르톨로메오 보스코, 내가 뒤에 한 장을 할애할 마술사인데, 그의 공연을 관람하려고 좌석을 예약해 뒀더랬다. 공연을 보며 나는 상상의 세계로 날아갔다. 그 남자가 단순한 철제 컵과 공 몇 개를 가지고 무대에서 이루어 낸 것은 내 상상의 한계를 넘어섰다.

아버지는 내가 청소년이었을 때 내게 자신의 일을 물려주려고 미리 계획했고, 나 역시 나의 미래가 그와 달라질 수 있다는 생각은 해본 적이 없었더랬다. 그런데 그날 저녁, 나의 마음은 선명하게 그려 놓은 그 미래로부터 떠나 버렸다. 그때부터 내 마음은 모든 것이 가능한 세계에, 그러니까 마술의 세계에 속했다.

대번에 하나의 열정이 되어 버린 것에 사로잡힌 나는, 수업 시간에 귀를 기울이고 진지하게 읽고 쓰기를 배워 나갔고, 열등생에서 성실한 학생으로 빠르게 바뀌었다. 교과 내용을 복습하고 나면, 나는 몇몇 중고 서적상들이 권하는 마술에 관한 책들, 부모는 돈 낭비라고 판단하여 절대 내게 사주지 않았을 책들을 사려고 구두를 닦았다. 그러고는 집에 돌아가, 부자연스럽게 뒤튼 바람에 두 손이 고통으로 소스라칠 때까지 연습을 했다. 치러야 할 작은 대가. 난 그렇게 생각했는데, 보스코가 나보다 먼저 그랬듯이, 내가 창조한 〈마술의 길〉로 수많은 사람을 끌어들이게만 해준다면 말이다. 세월이 흘렀고, 아버지가 처음에는 멍청한 취미, 그다음에는 사춘기의 반항이라고 여겼던 것이 내 유일한 얘깃거리가 되었다. 그런 엉뚱한 생각이 아무짝에도 쓸모없다고 판단한 아버지는 결국 지쳐서 나를 집에서 내쫓으며, 가죽을 꿰맬 줄 알게 되면 그때 돌아오라고 을러댔다. 나를 그렇게 풀어 준 데 대해 오늘날에도 아버지에게 감사드린다. 왜냐하면, 책은 한계가 있으니까. 마음 깊은 곳에서는 마술에 대해 좀 더 배울 수 있는 유일한 방법은 기회가 풍부한 새로운 땅으로 가는 것임을 알고 있었지만, 부족한 담대함과 안전망 상실에 대한 두려움이 내게 제동을 걸었더랬다. 그러다가 가정의 안락과 안전을 빼앗기자, 더는 그 무엇도 나를 프랑스에 붙잡아 두지 못했다. 그 일은 적절한 시점에 일어났으니, 다른 나라가 나를 애타게 부르고 있었다. 이해력을 뛰어넘는 불가사의한 사건들에 대한 이야기가 이미 오가던 새로운 나라, 미국.

은신처에서 먹을 수 있었던 음식에 비하면, 고구마 퓌레와 스테이크는 제니에게 황홀하게 다가왔다. 그것이 음식의 맛이 좋기 때문인지 아니면 이제는 어스름 속에 홀로 앉아서 식사하지 않아도 되기 때문인지, 그녀도 대답할 길 없었으리라. 어쨌든 이 한 끼 식사는 그녀가 벽난로 불을 쬐며 두툼한 담요를 두르는 것보다 더 그녀의 몸을 따뜻하게 데워 줬다. 이런 쾌적한 느낌이 들었음에도 제니는 알루미늄 식기들을 눈여겨보지 않을 수가 없었는데, 이런 고장에서는 드물게 보는 사치였다. 솔직히 말하자면, 이 거처는 겉으로만 소박했지, 그 안에는 은밀한 사치가 숨어 있었다. 벽난로 위에 걸어 둔 거울에는 담쟁이 문양의 금빛 테두리가 둘러쳐져 있었고, 육중한 떡갈나무 피아노가 거실 한구석을 장식했고, 정교한 그림이 그려진 아시아산 화병들이 진열장 선반 여러 칸을 차지했다. 투박한 마룻장 및 그녀를 맞아 준 부부의 검소한 의복과 생생한 대조를 이루는 풍요로움이었다.

제니는 이 야릇한 실내 장식에 정신이 팔려서, 빈 의자 앞 식탁에 김이 오르는 네 번째 음식 접시가 놓였음을 알아차리기까지 시간이 좀 걸렸다. 요리사는 손님의 호기심을 놓치지 않았다.

「성깔이 좀 있지만, 곧 내려올 거예요.」

레인이 이런 말을 꺼내자마자, 무거운 발소리가 위층으로 올라가는 계단에서 울렸다. 그 장소를 떠도는 유령처럼, 오십 줄에 들어선 어떤 여성이 헐렁한 보라색 꽃무늬 실내복을 입고 계단 발치에 나타났다. 심통이 가득한 얼굴은, 피곤한지 검게 무리진 두 눈으로 인해 더 나이 들어 보였다. 만약 우리의 마술사 제니가 그녀를 묘사해야만 했더라면, 케이트는 마거릿의 〈혼돈〉 버전이라고 말했으리라. 폭스 자매 중 막내가 제니를 훑었다.

「누구예요?」 그녀가 공격적으로 물었다.

「케이트, 소개할게…….」

레인이 손님의 이름을 벌써 잊어버렸음을 깨닫자, 말을 하다 말았다.

「애덜리아예요.」 제니가 자신이 낼 수 있는 가장 아름다운 영국식 억양으로 대답했다.

새로운 이름, 새로운 억양, 새로운 가면! 헤이즐이라는 이름이 들리면 이제 겨우 돌아보기 시작했는데, 벌써 다른 누군가가 되어 있어야만 하다니. 세상을 뜬 사랑하는 남편 헨리, 잘 가요. 클라크와 닐, 사랑하는 아이들아, 잘 가렴. 이제 윌슨, 홀시, 포피와 브라이언의 시간을 알리는 종이 울렸다.

케이트가 제니에게 다가와 냄새를 맡아 보고 아직 축축한 머리카락 속에 손을 집어넣더니, 목마른 고양이처럼 머리카락을 타고 흘러내리는 물방울을 입으로 가져갔다.

「케이트! 그만해! 이제 자리에 앉지 그래.」

데이비드는 케이트가 마지못해 들인 손님을 도망가게 해주기를 바라면서, 거의 유쾌한 표정으로 누이를 지켜봤다. 하지만 케이트는 아무런 짓도 하지 않고 자기 자리로 가서 앉더니, 한마디 말도 없이 퓌레 한입을 삼키고는 물로 채워진 잔을 음울하게 바라봤다. 그녀는 잠깐 잔을 응시하고는, 손가락으로 잔을 퉁퉁 튀기다가 잔을 엎을 뻔했다.

「카드 게임 할래요?」 갑자기 고개를 든 케이트가 제안했다.

그제야 제니는 마거릿의 눈과 흡사한 갈색 두 눈을 알아볼 수 있었다. 두 사람 다 똑같이 빛이 꺼진 눈빛이어서, 마치 몇 년 전부터 작동하지 않는 등대 같았다.

「애덜리아, 게임 좋아해요?」 누구도 자신의 첫 번째 질문에 답을 해주지 않자, 케이트가 끈질기게 물었다.

「안 그래도 이미 힘든 저녁나절을 보낸 사람이야. 평화롭게 식사하게 내버려 둬. 저런, 넌 이제 어린 소녀가 아니야!」

하지만 케이트는 줄곧 제니를 뚫어져라 바라보며,

새언니의 존재는 완전히 무시해 버렸다. 침묵이 흐르고 난 뒤, 마술사 제니가 답하기로 했다.

「어, 분위기도 풀 겸, 왜 안 되겠어요?」

제니는 마술 공연의 관객들을 상대로 그러는 법을 배웠기 때문에, 상대방 전부를 시선으로 휘감으려고 했지만, 데이비드는 제니가 불안하게도 교활한 표정으로 누이를 뚫어져라 바라보며 눈을 맞추기를 거부했다. 무슨 일이 벌어진다면, 그 책임은 자신에게 있다고 아내가 느끼기를 바라는 게 명백했다.

「아, 드디어! 이 집에서는 지겨워 죽는다고요. 저 두 노인네를 데리고 무슨 재미를 보겠어요.」

「케이트! 그런 무례한 말투는 그거면 됐어. 넌 이제 어엿한 부인네니, 그에 걸맞은 행동을 보여야지.」

레인은 그에 대한 답으로 고구마퓌레 때문에 주황색을 띤 혓바닥을 볼 수 있었을 뿐이다.

「자, 난 누구에게도 방해가 되고 싶진 않아. 우선 식사부터 하죠. 식사 뒤에, 게임을 하든가 하고…… 케이트, 그렇지?」

전직 영매는 대꾸도 하지 않고 찌푸린 얼굴로 단박에 물 잔을 비우더니, 식탁에 거칠게 잔을 내려놓았다.

「종업원, 여기 한 잔 더!」

데이비드가 관절염이 있음에도 물병을 집어 들더니, 정중하게 팔을 들어 올리며 누이에게 물을 따라 줬다. 그가 이 순간을 즐기고 있음은 의심의 여지가 없었다.

「조금 더 센 건 없어요?」

「당신을 위한 건 없습니다, 아가씨.」 종업원이 말했다.

케이트는 반쯤 채운 잔을 들어 올리더니 전문가의 손길로 잔을 뱅글 돌렸다. 그녀는 냄새를 맡고 입술을 축이고 나서, 그 색상을 살피려고 기름등잔 불빛 한가운데로 갖고 갔다.

「1888년산, 숙성은 덜 됐지만 맛은 부드럽군요.」

데이비드가 누이가 식탁에 자리를 잡은 뒤로 참고 있던 웃음을 요란하게 터뜨리자, 웃음이 전염되며 분위기가 누그러들었다.

식사가 다시 시작되었고, 제니는 그 기회에 자신의 항해 여행과 생활에 관한 이야기를, 그러니까 덧문을 내려놓은 그 집에서 숨 막힐 듯한 오후 시간 내내 로버트와 함께 오랜 시간 되풀이해 외웠던 그 문장들을 들려줬다. 마술사 제니는 시와 마찬가지로 자신이 거짓말을 암기했을 때 거짓말이 더 술술 나온다는 사실을 발견했더랬다. 그녀는 미리 외운 글에서 벗어나지 않는 한, 애덜리아가 될 필요가 없었고 제니로 남아 있을 수 있었다. 심지어 집주인마저도 그녀의 이야기에 빨려 들었으니, 시작이 어려웠지만 이번 침투는 성공이라는 신호였다.

함지의 비눗물에 담가 둔 식기의 설거지를 도와준 뒤, 제니는 젖은 손을 말리려고 벽난로에 다가갔다가, 곧 불길을 바라보며 하염없는 생각으로 빠져들었다.

드디어 케이트가 그녀에게 합류했다.

「영국식 억양은 그만두지.」

「네?」

「영국에서 여러 해 살았어. 엉터리 모방이야 알아볼 수 있지. 아가씨는 거기에 발도 들여놓은 적이 없을 거라는 말까지 해줄까.」

폭스 자매의 막내는 벽난로 아궁이 근처의 흔들의자에 앉아 있었고, 제니는 데이비드와 레인이 두 사람의 대화를 들을 수 없는 거리에 있음을 확인했다.

「무슨…… 무슨 말을 하는지 모르겠군요.」

「에어레이티드 브레드 컴퍼니, 그게 당신 남편이 운영하는 상점 이름이라고?」

제니가 맞다고 했다.

「어느 거리에 있지?」

젊은 여성 제니는 호흡을 멈추고 두 눈을 감았다. 그 답을 알고 있어. 제니는 자신 있었다. 그 이름이 적혀 있던 종이가 아직도 눈에 선했고, 제니의 준비가 확실하게 되었는지 확인하려고 로버트가 제니에게 내줬던 바로 그 질문과 똑같은 질문에 대답하는 자신의 목소리가 아직 귓가에 쟁쟁했다. 고용주가 자신에게 질문했을 때 자신이 뭐라고 답했는지 떠올리기만 하면 되는 거였다. 몇 초간 생각한 뒤 드디어 기억 속 메아리가 들려왔고, 제니는 흥분해서 답을 말했다.

「홀러 스트리트 27번지! 로버스 도서관 앞이죠!」

제니는 그게 맞는 답이라고 확신했고, 그 답이 적혀

있던 자료가 눈앞에 분명하게 떠올랐다. 케이트는 아마 망자들과 소통할 수 있을지는 몰라도, 그러한 재능도 마술사 제니의 몸에 밴 엄격한 작업 태도에 비하면 덜 대단했다.

「어머나, 근사한 뉴욕 억양이네.」 상대방이 감탄했다.

제니는 영매의 도발에 응수하는 데 성공해서 너무 기쁜 나머지, 억양 바꾸기를 잊어버리고 말았다. 제니는 두 발이 묶인 채 파놓은 함정으로 방금 뛰어든 꼴이었다.

「난…… 난…… 아니에요……. 아니라고요! 난…… 난 런던에 살아요, 맹세해요!」

마술사 제니가 더듬거리자 이제는 자신의 귀에조차 억양이 엉터리로 들렸다. 케이트는 일정한 리듬으로 앞뒤로 흔들거리는 의자에 앉아서 코웃음을 치며 그저 제니를 내려다보았다.

「히잉, 힝…….」

은신처에서 런던과 그 역사, 콜레라 전염병, 문화, 음식을 공부하느라 보낸 그 모든 시간이 별것 아닌 잠깐의 부주의로 인해 방금 연기처럼 날아가 버렸다. 이 케이트라는 여자는 어리석은 척하지만 어리석음과는 거리가 멀었다.

「사랑스러운 애덜리아, 아, 그 이름이 진짜 이름인지 의심스럽기는 하지만, 좀 전에 내가 제안을 했으니, 함께 카드 게임을 하는 건 어떠신지요? 거절은 절대 받아들이지 않겠어요.」

제니가 거실 쪽으로 눈길을 돌렸더니, 데이비드와 레인이 카드놀이를 하고 있었다. 제니는 레인과 시선이 마주쳤는데, 레인이 한쪽 눈을 찡긋해 보였다. 데이비드는 관심을 되돌리려고 테이블을 탁탁 치고는, 즐거운 표정으로 서둘러 카드를 거둬들였다.

「두 사람은 신경 쓰지 마. 그들이 저녁마다 치르는 작은 의식 같은 거야. 두 사람을 방해할 만한 이유는 정말 몇 안 되는데, 하나 예를 들자면, 이 집에 스파이가 들어왔다고 그들에게 알려야만 하는 일 정도지. 우린 그런 일이 벌어지기를 원하지 않잖아?」

제니는 가짜 억양을 완전히 포기했다.

「그저, 잠시 머물 피신처를 구하려는 사람으로서, 나는…….」

제니는 문장 중간에서 말을 멈췄는데, 자신의 거짓말이 더는 그럴듯하지 않고, 새로운 신분을 손가락 한 번 튕길 만한 시간에 즉흥적으로 만들어 낼 수 없음을 깨달았기 때문이었다.

「이봐, 데이비드는 그보다도 못한 이유로 사람들을 땅에 묻었다고. 당신은 사유지에 있고, 가엾게도 여행객이니, 당신에 대해 말하는 걸 들어 본 사람도 아무도 없지. 사건은 새벽이 되기 전에 잊힐걸.」

마술사 제니는 입술이 부들부들 떨렸고, 이제 자제력을 잃었다. 폭스 자매의 오빠는 자신이 그들에게 거짓말을 했다는 사실을 알게 되면 정말로 그녀를 때려 죽일까? 만약 케이트가 그녀를 치워 버리기를 원했더라면 진즉에 그랬으리라는 생각이 들자, 제니는 안심이 되었다. 제니에게는 케이트가 제시하는 규칙을 받아들이는 것 말고는 다른 선택의 여지가 없었다.

「무슨 게임이죠?」

노골적인 미소가 케이트의 얼굴을 장식했고, 제니는 타당하게도 그게 좋은 징조가 전혀 아님을 알았다.

21
『마술의 길』
구스타브 마턴

서문 (2/2)

1857년, 그해에 미국은 프랑스와는 딴판이어서, 나라 전체가 격동에 휩싸였다. 남과 북의 긴장이 끊임없이 상승해서, 뉴욕 시민들은 불가피할 것으로 예상되는 첨예한 대립 속에서 어느 편에 설지를 정하려고 애썼다. 게다가 심령주의라는 또 다른 종류의 지진이 나라를 뒤흔들었다. 1850년대 초에 폭스 자매가 나타난 뒤로, 마술사들은 마술을 통해서 자신들의 활동에 정당성을 부여하기를 그만뒀고, 여전히 기존 방식을 고수하는 마술사들이 드물었을 뿐만 아니라 사람들의 관심을 받지 못했으며, 〈마술〉이라고 상정된 묘기를 행하려고 술수를 사용하는 사기꾼들로 여겨졌다. 성공은 심령과 소통할 수 있다고 주장하며 심령에게 마술사의 활약을 부여한 협잡꾼들에게로 돌아갔다. 단 하나의 깃발 아래 모여든 그 직종은 거대한 종교 사업으로 변질되었고, 그때까지 마술사들에게 지원군이자 영원한 영감의 원천이었던 과학에조차 반기를 들었다. 나는 마술사들이 그들이 마술을 행하게 해줬던 바로 그 진보를 공개적으로 비방하는 것을 보면서 어리둥절했다. 공연을 보러 갔다가 어찌나 분노했던지 나도 모르게 공연 중에 벌떡 일어서서 눈앞에서 펼쳐지는 마술의 비법을 크게 외쳤고, 그러다가 당연히 경비에 의해서 비열한 인간처럼 끌려 나가는 일을 겪기도 했다.

그래서 나는 나만의 공연을 창조하기로 선택했다. 길바닥에서, 뉴욕항 근처 부둣가에 서는 시장 한복판에서. 나는 그곳에서 나의 관객을, 저세상의 말을 옮긴다는 구실로 하나 마나 한 소리를 늘어놓는 점쟁이들 말고 다른 것을 보고 행복해하는 사람들을 찾아냈다. 사랑이, 멀지 않은 곳에서 장사하던 꽃 파는 여자의 상냥한 표정을 하고 찾아와, 내 문을 두드리기까지 했다. 나의 성공으로 그녀가 곤란해지지 않도록 그 이름은 밝히지 않겠지만, 그녀의 매력은 그녀가 끌고 다니는 수레에 진열해 놓은 장미꽃들을 다 합쳐 놓은 아름다움을 능가했다. 그녀는 어떤 놀라운 사건이 벌어졌기에, 일요일 장터의 끔찍한 북새통으로 몰려들던 사람들이 뚝 그쳤는지 궁금해하면서, 내가 마술사로 데뷔하자마자 내게 관심을 보였다. 그러나 어쩌랴, 그녀의 부모는 그녀의 미래를 돈이 조금 있는 이웃의 스페인 남자에게 주겠다고 약속한 뒤였다. 그녀는 그런 보다 확실한 미래가 기다리는데도 부모의 약조를 감히 뒤집고 내게, 나의 마술과 내게 기회를 줬다. 오늘날, 우리는 행복하다. 우리에게는 아직 아이가 없지만, 그녀는 근사한 어머니가 되리라고 확신한다.

나의 거리 공연이 성공하자 나는 빠르게, 보다 적합한 장소에서 공연할 수 있게 되었다. 그러한 성공이 꼬리에 꼬리를 물면서 내 최후의 성공, 그러니까 당신이 현재 손에 들고 있는 마술 세계에 대한 나의 성찰을 담은 책자로까지 이어졌다. 바라건대, 이 책이 마술이 저세상을 떠도는 존재들의 작품이 아니라 진지한 영역임을 미국과 세계를 상대로 설득할 수 있기를.

하지만 이 개인적인 생각을 읽고 그 영향을 받아 불안해하지는 말기를. 더 이상의 장황한 서문 없이, 곧바로 당신이 마술 애호가에서 전문 마술사로 변화하는 일에 착수하자. 당신이 약간의 훈련을 곁들이기만 한다면, 이 글에서 알려 주는 수많은 기술과 참신한 발상은 전부 다 당신의 손이 닿는 곳에 있게 될 것이다. 그 대가로 내가 부탁하는 것은, 우리가 〈마술의 길〉에 올라 함께하게 될 기이한 여행의 안내자 노릇을, 내가 하게 해달라는 게 전부다.

잭 트리플과 파이브 원 페어, 풀 하우스다. 로버트는 이 패로 승리가 확실해졌다고 애써 자신을 설득했는데, 자신이 촌뜨기들을 상대로 벌이는 포커 게임의 통제권을 상실했다는 사실을 직시하고 싶지 않아서였다. 그 그룹과 어울리기 위해서 처음에는 그들이 이기게 내버려 뒀다면, 며칠 전부터는 의도한 게 아닌데 내리 졌다. 사실대로 말하자면, 그가 정색하고 게임을 시작하자마자 거푸 패배를 이어 가는 중이었는데, 앞선 성공이 그에게 해로운 믿음을 안겨 줬던 터라 질 때마다 그것이 일시적인 불운 탓이라는 헛된 환상을 품었기 때문이었다. 이탈리아 출신의 이 촌뜨기들이 자기네끼리 편을 먹고 그를 속인다고 생각하고 싶었겠지만, 그런 일이 일어날 가능성이 얼마나 적은지 똑똑히 알고 있었다. 그리하여 그의 고집 때문에 임무 수행을 위한 예산의 상당 부분이 그들의 손으로 넘어갔다. 하지만 탐정은 이번 패가 승리가 다시 자신에게로 돌아오는 징조라고 굳게 믿었다. 이제 그와 베치, 그리고 그의 형 클라우디오만 남았다. 클라우디오 때문에 불안하지는 않았는데, 그는 블러핑을 치는 게 분명했으니, 각기 다른 종류로 5와 7과 9와 10이 앞에 놓여 있었다. 반면에 베치는 하트로 카드 세 개가 노출되어 있어서 잠재적으로 훨씬 더 위험한 패를 쥐고 있었고, 플러시가 되려면 하트 두 개만 부족한 상황이었다. 하지만 땅딸막한 그 촌뜨기는 평소에 블러핑을 칠 때처럼 굴며, 목에 걸고 있는 금십자가를 깨물어 댔다. 그자가 자기 앞에 쌓인 달러와 동전 더미를 바라보는 동안, 작은 십자가가 잇새에서 거슬리는 소리를 냈다.

「70달러부터 시작하지.」 땅딸막한 이탈리아 남자가 두드러진 억양으로 베팅했다.

그가 대담하게 판돈 위에 지폐를 던졌다. 베치는 이제 로버트에게는 현금이 없음을 잘 알고 있었고, 이 마지막 베팅은 남은 사람들이 게임을 포기하게 하려는 목적이었다.

그 대답으로 탐정이 주머니에서 아버지로부터 물려받은 회중시계를 꺼내 들었고, 포커판 친구들에게 시계를 열어 보여 줬다. 안쪽에는 탐정 회사 건물 앞에 서 있는 핑커턴 가족 전체의 사진이 있었다. 윌리엄은 존경하는 표정으로 아버지를 바라보았고, 로버트는 익살스럽게 렌즈를 보고 있었다. 그는 돈으로 환산할 수 없는 소중한 가치를 지닌 이 선물에 많은 애착을 느꼈지만, 앞에 놓인 판돈이 새어 나가게 둘 수 없었다. 그가 쥔 패로 이기지 못할 수가 없다, 그는 그렇게 확신했다.

「겉이 진짜 금이야. 여러분 모두 이 물건이 70달러 이상의 값어치가 있다는 걸 인정하겠지, 안 그런가?」

베치는 물건을 살피겠다고 요구하고, 제대로 작동하는지 확인하고, 도금은 아닌지 검사하려고 더러운 손톱으로 시계 등을 긁어 봤고, 그러더니 판돈 위에 시계를 던지고는 고개를 끄덕였다.

「두 쪽 값을 하는데, 친구.」 딜러가 한마디 던졌다.

「두 쪽?」 로버트가 호기심이 들어 물었다.

옆에 앉아 있던 남자가 자기 불알을 가리켜 보이며 한쪽 눈을 찡긋했다.

「그렇든가 아니면 아주 얼간이든가.」 베치가 말했다.

클라우디오가 중도에 손을 털었다. 이제 로버트와 또 다른 이탈리아인만 남았다. 탐정은 여자 손이 어깨 위에 놓이는 걸 느꼈지만 개의치 않았으니, 그 순간, 그는 오로지 게임을 위해서 살았다. 적이 패를 깠다. 손에 하트 세 개, 테이블에 세 개, 플러시였다. 그 땅딸막한 남자는 자신이 관광객을 왕창 벗겨 먹었음을 잘 알기에, 교활한 미소를 지으면 십자가를 뱉었다.

「자, 이젠, 신참 차례.」

핑커턴이 절망과 자기 자신의 어리석음에 대한 은은한 분노로 목구멍이 죄어든 채 패를 까지 않고 딜러에게 던졌고, 상대방 노름꾼과 같은 나라 출신 남자들의 박수갈채를 받으며 가족의 시계가 그 노름꾼의 손으로 사라지는 모습을 어안이 벙벙해서 지켜봤다.

「얼마 남았어요?」

로버트는 제니의 목소리라는 걸 알자, 그녀가 자신이 대패하는 장면을 지켜봤음을 깨달았다.

「이젠 아무것도 없어. 다 잃었소.」

그는 텅 비고 모욕당한 느낌이었다. 임무 수행에는 전혀 이익이 되지 않는 어중이떠중이 촌뜨기들일 뿐이었는데, 어리석게도 그들의 수에 말려들고 말았다. 그는 몇 판을 이기는 동안에 통제와 권력의 맛에 중독되어 버렸으니, 최근 탐정 회사의 연이은 실패로 느껴 볼 기회가 없었던 감정이었다. 갑자기 중요한 한 가지 요소가 뇌리를 강타했다. 핑커턴 소유의 건물이 회중시계에 끼워 둔 사진에 찍혔다. 만약 베치가 시계를 보관한다면, 그는 그런 사소한 사실을 보나 마나 발견하게 될 테고, 그의 정체를 꿰뚫어 볼 것이다. 이는 자신이 글자 그대로 자신의 진짜 신분을 보여 주는 가족사진을 건넴으로써, 방금 가능한 가장 어리석은 방식으로 위장 신분을 폭로했음을 의미했다.

「자, 조니, 판에 낄 거야 말 거야?」 딜러가 물었다.

로버트는 애원하는 표정으로 마술사를 돌아봤다.

「저…… 미스 하퍼, 돈이 다 떨어졌는데, 저 시계는 **반드시** 찾아와야 하오! 돈 좀 빌려주겠소?」

「시계만요?」

「그래요, 시계만 찾으면 그만하겠소. 50달러면 거뜬할 거요. 침실에 돈이 있으니, 이 판만 끝나면 갚겠소.」

제니는 진정 절망에 빠진 가여운 남자를 잠깐 살

폈다.

「비키세요.」

「뭐라고요?」

제니는 엉덩이로 살짝 밀면서 의자를 내놓으라고 을렀다. 로버트가 마지못해 명령에 따랐다.

「거기, 당신.」 제니가 베치를 향해 말했다.

「나?」

「그래요. 내가 70달러에 시계를 사겠어요.」

그 이탈리아 남자는 선망의 대상을 더 잘 살펴보려고 수중에 들어온 물건을 집어 들더니, 번쩍이는 황금에 비친 자신의 망가진 얼굴과 씹는담배로 검게 얼룩진 잇몸을 들여다봤다.

「글쎄, 근사한 귀중품인데. 1백 달러 내면 넘기지.」

「80달러.」

베치가 뚜껑을 열고서 사진을 들여다보았다.

「이 가족이 마음에 들기 시작했어. 125달러.」

그가 미소가 자아내는 효과를 완벽하게 의식하면서, 다시 그 끔찍스러운 미소를 지었다. 제니는 자신의 여자다움이 특별한 대우를 얻어 내는 데 도움이 될 수 있을지도 모른다고 기대했지만, 전혀 먹히지 않았다. 이 농부들은 그녀에게 전혀 호감이 없었다.

제니는 이 문제를 상투적인 해법으로는 풀 수 없음을 깨닫고, 순간 생각했다.

「모두 들었나요. 내 친구가 방에 50달러가 있다네요. 돈이 없다고 쳐요. 그 50달러는 나와 잠시 시간을 보내는 비용과 맞먹죠. 만약 내가 다 잃고 내 친구가 돈을 갚을 수 없다면, 당신들 중 한 명이 내게 50달러를 빌려준 셈이 되니 그 누군가가 나랑 시간을 보낼 권리를 갖기로 해요. 입맛 당기는 제안이 아닌가요?」

포커 판에 낀 모두가 다 같이 고개를 끄덕였지만, 대경실색해서 제니를 바라보는 로버트만 예외였다. 처녀가 거의 틀림없을 자신의 요원이 그가 잃어버린 것을 되찾으려고 모르는 남자랑 자겠다고 약속했다. 아마도 윌리엄이 옳았나 보다. 아마도 그는 정말로 회사를 경영할 자격이 없을지도 모른다.

베치가 얼굴에 음탕하면서 의기양양한 표정을 띤 채, 앞에 쌓아 둔 돈 더미에서 즉각 50달러를 꺼내어 제니에게 주면서 상스럽게 윙크를 날렸다. 이렇게 암묵적인 계약서에 날인이 되었고, 이제 제니는 물러설 수 없었다.

처음 몇 판은 어려웠다. 작게 베팅했지만, 많이 잃었다. 그녀의 게임 운영은 뒤죽박죽이었고, 나아가 요행에 맡겼고, 패의 조합에 대해서 끊임없이 자세한 설명을 요구해서 로버트를 불안하게 했다. 다행스럽게도, 20달러까지 내려갔다가 큰 판에서 이겨서 70달러까지 올라갔다. 제니는 패배와 승리를 거듭했지만, 패배한 판에서는 작게 잃고 승리한 판에서는 더 많이 땄는데, 술집 단골들은 여자가 마을의 챔피언들과 대적하는 모습을 보려고 테이블 주위에 모여들었다가 제니가 승리를 거두면 다 같이 놀랐다. 마침내, 어떻게 포커 규칙도 겨우 깨친 초짜가 이렇게 자신들을 이길 수 있는지를 이해하지 못한 적들이 깜짝 놀라 바라보는 가운데, 제니가 아슬아슬하게 더 높은 패를 쥐면서 드디어 170달러를 땄다. 제니는 목표에 도달하자 자리를 털고 일어섰고, 베치에게 그 돈을 던져준 다음, 그녀가 경기장에 입장한 뒤로 눈에 띄게 줄어든 판돈 위에 군림하고 있던 시계를 찾아갔다. 꼭지를 눌러서, 자신이 엄청난 대가를 지불할 뻔했던 그 물건 안을 슬쩍 들여다보았다. 얇은 유리막 뒤의 작은 흑백 사진에서 보이는 아직 청소년인 핑커턴 형제의 순진함이 제니의 마음을 건드렸고 그녀가 몰랐던 시절에 대한 향수를 불러일으켰다.

「이거 내 급료죠.」

그녀가 자신의 직원이 거둔 수훈에 여전히 어안이 벙벙한 로버트 앞에서 뚜껑이 열린 작은 회중시계를 한 바퀴 돌리더니 다시 손에 쥐었고, 그녀의 침착함에 강렬한 인상을 받은 다른 참석자들이 그 광경을 말없이 지켜보았다.

방에 도착하자, 탐정은 열쇠로 문을 잠그고는 열쇠구멍으로 자신들을 따라온 사람이 아무도 없는지를 확인했다. 그런가 하면, 제니는 마치 어깨를 짓누르던 세상의 무게가 방금 떨어져 나간 듯이 흔들거리는 의자에 주저앉았다.

「정말 경탄스러웠소, 제니! 카드 게임을 할 줄 모르는 척한 거요, 아니면 초짜의 운이었소?」

「마술에서 운이란 없어요, 핑커턴 씨. 우연히 일어난 일들을 내가 좀 거들었다고 할까요.」

그녀가 소매에서 책 한 장을 꺼내어 회중시계 사이에 끼우더니 시계를 작은 책상 위에 놓았다.

「한 판 끝날 때마다, 노름꾼들은 오로지 하나, 돈에만 눈길이 고정된답니다. 한가운데 쌓아 둔 판돈과 그들 수중의 돈, 그게 그들이 바라보는 거죠. 전 그 순간을 이용해서 손에서 소매 속으로 카드를 옮겨 넣었어요. 물론, 딜러에게 카드를 돌려줄 때는 신경 써서 노름판 위의 카드들을 한데 모아 돌려줬고요. 난 더 좋은 패가 나오면, 그 패로 계속 갈아탔어요. 요령은 너무 자주 이기지 않는 것, 그리고 너무 요란하게 눈길을 끌지 않는 것이죠. 그저 조금씩, 조금씩 돈을 불려 나가는 거랍니다.」

「그러다가 걸리면?」

「내 패가 상대방 패보다 좋지 않을 때에만 카드를 소매 안으로 집어넣었어요. 하나 물어보죠. 진 사람을 누가 조사하든가요?」

로버트가 감탄하며 고개를 주억거렸다.

「당신은 정말 빨리 배우더군. 쭉 그리한다면, 곧 당신 사진이 우리 회사 계단참에 나붙게 될 거요. 재능 있는 마술사에서 탐정으로…… 극장들이 서로 당신 공연을 유치하려고 다툴 거고. 〈경이로운 제니〉가 〈백인 마하트마〉를 눈 깜짝할 사이에 밀어내겠지. 1열에 내 자리 하나쯤은 남겨 주리라고 기대해도 되나?」

「물론이죠. 하지만 대표님을 무대 위로 불러내지는 못할걸요. 사람들이 우리가 공범이라고 생각하는 건 싫어요.」

두 사람은 요란하게 웃음을 터뜨렸는데, 어쨌든 젊은 여성 제니는 속으로는 그 오랜 꿈에 여전히 다가갈 수 있을지를 궁금해했다. 탐정이 숨을 골랐다.

「자, 이제 농담은 끝. 우리의 친애하는 케이트와는 어디까지 갔소? 살 게 있어서 잠시 나왔고 곧 다시 돌아가는 거겠지. 자, 구두로 보고하면, 보고서 작성은 내가 맡아 하리다.」

마술사 제니에게서 즐거운 표정이 사라졌다.

「케이트는…… 마거릿을 상대하던 때와는 정말로 달라요. 데이비드의 집에서, 케이트는 손님이 아니라 주인이에요. 그 집 안 곳곳에 놓여 있는 좋은 물건들의 비용이 전직 나무꾼인 오빠의 수입에서 나오지 않는다는 건 확실해요. 간단히 말하면, 케이트가 리아를 협박하여 침묵을 대가로 엄청난 금액을 얻어 내지 않았을까 하는 의심이 들어요. 하이즈빌처럼 외진 마을에서조차 케이트가 쾌적한 삶의 방식을 유지할 수 있게 해 줄 만한 액수를요. 그녀의 오빠가 그녀에게 제공하기를 거절하는 유일한 것, 그건 술이죠.」

로버트가 짚을 넣은 매트리스에 길게 누워서 천장을 올려다봤다. 그런 자세는 그가 생각을 하는 데 도움이 되었다.

「술? 놀랍지 않군. 폭스가의 밑의 두 자매는 아주 어려서부터 사교 파티에 노출이 되었지. 케이트는 열두 살부터 그랬고. 그녀가 그 나이에 술과 포도주에 맛을 들였다면, 그 뒤로 알코올에 의존하게 되었다고 해도 놀랍지 않아. 문제는 이거야. 왜 데이비드와 그의 아내는 그 문제는 양보하지 않는 걸까? 혹시 답을 갖고 있소?」

「불행히도 아닙니다. 리아와 맺은 계약의 일부가 아닐까요?」

「그럴지도. 그럴듯해 보이는군.」

평소의 진지함을 되찾은 로버트는 방금 자신의 요원이 전달한 정보들 전체와 그 정보들을 가장 알차게 활용할 수 있는 방식에 대해 생각에 잠겼다. 제니는 가능한 한 최악의 소식을 전하는 일을 늦추었지만, 이 이상 자신의 고용주를 무지 속에 버려둘 수는 없었다.

「케이트…… 흠…… 그녀가 알아요……. 그러니까 알아차렸어요. 내가 진짜…….」

호기심이 동한 탐정이 일어나 앉았다.

「진짜, 뭐요?」 그는 잠입 임무가 존재한 이래로, 〈그녀가 알아차렸어요. 내가 진짜……〉로 시작되는 문장은 문제가 발생했음을 알리는 경우가 비일비재했음을 알면서도 물었다.

「진짜 애덜리아 말릭이 아니라는 걸요.」

그가 숨을 헉 들이마셨고, 벌떡 일어섰다. 그가 가장 두려워하던 일이 현실이 되었다.

「제기랄!」

그가 객실과 외부를 가르는 목재 널빤지를 주먹으로 내리쳤다.

「하지만…… 하지만 난 아직 그 집에 있어요! 중요한 건 그게 아닌가요? 전부 다 망친 건 아니에요, 로버트.」

「이롭다 싶을 때만 나를 로버트라고 부르지 말고, 핑커턴 씨라고 해요.」

그는 심장이 가슴팍에서 날뛰는 느낌이라 숨을 헐떡였다.

「그 집에서 쫓겨나지 않았다고? 왜지? 당신 신분이 완전히 꾸며 낸 것임을 발각당했다고 설명하면서, 동시에 겨우 그 정도로는 그들이 눈도 깜짝하지 않았다는 거요? 기자들에게 툭하면 총구를 들이대는 그 노인네가 어떤 여자가 자기 신분에 대해서 철저히 거짓말을 해도 개의치 않는다고? 염병, 날 우롱하는 거요, 뭐요?」 그가 소리를 질렀다.

제니는 로버트를 폭력적인 남자로 본 적이 한 번도 없었지만, 이제 그는 윌리엄의 형에 값할 만했다.

「오로지…… 케이트뿐이에요. 그 사실을 알고 있는 사람은 그 여자밖에 없다고요, 맹세해요.」

그가 드디어 그녀를 향해 돌아섰다.

「그게 무슨 소리요?」

「케이트는 술을 손에 넣을 수 있는 유일한 방법이 나임을 알아요. 술 한 병을 위해서 뭐든 할 준비가 되어 있는 것 같아요. 심지어 데이비드와 레인에게 알리지 않고서, 거짓말쟁이를 집 안에 들일 정도로.」

로버트의 분노가 날아간 자리에 놀라움이 들어섰다. 그가 다시 책상다리를 하고 침대 위에 앉아서 신입 사원을 향해 고개를 들었다.

「벌써 술을 샀소?」

「바로 그것 때문에 대표님을 보러 왔어요. 강도들에게 탈탈 털린 것으로 되어 있으니, 돈이 필요해서요. 그 부부는 내가 집에 돌아갈 수 있게 도와 달라고 남편에게 전갈을 보내려고 나갔다고 생각하지만, 케이트는 술을 들고 돌아오라는 명령을 내렸죠.」

「케이트가 당신을 어떻게 협박했소?」

「케이트는 내 소지품을 몽땅 가져갔어요. 내게 값나가는 물건이 하나도 없음을 안다고까지 털어놓았죠. 그리고 내가 이곳에서 찾는 것을 아직 발견하지 못했다는 걸 알고 있다고, 자신만이 내가 목적을 달성할 수 있게 도와줄 수 있는 유일한 사람이라고도 말했어요. 단지 내가 술 한 병을 자신에게 가져다준다는 조건이 붙었지만. 케이트는 이걸 놀이로 만들어서, 〈너 한잔, 나 한잔〉이라고 부르더군요.」

로버트가 아직 노름판에서 잃지 않고 지니고 있던 빈약한 비상금 10달러를 내밀었다.

「그럭저럭 쓸 만한 포도주 두 병은 충분히 살 수 있을 거요, 안 그렇소?」

마술사는 잠시 틈을 뒀다.

「12달러는 안 될까요? 포도주를 사서 내용물을 포도주스로 갈아 넣을 생각이었는데. 그 케이트라는 여자는 쉽지 않은 삶을 살아왔고, 내가 꺼려하는 건…… 그러니까, 알죠?」

고용주는 직원의 손에 10달러를 쥐여 줬다.

「아니, 모르겠소. 포도주를 사고 임무를 수행하는 걸로 만족해요. 이 사건에는 이미 속임수가 판을 치니, 당신까지 더할 필요는 없소. 케이트는 보통내기가 아니오. 당신이 술을 대주지 않는다 해도, 대신할 다른 누군가를 찾아낼 거요. 그리고 술에 취한 여자가 포도주스를 마신 여자보다야 훨씬 더 혓바닥을 나불대는 법이지.」

제니가 로버트에게서 받은 동전을 내려다보니, 거기에 머지않아 농가 옆 밭에서 고통스럽게 게워 낼 케이트의 모습이 어른거리는 듯했다.

「이제 가보도록, 마턴 요원. 다음번에 다시 만날 때에는, 딱딱 소리를 내는 그 빌어먹을 심령들의 비밀을 갖고 오든가, 아니면 우리의 공조를 끝내든가 합시다.」

22
『완벽한 요원을 위한 핑커턴 지침서』
앨런 핑커턴

표적과 당신

축하한다. 당신은 성공적으로 표적에게 접근했다. 이제 당신은 표적과 너무나 가까워져서 표적은 당신에 대해 다 안다고 생각할 것이다. 표적은 자신의 번민과 흡사한 번민을 알아보았기 때문에 당신을 신뢰할 수 있는 사람으로 여긴다. 만약 당신이 임무를 훌륭하게 수행했다면, 당신과의 우정에 너무 애착을 느낀 나머지, 궤양처럼 자신을 갉아먹는 그 진실에 대해 당신에게 전부 다 털어놓고 싶은 욕구를 참고 있는 상황일 수도 있다. 표적이 쌓인 증기압을 배출할 방법이 없는 기계처럼 그런 상태에 머무르게 두면 둘수록, 당신은 더 많은 흥미로운 고백들을 이끌어 내리라. 왜냐하면 증기압이 폭발하게 되면, 당신의 먹잇감은 수년 전부터 끌고 다니던 짐을 벗어던질 수 있게 되어 행복에 겨워서, 사소한 사항 하나도 빼놓지 않을 테니까. 진실이 터

져 나오고 범죄자가 처벌받을 수 있도록, 그러한 증언들을 거둬들이는 일은 오로지 당신에게 달릴 것이다.

자백하지 않는 예외적인 범죄자들은 공감 능력이 없는 사람들이다. 그들은 자신들의 범죄가 필연적이라고 굳게 믿는 나머지, 자신들이 근본적으로 선하다고 여기며 자신들이 저지른 행위에 대해 처벌받아 마땅하다고 생각지 않는다. 그런 사람들은 우리 사회에는 가장 큰 위험으로 작용한다. 만약 당신이 그런 종류의 범죄자와 맞닥뜨린다면, 임무 코디네이터에게 알리라. 일단 그들의 비밀이 들통나 버리면, 당신의 목숨이 위태로워질 수도 있다.

데이비드와 레인은 아무런 눈치도 채지 못했다. 두 사람은 심지어 케이트와 가까워졌다고 제니를 칭찬하기까지 했다. 케이트가 쉬운 여자가 아님은 명백했는데, 두 사람은 그녀를 〈몸만 성숙했지 여전히 아이인데, 머리는 약삭빠르다〉라고 묘사했다. 제니가 외출했다 돌아온 날 저녁, 풍성한 저녁 식사를 마치고 평소처럼 카드놀이를 하고 나서, 영국 여인이 케이트를 상대로 폭스가의 막내가 떠난 뒤로 런던이 어떻게 변했는지를 〈이야기〉해 주며, 자신의 남편이 운영하는 찻집이 얼마나 성공적인지를 쉬지 않고 자랑하는 동안, 부부는 잠을 자러 올라갔다.

일단 둘이 남자, 제니는 제과에 대한 자신의 열정이 얼마나 대단한지에 대한 수다를 그칠 수 있었고, 폭스가의 막내는 제니의 가방이 불룩 튀어나온 곳을 탐욕스러운 눈길로 응시하면서 자신의 본얼굴을 내보였다.

「안에 있어?」

마술사는 끄덕이면서도 앞으로 일어날 일을 벌써 후회했다. 벌떡 일어선 케이트가 위층 침실로 이어지는 계단참으로 가서 귀를 기울여 보더니, 가방을 향해 걸음을 옮겼고, 조심스럽게 선망의 물건을 끄집어냈다.

「피노 누아르, 1884년도산, 나파 밸리라. 날 함부로 대하지는 않았네, 자기, 적어도 한 병에 5달러는 나가지, 이 정도면.」

케이트는 자신의 성배를 요리조리 돌려보았다. 빨간 밀랍으로 봉한 마개와 붙여 놓은 라벨의 도메인 상표, 둘 다 루비처럼 번쩍였다.

「좋아, 이 포도주를 공격하기 전에 하나 해결했으면 하는 일이 있어. 당신을 계속 그저 〈자기〉라거나 아주 흉한 이름인 애덜리아로 부를 수는 없어. 이름이 뭔지 말해 봐요.」

「헬렌, 헬렌 니본.」

케이트가 잠시 제니를 바라봤다. 한 차례 딱 소리가 울렸다.

「아니, 그게 아니지. 당신 성은 관심 없어. 그저 이름 혹은 별명이면 돼.」

그러니까 케이트 역시 딱딱 소리를 내는 〈재주〉를 가졌다. 하지만 그런 재주를 넘어서서, 그녀가 거짓말을 상대하게 되면, 마치 누군가가 즉각 알려 주는 것만 같았다. 제니는 그런 생각을 머릿속에서 쫓아 버리고, 그저 케이트는 오래 세월 개인 교령 상담을 해왔기 때문에, 기만에 민감하게 반응하게 됐을 거라고 생각했다. 제니는 아무것도 내비치지 않게 목소리 억양에 신경 쓰며 답했다.

「베라.」

이번에도 딱.

「이봐, 난 포도주를 손에 넣었어. 솔직히 말해서, 내가 널 당장 밀고하지 않았다면, 그건 내 나름대로 예의를 갖추려는 거지. 한 번 더 기회를 줄게. 그 뒤에는 내 오빠하고 둘이 알아서 해. 경고를 해주고 싶은데, 나와 반대로 오빠는 훨씬 더 인내심이 없어.」

「바바라…….」

이번에는 딱 소리는 없었고, 그저 케이트가 의심쩍어하는 눈길로 봤는데, 그거면 마술사를 굽히게 하는 데 충분했다.

「제니, 제니라고 불러요.」

드디어 케이트는 만족한 듯 보였다. 노련하게 이를 놀려 밀랍 마개를 떼어 내고, 드레스 안에 그걸 감췄다.

「흔적은 남기면 절대 안 되거든.」 그녀가 한쪽 눈을 찡긋하며 설명했다.

그녀는 근처 서랍장 밑에 손을 넣어 잠시 더듬더니 마호가니 손잡이가 달린 병따개를 끄집어냈다. 숙련된 솜씨로 나선형 송곳을 박아 넣고는 재빠르게 코르크 마개를 제거했다.

그녀는 꿀꺽꿀꺽 병나발을 불었다. 병이 반쯤 빌 때가 되어서야 술을 넘기는 소리가 멎었는데, 그러면서도 한 방울도 흘리지 않았다. 그러고 나서야, 그녀는 공급책에게 술병을 내밀었다. 공급책은 케이트가 중독되어 끊지 못하는 액체가 몸에 들어가자 원기를 회복하여 10년은 젊어진 것 같음을 인정하지 않을 수 없었다. 그녀의 얼굴이 어찌나 온화해 보이는지, 막 아편을 피웠다고 생각할 만했다.

「네 차례야, 제니. 긴장 좀 풀어, 두 병이나 있잖아.」

마술사는 소심하게 포도주병을 들고 한 모금 찔끔 삼키고는 기침을 해댔는데, 떫은맛이 입 안에 배었다.

「술을 잘 마실 것 같지는 않더라니. 걱정 마, 배우게 될 거야. 너랑 나, 우리 서로를 좀 더 알아 가길 바라.」

그녀는 손님의 손에서 술병을 낚아채더니 입구에 있는 선반으로 향했다. 그녀는 까치발을 하고서 맨 위의 선반을 손으로 쓸어 보다가 성냥갑을 꺼냈는데, 그 안에는 열쇠가 들어 있었다.

「왜인지는 모르겠는데, 두 사람은 높은 곳에 물건을 숨기면 내 손이 닿지 않을 거라고 믿어. 이제 쉰 살이나 되었고, 세계적인 규모의 운동을 만들어 냈던 사람인데, 그들은 아직도 나를 열두 살짜리 아이처럼 보거든.」

그러고는 서랍장의 서랍을 뒤져서 초를 몇 개 꺼내어 제니에게 던졌다.

「어디로 가는데요?」 제니가 초를 받으며 놀라 물었다.

「조용히 이야기를 나누기에는 더없이 좋은 장소를 알지.」

두 여자는 담배밭을 가로질러 약 2킬로미터를 걸었

다. 제니는 『마술의 길』이 들어 있는 가방을 들고 나오고 싶은 욕구를 참을 수가 없었다. 그 책이 자신과 멀리 떨어져 있다는 생각이 너무나 견디기 힘들어서, 막내에게 의심을 살지도 모른다는 위험을 무릅쓰면서, 문지방을 넘어 나갔다가 가방을 찾으러 다시 돌아가기까지 했더랬다.

일단 밖에 나와 보니, 상황이 그런 쪽으로는 전혀 흘러가지 않았다. 케이트는 제니의 그런 이상한 행동을 알아차리지 못한 듯했고, 손에 병을 든 채 담배밭에 고랑처럼 흔적을 남기며 마구 앞으로 나아갔다. 제니는 케이트의 모습을 놓치면, 그렇게 만들어진 고랑을 따라갔다. 다행히도 영매는 가끔 걸음을 멈추고 잎도 만져 보고 혹은 그저 두 사람을 비춰 주는 만월을 올려다봤다. 제니가 어디로 가는 건지 꼬박꼬박 물어봤자 소용없었으니, 반딧불들이 미세한 등대처럼 밝혀 주고 있는 거대한 식물의 대양에서 반딧불들이 야밤에 내는 지직거리는 소리만이 대답으로 돌아왔다. 미친 듯이 걷는 일이 어느 집 앞에서 끝이 났는데, 제니도 핑커턴의 서류에 들어 있는 사진에서 봤던 만큼 익히 알고 있는 집이었다.

「폭스가의 농가…….」

그 거처는 크지 않았다. 십자형 유리창, 약 5미터 남짓한 높이의 목재 벽, 소박한 굴뚝이 올라가 있는 기와지붕, 까마득한 옛날부터 깎지 않고 방치한 잡초. 집을 둘러싼 나무들은 모습이 기이했다. 나무들은 비스듬히 뻗어 나갔고, 가지들은 마치 싸움 중에 영구 박제된 뱀처럼 뒤엉켰다. 그렇게 이상야릇하게 가지들이 뒤엉켜 있어도 들개들은 개의치 않고 그곳에서 편안한 안식처를 찾아냈다.

「예상했던 대로, 당신이 관심 있는 건 심령이로군. 이제 맘껏 누려 봐.」

케이트가 빈 술병을 멀리 던졌고, 술병은 웃자란 풀숲으로 자취를 감췄다. 케이트는 제니의 손에서 초를 몇 개 받아 들고 작은 나무 문을 향해 걸어가, 거친 소리를 내며 삐걱대는 문을 열더니 어둠 속으로 사라졌다.

마술사 제니는 왜인지는 모르겠으나, 방치되었던 장소인데도 뭔가가 계속 거기 살고 있기라도 한 듯, 이상한 기운을 느꼈다.

「그래서, 제니? 들어오든가 아니면 다른 병을 던져주는 게 낫지 않겠어?」

요원이 농가 안으로 들어서니, 케이트가 초에 불을 붙여서 먼지가 자욱한 촛대에 꽂고 있었다. 희미한 주황빛이 그 장소의 낡은 목재들을 비췄다. 흔들거리는 희미한 불빛 속에서 두 여자는 나른하게 맨바닥에 앉았는데, 제니는 조심스럽게 구석에 자신의 소지품을 놔둔 뒤 케이트에게 말을 걸었다.

「이곳이죠, 맞죠? 모든 게 시작된 곳이 바로 이 거실이잖아요?」

케이트는 주변을 둘러보면서 이 망가진 초벽이 품어

줬던 짧았던 순진한 시절의 기억을 떠올려 보려고 애썼다.

「아니.」

「아니라고요?」

케이트가 또 다른 술을 청하자, 제니는 몸을 앞으로 숙여 신중하게 내밀었다. 영매는 크게 한 모금 마시고 나서는 입맛을 다셨다.

「이전 것보다 더 좋은데.」

영매가 제니에게 술병을 도로 던졌고, 제니가 아슬아슬하게 허공에서 병을 잡았다.

「난 당신에 대해 하나도 모르고, 그리고 모르는 여자랑 술을 마시고 싶지는 않으니까, 내게서 얻어 내고 싶은 게 정확히 무언지 말해 봐. 내가 듣게 될 말이 쓸 만하다면, 당신에게 그걸 내줄 수도 있겠지. 그게 아니라면, 할 수 없지 뭐, 독특한 환경에서 그저 좋은 술을 나눠 마시고 만 걸로 치자고.」

그녀가 황갈색 낡은 양탄자 위에 앉더니 탁탁 두드리며 제니에게도 와서 앉으라고 청했다.

「내가 원하는 거요?」

마술사 제니가 자리를 잡고서 이번에는 그녀가 술을 한 모금 마셨는데, 살짝 나쁘지 않은 맛이 난다고 느껴지기 시작했다.

「진실…… 이겠죠.」

케이트는 잠시 제니를 바라봤고, 그러다가 시끄럽게

웃어 댔다. 그녀의 손님은 꿋꿋하게 의연하고 진지한 태도여서, 그 때문에 영매는 더 미친 듯이 웃어 댔다. 드디어, 케이트가 숨을 골랐다.

「다른 사람 행세를 하던 사람이 하기에는 그런 요청이 얄궂다고 생각하지 않아?」

「40년 동안 바로 당신 자신이 했던 일 아닌가요?」

짤막한 침묵이 내려앉았고, 케이트가 몸을 숙여 포도주병을 잡아채려고 했지만, 제니가 팔을 뒤로 물렸다.

「내 질문에 답하면 돌려주죠. 안 그러면 남은 술을 몽땅 바닥에 쏟아붓고 사라질 텐데, 당신은 절대로 나를 찾아내지 못할 거예요.」

케이트가 빈 주먹을 천천히 쥐었다.

「당신 마술사지, 그렇지? 뉴욕에서 마술 공연을 하는 제니가 4만 명이나 있지는 않을 거야.」

「어떻게 아세요? 심령?」

케이트가 검지를 허공을 향해 들어 올리고는, 아니라는 의미로 손가락을 흔들었다.

「『마술의 길』, 그 책자가 당신이 애덜리아에 대해 말하면서 유일하게 언급하지 않은 거였어. 당신이 없을 때 책장을 넘겨 봤고, 저자가 얼마나 심령주의와 사기꾼들을 증오하는지 알았지. 그래서 당신이 찾아온 진정한 이유를 깨달았어. 비록 그보다는 좀 더 독창적이기를 바랐다는 사실은 고백해야겠지만. 당신은 우리 폭스 자매가 상을 당한 순진한 얼간이들의 돈을 좇는 사기꾼들일 뿐이라는 걸 증명하고 싶은 거잖아.」
「그게 당신들의 실제 모습 아닌가요?」
케이트가 포도주를 곁눈질했다.
「당신은 물론 우리 이야기를 알겠지. 적어도 대강의 줄거리는. 모두가 대강의 줄거리는 아니까.」
「난 당신의 설명을 원해요.」
「내 설명? 거짓말쟁이의 이야기를 가져다 뭣에 쓰려고?」
「『마술의 길』의 저자와는 반대로, 나는 그 무엇에 대해서도 확신이 없어요. 내가 찾는 건 대답이 전부예요. 그 책의 저자는 내게 자신의 대답을 들려줬죠. 당신 역시 자신의 의견을 설명할 자격이 있다고 생각해요.」
「억양 하나도 똑바로 흉내 낼 줄 모르는 경솔한 젊은 여자의 의견 따위가 쓸모가 있을까?」
제니가 선의의 표시로 술병을 내밀었고, 케이트가 술병을 잠시 쓰다듬다가 조금 마셨다.
「여기서 무슨 일이 있었는지 이야기해 줘요. 그에 대한 답을 갖고 있는 사람은 당신뿐이잖아요.」
케이트가 다시 한 모금 마셨다. 알코올이 젊음의 묘약처럼 그녀에게 작용하여, 병에 든 포도주의 수위가 내려갈수록 그녀는 젊어졌다. 마지막 한 방울이 그녀의 목구멍에 떨어지자, 오래전 꺼져 버린 벽난로 안으로 그녀가 병을 던져 깨트렸다.
「당신이 이겼어, 제니. 당신은 운이 좋아. 알코올 때문에 이야기가 하고 싶어졌어. 그 어떤 것도 1848년

3월 31일 밤에 있었던 이야기에 비할 바 아니지. 모든 게 시작되었던 그날.」

제니는 알코올 때문에 집이 살짝 앞뒤로 흔들리는 느낌이 들었지만, 몸을 곧추세우고 책상다리를 한 뒤 귀를 기울일 준비를 했다.

「그 시절, 우리는 네 식구가 이곳에 살았어. 역시 마거릿이라고 불리던 어머니, 아버지 존, 언니 매기와 나. 우리는 로체스터를 떠나서 막 이 외진 마을로 이사 온 참이었지. 매기와 나는 대도시에서 사귀었던 친구들을 모두 잃었고, 솔직히 말해서 너무 심심했어. 아버지는 일터에서 하루를 다 보냈고, 어머니는…… 어머니는 그다지 재미있었던 적이 없었다고 말해 두면 어떨까. 매기와 나는 다락방에서 잤어. 우리가 모르는 어떤 이유로, 모두 그 집에 귀신이 씌었다고 생각했고, 그래서 우리는 싼값에 그 집을 샀어. 그 두 가지 사항 다 언니와 나는 전혀 관심이 없었지. 반대로 어머니는 뭔가가 잠을 방해한다고 주장하면서, 그 집으로 이사 들어간 뒤로 제대로 잠을 자지 못했어. 어머니 말에 의하면, 밤이면 어디서 나는지 모르겠지만 소리가 난다는 거야. 그 일은 해가 지고 나면 널빤지가 삐걱대기만 해도 어머니가 소스라치는 지경에까지 이르렀지. 이 시골 마을의 권태에 갉아먹힌 언니가 주도해서, 우리는 장난을 치기 시작했어. 우리는 그 심령이 집에서 살아 돌아다니게 하려고 별의별 기발한 장난에 열을 올렸지. 이

틀에 한 번, 잠자리에 들기 전에, 우리는 실을 흘러내린 촛농에 담갔다가, 그 실로 사과를 매달았어. 실에 불을 붙이면 실이 타들어 가다가 끊어지면서 사과가 요란한 소리를 내며 떨어졌지. 분명히 빈방인데 그런 소리가 들리게 되는 거야. 시한폭탄처럼 뒤늦게 발생하는 무시무시한 소리 때문에 한밤중에 어머니가 아버지에게 소리를 질러 댔고, 다락방 침대에 누워서 듣는 그 소리보다 더 우리를 키득거리게 할 수 있는 건 없었지. 하지만 그 일로 어머니는 점점 더 불안해했어. 어머니는 이웃 여자들에게 이런 이야기를 했고, 그 여자들은 어머니에게 그 심령과 대화를 나눠 보라고 권했어. 그래서 어머니는 소리가 나기를 기다렸다가 혼자서 말을 하기 시작했지…… 끊임없이 질문을 퍼부어도, 그 비밀에 싸인 심령은 절대로 답을 해준 적이 없었어. 어쨌든 사과도 꼭 한 번 떨어졌을 뿐이야. 그러다가 그 유명한 1848년 3월 31일 밤이 되었어…… 아, 아직도 어제 일처럼 기억이 나네.」

케이트의 두 눈이 뿌옇게 흐렸다. 유년기의 유령이 들린 그녀는 이제 정말로 여기 있는 게 아니었고, 자기 인생의 흐름을 바꿔 놓은 그 장면을 되살고 있었다. 제니는 아무런 말도 하지 않았는데, 『핑커턴 지침서』에 나와 있듯이, 기차가 제대로 된 방향으로 달려가고 있었으니까.

「바람이 몹시 부는 밤이었어. 그건 확실해. 부모님은 우리가 잠들었다고 여겼겠지만, 매기와 나는 다락방에서 인형을 가지고 놀던 중이었거든. 그런데 이번에야말로 언니가 〈아이들이나 하는〉 그런 놀이에 싫증이 나고 말았지. 언니는 하이즈빌에 신물이 났어. 로체스터가 그리웠고, 이렇게 시골에 유배된 삶에 대해서 어머니를 원망했지. 그래서 어머니를 잠 못 들게 하는 그 유령을 불러내자고, 유령이 어머니를 잡아먹으러 온 거라고 믿게 해서 어머니를 골탕 먹이자고 했어. 덧문이 덜컹거릴 정도로 바람이 불어서, 비의적 존재의 분노를 가장하기는 안녕이라고 인사하는 것만큼이나 쉬울 상황이었지. 우리는 계단에 앉았고, 매기가 집 안의 심령이 할 말이 있다고 한다고, 그 심령은 사탄 씨라는 이름이고 우리에게 보내는 메시지가 있다고 소리를 질렀어. 그저 어머니에게 겁을 줄 생각이었는데, 우리가 정말 예견하지 못했던 일, 그건 덧창이 조금도 덜컹거리지 않는데도 그 심령이 우리에게 대답을 한다는 거였지. 사탄 씨가 딱딱 소리를 내는 방식으로 우리의 질문에 〈예〉 혹은 〈아니요〉로 답하며, 우리에게 말을 했어. 그는 우리에 대해 다 아는 것 같았어. 우리 나이, 우리 이름, 우리의 관심사. 그는 우리가 묻는 모든 말에 대답을 했어. 이번에는 우리 아버지까지 대경실색했어. 어머니는 이 문제가 저절로 잦아들기에는 너무 심각하다고 판단해서, 친구이자 이웃인 레드필드 부인을 찾으러 갔어. 그 이웃은 어머니의 망상증을 미심쩍어하던 여자였는데, 그 여자마저도 자신의 나이와 작고한 남편의 이름에 대해 정확하게 딱딱 소리가 나는 것을 듣자마자, 자신이 미치지 않았음을 다 함께 확인하려고 또 다른 이웃을 찾으러 떠났어. 곧, 우리가 사탄 씨에게 그의 정체와 그의 의사에 대해 묻는 동안, 온 마을 사람들이 밤이 깊은 시각임에도 우리 집 창문 아래 와글와글 모여들었지. 난 앞으로도 쭉 기억하게 되겠지, 3백 명이 넘는 사람들이 자신들의 포근한 잠자리에서 막 빠져나와서는 얼빠진, 하지만 호기심이 가득한 눈으로 지켜보고 있고, 그중 자칭 대변인이라는 남자가 심령에게 이것저것 질문하던 광경을. 전직 전신 기사의 도움을 받아서 우리는 보다 구체적인 질문들을 작성했고, 유령이 모스 부호를 사용해서 대답했지. 우리는 사탄 씨는 찰스 B. 로마라는 행상인이었음을 특정했어. 그가 이전 집주인들에 의해서 살해당했고 지하실에 매장당했다고 이야기하자마자, 마을 사람들이 이성을 잃고서 우리 집 지하실로 달려가, 시신을 찾아서 바닥을 파냈지. 뼛조각 몇 개만 찾아냈는데, 어떤 짐승인지는 모르겠지만 짐승의 뼈였을 거야. 어쨌든 그 사건만으로도 우리 이야기가 퍼져 나가는 데 충분했어. 2년 뒤 나, 매기, 그리고 리아가 뉴욕의 스타로 떠오르기에 충분했지.」

케이트는 눈물에 젖은 채 웅크린 자세로 사건들에 휘둘린 열두 살짜리 어린 소녀로 되돌아갔고, 그런 케이트를 제니가 물끄러미 바라봤다.

「그 딱딱 소리나 사탄 씨나, 그것들 역시 당신들이 만들어 낸 사과랑 같은 시스템 아니었나요? 이 집에 유령은 없었죠.」

케이트가 일어나서 훌쩍거리며 얼굴을 닦았다.

「난 그저 향수에 젖은 가여운 주정뱅이일 뿐이야. 내가 무엇이 사실이고 무엇이 아닌지를 말해 줄 만한 인물인가?」

23
『마술의 길』
구스타브 마턴

마술에 그 무엇과도 비교할 수 없는 행복이 존재한다면, 그건 바로 마술이 내게 안겨 주는 기쁨이다. 복잡한 마술을 성공적으로 완수하고 난 뒤 나를 지켜보는 관객의 눈에 어린 경탄을 볼 때면, 인색하지 않은 군의관이 처방해 준 그 어떤 모르핀이나 아편보다도 늘 더 효과가 좋았다. 공연을 마칠 때 터져 나오는 박수갈채는, 여기 모인 관중이 그들에 대해 아무것도 모르는 나를 자신들의 머리 위로 번쩍 들어 올렸다가 내가 무대 뒤로 사라지고 나면 조심스럽게 다시 내려놓는다는 느낌을 준다. 그에 비견할 만한 것은 아무것도 없다. 어쨌든 그러한 쾌락에는 대가가 따른다. 금단 증세가. 마술사들은 정치인들과 흡사하여, 하루는 세상의 정상에 올랐다가 이튿날이면 아무것도 아닌 존재가 된다. 따라서 몇몇 마술사들이 다시 한번 박수갈채와 탄성을 맛보려고, 그들에게 그렇게나 많은 것을 가져다준 마술을 속이고 포기하며 마술을 우스꽝스러운 기만술로 포장하기에 이른다 해도, 놀랍지 않다. 심지어 몇몇 천박한 인간들이 이제 자신들은 접근할 수 없는 성공을 질투하여 동료들의 마술을 방해하기에 이르는 상황까지도 보았다.

그러니 쉽게 믿는 관중이 보여 주는 열광의 부침에 휘둘리지 말아라. 공연이 끝날 때, 당신이 훌륭하게 공연을 성공시켰는지 아닌지 알 수 있는 유일한 사람은, 바로 당신이다!

데이비드의 농가로 되돌아가는 길에 케이트는 깔깔거리며 웃어 대느라, 옥수수 이삭에 의지하여 균형을 잃지 않으려고 필사적으로 애를 썼다. 하지만 어쩔 수 없이 줄기가 그녀의 무게에 꺾이고 말았고, 그 바람에 그녀는 우스꽝스러우면서도 느릿하게 넘어졌는데, 밑에 깔린 잎사귀들에서 부서지는 소리가 났다. 제니는 그녀를 도와주려고 했지만, 술에 취한 영매는 그녀를 밀치더니 아이I 자처럼 꼿꼿하게 일어서서 우렁차게 〈쉿〉 소리를 뱉었다. 그러더니 다시 길을 떠났는데, 꼬맹이가 태엽을 감아 준 목각 인형처럼 다리를 굽히지 않고 빳빳하게 걸어갔다. 제니는 케이트가 자신에게 양보해 준 포도주 몇 모금 때문에 머리가 빙글빙글 도는 게 느껴졌다. 제니는 갑자기 몸이 가벼워졌다는 생각이 들면서, 자신이 소지품을 농가에 놔두고 왔음을 깨달았고, 이번에는 제니가 자신이 저지른 실수 때문에 웃음보를 터뜨렸다. 어쨌든 작물로 무성한 밭 한가운데이고 어두컴컴하니, 되돌아가는 일은 거의 불가능함을 알고 있었다. 평소에 그래 왔듯이 주변의 자잘한 지형지물을 주의 깊게 살피는 자신의 능력을 신뢰할 수도 있었겠지만, 술에 취한 상태라 그래 봤자 헛수고임을 알았다. 그래서 제니는 스스로에게 단 한 가지 임무를 부여했다. 표적을 시야에서 놓치지 않는 일. 불행히도 그 임무는 예상보다 까다롭다는 사실이 드러났는데, 제니가 고개를 들어 별이 총총한 하늘을 바라보다가 그만 거기에 빠져들고 만 것이다. 제니의 생각에는 찰나에 불과한 시간이었는데, 그녀의 시선이 다시 걸어가던 방향으로 돌아왔을 때, 자신 혼자만 있음을 발견했다. 깜깜한 어둠과 반딧불이만을 길동무 삼아서, 제니는 웃자란 풀 사이로 마구 걸어 나갔다. 결국, 몇 분 동안 헤매고 난 뒤 피로가 기승을 부리자, 제니는 몰려드는 취기에 자신을 내맡긴 채 담배밭에 길게 누웠다. 그녀의 눈이 감기면서 별들이 사라졌고, 상상이 지배하는 미지의 영역으로 깊숙이 들어갔다.

그녀에게 나타난 첫 번째 영상은 거울의 영상이었는데, 창문인 듯 과거를 향해 열렸다. 제니는 거기에서, 아직 금발인 자신이 관객 앞에서 한창 마술에 열중해 있는 모습을 보았는데, 아이들과 어른들은 제니가 그들의 귀를 건드린 적이 없는데도 그들의 귀 뒤에서 카드를 줄줄이 끄집어내자 감탄을 금치 못했다. 모든 것이 보다 단순했던 시절. 제니가 마술을 끝내자, 거울이 지붕이 떠나가라 박수를 쳐대는 관중에게 다가가더니,

포동포동한 남편과 함께 앉아서 케이크를 즐기는 젊은 여인에게서 멎었다. 또다시 제니였는데, 이번에는 갈색 머리에 애덜리아의 의상을 입고 있었다. 그렇지만 이 부인은 그 누군가의 흉내를 낸 게 아니라 진짜로 남편과 함께 휴가를 즐기려고 영국에서 온 여행객이었다. 조금 떨어진 곳에 또 다른 제니가 있었는데, 이번에는 검은 베일을 쓴 채 조심스러운 태도로 슬프게 공연을 바라보고 있었다. 헤이즈 바월이었다. 몇 줄 뒤에서, 마술사의 얼굴에 우스꽝스럽게 치장한 매춘부가, 번듯하게 차려입은 남자의 팔을 쓰다듬으며 얼굴이 벌게질 정도의 달콤한 말을 귀에 속삭이면서 꼬시고 있었다. 하퍼 양이었다.

「이 모든 것에서 내 딸이 보이니?」

거울을 들여다보던 제니가 몸을 돌렸다. 뒤에, 마치 흑백 사진에서 나온 것처럼, 피부와 의복이 회색인 어떤 남자가 서 있었다. 그녀는 얼마나 수도 없이 그 남자의 인물 사진에 감탄했던가.

「아빠…….」

남자가 그녀를 지나쳐 앞으로 나가더니 그 이상한 거울 화면을 살펴봤다.

「관객은 공연에 완전히 푹 빠진 표정이네. 솜씨가 아주 대단한 게 대극장에 올려도 되겠어.」

그의 목소리는 어머니가 흉내 내던 바로 그 목소리와 똑같았다.

「전…… 그저 아빠의 발자취만을 따라갔어요.」

그녀의 주위에는 어둠과 거울에서 흘러나오는 빛뿐이었다. 그녀의 아버지가 한 발짝 옆으로 비켜서더니 무대 위의 제니를 가리켰다.

「그래, 저 마술사는 그랬지, 하지만 다른 사람들은 자신만의 힘으로 낸 길을 가는 것 같구나.」

제니가 거울을 향해 몸을 숙이고, 관중이 공연이 끝나서 뿔뿔이 흩어지는 동안 위장한 제니들이 무엇을 하나 지켜보니, 각자 자신의 삶을 다시 시작하려고 여러 명의 제니를 모두 담아 두기에는 너무 작은 거울을 떠나는 중이었다.

「모든 길을 동시에 갈 수는 없소, 마턴 양. 이제는 당신이 어느 편에 설지, 그들 편인지 나의 편인지를 골라야 할 순간이 됐어.」

목소리가 바뀌었는데, 보다 저음이고 보다 친숙했다. 그녀가 몸을 돌려 로버트를 마주했다.

「난 당신과 함께해요…… 약속해요!」

「그런 말은 내게 말고 다른 사람에게 해야 하는데.」

그가 영상을 향해 슬쩍 턱짓을 했는데, 거기에는 이제 마거릿과 케이트가 나왔다. 여름 원피스를 입은 두 여자가 자신들을 따라오라고 거울 너머로 장난스러운 눈길을 던지며 환한 얼굴로 센트럴 파크에서 즐겁게 뛰어다니고 있었다.

「어서 선택해요. 난 이미 했으니까.」

목소리가 한 번 더 바뀌었지만, 누가 말하는지 알아보려고 몸을 돌릴 필요도 없었다. 목소리 주인이 한 발

앞으로 내딛더니, 손에 든 작은 통으로 그녀를 떼밀었다. 윌리엄이 거울에 석유를 흠뻑 뿌리는 중이었다. 제니가 그를 말리려고 했지만, 매듭이 어둠 속 어딘가로 사라져 버린 터라, 줄에 묶인 그녀로서는 어찌해 볼 도리가 없었다.

「깨어날 시간이란다, 얘야.」

카우보이가 가죽신 뒷굽에 성냥을 그어 불을 붙인 뒤, 거울을 향해 던졌다. 성냥이 닿는 순간, 술에 취해 잠들었던 제니는 총소리가 들려 갑자기 잠에서 빠져나왔다.

여전히 머리가 빙빙 돌았다. 얼마나 시간이 흘렀는지 짐작이 가지 않았지만 텁텁한 입 안이 기분 나빴고, 여전히 머리가 깨질 듯이 아팠다. 가장 야릇한 것은 콧구멍을 간지럽히는 그 탄내였다. 다시 총성이 울려와 제니는 완전히 정신을 차렸다. 힘겹게 일어나 소리 나는 방향으로 어기적거리며 걸어갔다. 저 멀리 동이 터오며 지평선을 적갈색 빛으로 물들였다. 제니는 조금 더 가까이 다가갔고, 그제야 그 빛이 태양이 아니라 한창 목재 가옥을 집어삼키는 불길에서 나옴을 깨달았다. 형체들이 움직이는 게 눈에 띄었다. 건물 주위를 신경질적으로 맴도는 말 한 마리와, 그 말을 겨누는 것으로 보이는 무장한 남자 한 명.

제니는 좀 더 쉽게 달릴 수 있도록, 흙으로 뒤덮인 편상화를 벗어 던졌다. 밭두렁에서 벗어나 밭을 가로질러 뛰었고, 그 바람에 짓밟힌 줄기들이 그녀가 지나간 궤적을 남겼다. 제니는 밭 가장자리에 이르러 잎사귀 사이에 몸을 숨겼고, 그 남자가 데이비드 폭스임을 알아봤다. 그가 다시 총을 한 발 쐈는데, 그 반동으로 어깨가 탈구될 것처럼 보였다. 말에 올라타고 몸을 숙인 남자는 연한 색깔의 두 눈만 빼꼼 남기고 얼굴 전체를 스카프로 감싼 모습이었다. 그 남자는 장갑 낀 손으로 작은 주머니에 불을 붙여서, 정확히 깨진 창문을 통해 불덩어리 던지듯 그것을 세차게 던져 넣었다.

「제기랄, 말에서 내리라고, 그 엉덩짝 좀 보게, 얼간이 자식아!」

전직 나무꾼은 분노로 손가락이 떨려서 소총을 다시 장전하는 데 애를 먹었는데, 어느 날엔가 자신이 다급하게 총알을 재야 할 일이 있으리라고는 생각해 본 적이 없을 터였다. 말에 올라탄 남자는 농부 따위에게는 신경도 쓰지 않는 듯했다. 이제 건물 전체를 집어삼킨 불길에 완전히 잡아먹힌 2층이 무너지면서 현관을 뭉개 버렸고, 그 바람에 입구가 막히고 작열하는 불의 열기가 확 뿜어져 나오자, 제니는 생존 본능에 따라 뒤로 물러났다. 다행스럽게도, 선선한 밤공기와 10월이 품고 있는 습기 덕분에 화재가 밭으로 번지지는 않았다.

마술사 제니가 전투에 참가하려고 은신처에서 튀어나오는 순간, 케이트가 어디에선가 불쑥 나타나서 말에 탄 남자가 깜짝 놀라게도 그의 오른쪽 허벅지에 부엌칼을 꽂았다. 케이트가 만족스러운 미소를 지은 반면, 그 미지의 남자가 걸친 바지는 피로 젖어 들었다.

「너 같은 놈이 조만간 코빼기를 내밀리라는 걸 알고 있었지. 그래서 오로지 너를 위해 수풀 속에 칼을 숨겨 뒀어.」

남자는 무심하게 상처를 내려다보더니 상처에서 칼을 뽑아 불길 속으로 던지고는, 케이트의 긴 갈색 머리를 사납게 휘어잡았다. 케이트가 손아귀에서 빠져나오려고 버둥거렸지만, 소용없었다.

「영매라길래 이보다는 미래를 더 잘 예견할 줄 알았지.」

제니가 드디어 데이비드가 있는 곳에 도착하여 장전하는 것을 돕느라 총을 들어 줬다. 노인은 고마움의 눈길을 보냈고, 노리쇠를 뒤로 당겨 장전한 뒤, 방화범을 향해 총을 겨누고 방아쇠를 당겼다. 첫 발이 낯선 남자의 어깨를 스치자 남자의 손아귀가 풀어졌다.

「케이트를 건드리지 마!」 늙은 나무꾼이 소리를 질렀다.

케이트는 비틀거리면서 몇 미터 걸어갔다가 감정의 동요와 알코올의 영향으로 주저앉았다. 그때 말 탄 남자가 돌아보더니 말에 박차를 가하며 데이비드를 향해 말을 몰았다. 데이비드 가까이 다가온 남자가 성한 다리를 내뻗으며 정확한 발길질로 총을 날려 보냈고, 그 통에 총의 주인이 넘어졌다.

사나운 이방인에 맞서는 사람은 이제 제니만 남았다. 그가 제니의 얼굴을 잠깐 날카롭게 응시했다.

「갈색 머리도 잘 어울리는군, 아가씨.」

그는 그 말을 남기고는 모자를 고쳐 쓰더니, 종마를 타고 내달렸다. 데이비드는 총을 다시 찾아 들었지만, 충격을 받은 뒤라 조준이 하도 불안하여, 손님이나 누이를 쏠까 봐 겁이 나서 방아쇠를 당기지 못했다. 어쨌든 방화범은 이미 사라진 뒤였고, 그 뒤에 남은 것은 폐허와 황폐함뿐이었다. 데이비드가 무력하게 대참사를 응시하는 동안, 불길이 그가 그곳에서 쌓아 나갔을 그 모든 추억을 삼켜 버리고 말았다. 화염 덩어리가 두려울 정도의 엄청난 속도로 목재를 집어삼켜서, 그 집에서 남은 거라고는 검게 그을리는 건물의 뼈대뿐이었다.

몰려든 이웃들이 화재를 진압하려고 애를 쓰는 동안, 데이비드는 주저앉은 채로 미동도 없었고 말도 잃은 채였다. 사람들이 건져 낼 수 있는 것을 건져 내려고 분주히 움직였지만, 그는 재로 변한 삶의 끔찍한 광경에만 줄곧 눈길을 주었다. 모든 게 끝이 나자 그가 몸을 일으켰고, 아내의 품에 안겨 늘 스스로에게 금해 왔던 일에 자신을 내맡겼다. 그러니까, 울었다. 마지막으로 눈물을 흘린 뒤 수십 년이 흘렀기 때문에 눈물샘이 말라 버렸을 거라고 여겨 왔지만, 그는 늘 자신을 지지해 준 아내의 연약한 어깨에 머리를 기대고, 아이처럼 제대로 숨도 못 쉴 정도로 꺽꺽거리면서 울기 시작했다. 그랬다. 그날 밤이 데이비드 폭스에게는 힘들었다.

24
『완벽한 요원을 위한 핑커턴 지침서』

앨런 핑커턴

핑커턴과 당신

이 지침서를 쓰면서 핑커턴이 늘 당신 뒤에 든든히 버티고 있다고 수도 없이 되풀이해 말해 왔는데, 회사가 그렇게 단언한다면, 당신 역시 회사를 위해 그만큼 해주기를 기대한다는 사실을 알아 두라. 당신에게 무슨 일이 벌어지더라도, 가장 중요한 것은 그 일이 핑커턴과 절대로, 지금 절대로라고 분명하게 말했는데, 연결되면 안 된다는 것이다. 당신이 그저 호기심 많은 사람으로만 간주된다면, 회사는 늘 당신을 변호할 방법을 찾아낼 것이다. 하지만 당신이 우리 직원으로 밝혀지면, 변호사들의 노력은 모두 수포로 돌아갈 것이다.

회사는 경찰이 포기했든 혹은 흥미롭지 않다고 판단했든 간에 경찰이 맡은 사건들을 다루며, 통상 표적을 상대로 오랜 시간 심리적인 압박을 가해서 문제를 해결해야 한다는 사실을 떠올리기를 바란다. 우리가 하는 일은 정의롭고, 나는 그 점에 대해 의심하지 않는다. 하지만 국가는 우리가 가져다주는 결과는 높이 사지만, 우리가 사용하는 방식은 알지 못한다. 그리고 그 편이 더 낫다.

따라서 우리는 당신의 정체가 무엇인지, 그리고 물론 당신이 어느 조직을 위해서 일을 하는지도 절대로 밝히지 않으리라고 믿는다. 단 한 번의 사고로도 회사는 문을 닫고, 당신은 감옥에 가고, 심지어 당신 목에 밧줄이 감길 수 있다.

(참조. 유익한 예로 부록에 드라이스데일 사건을 소개한다.)

집이 잿더미로 변했기 때문에 레인은 시부모가 살던 옛 농가로 이사 들어가는 것이 최상의 해결책이라고 결정했다. 하이즈빌의 여러 주민이 자기 집에 와서 머물라고 제안했지만, 계속 죽은 듯이 침묵뿐인 남편을 보면서, 가족끼리 있는 게 더 낫겠다고 판단했다. 불이 난 동안 애덜리아의 도움이 눈에 띄지 않을 수가 없었기에, 애덜리아는 폭스 가족에게서 영국으로 돌아갈 수 있을 때까지 자기 가족과 함께 머물라는 권유를 받았다. 그래서 데이비드 부부, 영매, 그리고 마술사가 폭스 가문의 옛 거처로 들어갔다. 기진맥진한 레인과 데이비드는 아직까지 또렷하게 양탄자에 남아 있는 포도주 얼룩도, 벽난로 주위에 흩어진 깨진 유리도 보지 못했는데, 먼지로 뒤덮인 이 장소를 대대적으로 청소하고 첫날 밤을 제대로 보내기 위해서 꼭 필요한 물품들을 구해야 하는 급선무에 더욱 정신이 팔려서였다. 케이트는 자신이 자랐던 다락방 침실에서 제니와 함께 자겠다고 청했다. 레인은 아무런 반대도 하지 않았고, 여전히 아무 말도 하지 않고 깊은 슬픔에 갇혀 있는 남편을 위로하러 갔다.

제니는 이웃이 빌려준 시트와 깃털 이불로 급하게 꾸민 다락방 침실의 침대 속으로 들어가서 죄책감에 갉아먹히고 있었다. 복면을 쓴 방화범의 정체는 의심의 여지 없이 윌리엄 핑커턴이었다. 자신을 〈아가씨〉라고 부르고 불을 다루면서 그렇게나 쾌감을 느낄 만한 사람은 그뿐이었다. 수많은 질문이 그녀를 괴롭혔다. 첫 번째 질문, 〈대체 왜?〉 그 집에 기거하는 그 누구도 다치지 않았고 납치되지도 않았다. 그렇다면, 집에 불을 질러서 무슨 이득을 얻으려고 한 걸까? 두 번째 질문은 훨씬 더 공포스러웠다. 〈그는 어떻게 케이트를 발견했을까?〉 윌리엄이 형 로버트를 위해서 일하는 척하는 이중 첩자의 덕을 봤든가, 혹은 그녀가 두려워하는 가능성인데, 윌리엄이 그녀의 뒤를 쫓게 했든가이다. 만약 그랬다면…….

「그 남자, 아는 남자 맞지?」

마주 놓인 침대에서 케이트가 그녀를 똑바로 바라봤다.

「아니요.」

「거짓말. 그자가 당신에게 말하려고 멈춰 섰을 때 봤어. 이젠 신물이 나, 제니. 말해.」

마술사는 뭐라고 답해야 할지 알 수가 없었다. 현 상

황을 점검해 보고, 잠입 임무 수행 과정에서 어느 모로 보나 또 하나의 실패로 여겨지는 일이 발생한 것에 대해 어떤 전략을 택해야 할지 연구해 볼 시간이 없었더랬다.

딱 소리가 세 차례 작은 다락방 안에 울려 퍼졌다.

「말하라고 했지. 그런 식의 속임수에는 이제 신물이 난 정도가 아냐! 게임은 끝났어.」

제니는 떨면서, 심령들이 벽을 두드리는 것 이상의 일을 할 수 있을지 스스로에게 물었고, 잠시 두려움이 엄습했다.

「알아요, 그래요, 나와 마찬가지로 당신에 대한 진실을 찾는 남자예요.」

「그 남자와 함께 일을 하나?」

제니가 지금까지 한 말만으로도 이미 충분했다. 하지만 그런 일을 함께 겪고 난 지금, 케이트는 자신이 젊은 여성을 괴롭혀서 자백을 받아 내는 모습이 상상이 안 됐다.

「아니요.」

딱 소리가 났다.

「거짓말.」

「당신의 심령이 틀렸어요.」

새로운 딱 소리가 울렸다.

「거짓말!」

영매가 벌떡 일어섰는데, 달빛을 왕관처럼 쓴 음울하고 위협적인 모습이었다.

「우리가 만난 뒤로 진실을 강력하게 요구하던 당신이, 그런 일은 내게 단 하나도 털어놓지 않았어. 이제 다 말하든가 아니면 떠도는 심령들의 분노를 받아 보든가!」

케이트는 정말로 무시무시했는데, 은빛 후광에 싸인 산발인 머리는 제니가 빠져 있는 혼란의 메아리 같았다. 제니는 대답을 내놓기 위해서 자신의 모든 의지를 쥐어짜야만 했다.

「그럴 수 없어요. 그 문제는 나 혼자 해결해야 해요. 앞으로 다시는 그자가 당신에게 해를 끼치게 내버려 두지 않을 거예요. 그게 내가 약속드릴 수 있는 전부예요.」

영매는 시트에서 빠져나와 마술사에게 다가왔고, 단서를 찾아서 강렬한 눈길로 제니의 갈색 두 눈을 탐색했다. 아무것도 잡히지 않았다. 케이트는 지쳐서, 손님의 매트리스 가장자리에 그저 주저앉았다.

「난 더는 약속을 믿지 않아. 내 언니들이 그거 진문이었거든. 〈네게 아무 일도 일어나지 않는다니까, 두고 봐, 그저 공연 몇 개만 해 줘, 내가 말한 대로만 해〉 혹은 〈케이트, 당연히 널 절대 혼자 버려두지 않을 거야〉 등등. 그 모든 약속이 헌신짝이나 마찬가지고, 평생 나 대신 다른 사람들이 내 삶을 관리하게 내버려 둬도 된다고 믿었던 게 어리석은 잘못이었음을 톡톡히 깨달았지. 하지만 이제 그런 실수는 다시는 저지르지 않을 거야. 특히 거짓말쟁이들을 상대하면서는.」

「그래서 내 정체를 까발릴 건가요?」

케이트가 흥분해서 험한 눈길로 제니의 얼굴을 응시했다.

그러더니 제니에게는 영원처럼 길게 느껴진 시간이 흐른 뒤, 영매의 눈빛이 부드러워지면서 찌푸렸던 눈썹도, 굳었던 몸도 긴장이 풀렸고, 영매는 분노를 쫓아내려는 듯이 기계적으로 깃털 이불을 쓰다듬었다.

「아니…… 당신이 총을 들고 데이비드를 돕는 걸 봤어. 그 방화광이 누구이건 간에 내 생각에 그자의 미간에 총알이 박히는 걸 봤더라면 당신은 좋아했겠지. 그리고 데이비드는 내가 알고 있는 걸 알게 된다면 충격이 너무 클 거야.」

「그래서 어쩌려고요?」

케이트는 달을 올려다봤고, 숨을 크게 들이쉬었고, 눈을 내리떴다.

「그래서 아무것도 안 해. 당신을 술술 불게 할 수 없지만, 우리를 보호하고 싶다고 당신이 말할 때 진짜 그렇게 생각한다는 느낌이 들어. 제니, 당신은 풀리지 않는 수수께끼이고, 당신을 어찌해야 좋을지 모르겠군.」

마술사는 잠깐 생각에 잠겼다가, 침대에서 나와 낡은 다락방의 장롱을 뒤졌다.

「뭘 찾는데?」 케이트가 물었다.

제니는 자신이 풀썩인 먼지 때문에 기침을 하면서 장롱 문짝 두 개를 닫았고, 역시 딱한 상태의 서랍장을 향해 다가가서 벌레가 파먹은 나무 서랍들을 하나하나 확인했다.

「카드 한 벌이요. 당신과 당신 언니는 여기서 크지 않았나요? 당연히 카드놀이를 했을 텐데.」

텅텅 비어 있었다. 폭스 가족은 40년 전에 이사할 때, 빠짐없이 다 쓸어 갈 정도로 끝장나게 유능했던가 보다.

케이트가 웃더니, 이번에는 그녀가 일어섰고, 한마디 말도 없이 방에서 나갔다. 제니의 귀에는 계단을 내려가는 그녀의 재빠른 발소리만 들렸다. 문이 삐걱거리는 소리가 들려오자 제니는 열이 확 올랐다. 데이비드와 레인이 자는 침실의 문을 여는 소리일 거라고 생각한 제니는, 영매가 자신을 고발하는 편을 택했다고 결론을 내렸다. 만약 데이비드가 그녀에게 해를 끼칠 수 없는 상태라면 그의 아내가 그 일을 맡아서 확실하게 처리하리라. 그리고 마을 주민들은 화재가 불러일으킨 야단법석으로 보건대, 깊은 잠에 빠지지 못했을 테고, 그런 만큼 농가에서 빠져나가는 데 성공한다 해도 무사히 하이즈빌을 떠날 수 없으리라는 건 의심의 여지가 없었다.

제니는 술에 취해서 돌아가느라, 미처 챙기지 못하고 이곳에 놔두었던 소지품들을 급하게 챙겼다. 손에 가방을 들고 계단에 나다랐을 때, 케이트가 빈정거리는 표정으로 카드를 흔들어 대며 눈앞에 서 있었다.

「내 오빠는 무슨 일이 있어도 주머니에 카드를 넣어 두거든. 잠잘 때만 빼고. 그리고 내가 당신이 그렇게 떠나게 내버려 두리라는 생각은 마.」 그녀가 약아빠진 표정으로 말했다.

다락방으로 돌아오자 영매가 석유 등잔에 불을 붙였는데, 화재 사건 이후에 그녀의 새언니가 이웃들에게서 빌려온 것이었다. 제니가 카드를 살펴보니 뉴욕 컨솔리데이티드 카드 컴퍼니 제품으로, 너무나 오래되어 카드의 숫자도 문자도 이제는 제대로 구별이 되지 않았다. 부부가 카드를 하도 많이 사용해서 대부분의 카드가 딱딱한 겉면과 분리될 지경이었다. 마술사 제니는 그런 건 개의치 않았다. 그녀는 오랜 세월을 살아 낸 물건들에는 나름의 매력이 있다고 생각했고, 이 쉰두 장의 카드는 그 어떤 재난이 닥친다 해도 흔들리지 않을 부부 사이의 의례, 그들만의 카드놀이로 결합된 부부의 역사를 들려주고 있었다.

「마술 좋아해요?」 마술사가 전문가다운 손길로 카드를 섞으면서 물었다.

케이트가 생각에 잠겼다.

「뉴욕에서 나랑 언니들은 마술 공연을 가능한 한 전부 다 보러 갔다는 얘기를 안 할 수가 없네. 여자들이 두 동강이 나는 것도 봤고, 사람들이 허공에 뜨는 것도 봤지. 당신이 그보다 더 잘할 수 있다고 생각하는 건가?」

마술사는 엄지와 중지로 미는 간단한 동작으로 오른손에서 왼손으로 카드를 옮겼는데, 하트, 다이아몬드, 클로버, 그리고 스페이드가 이 손에서 저 손으로 날아다닌다는 느낌이 들었다.

「적어도 해보기는 해야죠.」

케이트가 제니에게 다가가, 제니의 손놀림을 가만히 바라봤다.

「오늘 밤, 내가 정말로 마술을 즐길 기분인지는 잘 모르겠군.」

카드 한 벌이 번개 같은 속도로 이 손에서 저 손으로 건너갔다.

「친애하는 케이트, 자신의 재능을 활용해서 슬픔에 잠긴 사람들을 도와주러 온 여자로서, 당신 말은 놀랍네요. 마술이 흥미로운 지점은 바로 기분을 바꿔 준다는 거죠. 그 기능 자체가 즐거움을 안겨 주고, 모든 것이 가능해지는 세계로 데리고 가는 겁니다. 그저 레퍼토리 하나 할 시간이면 돼요. 내가 당신의 고민거리들을 날려 보낼 수 있게, 기회를 줘봐요.」

영매가 제니에게 호기심 어린 시선을 던졌다.

「자신의 재능에 대해 자신만만하군. 내가 한번 슬쩍 보고 그 속임수를 알아내지 못하는 묘기는 별로 없는데.」

제니가 춤추듯 카드를 놀리다가 중단했다.

「너무 자신만만해서 당신에게 도전할 준비가 되어 있죠. 내기를 하나 합시다. 만약 내가 당신이 근심을 잊고 즐거워지게 하지 못한다면, 그리고 당신이 내가 무슨 기술을 사용했는지 알아낸다면, 그때에는 당신이 알고 싶어 하는 것을 정확히 말해 줄게요. 누가 나를 보낸 건지, 당신 오빠의 집에 불을 지른 그 말 탄 남자는 누구였는지.」

케이트가 잠시 생각했다.

「만약 내가 알아내지 못하면?」

「그러면 마거릿과 당신이 심령에게 말을 하려고 어떻게 한 건지를 밝혀요.」

케이트가 무릎을 꿇고 앉더니 손을 내밀었다.

「좋아, 계약 체결.」

제니는 내민 손을 맞잡긴 했지만, 자신이 방금 한 약속 때문에 살짝 불안해져서 침을 꿀꺽 삼켰다. 어리숙한 표정이어도 케이트는 아마도 금세기 최고의 마술사 중 한 명일 텐데, 거리의 평범한 마술사인 자신이 막 그녀에게 도전장을 내민 것이다. 제니는 맹렬하게 카드를 섞으면서 온갖 마술을 다 봤을 여자를 확실하게 속이려면 무슨 마술을 해야 하나 고민했다. 케이트가 뚫어져라 카드를 바라보며, 아직 시작도 하지 않은 카드 마술에 숨어 있을지도 모를 속임수를 찾는 중이었다. 드디어 제니가 카드 한 벌을 케이트에게 내밀었다.

「자, 시작하기 전에 카드를 섞도록 해요. 내가 미리 카드 한 벌을 맞춰 놨다고 생각하면 안 되니까.」

케이트가 카드를 뒤집어 보고 카드가 뒤죽박죽 섞여 있음을 확인한 뒤, 이미 해진 카드를 조금 더 망가뜨리면서 어설픈 동작으로 카드를 섞었다.

케이트가 다시 제니에게 돌려줬고, 제니는 카드를 뒤집은 채로 부채꼴 모양으로 펼쳐 놓았다. 카드 뒷면은 밤색의 바탕색 여기저기에 장밋빛 난초 문양이 있어서, 전체적으로 먼지로 회색을 띤 마룻장 위로 담쟁이덩굴이 뻗어 나가려는 모습이었다.

「좋아요, 이제 아무 카드나 한 장 골라요. 물론 내게 보여 주면 안 됩니다.」

케이트가 왼쪽 끝에서 카드를 한 장 뽑더니 급하게 가슴팍에 붙이고 슬쩍 카드를 보았다. 클로버 9였다.

「됐어요?」 마술사가 물었다.

케이트가 여전히 조심스럽게 카드를 가슴에 누른 채, 끄덕였다. 제니가 펼쳤던 카드 부채를 다시 접었다.

「좋아요, 이제 천천히 카드를 섞을 테니까, 원할 때 중단시키고 당신의 카드를 끼워 넣어요. 물론 뒷면이 보이게.」

제니가 손가락으로 옆으로 미니 카드가 넘어가면서 〈차락 차락 차락〉 약한 소리를 냈다.

「그만.」

마술사가 엄지를 움직이기를 그치고 카드를 둘로 나눈 뒤 케이트에게 그녀의 검은색 9를 올려놓게 했다.

「좋아요. 이 마술 묘기의 목적은 이 카드 한 벌이 혼자서 당신의 카드를 찾아내게 하는 거예요. 하지만 카드 역시 도전을 좋아하니, 당신이 카드를 넣어 뒀던 그 장소에 카드가 그냥 있게 두지는 말아야죠. 제대로 카드를 섞을 겁니다.」

제니가 윗부분을 덜어 낸 다음 다시 둘로 나누고 그것들을 맨 밑으로 보낸 뒤 미국식으로 카드를 섞기 시작했다. 제니는 카드를 이등분한 뒤 양쪽의 카드가 번 같아 놓이게 카드를 섞고서, 카드 전체를 가지런히 정돈하려고 튀어나온 카드들을 양쪽 손가락이 맞닿게 탁탁 쳐서 집어넣었다.

「난 그런 방식으로 섞는 게 좋아.」 케이트가 엄청난 속도로 카드를 섞는 모습을 보고 말했다. 마술사가 재미있다는 표정으로 케이트를 바라봤다.

「그럼, 다시 하죠. 하지만 조금 다르게, 이번에는.」

제니는 카드를 2등분 한 뒤 아래에 있던 카드들을 앞면이 보이게 엎어 놓았다. 맨 위의 카드는 다이아몬드 잭이었다.

「이제 아까와 똑같은 방식으로 다시 섞죠.」

케이트는 제니가 왼쪽과 오른쪽의 카드가 서로 뚫고 들어가는 것처럼 보이게 카드들을 섞는 모습을 보았다. 그러더니 제니는 카드를 가지런히 정리하고, 모아서 한 손에 들었다.

「이 정도면, 정말 제대로 잘 섞는다고 말할 만하죠?」

케이트가 끄덕였다. 제니가 처음에는 카드를 위로 뗐다. 앞면이 나와 있는 카드가 보였는데, 스페이드 3이었다.

「내 생각에는 카드가 마구 뒤섞였어요. 카드들 방향이 뒤죽박죽이잖아요.」

두 번째로는 제니가 카드를 아래로 뗐고, 이번에는 카드의 뒷면이 보였다.

「내 고른 카드를…… 찾아내겠다고 한 게 아닌가, 어떻게 할 건데?」

「내가 당신 카드를 다시 찾아낸다고 누가 그래요?」

제니가 마지막으로 카드를 뗐다. 마술사가 쥐고 있는 두 무더기의 카드들은 둘 다 뒷면을 보여 주었다.

「미리 말했듯이, 당신의 카드를 찾아내는 건 내가 아니라 카드 자체예요. 그러니까 심령과 마찬가지랍니다. 카드에게 말을 할 줄만 알면 돼요.」

제니가 손가락을 부딪쳐 딱 소리를 냈다.

「자, 됐어요. 당신 카드를 찾았대요.」

케이트가 어안이 벙벙해서 제니를 바라봤다.

「잠깐. 지금 내 카드가 맨 위에 있다고 말하는 중이야?」

「직접 확인해 봐요.」

폭스가의 막내가 미심쩍어하면서 맨 위의 카드를 뒤집었다. 스페이드 에이스였다. 케이트는 드디어 자신을 헷갈리게 하는 데 성공한 마술을 발견하나 보다 생각하던 차라, 일말의 실망감을 드러내면서도, 마술사에게 의기양양하게 카드를 내보였다.

「내 카드가 아닌데.」

「흠.」 제니가 차분하게 이야기했다. 「사실, 또 말하지만, 이번 마술에서, 난 카드를 믿어요. 개인적으로 난 당신 카드가 뭔지 전혀 몰라요. 그러니 카드에게 예의 바르게 물어보는 게 낫지 않을까요?」

「말도 안 되는 소릴 하네. 그게 무슨 말을 한다고, 카드잖아.」

「죽은 이들도 그렇죠, 내가 아는 한은.」

케이트가 입을 다물었다.

「나의 친애하는 카드들이여, 내게 케이트의 카드가 어떤 것인지 알려 주는 호의를 베푸시겠어요?」

제니가 카드를 향해 귀를 기울이더니 도리질을 했다.

「카드가 좋다고, 그런데 엉터리로 뽑았다고 얘기하는군요. 내가 해봐도 될까요?」 제니가 카드 무더기를 가리키며 말했다.

상대방이 동의했다. 마술사는 다시 한번 카드를 부채꼴 모양으로 펼쳤고, 이번에는 모든 카드가 뒷면이 나왔는데, 하나만 예외였다.

「내 클로버 9!」

어리둥절해진 관객은 자신의 카드를 집어 들고는 요리조리 살펴보았다. 의심의 여지 없이 자신이 좀 전에 뽑았던 바로 그 카드였다.

「그런데 어떻게…… 대체 어떻게?」 거의 어린아이다운 순진함을 보이며 케이트가 놀라움을 드러냈다.

「마술사는 절대로 자신의 비법을 공개하지 않는 법…… 물론, 내기에 진 게 아니라면요.」

영매의 미소가 사라졌다. 케이트는 자신을 속였다고 반박할 수 없었다. 그녀는 머릿속으로 전 과정에서 보여 준 동작들과 각 단계들을 되새겨 보았지만, 인정하지 않을 수 없는 진실은 단 하나, 자기 자신이 아무것도 눈치채지 못했다는 거였다. 케이트는 카드를 가슴에 댄 채 침대로 털썩 쓰러졌다.

「심령에 관한 진실 말이지? 그게 내기였지.」

제니가 고개를 끄덕였지만 케이트는 이미 제니를 보고 있지 않았다.

「그 일이 어떻게 시작되었는지는 이미 설명했지. 아이 둘이서 어머니에게 단순한 장난을 쳤던 건데, 그 장난이 매기와 내가 상상조차 못 해봤던 방향으로 변질되고 말았어. 마을 사람 전체가 거실에 모였어. 밭을 갈거나 암소 젖을 짜거나 가축에게 사료를 주느라 온통 하루를 보내는 사람들이 녹초가 됐음에도 그저 다른 세계에서 들려오는 목소리를 듣겠다는 희망으로 한밤중에 집 밖으로 나오는 일을 서슴지 않았지.」

「그 행상인의 목소리요?」

「찰스 B. 로마. 그리고 내가 목소리라고 하긴 하는데, 그게 아니야. 그저 사후 세계의 신호였던 거지…….」

「그래서요? 그 신호는 어디서 왔는데요?」

제니는 초조함이 차오름을 느꼈다. 마술 묘기를 성공시켰고, 이제 드디어 폭스 자매의 비밀을 알게 될 참이었다. 목표에 근접했다는 생각에 흥분되었다.

「내 대답이 마음에 들지 않겠지만…….」

케이트가 드디어 제니를 올려다봤다.

「않겠지만……?」

영매가 숨을 크게 들이쉬었다.

「그 신호를 심령이 직접 내게 귀띔해 줬다고 말한다면, 날 믿어 줄 텐가? 미친 소리로 들리고 당신이 듣고 싶어 하는 것과 정반대라는 건 알아, 하지만…….」

그 말들이 케이트의 입에서 힘겹게 나오고 있었지만, 제니는 중단시킬 엄두가 나지 않았다.

「하지만…… 마거릿은 어떤지 모르겠지만 그 순간…… 난 뭔가를 느꼈어. 마치…… 마치 우리 집 지하실에서부터 나오는 어떤 영기를. 거기서 뼛조각 몇 개가 발견되었을 뿐이지만, 난 더 있을 거라고 믿어. 그리고 찰스는 사람들이 자신의 억울함을 풀어 주고, 자신이 존재했으며 이곳에서 죽음을 맞이했음을 알아주기를 원했다고도. 그 사람은…… 그러니까 그 목적을 달성하기 위한 가장 좋은 방법이 놀이에 여념이 없는 두 아이를 메신저로 사용하는 거라고 여긴 거야.」

긴 침묵이 자리 잡았다. 제니는 어떻게 생각을 해야 할지 알 수 없었다. 느리게 동이 터왔고, 새벽이슬은 지붕의 빛들이창에 가느다란 물방울의 베일을 그렸다.

「그 심령이 몰랐던 것, 그건 그가 우리, 언니와 나에게 형벌을 내렸다는 거야. 우리는 그런 삶을 가져서는 안 되는 거였어. 너무 일렀지. 뉴욕도, 유명세도, 돈도, 알코올도……. 그것들은 영혼을 잡아먹어. 사람을 산 채로 먹어 치우고, 그러고 나면 그게 남겨 놓는 건…… 그건…… 그래, 텅 빈 껍데기지.」

외부의 습기가 유리창을 뚫고 들어와서 케이트 폭스의 뺨을 따라 흘러내리는 것 같았다. 케이트는 고통스럽게 찡그리며 흐느낌을 억눌렀다.

「난 죽고 나서 다른 세계로 가지도 못하고 영매들에

게 말을 걸 수도 없으리라는 걸 알아. 그래, 내가 죽으면 나는 그저 벌레에게 파먹히기 꼭 좋을걸. 그 벌레들도 술에 절은 내 장기는 건드리려고 하지도 않겠지만.」

그 뒤로 케이트는 뜨거운 눈물을 쏟았고, 더는 한마디 말도 하지 못했다. 제니는 그녀에게 조금 더 물어볼까 망설이다가, 이렇게 혼란스러운 밤에 그녀에게서 다른 무언가를 얻어 낼 수 있겠는가라는 의심이 들자 마음을 고쳐먹었다.

너무나도 피곤이 생생하게 느껴졌지만 잠은 쉬이 오지 않았다. 마술사 제니는 머릿속에서 사건을 돌려 보면서, 자신의 마음속 깊은 곳에서 솟아난 작은 목소리를 듣지 않을 수 없었다. 그 목소리는 혹시 자기 아버지도 찰스처럼 영매에게 접근했던 사람들 축에 끼는 건 아닌지, 혹은 아버지 자신도 텅 빈 껍데기 축에 끼는 건 아닌지를 근심스럽게 묻고 있었다.

25
『마술의 길』
구스타브 마턴

미리 알려 두고 싶은데, 이 장에서는 카드 마술 하나를 소개하려고 한다. 이 야심적인 마술을 정복하고 싶은 사람은 능숙한 손 기술을, 따라서 연습 및 정확성을 요구받는다. 그 점을 고려하여, 당신이 나의 설명을 읽으면서 분명한 이미지를 떠올릴 수 있도록 세세하게 단계별로 묘사하려고 애쓸 작정이라, 이번 장은 평소와 달리 제법 길어질 것이다.

이 작업은 헛되지 않으리라는 것을 명심하라. 만약 당신이 이 마술을 훌륭하게 해 보인다면, 감동한 관객은 당신을 그저 찬탄의 시선으로 바라볼 테니까. 바로 그런 이유로, 이 마술은 〈트라이엄프〉라고 명명된다.

이 마술을 위한 준비물은 다음과 같다.

– 평범한 카드 한 벌(빠진 패가 하나도 없는 완벽한 한 벌이면 더 좋지만, 패가 모자라도 괜찮다).

– 관객 한 명(더 많은 관객이어도 망설일 것 없다. 손 기술은 절대 눈에 띄지 않기 때문에 관객이 뭔가를 보게 될 위험은 전혀

없다).

— 능숙하고 훈련된 두 손.

— 카드를 내려놓을 수 있는 도구(명백히 테이블이 빠질 수는 없다).

— 며칠간의 집중적인 연습.

• 마술: 관객에게 당신 소유의 카드 한 벌이 더할 나위 없이 평범한 것임을 보여 주고 난 뒤, 그 어떤 속임수도 미리 마련되어 있지 않다는 확신을 관객의 마음에 심어 주기 위하여, 그에게 카드를 섞으라고(관객에게 그럴 마음이 있다면 카드를 샅샅이 조사하라고까지) 제안하라.

카드를 돌려받아라. 아무 카드나 한 장 뽑으라고 하라(부채꼴 모양으로 카드를 펼치는 방식이 어떨까 싶다). 당신의 관객에게 자신이 무슨 카드를 뽑았는지 보고 기억해 두라고 말하라.

그다음, 자신이 원하는 곳에 카드를 끼워 넣게 하라(이른바 〈아무 때나 네가 원할 때 중지시켜〉, 이 방식을 권유하는데, 이는 카드를 차르륵 넘기다가 관객이 〈그만〉이라고 말하면 그 지점에서 이미 넘긴 카드와 아직 넘기지 않은 카드로 나누는 방식이다).

카드를 반쯤 떼어 내어, 미국식으로 카드를 섞는다(미국식이 무엇인지 모른다면 마술 설명의 세 번째 단계를 참조할 것). 카드를 둘로 나누고, 한쪽의 카드들을 앞면이 보이게 뒤집은 뒤 마찬가지 방식으로 전체를 다시 섞어서 더욱 뒤죽박죽 섞이게 하라.

끝으로, 카드를 세 차례 떼어서 보여 주며, 카드들이 잘 섞였음을 확인시켜 주라.

손가락을 탁 튕기든 아브라카다브라를 외치든 간에, 카드 한 벌이 저절로 정돈되었음을 알리라.

카드를 짝 펼치고 앞면이 보이는 카드는 하나밖에 없으며 나머지 다른 카드들은 뒷면이 보인다는 사실을 강조하라. 그게 바로 관객이 골랐던 카드다.

• 기술: 이 마술에는 앞으로 내가 묘사하려고 하는 여러 가지 단계가 필요하다. 망설이지 말고, 단계별로 따로따로 천천히 연습하라. 자신감이 충분히 붙으면, 거울 앞에서 혹은 마술사 친구 — 혹시 있다면 — 앞에서 실습을 하라.

• 1단계: 관객이 카드들 사이 어디에 자신의 카드를 끼워 넣었는지를 특정하는 데 있다……. 물론 관객이 알지 못하게.

사실상 마술은 관객이 자신의 카드를 다른 카드들 사이에 끼워 넣는 순간부터 시작된다. 그 순간, 당신이 약지를 이용해 그 장소를 표해 놓는 것이 중요하다. 그러기 위해서는 카드를 떼고 (카드를 들고 있지 않은 손으로), 관객이 거기에 자신의 카드를 가져다 놓게 내버려 둔 뒤 카드를 쥐고 있는 손의 약지를 그 카드의 옆면에 갖다 놓아야 한다. 그러고서 다시 카드를 합칠 때 문제의 카드가 나머지 카드들과 살짝 어긋나게(맨눈에 잘 보이지는 않겠지만 당신은 그 차이를 느낄 수 있어야 한다) 약지를 사용해서 문제의 카드를 민다.

약지의 이점은 그 조작이 전적으로 당신을 향한 카드 면에서 일어나게 해주기 때문에, 가장 주의 깊은 관객일지라도 아무것도 볼 수가 없다는 것이다.

다음 단계로 넘어가기 전에 이 첫 단계를 연습하고 또 하기를 망설이지 마라.

• 2단계: 이제 관객의 카드를 맨 위로 올리는 작업이다. 이보다 더 쉬운 일은 없다. 카드를 떼라(세 더미로 나누기를 제안하지만, 당신 마음에 드는 숫자를 선택해도 무방하다). 단지 한 번은 반드시 관객의 카드가 있는 (1단계에서 당신이 표시해 뒀던) 그 지점에서 카드를 떼야 한다. 이제 남은 일은 관객의 카드가 있는 더미를 위로 가게, 나머지 두 더미를 그 밑에 가게 하는 일이다.

이 단계는 간단하지만, 다음 단계로 넘어가기 전에 완전히 능숙하게 할 수 있다는 확신이 들어야 한다.

• 3단계: 이번에는 〈통제〉하면서 미국식으로 카드를 섞는 일이다. 이 섞기 방식은 카드 숫자가 얼추 비슷한 정도의 두 더미로 나눈 뒤, 엄지 두 개를 활용하여 양쪽 카드가 서로 고루 섞이도록 빠르게 카드를 훑는다.

이 방식의 세부적인 기술로 들어가 보자.

i. 일단 카드를 두 더미로 나누고 나면, 양손에 각각 한 더미씩 들어라. 두 더미 모두 동일한 방식으로 잡아야 한다. 쥐고 있는 카드의 윗면에 엄지를 놓고 맞은편의 아랫면은 중지, 약지, 소지로 잡는다. 검지는 카드의 등 쪽에 놓고 살짝 힘을 줘야 한다.

ii. 더미가 살짝 휘게 하라. 양손의 엄지와 검지를 사용하여 양쪽 더미가 조금 휘게 하면 검지가 놓여 있는 카드 중심이 살짝 안으로 들어간다.

ⅲ. 카드를 한 장씩 넘기라. 양손에 든 더미의 윗면을 서로 가까워지게 가져간 뒤, 중앙에 놓인 검지의 압력은 유지하면서 카드의 윗부분을 뒤로 살짝 젖힌 채 카드가 한 장 한 장 떨어지게 엄지를 밑에서부터 위를 향해 천천히 올리라. 그러면 두 더미의 가장자리들이 자연스럽게 서로 섞인다.

ⅳ. 끝으로 카드 전체가 위가 불룩해지게 양손을 모으라(카드가 섞인 상태로 유지되도록 카드 위에 놓인 엄지가 떨어지지 않게 계속 신경을 쓰라). 아래쪽 손가락 세 개의 힘을 늦추면서 양 옆면을 밀어 넣어 카드를 정돈한다.

미국식으로 카드를 섞으면 문제의 카드가 맨 위로 오게 된다. 그 작업을 위해서는 당신의 관심사인 관객의 카드가 맨 위에 있는 더미를 쥔 손이, 카드를 한 장씩 놓을 때 마지막으로 카드를 놓아야 한다.

다시 말해 보자. 훈련이 이 손 기술의 열쇠이며, 이 기술이 살짝 어려울 수도 있겠지만 마술 묘기 이외에서도 보고 있는 사람에게 강렬한 인상을 주기 마련이다. 언젠가 포커 게임에서 속임수를 쓸 생각이 있다면, 소위 미국식이라는 이러한 카드 섞기 방식이 놀라울 정도로 유용하고 효과적임을 알아 두라.

• 4단계: 카드는 이제 〈섞인〉 상태다. 카드가 완전하게 섞였음을 확신할 수 있도록, 보다 철저하게 한 번 더 카드를 섞을 것임을 관객에게 알리라. 한 번 더 카드를 둘로 나누고, 아래쪽 더미(관객의 카드가 없는 쪽 더미)를 쥐고 뒤집어서 한쪽 더미는 앞

면이, 다른 한쪽 더미는 뒷면이 나오게 하라.

이제 미국식 카드 섞기를 다시 하겠다고 말하라. 그런데 실제로는 하지 않는다. 두 더미를 서로 섞는 대신, 관객의 카드를 맨 위에 둔 채로 두 더미를 단순하게 겹치는 것이 목표다. 그러기 위해서는, 손 기술 과정의 첫 단계를 되풀이하되, ii단계와 iii단계에서 명시한 것과는 달리, 카드가 휘지 않게 주의해야 한다. iii단계의 초입에서 두 더미의 가장자리를 가까이 붙이되 서로 나란히 있게만 하라. 그러고서 엄지로 카드를 훑는다. 그러면 카드는 서로 섞이지 않으리라.

iv단계 대신, 오른손 검지로 앞면이 보이는 카드 더미 쪽으로 관객의 카드(계속 뒷면이 보이는 상태)를 민다. 이 작업이 다음 단계의 손 기술을 가려 준다. 물론 두 가지 동작을 동시에 한다는 조건으로!

왼손으로는 앞면이 보이는 카드 더미가 뒷면이 보이는 카드 더미와 관객의 카드 사이로 들어가게 하는데, 오른손 검지로는 계속 관객의 카드를 밀어야 한다.

이 작업을 빠르게 수행하면, 실제로 카드를 섞지 않는데도 전체적으로는 다시 한번 미국식으로 카드를 섞는 것처럼 보인다. 그런데 처음에 미국식으로 제대로 카드를 섞는 것을 이미 본 관객은 똑같은 작업을 다시 본다고 생각하여 주의력이 느슨해진다.

- 5단계: 이제 카드는 다음과 같이 정렬되어 있다.
  - 맨 위에 뒷면이 보이는 상태인 관객의 카드
  - 바로 밑에 앞면이 보이는 상태의 카드 더미
  - 또 그 밑에 뒷면이 보이는 상태의 카드 더미

이해했겠지만, 이 마지막 단계의 목표는 앞면이 보이는 상태의 더미를 뒷면이 보이는 상태의 더미로 바꾸고, 관객의 카드는 앞면이 보이는 상태로 바꾸는 것이다.

가장 먼저 해야 할 일은 카드가 뒤죽박죽 섞여 있음을 관객에게 확인시키는 것이다. 그러자면, 윗부분에서(앞면이 보이는 상태의 더미) 카드를 한 차례 떼어 보여 주고, 아랫부분에서(뒷면이 보이는 상태의 카드 더미) 한 차례 떼어 보여 준다. 두 차례 떼어서 보여 준 카드들은 서로 다른 방향이 나올 터이니, 관객은 자신이 보았다고 생각하는 것(두 번째 카드 섞기)이 사실이라고 확신하게 된다.

당연하게도 미국식으로 카드를 섞으면서 카드를 살짝 휘게 했기 때문에, 두 더미가 어디에서 나뉘는지 그 지점이 느껴진다. 세 번째로 카드를 떼어야 하는 지점이 바로 그곳인데, 앞에서 관객에게 보여 주기 위해 했던 두 차례의 카드 떼기의 연속인 듯이 정당화해야 한다(제대로 된 지점을 택했는지를 확인하기 위해서 카드를 떼어서 보여 주는 카드들이 둘 다 뒷면인지를 확인하고 실수가 있다면 카드 떼기를 다시 하라).

손 기술은 이제 당신이 뒤집어 놓을 위쪽 더미에서 일어날 텐데, 조금 전에 맨 위에 뒷면이 보이는 상태로 있던 관객의 카드를 아래쪽의 앞면이 보이는 상태로 바꿔야 한다. 당신 손에 들린 상태에서 더미의 방향을 살짝 바꾸기만 하면 된다(훈련하라. 그러다 보면 그 일이 얼마나 쉬운지를 알게 될 거다. 만약 쉽지 않다면 손으로 더미의 방향을 바꿀 수 있다).

떼었던 카드를 다시 합치면서 그 더미를 다른 더미 밑에 놓으면 관객의 카드는 유일하게 앞면이 보이는 상태로, 자신의 모습을 드러낼 준비가 된 채, 쉰두 장의 카드들 한가운데에 있게 될 것이다.

이 단계들을 능숙하게 수행한다면, 이제 당신은 클라이맥스로 진입할 준비가 완벽하게 되었다. 자신의 카드가 어떻게 그곳에 갔는지 계속 궁금해할 관객에게 그의 카드를 보여 주라.

이 눈속임을 정말로 자신만의 그 무언가로 만들기 위해서는 어서 당신의 무대를 연출하는 훈련에 매진하라.

화재가 발생한 뒤의 며칠은 평온했다. 샌더스 부인이라는 어떤 여자가 〈데이비드와 레인〉 사건(〈폭스〉 사건이라는 명칭은 이미 40년 전부터 마을의 연보에 올라갔다)을 위한 긴급 위원회를 소집했고, 부부가 한 푼 쓸 필요도 없이 농장은 다시 활기를 찾았다. 온 마을이 나서서 도와줬다. 자신들이 속한 공동체만 돕는다는 평을 듣던 이민자들은 이번에 하이즈빌의 일원으로서 자신들의 가치를 입증할 기회가 왔다고 생각했다. 집은 밀라노, 베를린, 부다페스트에서 곧바로 날아온 물품들로 장식되어 화려하고 다채로운 색조를 띠게 된 덕에, 그 집을 방문한 사람들은 기분 좋은 색다른 느낌을 받았다.

하지만 부부에게는 그곳이 편하게 느껴지지 않았는데, 〈자신들의 집〉에 있던 것들이 더는 없었기에 그 장소가 〈자신들의 집〉이 아님을 당연히 알았다. 그 새로운 집에 있는 그 무엇도 진정 자신들의 것은 아니었는데, 이제 그것들만이 그들에게 남은 모든 것이었다.

데이비드는 분노를 쏟아 내기 위해서 온종일 총 쏘는 연습을 하며 지냈다. 표적을 다시는 결코 놓치지 않겠다고 맹세하면서, 깡통을 차례차례 날려 버렸다. 귀청이 떨어져 나갈 듯한 고물 총의 소음이 그의 머릿속을 오가는 시끄러운 생각들을 잠재워 줬다. 그가 술의 유혹에 지지 않고 버텼다면, 케이트의 무시무시한 알코올 의존증에 대한 기억 덕분이었고, 아내에게 그런 꼴을 겪게 하는 건 스스로 용납할 수 없었다.

반면에 그의 누이동생은 다시 술을 마셔 댔고, 누구도 감히 막지 못했다. 그녀의 오빠와 새언니가 할 수 있었던 전부라고는 협상하는 거였다. 이 슬픔의 기간 동안에만 하루에 한 병, 그 이상은 불가.

제니는 자신이 폭스가에 머무를 수 있는 시간이 시시각각 줄어듦을 알고 있었다. 사실상 누구도 그녀에게 신경을 쓰지 않았지만, 주인 부부가 앞으로 언제라도 그녀에게 난처한 질문을 하거나 그날 치 술을 다 마시고 난 케이트가 내뱉는 험한 말을 들을 위험이 있었다. 게다가 비록 영매가 화재가 발생한 이래로 거의 말을 하지 않고 있긴 하지만, 한때 성공적인 듯했던 표적과 가까워지는 작업이 이제는 수포로 돌아간 듯 보였다. 실제로 케이트는 자신이 오빠가 겪는 고통의 심층적 원인이었기에 온종일 시름시름 기운을 잃었고, 죄책감을 잊으려고 예전의 악몽들이 되살아날 정도로 알코올에 빠져 지냈다.

그래서 마술사 제니는 지하실을 조사하는 일에 시간을 쏟았다. 그곳에서 말없이 오후 시간을 보내면서, 케이트가 느꼈던 것을 자신도 느껴 보려고 애를 썼다. 하지만 아무것도 발견되지 않았고, 오로지 40년 전에 마을 사람들이 팠던 커다란 구덩이만 보였다.

화재가 발생하고 나서 며칠이 흐른 뒤인 어느 날, 레인이 식사 시간 직전인 정오에, 그 집에 거주하는 세 명을 모두 식당으로 불러 모아 뉴욕에서 도착한 편지 한 통을 읽어 줬다. 그녀가 초조하게 기다려 왔던 서한이었다.

친애하는 데이비드와 레인,

보내온 편지에 연민이 가득한 마음으로 답장을 씁니다. 그곳에서 발생한 일은 정말로 끔찍해서, 그렇게 아름다운 집을 파괴한 건달이 교수형을 당하는 장면을 직접 볼 수 있기를 바라요. 46년도 겨울에 우리 가족이 다 함께 그곳에서 보냈던 훈훈했던 오후 나절들이 여전히 이리도 생생한데.

데이비드의 제안에 대해서는, 나 역시 가능한 한 빨리 뉴욕으로 이주하는 게 현명하리라고 생각합니다. 그곳에서 아무것도 부족하지 않도록 내가 직접 나서서 챙기려고요. 심령주의 운동의 회원들이 확실하게 보호해 줄 테니, 두려워할 일은 전혀 없을 거예요.

여러분이 돌아오기를 애타게 기다립니다.

리아 폭스

부부는 비극적 사건이 발생한 뒤 처음으로 미소를 띤 반면, 케이트, 그녀는 창백해졌다.

「애덜리아, 런던에 돌아가는 일은 혼자서 해낼 수 있겠죠?」 레인이 물었다.

「아니.」

대답은 제니가 아니라, 두 눈이 사나운 기운으로 번쩍이는 영매에게서 나왔다.

「나한테 이럴 수는 없지. 뉴욕이라니, 말도 안 돼.」

데이비드가 누이의 손을 다정하게 잡으려고 했지만, 그 익숙한 접촉으로 데이기라도 할 것처럼 누이가 즉각 손을 뺐다.

「넌 여기 남는 게 더 좋겠니, 이 모든…….」

그가 관절염에 걸린 손가락으로 지하실을 가리켰다.

「그곳에서도 늘 돌봐 줄 거야.」 레인이 끼어들었다. 「다시 알코올에 빠지지 않게 보살펴 줄 테고.」

시누이가 차가운 분노에 사로잡혀서 벌떡 일어섰다.

「내가 왜 술을 마시기 시작했는지 적어도 알기는 해요? 대체 뭣 때문에 내가 아무것도 맘대로 할 수 없는 이 외진 곳에 처박히기로 했다고 생각해요? 응? 두 사람, 그 여자가 내게 뭘 요구하는지 아무 생각 없죠? 그게 아니면 개의치 않는 걸 테고. 솔직히 대답을 알고 싶은 건 아니야.」

그 말을 하자마자 케이트는 부부에게 답할 기회조차 주지 않고, 2층으로 뛰어 올라가 처박혀 버렸다.

레인이 남편을 향해 몸을 돌렸다.

「이해해 줄 거야, 응? 리아를 못 본 지 오래이긴 하지만…… 케이트가 주장하듯이 그렇게 끔찍하기야 하겠어, 안 그래요? 어쨌든…….」

데이비드가 그녀에게 돌려준 답변은 말 없는 미소가 전부였고, 그러더니 중얼거렸다.

「여기서 떠난다는 것…… 중요한 건 그게 전부지.」

제니는 심령과 소통한다는 평판이 자자한 가족들 틈에 끼어서 한 식탁에 자리한 유령인 셈이었고, 폭스 가족이 인생의 새로운 단계로, 애덜리아를 위한 자리는 없는 새로운 장으로 뛰어드는 장면을 목도했다. 데이비드와 레인 부부의 집에 침투하는 임무는 끝이 났고, 요원 제니는 자신이 얻어 낸 답이 고용주의 마음에 들지 않으리라는 것을 당연히 알고 있었다.

26
『완벽한 요원을 위한 핑커턴 지침서』

앨런 핑커턴

갑작스러운 공포에 휘둘리지 마라

위장 신분 유지는 외줄타기 곡예와 같아서, 균형을 잃은 느낌이 드는 순간이 수없이 많으리라. 표적의 지친이 부르는데 돌아보지 않는다든가, 당신이 성장한 곳에 대해 시시콜콜한 사항을 들려 달라는 요청을 받았는데 당신은 전혀 알지 못한다든가, 당신을 전혀 신뢰하지 않는 누군가를 맞상대하게 된다든가…… 임무 수행 중에 아찔한 상황은 차고 넘친다. 당신의 위장은 당신의 생활이긴 하지만, 당신은 그 이상임을, 즉 재능을 인정받아 선택된 핑커턴의 요원임을 절대로 잊지 마라. 자신을 결코 과소평가하지 마라.

또한 책임지나 다른 동료들과 연락할 수 없는 상황에서 혼자라고 느끼는 순간들이 있을 것이다. 어떤 요원들은 자신의 역할에 너무나 녹아들어서 가짜 신분이 확인해 주듯이 자신들이 진짜로 그런 신분으로 태어났

다고 단언할 정도가 되는데, 임무에 너무나 푹 빠져서 자신들의 진짜 신분을 잊어버리게까지 된다.

이렇게 복잡하고 위험한 이 시기에는 다시 중심을 잡을 줄 알아야 한다. 당신이 왜 거기 있는지, 당신이 누구인지, 그때까지 당신이 무엇을 완수했고, 당신의 표적은 무엇을 했다고 의심되는지를 떠올려 보아야 한다.

그러자면 당신의 상관이 당신을 교육할 때 사용했던 단순하지만 가장 중요한 방식의 도움을 받아라. 조금이라도 의심에 시달린다면, 망설이지 말고 다시 그에게로 돌아가라.

그런데 특히, 특히, 당신이 어느 순간 자신의 능력에 대한 자신감을 잃는다고 해도, 회사는 당신에 대한 신뢰를 잃지 않는다는 사실을 알아 두라. 우리는 우리의 조직원을 절대로 포기하지 않았고 결코 포기하지 않을 것이며, 우리는 필요하다면 지옥의 밑바닥에서부터라도 당신을 구해 내기 위해 달려갈 것이다.

바로 이것이 핑커턴이 보증하는 것이다.

로버트 핑커턴은 평소처럼 작은 방에서 계속 왔다 갔다 하고, 제니는 흔들거리는 의자에 앉아서 화재 사건에서부터 폭스 일가가 뉴욕으로 떠난 일까지, 그동안 벌어진 일들을 자세하게 보고하는 중이었다. 그는 두 눈으로 바닥을 응시하며 그녀가 하는 말을 주의 깊게 듣는 동시에, 가장 중요한 사항부터 가장 하찮은 사항에 이르기까지 모든 사항을 기억 속에 새겨 넣으며 고개를 끄덕거렸다. 그는 마술사 제니와 어울리게 된 뒤로, 실수는 배경의 이면을 들여다보는 대신 오로지 요란스럽고 반짝이는 것에만 주의를 기울였던 것임을 깨달았더랬다. 이 길로 들어선 지 20년이 흘렀음에도, 탐정은 이 직업에서는 배움의 과정이 절대로 끝나지 않음을 알았다. 아버지가 그에게 많은 것을 가르쳤지만, 그 뒤로도 그가 자신의 길을 가면서 만났던 사람들 모두가 저마다 가르침을 주었음을, 세계를 이해하는 데 필요하나 그때까지는 몰랐던 새로운 요소를 제공했음을 탐정 회사를 운영하면서 알게 되었다. 오늘, 그는 끊임없이 오가는 발걸음으로 마룻장에 윤을 내면서, 제니가 그에게 넘겨주는 요소를 자기 것으로 만들려고 했다.

이제 그는 폭스 자매의 비밀은 마술사 제니의 혹은 이 사건에 투입된 다른 요원의 놀라운 재능 한 방으로 밝혀질 리 없음을 깨달았다. 결과적으로 술책을 쓴 건 적절했다. 그런데 살인이 저질러지고 나서 며칠이 흐른 뒤 살인자의 자백을 받아 내는 그런 일이 아니었다. 그런 건 이번 조사에 비하면 어린애 장난으로 보였다. 이번에는, 맞서는 게 옳은데도 그 누구도 하지 못했던 상황에서, 40년 전부터 존재하는 종파의 근원을 까발리는 것이 관건이었다.

「흠…… 그러니까 데이비드가 땅바닥에 서 있었는데, 내 동생이 아무 짓도 하지 않았다고? 그저 떠났다고? 게다가 그들은 뉴욕으로 돌아가고…….」

「무슨 생각을 하세요?」

여러 가지 사항이 로버트의 머릿속에서 짜 맞춰지자, 하이즈빌, 리아, 뉴욕 그리고 윌리엄이 그려진 수미일관한 화폭이 하나 생성되었다.

「폭스 부부는 윌리엄이 예상한 그대로 했다는 생각이 드는군. 윌리엄이 어떻게 당신을 찾아냈는지는 알 수가 없지만, 정말이지 놀랍지는 않소. 어쨌든 그 애도 핑커턴 사람이니까. 은신처를 가동하기 위해서 정보원

몇 명을 움직여야만 했는데, 비록 그들에게 말조심하라고 일렀지만, 내 동생도 여전히 그 사람들의 고용주인 셈이니까. 그래서 걔가 작전에 대해 전해 들었더라도 놀랍지는 않아.」

로버트는 회중시계의 뚜껑에 간직된 사진을 들여다보았다. 거기에 찍힌 윌리엄은 젊고 미소를 띠었으며 활기찬 표정이었다. 로버트는 동생이 기분이 좋았던 모습을 마지막으로 봤을 때가 언제였는지를 떠올려 보려고 했다. 너무 오래되었다. 그 빌어먹을 시민전쟁이 형제를 싹 바꾸어 놓았다. 형제 모두 최전방까지 올라가지 않았다 해도, 아무런 피해를 입지 않고 돌아올 수는 없었다. 동생은 인간미를 대가로 치러서, 어려서 자신이 경멸했던 모습이, 그러니까 자신의 목표를 향해서 나아가는 길에 거치적거리는 무구한 희생자들에 대해 아무런 감정도 느끼지 않는 냉혹한 어른이 되고 말았다.

「그런데 왜죠? 그 농장을 불태워서 도달하려는 목적지가 어딜까요? 폭스가 사람들의 불신만 더 키우지 않았나요? 그러니까 내 말은, 리아와 내가 맞부딪힌 뒤로 그들이 이미 경계 상태였긴 하지만, 이제 그들은…….」

갑자기 어떤 생각이 로버트의 머리에 떠올랐다. 윌리엄은 하이즈빌에서 비밀을 알아내려는 의도가 전혀 없었던 거다. 그는 전투가 뉴욕에서 벌어지리라는 것을 알고 있었더랬다.

「제니, 뉴욕에 대한 이야기를 꺼내자 케이트가 격렬

하게 반발했다고 말했지, 그렇지 않소?」

「예, 그런데 왜요?」

「불을 지른 목적을 방금 깨달았소. 케이트를 뉴욕으로 보내는 거였어!」

그가 방 안을 성큼성큼 걸어다니기를 중단하고 마술사 제니를 마주했다.

「그래요, 윌리엄은 자신의 표적이 공격받기 쉬운 상태가 되게 만들려는 거요. 케이트는 뉴욕에서 벗어나려고 할 수 있는 모든 일을 했지. 다시 거기로 가면 불안해져서 툭하면 따로 떨어져 나오려고 할 거야. 뉴욕은 거대한 도시고, 케이트가 바깥공기를 원하리라는 건 의심의 여지가 없소. 바로 그 순간 윌리엄은 움직이겠지. 케이트가 혼자 있을 때면 사로잡아 심문하기도 쉬우니까. 걔는 케이트가 말을 뱉게 하는 데 필요한 일을 서슴없이 할 거요.」

로버트는 자신의 추론이 자랑스러워서 손바닥을 주먹으로 쳤지만, 불안감이 들었다. 케이트 폭스가 동생이 쳐놓은 함정에 빠진다면, 케이트는 끝장나는 거였다. 로버트는 윌리엄이 주도하는 심문을 이미 참관했더랬다. 그는 수사의 실패가 곧 요원의 처형을 의미하게 될 경우에만, 최후의 수단으로 동생이 심문하는 것을 허용했다. 그런데 그런 경우에도, 동생이 심문하게 내버려 뒀던 걸 늘 후회했다. 동생은 칼질에 강박적으로 집착했고, 칼을 휘두른 뒤에는 피가 흐르는 것을 막고 계속 심문을 이어 가기 위해서, 뜨거운 깜부기불로 상처를 지졌다. 물론, 효과적이기는 했지만, 그가 보기엔 역겨운 야만적 행위였다.

그리고 그 더러운 게임에 걸려든 케이트는 훈련된 병사도 아니고 단련된 여자도 아니니, 빠르게 무너지리라는 건 명백했다.

「로버트, 앉아요, 제발. 아직 다 말한 게 아니에요.」

탐정은 벌써부터, 윌리엄의 손아귀에서 폭스 자매들을 구해 낸 뒤 감사의 표시로 그녀들과의 면담, 아마도 자매들의 비밀을 향해 가기 위한 중요한 단서가 될 텐데, 그런 면담을 얻어 내는 자신의 모습을 그려 보느라 제니의 말을 듣고 있지 않았다.

「로버트!」

그가 몽상에서 빠져나와, 요원 제니의 심각한 얼굴을 들여다보고는 결국 침대 가장자리에 가서 앉았다.

「핑커턴 씨…… 비밀은 없어요. 윌리엄은 원하는 만큼 자매들을 고문할 수 있겠지만, 자매들은 아무것도 말하지 않을 거예요. 왜냐하면…… 왜냐하면, 그건 정말 불가능하니까요. 자, 다 말했어요.」

로버트가 다음 말이 이어지기를 기다렸지만, 소용없었다.

「대체 뭐라고 지껄이는 거요?」

「농가는 옛날 옛적부터 방치됐더랬죠. 우리는 한밤중에 급하게 그곳에 간 거예요. 그런데 그런 상황에서도 케이트는 딱 소리를 내는 데 성공했어요. 어떻게 그랬을까요?」

「그 질문에 답해야 할 사람은 바로 당신이오. 바로 그 일을 하라고 고용한 거고.」

제니가 기운이 쭉 빠져서 일어섰다.

「이 수사가 시작된 뒤로 내가 한 걸음도 나가지 못한 유일한 질문이에요. 가장 간단한 해답은 여전히 가장 있을 법하지 않은 해답이라는 생각이 들기 시작해요……. 그 자매는 심령들과 소통할 수 있다는 거죠! 그게 아니라면 그들은 사념만으로도 뭔가를 움직이게 하든가…… 저도 모르겠어요, 로버트, 이제는 모르겠어요.」

「당신이 내세울 증거는 뭐죠?」

「안 그래도, 하나도 없어요! 바로 그게 문제예요. 딱 소리 말고는 근거로 삼을 만한 사항이 전혀 없어요. 그런데 자매가 심령들을 불러낼 수 있는 유일한 사람들인 걸 보면, 그 모든 일의 시발점에 자매가 있다는 데는 의심의 여지가 없어요…….」

로버트는 몸을 숙여 가방에서 폭스 자매에 관한 자료와 임무 보고서를 꺼내어 들었다. 그가 놓친 어떤 작은 사항이, 그들이 밀쳐 둔 뭔가가 틀림없이 있었다. 탐정은 자기 앞에 서 있는 요원의 존재는 완전히 잊어버리고, 서류를 주의 깊게 검토하는 일에 매달렸다.

「그 서류들은 구석구석 샅샅이 검토했어요.」 제니가 말했다. 「이 수사가 제게 무엇을 의미하는지 대표님은 이해하지 못해요. 저세상의 심령들과 이야기를 한다는 그 믿음에 맞서 아버지가 평생 싸우셨어요. 난, 이 일에서 내가 아버지가 들었던 횃불을 이어받는다고 생각했어요. 내게 심령주의를 파묻을 기회를 줬을 때, 신의 계시라고 확신했는데, 이제는…… 이 사건이 내가 한낱 얼간이에 불과함을 알려 주려고 하늘이 나를 상대로 짓궂은 장난을 친 것처럼 여겨져요. 순진하게 덥석 믿어 버린다고 대중을 저 아래로 내려다보던 가여운 멍청이가 나죠. 실상은, 그저 진실을 직시하기를 거부했던 거고.」

로버트는 번개 같은 속도로 종이를 넘겼다. 두 눈이 빠르게 내용을 집어삼키다가 핵심어에서만 멈추었다. 자매의 최근 40년 세월이 줄줄이 섬광처럼 눈앞을 지나갔다. 로버트는 오래전부터 현장 근무를 포기하는 대신, 보다 젊고, 보다 빠릿빠릿하고, 위험 앞에서 보다 대담한 자신의 직원들이 활동하도록 뒀다. 그는 준비 단계의 정보 수집 요원으로서만 혹은 현지 연락원으로서만 활동했다. 그가 졌던 포커 게임이 입증했듯이, 특별히 두각을 나타내지는 못했던 현장. 분쟁과 인간의 비극과 이목을 끄는 체포를 좋아하는 동생과는 반대로, 그는 그늘에 머물며 차분하게 정보와 증거를 상세히 검토한 뒤 작전 실행을 계획하기를 좋아했다. 그래서 이곳에서, 서류를 앞에 놓고, 미국 시골에 존재하는 수천 곳의 외진 마을 중 한 곳에 자리한 협소한 여인숙 객실에서, 그의 분석 능력이 드디어 빛을 발할 수 있었다. 아주 오래전부터 그런 성찰 능력을 필요로 하는 사건이 없었기 때문에, 여러 해 전부터 묵혀 뒀던 재능이었다. 그 재능이 깨어나자, 로버트는 증기 기관차가 궤도에 올라선 느낌이 들었다. 기관차 화실에 드디어 다시 불이 붙었고, 바퀴에 차츰차츰 속도가 붙더니, 다른 기차들을 앞질러 나갈 수 있는 속도를 되찾았음이 느껴졌다. 그의 두뇌가 맹렬하게 움직였다. 전에는 서로 다른 그림에서 떨어져 나온 듯했던 퍼즐 조각들이 차츰차츰 들어맞으면서, 물론 아직 흐릿하긴 하지만 점점 더 수미일관한 그림이 나타났다.

「알겠소.」

「뭘요?」

「자매가 심령과 소통하는지 여부를 어떻게 확인할 수 있을지 정확히 알겠소. 이 방법이 가장 좋은 점은, 폭스 자매 중 그 누구도 반드시 동석할 필요는 없다는 거고.」

윌리엄이 얌전하게 가만히 있기만 하면 됐다. 왜냐하면 막 로버트가 무대에 오를 순서가 되었으니까.

27
『완벽한 요원을 위한 핑커턴 지침서』

앨런 핑커턴

부록의 서문

이제 부록을 읽을 차례가 됐으니, 이 지침서의 결론이 가까워졌다.

당신은 지침서를 빼놓지 않고 다 읽었는가? 아니면 끝에 무슨 내용이 기다리고 있는지 그저 궁금한가?

수사가 지지부진하여 그 끝을 볼 수 있을지 궁금해질 때, 나의 요원 중 많은 이들이 이 부분을 참조한다는 사실을 알고 있다. 종종 이 부록은 그들이 목표에 사실상 근접했으며, 그들의 모든 노력, 고통과 거짓말이 헛되지 않았음을 그들에게 보여 준다.

수사의 종결은 우리 모두가 초조하게 기다리는 그 무엇이며, 삶의 또 다른 단계로 옮겨 감을 의미한다.

왜냐하면 핑커턴에서 수사를 이끈 사람들이 말짱한 경우는 드물기 때문이다. 따라서 당신은 이 아래 수록된 보고서에서 동료들이 마주쳤던, 그리고 당신 역시

언젠가는 현장에서 마주칠 수 있는 문제에 대한 해결책을 발견하게 될 것이다.

또한 핑커턴의 요원이 된다는 것이 무엇을 의미하는지, 그리고 당신에게서 기대하는 것이 무엇인지를 실제로 속속들이 이해할 수 있도록 이 부록을 작성한다.

세상의 이론을 다 갖다 대어도 실제의 경험 약간에 미치지 못하는 만큼, 여기에 언급된 사건들을 따라야 할 모범이 아니라 도구로 사용하라. 모든 문제에는 저마다의 해법이 있고, 고분고분 묘기를 익힌 말 잘 듣는 동물이 되느니, 유연한 정신을 지니는 것이 차라리 늘 더 낫다.

로버트의 포커 친구들이 조금의 질문도 없이 삽 두 자루를 빌려주었다. 폭스가의 농가에서 화재가 발생하자 마을 사람들의 사이가 가까워졌고, 그 작은 마을에 존재하던 끼리끼리 문화가 대번에 사라져 버렸다. 어쨌든 이탈리아인들은 판돈을 싹 쓸어 갔던 정체를 알 수 없는 여성에 대해서 툭하면 그를 놀려 댔고, 밤일을 치르는 비용은 얼마나 되는지, 그리고 그녀가 카드 게임에서만큼이나 침대에서도 유능한지를 물었다. 탐정은 자신은 신사로서 그런 주제에 대해 말할 수 없다고, 하지만 그녀가 한 일에 대해서는 요구하는 것보다 두 배는 더 쳐줄 수 있었을 거라고 되받아쳤다……. 불행히도 포커 판에서 돈을 잃었기 때문에 그럴 수는 없었지만. 술집의 떨거지들이 음탕하게 웃어 대는 동안, 탐정은 눈에 띄지 않게 빠져나갔다. 그가 탐정 일을 하면서 갖게 된 재능 중 하나가 마치 대화에 참여한 적이 없었던 것처럼 시끄럽지 않게, 슬며시 대화에서 빠져나가는 것이었다. 그 위풍당당한 풍채로 봤을 때 눈에 띄지 않기가 어려웠던 만큼, 더욱더 놀라운 재능이었다.

그로서는 밤이 되기를 기다리는 일만이 남았다. 제니는 폭스가의 농가에서 돌아온 뒤로, 평소라면 말끔하게 다듬어져 있던 손톱들이 지금은 이로 물어뜯은 자국이 남아 들쭉날쭉할 정도로 상태가 불안했고, 그것을 본 로버트는 자신의 계획을 밝히지 않는 것이 낫겠다고 판단했다.

마술사 제니는 이전의 수사 보고서를 읽으면서 시간을 보내려고 했지만, 그녀의 정신은 눈에 들어오는 것을 자기 것으로 소화하지 못했다. 그녀는 코드명과 가명과 표적을 혼동하고 각자 맡은 역할이 무엇인지 전혀 자신할 수 없어서, 같은 페이지를 여러 번 반복해 읽었다. 제니는 평소라면 표적을 향해 날아가는 총알처럼 주의를 한곳에 집중할 수 있었겠지만, 이제 자신이 표적을 맞힐 수 없다는 사실을 깨달았다. 고용주가 시치미를 떼고 있는 것도 도움이 되지 않았다. 솔직히 말하자면 그래서 제니는 부록을 들여다보기 시작했다. 탐정이 앞으로 털어놓을 일을 미리 짐작할 수 있으리라는 희망을 품고. 로버트가 삽을 빌리려고 흥정을 벌이는 동안, 제니는 오전 내내 온갖 서류를 다시 읽으며 보냈다.

제니는 이제 고용주와 함께 작은 객실에 갇혀서 꼼짝도 못 하고 있으니 일 분, 일 분이 한없이 길게 느껴졌는데, 로버트는 평온하게 침대에 길게 누워 그저 작은 공을 허공에 던졌다가 받는 놀이를 하고 있었다.

「대체 어떻게 할 건데요?」 그녀가 물었다.

「으으응?」

그가 공 던지기를 중단했다.

「계획대로 잘될 거라고 그렇게 확신해요?」

「나를 믿어요. 이번에는 완전무결하다니까.」

제니는 그러한 단언에 더욱 불안해졌고, 삽질을 하며 심령을 불러내는 광경이 상상되었다.

「그런데 꼭 오늘 저녁이 될 때까지 기다려야 하나요? 지금 갈 수는 없는 거예요?」

「좀 참아요, 제니. 서두름은 실수의 어머니라오. 고작 몇 시간이면 되는데. 이 틈을 이용해서 마술 공연을 다듬든가. 손을 놀리면 머리를 비우는 데 늘 도움이 되기 마련이지.」

그는 차분하게 다시 공을 던졌는데, 공이 천장에 닿지는 않으면서도 가능한 한 최대한 가까워지게 던지려고 시도했다. 그런가 하면, 마술사 제니는 자기 손안에 들린 머리카락을 보고 깜짝 놀랐는데, 잠깐의 당혹감이 지나가고 나서야, 그것이 별생각 없이 쥐어뜯은 자신의 머리카락임을 깨달았다. 이 기다림의 시간이 제니에게는 몇 주처럼 길게 느껴졌다.

데이비드, 레인 그리고 케이트가 폭스가의 농가에 잠깐 머물렀기에, 특히 이웃들이 다양한 장식품을 갖다 놓았고 레인이 방 몇 개는 먼지를 꼼꼼하게 털어 낸 덕분에, 그 거처에 배어 있던 음울한 겉모습이 살짝 가셨다. 폭스가의 사람들이 급하게 출발하느라 미처 가져가지 못하고 부엌에 그대로 남겨 둔 먹거리 꾸러미들은, 그 장소에 결정적으로 보다 활기찬 분위기를 부여했다. 여러 개의 자그마한 버들가지 바구니마다 과일과 채소로 가득 차 있었고, 그 위에 놓인 카드에는 이렇게 적혀 있었다. 〈소렐리네서 보냅니다. 어서 빨리 제자리를 찾기를.〉 포장된 스테이크 고기 꾸러미 위에는 〈이 고기를 먹고 그놈 엉덩이를 걷어찰 힘을 내기를〉이라는 덜 점잖은 글귀가 적혀 있었고, 그 아래에는 작은 카드의 반을 차지하는 서명이 있었다.

로버트는 농익은 사과 하나를 집어 들더니 비눗물로 반쯤 차 있는 작은 양동이에 집어넣었다가, 사과 표면에 묻은 비누 거품을 후후 불어서 날리고는 한 입 깨물었다. 로버트는 삽자루에 기대어 유리창에 이마를 갖다 댄 채로 어두운 밤하늘을 응시했는데, 낮 동안에 회색 구름을 보고 정확히 예견할 수 있었던 대로, 두터운 구름 때문에 사실상 빛은 전혀 들어오지 않았다.

「이곳에서 무엇을 할 건지 아직도 이야기해 줄 생각이 없나요?」

그는 생각에서 빠져나와 마지막 사과 한 입을 베어 물었고, 창문을 열더니 집 주위에 우거진 웃자란 잡초를 향해 사과 심을 던졌다.

「계속 비밀에 부칠 이유가 뭐가 있겠소? 땅을 팔 거요!」

그가 창문을 닫더니 지하실 문을 향해 걸어갔고, 지하실 문 역시 자물쇠를 따기가 현관문보다 더 어렵지는 않았다. 이곳에서는 모두가 떠나 버린 지금, 도둑보다는 유령을 더 두려워했으니까.

「아니, 로버트…… 설마 그런 생각을…….」

그가 문을 여니 어둠 속으로 깊이 뻗어 내려간 계단이 나타났다.

「왜 아니겠소.」 그가 신나게 삽을 돌리며 말했다

제니가 그에게 다가갔다.

「40년 전에, 마을 사람 전부가 그 일에 달라붙었더랬어요. 그들 모두 종교적이다시피 한 열정으로 나섰고요. 그 사람들보다 더 운이 좋을 거라는 생각은 어떻게 하는 거죠?」

「그렇게 물어 주니 만족스럽군.」

그가 한옆에 도구를 놔두고 거실로 가서 기름등잔 두 개를 찾아왔고, 주머니 속에 넣고 다니는 성냥갑 덕분에 심지에 불을 붙였다. 그가 요원에게 의견은 묻지 않고 등잔 한 개를 넘겨주더니, 다시 자기 삽을 챙겨서 계단을 내려갔다.

지하실은 마거릿의 대기실보다 더 넓지 않았다. 마술사 제니는 이렇게 작은 공간에 어떻게 그토록 많은 사람이 매혹당할 수 있었는지 새삼 궁금해졌다. 바닥을 덮은 나무판자 위에는 켜켜이 먼지가 내려앉았고, 어떤 거미 가족이 지하실 네 귀퉁이를 거처로 삼는 바람에 크기가 제각각인 거미줄로 뒤덮여 있었다. 나무

판자에는 크기가 5인용 테이블만 하고 깊이는 제니의 가슴팍까지 올라올 정도인 구덩이가 보였는데, 다시 메우지 않고 내버려 둔 채였다. 구덩이에는 이끼와 곰팡이와 지의식물이 잔뜩 자라나서, 초록빛 도는 수의로 덮은 느낌이었다.

로버트가 구덩이 안으로 내려가 삽을 푹 찔러 넣고, 그 위에 한 발을 올려놓았다.

「벌써 1백 명의 남자가 일을 해주고 갔소. 우리는 그저 그들이 시작한 일을 끝내기만 하면 된다오.」

「만약 아무것도 안 나오면?」

「나처럼 당신도 이곳에 아무것도 없다는 것을 알게 된다면, 그러면 우리는 다시 수사에 집중할 수 있겠지.」 그가 강하게 주장했다. 「마침내 세상 사람들에게 폭스 자매는 사기꾼에 불과하다는 것을 보여 줄 수 있을 테고. 이 텅 빈 지하실이 우리의 첫 번째 증거가 될 거요.」

삽이 흙을 듬뿍 퍼 올리자, 로버트는 그 흙을 포물선을 그리며 등 뒤로 던졌다. 제니는 삽질하는 동작이 전문가 같음을 알아차렸는데, 로버트가 땅을 파는 일이 이번이 처음이 아님은 분명했다. 제니가 이런 으스스한 관찰에 빠져 있는 동안, 로버트는 벌써 흙의 표층을 걷어 냈다.

「와서 나를 돕든가, 아니면 흙더미라도 몇 무더기인지 세든가 하지 그러오?」

그가 헐떡이며 말했다.

그의 동작이 효율적이긴 했지만, 나이와 거한 식사가 그의 신체적 조건보다 더 강력한 듯했다. 그는 벌써 벌겋게 달아올라서, 땀을 뻘뻘 흘리고 있었다.

제니는 자신의 도구를 집어 들고 구덩이 가장자리에 앉았다가, 이번에는 자신이 그 안으로 뛰어들었다.

그들이 쉬지 않고 땅을 판 지 한 시간이 넘었다. 로버트는 어찌나 땀을 많이 흘렸는지, 셔츠가 하늘색에서 감색으로 바뀌었다. 그런가 하면, 제니는 굵은 땀방울이 이마에서부터 멍든 손으로 굴러떨어지는 것을 느끼며, 삽질 한 번 한 번이 자신의 능력을 넘어서는 노력을 요구함을 깨달았다. 그녀의 두 팔이 자비를 베풀라고 외쳤다. 비록 구덩이를 파 들어갈수록 흙의 밀도가 더 치밀해지기는 했지만, 진정한 도전은 삽을 찔러 넣는 것이 아니었다. 천만에, 가장 어려운 일은, 파낸 흙이 다시 구덩이로 떨어지거나 흘러 들어가지 않도록, 완벽한 포물선을 그리며 뒤로 던지는 일이었다.

처음에 제니는 두 단계 전략을 선택했더랬다. 우선 땅파기, 그리고 뒤로 던지기에 집중하기. 로버트가 제니에게 그게 실수라고 설명해 줬다. 왜냐하면 그렇게 하는 바람에 삽질로 생겨난 기세가 끊어지기 때문이었다. 오히려 동작을 하나로 이어 가야, 그녀의 노력을 가장 효율적으로 활용할 수 있었다. 그리하여 마술사 제니는 그 방식으로 방향을 틀었다. 하지만 전문가의 충고에도 불구하고, 제니는 무너지기 직전이었다.

갑자기, 탐정이 규칙적인 속도로 흙에 삽을 찔러 넣다가 동작을 멈췄다.

「잠…….」

그가 요란하게 숨을 몰아쉬면서, 더운 김이 오르는 얼굴을 손수건을 꺼내어 닦았다.

「잠시…… 쉽……시다.」 그가 힘겹게 말을 이었다.

그는 동료의 동의를 기다리지 않고 도구를 놓더니, 이제 그의 턱까지 올라오는 널빤지를 깐 바닥으로 어설프게 기어 올라갔다.

제니도 그가 앉아 있는 벽 근처로 따라 올라갔는데, 아직 흙더미로 덮이지 않고 남아 있는 드문 장소 중 하나였다. 이번에는 제니가 쪼그려 앉아서, 거세게 뛰는 심장을 진정시키려고 애썼다.

검은색 부식토 더미가 어찌나 널빤지 여기저기에 솟아났던지, 지하실은 두더지들의 습격에 시달린 듯이 보이는지라, 두 사람은 지하실을 바라보다가 고통스러운 숨을 들이쉬는 사이사이 웃음을 터뜨렸다.

「삽질을 아주 잘하더군, 처음 하는…….」

그는 숨이 차서 말을 끝맺지 못했다.

「여자치고는요?」

「아니, 사람치고는.」

제니는 드디어 대표가 자신을 동등하게 보나 보다 하는 생각에 미소를 지었다.

「계속 파보고 싶소…… 아니면 이제 이 지하실 안에 아무것도 없다는 사실에 설득이 되었소?」 그가 물었다.

크게 입을 벌린 구덩이가 그녀를 조롱하는 것처럼 보였지만, 제니는 케이트가 그다지도 감정이 격해져서 찰스 B. 로마에 대한 이야기를 할 때, 자신에게 거짓말을 했다고는 믿어지지 않았다. 어리석어 보일지도 모르겠지만, 제니는 여전히 영매의 진실성을 믿었다. 하지만 명백한 사실은 인정해야만 했다. 즉, 두 사람이 파 들어간 곳은, 예전에 뼛조각 몇 개가 이미 발굴되었기에, 그 아래 어딘가에 시신이 누워 있을 거라는 짐작을 뒷받침할 만한 장소였다는 것을.

「알겠지만, 당신을 비난하는 게 아니오. 누구나 사후세계를 믿고 싶은 유혹을 느끼니까. 게다가 바로 당신이 나와는 다르게 사고하기 때문에 당신을 고용하지 않았겠소. 당신은 문제를 다르게 해결하지. 그저 단지 가끔은…… 사실 그 자체가 말을 한다오.」

마술사 제니는 피로해서 머리가 몽롱했다. 마을 사람들이 뼛조각을 발견하고 난 다음에 또 계속해서 땅을 파 들어갔으리라는 것은 명백했다. 그러한 발견을 하고 난 뒤니, 심지어 더욱더 열심히 작업에 매달렸을 터였다. 그렇지만 영매가 주장하듯이 그 뼛조각들이 정말로 찰스 B. 로마라는 사람의 것이라면, 나머지 뼛조각들도 멀지 않은 곳에 묻혀 있어야 했다.

제니는 방 안을 꼼꼼하게 둘러보았다. 분명하게 보이는 것은 제외하고 보이지 않는 것을 찾아내기 위해서 집중해야만 했다. 지금 이곳에서 마술 행위가 행해지지 않는다는 사실만 빼고는 마술과 같았다. 바로 그녀와, 이 지하실, 이 구덩이, 이 널빤지들, 그리고 이곳으로 몰려와 과감하게 땅을 파봤던 마을 사람들 모두의 눈에 띄지 않은 채로 존재할 가능성이 있는 그 시신. 해결책은 다른 곳에 있다는 확신이 든 제니는, 그때까지 자신의 주의를 사로잡았던 구덩이는 완전히 무시하기로 굳게 마음먹었다. 갑자기 제니는 깨달았다.

「로버트, 당신이 옳아요. 난 혼동의 시기를 거쳐 왔고, 당신이 확신하는 바람에 나도 휘둘렸어요. 하지만 당신에게 존경의 마음을 품고 있는데도, 문제에 거꾸로 접근했다는 말을 하지 않을 수가 없군요.」

「거꾸로?」

제니가 고개를 끄덕였다.

「적어도 한 가지는 옳게 보셨어요. 마을 사람들이 뼈조각 몇 개만 발견했다는 게 뜻밖이긴 해요. 게다가 그 누구도 그것들을 제대로 조사해 보지도 않았다면서요. 작은 동물의 사체나 혹은 그저 모양이 불규칙한 흰색 돌 조각일 수도 있는데 말이죠.」

제니는 구덩이 주위를 돌면서, 그 주변을 꼼꼼하게 살폈다.

「보나 마나 그것은 뼈조각이 아니오. 여기에 아무것도 없으니까.」

제니가 그렇지 않다고 고개를 가로저었다.

「이곳에 정말로 사체 한 구가 있다는 전제에서부터 출발합시다. 그 사체가 방 한가운데에 파놓은 이 구덩이 속에 없다는 건 확실해 보여요. 따라서 마을 사람들보다 더 깊이 파 들어가는 일은 우스꽝스럽죠.」

드디어 제니는 걸음을 멈추었고, 계단 근처 귀퉁이에서 자신이 찾던 것을 발견했다. 제니가 삽을 들더니, 발로 삽에 힘을 주면서 단박에 널빤지 하나를 뜯어냈다. 제니는 그것을 집어 들더니, 로버트에게 보여 주었다. 로버트는 어안이 벙벙해서 잠시 나무 조각을, 그다음에는 바닥을 살폈다.

「색깔이…… 이 널빤지는 색이 살짝 더 연하군.」

「무슨 의미겠어요?」

그가 몸을 일으키더니 더 가까이에서 널빤지를 들여다보았다.

「이런…… 제길, 특별히 이곳만 널빤지를 다시 깔았군, 여기만 색깔이 지하실의 나머지 부분과 같지 않아!」

제니가 동의했다.

구석의 널빤지들을 전부 다 뜯어내고 나서, 공모자들은 다시 작업에 착수했다.

「알겠지만…… 거기에 딱히 무슨 의미가 있는 건 아니오.」 그가 헐떡거리며 말했다.

제니의 귀에는 그의 말이 들리지 않았고, 제니는 아드레날린이 마구 솟구쳐서 자신이 무언가를 발견하기를 원하는지 아닌지조차 자문해 보지도 않고서, 미친 듯이 구덩이를 파 들어갔다. 그녀에게 중요한 것은 최소한 답을 얻는 것이었다.

그녀가 광적인 속도로 파 들어가자, 로버트도 덩달아 초인적인 힘을 발휘했고, 겨우 반 시간이 흘렀을 뿐인데, 마술사 제니의 삽이 그때까지 익숙했던 흙보다 더 단단한 어떤 물체를 찍었다. 갈색 흙더미 사이로 삐죽 솟아 있는 연한 색깔의 무언가에 제니의 삽질이 막 패인 자국을 남겼다.

「대표님 생각에 저게…….」

로버트의 얼굴이 진한 붉은색에서 창백한 흰색으로 바뀌었다. 마치 피가 그의 몸에서 빠져나간 것 같았다.

「자, 자…… 그건…… 그건 그저…… 그건…… 돌덩어리라오……. 그럼, 돌덩어리지…… 확실히…… 그게…….」

제니는 자신의 고용주가 더 이상 제대로 된 반응을 보일 만한 상태가 아님을 깨달았다. 그래서 혼자서, 그 이상한 흰색 덩어리 주위를 파 들어갔다.

자신의 요원이 한 번 삽질을 할 때마다, 탐정은 자신만의 주문을 외웠다. 「그건 돌덩어리오, 그저 돌덩어리뿐이라오.」 하지만 자신의 발치에서 서서히 드러나는 현실 앞에서 탐정의 주문은 차츰차츰 잦아들었다.

마술사 제니가 삽을 놓았다.

「로버트…… 로버트! 내 눈에 보이는 게 대표님 눈에도 보이죠. 이건…… 이건…….」

그것은 제니가 삽으로 찍어서 만들어 낸 작은 균열만 제외한다면 완벽한 상태로 보존된, 인간의 두개골이었다.

「저게 무엇을 의미하는지 아시겠어요?」

탐정이 그 의미를 알고 있음은 분명했다. 왜냐하면 이제 그는 한마디 말도 하지 않았으니까.

「자매가 옳았어요! 우리가 방금 논란의 여지가 있을 수 없게 입증…….」

「닥쳐요!」

이제 고용주의 시선에는 노기가 번득였다.

「구덩이에서 나가요.」

「하지만…….」

「제니, 두 번 말하게 하지 마오.」

제니가 지시를 따랐다.

「여인숙으로 돌아가, 거기에서 나를 기다려요. 토 달지 말고.」

제니는 입을 벌렸지만, 자신도 아직 충격에서 벗어나지 못한지라 아무런 말도 하지 않았다. 탐정은 두개골에 눈길을 준 채, 갓 파놓은 흙더미 위에 앉았다.

「때가 되면 당신에게로 갈 테니까, 기다리지 말고 자도록 하고.」

「로버트…….」

「잘 자요, 제니.」

제니는 싸우기에는 너무 지쳤고, 또한 그녀 자신도 조급하게 결정을 내리는 것은 반대였다. 둘 중 그 누구도 정말로 시신을 발견할 가능성을 사실상 고려하지 않았다는 것이 진실이었다. 비록 마술사 제니가 대담하게도 그에 대한 확신을 입 밖에 내기는 했지만, 거대한 의심이 그녀 안에 끈질기게 남아 있었다. 어쩌면 로버트가 옳은지도 몰랐으니, 이후의 시간을 혼자만의 성찰에 바치는 편이 더 나을 수도 있었다.

그래서 제니는 여인숙을 향해 길을 떠났고, 길을 가는 내내, 이 모든 일에 아버지가 어떤 역할을 했을지, 저 하늘 위에서 아버지가 자신이 눈에 보이지 않는 것을 볼 수 있도록 도왔을지를 궁금해했다.

제니는 머릿속에서 온갖 질문이 북적였지만, 몸이 너무나 피곤하여 객실에 도착하자마자 금방 깊은 잠에 빠져들었다.

28
『완벽한 요원을 위한 핑커턴 지침서』

부록 — 드라이스데일 사건:
켄들 필립스가 요원 케이트 원의 인터뷰를 기록함
1866년 10월(1/2)

처음으로 지침서에 기여하게 되었으니, 내 소개를 하는 것이 적절하겠다는 생각이다. 은퇴한 지 몇 년이 되었고 밝힐 수 없는 위장 신분으로 살아가지만, 핑커턴에서 일하던 시절에는 원이라는 이름으로 불렸음을 알려 둔다. 너무나 많은 여성 요원이 케이트라는 이름으로 불렸지만, 나는 사람들이 혼동할 만한 그런 부류는 아니었다. 다른 요원들이 나를 못 견뎌 한 이유는 뻔했으니, 내가 여자임에도 불구하고 연달아 그들보다 더 많은 결과를 냈기 때문이었다. 그런 상황인데도 앨런은 나를 정기적으로 파견했으며, 다른 요원들은 임무 수행 중일 때만큼은 나와의 갈등은 접어 두고 늘 전문가답게 행동했다. 그들은 내가 셀 수도 없을 만큼 여

러 번 나의 목숨을 구해 줬다.

내가 맡아 했던 조사들을 통틀어서, 나의 뇌리에 영원히 새겨진 사건이 하나 있다면, 그것은 1856년에 발생한 드라이스데일 사건이다.

미시시피에 위치한 앳킨슨이라는 소도시에서 살인 사건이 발생하자, 그곳 시장이 살인의 정황에 대하여 수사를 진행해 달라고 개인적으로 사장에게 도움을 청했다. 사장은 평소처럼 설령 신문에서 그의 얼굴을 봤던 사람일지라도 알아볼 수 없을 정도로 변장을 하고, 눈에 띄지 않게 그곳에 도착했다. 사장은 너무 유명해져서 잠입에 방해가 될 정도였다. 그런 이유로 그가 현장 업무를 포기한 지도 벌써 7년이 되었다.

다시 사건으로 돌아가자. 피해자는 조지 고든이라는 사람으로, 그곳 주민들의 말을 따르자면, 모두에게서 사랑받는 은행가였다. 그는 어려움에 처한 사람들에게 선뜻 신용 대출을 해줬으며, 연체가 발생해도 늘 이해심을 보여 주었다. 그는 술도, 노름도, 여자도 좋아하지 않았고, 혼자 살면서 숫자를 다루고 투자에서 높은 수익을 끌어내는 데서 유일한 즐거움을 느꼈다.

근래에 보기 드문 신사였어요, 여성 고객들은 그렇게 말했다. 나의 개인적 의견을 묻는다면, 세상에서 가장 따분한 남자라고 말했을 텐데.

그런데 그 완벽하다는 신사가, 사무실에서 두개골이 잔인하게 함몰된 채, 그리고 금고는 텅 빈 상황에서 발견되지 않았는가. 시신을 보지는 못했지만, 결코 보기 좋은 모습이 아니었음은 분명했다. 지역 경찰이 범죄 현장을 보고 점심 먹은 것을 게워 냈다고 사장이 말해 줬다. 골이 빠져나와 책상 위에 널려 있었고, 마치 자신이 보고 있는 것이 진정 믿어지지 않는다는 듯이, 그 남자는 여전히 두 눈을 활짝 뜨고 있었다. 그러한 묘사는 나의 것이 아니라, 경찰의 보고서에 나와 있는 내용이다.

타격은 뒤에서 가해졌으며, 은행에는 불법 침입의 흔적이 전혀 없었다. 따라서 사장은 은행가가 그 순간 귀가 멀어서 등 뒤로 살인자가 다가오는 소리를 듣지 못했든가, 혹은 이쪽이 더 그럴듯한데, 살인자가 그와 알고 지내며 야간 근무를 위해서 그가 직접 불러들였던 어떤 사람이든가, 둘 중 하나일 거라는 결론에 도달했다.

범죄 시각은 대략 22시로 추정되었고, 따라서 용의자 명단은 은행가가 밤늦게 맞아들이곤 하던 두 명의 고객으로 압축되었다. 바로 이런 게 작은 마을에서 누릴 수 있는 이점인데, 이런 곳에서는 모든 것이 빠르게 알려진다.

그 두 고객은 지금은 이름이 기억나지 않는 보석상과, 알렉산더 드라이스데일이라는 공무원이었다.

짐작하겠지만, 내게는 바로 드라이스데일의 주변으로 침투하라는 임무가 맡겨졌다. 그런데 당신은 틀림없이 이렇게 물을 것이다. 대체 왜? 공무원과 보석상,

두 남자 모두 원금 상환의 어려움에 직면했고, 따라서 둘 다 유사한 동기를 갖고 있는데, 왜 보석상이 아니라 공무원에게 집중하는가?

그런데 그건 아주 단순하다. 그러니까 은행가의 사무실에 설치된 벽난로에 방금 불을 붙인 흔적이 남아 있어서였다. 따라서 앨런은 단서를 찾아서 벽난로를 샅샅이 뒤지다가, 신용 등급이 기입된 반쯤 불에 탄 종이와 맞닥뜨렸고, 거기 적힌 이름이…… 내 생각에 이미 알아맞혔겠지만, 알렉산더 드라이스데일이었다.

수사 개시에 필요한 만큼의 충분한 요인들이 모이자, 나는 C. 포터 양이라는 이름으로 현장에 투입되었고, 동작이 굼뜬 그 포터 양은 드라이스데일 부인과 함께 말을 타고 산책하다가 불행히도 심각한 부상을 입고 말았다.

드라이스데일 부인은 나의 설득에 넘어가서, 내가 회복에 필요한 기간 동안 그녀의 집에 기거하게 해줬다(우리가 이번 사건을 위해서 임무를 부여했던 그 지역 의사와의 공조하에).

나는 잠입했고, 이제 내가 해야 할 단 하나의 일은 공무원의 유죄를 입증할 증거를 모으는 것이었다. 불행히도 예상보다 훨씬 더 복잡한 성격의 사건임이 금방 드러났다…….

아침 햇살이 제니의 얼굴을 덮은 갈색 머리 다발을 쓰다듬고 있었고, 그 덕분에 눈꺼풀 위로 그늘이 드리워져서, 제니는 급작스럽게 잠에서 깨는 일이 없도록 보호받고 있었다. 제니는 어찌나 깊은 잠을 잤는지, 폭스 농가에서 뼛조각을 발견한 일이 꿈의 영역에서 일어난 일인 것만 같았다. 하지만 침대에 일어나 앉자, 전날의 강제 노동으로 통증이 느껴지는 근육과 바닥 여기저기에 벗어 던진 옷가지의 광경이, 어제의 저녁나절이 실제였음을 확인해 줬다.

맞은편 구석에는 로버트가 아슬아슬 위태롭게 벽에 등을 기댄 채, 후줄근한 모습으로 앉아서 자고 있었다. 제니의 옷에 가볍게 갈색 물이 들었다고는 하지만, 그건 고용주의 옷에 비하면 아무것도 아니었다. 그는 머리끝에서 발끝까지 흙으로 뒤덮였다. 손톱이 짧았는데도 그 밑에 검은 흙 알갱이가 가득했고, 손가락 여기저기에 난 수없이 베인 상처에도 마찬가지로 흙 알갱이가 콕콕 박혀 있었다. 제니는 그의 손가락 마디마디에 거의 전부 흰 강낭콩처럼 보이는 물집이 잡혀 있음을 알아차렸다.

제니는 자신의 손을 내려다보았다. 물집과 베인 상처가 없지는 않았지만, 탐정에 비하면 별것 아니게 보였다. 도대체 로버트는 그녀가 떠난 뒤로 무슨 일을 한 걸까?

마술사 제니는 호기심이 들었지만, 그를 깨우지 않고 참는 쪽을 택했다. 어마어마한 배고픔이 그녀를 괴롭히자, 제니는 자신의 고용주도 마찬가지리라 의심치 않았다. 그래서 제니는 두 사람의 아침거리를 장만하러 가봐야겠다고 결심했다.

여인숙의 술집에서는 이탈리아인들이 벌써부터 카드놀이를 하고 있었고, 그 옆에서 주인 여자가 입구에서부터 방으로 이어지는 기다란 흙 자국을 청소하면서 불평을 늘어놓았다.

「……고객들이라는 게…… 남의 집 바닥이나 더럽히고……. 한 번이라도, 바짝 기운을 내어 한 대 철썩! 그럴 수 있다면 얼마나 좋을까……. 어제는 그렇게 깨끗했는데…… 이건 아니지…… 아니라고.」

「오, 주인아줌마! 그 입 좀 다물지?」 노름꾼 한 명이 소리를 질렀다.

주인 여자는 그 성가신 인물을 향해 사나운 눈길을 던지면서 계속 중얼댔다.

제니는 카운터 뒤에 있는 무뚝뚝한 표정의 뚱뚱한 주인 남자를 향해 걸어갔다. 그의 아내는 자신들의 영업점에 깨끗함 비슷한 것이라도 부여해 보려고 허리가 부서져라 비질을 하는데, 남편은 눈 뜬 채 자는 듯 시선이 멀거니 허공을 헤맸다.

「아침 식사로 뭐가 있나요?」

「커피.」 그가 정신이 다른 데에 간 상태로 대답했다.

「흠, 흠.」 제니가 그다지 탐탁지 못한 표정으로 고개를 끄덕였다.

남자는 시선을 마주치지조차 않았다. 제니는 카운터 위쪽에 걸린 아주 오래전부터 사용하지 않았거나 청소하지 않은 칠판에 〈오늘의 메뉴: 베이컨오믈렛샌드위치〉라고 적혀 있는 것을 보았다.

「저건 오늘도 되는 거죠? 샌드위치요.」

드디어 그의 흐릿한 두 눈이 제니를 향했지만, 온몸에서 근육이라고는 단 하나도 움직이지 않았기에, 도마뱀이 움직이는 것 같았다.

「글을 읽을 줄 모르는 거요, 뭐요? 오늘의 메뉴라고 적혀 있는데.」 그가 한마디 한마디가 초인적인 노력을 나타낸다는 듯이 투덜거렸다.

제니는 조금 더 정확한 보충 설명이 나오리라고 기대하면서 잠시 참을성을 발휘했지만, 헛수고였다. 주인 남자는 그것이 무엇이든 뭔가를 하기 전에 누군가 버튼을 눌러 주기를 기다리는 자동인형처럼 보였다.

「흠, 흠.」 제니가 다시 끄덕였다. 「그러니까 베이컨오믈렛샌드위치 두 개요.」

여인숙 주인은 힘겹게 일어섰는데, 오래전부터 멈춰 있던 기계를 재가동하니까, 그 첫 번째 동작으로 톱니바퀴부터 돌리기 시작하는 것 같았다. 그는 더 이상 한 마디 말도 없이, 제니가 부엌이라고 짐작하는 곳을 향해 갔다.

제니는 여기저기 빈 테이블이 잔뜩 있어서 그중 한 테이블에 앉아 주인이 화구에 불을 피우기를 기다리려고 했는데, 그녀가 앉으려는 간이 나무 의자는 로버트의 방에 있는 의자만큼이나 흔들거렸다.

「어이!」

제니는 아직 균형을 잡지 못했지만, 두 팔로 테이블을 의지하면 넘어지는 일은 없을 거라는 사실을 깨달았다.

「어이, 아가씨!」

카드와 번쩍거리는 달러를 앞에 놓아둔 베치가 턱짓으로 자신의 테이블과 가까운 곳의 테이블에 있는 의자를 가리켜 보였는데, 유일하게 유능한 장인이 제작한 의자로 보였다.

마술사 제니는 벌써 베이컨이 지글거리는 소리가 들려오는 부엌 쪽으로 눈길을 던지며, 잠깐 망설였다.

「자, 자, 아가씨를 mangiare(먹는) 일은 없을 거야.」

노름꾼들이 그녀를 잠깐 쳐다보다가, 그 틈을 이용해서 자신의 이웃들이 쌓아 놓은 동전 더미에서 슬쩍 몇 푼 빼가지나 않는지 확인하려고 이번에도 역시 슬며시 이웃들을 살폈다.

의자가 덫에 걸린 생쥐처럼 끼이끽거려서, 요원 제니는 베치가 알려 준 의자 쪽으로 자리를 옮기기로 했다. 베치는 살짝 고개를 끄덕거렸고, 그러더니 테이블에 자기 카드를 뒷면이 보이게 내려놓으며, 그 판에서 빠졌다.

「Ragazzi, giocate le prossime senza di me(이봐, 다음 판은 나 없이들 해).」

베치는 패거리를 버리고 자기 의자를 갖고 오더니, 제니의 맞은편에 자리 잡았다.

「하퍼 양, 맞소?」 그가 물었는데, 미국식 억양을 흉내 내려고 애썼으나 자신의 출신을 숨길 수는 없었다.

제니는 이 남자의 대담함에 주눅이 들었다. 키가 작은데도 다부진 몸과 여러 차례 깨진 티가 역력한 코로 인해서, 자신이 원하는 것을 얻기 위해서라면 그 무엇 앞에서도 물러서지 않을 사람 같다는 인상을 풍겼다. 그리고 제니는 바로 자신이 그가 원하는 것일까 봐 두려웠다.

제니는 아침 식사가 곧 도착하기를 바라면서 고개를 끄덕였다.

「당신 친구, 조니는…….」

「친구 아니고, 고객이에요.」

그가 고갯짓으로 아니라고 말했다.

제니는 자신의 고용주가 만들어 낸 하퍼 양에 대해서 아무런 정보가 없었으니, 그 인물은 본격적인 위장 신분이라기보다는, 그저 일명 조니의 신원을 강화하는 보조 인물처럼 간주되었다. 따라서 제니로서는 즉흥적으로 꾸며 내는 수밖에 없었다. 고용주에게 알리지 않고, 알아서 대응하기로 결심했기 때문이었다.

「알겠어, 당신은 그다지…… chiachierone(수다스러운) 여자는 아니군. 그런 직업에서는 보기 드문데. 보통 그런 여자들은 말하기를 좋아하거든.」

그는 손동작으로 수다를 떨어 대는 입을 흉내 냈다. 제니는 침묵 속에 틀어박히는 쪽을 택했는데, 이는 〈만약 네가 무슨 말을 해야 할지 모르겠거든, 입을 다물어라. 표적이 너 대신 말할 테니까〉라는 핑커턴의 기술을 적용한 것이었다.

베치가 흉내를 내고 나서 폭소를 터뜨렸다. 제니가 예의 바르게 살짝 미소를 지었다.

「당신은 말하기를 좋아하지 않지만, 뭐, 괜찮아. 말이 하고 싶은 사람은 나니까. 당신이 질문 하나에 대답해 주면 좋겠는데. 당신은 왜 포커를 좋아하지 않지?」

제니는 말싸움에서조차 자신이 이탈리아 남자를 상대할 만한 상태가 아니라고 느꼈다. 배는 계속 꼬르륵거렸고, 머리는 잠을 좀 더 자기를 요구했다.

「난…… 포커를 좋아해요. 당신들하고 붙어서 이기기까지 했잖아요.」

그러자 다시 한번 그가 탐욕스러운 미소를 활짝 드러내며 폭소를 터뜨렸다.

「자, 자, 왜 이러시나, la carta nella manica(소매 속

카드).」 그가 자신이 입고 있는 셔츠의 소매를 가리키며 얘기했다. 「나도 bimbo(아이)일 적에 비슷한 짓을 했었지. 내 등 뒤로 보이는 바로 저 사람들을 상대로. 우리는 우리 집 정원에서 구슬을 걸고 놀이를 했었어. 찰흙 구슬은 적은 돈, 유리구슬과 사기 구슬은 큰돈이었어.」

「그게 아니…… 당신이 빙빙 돌려서 말하고 싶어 하는 게 무엇인지 모르겠군요. 나는 정정당당하게 이겼답니다! 」

「자, 하퍼 양, 이 모든 건 다 지난 일이야. 당신에게 una storia(이야기 하나)를 들려주고 싶었지……. 어떤 이야기냐, 포커에 관한 거요. 당신이 그 게임을 무척 좋아하니까.」

제니는 다시 한번 부엌 쪽으로 눈길을 던졌는데, 이제야 부엌에서 연기가 살짝 흘러나왔다. 제니는 자신에게 정말로 선택의 여지가 없음을, 그리고 베치가 그 사실을 알고 있음을 느끼고, 마음을 접었다.

「Buona decisione(훌륭한 결정)를 내렸군.」 그가 들떠서 말했다. 「나는 그 이야기를 무척 좋아한다오. 하지만 내가 그 이야기를 하는 경우는 많지 않지. 들어 봐요, 이곳으로 오기 전의 일이야. 내 친구들과 나, 우리는 이탈리아의 토스카나에서 살았지. 어느 오후…… 그날도 햇살이 가득한 그런 날이었소! 나는 친구들과 카드놀이를 하고 있었어. 그때 내…… padre(아버지)가 나를 보러 온 거야.」

제니는 베치가 적절한 영어 단어를 찾기가 어려울 때면, 마치 허공에서 해답이 나오기라도 한다는 듯이 손을 흔들어 댄다는 사실을 알아차렸다.

「나는 장남이었어. 집안의 사업을 이어받아야 하는 위치였지. Marmo, 대리석을 판매하는 사업이었다오…… 그쪽 바닥에서는 근육이 울퉁불퉁한 억센 사내들을 골라 갔지. 아버지에게, 난 보여 드리고 싶었어. 사업을 할 때의 나는…… 어떻게 말을 해야 하나?」

그는 입 안에서 맴도는 그 정확한 단어를 찾아다니다가, 손가락을 딱 튕겼다.

「약은 놈이라는 것을. 그렇지 않소? 포커 게임이 좋은 기회였지. 나는 셔츠 안으로 에이스를 밀어 넣으면서, 확실히 아버지가 볼 수 있게 아버지를 향해 한쪽 눈을 끔뻑했소. 내가 다른 사람들보다 한 수 위임을 보여 드리고 싶었지. 아버지처럼, 진정한 코르푸치 집안의 남자임을. 당연히 내가 더 좋은 패를 가지게 되었어. 그런데 아버지가 어떻게 했는지 아오?」

「모르겠소?」

그가 눈을 빛내며 잠시 기다렸다.

「Niente, 아무것도. 나는 이제 brutto(흉한)…… 그러니까 보기 흉한 밤색의 찰흙 구슬 대신, 전부 다 투명하며 bianco(흰색)인 유리구슬 더미를 차지하게 됐지. 아버지에게 내가 새로 딴 구슬들, 사기 구슬들을 보여 드렸지만, 아버지는 관심이 없는 듯이 보였소.」

제니는 길게 숨을 내쉬면서 긴장과 피로에 맞서려고

했다.

「나는 그게⋯⋯ 이야기의 결말이라고 믿었더랬어! 그러니까 포커니 구슬이니, 그런 건 아버지의 관심사가 아니라고. 아버지의 삶, 그것은 그가 다루는 대리석이라고. 그런데 이튿날 오후, 내가 근사한 perle di vetro(유리구슬)를 가지고 놀고 있는데, 내 친구들, 지금 내 뒤에 있는 바로 저 녀석들이 왔다오.」 그가 엄지 끝으로 그들을 가리키면서 말했다. 「그리고⋯⋯ 한마디 인사도 없이, 내게 colpi(주먹질)를 했어. 처음에는 세지 않았지. 그저 내가 가쁘게 숨을 몰아쉬며 바닥에 누울 정도의 가벼운 주먹질이었소. 그러다가 친구들이 아버지를 바라봤지. 아버지가 〈Questo non basterà per che se lo ricordi, voglio che sia inciso sul suo viso〉라는 말을 하셨거든.」

베치는 상대방 여성의 얼굴에서 무슨 말인지 모르겠다는 눈빛을 보았다.

「〈그 정도로 해서 그 애가 교훈을 얻겠니. 나는 그게 그 아이의 얼굴에 새겨지기를 바란다.〉 그러자 친구들은 내게 발길질을 퍼부었다오. 아빠는 커피를 들고 의자에 앉아서 나를 지켜봤고. 아버지는 그만하면 충분하다고 판단이 서자, 일어나서 친구들 각자에게 피오리노[11] 몇 닢을 주셨는데, 새 공을 하나 사기에 충분한 액수였어. 그러고는 친구들에게 내 구슬을 다 가져가라고 말씀하셨지. 처음에 친구들은 그러고 싶어 하지

11 피렌체에서 사용되던 금화.

않았지만, 아버지가 끈질기게 밀어붙이자, 구슬을 들고 가버렸소. 결국 나는 코가 깨졌고, 눈은 어찌나 부어올랐는지 prugne…… 그러니까 자두를 달고 있는 느낌이었다오. 내가 아버지에게 이유를 물었더니, 아버지는 이렇게 대답하셨어. 나는 번역가가 내게 해준 말을 그대로 당신에게 말해 줄 텐데, 왜냐하면 그 문장을 영어로 perfettamente(완벽하게) 말할 수 있기를 원했으니까. 〈내 아들 베치야, 나쁜 행동을 하면 늘 그 대가를 치르게 된단다. 거기에서 절대로 벗어나지 못해. 그 정도의 처벌로 그친 것에 대해서, 운이 좋다고 생각해라. 내일, 넌 당연히 친구들에게 사과하러 가야 한다. 어쨌든 네 친구들 아니니.〉」

제니가 침을 꿀꺽 삼키자, 베치는 예의 그 침착한 미소를 여봐란듯이 보여 줬다.

「그래서요?」

「그렇게 했지. 친구들은 기어코 biglie(구슬)를 돌려주고 싶어 했지만, 난 다음번에 정정당당하게 이기겠노라고 말하면서 거절했어. 41년 전의 그날 오후 이후로, 우리 가운데 속임수를 쓰는 사람은 없다오.」

마술사 제니는 뭐라고 답을 해야 할지 알 수 없었다. 어쨌든 한 가지 분명한 사실은, 그녀에게는 속임수로 번 것에 대해 상환할 돈이 없다는 거였다.

「저는…… 그러니까…… 죄송해요……. 그 시계는…… 내 친구가 너무나도 애착을 갖는 거라서!」

「당신 친구요, 이제는?」

왜 이런 신문을 받으면 매번 걸려드는 걸까? 이 사건이 시작된 이래로 배운 게 하나도 없다는 말인가? 이탈리아인의 얼굴에, 그가 로버트를 상대로 포커에서 이겼을 때보다도 더 활짝 핀 웃음이 걸렸다.

「당신은 운이 좋았어. Primo(첫째), 나는 내 아버지 같은 사람이 아니고, secondo(둘째), 당신에게 교훈을 주고 싶을 정도로 당신을 아주 좋아하는 건 아니니까. 당신에게는 다른 것을 남겨 주는 게 더 낫겠어.」

그가 몸을 앞으로 숙이더니 더욱 바싹 다가섰다. 공포에 질려서 몸이 굳어 버린 제니는, 남자의 손이 머리카락 사이로 들어오더니, 남자가 그녀의 머리를 자기 쪽으로 강하게 끌어당기는 것을 느꼈다.

「나는 사람들을 잘 파악하지.」 그가 뱀처럼 사악한 목소리로 그녀의 귀에 대고 중얼거렸다. 「내가 사람들의 표정을 읽는 법을 배운 지 45년이 됐소. 내가 한 가지는 말해 줄 수 있어. 정말로 확신하는 한 가지. 당신 친구…… 조니 역시 당신을 두려워한다오……. 당신이 나를 두려워하듯이.」

그가 그녀를 놓아주고, 자신의 악행을 자랑스러워하는 꼬마 악마처럼 색정적인 웃음을 활짝 지으며 다시 그녀 앞에 앉았다. 그가 카운터 쪽으로 고개를 돌렸고, 그곳에는 김이 오르는 베이컨오믈렛샌드위치 두 개가 당당히 놓여 있었다. 그 순간, 주인 남자가 침울한 표정으로 심드렁하게 작은 종을 쳤다.

제니는 포커 노름꾼과 마주 본 채, 자신의 아침 식사

를 향해서 뒷걸음질을 쳤고, 노름꾼은 평소처럼 즐거운 기분으로 돌아가, 자신의 얼굴을 망가뜨렸던 사람들을 상대로 벌써 내기를 하는 중이었다.

「아, 그리고 다시는 속임수를 쓸 생각은 하지 마오. 모든 사람이 나처럼 친절한 건 아니니까!」 그녀가 객실 쪽으로 사라지는데, 그가 힘주어 말했다.

로버트는 꼼짝도 하지 않은 채였다. 그가 호흡할 때마다 들리는 가벼운 쌕쌕거림만이 그가 아직 살아 있음을 입증했다.

제니는 샌드위치 하나를 그의 앞에 놓아 주고, 이다지도 희한한 사건으로 자신을 끌어들인 그 이상한 인물을 관찰하면서, 자기 몫의 샌드위치를 먹었다. 제니는 자신이 고용주에 대해서, 그가 앨런 핑커턴의 아들이라는 사실 말고는 정말로 아는 게 아무것도 없음을 깨닫고, 깜짝 놀랐다. 사실을 말하자면, 지침서 덕분에 아들보다는 아버지를 더 잘 알고 있는 듯한 야릇한 느낌이었다.

아들 쪽은 수사가 나아가야 할 올바른 길이라고 생각하는 쪽에 그녀가 다시 자리 잡게 하려는 때가 아니라면, 절대로 그녀에게 마음을 열어 보이거나 털어놓은 적이 없었다. 그런데 그러던 사람이 갑자기 모호한 길로 방향을 꺾어 버렸다. 베치는 성인(聖人)과는 거리가 멀었고, 목적 달성을 위해서라면 자신이 불러일으킨 공포를 가지고 노는 무시무시한 남자이긴 했다. 하지만 제니는 탐정이 그녀에게 실제로 무언가를 숨기고 있다는 느낌을 털어 버릴 수가 없었다. 폭스 자매의 비밀보다도 훨씬 더 무거운 비밀을.

드디어 음식 냄새가 로버트의 콧구멍에 가 닿자, 콧구멍은 밤새도록 쉬지 않고 꼬르륵거렸던 위를 채워 주겠다는 그 약속을 더욱더 확실히 즐기려고 벌름거렸다. 잠이 든 사람의 몸속에서는 피곤이 배고픔을 눌렀다면, 달걀과 베이컨의 냄새가 힘의 관계를 바꿔 놓아서, 로버트는 자신이 꿈의 세계를 떠나왔다는 사실을 인지하지도 못한 채 본능적으로 눈을 떴다. 충혈된 눈동자가 많은 시간을 들이지 않고서도, 이 은은히 풍겨 오는 쾌락의 원천을 찾아냈다.

로버트는 샌드위치를 낚아채더니, 내용물의 절반이 접시로 다시 떨어진다는 사실에는 신경도 쓰지 않고서, 입 안으로 마구 쑤셔 넣었다. 어쨌든 그는 빵 부스러기조차 남기지 않았다. 동면 기간 동안 굶주려 불퉁거리는 곰처럼, 먹을 수 있는 것으로 정체가 밝혀진 모든 것을 두 손아귀 가득 움켜쥐고, 우아함 따위는 조금도 없이 목구멍 안에 집어넣더니, 몽땅 삼켜 버렸다.

마술사 제니가 그 희한한 광경에 어김없이 매혹당했다면, 정작 탐정 그 자신은 그 일의 당사자가 아닌 듯했다. 그는 잠에서 깨어났음을 가까스로 인지하나 싶었는데, 허겁지겁 식사를 마치자마자 곧 다시 잠이 들었다.

제니 역시 자기 몫의 아침 식사를 마치고 나자, 방금

자신이 본 광경이 그저 자신의 두뇌가 빚어낸 야릇한 광경에 지나지 않는 것인지, 혹은 현실이 그토록 사실임 직하지 않을 수도 있는 것인지 궁금해하면서, 다시 잠을 청하려고 시도했다.

이번에는 햇빛이 아니라 주위의 부산함 때문에 잠에서 깨어났다. 눈을 뜬 제니는 로버트가 여행 가방을 열어 놓고 서둘러 자신의 소지품들을 몽땅 그 안에 정리해 넣는 중임을 깨달았다. 탐정은 전날 두 사람의 소행을 드러낼 만한 그 어떤 단서라도 남겨 놓지 않았는지 확인하려고, 불안한 표정으로 바닥을 꼼꼼하게 살피고 있었다.

「뭘 하세요?」 제니가 잠에 취한 어눌한 목소리로 물었다.

「출발합시다. 곧장 뉴욕으로 돌아갈 거요. 하이즈빌에서 충분히 많은 일을 했소.」

탐정이 쭈그려 앉아서, 밤 동안에 자신의 건장한 어깨가 벽에 남겨 놓았던 축축한 흔적 위에 먼지를 골고루 나눠 주려고 애쓰는 동안, 제니는 침대에 일어나 앉았다.

「그럼 농가는요?」

그가 드디어 그녀를 돌아보았다.

「무슨 소리요?」

「그러니까…….」

제니는 자신도 알 수 없는 이유로, 마치 그것이 저주

받은 말이라도 되는 것처럼, 감히 그 말을 입에 올리지 못했다.

「……우리가 발견한 건요?」

그가 솔을 바닥에 내려놓고 다가왔다.

「우리는 아무것도 발견하지 못했소. 우리가 하이즈빌에서 한 일이라고는, 데이비드의 집에 침투하여 케이트에게 접근한 것이지.」

제니는 탐정의 생각을 따라잡을 수가 없었다. 그녀가 침대에서 일어나 잠시 균형을 잡으려고 애쓰는데, 로버트는 하던 일로 다시 돌아갔다.

「사실 말인데, 당신이 그렇게 나올 거라고 미리 짐작했어야 하는데…….」

로버트는 자신이 침대에서 자지 않았음을 보여 주는 증거들을 지우느라 여전히 분주하게 움직이면서, 그 말에 아무런 반응도 보이지 않았다.

「폭스 자매에 관한 진실 따위에는 관심을 가졌던 적이 단 한 번도 없었죠, 그렇지 않은가요?」

「되지도 않는 소리는 그만하고, 가방이나 싸요. 꾸물거릴 시간이 없을 테니.」

「이번 사건에서 당신이 관심 갖는 거라고는 오로지 명성, 그리고 교회에서 받을 돈뿐이죠.」

드디어 로버트가 무릎을 꿇은 채로 제니를 마주 보았고, 자신의 요원이 진정 어떠한 능력의 소유자인지를 파악했다.

「어떻게 그걸 알고 있지? 누가 당신에게 그런 이야

기를 해줬소?」

「나는 핑커턴사의 요원이죠, 그렇지 않나요? 숨겨 둔 정보들을 찾아내는 게 내 일이 아닌가요? 그게 아니라면, 처음부터 내게 맡겨진 임무의 성격에 대해서 내가 잘못 알고 있었던 건가요?」

그가 몸을 일으켰다.

「내 직원에게서 들어야 할 훈계는 없소.」

「어머, 아주 잘됐군요, 이제 당신을 위해서 일하지 않을 생각이니까! 농가에서 발견된 시신에 관해 제보하고, 그 대가로 신문사에서 받게 될 돈이면 충분하지 않겠어요.」

탐정이 고약하게 입을 삐죽거리며 비웃었다.

「무슨 시신? 이미 말하지 않았소, 제니. 하이즈빌의 농가에서 우리는 아무것도 발견하지 못했다고.」

잠깐의 놀람이 가시고 나자, 제니는 왜 로버트의 옷이 그토록 흙투성이였는지를 드디어 이해했다.

「당신이…… 당신이 옮겨 놓았군요!」

그가 의기양양하게 고개를 끄덕였다.

「아무도 찾지 못할 장소로 옮겨 놓았소. 자, 이제, 나는 관대하니까, 당신의 사의 표명은 잊어 주리다. 그러니까 당신 쪽에서는, 내가 당신을 고용한 이유에 꼭 맞게 해야 할 일을 수행하고, 그 세 명의 여자가 발가락 하나 꼼짝하지 않고서 딱 소리가 나도록 어떻게 하는지를 내게 보고해요!」

탐정의 눈동자가 떨렸다. 제니는 그가 그런 장광설

을 펼치면서 살짝 뒤로 물러섰다는 사실 역시 알아차렸다.

「싫어요.」

「자, 자, 당신에게 그 돈이 필요하다는 것을 우리 둘 다 알고 있지 않소.」

제니가 그에게 다가가자, 그가 다시 뒤로 물러섰다.

「그런데 말이죠, 모두가 당신 수작을 훤히 꿰뚫었답니다. 당신 동생부터 술집의 노름꾼들에 이르기까지, 모두가요. 당신은 아빠를 놀라게 해주려고 애쓰는 겁에 질린 어린 사내아이에 불과해요. 그런데 이제 이런 말씀을 드릴 수 있겠네요, 당신의 아버지께서는 저 위에서 당신을 지켜보면서 실망하실 거라고.」

제니는 탐정이 자신의 시선을 견디기 어려워한다고 느꼈다. 제니는 더는 기다리지 않고 가방을 집어 들었고, 방문을 쾅 닫기 전에 그저 이렇게 내뱉었다.

「당신은 진실을 찾는 게 아니에요, 핑커턴 씨. 그저 이겨 먹을 궁리를 하는 거죠. 그러다가 당신 아버지의 회사를 잃게 될 겁니다.」

29
『완벽한 요원을 위한 핑커턴 지침서』

부록 — 드라이스데일 사건:
켄들 필립스가 요원 케이트 원의 인터뷰를 기록함
1866년 10월(2/2)

용의자의 집에 침투했으니, 이제 내게 남은 단 하나의 할 일은 증거 수집이었다. 은행가를 살해한 동기가 파산으로 보인 만큼, 알렉산더 드라이스데일이 정말로 빈털터리인지를 확인해야만 했다. 거기에 더해 훔쳐 간 돈을 발견하는 데 성공한다면, 그를 체포하기에 아마도 충분할 기소 자료를 갖추게 되리라. 요원이 한 명 더 파견되었는데, 이번 사건을 위해 그에게 부여된 가명 존 그린으로 그를 부르겠다. 아주 뛰어난 요원으로서, 미처 차 한 잔을 다 마시기도 전에 사람들과 사귀는 재주가 있었다.

한마디로, 존은 드라이스데일 씨의 토지에 관심이 있는 부유한 투자자 행세를 했다. 드라이스데일은 그

가 토지를 둘러볼 때 안내를 해주고 난 뒤, 그를 얼마나 높이 평가했던지 사냥 모임에 그를 데리고 갔다.

그런데 그 사냥 모임에서, 우리의 용의자가 깨끗이 빨아 놓은 시트처럼 갑자기 창백해져서는, 호수 근처에서 자신을 지켜보는 유령을 분명히 보았노라고 단언하는 일이 벌어지지 않았던가. 그러고 나서는 즉시, 자신이 뭐에 정신이 팔렸던 건지 모르겠다고 말하면서 그런 사실을 부인했지만, 우리의 요원이 이미 전부 다 목격한 뒤였다.

내 쪽에서는 안주인과 친구가 되었다. 그러니까 저택을 돌아다녀도 의심을 받지 않을 정도로는 친해졌다. 나는 드라이스데일 부인이 그런 행동을 젊음의 호기심에서 비롯된 것으로 여기며 넘어가게끔 했는데, 드라이스데일 부인은 아무것도 묻지 않았으며 덮어놓고 다 믿었다. 그녀는 남편의 기분이 평소와 달리 이상해서 몹시 불안했기 때문에, 나에 대해서 신경을 쓰지 않았다.

당시는 1866년도였음을 머릿속에 넣어 두어야 한다. 심령주의가 조금씩 사방으로 퍼져 나갔고, 사람들은 죽은 자들이 사망하고 나서도 우리와 함께 머무른다고 믿게 되었다. 특히 뒤통수를 호되게 얻어맞아서 잔뜩 신경질이 난 심령들이라면 말이다. 영원히 두통에 시달린다고 상상해 보아라. 나라도 그들의 입장이라면 복수하려고 들리라.

그러니까 한마디로, 일단 유령 사건을 목도하고 난 뒤니, 당신이 짐작하듯이 우리는 그것을 활용하려고 했다. 드라이스데일, 그는 엄청나게 코피를 흘려 댔다. 그러던 어느 날 저녁, 그가 혼자 있다고 생각했는지, 피가 잔뜩 묻은 자신의 손가락을 들여다보면서 이렇게 말하는 소리를 듣게 되었다. 「그자야…… 그자야…….」 당연히, 이 모든 일은 내게 영감을 주었다. 호수니 코피니…… 나는 뭔가 해볼 만한 여지가 있다고 생각했다.

그래서 나는 가짜 피를 구해 달라고 회사에 요청했다. 이튿날 밤, 나는 그의 침대에서부터 호수까지, 그러니까 그가 유령을 봤던 그 장소까지 피를 뿌려 놓았다. 우리는 이 문제를 놓고 앨런과 의견을 주고받았고, 제일 좋은 것은 그의 죄책감을 자극하여 자백을 하도록 압력을 넣는 것이라는 데 의견을 모았다.

내가 알렉산더와 그의 아내에게 제안하여 말을 타고 산책을 나갔을 때, 우리는 존을 허옇게 칠해서 우리가 가는 길에 그를 세워 놓았다. 존이 모습을 드러내자 나는 못 본 척하며, 그동안 그의 아내의 주의를 다른 곳으로 돌리는 데 성공했다. 그래서 드라이스데일은 유령을 본 사람이 자기 혼자뿐이라고 믿었다.

하지만 그런 모든 시도는 그에게서 심각한 몽유병 발작을 불러일으켰을 뿐이었다. 그는 한밤중에 의식이 분리된 상태로 침대에서 일어나, 꼬박꼬박 두 군데 장소를 향하여 걸어갔다. 우선은 호수였는데, 더 정확히 말하면, 작은 돌다리가 놓인 곳이었다. 우리는 그곳에 뭔가 특별한 것이 있음을 깨달았다. 또 다른 장소는 저택 뒤의 배나무였다. 그는 그 거대한 나무 아래에서 걸음을 멈추고는 무슨 말인가를 중얼거린 다음, 다시 잠자리로 돌아갔다. 나는 한밤중에 그가 벌이는 돌출 행동들을 하나도 놓치지 않으려고, 한쪽 눈만 감고 잠을 자다시피 하면서 그를 따라다녔다.

우리는 그 두 군데 장소를 뒤졌고, 은행가의 금고에서 사라진 돈을 찾아냈다. 사라진 돈의 절반이 방수 처리가 된 상자에 담긴 채, 다리 옆의 반쯤 물에 잠긴 바위 밑에 숨겨져 있었다. 그리고 나머지 반은, 몽유병 발작이 일어났을 때 그가 서 있곤 하던 바로 그 장소에, 나무 바로 앞에 파묻힌 상태로 발견되었다.

당신은 그를 체포하기에 그걸로 충분했으리라고 믿는가? 천만의 말씀! 우리 쪽 법률 전문가의 견해에 따르자면, 그것들은 〈정황〉 증거였다. 정황 증거라고? 정말? 당신네 요원들이 얼마나 대담한 시도를 했는지는 깨닫고 있는가? 그보다도 더 나쁘다! 모두가 존경할 만한 공무원이라고 여기는 드라이스데일을 상대로 우리가 동원했던 수법을 고려해 볼 때, 우리 쪽 변호사는 자필 자백이나 경찰의 입회하에 행해진 자백의 형식으로 그의 유죄성을 입증할 수 없다면, 앨런은 그 남자를 광기의 저 안쪽으로까지 몰아넣었다는 이유로 보나 마나 교수형을 당할 거라고, 우리에게 경고했다.

따라서 사장은 해결책은 단 하나라고 생각했다. 즉, 경찰관들이 지켜보는 가운데 알렉산더 드라이스데일과 직접 부딪혀 보는 거였다.

사장은 시장의 명령이라며, 경찰관 몇 명이 기다리고 있는 범죄 장소로 그를 소환하여, 그가 저지른 범죄를 털어놓으라고 요구했다. 예상했던 대로, 드라이스데일은 거부했고, 부인했다. 그러자 앨런이 계획대로 움직였다. 그는 훔쳐 간 돈을 제시하며, 드라이스데일의 집에서 그 돈을 발견했다고 이야기하면서 그의 유죄성을 입증했지만, 물론 그것으로 충분하지 않았다.

여지없이, 알렉산더는 쓸데없는 말을 하여 탄로가 날까 봐 두려운 마음에 입을 꾹 다물고 말았다.

그래서 앨런은 최후의 패를 내놓았다.

그는 존에게 다시 한번 유령으로 분장하고 희생자처럼 책상에 엎어져 있으라고 미리 부탁해 뒀었다. 그곳에 있는 사람들은 모두 그를 모른 척하라는 명령을 받은 상태여서, 드라이스데일은 자기에게만 유일하게 고인이 보인다고 느꼈다. 결국, 〈망자〉가 입을 열어 그가 영벌을 받을 거라고 위협하자, 알렉산더가 모든 사람이 지켜보는 가운데 자백을 하고 말았다.

일단 범죄가 저질러진 바로 그 장소에서 범죄가 밝혀지고 나자, 범인은 다 털어놓고 나니 마음이 훨씬 편해졌다고 인정했다. 그는 자신이 왜 그런 짓을 저질렀는지를 아내에게 설명하는 편지를 쓰기 위해서, 감옥에 가기 전에 혼자 있는 시간을 조금만 누리게 해달라고 부탁했다.

앨런은 그 부탁을 받아들여서, 남자가 편지에 적을 내용을 정리하게 모두에게 은행가의 사무실을 비워 달라고 요구했다. 그는 이렇게 혼자가 된 틈을 타, 자신이 희생자를 살해했던 바로 그 장소에 앉은 채로, 자기 머리에 총알을 한 방 쏘았다.

이 이야기에는 교훈이 있는가? 나는 정말이지 잘 모르겠다. 그 살인에서 드러난 야만스러운 폭력성을 고려하면, 드라이스데일 씨는 교수형을 당했어야 마땅하다고 확신한다.

하지만 앨런은 그 남자가 법의 손아귀에서 빠져나가게 내버려 둔 것에 대해 늘 자책했다. 그 사건 이후로 그는 절대로 다시는 심령을 동원하지 않았다. 사실대로 말하자면, 나는 그가 분별없이 심령을 이용하는 자들을 처벌하는 일에 앞장서기까지 했다는 생각이다.

로버트는 제니에게 뉴욕으로 돌아가는 교통편을 제공하고 하이즈빌의 농가에 관한 비밀을 지킨다는 조건으로 그녀가 수행한 작업에 대해 사례금 1백 달러를 지급하는 친절을 베풀었다. 마술사 제니는, 탐정도 동의한 조건인데, 핑커턴사에서 자매를 보호해 주겠다는 약속을 받아 낸 뒤 사례금을 받았다.

제니는 뉴욕의 작은 아파트로 돌아온 뒤, 정신적으로 멍하다고 할 만한 상태에 빠져 버렸다. 제니는 자신이 사기꾼처럼 느껴져서, 카드 마술을 하면서도 더는 아무런 기쁨도 느끼지 못했다. 그녀가 어쩌다가 드물게 스스로 나서서 하는 공연마저도 사람이 거의 모이지 않아서, 끝까지 공연을 진행하는 일이 아주 드물었다. 제니는 마술 하나를 망쳤다 싶으면, 그것을 공연을 끝낼 구실로 삼아서 즉각 공연을 중단했다. 제니로서는 모든 게 헛되어 보였다.

제니의 어머니는 제니가 행동이 이상해졌고 말이 없어졌고 카드를 섞는 손가락이 둔해졌으며 그 어떤 일에도 흥미를 느끼지 못함을 눈치챘지만, 그런 이야기를 꺼낼 엄두도 내지 못했고, 무엇 때문에 그런 울적한 상태에 빠져 있는지도 묻지 못했다. 말없이 저녁 식사를 하는 도중, 마술사 제니가 생각에 잠겨서 구운 옥수수 이삭을 뒤적거리는 동안, 어쨌든 엘런이 말을 붙여 보았다.

「네가 제일 좋아하는 구혼자가 오늘 왔다 간 건 아니?」

제니는 눈을 들어 올리지조차 않았다.

「음음…….」

「걔는 여전히 소심하게 말을 더듬으면서, 너를 만나고 싶다고 하더구나. 몇 번째인지도 모를 편지를 또 들고 왔길래, 네 시간을 뺏지 않으려고 곧바로 우댕에게 줬단다.」

「음음…….」

편하게 농담할 거리를 제공하는 루셔스를 언급했지만, 딸에게서 연이은 두 개의 의성어 이상은 끌어내지 못했다. 어머니는 어찌할 바를 몰라서 이야기를 주고받으려는 생각을 포기했다. 두 사람은 한마디 말도 없이 식사를 마쳤다.

결국, 두 여자가 2인용 침대에 몸을 누였을 때, 엘런이 더 이상 버티지 못했다.

「애야, 네가 말하고 싶어 하지 않으니, 네가 무엇 때문에 이런 상태가 되었는지 알 수가 없구나. 하지만 나도 이와 비슷한 일을 이미 겪었다는 얘기를 해주지 않을 수가 없네……」

어머니는 딸이 이불 속에서 돌아눕는 것을 느꼈다. 딸은 여전히 가타부타 대답은 하지 않았지만, 어쨌든 듣고는 있었다.

「네 아버지가 세상을 떴을 때, 죽고 싶다고 생각했어. 내가 이제껏 참아 왔던 것보다 더 극심한 고통이었고, 그칠 기미도 없었지. 아침에 눈을 뜨는 순간부터 저녁에 흐느끼며 눈을 감는 순간까지, 고통은 희미해지기를 거부했어. 그 어떤 의사도 나를 갉아먹는, 눈에 보이지 않는 병에 대한 치료책을 갖고 있지 못했단다. 구스타브가 내 배 속에 심어 준 작은 씨앗만 아니었다면, 아마도 난 가장 가까운 약국에 가서 말도 쓰러뜨릴 정도의 비소를 샀겠지.」

「그런 사실을 알게 되어서 좋아요. 난 하나도 아는 게 없으니까.」

「정말? 잘 들어라, 꼭 한 번만 말할 거니까. 너는 운 좋게도 마술에 대한 뛰어난 재능을 타고났어. 솔직히 말하면, 나는 속임수를 다 알고 있는데도, 네가 하는 그 일을 네가 어떻게 하는 건지 이해가 안 될 때도 있어. 그리고 그것만 있는 것도 아니잖아. 너는 머리가 뛰어나게 좋지. 대부분은 보지 못하는 것을 너는 보잖니. 제니야, 마술, 그건 너의 삶이지……. 여행을 가서 네게 무슨 일이 일어났는지도, 미소를 지으며 너를 데리고 갔다가 무기력해진 너를 다시 데려다준 그 이상한 마부가 누구인지도, 나는 몰라. 하지만 이제는 네가 몸과 마음을 추스를 때란다.」

딸은 계속 말이 없었다.

「네게 이런 이야기를 들려준 적이 한 번도 없었더랬지. 왜냐하면…… 그래, 네 아버지나 너나 이런 종류의 일을 좋아하지 않는다는 걸 아니까. 하지만…… 나로서는 모든 게 다 엉망으로 망가져 가는 그 순간에, 그이의 목소리를 꼭 듣고 싶었어. 그래서 그이가 매장된 곳으로 찾아갔단다. 아칸소주의 포이즌 스프링이라는 곳이지. 긴 여행이었지만, 절대로 후회하지 않아. 그리고 무슨 일이 일어난 건지 모르겠는데, 그 사람의 무덤 앞에 서자, 난 그 위에 손을 올려놓았단다……. 마치 그이가 내게 말을 하는 것 같았어. 네 아버지가 나에게 무슨 말을 했는지 너에게 말해 줄 수는 없지만…… 그가 저 위에서 나를 지켜본다는 것만은 알겠더구나. 그게 내게 계속 살아갈 힘을 주었지. 다시 뉴욕에 돌아와서, 영매를 만나려고 내 보잘것없는 저축을 탈탈 털었단다. 거기에서, 그의 목소리를 분명하게 들었어……. 난 덕분에 미소를 되찾았고. 발길을 끊은 지는 오래됐지만, 그때 그런 대화를 할 수 있었던 건 정말로 후회스럽지 않구나.」

엘런은 자신이 방금 무슨 말을 했는지 깨달았다. 커다란 목소리로 흘러나온 자신의 고백이 더욱더 멍청하게 느껴졌다.

「네 엄마가 정신 나간 늙은 여자라고 생각하겠네, 그렇지?」

「아니에요, 엄마. 내가 최근에 들었던 것 중에서 가장 분별 있는 건데, 뭐.」

엘런이 제니의 뺨에 가볍게 입을 맞추었다.

「그거야말로 정확히 내가 듣고 싶었던 소리란다.」

엘런은 딸의 얼굴을 볼 수는 없었지만, 그 음색만으로도 제니가 약간 기운을 차렸음을 알았다. 엘런은 잠깐 남편 생각을 하면서, 딸을 치유할 수 있는 말을 자신에게 귀띔해 준 이가 남편일지 궁금해했다.

30
『완벽한 요원을 위한 핑커턴 지침서』

부록 — 남북 전쟁: 포이즌 스프링 전투의 패배
예외적으로, 역사가 가일 포넷이 들려준 이야기
(현장에 파견된 요원이 이 사건에 관한 보고서
작성을 거절했기 때문이다)

1864년 4월, 남북 전쟁이 캠던(아칸소주)에서 맹위를 떨칠 때, 북군 소장 프레더릭 스틸은 자기 휘하의 군인들을 먹이기에 군량 보급이 충분하지 않다는 사실을 깨닫는다. 다행히도 앨런 핑커턴이 구축한 북군의 정보 및 첩보망 덕분에, 남군이 캠던에서부터 30킬로미터 떨어진 프레리 단에 엄청난 양의 옥수수를 저장해 뒀음을 알게 된다. 게다가 어느 모로 보나 저장고의 경비가 허술한 듯했다. 따라서 스틸은 귀중한 식량을 탈취하기 위한 전격 기습 작전을 실시할 목적으로, 제임스 먼로 윌리엄스 대령이 이끄는 병사 10만 명을 파견한다. 이 작전은 수월하게 충돌 없이 진행된다.

윌리엄스는 옥수수를 캠던으로 수송할 확실하고 신속한 방법으로 철로를 생각해 뒀었고, 따라서 그는 그러한 교통수단을 활용한 부대의 귀환 및 곡물 수송을 기획한다.

하지만 수송대는 귀환 중에, 목적지를 약 25킬로미터 남겨 놓은 지점에서 남군의 공격을 받는다. 두 명의 준장, 존 새핑턴 마머듀크와 새뮤얼 벨 맥시가 지휘하는 기병대였는데, 인원이 무려 1천8백 명(당시로서는 엄청난 병력이며, 드물게 남군이 북군에 대한 수적 우위를 보인 전투)에 달했다.

윌리엄스는 수송 열차를 보호하기 위해 〈유색 보병대〉(남부의 노예 출신으로 이루어진 부대)를 제일선에 배치한다. 이 부대원들은 두 차례 공격을 격퇴하는 데 성공하지만, 급격한 탄약 소진과 부상자 급증(윌리엄스는 수천 명의 남군에 맞서, 고작 3백 명의 기마병밖에 없었다)에 직면하게 되고, 결국 포위된다.

곧, 북군은 패하여 부상자들을 버리고 퇴각한다. 이 전투에는 미국의 군인들만 참가한 게 아님을 알려 둔다. 남군이 유례없는 격파력을 지닌 촉토족(그 지역의 아메리카 원주민 부족)과 동맹을 맺어 두었기 때문이었다. 남군은 원주민과의 동맹에 대한 호의 표시로, 그들이 포로의 가죽을 벗기고 죽이고 머리 가죽까지 벗겨도 내버려 뒀다.

촉토족과의 교류를 담당한 남군 대령 탠디 워커는 이런 말을 했다고 한다. 〈나는 열차와 열차에 실린 보급품이 반쯤 벌거벗고 굶주린 촉토족에게 너무 큰 유혹이 되지 않을까 걱정했다. 하지만 우리는 식량이나 의복 이상으로 그들의 참전 동기가 되어 준 것, (……) 즉, 경멸하는 적들, 그러니까 그들의 땅을 약탈하고 그들의 집을 강탈하고 그들의 아내와 자식을 살해하는 자들의 피를 보라고 그들을 부추기는 데 아무런 어려움도 없었다.〉

포이즌 스프링의 학살은 북군 쪽에 3백 명의 사망자와 남군 쪽에 115명의 사망자를 냈는데, 북군의 경우는 대부분이 흑인이었고 남군의 경우는 대부분이 촉토족이었다.

북군이 기획한 기습 작전에 대해 알고 있는 사람들이 거의 없었는데, 어떻게 남군이 그렇게나 완벽한 반격을 계획할 수 있었는지 대해서는 오늘날에도 여전히 알려진 바가 없다.

당장 이튿날, 제니는 어머니가 자신에 앞서 순례 길에 올랐듯이 자신도 그 길에 올랐는데, 거기에서부터 자신이 무엇을 끌어내게 될지는 전혀 알지 못했다. 하지만 아버지를 만나리라는 예상, 아니 적어도 아버지의 존재를 느끼리라는 예상만으로도, 뉴욕에 돌아온 뒤로 완전히 사라져 버렸던 기쁨이 그녀의 마음속에 되살아나기에 충분했다.

기차, 그리고 승합 마차를 이용한 6일간의 여행은 그녀가 깊이 있는 독서를 할 수 있는 기회를 제공했다. 처음에 제니는 『마술의 길』을 들고서 닳고 닳은 페이지들을 읽고 또 읽는 것으로 만족하며, 『핑커턴 지침서』에는 손도 대지 않았다. 하지만 곧, 제니 스스로도 깜짝 놀랄 정도로, 그 지침서를 다시금 탐독하고 싶은 마음을 참을 수가 없었다. 제니는 선배 요원들의 모험, 그러니까 그들의 수훈과 회의(懷疑)를 책에서 발견하자, 잠입 임무가 자신에게 안겨 줬던 자극이 그리워져서, 회사를 떠나온 것이 거의 후회될 지경이었다. 이 지침서가 그녀가 핑커턴사에서 짧게 쌓은 경력의 유일한 증거이자 최후의 유물이었다.

제니는 캠던에 내려서 잠깐 휴식을 취했는데, 미시시피강의 한 지류인 와시타강 부근에 위치한 그 소도시에는 1천5백 명에 달하는 주민이 살고 있었다. 그 지역에서 유일하게 배가 지나갈 수 있는 길이며, 강을 통해서 뉴올리언스와 직접 연결된다는 사실로 인해, 그 도시는 목면 및 다른 물자의 교역에서 전략적으로 중요한 항구가 되었다. 캠던은 아칸소주에서 두 번째로 규모가 큰 도시였고, 따라서 끝없이 쏟아져 들어오는 여행객들을 상대하는 상인과 장인으로 넘쳐흘렀다. 그로 인해 이곳에는 여행객들이 잠도 자고 실컷 마셔 댈 수도 있는 선술집들이 당연히 여기저기 있었다. 마술사 제니는 외관이 평균보다 덜 불결해 보이는 여인숙에 들러 가방을 내려놓은 뒤, 심령술사가 자신의 질문에 해답을 가져다주기를 바라면서 심령술 상담소를 찾아보았다.

도시에 하나 있기는 했지만, 오후 5시밖에 되지 않았는데도, 영매는 상담소를 비운 상태였다. 입구의 문에 쳐둔 더러운 연보라색 커튼에 쪽지 하나가 압핀에 꽂혀 있었다.

오늘 업무는 끝났습니다. 상담 약속을 잡기 원한

다면, 작은 종이에 원하는 날짜와 시간을 적어서 문 아래로 쪽지를 밀어 넣든가, 아니면 〈투른솔〉로 와서 내게 술 한잔을 사주세요. 상담 비용은 1회에 5달러입니다.

티나

제니는 지나가는 사람 몇 명을 상대로 정보를 캐낸 끝에, 〈투른솔 솔리테르〉가 지역에서 상당히 인기 있는 술집임을 알게 되었다. 제니는 지체하지 않고, 그곳에 가보기로 결정했다.

그곳은 소도시의 선술집치고는 이상할 정도로 근사하게 장식되어 있었다. 투명한 화병에 꽂힌 거대한 해바라기 한 송이가 니스 칠을 한 목재 카운터 위에 군림하고 있었는데, 그 어두운 장소에서 유일하게 환한 사물이었다. 마술사 제니에게 즉각 큰 충격을 안겨 준 것은 그곳에 있는 다수의 매춘부였다. 그 여자들은 피곤에 찌든 선원이 충분히 취해서 혼자서 밤을 보내지 않으려고 액수 따위에는 신경 쓰지 않고 돈을 쓰기를 초조하게 기다리면서, 먹잇감 주위를 빙글빙글 도는 독수리처럼 남자들의 얼굴을 자세히 뜯어보고 있었다. 제니는 카운터에 팔꿈치를 댄 채, 이 여자들이 보여 주는 야릇한 안무를 관찰했고, 그러고 있자니 꿀을 빨기 가장 좋은 꽃을 선택하는 꿀벌들의 춤이 저절로 떠올랐다. 적어도 그녀를 귀찮게 하거나 혹은 꼬시려고 찾아올 남자는 없으리라. 이곳에서는 그 여자들이 흐름을 주도했다. 제니는 술을 주문하면서 아무런 불편도 겪지 않았는데, 이런 일이 흔하지는 않았다. 그 장소는 살짝 고급스러움을 내세웠기에, 제니는 싸구려 특제 독주와 그 지역에서 생산되는 흔한 위스키 대신에 적포도주 한 잔을 고를 수 있었다. 제니는 자신의 술이 나오자마자 술잔을 들고, 음울한 표정으로 혼자 카운터에서 술을 마시는 나이 지긋한 여성에게 다가갔다.

「실례합니다. 티나라는 분을 어디 가면 볼 수 있을까요?」

여성이 흘깃 제니를 바라봤다.

「혼자서 술을 마시고 있는 또 다른 여성이라니, 그리 흔히 보는 광경은 아닌데. 자, 여기 앉아서, 내게 한잔 사요.」

제니는 작은 간이 의자에 손을 갖다 대며, 빠르게 낯선 여인을 훑었다. 오십 줄에 들어선 것으로 보이는 여성은 위스키 한 잔을 앞에 놓아두고 있었다. 흰색과 갈색이 섞인 머리카락을 땋아서 두 가지 색깔이 교차되는 왕관처럼 둘둘 말아 올렸다. 목에는 은도금 목걸이를 걸고 있었는데, 목걸이를 장식한 보석은 커다란 오팔이었다. 그녀가 걸친 어두운 색깔의 폭넓은 드레스는 흰색 레이스를 둘렀고, 금빛 장식 단추가 여기저기 눈에 띄었다.

전반적으로 살짝 요란한 느낌이었는데, 거기에 이제 얼굴에 떠오른 커다란 미소까지 더해지면서, 개구쟁이 같은 느낌이 풍겼다.

「뭘 마시겠어요?」 마술사 제니가 물었다.

그 나이 든 여성은 자신의 잔을 바라보다가, 그 안에 손가락을 집어넣었고, 그러고는 탐욕스러운 표정으로 손가락을 입으로 가져갔다.

「위스키. 이것저것 많이 맛봤는데, 결국 진짜배기는 이것밖에 없더라고.」

제니는 자신의 잔에 담긴 붉은색 액체를 응시하다가 향을 맡아 보고는 입으로 가져갔는데, 역겨워서 다시 뱉어 버릴 뻔했다. 이 포도주는 케이트 옆에서 맛봤던 그때의 포도주와 비슷한 구석이라고는 하나도 없었다. 포도주는 입술에 떫은맛을 남겨 놓더니, 그러고는 식초처럼 목구멍을 톡 쏘았다. 나이 든 여인이 제니에게 자신의 위스키 잔을 내밀었다. 제니는 망설였지만, 자신의 혀 돌기에서 느껴지는 그 불결한 질감을 씻어 내고 싶은 욕구가 조심성보다도 훨씬 더 강했다. 그래서 제니는 한 모금 마셨고, 은은한 나무 향이 풍기는 개운한 맛에 깜짝 놀랐다.

「일단 이 독주를 한번 맛보고 나면, 다른 걸로 넘어가는 게 어렵지.」

제니는 시끄러운 소리를 내며 자신의 의자를 끌고 가 새로 사귄 친구가 앉아 있는 테이블에 바싹 갖다 댔고, 그 바람에 이미 무수히 많은 자국으로 장식되어 있던 마룻바닥에 또 다른 자국이 더해졌다.

「여기는 처음이군, 그렇죠?」

제니가 입을 열었지만, 미처 대답할 틈이 없었다.
「아니, 아니, 아무 말도 말아요, 이런 종류의 일에는 내가 썩 괜찮거든. 자, 어디서 왔어요?」
나이 든 여자는, 이렇게 하랬다가 곧 그렇게 하지 말라니 살짝 정신이 없어진 제니에게서 눈을 떼지 않은 채로, 한 모금 마셨다.
「반가워요, 내 이름은…….」
제니는 가장 도움이 될 만한 신분이 무엇일지 생각하느라 잠시 입을 다물었지만, 다정하게 자신을 지켜보는 커다란 갈색 두 눈을 보자, 즉각 대답을 내놓았다.
「……제니예요. 뉴욕에서 왔어요.」
제니는 자신의 진짜 신분을 밝히고 나니 이상한 기분이 들었다.
「어디 보자, 음…… 돌아가신 분이 누군가? 이쪽 출신 남자의 딸인가? 아내? 애인? 내 늙은 몸뚱어리를 보겠다고 그 먼 길을 뚫고 왔다고는 믿어지지 않고. 아, 알았다! 매춘부로구나. 끝내주는 능력으로 아가씨를 황홀경으로 보내 버린 어떤 홀아비 때문이구나!」
「난 매춘부가 아니에요……. 아버지 때문에 왔어요.」
나이 든 여자는 위스키가 가득한 또 다른 잔을 집어 들었고, 생각에 잠긴 동안 입 안에 술을 머금고 있더니, 드디어 요란스럽게 삼켰다.
「그 직업에 수치스러운 구석은 없어요. 나도 전에는 그 일을 했어. 여자가 독립적으로 살려면 필요한 일은 해야 하거든.」

그녀가 다시 한 모금 마시려고 했지만 잔이 비어 있었다. 그녀는 잔을 들어 입 안에 털어 넣었는데, 확실하게 한 방울도 남기지 않으려는 몸짓이었다.

「하지만 조심은 해야지! 거친 군인들은 상대하면 안 돼요. 나는 고급 매춘부여서, 고정 손님만 몇 명 받았고, 그들이 내가 곤란한 일이 없도록 충분한 돈을 지불했지. 근사한 삶이었답니다. 그럼, 훨씬 단순했고.」

「그래서 지금은 영매인 거고요?」

티나는 술친구의 순박한 느낌이 나는 날씬한 몸을 응시했다.

「영원히 젊고 아름다운 상태로 남아 있을 수는 없으니까.」 그녀가 우수에 젖어 말했다. 「영매도 그렇게 나쁘진 않아요. 어쨌든 투른솔에서 술을 얻어먹게는 해 주거든.」

제니는 주의 깊게 티나를 살폈다. 그녀의 눈동자 저 안쪽에 뭔가가, 숨기려고 해봤자 소용없는 슬픔이 있었다.

「하지만, 그러니까 내 말은, 하루아침에 영매가 되지는 않는다는 거죠. 뭔가 특별한 게 필요하지 않나요?」

티나가 새로 위스키 두 잔을 따라 달라고 바텐더에게 신호를 보냈다.

「이분 장부에 달아 둬요.」 그녀가 제니를 가리키면서 말했다. 바텐더가 제니를 바라보았고, 제니가 고개를 끄덕였다.

「아가씨는 무슨 일을 하나? 결혼반지가 없으니 결혼

을 하지는 않았을 테고. 하지만 내게 한잔 살 능력은 있는 것 같고. 아가씨 비밀은 뭘까?」

「그쪽에서 비밀을 말해 주면, 내 비밀을 말하죠. 어떻게 영매가 됐나요?」

티나가 낮게 웃음을 터뜨렸는데, 곧 그 웃음소리는 오랜 세월에 걸친 흡연 습관이 남긴, 쉰 듯 걸걸한 기침으로 바뀌었다.

「배짱이 있네. 자신이 무엇을 원하는지를 알고, 그것을 추구하는 데 두려움을 느끼지 않아. 마음에 들어.」

제니는 거북한 미소를 띠었다. 술이 나오자, 나이 든 여자는 갓 따른 호박색 액체가 아직 빙글빙글 도는 모습을 생각에 잠겨 바라봤다.

「내가 어떻게 영매가 되었냐고? 후…… 간단해요. 망자들이 내게 와 말을 걸었거든……. 포이즌 스프링에서 벌어진 그 유명한 학살 사건 직후의 일이었지. 신문을 읽다가, 내가 저주라고 생각했던 것이 사실은 일종의 직업이라는 걸 알게 됐어요. 그래서 리아 폭스에게 연락을 취했고. 그녀가 그러더군. 수익의 일부를 심령주의 운동에 기부하기만 하면, 나만의 상담소를 열 수 있다고. 그녀가 상담소 구입 비용의 절반을 대줬고, 나머지는 내가 해결했어요. 돈이 조금 있었거든. 그래서 그러자고 했지요. 그 일을 시작한 뒤로, 캠던에서 내 업무 능력을 놓고 불평하는 사람은 아무도 없어요.」

「망자들이 당신에게 말을 하려고 찾아왔다고 그랬죠? 그 일은 어떻게 일어났나요?」

티나가 한숨을 쉬었다.

「사람들은 저마다 비밀이 있죠. 이번에는 당신이 이 돈이 다 어디서 난 건지 얘기해 봐요.」

「난…….」

제니는 잠시 망설이다가, 곧이곧대로 다 털어놓지 않는 것이 낫겠다고 결정했다.

「……마술사예요. 거리 공연을 하죠. 모아 둔 돈을 들고, 아버지의 무덤에 가보려고 여기까지 왔어요. 그리고 이런 생각도 했더랬죠. 이번 기회를 이용해서…… 아버지에게 말을 걸어 봐야겠다고.」

영매는 다시 위스키를 한 모금 마시고는 얼굴을 찌푸렸는데, 쾌락의 찡그림이었다.

「그분은 어떻게 돌아가셨나요?」

「남북 전쟁 동안…… 군인 신분으로요. 그 이상은 아는 게 없어요. 솔직히 다 털어놓자면, 아버지를 한 번도 본 적이 없어요. 아버지 무덤을 보러 온 것도, 심지어 이번이 처음이에요. 그리고…… 이렇게 술집에 앉아서 한 번도 본 적 없는 사람을 붙잡고 이런 이야기를 하고 있네요. 바보 같죠? 」

티나는 잠시 생각에 잠겼다가, 다시 한 모금 마셨다.

「뭐, 그다지. 나는 영매잖아요. 그보다 더 심한 것도 봤어요. 한번 맞춰 볼래요? 충분히 마셨겠다, 그리고 당신이 술값도 내주겠다, 내가 할 말은 하나밖에 없네. 자, 이제 그 일을 하러 갑시다. 그러니까 상담 말이에요.」

그 여자가 남아 있는 위스키를 단숨에 비워 버렸다.

「자, 시간 낭비 맙시다. 한 시간 뒤에 지미가 피아노 공연을 할 텐데, 난 그걸 보고 싶으니까. 당신도 와서 봐야 해요. 그 사람은 정말 경이로운 손가락을 가졌다니까.」

그 여자가 일어서서 문을 향해 나아갔고, 계산은 제니가 알아서 하게 내버려 뒀다.

티나가 놀라울 만큼 가볍고 확실한 걸음걸이로 앞서 걸었다. 밤이 되었지만, 티나에게는 어둠이 전혀 방해가 되지 않는 것 같았다.

상담소에는 대기실이 없어서 문을 열면 곧바로, 의자 두 개와 테이블 하나만 갖춘 어두침침한 방이 나타났다. 마술사 제니는 예의 바름을 보여 주기에는 너무 조바심이 나서, 정말이지 별생각 없이, 그리고 이것저것 꼼꼼히 살피지 않고 아무 의자에나 앉았다.

「저쪽 의자.」 티나가 맞은편 의자를 가리키면서 말했다. 「그 의자는 내가 심령들과 소통하게 해주는 의자예요.」

깜짝 놀란 제니가 자신이 방금 앉았던 의자에 호기심 어린 눈길을 던지면서도, 그녀의 말에 복종했다. 농가에서 시신을 발견했는데도 그녀의 오래된 반사 작용이 돌아왔다. 눈썹미를 바짝 끌어올린 제니는 테이블 아래 엉성하게 감춰져 있던 페달을 보았다. 그러니까 티나도 사기꾼 축에 끼는 거였다. 제니는 혐오감이 일었다.

「이봐요, 내가 대체 여기 왜 왔는지 모르겠네. 그냥 떠나는 게 낫겠다는 생각이 드는군요.」

「어머, 앉아 봐요, 상담은 시작도 안 했는데!」

마술사 제니가 뿌루퉁한 표정을 지었다.

「내 아버지의 심령이 찾아와서 테이블을 움직이게 하려면, 그런 말인가요? 난 잘 알아요, 이런 싸구려 속임수는. 거기에 5달러나 낼 필요는 없어요. 자, 안녕히 계세요, 부인.」

티나가 당황해하면서 고객을 바라봤다. 티나는 자신만의 속임수로 마술사를 속여 넘기려고 생각했던 스스로가 어리석게 느껴졌다.

「다시 와서 앉아 봐요.」

제니는 벌써 한 발을 바깥에 내놓은 상태였다.

「왜요?」

「당신 말이 맞아요. 이 테이블, 이거 속임수예요. 공장 제품인데, 심령주의 운동 본부에서 직접 보내 줬죠. 그런데 나는 망자에게 말을 할 수 있어요.」

「어떻게요?」

「상담료부터 내요. 그리고 나의…… 비밀을 누구에게도 밝히지 않겠다고 맹세하고.」

제니가 돌아섰고, 이 여성이 정말로 사건 이해에 도움을 줄 수 있을지 잠시 자문해 보았다. 제니는 자신이 잃을 게 하나도 없다고 판단했다.

「무덤처럼 입을 다물죠. 그러니까…… 물론, 말이 그렇다는 거예요.」

테이블 위에 5달러를 올려놓자마자, 티나는 재빨리 거둬 갔다. 그 나이 든 여성은 자리에 앉더니, 다시 이야기를 시작하기 전에 고객도 자신을 따라 하기를 기다렸다.

「당신 아버지, 그분은 남군이었어요, 아니면 북군이었어요?」

「직접 그분에게 물어볼 수는 없는 거예요?」

「제법 머리를 굴리네, 응? 다 보고, 다 안다고 생각하는 모양이야. 그런데 몸을 좀 낮추지 그래요. 약간의 겸허함, 그걸로 상처받는 사람은 아무도 없으니까.」

제니가 눈을 내리떴다.

「죄송해요. 내가 왜 그랬는지 모르겠군요. 이 테이블 때문에 열받았던 모양이에요.」

티나가 다시 미소를 지었다.

「뭐, 그럴 수도 있지. 나도 아가씨 나이 때는 꼭 아가씨 같았으니까. 예쁘고, 자신만만하고, 내 손아귀 안에 사람들을 쥐고 흔든다고 생각했었지. 지금도 기억나는데, 미국 전역에서 전쟁이 맹위를 떨쳐 봤자였어. 캠던에서, 내가 본 거라고는, 더 많은 사람들이 전부였으니까. 도시가 막 남군에서 북군으로 넘어간 때였어요. 하지만 내게는, 그렇다고 크게 달라진 거는 없었다오. 유일하게 달라진 거라고는, 고객으로 남군의 장성들을 받다가, 전선의 저쪽으로 넘어가기 위해서 이제는 말을 타야만 했다는 거였지. 하지만 그게 그렇게 나쁘지는 않았어요. 그 덕분에 내 몸값이 올랐으니까. 한마디로 나는 그 기회를 이용했어요.」

「그래도…….」

영매는 자기 의자에서 일어나 서가를 장식하고 있는 낡은 책 몇 권을 보러 갔다.

「내가 너무 말이 많죠. 아마도, 고객들이 자신들이 떠나보낸 사람들에 대해 해주는 이야기를 너무 많이 듣다 보니, 정작 내 이야기는 전혀 하지 못해서 그런 걸 거야……. 자, 이제 아버지 이야기를 해줘요.」 그녀가 멍한 목소리로 말했다.

제니는 틈이 벌어진 것을 느꼈다. 이 여자가 알고 있는 것을 전부 다 털어놓게 하려면 자신이 그 틈으로 밀고 들어가기만 하면 되었다. 어찌 됐건 폭스 자매는 심령에 관한 독점권을 유지하지 못했다. 제니는 수사에서 빠지고 난 뒤인데도, 자신이 핑커턴의 요원다운 생각을 여전히 간직하고 있음을 퍼뜩 깨달았다.

「자, 티나, 모든 것은 때가 있는 법, 당신 이야기는 아직 시작도 안 됐는데 그만두려고 하면 안 되죠. 지미가 연주하려면, 아직 시간이 남았어요. 그리고 당신이 망자에게 어떻게 말을 할 수 있게 됐는지 밝혀야죠.」

티나는 그녀에게 의심이 가득한 눈길을 던졌지만, 고객은 순진하기 짝이 없는 표정으로 그에 답할 뿐이었다.

「모든 것은 연결되어 있어요. 고급 매춘부로서의 내 삶에서부터 저세상까지는, 내 말을 믿어요, 한 걸음만 내디디면 된답니다.」

그녀가 검지로 턱을 톡톡 두드렸다.

「내가 어디까지 갔더라? 아, 맞아, 좋은 시절 얘기를 했지. 내가 당신에게 한 가지 알려 줘도 될까. 제니, 좋은 시절, 그거 끝까지 계속되지 않아요. 사람들은 잘 돌아가고 있는 것을 바꾸고 싶은 유혹을 느끼니까……. 그러지 않으면 싫증이 나거든.」

그녀가 길게 숨을 들이마셨다.

「보비라는 이름의 남자였어요. 그러니까 난 그렇게 알고 있어. 그 사람은 가출해서 시계공의 조수로 있는 젊은이였고. 내가 스물다섯 살이었고, 그 사람은 갓 열여섯 살이 된 참이었죠. 하지만 그는 비범한 두뇌의 소유자였어요. 나는 그 사람의 지성에 반했지. 사람들이 아무런 말도 꺼내지 않았는데, 그는 사람들의 마음을 읽는 것 같았어요. 그 때문에 그이는 저항하기 힘든 매력을 풍겼죠.」

「그분과 사랑에 빠졌어요?」

티나가 폭소를 터뜨렸다.

「천만에, 난 어쨌든 직업인이었으니까. 그저 그 사람을 고객으로 받아들여 줬죠. 나는 알짜배기들하고만 어울렸으니까, 그것만으로도 벌써 엄청나게 양보한 거랍니다. 그리고 보비, 그는 그쪽 방면으로도 재능을 타고났다는 얘기를 하지 않을 수 없군요. 기운이 넘쳤지만 다정했어요. 그 난폭한 장성들과는 달랐죠.」

「그 사람 덕분에 망자에게 얘기할 능력이 생긴 거예요?」

「많이 조급하네, 너무 조급해. 심령들은 그런 거 안 좋아하는데, 사람들도 마찬가지고. 그런데 내 쪽에서 사랑해서 끌려다니지 않는다고 해도, 보비, 그 사람은 내게 반했어요. 그이는 심지어 내가 자신이 여러 번 사랑을 나눈 유일한 여자라고, 자신은 한 사람에게 집착하는 습관이 없었다고 고백까지 했어요. 나는 으쓱해졌고, 그 사람 덕분에 여기저기 멍이 들게 얻어맞는 순간에조차, 내가 아름답다고 느꼈어요.」

「그가 때렸어요?」

「보비가? 천만에요! 그이는 파리 한 마리도 죽이지 못했을걸! 불행하게도, 다른 손님들의 경우는 그렇지 않았지만. 어떤 장성들은 곤드레만드레가 되어서는 나더러 오라고 했고, 내가 지저분한 짓을 다 받아 주지 않았으니, 성질을 내면서 팼죠. 세게는 아니었고, 얼굴에 그러는 일도 드물었어요. 어쨌든 내가 신경 써서 골랐으니까. 나는 정말이지 꼭 한 번 실수를 했어요……. 그 맥시라는 쓰레기.」

그녀의 시선이 저 멀리를 헤맸지만, 곧 다시 제니를 향했다.

「내가 손님을 받으면서 시간에 신경 쓰지 않는 건 오로지 보비와 있을 때뿐이었어요. 그의 팔을 베고 누워서 그가 하는 말을 듣는 게 좋았어요. 사실대로 말하자면, 그의 말을 들이마시다시피 했어요. 그 사람은 모든 것에 대해 의견이 있었죠. 전쟁, 군대가 도시를 통제하는 방식, 그런 상황에서 그가 느끼는 무력감. 그 사람은 그 이상을 하고 싶어 했어요. 야심만만한 젊은이였죠. 난 그를 응원했고. 그가 절대로 그런 구렁에서 빠져나오지 못하리라는 걸 알았지만…… 뭐랄까, 난 꿈을 꾸는 게 좋았으니까. 미쳤죠, 안 그래요?」

제니는 나이 든 여자의 물음에 답하지 않았고, 그녀가 어디에 도달하게 될지 목적지가 아직 드러나지 않은 그 고백에서 벗어날까 봐 두려워서, 계속 말없이 지켜보기만 했다.

「그러던 어느 날…… 보비가 내게 속을 털어놓았어요. 자신이 전쟁의 흐름을 바꿔 놓을 거라고, 북군의 식량이 되어 줄 옥수수 저장고를 발견했다고 말하더군요. 왜 그런 일을 했냐고 물었지만, 그는 신경 쓰지 말라고 했죠. 그저 영웅에게 그러듯이 자신에게 사랑을 해달라고만…… 그리고 또 자신을 윌리엄이라고 불러 달라는 부탁과 함께요.」

「윌리엄이요?」

「그래요, 그가 내게 그런 요구를 한 게 그게 처음이었지만, 난 하자는 대로 해줬어요. 난 장차 국민 영웅이 될 사람과 사랑을 하는 거였고, 그런 허황한 생각을 그에게 심어 주었죠.」

「그런데…… 당신이 망자와 소통할 수 있다는 사실과 무슨 상관이 있죠?」

티나는 한참을 흘려보냈다. 그 시간이 너무 길어 제니는 짜증이 났고, 제니의 초조함에 분위기가 무거워졌다. 영매가 떨리는 목소리로 다시 말을 이었다.

「글쎄…… 어떻게 얘기해야 할지 모르겠는데, 보비가 북군의 장성들을 설득해서 그의 계획을 따르게 하는 데 성공했던 것 같아요. 그게 학살을 낳았죠. 난, 아무것도 몰랐어요! 난…… 난 그저 그가 살짝 엉뚱한 젊은이라고만 생각했어요! 하지만 맥시, 그자는…….」

시계 종소리가 오후 6시를 알렸고, 티나는 뜨거운 눈물을 쏟았다.

「난…… 우리 면담은 끝난 것 같아요. 난…… 면담이…… 당신 마음에 들었기를 바라요.」

그 말은 울음과 뒤엉켜 목에 걸렸고, 티나는 몸을 일으키며 급하게 문을 열었다.

「뭘 몰랐다는 거죠, 티나?」

영매가 고객의 꼬치꼬치 캐묻는 눈동자를 피하면서, 마치 곧 쓰러질 사람처럼 문에 매달렸다. 그녀는 다시 호흡을 가다듬었고, 말을 할 수 있게 됐다.

「1864년 4월 이래로, 포이즌 스프링의 희생자들이 내게서 떠나지 않고, 내가 잠을 자게 놔두지도 않고, 잠시 쉴 틈도 주지 않으리라는 걸요. 날 믿어요, 제니, 망자와 소통하는 일을 시작하고 싶은 건 아니죠. 일단 그들이 말을 걸어오면, 그들의 입을 다물게 할 수 있는 유일한 방법, 그건…….」

「투른솔에서 마시는 위스키 한잔이죠.」

티나가 동의했다.

31
『마술의 길』
구스타브 마턴

조반니 바르톨로메오 보스코는 이미 앞에서 길게 언급했던 인물로, 내가 좋아하는 마술사 중 한 명이다. 하지만 그에 대한 나의 애정을 여러분과 더 잘 나눌 수 있도록, 우선 그의 삶에 관한 이야기부터 시작하겠다.

바르톨로메오는 1793년, 즉 나폴레옹이 이탈리아를 합병하기 3년 전에, 토리노에서 태어났다.

프랑스의 침공으로 온 나라에 혼란이 생겨난다. 나폴레옹 정부는 이탈리아의 왕국과 공국 들에서 영토 통제권을 전부 빼앗고, 그들의 이익에 반하는 결정들을 강요한다. 젊은 바르톨로메오는 그런 사정에는 관심이 없다. 그가 열정적으로 좋아하는 것은 바로 자연이다. 그는 자신의 급우들이 고국에서 프랑스인들을 내쫓는 놀이를 하는 동안, 숲속을 뛰어다니며 시간을 보낸다.

바르톨로메오가 어떻게 마술을 발견하게 됐는지 정확하게 알아내지는 못했지만, 한 가지는 확실한데, 그가 금방 마술에 매료되었다는 것이다. 불행히도 집안이 부유하지 않아서 카드조차 없던 젊은 마술사는 집에 있는 물건들로, 철제 컵이나 작은 공

같은 것들로 헤쳐 나가는 법을 배운다.

열아홉 살이 된 젊은 바르톨로메오는 세상을 발견하고 싶어 하다가, 군대에서 자신의 지평선을 넓힐 방법을 본다. 완벽한 기회가 나타났으니, 나폴레옹이 러시아 원정을 시작했고, 그래서 가능한 한 많은 병사를 모집한 것이다.

따라서 보스코는 끝없이 펼쳐진 슬라브 평원의 공격에 참여하고, 13만 명에 달하는 나폴레옹의 병사들과 12만 명에 달하는 러시아 병사들이 맞붙는 모스크바 전투에까지 참전한다.

그 자신이 이야기하기 좋아하는 일화에 따르면, 전투가 한창일 때 창기병이 던진 창에 부상을 당한 그는 살아남기 위해 죽은 시늉을 한다. 그때 어떤 러시아인이 혼란을 틈타서 시체들을 뒤지며 약탈을 했고, 바르톨로메오는 그 러시아군이 자신을 샅샅이 뒤지는 동안 그의 주머니들을 홀랑 털었는데, 당사자는 전혀 눈치를 채지 못했다.

프랑스의 황제가 전투에서 승리를 거뒀지만, 바르톨로메오는 포로가 되어 시베리아의 감옥으로 이송된다.

억류 생활도 그를 방해하지 못한 듯하다. 그는 거기 모인 새로운 국제적 관중과의 만남을 자신의 마술을 다듬는 기회로 삼는다. 그는 매주 수감자들을 위한 공연을 기획하고, 공연과 관련된 이야기를 들려주는 게 중요함을 알게 된다.

1814년 나폴레옹 1세가 패배하자, 이탈리아의 여러 왕국과 공국 들이 독립을 되찾고 포로들은 풀려난다. 바르톨로메오는 자신의 새로운 경험으로 자신만만해져서 토리노로 돌아온다.

잠깐 의학을 공부하지만, 그의 진정한 애정의 대상인 마술로 금세 복귀한다. 그는 여러 가지 비범한 마술에 더해 이야기꾼으로서의 재능 덕분에, 빠르게 세계적인 스타로 부상한다. 그는 시베리아에서 보낸 세월 덕분에 러시아어로 말할 수 있어서, 러시아 황제 앞에서 공연을 소개하기까지 한다.

내가 이 글을 쓰고 있는 현재에도 그는 여전히 살아 있으며, 다음 주에는 스웨덴의 왕족 앞에서 「내게 총을 쏘시오!」라는 공연을 하기로 되어 있다.

묘지는 평범한 흰색 돌로 만든 묘석이었고, 세월의 때가 묻은 그 위에 〈154. 구스트. 마턴. 프랑스〉라고 새겨져 있었다. 꽃이 달린 아직 싱싱한 사과나무 가지 하나가 그 위에 놓여 있었다. 제비꽃과 비슷한 그 향기가 가을의 미풍에 실려서 제니의 콧속으로 스며들었다.

아칸소주 특유의 그 향기가 마술사 제니를 멍한 상태에서 빠져나오게 해줬다.

「제가…… 죄송해요.」 제니는 묘지 앞에서 10분이 넘게 꼼짝 않고 가만히 있다가, 겨우 입 밖으로 말을 꺼냈다.

그녀는 완전히 길을 잃은 느낌이었고 도움이 절실히 필요했다. 하지만 『마술의 길』도, 『핑커턴 지침서』도, 그녀에게 무엇을 해야 한다고 알려 줄 수는 없었다. 제니는 자유도, 마술도, 수사에 대한 흥미도…… 다 포기하고, 모나지 않게, 당시 여자들에게 그렇게 하라고 권하는 대로, 금전적 안정을 누릴 수 있다는 희망을 갖는 대가로 전혀 관심도 없는 남자와 결혼할까 하는 생각을 했다. 그러니까 안락한 삶을 살고, 인생이 흘러가는 대로 어리석게 휩쓸릴까 하는 생각이었다.

「아빠…… 제 목소리가 들린다면…… 말을 걸어 주세요. 한 번만요. 아빠 목소리를 들려주세요. 꿈속에서 말고, 영매를 통해서도 말고, 그저 아빠와 나, 이렇게 우리 둘이 마주하고요.」

꽃술을 가볍게 흔드는 미풍 말고는, 아무런 답이 없었다.

「내가 눈을 감고 있으면…… 내가 묘석이나 바닥에 손을 올리면요? 그러면, 아빠…… 제게 모습을 보이실래요?」

아무것도 나타나지 않았다. 전날 티나와의 만남이 그녀의 확신을 뒤엎어 버렸다. 차가운 묘석에 기대어 웅크리고 있는 동안, 티나와 나눴던 대화가 머릿속에서 계속 맴돌았다.

「아빠, 신호 하나만, 내가 한 이 모든 일이 헛짓이 아니라고 말해 주는 것, 아무거라도요. 이 끝에 나를 위한 뭔가가 있다고요. 모르겠어요…….」

아무것도 없었다. 제니는 주먹을 쥐고 있는 힘껏 묘석을 내리쳤다. 한 번 내리치고, 무력한 분노로 얼굴이 일그러진 채 또 한 번 내리쳤고, 곧 손가락이 피부가 벗어지며 피투성이가 되었다.

주먹질을 멈추자, 손가락 마디가 보라색으로 부풀어 올라서 주먹을 쥘 수 없을 지경이었다. 제니는 그날 아침 캠던 시장에서 산 옥수수 한 자루를 떨리는 손으로 집어 들어, 절망적인 침묵이 고인 묘석 앞에 봉헌했다.

「자…… 아버지 동료분들을 먹이기에는 조금 늦었다는 건 알아요. 하지만 이곳까지 찾아오는 새들에게는 도움이 되겠죠.」

제니는 묘지에서 나오는 길에, 숫자로 표시된 군인들의 무덤은 전부 다 아버지 무덤에서 봤던 것과 똑같은 꽃이 달린 사과나무 가지로 장식되어 있음을 깨달았다. 분노로 인해 아직 머릿속이 뿌옇게 흐렸지만, 제니는 눈물이 그렁그렁해서 그저 단순한 질문에 매달렸다. 꽃을 봉헌하는 이 행위의 시초에 누가 있을까?

「있잖소, 젊은 부인, 그런 질문을 하는 사람이 그쪽이 처음은 아니라오. 그런 사람들에게 다 똑같이 답해줬지. 뭐라 했을 것 같소? 응?」

묘지기는 그런 직업치고는 이상하게 알록달록한 옷을 입고 있었다. 흰색 셔츠의 짧은 소매 아래로 호박처럼 주황색인 긴 소매 티셔츠가 보였다. 흙색의 바지는 장화와 만나는 지점에서 바짓단이 우글거렸는데, 커다란 장화는 세월에 시달려 모양이 찌그러진 모자와 똑같이 검은색이었다. 가장 당혹스러웠던 것은 그 작은 체구가 거대한 낫에 기대선 자세였는데, 낫의 날이 음산한 두건처럼 머리 위로 비죽 솟아 있었다. 제니는 낫의 번쩍이는 강철에 즉시 정신을 빼앗겼다.

「모르겠어요.」

남자가 제니의 시선을 좇았다.

「그 짐승한테 주눅 들 필요 없소. 농사짓는 내 친구가 해준 충고인데, 〈낫이 클수록 풀을 잘 벤다〉고 하오. 그가 옳았다는 얘기를 안 할 수가 없군. 덕분에 시간을 엄청 버니까. 그런데 부인네들에게는 두려움을 주긴 하지.」

제니가 동의했다.

「그런데 꽃은요?」

그가 미소를 지었다.

「그래, 그쪽 생각에는?」

제니는 참을성이 바닥났고, 끝없이 순환하는 질문의 덫에 갇힌 느낌이 들었다. 남자에게 무덤 말고는 다른 말동무가 없다는 건 뻔했고, 그는 가능한 한 오래 이 대화가 이어지기를 바랐다. 하지만 마술사 제니의 두 손은 그러한 기다림을 순순히 견딜 만한 상태가 아니었다. 등 뒤로 숨긴 두 손은 부기가 빠지도록 찬물에 담글 수 있기만을 기다리고 있었다. 따라서 제니는 〈무슨 말을 해야 할지 모르겠거든 입을 다물라〉는, 수없이 시험해 본 핑커턴의 신조를 따라, 상대방 남자가 침묵의 구렁을 메우게 내버려 뒀다.

「에이, 꽃집 주인이지!」 그가 웃는데, 앞니가 두 개 모자랐다.

그녀가 고개를 끄덕였다.

「그렇군요. 고맙습니다.」

제니가 그다음 답변은 시장에 가서 찾을 준비를 한 채 몸을 돌렸다.

「잠깐만요, 기다려 봐요. 꽃집 주인이 왜 무덤에 꽃을 놓아 두는지는 알고 싶지 않소?」

「이유를 아세요?」

그가 만족스러운 표정으로 머리 위에서 낫을 빙글 돌렸다.

「젊은 부인, 내가 이 일을 한 지 벌써 8년이라오. 8년 동안 화요일마다 모든 북군 병사의 무덤에 꽃을 놓아 두려고 꽃집 주인이 오거든. 그 시간 동안 왜 그런 일을 하는지 내가 직접 그이에게 물어보지 않았을 거라고 생각하는가? 날 어떤 사람으로 봤길래.」

제니가 몸을 돌렸다.

「그래서 이야기를 해줄 수 있나요?」

「물론 해줄 수도 있겠지.」

제니는 그 조건법의 성격을 즉각 이해했다. 그녀는 협상을 벌일 만한 기분이 아니어서, 지갑에서 1달러 동전 세 개를 꺼냈다. 남자가 집어 들고, 가짜 돈이 아닌지 확인해 보려고 동전을 깨물어 보더니, 빈정대듯 입을 삐죽이며 호주머니로 슬쩍 집어넣었다.

「이건 당연히 줘야 할 돈인데. 내 묘석을 더럽혔잖소. 사방 피가 묻었던데. 그걸 다 청소하느라고, 한 시간을 들였다고. 누가 꽃값을 대는지 알고 싶으면 3달러를 더 내든가.」

돈이 광적인 속도로 그의 손으로 흘러들어 갔다. 여

기까지 오느라 벌써 저축한 돈을 다 썼던지라, 돌아갈 차표 외에 32달러만이 남아 있었지만, 젊은 여인은 개의치 않았다. 대답만이 중요했으니까. 만족한 묘지기는 아까의 그 주머니에 돈을 챙겨 넣었다. 그러더니 엿듣는 귀가 없나 주위를 둘러본 뒤 드디어 제니에게 가까이 다가오라고 했다.

「대어(大漁)요. 내 생각에 그렇다는 말이지. 꽃집 주인이 그러는데 매번 다른 계좌에서 돈이 들어온다는군. 그렇긴 해도 꼬박꼬박 월요일마다 돈이 들어와서, 매번 모든 무덤에 꽃을 놓기에 충분한 액수래요. 꽃집 주인이 그러는데, 자기도 주문을 내는 사람을 한 번도 만나 보지 못했대. 이런저런 말을 해준 사람도 이전 꽃집 주인이라고 하고. 지금 꽃집 주인이 괜찮은 여자거든. 그래서 아무런 질문도 하지 않고 그 일을 하나 봐. 이건 내 생각인데, 돈을 대는 사람은 그 일이 알려지기를 원하지 않는 것 같아. 내가 무슨 말을 하려는 건지 아시겠지. 살짝 후회하는 남군 장성이 아닐까 싶어요. 그 군인이야 돈은 잔뜩 있으니까.」

그녀가 끄덕거려 주고, 귀중한 정보를 줘서 고맙다고 묘지기에게 고마움을 표한 뒤, 돌아보지 않고 떠나갔다.

이튿날, 제니는 심령주의 운동 본부 앞으로 보낼 서한을 작성했고, 드디어 자신에게 남은 가야 할 길을 깨달은 채, 귀갓길에 올랐다.

32
『마술의 길』
구스타브 마턴

우리는 앞에서 보스코와 그의 감추기 마술에 대해 언급했다. 따라서 이제는 마술의 고전 레퍼토리, 아니, 결코 빼놓을 수 없는 레퍼토리인 (컵 마술이라고도 부르는) 컵과 공에 한 장을 할애할 시간이다.

약간의 이야기로 시작하겠다.

이는 아마도 현존하는 가장 오래된 마술 묘기 중 하나일 것이다. 그 존재는 이집트에서 기원전 2500년 전까지로 거슬러 올라가는데, 그때는 조약돌이 공을 대신했다.

네덜란드의 화가 히에로니무스 보슈의 작품으로 알려진 중세의 그림 「마술사」 역시, 이 경우에는, 육두구를 숨긴 컵을 통해 그 손 기술을 보여 준다.

오늘날, 변화된 형태로 10여 개가 존재하는데, 대부분은 각 문화에 고유한 형식으로 자리 잡았으며, 마술사가 자기 자신의 건축물을 지어 올릴 수 있는 초석이기에, 앞으로 태어나기를 기다리는 것만도 1백여 개가 더 있으리라.

어쨌든 이 자리에서는 가장 고전적인 형식의 것을 택해 설명하겠다.

이 묘기의 준비물은 다음과 같다.

– 서로 비슷하게 생긴 색깔 공 작은 것으로 네 개(헝겊 공을 추천하지만, 당사자 마음에 드는 종류로 해도 무방하다. 중국인들은 강낭콩을 사용한다).

– 컵 세 개(작은 철제 컵을 추천한다. 반드시 지켜야 할 사항은 컵이 서로 포개져야 하고, 완전히 불투명해야 한다는 것).

– 작업대(서서 묘기를 할 수 있게 테이블을 추천한다).

– 그리고 당연히 당신의 두 손.

• 마술: 처음에는 당신 앞에 미리 뒤집어 놓은 세 개의 컵, 그리고 각각의 컵 앞에 공이 놓여 있다.

가운데 컵 위에 그 앞에 놓아둔 공을 올린다. 그 위에 오른쪽 컵을 포개고, 또 그 위에 왼쪽 컵을 포갠다.

손가락을 탁 튕기라(혹은 〈아브라카다브라〉라고 외치라. 당신 좋을 대로 하라). 그러고 나서 포개어진 컵들의 맨 밑에 무엇이 있는지를 보여 주라.

당신이 가운데 컵 위에 올려 뒀던 공이 컵 바닥을 뚫고 나가 그 아래 놓여 있다.

가운데 컵 아래 공을 놓아둔 채, 포개었던 컵들을 다시 제자리로 보내라.

왼쪽 컵 앞의 공을 집어서 그 공 역시 가운데 컵 위에 올려놓아라. 그 위에 오른쪽 컵을, 또 그 위에 왼쪽 컵을 쌓아라. 손가락을 튕긴 뒤 쌓인 컵들을 들어 올리면, 이번에는 그 아래에 공 두 개가 놓여 있을 것이다.

남아 있는 공 하나를 갖고서 세 번째로 동일한 묘기를 되풀이해도 된다.

• 손 기술: 묘기에 필요한 물품 목록에서 당연히 눈치챘겠지만, 사실 공은 세 개가 아니라 네 개다(하지만 관객은 결코 그 사실을 알아서는 안 된다).

묘기를 시작하기 전에, 가운데 컵 안에 공을 하나 숨긴 뒤, 남은 컵 둘 중 하나는 그 밑에 놓고, 또 다른 하나는 그 위에 올린다.

묘기가 시작되면, 당신의 공 세 개를 테이블 위에 놓은 뒤, 포개어 놓은 컵들을 뒤집는데, 빠른 속도로 뒤집어야 하며, 컵의 입구가 당신 쪽은 향하게 해야 한다(관객이 가운데 컵 안에 숨겨 놓은 공을 보지 못하도록).

컵과 공의 배치가 끝이 나면, 묘기는 저절로 이루어진다. 가운데 컵 위에 공을 놓고 나머지 공들을 그 위에 쌓는다.

그러고 나면, 공 하나가 자연히 맨 밑의 컵 아래에 있다. 관객의 경탄을 불러일으키기 위해서는 쌓아 놓은 컵들을 들어 올리기만 하면 된다.

묘기를 계속하려면, 아주 간단한데, 이후로는 쌓아 놓은 컵 중 중간 컵에 이미 공이 하나 들어가 있다는 것을 염두에 두고 앞의 지침들을 반복해서 따르기만 하면 된다.

다시 작업대 위에 컵 세 개를 배치하는데, 당신이 방금 보여 준 공 위에 두 번째 컵을 놓음으로써, 관객은 공이 하나밖에 없다고 생각하겠지만 두 개의 공이 가운데 컵 아래에 놓이게 된다. 남아 있는 공 둘 중 하나를 집어서 그 공을 가운데 컵 위에 놓은 뒤, 첫 번째 단계에서 했던 것과 똑같이 다시 하라. 즉 가운데 공 위에 다른 컵들을 포갠 뒤, 컵을 들어 올려서 보여 주면 된다.

관객의 눈에는, 다시 한번 공이 컵을 뚫고 아래로 내려갔기에, 공이 한 개만 있어야 할 곳에 이제 공이 두 개가 있는 것이다.

이해했다시피, 세 번째 단계는 동일한 움직임을, 그러니까 동작과 과정을 되풀이한다.

비결은 간단하다. 컵들의 순서를 계속 바꾸면서도 공들의 위치를 기억하는 것이다. 똑같은 컵들을 사용해야 한다지만, 연습하는 동안에는 서로 다른 패턴의 컵들을 활용하기를 권한다. 실제로 어떤 식으로 손 기술을 사용하는지 눈으로 확인하고 이해하기 위함이다. 그리하면 중간에 놓이는 컵이 단계마다 바뀐다는 사실을 분명히 보게 될 것이다.

• 주의: 나는 이 마술을 아주 좋아한다. 이 마술을 이해하려면 다르게 생각해 보는 것이 필요하기 때문이다. 사실, 이 속임수를 이해하고 싶어 하는 사람 누구든, 공의 이동에 초점을 맞춘 질문

에 머무를 경우, 벽을 향해 돌진하는 셈이다. 여기서는 마술사가 우리에게 무엇을 숨기는지를 물어야 하며, 깨달음이 생겨나는 순간은 마술사가 컵을 작업대에 놓고 난 뒤로는 결코 컵 안을 보여 주지 않는다는 사실을 눈치챘을 때다.

나는 스스로의 힘으로 알아낸 각각의 마술은 내게 교훈을 준다고 믿기를 좋아한다. 그러한 마술들 덕분에 우리에게 모든 요소가 다 주어지지 않을 때라도 해결 가능성이 존재한다는 생각을 하게 되었다.

귀갓길은 멀었지만, 그 덕분에 제니에게는 뒤엉킨 생각들을 정리할 여유가 생겼다. 성찰의 결과, 폭스 자매의 비밀은 아직도 그리고 여전히 제니에게 주어지지 않았지만, 모아 놨을 때 겉보기에는 서로 아무런 연관이 없어 보이던 요소들이 맞아 들어가기 시작했다. 제니는 자신이 드디어 설정한 새로운 경로가 그 비밀의 열쇠에 조금 더 다가가게 도와주기를 바랐다.

제니는 타박상을 입은 두 손을 다시 전처럼 사용할 수 있을 때까지 며칠 집에 머물렀고, 계획을 개시하기 위해 기다리고 있던 서한을 드디어 받았다. 쪽지에는 주소와 시일만 적혀 있었다. 제니로서는 발신인에게서 그 이상을 기대하지는 않았다.

이튿날, 제니는 유니언 스퀘어 북쪽의 레이디스 마일,[12] 자신은 거의 발을 들여놓은 적이 없지만 여성들

12 1846년 뉴욕 맨해튼에 최초의 백화점 마블 팰리스가 등장한 뒤로,

에게는 평화로운 항구 노릇을 해주게 된 지역을 향해, 뉴욕의 거리를 성큼성큼 걸었다. 그곳은 여성들이 자신보다 나이 든 여성의 수행 없이 거닐어도 아무런 문제를 일으키지 않는, 그 도시에서 몇 안 되는 장소 중 하나였다. 따라서 제니는 별다른 지장 없이 약속 장소인 7층짜리 대형 건물에 도착했는데, 별나게 3층 높이에 사람 크기의 〈장난감〉이라는 글자가 적혀 있었고, 그 글자는 건물의 네 면에 돌아가며 반복되었다. 1층의 진열대에는 여자아이들의 관심을 끌어당기는 도자기 인형 10여 개가 돋보이게 전시되어 있어서, 진열대 앞에 코를 처박은 아이들을 떼어 놓을 재주가 없는 어머니들이나 가정부들의 화를 돋우었다.

제니는 입구에서 몇 미터 떨어진 곳에서, 장갑 낀 손을 비벼 대는 익숙한 형체를 보았다. 장롱처럼 떡 벌어진 어깨, 깨진 코…… 리아의 하수인이었다. 제니가 그 자의 사타구니에 엄청난 발길질을 날려 줬건만, 그 인물은 불알에 그런 엄청난 충격을 받고 난 뒤로도 그다지 변한 건 없어 보였다.

「따라와요.」 남자가 제니를 알아보자마자 불신을 띤 어조로 말했다.

두 사람은 회전문을 통해 건물 안으로 들어갔다. 그 안에서는 어머니들이 며칠뿐이겠지만 아이를 기쁘게 해줄 장난감을 꼼꼼하게 살피고 있었다. 그들은 제니

곧 브로드웨이에는 여성들이 소비 주체로서 편하게 쇼핑할 수 있는 여성들의 거리, 레이디스 마일이 형성된다.

와 제니를 수행하는 육중한 체구의 남자가 건물의 오른편을 향해 걸어가는 동안 두 사람에게 아무런 관심도 기울이지 않는 듯했다. 두 사람의 눈앞에 서커스의 홍보 포스터를 떠올리게 하는 우아한 글씨체로 〈관계자 외 출입 금지〉라고 적힌 문이 나타났다. 고릴라가 작은 열쇠를 꺼내어 문을 열자, 승강기로 이어지는 골방 같은 작은 공간이 나타났다. 남자가 목조 승강기 안으로 쏙 들어갔다.

「타요.」 그가 명령했다.

제니가 그 새로운 기계를 타본 건 그때가 처음이었다. 이미 승강기에 대한 이야기는 들었고, 항구의 창고에서 곡물을 옮기는 데 화물용 승강기를 사용하는 광경도 본 적이 있었지만, 그 육중한 기계를 충분히 신뢰하여 직접 대담하게 타보는 사람들은 거의 없었다.

제니가 살짝 두려움을 느끼는 새 7층에 도달했다. 또 다른 대기실이 나왔는데, 이 공간에는 안락하게 가구가 배치되어 있었고, 단순한 문이 하나 나 있었다. 남자가 네 번을 두드리고 잠시 쉬었다가, 다시 두 번을 두드리더니 문을 열었다.

문 뒤로 금도금으로 뒤덮인 긴 회랑이 쭉 뻗어 있었는데, 거대한 창유리가 전부 다 차지하고 있는 왼편으로 가을의 귀한 햇살이 스며들었다. 육중한 그랜드 피아노 한 대가 공간 한가운데, 은도금한 샹들리에 아래에 떡하니 놓여 있었는데, 샹들리에를 매단 줄은 몇 미터 위쪽의 복잡한 문양의 세공 석고 보드 사이로 아스라이 가물거렸다. 벽마다 스타일도 크기도 제각각인 거장의 그림들이 중구난방 걸려 있어서, 그림의 구매자에게 예술적 취향이 부족함을 드러냈다. 가장 놀라운 건 현대적 감각을 보여 주는 얼룩덜룩한 문양의 안락의자들이었는데, 전반적 실내 장식 속에서 엄청나게 튀었다.

제니는 드디어 저 안쪽에 놓인 거대한 마호가니 책상 뒤에 군림한 여성을, 자신이 만나려고 찾아온 여성을 알아봤다.

「마턴 양.」 리아 폭스가 힘겹게 일어나면서 말했다. 「이곳에서 당신을 다시 보다니, 무척 반갑소.」

그녀는 손에 종이를 한 장 들고 있었다.

「요청서는 잘 받았고, 당신의 면접을 심사할 준비가 됐으니, 이리로 오지 그래요.」

마술사 제니가 엄청난 규모로 사람을 짓누르는 듯한 이 공간 안에서 난쟁이가 된 기분을 느끼며 걸음을 떼어 놓았다.

「그러니까 영매가 되고 싶단 말이오? 그것도 심령주의 운동에서? 당신이 내게 그 모든 피해를 입히고 난 뒤인데, 어떻게 내가 그런 괴상망측한 생각을 받아들일 거라고 단 1초라도 생각할 수 있었을까?」

「난 그렇게는 생각하지 않지만, 어쨌든 나야 잃을 게 하나도 없으니까요, 안 그런가요?」

리아가 몸을 가까이 가져갔다.

「함정을 파놓고 기다렸다가 당신을 두들겨 패는 걸

로 그 대담함의 대가를 치르게 하는 일쯤은 너무나 쉬웠을 텐데. 내가 부리는 사내들은 기꺼이 그 일에 나섰을 테니. 그 사람들이 평소에 여자를 때리지는 않지만, 당신이 보통 여자는 아니지 않소?」

제니는 책상 맞은편에 놓여 있는 커다란 의자 하나에 앉았다.

「당신은 이미 나를 당신 뜻대로 할 기회가 있었잖아요? 그러니 이제 와서 복수를 해봤자 무슨 소용이겠어요? 당신이 속한 단체는 점점 그 세가 커져 가고, 새로운 재원(才媛)을, 약간의 현대적 분위기를 애타게 찾고 있죠. 당신은 운이 좋아요. 난 이미 공연 요령을 알고 있으니까.」

「그런데 마틴 양, 인간을 다루는 요령도 알고 있나?」

제니는 작은 종이봉투에서 펜과 잉크병을 꺼낸 뒤, 리아의 눈을 똑바로 바라보면서 글을 써나갔다.

「당신의 두 자매는 당신만 신뢰했었는데, 내가 그 두 사람에게 다가가는 데 성공했죠. 내가 한 번의 기회는 누릴 만한 자격이 있다고 생각지 않나요?」

강렬한 인상을 받은 리아가 고개를 끄덕거리는데, 제니가 종이를 내밀었다.

「거울상 글씨? 심지어 보지 않고서?」

리아가 종이를 거울 앞에 갖다 놓자 다음의 글자가 나타났다. 「속임수 장치가 있는 테이블보다야 이게 늘 더 낫죠.」 그녀가 살짝 미소를 지었다.

「좋아요, 당신이 준비가 되어서 왔다는 건 알겠군.

당신이 우리 운동을 위해서 무엇을 할 수 있는지도 역시 잘 알겠고. 하지만 우리가 이 면접을 계속 이어 가기 전에 난 두 가지 질문에 대한 답이 필요하오. 우선, 내가 왜 당신을 고용해야 할까? 내가 창안한 운동을 파괴하려고 애써 왔다는 걸 알고 있는데…….」

젊은 여인은 리아가 자신의 두 자매에게는 아무런 공로도 부여하지 않음을 알아차렸지만, 그러한 생각을 입 밖으로 내지는 않았다.

「……그다음, 당신이 거기에서 얻는 건 뭘까?」

「질문과 반대 순서로 대답을 해도 되겠죠, 폭스 부인. 내가 추구하는 것, 그리고 늘 추구했던 것, 그건 자립이에요. 난 그저 내 마술을 할 수 있기를, 사람들이 나를 내버려 두기를, 어머니의 생활비를 댈 수 있기를 원해요. 마술, 그건 내 삶인데, 난 그때까지만 해도 당신이 나의 열정을 더럽힌다고 생각했어요. 하지만…….」

제니가 잠시 뜸을 들이다가 상대방을 똑바로 바라봤다.

「……내가 틀렸더군요. 내가 정반대로 봤어요. 수사를 해나가면서, 이해하려고 해보지도 않고서 당신의 열정을 내가 더럽혔어요. 어쨌든 당신 동생 케이트 덕분에, 내가 저지른 실수를 깨달았고, 나를 고용한 사람들의 본모습을 알게 됐어요. 그들은 무슨 대가를 치르든 그건 중요하지 않고, 실적만 추구하는 관료들이에요. 진실은 당신들 편에 있어요, 리아, 그리고 당신이 허락한다면, 나 역시 그편에 서고 싶군요.」

리아가 자신이 초대한 여성을 수행했던 하수인에게 말을 걸었다.

「자네는 어찌 생각하나, 토니?」

「저 여자는 어리석은 소리만 잔뜩 주절거린다고 생각합니다, 부인. 그리고 저 여자는 당신을 완전히 무시하고, 오직 하나만 기다리는데, 이런 말을 하는 걸 용서하십시오, 그러니까 방심하시자마자 불알을 호되게 걷어찰 궁리만 하고 있다고요.」

리아가 아무 말 없이 제니에게 평가의 시선을 보냈다.

「흠, 그렇다면 내게 불알이 없는 게 다행인가?」

「제가 무슨 말을 하고 싶어 하는지 아시잖아요. 전 배신자들을 좋아하지 않습니다. 유다라 해도 저 여자에게서 한 수 배워 가리라는 건 분명합니다.」

「난 배신하지 않았어요, 그건…….」

리아가 거만하게 제니의 입술에 살짝 손가락을 갖다 댔다.

「자, 자. 영매가 가장 먼저 지켜야 할 규칙 중 하나가 변명을 하지 않는다는 거요. 틀리는 일도 일어나니까, 불완전한 직업이거든.」

그녀가 다시 책상으로 다가가더니, 가장자리에 금박을 입힌 가죽 책상 커버 밑에서 작은 글자로 인쇄된 종이 한 장을 꺼냈다.

「여기에 서명을 하면, 심령주의 운동에 가담하는 거요. 합법적인 동시에 영적인 계약이라오. 서명하기 전에 잘 생각해 봐요. 내일 아침 10시까지 시간을 주겠소.

제니 마턴, 당신은 아직 배워야 할 게 있어.」

제니는 종이에서 눈에 보이지 않는 강력한 아우라가 뿜어져 나오는 걸 느끼면서 계약서를 집어 들었다.

「또 봐요, 마턴 양. 결정을 내리기 전에 충분히 생각해 보고. 일단 계약서에 서명을 하면 당신은 심령주의 가족의 일원이 되는 건데, 그 운동은 자신의 가족이 어디 있든, 무엇을 하든, 절대로 자신의 가족을 포기하는 법이 없다는 것을 알아 둬요.」 그녀가 음산하게 말했다.

33
심령주의 운동에 종사하는 영매 고용 계약서

본 계약서에 서명함으로써, 당신은 전문 영매로서 심령주의 운동의 일원이 되기로 약속한다. 본 운동은 당신에게 출자하거나(42퍼센트 선에서) 혹은 당신이 재능을 펼칠 수 있는 장소를 대여해 주기로(당신이 거주하는 도시가 허용한다면) 약속한다.

본 계약은 무엇보다도 프랜차이즈 계약이다. 당신은 매출액의 18퍼센트를 본 운동에 보태야 할 뿐만 아니라, 본 운동이 표방하는 다음의 가치들을 위배해서는 안 된다.

- 심령주의 운동은 상담을 요청하는 사람들 모두의 부름에 항시 응해야 한다. 어떤 경우라도, 우리의 상담소를 통하지 않고 다른 방식으로 애도하라고 제안해서는 안 된다.

- 당신은 교령회에 초자연적 요소를 가져다줄 방법을 찾아야 한다. 그 방법은 본 계약서에 서명한 이후 갖게 될 면담에서 정해질 것이다.

- 본 계약서에 서명한 이후의 모든 과정에 관한 비밀 엄수 의무를 갖는다. 그 원칙에 조금이라도 위배될 시, 당신은 사법적 보복의 대상이 될 수 있다.

- 끝으로, 당신은 영매로서, 금전을 독자적으로 생활을 꾸려 갈 수 있는 수단이 아닌 목적으로 간주해서는 안 된다. 만약, 우리 운동에 참여하는 수많은 사람에게 그랬듯이, 세속적 성공이 당신을 향해 미소 짓는다면, 그 사실을 숨기라. 심령과 소통하는 것은 무엇보다도 고귀한 예술이며, 계속 그렇게 간주되어야만 한다.

이름:
날짜:
서명:

밤새 제니는 계약서를 읽고 또 읽으면서, 과감하게 한발 내디디려다가 멈칫거리기를, 화르르 타오르다가 차가워지기를 수없이 반복했다. 질문과 의심이 꼬리에 꼬리를 물어서 제니는 나가떨어졌다. 자기 자신에게 거짓말을 해봤자 아무 소용이 없었으니, 계약서에 서명하는 행위는 자신이 줄곧 싸워 왔던 사람들 편에 가담함을 의미했고, 그 행위를 달리 해석할 방법은 없었다. 그럼에도 자신의 충성 서약으로 치르게 될 대가도 미국에서 가장 잘 간직되어 온 비밀을 드디어 발견하리라는 전망 앞에서는 사소하게 보였다. 진실의 획득은 늘 그 위험이 어떠하든지 간에 진실의 모든 측면을 담사한다는 것을 전제로 했다. 제니는 9시 47분에 리아 폭스의 사무실에 도착했지만, 손에 든 서류를 그만 읽을 엄두가 나지 않았다. 승강기를 타고 올라가야 해서 신경은 완전히 곤두서 버려서, 제니는 더더욱 대기실을 떠날 결심을 하지 못했다.

대기실에는 펜과 잉크병 컬렉션, 그리고 니스 칠이 된 테이블이 있었다. 그 전체가 즉시 서명을 하라고, 그러한 딜레마의 고통을 끝내 버리라고 그녀를 부추기며 약을 올렸다. 제니는 곧, 율리우스 카이사르의 침실에서 꺼내 온 듯 새빨간 소파에 푹 파묻힌 채, 시간 관념을 상실하기에 이르렀다. 옆의 서가에 비치해 둔 심령주의에 관한 몇 권의 책들은 페이지가 펼쳐진 채였지만, 제니는 이런 상태로는 책장을 넘기며 답을 발견할 수 있을 정도로 집중할 수 없으리라는 걸 알았다. 마술사 제니는 이 이야기가 처음 시작됐을 때부터 자신이 겪었던 일 전부를, 아주 작은 사소한 사항까지도 편두통이 일 때까지 분석하면서 지치지도 않고 되돌아보았다.

제니가 안내를 받아 리아의 사무실로 들어갔을 때, 비록 여전히 정돈되지 못한 생각들이 머릿속에서 소용돌이치고는 있었지만, 적어도 선택을 하고 난 뒤였다. 제니가 그것이 어떤 결과들을 몰고 올지를 알기에는 아직은 너무 일렀다.

영매가 그녀의 손에서 서류를 낚아챘다.

「좋소, 이렇게 결심을 했다니 기쁘군, 마턴 양.」

그녀는 맞은편 세 번째 서랍 안에 계약서를 정리해 넣었다.

제니는 자신이 서류에 서명했음을 믿을 수가 없었고, 자신의 직업적 정체성을 규정하는 그 서류가 이제 전국에서 손꼽히게 막강한 권력을 쥔 여성 중 한 명의 수중에 들어갔다는 사실은 더더욱 그러했다.

「이제, 어떻게 되는 거죠?」

「이제, 토니가 여기서 나가고 나면, 망자들과 어떻게 소통하는지를 알려 주겠소.」

토니가 흠칫 뒤로 물러섰다.

「하지만 폭스 부인, 설마 그러실…….」 그가 확실히 기분이 상하여 말을 꺼냈다.

「어서!」 그녀가 그에게는 관심도 주지 않고, 손동작으로 그를 내쫓는 시늉을 하며 재촉했다.

「저 여자가 덤비면요?」

「그렇다면 저 여자를 위해 바라건대, 그녀가 나는 법을 알기를. 그렇지 않고서야 당신 앞을 다시 통과할 수밖에 없잖소. 게다가 내게는 나의 충성스러운 지팡이도 있고. 자, 이제 우리끼리 내버려 둬요.」

토니가 결국 난처한 기색으로 사무실에서 나갔다.

「당신을 돕는 사람들을 믿지 않나요?」

「토니? 오, 내 무릎에 총알이 박힐라치면 그걸 막기 위해 저 사람은 자기 머리에 총알이 박히는 쪽을 택하겠지.」

「그런데 …….」

리아가 힘겹게 몸을 일으켰다.

「마턴 양, 여자들이 남자들보다 더 우월한 점이 무언지 아시오? 우리가 늘 갈리는 그 지점을?」

「모른다고 인정하지 않을 수 없군요.」

「그건 아주 간단하다오. 여자들은 배우기 위해서 폭력을 필요로 하지 않는다는 거지. 우리에겐 사람의 마음을 읽을 수 있는 놀라운 뭔가가 있소. 공감이라고.」

「무슨 말인지 따라가기 힘들군요.」

리아가 느릿느릿 피아노를 향해 다가갔다.

「선생 노릇을 한 적은 없지 않나? 그럼 내가 설명을 해드리지. 남자아이에게 피아노 치는 법을 가르치고 싶다면, 배워야 할 악보를 주고 집에서 연습해 오라고 하는 거요.」

그녀의 손가락이 건반 위를 미끄러져 갔고, 꼭두각시 조종자에 의해 조종되듯이 그녀의 손가락 관절들이 한 음표에서 다음 음표로 물 흐르듯 옮겨 다니는데, 정작 피아노 연주자는 흔히 볼 수 있는 종류가 아닌 그러한 유연성에 전혀 신경을 쓰지 않았다.

「아주 간단한 곡이라오. 아이가 하루에 20분씩 조금이라도 연습을 한다면 일주일 뒤면 막힘 없이 연주할 만한 곡이지. 정말로 별거 아닌 곡. 그런데 일주일이 흘러서 남자아이를 다시 만나면, 그 건방진 녀석이 건반을 치며 연습을 하는 대신 공놀이를 하거나 친구들과 노닥거리는 데 시간을 썼다는 걸 알게 될 거야.」

피아노가 그녀가 연주하던 소나타의 하모니를 별안간 깨뜨리면서 틀린 음을 냈다.

「자, 교사로서 그러한 규율 미준수는 용납될 수 없음을 아이에게 가르치는 것이 당신의 의무요. 그 일을 하려면 더 이상 간단할 수 없소. 단단한 몽둥이나, 당신에게 그게 있다면 이쪽이 훨씬 좋을 텐데, 나무 자를 집어 들고, 그러고는 손가락을 이렇게 하라고 말하는 걸로 충분하다오…….」

그녀가 막 싹을 틔우려는 봉우리처럼 엄지손가락 끝에 네 손가락을 모아서 손을 오므렸다.

「……그다음 아이에게 두 대를 때릴 거라고 알려요. 한가운데를 세게 때리고, 시간을 좀 뒀다가 두 번째 매질을 해야 한다오. 두 번째 매질이 제일 중요한데, 아이는 처음 맞을 때 고통을 느꼈지만 오므렸던 손을 아직은 펼 수가 없거든. 첫 번째 매질과 두 번째 매질 사이의 틈은 아이가 육체적으로 느낄 수 있는 고통보다 더 가혹한 심리적 고통을 가리키지. 아이는 다음에 맞을 매가 더 셀지 알 수 없으니, 온몸이 굳어서 겁에 질리게 되는 거요……. 그런데 사실 그건 거의 중요하지 않소. 아이가 고마워하기를 원한다면, 두 번째 매질을 하지 않기로 선택할 수도 있지. 내가 아이를 많이 좋아한다면 아이에게 그런 선택을 베푸는 거고.」 그녀가 히죽대며 말했다.

리아는 다시 노련한 손가락을 움직여 달콤한 멜로디를 만들어 냈다.

「이제 남자아이에게 다음 주에도 악보를 제대로 연주할 줄 모르면 네 대를 맞게 될 거라고 설명해요. 이렇게 학생은 규율 위반에 두려움과 공포를 결부하게 되는데, 그렇다고 그런 감정에 대해 다른 사람의 탓을 할 수는 없거든. 그러고 나면 갑자기 그다음 주에…….」

제니는 그 곡이 바흐의 전주곡과 푸가 21번임을 알아차렸다. 유난히 복잡하지만 몹시 상큼하며, 노련한 피아노 연주자들이라도 극도의 집중을 요하는 곡. 리아는 놀라울 정도로 수월하게 그 곡을 연주했다.

「아이가 곡을 연습해 오지. 이제 아이를 칭찬해야 한다오. 이 단계는 아주 중요해요. 남자들은 동물과 같거든. 그들은 경험을 통해 익히고, 직접 맛을 봐야만 하니까. 그들이 뭔가 나쁜 짓을 하면 벌을 내리고, 뭔가 좋은 일을 하면 상을 주는 게 중요하지.」

할 말을 잃은 마술사 제니는 악기에서 흘러나오는 멜로디의 리듬에 따라서 서서히 정신을 추스렸다.

「자, 이제, 보나 마나 당신은 그렇다면 여자아이에게는 어떻게 가르침을 주느냐고 묻겠지?」

마술사는 고개를 끄덕였고, 자신이 질문을 할 필요가 없음을 알았다. 리아는 무대에 익숙한 여성으로서 자신이 대화를 독백으로 바꾼다는 사실도 의식하지 못한 채, 대화를 몽땅 독점하는 습관이 있었다. 제니는 핑커턴을 거쳐 온 덕분에 적어도 어떤 경우, 돼먹지 못한 질문보다 침묵이 훨씬 더 강력함을 배웠더랬다.

「간단하다오. 여자아이를 가르치기 위해서는 남자아이에게 악보를 연주하지 못할 때 무슨 일이 벌어지는지를 이야기해 주라고 부탁하기만 하면 되지.」

리아는 연주를 중단하더니 시끄러운 소리를 내면서 거칠게 피아노 뚜껑을 덮었다.

「내 말을 이해하겠소?」

「글쎄요, 제대로 이해한 건지 확신은 안 서네요, 폭스 부인.」

리아는 힘겹게 몸을 일으키며, 음악이 그녀에게 부여했던 유유한 아름다움을 깨버렸다.

「우리는 고통을 이해해요, 제니, 그걸 겪어 볼 필요조차 없지. 바로 그런 이유로 아이들이 울음으로만 의사 표현을 할 줄 아는 시기에도, 아버지들은 무력한 그 시기에도, 우리는 아이들을 돌볼 줄 아는 거라오. 우리에게는 말이 필요 없거든. 우리는 사람들의 마음을 읽으니까. 바로 그거요, 영매라는 건. 우리는 타인의 슬픔을 느끼고, 그걸 이용해서 세상을 떠난 그들의 지친에게 형체를 부여하는 거야!」

제니는 깜짝 놀라 몇 발 뒤로 물러났다.

「그러면 심령들은…….」

「자, 제니, 자. 당신은 속임수 장치가 있는 테이블과 거울상 글씨를 알잖소. 당신 역시 나만큼이나 마술에서 심령주의까지의 거리는 한 발짝에 불과하다는 걸 알고 있으면서…….」

마술사 제니는 잠시 방 안을 둘러보면서, 사회가 여자의 운명이라며 정해 준 것과는 정반대로, 여자 혼자의 힘으로 쌓아 올리는 데 성공한 그 모든 넘쳐흐르는 호사에 짓눌리는 기분이 들었다.

「……그리고 그 한 발짝, 그걸 당신은 서류에 서명하면서 내디딘 거요. 이제 비밀 결사의 일원이 된 거지.」

제니는 혼란스러웠고, 머리가 빙빙 돌면서 어지러웠

다. 제니는 근처 의자에 털썩 주저앉았다.

「하지만, 그러면 당신 동생 둘, 그들은…… 그들도 뭔가 속임수를 쓰나요? 그저…… 사람들의 마음을 읽고 그들이 원하는 걸 들려주는 것뿐인가요? 그러면 그 딱딱 소리는? 어떻게…….」

리아가 자애로운 어머니처럼 신입 사원의 머리카락 속으로 손가락을 집어넣었다가 거칠게 떠밀었다.

「자, 당신도 마음속 저 깊은 곳에서는 이곳에서 내가 하는 일의 중요성을 정확하게 이해했다고 확신해. 우리 사회에서, 우리는 늘 아이들을 돌보거나 비서 노릇을 하거나 혹은 창녀 노릇이나 하도록 뒷전으로 밀려나 있었지. 난 그저 우리의 대의명분을 진척시키려고 애쓴다오! 모든 여성이 마거릿이나 케이트는 아니어서…… 하느님, 고맙기도 하지! 그 둘은 자기들이 어떤 행운을 가졌던 건지 깨닫지 못하니까. 난 그저 그러한 행운을 유복하지 못한 다른 여성들과 조금이라도 나누려고 애를 쓴다오. 그리고 난 차별도 하지 않아요. 보다시피, 내 덕분에 일자리를 찾은 남자들도 있거든. 당신은 심령주의 운동 덕분에 구원받은 인생들이 얼마나 많은지 상상도 못 하겠지만.」

「어떤 대가를 치르고서죠? 약간의 위안이라도 찾으려고 드는, 상을 당한 사람들에게 거짓말을 하면서요?」

「우리가 그들에게 바로 그걸 가져다주지 않소?」

제니는 일어섰고, 자신이 로버트처럼 방 안을 성큼성큼 걷고 있음을 문득 깨달았다. 리아가 재미있다는 표정으로 그녀를 지켜봤다.

「난 가능하다면 당신이 조속히 일을 시작하면 좋겠어. 사실대로 말하자면, 당신의 첫 상담이 이미 잡혀 있다오. 우리가 미리 조사한 고객에 대한 자료를 넘겨주리다. 고객이 보고 싶어 하는 망자와 소통하는 일을 수월하게 해줄 만한 사항들이 포함되어 있지. 당신이 처음 맡게 되는 일이니만큼, 쉽게 믿는 고객을 마련해 뒀소. 게다가 내 동료들 여럿이 이미 그 고객의 아내를 상대해 봤겠다…….」

「그건 대체 누구의 생각이었죠? 응? 마거릿과 케이트는 그런 생각을 해내기에는 너무 어렸는데……! 뭔가 들어맞지가 않아, 믿을 수가 없네, 그렇게 어린…… 그러니까 케이트는 열두 살이었다고요!」

곧, 흥분이 분노가 되었다. 마술사 제니는 관련 자료를 속속들이 꿰고 있었는데, 심령주의 운동의 수장이 준 퍼즐 조각들은 제니가 이미 손에 넣은 퍼즐 조각들과 들어맞지 않았다. 리아는 찰스 B. 로마가 자매들을 찾아왔던 그날 저녁, 그곳에 있지 않았다. 그러니까 케이트가 들려줬던 이야기대로, 그 사건은 농담을 너무 멀리 밀고 나간 결과였던 게 틀림없었다. 이렇게 설명하는 해결책은 시신만, 로버트마저도 받아들이지 못했으며 그의 이론을 완전히 박살 낸 그 빌어먹을 시신만 없었더라도, 그녀의 마음에 쏙 들었으리라.

「제니, 당신이 여전히 혼란스러워한다는 건 알겠소. 걱정하지 말아요. 고객을 앞에 두면 다시…… 정신을 차리게 될 테니.」

리아는 서랍에서 봉투 하나를 꺼내어, 자신의 새로운 〈동료〉에게 내밀었다.

「당신이 고객에 관해 알아야 할 모든 게 들어 있소. 나머지에 대해서는, 상황이 흘러가는 대로 해요.」

영매는 열에 들뜬 손으로 선물을 받아 들었다.

「나는 무슨 속임수를 쓰죠?」 제니는 여전히 정신은 다른 데에 가 있으면서도, 어찌어찌 대답하는 데 성공했다.

「당신은 타고났어. 그러니 당신 자신만의 스타일을 만들어 나가야지! 중요한 건 당신이 편안한 마음으로 상대방의 말을 귀 기울여 듣는 거라오.」

리아가 신참의 두 눈에 나타난 경악을 보면서 따뜻한 미소를 지어 보였다.

「자, 이제 가봐요. 내일 일을 위해서 연습을 해야지. 난 당신이 최상의 컨디션이기를 바란다오. 그리고 잊지 말아요, 마턴 양, 이제 당신은 심령술사라는 걸!」

제니가 문손잡이를 잡기도 전에 토니가 문을 열었고, 제니는 생각이 다른 곳에 가 있었던 만큼 그의 존재를 알아차리지도 못한 채, 그 앞을 지나쳐 갔다.

그가 삯마차를 불러 주겠다고 제안했지만, 제니는 걸어서 돌아가는 쪽을 택했다. 가랑비를 맞으며 걸어가는 동안, 도시 풍경은 안개가 낀 듯 몽롱한 그녀의 생각을 따라가기라도 한 것처럼 흐릿한 풍경으로 바뀌어

버린 느낌이었다. 제니는 집으로 돌아가는 데 얼마나 시간이 걸렸는지 가늠할 수 없었다.

하지만 제니는 집으로 들어가자마자, 뭔가가 잘못되었다는 것을 즉각 알아차렸다. 블랑슈는 평소처럼 구구거리지 않았으며, 우댕 역시 즉각 다리에 와서 감기지 않았다. 더욱 나쁜 건, 어머니는 담배를 피우지 않았는데, 작은 아파트 안에 끔찍하게도 담배 찌든 내가 가득하다는 거였다.

「엄마?」

거실 테이블 위에 접시 하나가 놓여 있었고, 어떤 남자가 재떨이 노릇을 하는 그 접시를 여러 시간 전부터 담배꽁초로 가득 채우는 중이었다. 그녀가 가까스로 알아본 남자, 로버트였다. 그는 회색의 더러운 수염이 길게 자라도록 내버려 두었고, 충혈되고 부어오른 두 눈은 수면 부족을 여실히 보여 주었다. 손이 제어가 되지 않을 정도로 떨리는 바람에 쩍쩍 갈라진 입술로 반쯤 탄 담배를 가져가는 것조차 불가능해 보였다.

「우리 집에서 뭘 하는 거죠?」

방문객은 끄지 않은 담배를 접시에 내려놓았다.

「당신에게 재떨이를 사줘야겠군.」

「필요 없어요. 이제 담배를 피우지 않아요.」

제니는 새장 안에서 고개를 옆으로 갸우뚱한 채, 모르는 남자를 말없이 관찰하고 있는 블랑슈에게 흘낏 눈길을 던지면서, 그의 맞은편에 자리 잡고 앉았다.

「어머니는 어디 계시죠?」

「당신하고 단둘이 있을 시간이 필요했소, 그래서 당신 어머니는 오늘 아침에 장을 보다가 센트럴 파크의 명소 관광에 기적적으로 당첨이 됐지.」

제니는 한걱정을 덜었지만, 경계를 늦추지 않았다.

「집에는 어떻게 들어왔죠?」

로버트가 제니를 향해 황금빛 열쇠를 던지자, 제니가 허공에서 낚아챘다.

「마술사의 어머니치고는 너무 쉽게 방심하더군.」

「자, 이제 어떻게는 알았으니, 왜를 설명해 줄래요?」

로버트가 길게 회색빛 연기를 내뿜었다.

「당신은 전후에 태어났지, 그렇지 않소?」

「왜 그런 질문을 하죠?」

그가 꽁초를 비벼 끄고는, 목만 갖고 떠받칠 수 없는 무게를 견디기 위함인 듯 손으로 머리를 받쳤다.

「아니, 전쟁 중이었지. 이제 기억이 나는군, 1864년. 당신은 전쟁을 겪어 보지 않았다고 말할 수 있겠군. 전쟁에서 근사한 게 뭔지 아시오?」

「솔직히 관심 없어요. 알겠어요, 로버트, 자신들의 과거를 놓고 한탄을 하면서 옛날이야기를 끄집어내지 않고서는 간단한 질문에 대답조차 하지 못하는 그런 사람들에게 아주 진력이 났어요. 우리 집에서 뭘 하고 계신 거죠? 대답을 하든가 아니면 나가 줘요.」

침묵이 길게 자리 잡았고, 그동안 전직 고용주는 그녀를 똑바로 바라보지도 못했다.

「그게…… 윌리엄 때문이오. 통제 불능의 상태가 되

었어. 영매들을 찾아내는 대로 폭력을 휘두르고 있소. 아무 이름이나 대고 상담을 예약한 뒤, 신문을 하는데…… 아주 폭력적이라오.」

「그러지 못하게 하겠다고 말했잖아요!」

「폭스 자매를 보호하겠다고 말했고, 지금까지는 그들에게 아무런 일도 일어나지 않았어!」 로버트가 벌떡 일어서면서 받아쳤다.

그때까지 제니의 의자 아래 숨어 있던 우댕이 후다닥 달려가더니 침대 한 귀퉁이로 몸을 피했다.

「왜 여기 온 거죠, 로버트?」

「당신이 리아를 만나러 갔다는 걸 알고 있소.」

「내 뒤를 밟게 했어요?」

그가 그녀에게 다가갔다.

「당신의 안위를 위해서였소! 제발, 제니, 돌아와요. 회사가 당신을 필요로 해요. 제기랄, 내가 당신을 필요로 해! 당신이 떠난 뒤로 더 이상 생각을 할 수 없게 됐어. 여러 가지 요소가…… 똑바로 맞춰지지를 않고, 농장에서의 그날 밤 이후로 더 이상 어떻게 생각해야 할지 모르겠소…….」

그는 마술사 제니보다 머리 하나는 더 컸지만 아무 소용이 없었으니, 그 순간 비장함이 감도는 당혹감이 그의 전 존재에서 배어나는 만큼, 로버트는 작아 보였다.

「더 이상 도와드릴 수가 없어요, 핑커턴 씨. 여기서부터 우리의 길이 갈라지나 봅니다. 하지만 당신은 여전히 당신 동생에 맞서 싸워 이길 수 있어요, 확신해요.」

「만약 내가 패배하면, 당신과 폭스 자매 역시 패배하게 되리라는 걸 제대로 이해한 거요?」

제니는 문을 향해 걸어가더니, 문을 열었다. 탐정은 마치 피해 갈 수 없는 선고를 기다리는 피고인처럼, 테이블 뒤에서 꿈적도 하지 않으면서 아무런 반응도 보이지 않았다.

「그건 당신의 관점이에요. 윌리엄은 연약한 노인이나 술에 취한 여자를 불시에 공격하는 재주만 있다는 게 나의 관점이에요. 그건 진정한 수훈이 아니죠. 내 말을 믿어요, 당신 동생은 보기보다 훨씬 약하답니다.」

로버트가 눈을 들어 빗방울 몇 개가 말라 가는 창문을 슬프게 바라보았다.

「자, 이 말을 끝으로 작별 인사를 드리고 싶군요, 핑커턴 씨. 우리 사이에 갈등은 있었지만, 당신을 위해 일하는 게 즐거웠어요. 당신은 당신이 가야 할 길을, 나는 내가 가야 할 길을 다시 가야 할 때랍니다.」

그가 일어나서 문으로 다가갔고, 제니에게 마지막 눈길을 던졌다.

「제니, 난…… 유감이오.」

제니가 억지로 지어낸 커다란 미소로 그에게 답했다. 그를 도울 수 있다면 좋았겠지만, 그녀를 기다리는 임무는 혼자 수행해야만 할 터였다.

「몸조심하고, 만약 필요하다면…….」

그가 하던 말을 끝맺지 못하고, 불편한 듯 얼굴을 찡

그리더니 떠나갔다.

아파트가 드디어 조용해지자, 제니는 너무 오랫동안 소홀히 했던 일에 착수했다. 즉, 작업에 몰두하고, 시간을 들여 연습하고, 자신의 마술을 다듬는 일. 그녀가 자신의 계획을 실행에 옮기기를 원한다면, 모든 게 절대적으로 완벽해야만 했다.

제니는 낡은 거울을 다시 꺼내어, 평소의 어투를 바꾸어서 심령술사다운 분위기를 부여하기 위해 반복적으로 연습했다. 심령이 그녀의 마술을 돕는다고, 그리고 심령이 그러한 마술을 통해 소통한다고 말하기만 하면 되는 일이었다.

필요한 거라고는 그녀의 자긍심과 절조를 포기하는 것뿐이었다. 이론상으로 그건 아주 쉬웠다. 하지만 거울을 앞에 두고 그런 거짓말을 실습하려니, 그것만으로도 속에서부터 화끈거렸다.

34
고객 정보 문건: 알레아르도 카리솔리

리아 폭스 작성

• 고객의 신원: 크리스티나 카리솔리의 배우자. 크리스티나 카리솔리는 딸 소피아가 멤피스로 여행을 갔다가 공교롭게도 황열병에 걸려서 사망한 뒤로, 심령술사 상담소의 단골이 되었다. 알레아르도에게는 리카르도와 조반니라는 두 명의 자녀가 더 있다. 하지만 소피아가 유일한 딸이었던 만큼, 그가 딸에게 품은 애정은 아주 특별했다.

알레아르도는 이민자이지만 기계 정비에 놀라운 재능을 보여 준 덕분에 빠르게 사회적 지위를 획득하기에 이른다. 그의 전문 분야는 직조기 정비였다. 그의 아내 크리스티나는 이렇게 이야기한다. 〈기계가 그에게 말을 하는 것 같아요. 그이가 일하는 것을 봤더랬죠. 기계가 고장이 나자마자, 그이는 청진기를 든 의사처럼 귀를 갖다 대요. 그이는 몇 분 동안 기계에서 여전히 제대로 돌아가는 것이 무엇인지 귀를 기울이고, 피스톤

이 작동하는 것을 바라보고, 그러고는 늘 문제의 원인을 찾아내죠. 가끔 신께서 직접 그이를 찾아와 답을 속삭여 주는 게 아닐까 하는 생각마저 든답니다. 그가 충성스러운 도구 상자를 열었는데도 끈질기게 버티는 고장은, 정말이지 거의 없어요.〉

그가 기계에 대해 느끼는 친근감 앞에서, 많은 친구들이 기계가 자신들의 일거리를 빼앗아 가거나 좋지 않은 일자리로 만든다고 생각하여 그에게서 떨어져 나갔다. 하지만 알레아르도는 개의치 않는다. 그가 중요하게 여기는 것, 그것은 자녀들이 미국식의 다양한 교육을 누리는 것이다. 그는 〈여행은 젊은이들을 단련시킨다〉라며, 자녀들에게 가능한 한 여행을 다녀 보라고 늘 줄기차게 말해 왔다. 그래서 그는 딸이 멤피스로 여행을 갔다가 죽음을 맞은 일에 대해, 자신에게 책임이 있다고 느낀다.

그런데도 그는 영매들과 어울린다는 생각에 오랫동안 반대했다. 알레아르도는 자신이 이해하지 못하는 것을 좋아하지 않는데, 그가 보기에 심령주의는 너무나 많은 비밀에 둘러싸인 운동이다. 어쨌든 슬픔이 그의 거부감을 눌렀고, 드디어 그는 아내가 졸라 대자 상담을 받아 보기로 동의했다.

• 소환해야 할 심령에 관한 추가 정보: 소피아는 사망 당시 16세였다. 성격이 외향적인데도, 늘 자신보다 다른 사람들에게 더 신경을 쓰는 소녀였다. 자신을 동

등하게 대하는 남자 형제들과 생활했기에 심지가 굳었고, 자기 생각을 말하는 데 주저함이 없었다. 이탈리아 출신 미국인으로서 복수 국적을 가진 덕분에 이탈리아 주재 미국 대사가 되기를 꿈꿨던 듯하다(비록 출신 국가에 발을 들여놓은 적이 없다 하더라도, 알레아르도에게서 죄책감을 불러일으키려면 쉽게 활용할 만한 실마리).

• 청소년기의 추억 몇 가지:

- 여덟 살 때, 소피아는 가벼운 독감에 걸렸다. 아버지가 의사를 부르려고 하자, 소피아는 우선 아버지에게 직접 치료해 보라고 부탁했다. 소피아는 아버지가 기계들을 기가 막히게 고치듯이 자신을 〈고칠〉 수 있다고 확신했다. 그래서 알레아르도가 딸에게 다가가서 몇 번 간지럼을 태웠고, 치료를 마쳤다고 선언했다. 이튿날, 소피아는 상태가 호전되었다. 이것은 부녀 사이에 소중하게 간직한 그들만의 추억 중 하나로 남았다.

- 크리스티나(알레아르도의 아내)의 스물아홉 번째 생일을 맞아, 소피아와 알레아르도는 직접 케이크를 굽기로 결심했다. 부녀는 건포도를 넣은 파네토네를 만드느라 일요일 오후를 몽땅 바쳤다. 케이크는 어찌나 형편없었는지, 동네 개들도 외면했다. 케이크를 맛보다가 가족들은 폭소를 터뜨렸고, 이 일은 그들의 기억 속에 각인되었다.

- 알레아르도는 체스 애호가이지만, 그러한 열정을

조반니나 리카르도에게 전파하는 데 성공하지 못했다. 놀랍게도 소피아는 글을 떼기 전부터 거기에 관심을 보였다. 멤피스로 여행을 떠나기 일주일 전, 아버지가 놀라 바라보는 가운데 부녀간 대결에서 드디어 첫 승을 거두었다. 아버지에게 이렇게 말했으리라. 「봤죠, 이제 외교관이 될 준비가 된 것 같아요.」

• *추신: 첫 고객이고 교령 상담소에서의 첫 일이니만큼, 상상력을 발휘하기를. 당신은 자신이 생각하는 것보다 훨씬 더 많은 일을 시도해 볼 수 있다.*

폭스가의 세 자매가 주관하는 교령회가 다시 시작된다는 소식으로 지역 신문들이 떠들썩했다. 『뉴욕 헤럴드』부터 『뉴욕 트리뷴』에 이르기까지, 모든 일간지가 최소한 그 소식에 두 면은 할애했다. 거리에서는 신문팔이 소년들이 성서나 되는 듯이 신문을 휘두르면서, 아무 귀에나 들어가라고 올해 최고의 사건이라고 소리소리 질러 댔다. 미국인들은 케이트와 마거릿이 어린 소녀에 불과했을 때 두 자매를 발견했던지라, 그 두 아이가 지금 어떻게 됐을지 알고 싶어서 전부 호기심에 들떴다.

리아가 자신의 언론계 인맥을 총동원하여, 그때까지도 자매들의 능력을 설명하려는 어떤 시도도 성공하지 못했다는 사실을 강조해 달라고 청탁했다. 과학이 반계몽주의에 대해 우위를 점하고 모든 것에 답을 찾아내는 시기에, 비의적 열광은 천금을 주고라도 서로 가지려 들 만한 희소가치가 있었다. 교령회가 열리는 극장의 규모가 어떠하든지 간에, 교령회가 열리는 날짜들은 전부 다 만석을 기록했다.

그로 인해 제니는 마음이 놓였는데, 심령주의 교세가 휘몰아칠수록, 〈회원〉들은 심령주의에 대한 신앙에 맹목적으로 휩쓸렸기 때문이었다. 그리하여 제니는 자신이 경험은 부족하지만, 처음으로 진행하는 상담에서 어느 정도의 실수는 넘어갈 수 있는 운신의 폭이 생기리라는 것을 알았다.

제니는 자신에게 대여된 방은 실내 장식이 거의 없음을 미리 고지받았다. 의자 두 개, 테이블 하나, 옷걸이, 그리고 제니가 자신의 소지품을 넣어 둘 수 있는 궤짝 하나가 전부였다. 제니는 거리 공연에서 사용하던 물품 몇 개를 심령주의에 맞춰 손본 뒤, 거기에 보탰다. 〈경이로운 마술사 제니〉라고 적혀 있던 깃발은 짙푸른 페인트 칠을 덮어썼고, 이제는 〈심령의 부름〉이라는 글귀가 적혀 있었다. 제니가 입구 위쪽에 당당하게 못질하여 박아 둔 간판. 전통적인 카드는 좀 더 정교한 문양이 있고 바로크풍의 형상이 그려진 모델로 바뀌었고, 헝겊 공은 반들반들 광택이 나는 흰색 공으로 바뀌었는데, 조명이 어두운 방 안에서 귀신을 연상시키는 빛을 발하게 하려는 의도였다.

제니는 자신의 마술을 심령의 소행으로 돌려야 한다고 생각하면 스스로가 우스꽝스럽게 느껴졌지만, 그렇게 함으로써 독립적인 여성으로 남을 수 있고 조직 내부에서 수사를 계속 진행할 수 있다면 자신의 절조를 놓고 약간의 타협을 할 준비가 되어 있었다. 좀 더 복잡한 메시지가 필요하다면, 리아가 제공한 서류와 거울상 글씨를 활용할 수 있었다. 두드리는 심령을 가장하려고 할 때 제니에게 부족한 것은 오로지 딱딱 소리뿐이었지만, 그녀가 고심해 보았던 방안들은 너무나 많은 준비가 필요했고 쉽게 발각될 위험이 있었기 때문에, 제니는 이번에는 두드리는 소리는 생략하기로 결심했다. 눈으로 확인할 수 없는 폭스 자매의 방식은 비밀로 남아 있었기에, 제니는 자신이 자매의 경쟁 상대가 되지 못하리라는 것을 알았다.

아침나절 내내 불안감에 시달린 뒤, 소위 그 첫 고객이 드디어 도착했다. 11시 정각이었다. 초짜 심령술사들에게 제공되는 상담소에는 대기실이 없었기 때문에, 제니는 고객의 모습을 한눈에 파악했다. 남자는 키가 크고 말랐으며, 사십 줄로 보였고, 오른쪽 다리를 가볍게 절고 있었다. 방 안이 어스름에 잠겨 있는 데다가 남자는 모자를 쓰고 있어서, 얼굴이 잘 드러나지 않았다.

「카리솔리 씨?」

「아니…… 내가 아는 목소리로군!」

남자가 모자를 벗기도 전에, 이번에는 제니가 자신이 상대하는 인물이 누구인지를 즉각 알아차렸다.

「당신은…….」

「나요.」 윌리엄이 모자와 가방을 입구의 옷걸이에 걸어 놓으면서 말했다.

그가 자기 앞에 놓인 의자를 빼내더니, 안도감이 배어 나오는 커다란 숨을 터뜨리면서 의자에 앉았다. 제니는 그가 굵은 땀방울을 뚝뚝 흘리고 있음을 알아챘다.

「당신 친구에게 좀 전해 줘. 부엌칼을 함부로 휘두르지 말라고. 그러다가 누구 하나 잡겠던데, 당한 그 사람이 나만큼 이해심이 깊으리라고 장담할 수 없잖소.」

「카리솔리 씨는 어디 있죠?」

그가 주머니에서 성냥과 담배를 꺼내어 불을 붙이더니, 거침없이 요란하게 두 발을 테이블 위에 올렸다.

「……내가 오리라고 예상하지 못했나 보군.」

제니는 무기로 쓸 만한 게 뭐 없나 싶어서 빠르게 방안을 둘러봤다. 간판을 다느라고 사용했던 망치가 여전히 그녀에게서 멀지 않은 곳의 바닥에서 굴러다녔다. 어쨌든 윌리엄이 권총을 갖고 있다면, 그 무기는 아무 소용 없으리라.

「원하는 게 뭐죠?」

카우보이는 고통으로 얼굴을 찌푸리면서 자세를 다시 바르게 했다.

「케이트와의 면담. 어쩌라고, 내가 당신을 아주 좋아하기는 하지만, 성숙한 여자들이 더 끌리는걸.」

「케이트는 여기 없어요. 썩 나가요. 내 고객이 언제라도 들이닥칠 텐데, 그에게 당신 모습을 보이고 싶지 않군요. 당신이 떠나지 않는다면, 케이트가 시작한 일을 끝내는 건 내가 떠맡을 수밖에 없죠. 필요하다면 내

이를 동원해서라도.」

윌리엄이 다 피운 담배를 바지에, 정확히는 상처에 대고 비벼 껐다. 빨갛게 달아오른 담뱃불이 면직물 위에서 꺼지는 동안 그는 눈썹 하나 까딱하지 않고 제니를 지켜봤다. 단호한 표정을 띠었지만, 흐르는 땀과 창백한 낯빛은 그가 느끼는 고통을 숨겨 주지 못했다.

「형은 당신에게서 뭘 봤던 걸까? 그러니까 당신은 카리솔리가 오지 않으리라는 걸 눈치챘지, 안 그렇소? 폭스 자매와의 상담을 얻어 내는 일이 아무리 어렵다 해도, 이미 상담 약속을 잡은 사람을 쫓아가서 상담이 언제 어디서 있을 예정인지 묻고, 정중하게 상담을 양보해 달라고 부탁하는 일은 아주 간단하거든.」

「만약 그 사람이 거절한다면요?」

윌리엄이 호주머니에서 반자동 접이칼을 꺼내어 손톱 청소를 시작했다.

「나를 응석받이로 취급해도 좋소, 뭐라 하든 나는 늘 내가 원하는 것을 얻어 내니까.」

제니는 두 발을 사용해 망치를 의자 쪽으로 몰래 끌고 왔다. 어스름이 그녀의 동작을 숨겨 줬고, 윌리엄은 손톱 밑에 숨은 때를 벗기느라고 여념이 없었다. 그가 계속 다른 데 정신을 팔게 하기만 하면 됐다.

「폭스 자매를 원하는 거죠, 그렇지 않은가요?」

「단 한 명이면 충분할 거요. 그런데 이제는 케이트 쪽이 조금 더 마음에 드는군. 그 여자와 난 서로 의견이 잘 맞을 것 같다는 생각이 들거든.」

칼이 미끄러지면서 왼쪽 검지 손톱 밑이 아주 조금 베이고 말았다. 그는 잠깐 손가락을 따라서 피가 흐르는 것을 지켜보다가 재미있다는 표정으로 손가락을 입으로 가져갔다. 제니는 그가 잠시 방심한 틈을 타서 허리를 굽혀 망치를 집어 들었다.

「당신의 어떤 점이 나를 불편하게 하는지 알고 있소, 제니?」

제니가 재빠르게 허리를 폈다.

「어서 다 말해 봐요.」

「당신이 예측 불가라는 점.」

이제 제니는 손에 든 망치가 보이지 않게 무릎 위에 올려 둔 상태였다. 윌리엄이 의자를 손으로 짚고서 힘겹게 일어서더니, 가방을 가지러 갔다.

「솔직히 말하자면, 그것은 장점이기도 하고 단점이기도 하지.」 그가 말을 이어 갔다. 「당신이 재능을 발휘하지 않았더라면, 나는 케이트를 절대로 찾아내지 못했으리라는 점을 인정하지 않을 수 없군.」

「캠던에서 무슨 일이 벌어졌는지 이야기해 봐요. 내게는 당신 관점의 이야기도 필요하니까.」

윌리엄이 다시 자리에 앉는데, 고통의 날숨이 저절로 흘러나왔다. 그는 일단 자리에 앉자, 가방을 뒤졌다.

「나는 미국에서 수많은 도시를 찾아갔지. 하지만 캠던은 가보지 않았소.」

작은 종이봉투가 나타나자 그가 만족스러운 표정으로 살펴보았다.

「거짓말을 하는군요, 전쟁 동안 그곳에서 임무를 수행했다더니.」

「이미 말했다시피, 대장장이의 조수 노릇을 한 곳은 터스키기요. 뭐, 당신이 믿거나 말거나, 개의치 않지만.」

그가 새로운 성냥개비를 꺼내어 식탁 모서리에 대고 긋더니, 불붙은 성냥개비를 종이봉투 안에 집어넣은 뒤, 그 봉투를 방구석으로 무심하게 집어 던졌다. 봉투가 바닥에 닿자마자 불이 붙었고, 곧 커다란 불덩어리로 바뀌었다. 제니가 소스라치게 놀라 벌떡 일어섰는데, 불길이 이미 커튼을 집어삼키기 시작했다.

「자, 나는 이만 가보겠소. 상담을 해줘서 고맙군.」

그가 5달러를 테이블 위에 놓았다.

「거스름돈은 필요 없소. 선물이니까.」

윌리엄의 손목을 낚아챈 제니가 그 손을 테이블 위에 눌러 놓고, 중지 마디를 망치로 거세게 내려쳤다. 우두둑하는 소리가 울려 퍼졌다. 남자가 비명을 지르며 뒤로 나가떨어졌고, 연기가 방 안을 뒤덮었다.

「이…… 잡것이!」 그가 바닥에 쓰러진 채 몸을 뒤틀면서 욕을 내뱉었다.

그 무례한 남자가 일시적으로나마 해를 끼칠 수 없는 상태가 되자, 제니는 그 틈을 타서 숨을 헐떡거리며 상황을 판단했다. 마술에 필요한 부품들을 올려 두었던 선반은 이미 불길에 휩싸인 터라, 카드는 재가 되어 날아가 버렸고, 새틴 천으로 만든 헝겊 공은 순식간에 사라져 버렸다. 제니는 소중한 마술 도구를 구해 내는 것보다는 살아서 이 상황에서 벗어나는 게 급선무임을 깨달았다. 그녀는 유독한 연기를 들이마시지 않으려고 허리를 반으로 접고 얼굴을 치맛자락으로 가린 채, 문을 향해 튀어 나갔다. 윌리엄 곁을 지나가면서 그의 오른쪽 허벅지를 구두 굽으로 힘껏 밟아 줬는데, 그 바람에 균형을 잃고 넘어질 뻔했지만 강렬한 만족감을 안겨 준 동작이었으니, 자신에게 있으리라고는 의심조차 못 해봤던 복수 욕구의 발로였다. 카우보이가 내지르는 찢어질 듯한 비명 소리에, 그 자극적이고 불건전한 풍미가 더욱 진해졌다. 그러고는 불과 몇 미터 거리에 있는 문을 향해 급히 달려갔다. 하지만 문손잡이에 손이 닿으려는 순간, 귀청을 찢을 듯한 소리가 울려 퍼지더니, 곧바로 그 뒤를 이어 엄청난 타격음이 들렸다. 제니는 문에 생긴 구멍 앞에서 우뚝 멈춰 섰고, 천천히 윌리엄을 돌아봤다.

「여기서 나를 꺼내 줘, 아니면…… 여기 우리 둘이 같이 있든가.」 그는 오염된 공기에 숨이 막혀 오자, 말하는 틈틈이 두어 차례 기침을 했다.

남자는 완전히 기력을 잃고 바닥에 누워 있었는데, 퉁퉁 부어오른 오른손은 다리를 따라 늘어져 있었고, 바지 위의 붉은 얼룩은 눈에 띌 정도로 번졌다. 그런 모습을 보고 있사니, 제니는 사람들이 뿌린 소금을 맞고서 최후의 순간에 몸을 비틀어 대는 보기 싫은 민달팽이가 떠올랐다. 어쨌든 그 민달팽이는 손에 총을 들고 제니를 겨누고 있었다. 연기가 더욱더 자욱해지자, 제니는 자신이 기절하기 일보 직전임을 느꼈다.

「기절할 생각일랑 하지도 말지, **여기서 나를 꺼내 달라고!**」

시시각각 짙어지는 연기가 방 안을 뒤덮으며 마술사 제니의 허파로 밀려들었고, 허파가 안에서부터 타들어 왔다. 제니는 생존할 수 있는 해법을 발견할 정도로 정신이 충분히 맑지 못했다. 목구멍은 벌겋게 달아오른 숯이라도 삼킨 느낌이었고, 두 눈알은 너무 고통스러워서 터져 나갈 것만 같았다. 발작적으로 터져 나오는 기침이 어찌나 거센지 온몸을 뒤흔들어 놓아, 제니는 무력하게 바닥에 털썩 주저앉았다.

「유감이에요, 윌리엄…….」

이 무슨 비참한 결말인가, 그녀가 생각했다. 불길에 휩싸여 죽음을 맞다니. 그마저도 방화벽이 있는 정신병자가, 자기 몸이 망가지는 바람에 정작 자기 자신이 빠져나가지 못하리라는 예상조차 하지 못하고 불을 질러서 발생한 화재 때문에.

한편, 윌리엄은 불길 속으로 권총을 던져 버리고는, 나머지 성한 팔을 이용해 핏자국을 남기며 문을 향해 기어갔다.

「여기서 끝내지 않겠어…….」

그가 공포로 일그러진 얼굴로 기침을 했다.

「여기서 끝낼 수 없어!」

그는 문을 향해 가일층 기운차게 기어갔는데, 그가 알기로 그렇게 가까이에 있는 그 문이 불에 탄 천이 내뿜는 시커먼 연기 너머로는 너무나도 멀게 느껴졌다. 문과 가까워졌을 때, 그는 문이 이미 열려 있음을 알아차리고 깜짝 놀랐다. 세련된 가죽 구두가 그의 앞에 나타났고, 지팡이가 그의 유일한 성한 손을 맹렬하게 내리찍었다. 그가 고통에 겨워 비명을 지르면서 고개를 쳐들었고, 짙은 연기 속에서 떠오른 얼굴 하나를 알아봤는데, 관련 사진을 미친 듯이 모아들였던 덕분에 외우게 된 얼굴이었다.

「드디어 만났군, 윌리엄 핑커턴. 내가 데리고 있는 여자들에게 엄청난 해악을 끼쳤더군.」 리아 폭스가 치명적인 연기가 바로 옆에까지 퍼져 왔는데도 거의 개의치 않고 명료한 목소리로 말했다.

그 모습이 기절하기 직전, 제니의 기억에 마지막으로 남은 모습이었다.

35
『완벽한 요원을 위한 핑커턴 지침서』

심리 조종과 자백
로버트 핑커턴 작성

우리는 이 지침서를 작성하면서, 당신이 요원으로서 하게 될 일의 다양한 측면을 다루었고, 이제 당신이 맡을 임무의 핵심인, 표적의 자백 받아 내기를 본격적으로 다룰 때가 되었다.

그것은 신분 위장보다도 훨씬 더 까다로운 섬세한 기술인데, 자백이라는 개념 자체가 당신이 아니라 당신의 표적으로부터 나와야 하는 것이기 때문이다.

당신의 심리 분석 재능이 이 어려운 임무 실행을 위한 최고의 패임을 염두에 두라. 내가 이번 장에서 당신에게 전수할 게 있다면 충고가 전부이며, 그 충고가 비록 완벽하지는 않겠지만, 바라건대, 당신의 임무를 성공으로 이끌기를.

그러한 심리 조종 전반의 비결은 절대로 범죄에 대해 언급하지 않는 것이다. 표적이 당신에게 오도록 내버려 두라. 당신의 행위와 당신의 영향력은 절대로 눈에 띄어서는 안 된다. 그러기 위해서 언제든지 당신을 위해서 복무할 핑커턴이 존재함을 잊지 마라. 핑커턴, 그 요원 병기창은 당신을 위해 자백을 이끌어 내는 데 유리한 이상적인 환경 조건을 조성할 줄 아니까.

예를 하나 들겠다. 횡령범을 상대한다고 가정하자. 이상적인 자백 상황은, 지갑을 잃어버린 척할 요원을 산책 코스에 배치해 두고 그 요원이 사라진 자신의 돈을 본 사람이 누구 없는지를 커다란 목소리로 묻도록 미리 손을 써두고 난 뒤, 표적과 함께 산책할 방법을 찾아내는 것이리라.

서슴지 말고 단도직입적으로 행동하라. 범죄자들은 죄의식에 시달리는 일이 아주 잦다. 처음 넌지시 돌려 말하여 효력이 없다면, 방식은 다르게, 하지만 방향은 줄곧 동일하게 다시 시도하라. 대화의 물꼬를 트고 그러고 나서 자백으로 이어지도록, 저질러진 범죄를 은근하게 환기하라.

범죄자가 당신에게 자백하게 만드는 또 다른 간단한 방법은 그와 측근의 사이를 멀어지게 하는 것이다. 그 측근들이 표적에 대해 반드시 잘못을 저질러야만 그럴 수 있는 것이 아니다. 그저 당신의 표적에게 그들이 등 뒤에서 비방한다고 넌지시 알리라. 만약 그들과 우연히 마주친다면, 그들의 태도에서 도덕군자인 척하는 혹은 불신의 표정이 보인다고 말하라. 만약 표적이 어디서 그런 괴상망측한 생각이 나오는 건지 물어 온다면, 그저 직감일 뿐이며 어쩌면 아무것도 아닐 수도 있다고 답하라. 나머지 일은 표적의 망상증이 알아서 할 것이다.

마지막으로, 그리고 아마도 가장 중요한 것일 텐데, 표적이 힘들어하는 순간에 표적의 곁에 머무르라. 그때가 표적이 무너지기 가장 쉬울 때이니, 입을 열려고 하리라. 만약 당신에게 그러한 절망의 순간을 만들어 낼 기회가 온다면, 기꺼운 마음으로 그 일에 전념하라. 표적은 심리적 위기를 처음 겪을 때는 무너지지 않을 수도 있다. 그럴 경우, 당신의 표적이 겁에 질려서 절망적으로 해결책을 찾아다닐 만큼 충분히 위기가 되풀이되기만 하면 된다. 그런 순간에 표적은 당신의 개입을, 그저 당신이 곁에 있음을 천운으로 간주하며, 당신과 비밀을 나누려고 들 것이다.

「……그렇게 한다고 걔에게 도움이 되는 게 아닌 걸 알면서.」

쉽게 정신이 들지 않았고, 제니는 여전히 혓바닥에서 재의 맛이 느껴졌다.

「그런 일이 벌어질 때 언니가 옆에 있어 준다면 좋았을 거야.」

눈꺼풀이 마치 밀랍으로 봉해 놓은 듯했다. 눈물이 천천히 솟아나면서 눈을 멀게 하는 고통이 차츰차츰 씻겨 나갔다. 주고받는 대화 소리가 이웃 아파트에서부터 두터운 면직물로 덮인 벽을 통과해서 들려오는 듯 멀게 느껴졌다.

「난 늘 너를 위해 옆에 있어 줬다.」

오가는 목소리 중 하나는 친숙했다. 리아의 목소리였다. 하지만 다른 목소리는…… 제니는 다른 목소리, 그건 금방 알아차리지 못했다.

「그래, 우리 둘 다 잘 알지. 선량한 마음에서 그러는 게 아니라는 건.」

제니는 드디어 두 눈이 떠졌다. 확장된 동공에 아침 햇살은 몹시 눈부셨다. 화재의 마지막 흔적을 쫓아내려고 속눈썹을 깜빡거리다가 드디어 리아 맞은편에 앉아 있는 여성을 분간하게 되었다.

「오! 또 그 이야기냐!」

「오오오! 소중한 황금 알을 낳는 암탉 중 한 마리가 감히 자신이 네 농장의 다른 어중이떠중이 동물과는 다르다는 사실을 알리려고 드는 걸 용서해 줘. 하지만 어떻게, 그래, 감히 어떻게 그 암탉이 그러는 걸까?」 마거릿이 연극적인 어조로 의자에서 벌떡 일어나면서 말했다.

제니가 자리 잡은 곳은 낯선 침실 안이었다. 누군가 그녀를 흰색 닫집이 달린 커다란 침대에 누여 놓았고, 이는 그녀로서는 어느 날엔가 누릴 수 있으리라고 상상조차 못 했던 호사였다. 티끌 한 점 없는 벽에는 예술가가 목탄으로 야생의 풍광을 그려 놓았는데, 너른 평원에 우뚝 솟은 가느다란 나무들은 그 끝이 서로 뒤엉킨 채 하늘에 닿을 듯했다. 그 작품은 제니가 읽은 콜로라도의 길들여지지 않는 자연에 관한 글 모음집에 들어 있던 삽화와 비슷했다.

「봐라, 제니 양이 깨어났다.」 리아가 어조를 누그러뜨렸다.

마거릿이 고개를 돌렸고, 제니가 누워 있는 침대 머리맡으로 뛰어와 손을 잡았다.

「괜찮아요? 기분은 좀 어때요?」

「청소가 제대로 안 된 굴뚝 같아요.」

마술사 제니가 기침을 하자, 두 자매는 미소를 지었다.

「당신에게 일어난 일은 유감이오.」 리아가 지팡이에 의지한 채 말했다. 「하지만 놈을 잡았다는 걸 알아 둬요. 당신을 공격한 놈은 지금 감옥에 있는데, 금방 나오지는 못하리다. 우리가 당신을 구하러 왔을 때 경찰을 대동했거든. 경찰이 놈을 현행범으로 체포했지.」

「그자는 사설탐정 회사를 운영한대요. 핑커턴이라든가 뭐 그런 종류던데. 그런데 그자가 단독 행동이라고 맹세한다네. 경찰들이 아주 난처해하는데, 그도 그럴 것이, 전에는 그 회사가 국가와 협조적인 관계였던 게 명백하니까. 케이트가 이 문제에 관한 제니의 의견이 뭔지 물어봐 달랬는데. 제니가 깨어날 때 옆에 있으려고 밤새도록 우리 둘이 교대했거든요.」

제니는 케이트가 아니라 마거릿을 보게 되어 다행이라고 여겼다. 막내는 아마도 말을 타고 방화를 저지른 남자와 윌리엄 사이의 연관성을 이해했을 테니까.

「난…… 난 정말 그에 대해 아무것도 아는 게 없어요.」 침대에 누운 여자는 두통이 온 시늉을 하면서 답했는데, 곧 실제로 두통이 생겼다.

윌리엄은 온갖 결점이 있음에도 불구하고 적어도 회사를 비난하는 대신 자신이 잘못을 덮어쓰며, 핑커턴의 사규에 의거하여 언행을 삼갔다. 그는 로버트를 위해 임무 수행 중이라고 진술함으로써, 쌍지팡이를 짚고 나서며 계속해서 그의 일을 방해할 수도 있었지만, 전혀 그런 시도를 하지 않았다. 그런 명예심의 발로에 제니는 놀랐다.

마거릿이 자애로운 손길로 제니의 머리카락을 쓰다듬었다.

「어머니에게는 알렸어요. 몸이 회복되는 대로 집으로 보내 드린다고 말씀드려 놨고. 그런데 아직도 유령처럼 창백하네.」

「자, 자, 제니 양은 강철 체력이란다. 오후가 끝나기도 전에 집으로 돌아갈 수 있으리라고 확신해.」

잠시 생각해 본 뒤, 마술사 제니는 드디어 심령주의의 소굴 안에 자신이 들어온 것이니, 진실을 발견할 수 있는 이런 기회가 자주 오지는 않으리라는 점을 깨달았다.

「친절한 환대를 빌미로 뭉그적댈 생각은 없지만, 혹시…… 혹시 폐가 되지 않는다면, 여기서 하룻밤 더 보낼 수 있을까요.」

리아에게서 미소가 사라졌다.

「그게 말이요, 우리가 아주 드물게만 손님을…….」

「물론 여기 있을 수 있죠. 필리파에게 부탁해서 부족한 게 없도록 신경 쓰라고 할게요.」

「마거릿, 따로 얘기 좀 할까?」

「싫어.」

두 자매 사이의 긴장이 다시 손에 잡힐 듯 확연해졌

다. 리아가 미소를 지으며 투항했다.

「좋아. 하녀에게 일러두지. 그동안 마틴 양에게 제일 좋은 건 여전히 조용히 쉬는 거란다.」

잠시 쉬고 난 제니는 도자기 쟁반에 받쳐서 침대까지 가져다주는 늦은 아침 식사를 누릴 수 있었다. 누워 있는 침대가 엄청나게 안락했지만, 고독을 견디기 힘들었던 그녀는 거실에서 식사하는 세 자매와 합류하려고 거실로 내려가야겠다는 결심을 했다. 케이트는 제니를 보자 아주 오래전에 헤어졌던 두 친구처럼 제니의 품에 안겼다. 제니는 막내가 평소보다 더 기력이 없어 보인다는 것을 알아챘는데, 그녀는 온몸을 떨었고, 얼굴은 새로 생긴 주름의 무게로 처졌다.

「놈을 잡았어!」 케이트가 미소를 지으며 의기양양하게 외쳤다.

제니 역시 케이트에게 따뜻한 미소를 지어 보인 뒤 식탁에 자리 잡았다.

「리아, 어떻게 감사의 인사를 드려야 할지 모르겠군요.」

노부인은 읽던 신문에서 고개를 들었는데, 신문에 너무 열중해 있던지라 새로 누가 도착했다는 것도 겨우 일아차릴 지경이었다.

「별것 아니오. 가족끼리니, 서로 챙겨 주는 건 당연하다오.」 그녀가 그릇에 담긴 시리얼을 먹는 마거릿을 바라보며 말했다.

이번에는 제니가 시리얼에 데운 우유를 약간 붓고 그 위에 설탕을 조금 뿌리면서, 이런 호사스러움 한복판에서 단순한 전통을 되찾게 되어 즐거운 마음으로 식사를 시작했다.

「그런데, 궁금한 게…… 어떻게 알았어요?」

「내가 뭘, 어떻게 알았단 말이오?」

「그러니까 불이 붙은 지 2분도 채 걸리지 않아서 나타났잖아요……. 마차를 탄다 해도 사무실에서부터 대략 10분 거리이고, 걸어서 오려면 얼마나 시간이 들지는 감히 따져 볼 엄두도 나지 않네요. 게다가 경찰까지 데리고 왔으니.」

리아는 차를 한 모금 마시려다가 목구멍에 걸리는 바람에 켁켁거렸다.

「흠…… 봐요, 중요한 건 당신이 무사히 빠져나왔다는 것, 그게 전부지.」

제니는 식탁 위를 손가락으로 두드렸지만, 더 이상 밀어붙이지는 않았다. 제니는 폭스 자매 중 두 동생이 자신이 시작한 심문을 이어 가기를 바랐다. 자매들의 비밀이 망설임이 지속되는 그 몇 초 사이에 걸려 있었다. 만약 두 동생이 그녀가 던져 놓은 질문에 달려들지 않는다면, 그들은 심령주의 운동과 자신들이 부추기는 거짓말에 대해 어떤 식으로든 비판 정신은 포기한 채, 리아의 의지에 완전히 복종하게 됐음을 의미했다.

「언니는…… 그자가 올 걸 알고 있었어?」

횃불을 이어받은 사람은, 제니로서는 놀랍게도, 마

거릿이었다. 하지만 리아는 그새 침묵을 틈타서 다시 신문 읽기로 돌아간지라, 듣지 못한 척했다.

「리아, 대답해. 제니가 그 방화범과 약속을 했다는 걸 알고 있었어?」

노부인의 손이 살짝 떨렸지만, 자신을 둘러싼 엄격한 얼굴들을 마주하는 일을 피하려고, 『뉴욕 헤럴드』지 뒤에 숨어 버렸다. 케이트가 일어나서 손으로 신문을 눌러 버리자, 큰언니에게는 심문관들을 상대하는 일 이외의 다른 선택이 사라져 버렸다.

「난 너희 집을 불태운 남자를 감옥에 가뒀는데, 이렇게 감사를 표하는 거니?」

「매기에게 대답해.」 케이트가 그렇게 말하고는 다시 자리에 앉았다.

리아는 식탁에 둘러앉은 영매들 전부의 시선을 살폈다.

「그 작자, 그 윌리엄이라는 인간…… 난 그자가 너희들을 찾아다닌다는 걸 알고 있었다.」 리아가 케이트와 마거릿을 상대로 답을 했다. 「문제는 그자가 매번 어디로 치고 들어올지 알 수 없다는 거였지. 그자가 누구의 행세를 할지 알아내기 위해서 고객 전부의 뒤를 밟게 할 수는 없잖니. 그자에 대해서는 아무것도, 심지어 그자의 이름조차 아는 사람이 없었으니까.」

「그래서?」

「오, 나한테는 그래 봤자지, 매기, 네 그 싸구려 심문 기술, 그건 뒀다 다른 데 쓰지 그래.」

「그런 걸 가르친 건 언니였잖아.」
두 여자는 험한 시선을 주고받았다.
「계속해 봐.」 케이트가 위협조로 말했다.
「그러니까…… 그 부인이, 카리솔리 부인이 나를 보러 왔어. 심령주의 운동 회원이고, 딸이 황열병으로 죽어서 너희와 이미 상담도 했던 사람이야. 그 여자가 애도의 시기를 보내는 데 도움이 된다고 남편을 설득하려고, 남편을 공개 교령회에 데리고 왔더랬지. 그 부부는 약속을 잡았는데, 그러고 나서 바로 언제 어디서 상담을 받기로 했는지를 알아내려는 자들에게 걸려들어 남편이 심문을 받는 일을 겪게 됐단다. 보나 마나 그자들이 아내와 아들들을 협박했겠지. 그래서 내가 그녀의 남편에게 우리가 알아서 하겠다고 말했어. 난 그저 상담소 주소를 바꿔 줬을 뿐이야…….」
「제니에게 대여해 줬던 그 상담소로.」 케이트가 나머지 말을 대신했다.
마침내 리아는 손님과 시선을 교환했다.
「정말 미안하오. 하지만 그 미친놈을 잡을 다른 방법이 전혀 보이지 않았소.」
제니가 잠시 리아를 살폈다.
「이 질문 하나만요. 왜 나였죠? 뉴욕에는 당신과 함께 일하는 경험이 풍부한 영매들이 10여 명이나 있는데도, 당신은 내 첫 상담에 그자를 보냈어요!」
리아는 신입 사원을 바라본 뒤, 자신의 두 동생을 차례로 봤다. 자매들 사이에 존재하던 그 모든 갈등에도 불구하고, 리아는 두 동생과 진정한 신뢰 관계를 유지하고 있다고 생각했다. 하지만 이 순간에는 마거릿과 케이트가 자신이 억지로 회사에 붙잡아 둔 두 명의 고용인처럼 느껴졌다. 40년 전이었다면, 두 동생은 망설이지 않고 자신을 변호하러 나섰을 텐데, 이제 그들은 자신의 재판에 검사로 나온 사람들이었다.

마거릿이 한마디 말도 없이 식탁에서 일어섰고, 케이트가 그 뒤를 따랐다.

「아니, 얘들아, 하지만 저 여자는 처음부터 너희들을 속이지 않았니……. 너희에게 거짓말을 했고 계속 그러고 있어. 그럼, 너희에게 보냈으면 좋았겠니, 응? 내가 그저 너희에게 도움이 되려고 애썼다는 건 보이지 않아?」

「언니가 우리 허락 없이 제니의 머리카락 한 오라기라도 건드리려고 든다면, 이번에는 내가 이 집에 불을 지를 거야.」 케이트가 차가운 어투로 말했다.

당혹감과 질투가 어린 리아의 시선을 받으며, 두 여동생은 제니를 호위해서 방까지 데리고 갔고, 리아는 왕족이나 먹을 법한 화려한 음식 앞에 홀로 남았다.

침실로 돌아온 두 자매는 젊은 여성을 다정하게 침대에 눕히고는, 침대 양옆에 서서 호의 어린 시선으로 그녀를 내려다봤다.

「난 정말이지 혼란스러워요, 제니.」 마거릿이 말했다. 「당신이 당신 남편을 놓고 내게 거짓말한 것을 좋게 보지는 않았지만…… 그 거짓말이 그 정도의 벌을 받아 마땅한 것은 아니잖아요. 불이 났고, 게다가 그 남자…… 정말로 공포에 질렸겠어.」

「제니는 곧 괜찮아질 거야.」 케이트가 끼어들었다.

「네가 그 일에 대해서 뭘 안다고 그러니? 그런 건 트라우마를 남긴다고.」

마거릿이 환자의 손을 잡더니 꼭 쥐었다.

「좀 풀어져 있어도 돼요, 우리 모두 그런 일을 겪어 봤으니, 이해해요.」

제니는 감히 한마디 말도 꺼내지 못했지만, 두 여동생이 겪었을 그 모든 끔찍한 일에 대해서는 핑커턴의 서류에서 읽었더랬다. 경건한 소도시에서 공개적으로 당한 린치는 그 어떤 방화보다도 더 끔찍스럽게 여겨졌다.

「난…… 난 떨치고 일어날 수 있을 거예요.」

「봤지, 매기? 모두가 우리 같지는 않다고.」

이번에는 케이트가 다가오더니, 마술사의 손 위에 자신의 손을 포개어 놓았다.

「한마디 해도 되지, 제니. 이 세상에는 두 종류의 여성이 있어. 한 종류는 다른 사람들을 이끌며 앞서가는 여성, 또 다른 종류는 뒤를 따라가는 여성이지. 당신은 앞으로 내달리는 여성에 속해, 리아처럼.」

「난 까치처럼 수다스러운 그 늙은 여자랑은 달라요!」

「그 사람이, 그 수다스러운 늙은 여자가 이루어 낸 일을 좀 봐. 그 여자는 오로지 어린 여자아이 두 명의 농담에서부터 출발해서, 자신의 왕국을 건설했지. 심령주의, 그건 우리였던 적이 단 한 번도 없었어, 그건 늘 리아였어. 날 믿어, 당신은 우리보다는 차라리 그 여자를 더 닮고 싶어 할걸.」

「언니는 대장이고 우리는 졸개지.」 마거릿이 서글픈 미소를 띤 채 똑똑히 말했다.

「우리 이름으로 시작된 전쟁에 억지로 참전한 꼴이지, 우리는.」 또 다른 자매가 이어받았다.

두 여성은 다 같이 한숨을 내쉬었다.

「당신이 좀 자게 내버려 둬야겠지……. 우린 오전 상담이 시작되기 전에, 시간이 약간 있어. 혹시라도 뭐든 필요한 게 있다면, 우리 방은 복도 끝에 있으니까.」

두 자매는 제니의 손을 놓아 줬고, 제니는 다시 모든 것이, 자연조차 흑과 백으로 표현된 이상한 침실에 혼자 남게 되었다. 두 자매가 한 말들이 계속 머릿속에서 울려 퍼졌다. 제니는 정확히 짚어 낼 수는 없었지만 무언가가 마음에 걸렸다. 제니는 드디어 자매들의 모임에 끼어들었고, 그들의 갈등을 명확히 파악한 느낌이 들었지만, 퍼즐의 마지막 조각을 여전히 발견하지 못했다. 제니는 왜 리아가 여전히 두 여동생을 그다지도 필요로 하는지가 궁금했다. 두 여동생이 다른 영매들이 배워서 해결하지 못하는 무언가를 갖고 있는 걸까?

그 질문에 시달리던 제니는, 최선은 그들에게 직접 묻는 것이라는 확신이 섰다. 그들의 방문에 다가서는

데, 제니의 귀에 방문 저편에서 마치 카운터 테너의 목소리 같은 이상한 소리가 들려왔다. 제니는 더 잘 들어보기 위해 열쇠 구멍에 살그머니 귀를 갖다 대고 싶은 욕구에 넘어갔다.

「바이절스 양, 당신과 혼인할 수 있다면 내 왕국도 내어 줄 수 있다는 걸 잘 알죠.」

제니는 케이트가 목소리를 굵게 내는 중임을 알아차렸다.

「당신은 내가 그 손을 기꺼이 잡으리라는 걸 아시죠. 오, 그럼요, 하브코 씨, 그런데 우리 결혼하고 나서 뭘 하나요?」 마거릿이 가늘고 높은 목소리로 응수했다.

제니는 열쇠 구멍에 눈을 갖다 댔다. 도자기 인형이 보였다. 커다란 눈은 유리였고, 구불거리는 긴 금발이 어깨까지 드리워졌으며, 꽃다발처럼 꽃으로 장식된 빨간색 모자를 쓰고 있었다.

「우린 커다란 내 선박에 올라 세계 일주를 할 거예요. 오, 우리는 이곳저곳 돌아다닐 거고, 우리가 가보지 않은 곳은 없겠죠. 당신은 밀라노에서 가장 아름다운 드레스를 사 입고, 파리에서 제일 맛있는 케이크를 사 먹고, 런던에서 가장 달콤한 차를 맛볼 거예요.」

이렇게 대답하는 인형은 밤색 윗도리를 입은 청년 인형이었는데, 자기 머리통 크기의 반은 되어 보이는 나비넥타이를 여봐란듯이 매고 있었다. 그의 두 눈은 얼음장같이 시린 푸른색이었고, 창백한 얼굴에 그려진 영원히 사라지지 않을 미소에는 은근한 빈정거림이 담겨 있었다.

「그러면 우리 애들은요?」 가늘고 높은 목소리가 물었다.

「그거야 세계 일주를 끝낸 뒤, 내가 일하러 간 동안 당신이 키우면 되지 않소.」

「나 혼자만요?」

「그렇소, 당신 혼자만, 바이절스 양. 그래야, 〈케이트, 넌 아이를 돌볼 능력이 없어〉 혹은 〈케이트, 알코올 한 방울이라도 다시 입에 대면, 영원히 아이를 못 볼 거야〉 라는 말을 당신에게 할 사람이 아무도 없지 않겠소.」

마거릿이 동생을 슬프게 바라보면서 인형을 내려놓았다.

「케이트…….」

「무슨 일이오, 바이절스 양? 소박한 작은 집이 좋지 않소? 그래야 신경 쓸 유일한 일이라고는 당신 아이들이 건강하게 자라도록 보살피는 것뿐일 테니.」

마거릿이 가까이 다가가려고 했지만, 케이트가 인형을 내밀며 마거릿을 밀어냈다.

「왜 대답을 하지 않는 거요?」

케이트가 하브코 씨를 놓고 바이절스 양을 손에 들더니, 바이절스 양과 대화를 시작했다.

「그래서 바이절스 양? 그거면 충분하지 않소? 아니지, 난 당신을 알아, 당신에게는 그보다 더 많이 필요하겠지. 늘 더 많이, 더 많은 도시들, 더 많은 상담소들, 더 많은 교령회들, 더 많은 공연들, 더, 더, 더, 더, 더, 더!」

케이트가 죄 없는 인형을 맹렬하게 흔들자, 마거릿이 동생의 손 위에 다정하게 자신의 손을 올려놓으며 중단시켰다.

두 자매는 시선을 주고받더니, 마거릿이 케이트를 품에 안았다. 케이트는 손에 든 인형을 내버리고는 둘째 언니의 목덜미에 얼굴을 묻으며 눈물을 쏟았다.

문 뒤에 얼어붙은 채 서 있던 제니는 자신이 자매의 내밀한 한순간을 훔쳐 낸 느낌이었다. 마치 제니 자신이 자매 중 한 명인 것처럼, 자신들의 삶을 도둑맞아 버린 두 자매의 부서지기 쉬운 감정에 자신도 휩쓸렸다.

제니 자신도 울음이 터져 나오려는 참이었던 만큼 자신이 그 어떤 분별 있는 사고도 할 수 없으리라고 믿고 있던 때에, 갑자기 퍼즐의 모든 조각이 딱딱 맞아 들어갔다. 이번 조사가 진행되는 내내 그토록 혼자라고 느껴 왔는데, 어떤 고등한 힘이 그녀의 복잡한 생각 한복판에 출몰하여 드디어 그녀의 온갖 고민거리에 대한 해결책을 귀띔해 주기로 결심한 것 같았다.

머릿속에서 들려오는 그 자그마한 목소리에 귀를 기울이면서, 제니는 자매들이 있는 침실의 문을 소심하게 노크해 보기로 마음먹었다.

36
정보 카드: 제니 마턴
관련 수사: 폭스 자매 사건

로버트 핑커턴의 명령을 받은
요원 헤일리 가츠 작성

제니 마턴에게 관심을 갖게 될 때 가장 먼저 주목하는 점은, 그녀가 마술에 품은 절대적 열정이다. 자유 시간이 생길 때마다 매 순간을 마술에 바칠 뿐만 아니라, 나아가 자신의 마술이 완벽해져야만 연습을 그친다. 장담컨대, 그녀의 완벽주의는 편집증과의 경계에 서 있다.

〈경이로운 제니〉라는 그녀의 간판을 본 사람이라면 누구든, 그 간판이 급하게 만들어졌다고 생각할 수 있으리라. 페인트로 칠한 작은 별들과 동물들은 첫눈에 보기에는 괴로울 정도의 아마추어다운 솜씨로 보일지도 모르겠다. 하지만 그렇게 생각한다면 어리숙한 것이리라. 왜냐하면 그 간판은 스스로 결심하고 충분히 숙고한 끝에 도달한 자립 의지를 상징하기 때문이다.

하지만 그처럼 강렬한 해방의 욕구에도 불구하고 그녀는 늘 작은 공책에 매여 있는데, 어디든 가지고 다니

는 그 공책에 자신이 직접 뭔가를 적어 넣지는 않는다. 조금 더 깊이 조사해 보지 않는 한, 그 문제에 대해서 더 이상은 알 수 없다.

데커스 부인이라는 여자와 이야기를 나눌 기회가 있었는데, 제니의 공연을 빠짐없이 본다는 그 여자는 제니를 〈길들여지지 않으며, 야생 고양이보다도 더 나쁜〉 여자로 묘사한다.

제니가 유일하게 귀를 기울이는 사람은 어머니인 엘런 마턴으로 보이지만, 그녀 역시 쉽게 영향을 받는 사람 같지는 않다. 재미 삼아, 떠돌이 부주방장 행세를 하면서 그녀에게 당근버터볶음 요리법을 소개해 줬는데, 그녀는 내 말을 듣는 대신 끊임없이 제니와 그녀의 공연 이야기만 해댔다.

따라서 핑커턴 씨, 내가 보기에 제니는 이 임무에 적격이긴 하지만(그녀의 공연은 거리 공연치고는 주목할 만한 수준이다), 그녀를 고용하지 말 것을 강력히 권고한다. 당신 아버지가 세운 회사는 무엇보다도 요원들 간의 결속력 덕분에 순항하는데, 판단컨대, 제니는 팀의 구성원으로는 어울리지 않는다. 자립심과 반항 정신은 물론 그녀의 가장 큰 장점이지만, 그러한 자질은 또한 우리가 그녀에게 맡길 책임을 완수하지 못하게 방해하는 요소이기도 하다. 당신도 알다시피, 요원이 자신의 동료들을 전적으로 신뢰할 수 없다면, 그 임무는 실패로 끝나기 마련이다.

결론: 당신이 제니를 만나 볼 필요는 없다고 생각한다. 이 서류에 당신이 면담 기회를 제공할 만한 가치가 있어 보이는, 보다 흥미로운 다른 프로필들을 첨부했다.

로버트는 가츠 요원이 예전에 정성 들여 작성한 서류를 집어 들어, 켜놓았던 작은 초에 갖다 대어 불을 붙인 뒤, 철제 휴지통에 던져 넣었다. 그는 서류가 타들어 가는 모습을 한참 바라봤지만, 생각은 다른 데에 가 있었다. 연한 색깔 양탄자 위에 짙은 색으로 흔적이 남은 둥그런 원은 그가 생각에 잠긴 채 서성거리며 보낸 시간을 보여 줬다. 그가 얼마나 오래 걸었는지는 전혀 중요하지 않았으니, 더 이상 해답이 그에게 찾아들지 않았다. 그는 해법이 나타나지 않는 한 잠들기는 글렀음을 알았기에, 커다란 칠판에 사건 관련 내용을 전부 다 정리해 놓았더랬다. 폭스 자매 각각의 이야기, 그들의 역할, 제니의 연루, 그 모든 것이 흰색 분필로 공들여서 정리되어 있었다. 하지만 그는 여전히 왜 제니가 핑커턴에서 심령주의로 갑자기 건너뛰었는지 이해하지 못했다.

그녀는 대의명분을 포기했을 뿐만 아니라 배신했다.

로버트는 한 번 더 기회를 주려고 제니를 찾아갔던 자신이 조롱거리가 된 느낌이었고, 자신이 그녀에 대해 키워 왔던 호감을 받을 자격이 제니에게 없다고 스스로를 설득하려고 절망적으로 애를 썼다. 가츠는 처음부터 제대로 보았으니, 실제로 제니 마턴을 신뢰할 수 없었다.

그럼에도 불구하고, 그는 제니가 심령주의 운동에 합류함으로써, 그때까지 행해졌던 것보다 훨씬 더 효과적으로 잠입에 성공했음을 부인할 수 없었다. 단지, 제니가 모색하던 것은 금전적 독립이었고, 심령주의 운동은 탐정 회사와 달리 그것을 아무런 어려움 없이 그녀에게 제공할 수 있을 터였다. 그는 제니가 호기심과 정직함에 끌리는 성향 덕분에 자신의 편으로 남으리라고 기대했더랬다. 이제 그는 더 이상 아무것도 확신하지 못했다.

벽에 걸어 둔 커다란 전화기가 울렸다. 그가 받을까 말까 망설이다가, 세 번 벨이 울리고 나자, 드디어 수화기를 들었다.

「대표님.」 비서가 평소의 코맹맹이 소리로 말했다. 「동생분께서 계속 연결해 달라고 하십니다. 이번에도 자신이 있는 곳에서 전화할 기회를 얻는 게 쉽지 않나고 그러시면서, 형과 통화할 수 있으면 진정 기쁘…….」

「그럴 시간 없다고, 그리고 스스로 그런 진흙탕에 빠진 것 아니냐고 전하세요.」

글렌다가 심호흡을 했다.

「대표님, 비서와 조수로서 일한 지 12년이 됐지만, 대표님 말씀을 거역했던 적이 한 번도 없었음을 상기해 드리지 않을 수가 없군요.」

「바로 그래서 일자리를 여전히 유지하는 거요.」

「아, 그렇다면, 오늘 제가 일자리를 잃을 위험을 무릅쓴다는 사실을 알아 두세요. 대표님 이전에 대표님 아버님을 위해 일을 했죠. 그분에게는 회사를 위한 격언이 하나 있었는데, 그것에 대해 아주 자랑스러워하셨어요. 그걸 다시 들려 드리고 싶군요. 듣고 싶어 하지 않으실지도 모르겠지만.」

로버트는 그 늙은 암염소 면전에서 냅다 전화를 끊어 버릴까 망설이느라 잠시 침묵을 지켰다.

「말해 봐요.」

「그분이라면 이렇게…….」

비서는 전화기 저편에서 한껏 용기를 끌어모았다.

「그분이라면 요원을 곤궁 속에 결코 내버려 두지 않는다고, 그가 두 발을 모으고 그 안으로 뛰어들었다 한들, 그런 것은 중요하지 않다고 말씀하셨을 겁니다.」 그녀가 마치 더 이상 버티기 힘든 무게를 드디어 내려놓는 것처럼, 한달음에 말해 치웠다.

사장은 대답으로 어떤 말을 내놓아야 가장 좋을지, 잠시 고심했다.

「글렌다, 두 가지 점을 말해도 되겠소? 첫째, 나는 내 아버지가 아니고, 그랬던 적도 없소. 바로 그 점이 이 사건을 맡은 초기부터 내가 저지른 실수였지. 나는 아버지의 방식대로 일을 처리하기를 원했는데, 그건 멍청한 짓이었어. 『핑커턴 지침서』는 초짜들이 작성한 충고에 지나지 않고, 글자 그대로 적용해야 할 규칙은 아니라오. 나 자신도 지침서의 일부를 작성했기 때문에, 잘 알고 있지. 둘째, 윌리엄은 더 이상 내가 거느린 요원 중 한 명이 아니오. 그가 우리를 밀고하지 않았다는 점은 높이 사지만, 이미 몇 주 전부터 그는 폭스 자매에 관한 우리의 수사에 진척이 있을까 봐 적극 방해했으니까. 이제 그 애가 창살 뒤에 있으니, 어쩌면 내가 이 사건을 마무리하고 우리 회사의 우수성을 다시 인정받게 할 수 있지 않을까 싶은데.」

비서는 잠시 침묵을 지켰고, 로버트의 귀에는 전화기가 지직거리는 소리만 들렸는데, 그 사이사이 자기 직원의 불안한 숨소리가 끼어들었다.

「하지만 대표님⋯⋯ 윌리엄은 대표님 동생이잖아요.」

「더 이상 방해하지 말아요.」

로버트는 수화기를 내려놓은 뒤, 다시 칠판을 향해 몸을 돌렸고, 목에 밧줄을 건 윌리엄의 모습을 생각에서부터 내몰려고 애를 썼다. 그들 사이의 끝없는 갈등에도 불구하고, 로버트는 형제가 더 나은 사람이 되기 위해서 서로를 돕던 시절을 우수에 잠겨 회상했다. 윌리엄은 마음속에 격렬한 뭔가가 있었다. 그는 지나가는 곳마다 토네이도와 같은 효과를 낳아서, 그 누구도 그 영향과 무관할 수 없었다. 윌리엄은 격렬하고 충동적인 기질을 타고났지만, 날카로운 관찰력과 진정한 몰이꾼의 재능 또한 갖고 있었다. 하지만 하이즈빌의 공격 이래로, 그는 누구도 자신을 건드릴 수 없다고 생각했고, 바로 그것이 그를 파멸로 이끌었던 요인이다. 그 별로 대단할 것도 없는 승리가 그에게는 아편을 피운 것과 같은 효과를 낳았다. 그 승리를 계기로, 그의 오만함이 그의 이성을 눌렀다. 그러자 리아 폭스는 교묘하게 그러한 결점을 이용하여, 그저 그에게 탐스러운 먹잇감이 달린 낚싯대를 드리웠을 뿐이고, 윌리엄은 깊이 생각해 보지도 않고 자신을 파멸로 이끌 먹이를 덥석 물고 말았다.

탐정의 눈에 칠판이 흐릿하게 들어왔다. 이제 그에게는 어떠한 지지자도 남아 있지 않았다. 만약 자신이 신속하게 이 사건을 해결하지 못한다면, 수년간의 감시 작업 끝에 맺은 결실이 단 며칠 만에 날아가 버리리라는 것을 알고 있었고, 종교 당국이 약속한 엄청난 액수의 보상금에 작별을 고해야 할지도 모를 일이었다.

편지 한 통이 문 밑 틈으로 미끄러지듯 들어왔다. 로버트는 복도에서 들려오는 멀어져 가는 발소리의 자박거리는 리듬으로 글렌다임을 알아차리고, 분노의 발길질로 비서에게 편지를 돌려보내겠다는 확고한 의지를 다지며 일어섰다. 구둣발이 덮치려는 순간, 그는 수많은 보고서에서 봤던 몹시도 친숙한 여성의 글씨체를 알아보았다. 그는 즉각 동작을 멈추고, 몸을 굽혀 봉투를 집어 들었다.

핑커턴 회사로 배달되는 서한의 절반가량은 탐정 사무소가 수신자로 되어 있지만, 이 편지의 수신자는 로버트 개인이었다. 그는 발신자가 누구인지를 보려고, 봉투 뒷면을 보았다.

헤이즐 바월. 그는 재미있다는 미소를 띠지 않을 수 없었고, 편지를 개봉했다.

친애하는 로버트,

당신도 틀림없이 알고 있겠지만, 당신 동생이 나를 죽이려고 했어요. 자신과 의견이 같지 않은 사람은 누구나 불태우고 싶어 하는, 정말이지 고약한 습벽이에요. 그에게는 의사소통 측면에서 몇 가지 기본적인 자질이 결여되어 있다는 생각이 드네요. 내게는 그 사람의 그런 측면이 개선되도록 도우려는 마음이 있다는 것을 알아 두세요.

내 근황을 말씀드리자면, 회사를 떠났다는 이유만으로 조사를 중단하지는 않았습니다. 사실대로 말하자면, 당신이 기뻐하게도, 폭스 자매의 비밀을 밝혀냈다는 사실을 알려 드리죠. 너무 간단해서, 우리가 그 비밀을 더 빨리 발견하지 못했다는 사실이 믿기 힘들 지경이에요. 이 편지에서 비밀을 밝힐 수도 있겠지만, 뭐 어쩌겠어요, 나는 늘 공연에 대한 감각이 있었던 만큼, 마술이 살아 움직이는 바로 그곳에서 당신에게 설명해 주고 싶군요. 나는 자매들을 위해서 다시 업무를 시작했고, 28번가와 매디슨 애비뉴가 만나는 모서리에 위치한 개인 상담소도 생겼어요. 드디어 이 수사를 종결짓기 위해서, 오늘 오후 6시에 그곳으로 나를 찾아오세요.

누군가 입구에서 당신의 신분을 자세히 밝히라고 요구할 겁니다. 주와 주 사이의 협상을 위해 뉴욕을 방문한, 텍사스 시의회 소속 보좌관, 가일 헬너라고 하세요. 당신 어머니가 몹시 위중하셔서, 당신은 몇 년 전에 사냥을 하다가 사고로 돌아가신 아버지의 충고를 듣기를 원하는 거죠.

그 이상 필요치는 않을 겁니다.

추신: 이젠 핑커턴사의 일원이 아니라 하더라도, 내게 올 보상금은 여전히 유효하죠, 안 그런가요?

편지를 읽고 나자마자, 로버트는 탐정 회사의 의상 담당국으로 갔는데, 그곳은 전 세계를 대상으로 지역별·문화별 의복 정보를 소유하고 있었다. 로버트는 정보를 확인했다. 〈평균적인〉 텍사스 남자는 반드시 커다란 모자를 쓰며, 뺨은 말끔하게 깎지만 아주 풍성한 턱수염을 기르길 좋아하며, 철저하게 정강이까지 올라오는 목이 긴 장화를 신었다. 그러한 공통 요소를 뺀 나머지 의상으로 자신의 사회적 계급을 보여 주어야 했다. 정부 측 대리인이기 때문에 장식용 끈이 달린 고급 넥타이, 양복 윗도리, 셔츠는 꼭 갖춰 입어야 했다.

솜씨 좋게 의상을 갖춰 입고 나자, 로버트는 자신의 양탄자를 계속해서 학대하면서, 초조하게 약속 시간을 기다렸다. 심지어 손톱을 물어뜯기까지 했는데, 그에게서 평소에는 볼 수 없는 모습이었다.

적혀 있는 주소로 찾아가 보니, 철물점이었던 상점 앞이었다. 진열창에 남아 있는 〈설비, 페인트, 오일과 온갖 종류의 붓, 염가 판매〉라는 문구를 여전히 읽을 수 있었다. 또 다른 플래카드에는 이렇게 적혀 있었다. 〈도구 세일!〉 이렇게 구미가 돋는 약속이 나붙었지만, 상점은 상품들을 모두 다 치워 버린 상태였다. 상점은 급하게 철수라도 한 듯 상품을 담아 뒀던 커다란 용기들만 남아 있었다. 탐정은 내부를 한번 들여다보려고 했지만, 심령주의 교령회에서 으레 보이는 어두운 색깔의 커튼 말고는 아무것도 분간할 수 없었고, 그로 인해 실내는 어스름에 잠겨 있었다. 뉴욕 경제가 이 지경에 처했구나, 그가 분노와 씁쓸함이 뒤섞인 감정을 느끼며 생각했다. 정직하게 장사하던 만물상이 여성 점술가에게 자리를 내줘야만 했다. 그는 어서 이 모든 일이 끝나기만을 바랐다.

상점 입구에 위압적인 체구의 두 남성이 서 있었는데, 눈썹 하나 찌푸리지 않고서 50킬로그램을 번쩍 들어 올려 2백 미터를 걸어갈 수 있는 항만 노동자들이 떠올랐다. 은행이나 보석상이 고가의 상품을 보호하기 위해 고용하는 건장한 남자들, 잡다한 일을 처리해 주는 진정한 일꾼들과 동일한 유형. 로버트는 리아에게서 이 한 가지는 인정하지 않을 수 없었으니, 그녀는 자신을 제대로 보호할 줄 알았다.

「무슨 일이오?」 덩치 중 한 명이 물었다.

「가일 헬너요. 내가 듣기로는…….」

그가 말을 끝마치기도 전에, 그 거구가 고개를 끄덕였는데, 로버트는 그 신호를 들어가라는 말로 해석했다.

그가 〈오클러 철물점〉이라는 표기가 아직 완전히 지워지지 않은 유리문을 밀고 들어갔다. 그가 들어가자 종소리가 들렸다. 그는 제니는 부르고 싶었지만 마음을 고쳐먹었는데, 제니는 심령주의 운동 내부로 침투하기 위해서 가명을 선택했을 확률이 높았다.

「오후 6시 상담을 예약했소만?」 그가 주위의 어스름을 향해 말을 던졌다.

「제대로 잘 찾아온 것 같은데.」 테이블 근처에서 남자 목소리가 답했다.

로버트는 소리가 들린 곳을 향해 다가가면서, 영매의 상담소에서 흔히 볼 수 있는 장식물이 하나도 보이지 않는다는 사실을 알아차렸다. 거울도, 카드도, 심지어 테이블보도 없었다. 실내는 거의 헐벗다시피 했다. 거리가 가까워지자, 드디어 그는 빈 의자 세 개가 둘러싼 테이블 위에 두 발을 엇갈려 올려놓은 자세로 앉아 있는 남자를 알아보았다.

「윌리엄?」

「나에 관한 전설이 나를 앞서는 게 틀림없군.」

그의 동생은 죄수복을 입고 있었는데, 옆으로 노란 줄과 검은 줄이 간 윗도리와 바지는 분리되지 않고 하나로 이어진 옷 같은 야릇한 느낌을 주었다. 불가해하게도, 그는 늘 머리에서 떼놓는 법이 없는 카우보이모자를 쓰고 있다가, 상대방의 모자를 관찰하느라 그 모자를 들어 올렸다.

「정말 잘 어울리는데. 실크해트가 잘 어울리는 게 집안 내력임이 틀림없어. 그 모자를 조금 더 자주 써야겠다는 생각은 해봤어?」

로버트는 찬찬히 들여다보다가, 동생의 얼굴이 퉁퉁 부었음을, 왼쪽 눈은 어찌나 부었는지 보랏빛이 도는 혈종 한복판에 그어진 그저 가느다란 틈처럼 보일 뿐임을 알아차렸다.

「놈들이 감옥에서 너를 제대로 다뤄 줬구나?」

「생각해 봐, 거기에서 우리가 체포했던 놈들을 꽤 많이 마주쳤거든. 놈들은 나에 대해 더 이상 어떠한 원한도 없음을 알려 주려고 기를 썼지.」 그가 말하면서 미소를 짓자, 위쪽의 앞니가 하나 모자란 것이 드러났다.

로버트는 빈 의자를 하나 가져다가 윌리엄 앞에 앉았다. 그가 주머니에서 담배를 한 개비 꺼내어 불을 붙여서, 동생의 부풀어 오른 입술 사이에 물려 줬다.

「너를 이곳으로 데려온 사람이 제니니?」 그가 주머

니에 성냥을 다시 집어넣으면서 물었다.

윌리엄은 담배를 크게 한 모금 빨아들인 뒤, 입에 문 담배를 떨어뜨리지 않도록 정신을 집중하며, 여전히 마디가 부러진 채인 손으로 덜덜 떨면서 담배를 잡았다.

「아니, 십중팔구, 폭스 자매일걸. 그들은 내가 여기로 온다는 조건으로 고소하지 않기로 했거든…… 그리고 당연히 내가 똑바로 처신한다는 조건도 덧붙였지. 어쨌든 그 여자들은 내가 난폭하게 굴지 못하게 확실히 해두려고 입구에 두 명의 사내를 세워 놓았어. 내가 난폭하게 군다고?」 그가 담배를 집어 든 손과 마찬가지로 부러진 반대쪽 손을 들어 올려서 손가락으로 자신을 가리키면서 말했다.「어쨌든 지금 이 상태로는 열두 살짜리 계집아이에게도 괴롭힘을 당할 거라고.」

「그래 보인다.」

형은 뭐라고 말해야 할지 알지 못했다. 두 형제가 서로 차분하게 말을 주고받지 않은 지 너무 오래됐다. 그때까지 그들 사이에서 오간 말은 누가 더 영리한지, 누가 아버지에게서 물려받은 회사를 더 잘 운영할지, 누가 더 훌륭한 탐정일지를 결정하려는 것으로 요약되었으니, 둘 중 누구도 전투용 도끼를 내려놓고 그 해묵은 경쟁 관계를 청산하려고 들지 않았다. 게다가 그들 사이의 갈등투성이 경쟁 관계가 말로 해결되지 않을 경우, 그것은 흔히 주먹다짐으로 끝이 나곤 했다.

「윌리엄, 네 부름에 답하지 못해서 미안하다. 그때는…….」

「괜찮아, 어쨌든 우리는 핑커턴 사람들이니까. 똥통에 발을 넣는 것, 그게 우리 일이라고 말하고 싶군. 평온하게 살고 싶다면, 이미 오래전에 평범한 경찰이 되었겠지.」

「자매에 대해서는 뭔가를 발견했어?」

「아무것도. 하지만 내가 봤던 다른 영매들은 모두 손잡이가 달린 테이블이라든가 위조된 카드 같은 저속한 속임수를 사용했거든. 하지만 자매들은 자신들은 어쨌든 정말로 심령들과 소통한다고, 테이블이라든가 카드, 그런 건 그저 볼거리를 위한 거라고 맹세했지……. 이제는 정말 목표에 거의 다 온 것 같아, 밥, 폭스 자매와 몇 분간 단둘이 있게만 해줬더라면, 그러면…….」

그렇게 되면 어떠한 결과가 나왔을지는 그의 상상을 벗어난 것이어서 그는 말을 맺지 못한 채, 마지막으로 담배 연기 소용돌이를 내뿜으며 테이블에 대고 담배를 비벼 껐다.

「나는 모르겠다, 윌, 어쩌면 처음부터 우리는 계속 목표에서 멀어져 가기만 한 걸 수도 있어.」

로버트는 철물점 안으로 들어온 뒤로 이 강요된 형제간의 만남에 어떤 의미가 있는지를, 비록 그에 대해 한마디 말도 하지 않았지만, 줄곧 찾고 있었다. 만약 윌리엄이 폭스 자매 덕분에 여기 있고, 자신은 제니의 편지 덕분에 여기 있는 거라면, 그 여자들은 서로 한편이 되어서 작업을 했다는 의미였다. 제니가 적의 진영으로 넘어간 것 말고도 이중 스파이 노릇까지 했다는 의미이기도 했다. 그러한 예측이 그로서는 가장 고통스러웠다.

두 형제의 귀에, 방 저 뒤쪽에서 손잡이가 삐걱대는 소리가 들려왔다. 그곳으로 형제의 관심이 몰렸는데, 둘 다 그 장소에서 본 것이라고는 커튼이 쳐진 벽뿐이어서였다. 하지만 벽에서 그들을 향해 열리는 문이 하나 나타났다. 실내가 어두워서 그쪽에 서 있는 형체가 가려졌지만, 로버트는 여성 둘임을 알아보기에 이르렀다. 윌리엄은 몸을 돌리기 힘들었다.

「거기 누구요?」 동생이 물었다.

두 형체가 빛이 들어오는 지점까지 걸어 나오자, 핑커턴 형제는 드디어 그들을 분명하게 볼 수 있었다. 마거릿 폭스는 두터운 검은색 숄을 둘렀는데, 어찌나 폭이 넓은지, 그 위로 비쭉 솟은 작은 흰색 옷깃만 아니었다면, 머리를 말끔하게 틀어 올린 얼굴만 어스름 속에서 동동 떠다닌다고 믿을 판이었다. 그녀가 걸어 나올수록, 마치 그녀가 차츰차츰 이 세상에 모습을 드러내듯이, 석유 등잔의 불빛을 받게 된 호리호리한 몸체가 뚜렷하게 드러났다. 그 뒤로, 땋은 머리를 가슴 아래로까지 내려오게 길게 늘어뜨린 케이트가 역시 숄을 두르고 따라왔는데, 그녀는 숄을 여미지 않아서 살구색의 뷔스티에 부분이 드러났다.

로버트는 깜짝 놀랐다. 폭스 자매 중 한 명을 만나는데 성공해도 이미 대단한 일인데, 눈앞에서 두 명을 동시에 보다니 신비로운 느낌마저 들었다. 윌리엄이 폭소를 터뜨렸는데, 심술궂게 일부러 더 커다란 소리로 웃으면서, 손에 고통이 느껴지는데도 테이블을 두드려 대기까지 했다. 그래도 두 자매는 흔들림이 없었다.

「흠, 난…… 조금 혼란스럽군. 대체 무슨 일인지 설명해 줄 수 있겠소?」 로버트가 물었다.

「간단해요.」 마거릿이 말했다. 「우리 둘 다와 친구인 여성이 있는데, 그 친구가 심령주의 상담이 당신들에게 굉장히 이로울 거라고 생각해서요.」

케이트가 윌리엄에게 다가가자, 케이트가 자신의 허벅지에 남겨 준 기억이 트라우마로 남은 윌리엄이 즉각 입을 다물었다.

「그게 무엇이든지 내 보기에 수상쩍은 짓을 할 생각이라면, 바깥에 서 있는 두 남자가 우리에게서 비명이 나오기만 하면 당신을 오븐에 넣을 고기처럼 꽁꽁 묶어서 허드슨강에 집어 던지려고 기다리고 있다는 것만 알아 둬.」

윌리엄에게서 빈정거리는 표정이 싹 사라졌다.

「에…… 예, 부인.」

로버트는 이러한 복종의 자세에서 평소 동생의 모습을 거의 알아볼 수 없었지만, 그가 처음 보는 케이트라는 인물이 위압적인 카리스마를 내뿜고 있음을 인정하지 않을 수 없었다. 그래서 로버트는 접근하기가 보다 쉬워 보이는 마거릿를 택해 대화를 시도했다.

「폭스 부인, 조금 혼란스럽군요. 사실대로 말하자면,

내가 여기 온 이유는…… 아버지와 이야기해 보기 위해서입니다. 저는 오랫동안 그 일을 거부해 왔더랬죠. 심령주의에 대해서 늘 불편하게 느꼈었고, 그리고 차라리 실제적이라고 할 만한 유형의 사람이라서요. 하지만 어머니가 몹시 위중하시기 때문에, 어머니에게 도움이 된다면 무슨 일이든 하겠다고 마음먹었죠. 하지만 희망에 부풀어 이곳에 도착하고 보니, 감옥에서 곧장 빠져나온 것처럼 보이는 이 이상한 남자와 맞닥뜨렸지 뭡니까……. 제가 시간과 장소를 잘못 안 걸까요?」

「케인 부인입니다.」 마거릿이 정정했다. 「당신은 로버트죠, 아닌가요? 그러니까 헤이즐 바월을 만들어 낸 사람이 당신이죠?」

로버트의 얼굴이 창백해졌다. 그는 마음 저 깊은 곳에서는, 제니가 자신을 배신하지 않았을 거라는 희망을 품고 있었는데, 이제 그가 품었던 의심이 사실로 드러나고 말았다.

「위장은 벗어 버리세요, 핑커턴 씨. 망자들도 산 사람과 같아요, 그들도 거짓말을 견디기 힘들어한답니다.」

여전히 침묵을 지키던 윌리엄이 형의 절망적인 시도에 비웃는 눈길을 던졌다.

마거릿이 방 한가운데로 가서 자리 잡는 동안 케이트는 빈 의자 중 하나에 가서 앉았다.

「신사분들, 즉시 상황을 명확히 해두죠. 우리는 당신들에 대해서 전부 다 알고 있어요. 심령이 우리 귀에 속삭여 주었기 때문이 아니라, 윌리엄이 체포되자마자 우리 조직 내부의 정보국에서 당신들에 관한 조사에 착수했기 때문이에요. 당신들은 공인인 만큼, 당신들이 누구인지를 특정하는 데는 많은 시간이 걸리지 않았어요. 그러니까 그 유명한 핑커턴 형제더군요.」

윌리엄은 빈정거리듯이 느릿느릿 박수를 치다가, 케이트가 험악한 시선으로 쏘아보자 즉각 멈췄다.

「우리에게는 그저 한 가지 요소만이 부족했어요. 당신들이 우리에게서 무엇을 원했는가? 미국의 모든 언론과 마찬가지로, 폭스 자매의 그 유명한 비밀을 밝혀내는 것? 그 일이 지속된 지 40년이나 되었는데, 왜 하필 지금일까? 그런데 제니가 우리에게 그 답을 줬죠. 우리 비밀에 걸려 있는 엄청난 보상금 말고도, 우리가 당신들의 탐정 회사의 미래를 결정하게 될, 형제 사이의 경쟁 한복판에 있다고 설명해 주더라고요.」

마거릿이 윌리엄 쪽을 흘깃 쳐다봤다.

「두 분, 나를 가장 놀라게 한 것이 무엇인지 아나요? 이 유산 분배 문제에서 가장 중요한 사람이 자신의 의견을 말한 적이 없다는 겁니다.」

「제니는 아주 최근에 입사했소, 그리고 윌리엄이 제니의 말을 들을 리가 없고.」 로버트가 벌떡 일어나면서 외쳤다.

「닥쳐.」 케이트가 쌀쌀맞게 대꾸했다. 「당신은 왜 우리가 무슨 말을 하려는지 미리 짐작할 수 있다고 생각하는 거지? 이봐, 당신도 영매인가? 아니라면, 사람 말

좀 들어. 그리고 자리에 앉지 그래.」

로버트가 얌전하게 명령을 따랐다.

「고마워, 케이트. 내가 염두에 뒀던 사람은 제니가 아니었어요. 왜냐하면 이러니저러니 해도 제니에게 말을 하기 위해서 당신들이 우리를 필요로 하지는 않으니까요. 두 분, 그런 게 아니랍니다. 나는 회사를 세우고 회사를 번영으로 이끌었던 사람을 생각했어요. 당연히, 나는 앨런 핑커턴에 대해서 말하는 겁니다.」

「흠, 흠.」 윌리엄이 말했다. 「아버지를 우리에게 데려오기 위해서 어떻게 하겠다는 소리요?」

마거릿이 테이블로 다가와서 동생 옆에 앉더니, 윌리엄의 상처가 나지 않은 쪽 팔목을 잡았다.

「당신들은 우리 손을 잡기만 하면 됩니다. 그러면 다 같이 의견을 들려 달라고 그를 불러낼 수 있어요.」

로버트는 자신이 손을 잡기를 기다리며 케이트가 내민 손을 응시했다. 그의 온몸이 굳어 버렸다. 만약 그가 그 손을 잡는다면, 그가 이 의식에 자신을 내맡긴다면, 그건 자신의 실패를 인정하는 꼴이리라.

「당신은 생각이 너무 많군, 로버트.」 케이트가 그에게 말했다. 「삶의 예기치 못한 흐름에 자신을 내맡겨 봐. 당신이 나는 믿지 못한다고 하더라도, 적어도 제니는 믿어야지.」

탐정은 망설이다가, 결국 영매의 손에 자신의 손을 내려놓으면서 눈을 감아 버렸는데, 자신이 저지른 행위의 목격자가 되고 싶지 않아서였다. 로버트가 다른 손을 윌리엄을 향해 뻗었지만, 윌리엄은 그 손을 잡지 않았다. 로버트가 눈을 떠보니, 동생이 자신을 혐오스럽다는 눈빛으로 바라보고 있었다. 카우보이는 마거릿의 손아귀에서 빠져나와, 자매가 방 안으로 들어오기 위해서 사용하였던 문을 향해 절뚝거리며 다가갔다.

「윌, 뭘 하는 거냐?」

「난 갈 거야. 저들이 뒤쪽에도 경비를 세워 놓았다면, 놀랄 일이겠지.」

그가 벽을 향해 절뚝거리며 다가가, 숨겨진 손잡이를 절망적으로 찾아 나섰다. 헛수고였다.

「그 문은 한쪽 방향으로만 열려.」 케이트가 내뱉었다.

그 말에도 그는 멈추지 않고서, 움푹 파인 곳이나 틈을 찾아서 다친 손으로 계속 더듬어 댔지만, 그의 손톱 끝이라도 들어갈 만한 어떠한 틈도 찾아내지 못했다.

「윌리엄…….」

「입 다물어.」

그의 주의는 정문으로 옮겨 갔는데, 그곳엔 여전히 두 명의 경비가 감시를 서고 있었다. 윌리엄은 자신이 빠져나가는 데 성공할 확률이 얼마나 될지 빠르게 가늠해 보았다. 기습을 한다면 유리하겠지만, 아마도 그 어떤 실수라도 그에게는 치명적일 테고, 적어도 극도의 고통을 안겨 주든가 신체적 장애를 안겨 주리라.

「윌, 저지르고 나서 곧 후회할 일은 하지 말아라.」 로버트가 동생이 흥분된 상태임을 보고서 말했다.

「형에게 똑같은 말을 돌려줘야겠군.」

자매가 묻는 듯한 표정으로 형을 유심히 바라보자, 로버트가 자매에게 가만히 있으라는 동작을 해 보였다.

「들어 봐, 우리가 이 일에 매달린 채 앞으로 나아가지 못하고 허우적댄 지 벌써 얼마나 됐을까? 응? 그러니까 내 말은, 제길, 이 여자들이 자신들이 그런 능력을 지닌 존재라고 주장하는 게 틀렸다는 증거로 네가 지금 뭘 갖고 있느냐는 거지.」

윌리엄이 주먹을 부르쥐었다.

「난…… 난 알아, 그게 다야.」

그가 드디어 몸을 돌려 형을 바라봤다.

「오, 염병할, 나에게 설교할 생각은 하지도 마. 언제부터 핑커턴 탐정 회사가 자신의 가설을 확인하려고만 애를 쓰는 거지, 응? 보고서가 형이 틀렸다고 한다고, 불태워 버린 적이 대체 몇 번이지? 내게 설교하지 마, 로버트, 우리의 임무, 그건…… 저게 아니야.」

윌리엄이 테이블을 손가락으로 가리켰는데, 거기에 올려놓은 로버트의 손은 여전히 케이트의 손을 쥔 채였다.

「그런데 만약 우리의 임무가 저거라면? 그리고 만약…….」

로버트가 숨을 깊이 들이쉬었다.

「그리고 만약 이 탐정 회사를 다시 생각해 볼 시간이 되었다면? 아버지는 40년 전에 회사를 세우셨고, 그 뒤로 세상이 변했어. 하지만 우리는…… 우리는 이전 시대에 처박혀서 옴짝달싹 못 했지. 우리는 모질게 심문

하고, 우리에게 맞지 않는 증거들은 숨기고, 보상금을 가장 앞세우고 있잖아. 어쩌면 무언가 새로운 것을 배울 수 있을지 스스로에게 묻는 대신에, 자신이 옳다는 것만 보여 주려고 애를 쓰지.」

윌리엄은 다시 바깥에 서 있는 두 명의 남자를 흘깃 쳐다보았고, 그들은 지겨워서 어쩔 줄 몰라 하는 것 같았다. 그의 두 눈이 테이블과 바깥 사이를 끝없이 오갔다.

「그렇게 해서 잃을 게 뭐가 있나요, 핑커턴 씨?」 마거릿이 조용히 물었다.「최악이라 해봤자, 당신은 계속 당신 생각을 고수하면 돼요. 당신은 사기를 당했다고 생각하고, 다시 떠나가면 그만이에요. 하지만 적어도 당신에게 우리의 논리를 제시하게는 해줘요.」

「어떻게?」

「내 손과 형의 손을 잡기만 하면 됩니다.」

윌리엄은 온몸이 굳었고, 그의 몸뚱어리는 그의 무게를 더 이상 버티지 않아도 되게 거기 빈 의자에 몸을 부려 놓으라고 비명을 지르고 있었다. 그가 케이트, 그의 육체에 쇠락을 안겨 준 주범을 바라봤다.

「앉아요, 이 모든 게 웃기는 일이라는 건 우리 모두 잘 알지. 당신이 단 한 가지만을, 그러니까 아버지가 지금 당신의 모습을 자랑스러워한다고 말해 주기만을 기다린다는 건 누구 눈에도 보이니까.」

윌리엄은 여전히 꼼짝도 하지 않았지만, 아랫입술의 떨림이 그의 감정에 이는 파란을 드러냈다.

「앉아.」 케이트가 단호하게 다시 한번 말했다.

그러자 마침내 윌리엄이 굴복했고, 드디어 자리에 앉아서 형의 손과, 자신이 몰랐던 동생의 면모에 놀라서 물끄러미 바라보고 있는 마거릿의 손을 잡았다.

「자, 드디어 우리 모두 모였군요.」 마거릿이 모임을 시작했다. 「이제 앨런 핑커턴, 지금 여기 앉아 있는 로버트와 윌리엄 핑커턴의 아버지를 소환하려고 합니다. 두 분에게 여기 앉아 있는 영매들만큼 심령을 존중해 주기를 부탁드립니다. 또한 여러분은 내가 그리하라고 권할 때만 발언하고, 그리하라는 나의 지시가 없으면 손을 빼서는 안 됩니다. 확실히 이해했죠?」

두 형제는 위축이 된 모습으로 동의했다.

「좋아요. 이제 여러분 모두에게 눈을 감아 달라고 부탁드리겠습니다.」 자매가 먼저 눈을 감자, 로버트, 그 다음 윌리엄이 따라 했다.

「앨런에 대해서 생각해 주세요. 두 분 다 눈앞에 떠올릴 수 있는 정확한 이미지가 필요해요. 그런 이미지가 있나요?」

로버트가 잠시 생각에 잠겼다.

「윌, 혹시…… 뉴욕 사무실 개소식 기억해?」

「엄마도 같이 계셨고, 마부의 말 한 마리가 앞으로 나아가려고 하지 않았던 때? 」

「그래, 맞았어, 바로 그거야! 그때 사진을 찍었지, 내가 지금도 회중시계 안에 갖고 다니는 사진. 무슨 사진인지 알겠지? 그때 아빠는 수염이 자라게 내버려 뒀잖아.」 그가 어린아이 같은 흥분을 보이면서 묘사했다.

「그럼, 기억해, 아빠가 수염이 콧구멍을 간지럽힌다고, 집에 돌아가자마자 자르겠다는 말을 계속하셨지.」

로버트는 할 수만 있다면 동생 얼굴을 보기 위해서 눈을 뜨고 싶었다. 동생의 손을 잡거나 혹은 인사를 건네지 않은 지 얼마나 오래되었는가? 아버지가 돌아가신 뒤, 최근 몇 년은 끝없는 다툼의 연속일 뿐이었다.

「좋아요.」 마거릿이 말했다. 「앨런 핑커턴 씨, 당신의 자녀가 이곳에 와달라고 요청합니다. 나타나 주세요.」

침묵은 철저했다. 로버트의 귀에는 공장에서 쏟아져 나오는 사람들로 붐비는 뉴욕 거리의 소음조차 들리지 않았다. 마치 그들 모두 다른 세계로 빠져들었고, 그곳에는 도시의 나머지 지역은 더 이상 존재하지 않는 듯했다.

딱 소리가 두 차례 실내에 울렸다. 탐정은 동생이 손에 상처가 있는데도 손을 더 꽉 쥐어 오는 것을 느꼈다.

「핑커턴 씨, 아드님 두 분은 당신이 물려준 유산을 두고 어찌해야 할지 모르는 것 같습니다. 그래서 당신이 선호하는 방식이 무엇인지 당신에게 묻는 임무가 제게 떨어졌답니다. 윌리엄 쪽은 딱 소리 한 번, 로버트 쪽은 딱 소리 두 번으로 대답해 주세요.」

다시 한 차례 딱 소리. 로버트는 그 모든 세월 동안, 아버지가 실제로 자신을 지켜봤으며, 자신의 행위 하나하나를, 자신이 성공한 범인 검거 하나하나를, 그가 해결한 사건 하나하나를 눈여겨봐 왔을 가능성이 있음을 드디어 고려에 넣었다. 그러한 생각이 들자 로버트는 더욱더 혼란스러워질 뿐이었다. 그러다가 마침내 세 번째 딱 소리가 들려왔다.

「흠, 심령이 질문이 만족스럽지 않은 것 같군요. 심령이 좀 더 정교한 방식으로 우리에게 자신의 대답을 전달할 필요가 있는 건가요?」

여러 차례의 딱 소리가 방 안 여기저기에서 울렸는데, 그 장소를 특정하기는 불가능했다.

「우리 중 한 명을 통해서 직접 말하게 해드린다면, 심령은 만족할까요?」

세 차례의 딱 소리.

「알겠어요. 산 사람들에게 눈을 뜨고 테이블 위에 손을 올려놓으라고, 그리고 내 동생에게 준비할 시간을 조금 주라고 부탁하겠습니다.」

「잠깐만요, 무슨 일이 벌어지는 거요?」 윌리엄이 눈을 뜨면서 물었다.

「케이트가 당신 아버지의 심령이 두 분에게 직접 말할 수 있도록, 자신에게 그분의 심령이 빙의하게 내버려 둘 겁니다.」

로버트는 테이블 위에 손을 펴서 올려놓았다.

「거울상 글씨를 이용하는 겁니까?」 그가 제니의 보고서를 떠올리며 질문했다.

「아닙니다.」 케이트가 말했다.

그녀는 의자를 옮겨서 따로 떨어져 앉더니, 눈을 감

았다.

「앨런 핑커턴의 심령이여, 당신이 아들들과 소통할 수 있도록 나의 몸을 당신에게 내어 주고 싶군요. 당신이 나의 말을 사용하기 위해서 내 몸에 마음대로 들어와도 된다고 허락합니다. 이 조항들이 당신 보기에 합당한지 내게 확인해 주세요.」

세 번의 딱 소리. 영매가 살짝 신경이 곤두선 채, 고개를 끄떡였다.

「그 일을 할 준비가 된 것 같아?」 마거릿이 근심스럽게 물었다.

「응, 질문일 뿐이니까, 괜찮을 거야.」

마거릿이 핑커턴 형제를 향해 몸을 돌렸고, 그러는 동안 케이트는 접신 상태로 들어갔다.

「좋아요, 이제 두 분은 질문에 대한 답을 얻게 될 거예요. 그런데 귀담아들으려고 하세요. 심령은 꼭 한 번만 말을 할 겁니다. 특히, 심령의 말을 끊지 마세요. 그것은 도달하기 몹시 어려우며 많은 에너지가 소모되는 상태라서요.」

이제 케이트는 의자에 앉아 격렬하게 펄쩍거렸고, 팔과 다리가 마구 움직이고 있었다. 두 형제는 테이블에서 자신들의 손이 떨어지지 않도록 주의하면서 고개를 끄덕였다.

긴장감에 휩싸인 몇 분이 흐른 뒤, 영매는 진정이 되자, 눈을 뜨고서 윌리엄 그리고 로버트의 얼굴을 찬찬히 바라보았다.

「아이들아, 너희를 다시 보니 정말 좋구나.」 그녀가 차분하게 말했다.

로버트는 왜 그런지는 설명할 수 없었을 테지만, 영매의 얼굴 형태가 좀 더 둥글게 바뀌었다고, 보조개는 좀 더 또렷해졌으며, 두 뺨에는 연분홍빛이 감돌았다고 단언할 수도 있었으리라.

「이 부인 말로는, 내게 약간의 시간만 있을 뿐이라는구나. 그러니 간략하게 말해도 되겠지. 나는 너희 둘 다 현재 모습이 자랑스럽단다. 너희는 각자 자신만의 방법으로 핑커턴을 위해 꾸준히 일을 해왔다. 너희가 거둔 성공을 신문에서 중계하지 않았다 하더라도, 저기 위에서부터 다 보고 있다는 것을 알아 두렴. 하지만…….」

그녀의 활짝 열린 커다란 눈은 호의로 가득했다.

「하지만…… 앞을 못 보는 사람에게도 너희 둘이 함께 일할 수 없으리라는 건 보일 거다. 너희는 나라는 동전의 양면이야…….」

영매가 윌리엄을 똑바로 바라봤다.

「야만적인 미국 땅에서 수사를 처음 시작했던 뒷면, 그리고…….」

이번에는 로버트를 향했다.

「뉴욕의 관료주의와 그 가혹한 법칙에 순응하고 적응했던 앞면.」

「그렇다면 회사를 운영하는 좋은 방법은 뭔가요?」 카우보이가 물었다.

마거릿이 그에게 험악한 눈길을 던졌지만, 정작 카

우보이는 케이트에게 정신이 팔려서 그런 줄도 몰랐다.

「흠, 네가 남의 충고를 듣지 않고 네 마음대로 한다는 게 훤히 보인다, 윌. 해결책은, 하지만 간단해. 너희 둘 중 그 누구도 회사 전체를 책임져서는 안 된다는 거지.」그녀가 다정하게 대답했다.

이번에 자제하지 못한 쪽은 로버트였다.

「어떻게 그럴 수가? 하지만…… 그러니까 우리가 성공을 거듭해 왔다고 방금 말씀하셨잖아요. 설명해 보세요!」

탐정은 스스로 깜짝 놀랐는데, 아버지에게 임무 보고를 하던 청년 시절로 되돌아간 느낌이 들어서였다.

「내 해결책은 간단해……. 회사의 활동 영역을 둘로 나누거라. 윌리엄은 강자의 법칙이 지배하는 야만스러운 서부를 담당해라, 그리고 너, 로버트, 너는 뉴욕과 동부를 맡거라. 네 인간적인 자질이 이 도시가 필요로 하는 것이다.」

장남은 자신이 방금 들은 이야기를 믿기 힘들었다. 아버지가 동생의 야만스러운 방식을 인정할 수 있다는 상상조차 해본 적이 없었으니까.

「폭스 자매는요?」윌리엄이 물었다.「이 사건에 대해서는 어떻게 해야 할까요?」

그녀가 가만히 고개를 돌렸다.

「내가 저질렀던 실수를 되풀이하지 말아라. 너희가 처음 가졌던 의견에 그만 매달리고, 세상이 너희에게 계속해서 말해 주는 것에 눈을 뜨거라.」

그 말을 전달하고 나자, 케이트는 눈을 감았는데, 깊은 잠에 빠진 것처럼 보였다.

「잠깐만.」 로버트가 소리쳤다. 「질문 하나만 더 할게요!」

마거릿이 그를 바라보며 고개를 저었다. 한편, 케이트는 서서히 정신이 돌아왔는데, 얼굴에 피곤한 기색이 역력했다.

「매기, 돌아가자, 나 피곤해.」

마거릿이 고개를 끄덕였다.

「심령이여, 우리에게 와주고 우리의 삶을 해치는 의혹을 해소해 줘서 감사드립니다. 이제, 산 사람들에게 당신의 의사를 전달했음을 아시고, 마음 편히 가셔도 돼요.」

로버트는 주의 깊게 케이트를 살펴보았다. 그녀의 얼굴은 다시 전처럼 기다란 타원형이 되었다. 그녀는 너무나 기운이 없어 보여서, 마치 이틀 전부터 굶은 사람인 것 같았다. 그녀는 언니의 부축을 받으며 일어나서 걸음을 옮겼다.

「또 봐요, 두 분.」 마거릿이 작별을 고했다.

「잠깐만.」 윌리엄이 물었다 「나는 이제 어떻게 되는 거요? 그러니까 내 말은, 감옥이라든가, 방화와 관련해서…….」

「아버지가 당신에게 해준 말에 대해서 어떻게 생각했죠?」

윌리엄은 입을 다물고 로버트와 시선을 교환했는데, 이번에는 형이 발언했다.

「어떤 면에서 그게 동생의 일과 관계가 있소?」

「당신 동생이 중서부로 물러난다면, 그리고 영매들을 더 이상 공격하지 않겠다고 정식으로 맹세한다면, 우리는 그에게 가해진 혐의 사항들을 언제라도 철회할 수 있어요.」

윌리엄이 잠시 생각에 잠겼다.

「밥, 형 생각에…… 아빠의 제안이 어때 보여?」

탐정은 윌리엄이 케이트의 말을 아버지의 말로 여긴다는 사실에 충격을 받았다.

「네가 나에게 보고서 한 부를 보내고 더 이상 과오를 저지르지만 않는다면, 난 괜찮다. 하지만 네가 선을 넘는다면, 그때는 내가 직접 나서서 너를 쫓으리라는 걸 알아 둬라.」

윌리엄은 아주 오래전부터 이런 적이 없었는데, 이제 처음으로 형의 말에 겁을 먹었다. 그가 고개를 끄덕이다가, 마지막 자존심의 발로로 이런 말을 뱉었다.

「이제는 행동으로 옮기는 일이 겁이 안 나지, 안 그래? 나도 형에게 좋은 영향을 주었다는 걸 믿으라고.」

그러고는 협약에 날인하는 대신 악수를 하기 위해 사매를 향해 팔을 뻗었다.

「너무 세게는 잡지 말아요, 아직도 아프다고.」

케이트가 언니의 팔을 놓고 협약을 체결하러 왔다. 윌리엄 혼자만 알고 있는 비법이 있었던 만큼, 로버트는 윌리엄이 예기치 못한, 나아가 폭력적인 행위를 취할까 봐 두려워했지만, 그런 일은 일어나지 않았다. 두 사람은 해묵은 적대감을 지우고 심지어 미소를 교환했다.

그런 뒤, 영매는 비틀거리며 매기에게로 돌아갔다. 두 자매는 방 뒤쪽을 향해 다시 걸음을 옮겼다.

「마지막으로 질문 하나만 하겠소.」 로버트가 물었다. 「제니, 그녀는 당신들의 비밀을 발견하겠다는 생각을 포기했소?」

폭스 자매는 아무런 대답도 하지 않았다. 자매가 벽을 두 번 똑똑 두드리자 문이 열렸는데, 그 뒤에서 기다리던 제니의 모습이 살짝 보였다. 케이트가 언니의 팔을 놓고 제니의 팔을 잡았다.

「천만에요.」 제니가 대답했다. 「찾았답니다.」

로버트가 뭐라고 대답을 하기도 전에 마거릿이 문을 닫아 버렸고, 로버트는 방 안의 어스름 속에 멍한 상태로 남겨졌다.

「저 여자들을 상대해서는 단 한 번도 운이 없었어, 안 그래?」

윌리엄이 빈정거렸다.

형은 문이 있던 자리를 뚫어져라 바라보며, 저쪽에 있던 여성이 자신에게 미소를 보냈다고 확신했다.

「우리는 맞수였던 적조차 없었던 것 같구나.」

37
『마술의 길』
구스타브 마턴

비법 공개

만약 당신이 마술에서 충분한 성공을 거둔다면, 나처럼 이번에는 당신이 마술을 가르칠 수도 있다. 따라서 그런 교육이 낳게 될 효과에 대해서 당신이 놀랄 수도 있다는 경고를 미리 해둔다.

마술의 비법을 공개하고 난 뒤 학생들이 보이는 반응에 따라서, 학생들을 세 가지 유형으로 구분했다.

– 첫 번째 유형은 미리 마술에 대해서 스스로 충분히 생각해 보았다. 그는 마술을 분석하고 관찰했기에, 그 비법에 대한 자신의 생각이 생긴다. 그에게는 그저 사소한 기술 몇 가지가 부족할 따름이지만, 논리적이며 훈련이 된 그의 정신이 이미 그 작업의 가장 어려운 부분을 해치운 뒤다. 그에게 부족했던 몇 가지 특이점을 공개하면, 그의 두뇌 안에 들어 있는 시계의 고장 난 톱니바퀴를 갈아 주기라도 한 듯, 그는 경탄을 금치 못한다. 모든 것이

제대로 작동하고, 그의 눈은 새로운 광채로 반짝인다. 그는 어서 실습을 통해, 직접 스스로 그 불가사의한 마술에 통달하고 싶어 조바심을 낸다.

– 두 번째 유형 역시 마술에 대해서 생각은 해보았지만, 인내심이나 관찰력이, 혹은 그저 마술에 대한 지식이 부족하여 금방 막혀 버렸다. 그는 마술을 좋아하지만, 비법에 대해서 전혀 파악하지 못하는 자신을 책망한다. 당신이 그에게 기법을 공개하는 순간, 그는 스스로 그 생각을 해내지 못한 자신에게 그저 실망하고, 내가 다시 마술을 하나 보라고 단언하면서 스스로에 대해 짜증을 내기까지도 하리라. 이 유형의 학생은 보통 마술이라는 예술보다는 차라리 과학이라는 예술을 더 좋아한다. 그는 자신의 무한한 지혜로움으로 당신이 지닌 능력의 비결을 꿰뚫어 보았음을 아무나 상대로 되뇌기 위해서 당신의 수업을 듣는다.

– 끝으로 마지막 유형, 아마도 가장 안 좋은 유형일 텐데, 이 유형은 당신이 설명을 해줘도 믿지 않는 학생이다. 그는 마술에 대해 생각해 본 적이 없는데, 왜냐하면 그로서는 생각할 거리가 없기 때문이다. 마술은 고등한 어떤 힘이 작용한 결과이며, 당신은 관중을 깜짝 놀라게 하려고 그 힘으로부터 능력을 빌려 온 것이다. 이 유형의 학생은 당신이 비의적인 힘과 맺는 유대 관계를 그저 은폐하려는 것이라고 여기면서, 당신이 반드시 말해 줘야만 하는 것조차 귀 기울여 들으려고 하지 않을 것이다. 그는 자신의 삶의 뿌리에 있는 믿음의 이름으로, 존재하지도 않는 비밀을 간파하려고 애쓴다.

이 책이 첫 번째 유형의 학생들을 우선적으로 염두에 두고 있음은 자명해 보인다. 두 번째 유형의 학생들 가운데 일부가 이 책을 읽고서 사고방식을 바꾸고, 이 책에서 마술의 속임수를 간파하는 데 도움이 될 안내자만 찾는 대신, 마술에 취미를 붙여 직접 해볼 수 있게 되기를 희망한다.

세 번째 유형의 학생들에 대해서 말해 보자면, 이 책이 그들의 손에 들어갈 일이 있을지 의심스럽기는 하지만, 그들을 위해 다음과 같은 메시지를 남기겠다.

당신들이 그토록 찬미하는 비의적 힘은 당신들이 언제라도 접근할 수 있는 힘이었다. 그 힘은 규율 준수, 체계, 그리고 실습이라고 불리며, 당신들을 만나기를 애타게 기다리고 있다.

뉴욕은 제니가 예상했던 꼭 그대로, 웅성대고 흥분으로 들끓었다. 제니가 거리에서 그렇게나 많은 신문팔이를 본 적은 거의 없었으니, 신문을 파는 젊은이들은 일간지 재고가 거의 바닥을 보이는데도 소리를 질러 댔다.

「폭스 자매가 장막을 걷는다. 전부 다 알고 싶다면 『뉴욕 헤럴드』지를 사세요!」

「폭스 자매가 심령주의의 종말을 고한다. 소식에 뒤처지지 마시고, 『모닝 저널』을 읽으세요!」

「미국 전역을 충격으로 몰아넣은 심령주의 운동의 종말. 『뉴욕 트리뷴』지를 사세요!」

마술사 제니는 무슨 일이 획책되는 중인지를 알기 위해서 주요 기사 요약을 필요로 하지 않았다. 왜냐하면 그녀가 그 사건의 시발점에 있기 때문이었다. 확 불이 붙기 위해서는, 폭스 자매 중 동생 둘과, 제니가 처음 참석했던 교령회가 끝나고 만났던 기자인 프랭크 코블리드 사이의 만남으로 충분했다.

하지만 그 인터뷰에서 마거릿과 케이트는 아무것도 밝히지 않았다. 두 자매는 그저 심령주의는 너무 오래 지속된 소극이며, 그 모든 일이 어떻게 자리 잡게 되었는지를 세상에 직접 알릴 예정이라고 주장했더랬다. 프랭크는 그 일에 대해서 더 많이 알기를 원했지만, 두 자매는 그에게 『뉴욕 헤럴드』지의 독자들에게 그랬듯이, 자신들이 시립 음악 아카데미에서 개최할 예정인 교령회에 오라고 권유했을 뿐이었다.

게다가 제니가 지금 가려는 장소도 바로 그곳이었다. 황갈색 벽에 아치형의 창문을 낸 그 거대한 건물 앞에는 수많은 사람이 저마다 손에 신문을 들고서 벌써부터 기다리고 있었다. 평소라면 음악 애호가들의 속삭임이 들려올 공연장이 오늘은 신문 부스럭거리는 소리, 단골과 구경하기 좋아하는 어중이떠중이, 그리고 하룻밤 사이에 즉석에서 수사관과 재판관으로 분한 온갖 종류의 사람들이 입 밖에 내는 억눌린 감탄으로 웅성거렸다. 몇몇 사람들은 폭스 자매가 자백할 거라는 사실을 믿기 힘들어했고, 또 다른 사람들은 심령주의 불길에 기름을 붓고 교령회의 입장권을 판매하려는 심령주의 운동 측에서, 혹은 더욱더 많은 신문 잡지를 찍어 내려는 언론 측에서 주도한 홍보 전략이라고 응수했다. 소문과 주장이 기운차게 퍼져 나갔고, 그런가 하면 사륜마차, 삯마차, 온갖 종류의 마차들이 끝없이 몰려들어 거리에 줄지어 서면, 지금부터 40년 전에 시작된 이야기의 결말이 궁금해 호기심에 불타는 사람들이 쏟아져 나왔다.

제니는 눈에 띄지 않게 건물의 옆면으로 돌아가서, 연주자 출입문으로 이어지는 작은 지하 계단으로 들어섰다. 제니는 현악기인 리라 모양의 철제 노커로 문을 두드렸고, 그러자 나이 든 남자가 문을 열어 주었다.

「성함이?」

「제니…… 마턴입니다.」

남자가 명부를 확인조차 하지 않고 문을 활짝 열었다.

「들어오세요. 도착하시기만 기다리고들 계십니다.」

제니가 남자에게 미소를 보내고는, 치마가 바닥에 끌리지 않도록 장식이 잔뜩 달린 드레스 자락을 쥐고서 걸음을 재촉했다. 금년에 이곳에 연주하러 오기로 되어 있는 여러 오케스트라단의 홍보 포스터들이 나붙은 복도를 통과하자, 무대 뒤편으로 이어졌다. 그러고 나자 연주자 대기실이 나왔는데, 그 소박한 작은 방에는 거울 하나, 기름등잔 둘, 옷걸이에 걸어서 봉에 정리해 둔 알록달록한 수많은 의상이 보였고, 그 한복판에 놓인 작은 나무 벤치에 오늘 저녁 공연의 스타들이 앉아 있었다. 바로 폭스 자매였다.

마거릿과 케이트는 각자 손에 적포도주병을 들고서, 우수 어린 표정으로 술을 마시고 있었다.

제니는 바닥에서 사과, 오렌지, 포도, 파인애플까지 들어 있는 버드나무 바구니를 알아보았다. 손잡이에는 카드가 끈으로 매달려 있었다.

「음악원 원장이 보낸 축하 카드.」 마거릿이 병을 들어 올리면서 말했다.

케이트는 마술사 제니를 보자 눈빛이 환해졌다. 그녀는 병을 내려놓고는 거리낌 없이 제니를 끌어안았다. 그러고는 제니를 놓아주고, 드레스 자락을 폈다.

「핑커턴 형제 소식은?」

「윌리엄은 약속대로 뉴욕을 떠났어요. 로버트 쪽은, 그에게서는 아무런 소식도 받지 못했어요.」

마거릿이 대화에 끼었다.

「그 형제가 화를 낼까, 만약…….」

제니가 고개를 저었다.

「그 사람들도 이 비밀은 영원히 당신들만 알고 있으리라는 점을 이해했을 거예요.」

본 공연장을 채운 관중의 웅성거림이 무대 뒤에서도 들려왔는데, 나무 의자 끄는 소리와 점점 커져만 가는 알아들을 수 없는 중얼거림이 뒤섞여 있었다. 케이트가 비틀거리면서 다시 자리에 앉았다.

「난…… 내가 이 일을 할 수 있을지 모르겠어. 평소라면…… 그러니까 저렇게 사람이 많이 오면, 말하는 사람은 리아거든. 우리가 아니라. 어쩌면…… 바보 같은 소리를 할지도 몰라.」

제니가 다가가서 케이트의 어깨에 손을 올렸다.

「저렇게나 많은 사람이 내는 소리가 들리죠? 그들 모두 유례없고, 유일하며, 경이로운 폭스 자매 때문에 저기 와 있는 거예요. 그들은 살면서 단 한 번일지라도 진실을 듣고 싶은 거죠. 두 분이 자진해서 그들에게 했던 약속이고요.」

두 여성은 바닥만 내려다보며 다리를 격렬하게 떨었다.

「하지만 우리 셋 다 알고 있죠. 사실은 두 분이 그 일을 하는 것은 그들을 위해서가 아니라는 걸요, 그렇지 않나요?」

두 여성은 살짝 미소를 지었다.

「그러고 나면 다 끝나겠지, 그렇지?」 케이트가 마거릿에게 물었다.

「그래, 언니도 더는 뭘 어쩔 수 없을 거야.」

제니가 이곳에 오기 위해 통과했던 복도에서부터, 지팡이가 내는 무딘 소리가 들려왔다.

「이봐요, 이거 놓으라니까!」

「부인, 여기 들어오시면 안 됩니다.」

「만지지 말라고!」

막대기가 날카롭게 허공을 가르는 소리가 울려 퍼졌다.

「아야!」

리아 폭스가 회오리바람처럼 들이닥쳤다. 그녀는 제니가 입구에서 봤던 그 남자를 뒤에 달고 있었는데, 그 남자는 얼핏 보기에도 부어오른 손을 문질러 댔다.

「막으려고 했지만…….」

「괜찮아, 빌, 우리끼리 있을게.」 마거릿이 말했다.

그가 인사를 하더니 사라졌고, 리아는 자신의 의상과 보석이 제자리에 있는지를 살폈다.

「아니, 애들아…….」 침입자가 발칵 화를 냈다.

그녀가 눈길을 들어 올리다가 제니가 눈에 띄자 그녀에게 험악한 시선을 던졌고, 그러고는 동생들에게 다가가서는, 굳이 동생들과 마술사 사이에 끼어들었다.

「……이번에는 대체 뭘 원하는 거냐, 응? 더 큰 아파트? 새 옷? 어쩌면 여행인가? 자, 어서 내게 다 말하고, 이 우스꽝스러운 가면무도회는 그만 끝내자고.」

제니는 노부인이 자기 동생들에게 미치는 압도적인 영향력을 알아차렸다. 동생들은 알코올 중독자 아버지를 마주한 얻어맞는 아이들처럼 이미 움츠러들었다.

케이트가 포도주를 다시 한 모금 마셨다.

「가면무도회야, 그런 건…… 심령주의 운동이니, 심령이니, 그런 모든 건. 그리고…… 이제 그런 건 끝이야!」 그녀가 떨리는 목소리로 마음을 다지려고 들었다.

「자, 자, 넌 내 눈을 똑바로 바라보지도 못하면서. 저 관객이 네 말을 진지하게 받아들일 거라고 생각하니? 내게야 거짓말을 해도 되지만, 너 자신에게까지 거짓말은 할 수 없지.」

그녀가 손을 내밀었나.

「집에 돌아가자. 지금 같이 가면, 아들을 만날 수 있게 해주마. 퍼디낸드도 당연히 너를 아주 보고 싶어 한단다.」

케이트가 두 뺨이 눈물에 젖은 채 고개를 들었다.
「퍼디낸드…… 그 애는…… 어떻게 지내?」
「오, 이제는 아주 잘생긴 소년이 되었지. 정말이지 네가 어서 그 애를 보면 좋겠구나.」
제니는 케이트의 방어막이 약해짐을 알아보았다. 아니나 다를까, 케이트는 굴복했고, 노부인의 손을 잡았다.
리아가 이번에는 마거릿을 향해 몸을 돌렸다.
「자, 내 귀여운 매기야, 내가 꼭 말을 해야 하겠니? 우리 둘 다 이 일이 어떻게 전개될지 알고 있잖아. 늘 똑같지 않니. 너는 반항을 할 테고, 그러다가 후회를 하면서 다시 받아 달라고 간청하겠지. 이번에는 시간을 버리지 말자꾸나, 너도 좋지?」
이번에는 마거릿이 무기력해 보였다. 케이트는 시선을 마주치지도 못했다.
「우린…… 우린 저기 있는 사람들 모두에게 약속했어…….」
「걱정할 것 없다. 보도 자료 하나면 전부 다 끝날 테니. 『뉴욕 트리뷴』지에 보낼 너희들 답변도 미리 다 생각해 뒀다. 거기 주필이 친구의 친구라서, 내가 아직 거기에 상당한 영향력을 미칠 수 있지.」
이번에는 마거릿이 고개를 떨군 채 일어섰다. 가모장이 의기양양한 시선을 제니에게 던졌고, 그러더니 출구를 향해서 걸어갔다.
「두 사람이 안 한다면, 내가 하겠어요!」 마술사 제니가 위협했다.

리아가 돌아보았다.

「당신이 뭘 하겠다고?」

「저기 있는 사람들 모두에게 당신들이 어떻게 딱딱 소리를 내는 심령을 부르는지 보여 줄 거예요.」

노부인은 가엽다는 표정으로 입을 삐죽거리다가, 폭소를 터뜨렸다.

「차라리 카드 묘기를 보여 주지! 그렇게 폭넓은 층의 관객이 와 있으니, 기회를 활용하라고. 그런 관객을 금방 다시 만나지는 못할 테니까.」

그러더니 그녀는 동생 둘을 거느리고, 다시 차분하게 발걸음을 옮겼다.

「우리를 내려다보는 심령들에게 호소하겠어요!」 제니가 소리쳤다. 「나의 친구, 심령들이여, 뻔뻔하게 사람을 조종하는 이 노부인은 당신들을 이용하여 어찌나 부유해졌는지, 가족이라는 개념 자체도 잊어버렸답니다. 이미 오래전부터 그녀는 상을 당한 사람들의 슬픔과 당신들이 그들에게 해줘야만 하는 말보다는, 그들의 지갑에 더 신경을 쓰고 있죠. 심령들도 이 일이 너무나도 오래 지속되었다고 생각한다면, 딱 소리를 두 번 내주세요.」

리아가 마치 기다려 보는 듯이 걸음을 멈추었다.

「자신이 지금 무슨 말을 하는지, 스스로 아무런 생각이 없군, 젊은 아가씨.」

「두 번이요.」 제니가 절망에 잠긴 채 다시 한번 말

했다.

리아가 동생 둘의 손을 놓고서 마술사 제니를 향해 몸을 돌렸다.

「그게, 하나의 운동을 창시한다는 게 뭔지는 알까? 하나의 종교를 창시한다는 게? 응? 그것도 아무거나 말고, 여성에 기반한 운동을? 여성을 그들의 비참함으로부터…….」

「심령들이여, 제게 답해 주세요!」 제니가 천장에 눈길을 준 채, 울부짖었다.

「……아이들 똥이나 닦아 주고 온종일 음식을 만들고, 혹은 입에 넣을 것을 마련하려고 몸뚱어리를 파는 삶으로부터 빠져나올 수 있게? 아니, 정말이지 당신은 그에 대해 조금의 생각도 없어. 당신이 그 빌어먹을 딱소리가 어떻게 만들어지는지에 대해서, 정말이지 요만큼의 생각도 없는 것과 마찬가지지. 당신은 내 동생들을 통해서 영광의 순간을 추구하려는 낙오자에 불과해. 하지만 당신은 그 어떤 것도 손에 넣을 수 없을 거라는 이야기를 해주지 않을 수 없군.」

이제 리아는 어찌나 바싹 제니 곁에 다가왔는지, 마술사는 그녀의 거친 숨결이 얼굴에 와 닿는 것을 느꼈다. 라일락 향기가 나는 향수 냄새가 콧속을 어지럽혔다. 제니는 저기 위쪽의 무언가를 부르기 위해서 정신을 집중하려고 애썼지만, 이렇게 후각을 침범당하자 집중력이 흔들렸다.

제니는 눈을 감고, 천장에서 아버지가 자신을 내려

다보며 온 힘을 다해서 벽을 두드려 소리를 만들어 내려고 하는 모습을 상상해 봤지만, 허사였다.

「가련한 백치, 쯧.」

리아가 다시 동생들의 손을 잡았고, 세 자매는 다시 걸음을 떼어 놓았다.

「마거릿…… 케이트. 이렇게 쉽게 포기하려는 건 아니죠? 그렇다면, 당신들은 여전히 어린아이인 건가요? 네? 부인이 명령을 내리면 아무 생각 없이 그저 복종하는 건가요? 폭스 자매들 끝내주네!」

케이트가 돌아보았지만, 리아가 즉시 그녀의 머리를 출구 쪽으로 되돌려 놓았다.

「저 여자는 잊으렴, 자기가 무슨 말을 하는지도 몰라.」

케이트가 고분고분 따랐다.

「어서, 가봐요, 내겐 당신들이 필요 없어요.」 제니가 화를 냈다. 「난 아무도 필요 없어요, 늘 혼자서 나아갔으니까. 나는 당신들을 도와서 당신들이 원하는 대로 삶을 꾸려 가게 해주고 싶었어요. 그런데 그런 삶, 리아가 당신들에게 그걸 절대로 줄 리가 없잖아요. 그래서 내가 당신들을 위해서 그 일을 할 겁니다!」

노부인은 대답을 하기 위해 돌아보는 수고조차 하지 않았다.

「그래서 뭘 할 건데? 당신이 폭스 자매에 대해서 그게 무엇이든지 뭔가를 알고 있다는 것을 저들에게 어떻게 입증할 건데?」

「오, 친애하는 부인, 두 자매에 대해서 내가 알고 있는 것은 단 한 가지랍니다. 그것은 꼭 당신처럼 그들 역시 뛰어나게 잘 가르치는 선생이라는 사실.」

리아는 그런 어리석은 소리를 믿지 않는다는 것을 보여 주려고 고개를 절레절레 흔들었고, 제니는 리아의 등 뒤에서 그런 모습을 지켜보았다.

그러다가 갑자기 그 소리가 울려 퍼졌다.

두 번의 분명한 딱 소리.

자매들이 우뚝 멈춰 섰다.

「저 소리를 낸 건 너희들이니?」 리아가 두 동생에게 속삭였다.

여동생 둘은 대답하지 않았다. 노부인이 의심쩍다는 표정으로 돌아보았고, 드디어 두 동생의 손을 놓고 빠른 걸음으로 제니에게 걸어왔다.

「당신에게 재능이 있다는 걸 몰랐네. 내가 당신을 과소평가했다는 걸 인정하지. 아니, 차라리 내가 **저 둘**을 과대평가했다고 말해야 할까. 저 두 애는 당신이 자신들과 같다는 걸 알고서는 나불대는 혓바닥을 잡아 둘 수 없었던 모양이군. 정말이지, 쟤들이 늘 새로운 방식으로 나를 실망시키는 재주에 놀란다니까.」

리아는 동생들에게 눈길조차 주지 않고 천천히 숨을 들이마셨다.

「좋아요, 제니, 새로 계약서를 쓰는 것은 어떨까? 응? 새로운 신분은? 숨겨 왔던 우리 사촌으로 할까? 어찌 생각하지? 자, 이번에는 윌리엄 핑커턴식 더러운 술

수는 그만두고. 당신들, 그러니까 당신 어머니와 당신이 편안하게 살아갈 수 있도록 충분한 돈을 준다면?」

제니는 장난스러운 표정으로 검지로 턱을 톡톡 두드리면서 생각에 잠겼다.

「숨겨 뒀던 사촌이라고요? 이렇게는 안 되려나……. 잘은 모르겠지만…… 숨겨 뒀던 자매는요? 마술에 재능이 있는? 그렇게 하면 근사한 공연을 할 수 있을 테니까, 그렇지 않나요?」

리아는 떠오르는 미소를 감출 수 없었다. 그러니까 진실을 옹호한다고 주장하는 이 아가씨조차 자신을 팔아넘길 수 있는 존재였다. 모든 것에는 저마다의 가격이 있고, 그런 생각에 찬성하지 않는 사람들은 그저 그 가격이 늘 달러로 지불되는 것이 아님을 이해하지 못했을 뿐이다.

「물론 되지, 왜 안 되겠소. 심령주의는 늘 다시금 새로워지기만 기다리고 있지. 그건 아직은 젊은 운동이니, 당신이 근사한 주역이 될 수 있을 거야.」

제니의 두 눈이 반짝거렸다.

「그럼 관객은, 당신은 관객이란 어떤 존재라고 보세요?」

「아주 주의 깊게, 당신의 아주 자그마한 일거수일투족도 놓치지 않지. 그건 아주 간단한데, 영매가 무대에 오르자마자, 사람들은 그 즉시 매료된다오. 당신이 어디에서 공연을 하는가는 중요하지 않소. 항상 당신이 얻게 되는 것은 고요함과 그리고…….」

……침묵. 관객은 더 이상 아무런 소음도 내지 않았다. 웅성거리는 소리가 어느 결엔가 멎어 있었다. 제니는 여봐란듯이 환한 미소를 지었고, 그 즉시 심령주의 운동의 수장은 무척 당황했다.

「지금처럼요?」 젊은 여성 마술사가 짓궂게 말했다.

리아는 몸을 돌렸다가 두 동생이 이미 사라지고 없음을 알아차리고, 경악을 금치 못했다.

「무슨 짓을 한 거요?」

젊은 여성은 몸을 굽혀 자신의 가방을 집어 들고는 그 속에서 『마술의 길』을 꺼냈다.

「당신에게 이 책을 권하고 싶군요. 불행히도 내게 이 한 권밖에 없어서.」

제니는 익숙한 동작으로 수사본을 펼쳤다.

「이 책에서 배우게 되는 첫 번째 내용 중 하나가 이거예요. 마술의 중심 요소는 관객의 주의력을 흩트려 놓을 줄 알아야 한다는 것이다.」

제니는 리아에게 다가가서 그녀의 눈 밑에 책을 들이밀었다. 노부인은 본의 아니게 그 부분을 읽었다. 「기초부터 접근하는 것이 중요하다는 말로 시작하겠다…….」

「그때부터, 그 기초에서부터 시작해서 자신이 원하는 것을 할 수 있거든요.」

영매가 잠시 말문이 막혀서 서 있다가, 드디어 방금 무슨 일이 벌어졌는지를 깨달았다.

「그러니까 걔들은 당신에게 아무 말도 하지 않았던 거야. 딱딱 소리를 냈던 건 그 애들이었어! 당신은 단

하나도 알아낸 게 없었어!」

제니는 펼쳐진 책 위에 자신의 주먹을 내려놓고서 서서히 손가락을 폈다. 그러자 자그마한 금장신구가 나타났다.

「그럴지도요, 하지만 내게는 당신의 귀고리가 있네요!」

리아가 창백해져서 맨 귓불을 만졌다.

「걔들은…… 그 애들은…….」

「……무대에 있답니다.」 제니가 대신 말을 끝맺었다.

마거릿의 목소리가 무대 뒤쪽까지 울려 퍼졌다.

「알아 두셔야 할 것은…… 알아 두셔야 할 것은, 거기까지 이르기가 쉬운 일은 아니었다는 겁니다. 아주 오래전부터 제 동생과 제가 무대에 오를 때면, 그것은 심령주의 운동을 부양하기 위해서였습니다. 불행하게도 너무 배불리 먹인 바람에, 그늘 속에 가려져 있던 그 운동은 너무나도 거대한 식인귀가 되고 말았고, 그것의 그림자가 온 세계를 뒤덮고 말았다는 것을 우리는 미처 보지 못했습니다. 우리가 하나부터 열까지 우리 스스로 만들어냈던 괴물의 노예가 되었음을 깨닫기까지 40년이라는 세월이 필요했던 모양입니다. 하지만 오늘…… 우리는 그 괴물에게 치명타를 안기기로 결심했습니다.」

리아가 무대로 뛰어들려고 했지만, 제니가 가로막으면서 저지했다. 노부인은 지팡이를 휘두르려고 했으나, 마술사는 별문제 없이 지팡이를 붙들어 제압했다.

「당신이 그들에게서 이 순간을 훔쳐 가게 내버려 둘

수는 없어요. 그래도 내 생각에 당신이 지켜보기는 해야 할 것 같네요.」

리아는 지팡이의 통제권을 다시 찾아오려고 지팡이를 마구 흔들었다.

「당신은 지금 당신이 그들에게 무슨 일을 겪게 했는지 모르고 있어.」 그녀가 공포에 질려서 울부짖었다.

「두 사람 스스로 선택했을 뿐이랍니다, 폭스 부인.」

제니는 리아를 부축하기 위해서 팔을 내밀었다. 노부인은 순간 거절했다가, 자신이 마술사의 날렵한 육체에 맞설 만한 체급이 아님을 깨달았다. 낙담한 리아는 제니의 팔을 붙잡았고, 두 여성은 무대와 무대 뒤편을 가르는 커튼을 향해 다가갔다.

「만약 그게 무엇이든 수상쩍은 짓을 하려는 낌새라도 보이면, 내가 직접 당신을 바닥에 납작하게 눌러 놓을 거예요.」 제니가 자신이 낼 수 있는 가장 부드러운 어조로 경고했다.

제니에게 단단히 붙들린 리아는 이리해서, 자신이 수도 없이 연기하고 기획했던 연극의 마지막 공연을 넋이 나간 눈길로 지켜보게 되었다.

마거릿은 서 있고 케이트는 얌전히 앉아 있는데, 무대 가장자리에 자리 잡아서 관객과 닿을 정도의 거리였다. 그녀가 늘 무방비 상태의 새끼 새처럼 생각했던 그 두 여성이 드디어 포근한 둥지에서 벗어났다. 그런데 그녀는 그 둥지를 만들어 주느라고 얼마나 많은 시간을 보냈던가.

「심령주의는 부침을 겪었습니다. 많은, 많은 엉터리 영매들이…… 너무 많았죠. 하지만 그들 모두에게는 그들의 속임수를 꿰뚫어 보는 데 성공한 누군가를 상대해야 하는 날이 언젠가 찾아왔습니다. 모두 다 그 일을 겪었지만, 예외가 하나 있었죠. 바로 우리였습니다.」

관객은 완전히 홀렸다. 리아는 마거릿이 공개 교령회를 주관하도록 내버려 두지 않았던 일을 씁쓸하게 후회했다. 마거릿은 뛰어난 면모를 보여 주었다.

「그래서 오늘, 우리는 세상 사람들을 증인으로 삼으려고 합니다. 우리는 여러분께 이제 여러분이 보게 될 것을 여기저기 퍼뜨려 달라고 당부합니다. 가까운 사람을 잃은 사람들만이 아니라, 보이지 않는 힘과 소통한다고 주장하는 낯선 이가 그들 자신의 문제에 대해서 그들보다도 더 훌륭한 답을 준다고 언젠가 믿었던 모든 사람을 상대로 말입니다. 우리는 끝없이 반복되던 그 술책이 전 국민에게 모욕의 기억으로가 아니라, 영원한 교훈으로 남으면 좋겠습니다. 다시는 그 누구도 여러분이 약해지는 순간을, 혹은 여러분의 어리숙함을 악용하지 못하도록…….」

그녀의 시선이 물끄러미 허공을 바라보았는데, 그 잠깐 동안, 케이트와 자신에게 그들의 마술 덕분에 세상이 어떻게 새로운 국면으로 접어들게 될지를 설명하는 리아와, 그런 리아와 마주하는 소녀인 자신의 모습이 눈앞을 스쳐 갔다. 마거릿으로서는 과거로 되돌아가서, 열다섯 살짜리 어린 동생에게 세상에서 가장 호사스러운 드레스도 지금 하겠다고 나서는 일만큼의 값어치는 없음을 설명해 줄 수 있었다면 좋았으리라. 하지만 그녀는 돌아간들, 자신이 깨닫지 못했으리라는 것을 알았다. 그 당시, 그녀의 세계는 케이트와 함께 시작되고 저물었다. 그리고 그처럼 특별한 유대 관계를, 심령주의는 그마저 그녀에게서 앗아가 버렸다. 따라서 마거릿은 마침내 두 사람 모두 무대에 올라, 함께 이 이야기에 종지부를 찍는 일이 옳다고 여겼다.

「이제 그만 기다리게 해드리겠습니다. 40년이면 이미 충분하고도 남으니까요.」

누군가 자그마하게 신경질적으로 웃는 소리가 그녀의 입에서 나오는 말에 집중한 관객 사이로 퍼져 나갔다.

「자, 이제 심령주의에 마지막으로 남아 있는 비밀의 기원을 발견해 봅시다. 그 비밀 때문에 여러분은 망자가 여러분에게 말을 한다고 믿었을 텐데, 여러분에게 말을 했던 것은 사실…….」

마거릿이 동생을 향해 몸을 돌렸다.

「케이트, 갈까?」

케이트는 고개를 끄덕였다. 케이트는 청중을 숨 가쁘게 몰아가는 매기를 위해서 차분하게 보여지기를 원하며, 그 일을 잘해 보려고 너무나 애를 쓴 나머지 동작이 굼뜨고 말았다. 어설픈 동작으로 오른쪽 구두를 벗다가, 그만 구두가 손에서 벗어나면서 무대 아래로 떨어졌다. 맨 앞줄에 앉아 있던 어떤 남자가 구두를 주워서 얌전히 영매에게 돌려주었다. 그녀가 고갯짓으로 그에게 감사를 표했고, 양말을 벗어서 발을 드러냈는데, 발가락에 엄청난 근육이 붙어 있었다.

「……발가락입니다!」 마거릿이 당당하게 동생의 발을 소개하면서 외쳤다.

공연장 안이 극도로 술렁거렸다. 신경질적인 웃음이 제법 여기저기서 터져 나왔다. 사람들은 저마다 옆 사람에게 설명을 구했지만, 누구도 답을 갖고 있지 못했다.

「아직도 너무 늦지 않았어, 아직은 되돌릴 수 있단다.」 리아가 두 여동생을 향해서 중얼거렸지만, 그 말이 그들에게는 들리지 않았다.

설령 큰언니의 충고를 들었다 할지라도, 그들은 멈추지 않았으리라. 마거릿은 관객이 그녀에게 쏟는 관심에 취해 있었다. 무대 체질로 타고난 여성이 억지로 그늘 속에 숨어 있어야 했구나, 제니가 생각했다.

「자, 놀라셨죠. 친구들, 그 일이 어떻게 진행되는지 보여 달라고 합시다.」 마거릿이 말했다. 「이제 내가 우리 곁에 있는 심령을 소환하려고 합니다. 심령을 우리 곁으로 와달라고 청하려고 합니다. 심령이여, 이곳에 계시면, 딱 소리 두 번을 내어서 존재를 드러내 주세요.」

그러자 무대에서 벌어지는 그 모든 일의 의미를 제대로 이해하지 못하고 있는 관객 앞에서, 케이트가 발가락을 튕겼다. 커다란 엄지발가락이 능숙하게 둘째 발가락 위로 올라가더니 재빠른 동작으로 미끄러지며 발바닥을 치니, 딱 소리가 선명하게 울렸다. 케이트는 사지를 본인의 뜻대로 움직일 수 있는 전국에서 내로라하는 곡예사들도 말문이 막히고도 남을 그 동작을, 어린애 장난이라도 되는 듯이 연달아 두 번 해 보였다. 경악한 관중은 깊은 침묵에 빠졌다.

제니는 기가 막혔지만, 동시에 스스로를 탓할 수 없었다. 폭스 자매를 특별하게 만들어 준 것은 망자와 소통하는 능력이 아니라 비범한 신체적 능력이었고, 바로 그 점 때문에 그들의 비밀은 그 누구도 거기 있을 거라고는 생각조차 해볼 수 없었던 장소에 숨겨져 있었던 셈이었다. 마술사 제니는 폭스 자매에 관한 서류에 언급되어 있던 버 목사 형제를 떠올렸다. 그 형제들 역시 그쪽 방향으로 탐색했고, 유사한 소리를 내는 데 잠깐은 성공했지만, 발에 괴저가 일어나고 말았고, 그 점을 파고들어 리아가 비방의 대가를 호되게 치르게 했다.

쉰 살이 넘은 케이트가 별다른 노력을 기울이는 것 같지도 않은데, 여전히 그러한 대단한 위업을 해낼 수 있음을 보고 있자니, 정말로 인상적이었다.

「저도 압니다……. 여러분에게는 충격이겠죠. 하지만…… 우리가 원했던 건 여러분이…….」

「하지만 나를 만졌다고요!」

공연장 안의 어떤 여자가 울부짖었다. 금발에 사십 줄에 들어선 키가 큰 여성으로, 두 눈이 날뛰는 바다처럼 검푸른 색이었다.

「당신의 그 발가락 이야기는 아주 그럴듯해요. 하지만 상담할 때 내 남편이 어깨를 만졌던 건 어떻게 설명이 되죠?」

중얼거림이 더한층 거세게 일었고, 그 여성은 자신이 자아낸 효과에 의기양양해져서 앞줄까지 걸어 나왔다.

「당시 영매가 남편분께서 어깨를 만진다고 말해 줬나요?」 케이트가 물었다.

과부는 잠시 말문이 막혔다.

「아니요!」 그녀가 잘난 체하며 답했다. 「정말로 내 어깨를 만졌어요.」

그녀가 청중을 증인으로 삼았다.

「그는 사망했지만 정말로 내 어깨를 만졌어요, 내가 직접 느꼈다고요!」

청중은 더욱더 동요됐다. 그 여성이 다시금 자매들과 맞붙었다.

「게다가 당신들이 뭔데, 그런 말도 안 되는 소리를 하는 거죠? 예? 모르몬교나 그리스도재림교에서 돈을 받았나요? 맞아, 그자들은 망자에게 관심을 보일 수 있는 사람들은 자신들뿐이라고 믿게 하고 싶어 하니까. 아니면, 다시 한번 세일럼 사건을 만들어 내고 싶어 하는 영국 성교회인가? 그것도 아니면, 어쩌면 우후죽순으로 생겨나는 상담소들 때문에 골치가 아픈 이곳 시장?」

「그렇네, 누가 당신들에게 돈을 지불했소?」 관객석

의 또 다른 사람이 말을 이어 갔다.

마거릿은 관중석의 웅성거림이 점점 커져 가자 당황했다. 그녀의 거북한 침묵이 자백으로 비쳤다.

「우! 썩 꺼져요!」

「맞아, 물러가요, 거짓말쟁이들, 진정한 영매들을 건드리지 말아요.」

케이트가 여전히 맨발인 채로 일어섰다.

「아니, 진짜 영매란 존재하지 않는다는 것을 이해하지 못하나요? 당신들 중 그 누구라도…….」

「우우우!!!」

너무 늦어 버렸다. 청중의 일부는 그들 마음속 깊이 뿌리내린 믿음이 가짜로 밝혀질 가능성을 받아들이기를 거부하면서, 이미 그녀의 말을 듣지 않고 있었다. 손에 닿는 대로 집어 든 구두, 과일, 채소, 온갖 다양한 물품이 무대 위로 비 오듯 쏟아지기 시작했다.

「썩 꺼져, 진짜 영매 나오라고 해!」

겁에 질린 관객 몇몇이 즉각 공연장을 빠져나갔다. 극도로 흥분하여 항의하는 사람들이 스스로의 격정을 땔감 삼아 거침없이 분노를 표출했다. 마거릿과 케이트는 뛰어서 무대에서 빠져나갔다. 제니는 자신의 눈을 믿을 수가 없었다.

「놔줘요.」 그때 리아가 제니에게 말했다. 「내가 아직은 해결할 수 있소.」

젊은 여성 제니는 망설였다.

「부탁하오, 제니. 일분일초가 결정적인데. 잠시 뒤면

나라도 저들을 막아 내지 못하리다.」

관중은 의자를 뒤엎고 무대로 던졌으며, 제니는 인간이라기보다는 성질이 난 짐승과 더 흡사한 그런 모습을 보고 굴복했다. 리아는 되찾은 자유를 활용할 시간이 얼마 없음을 알고 있었고, 차분하게 관중을 향해 걸음을 옮겼는데, 그녀 주위로는 의자의 부서진 조각들이 쌓이기 시작했다.

「자, 자, 친구들. 그렇게 별것 아닌 소극을 보고 왜 이렇게 화들을 내시나?」

폭스 자매 중 첫째의 익숙한 모습을 본 관중은 즉각 잠잠해졌다.

「소극이라니, 무슨 말이에요?」 소요를 일으켰던 그 여성이 말했다.

「그러니까 어쨌든 여러분도 걔들이 진지했다고 생각하지는 않겠죠. 그저 고별 공연이었고, 그뿐이랍니다!」

리아는 매혹적인 만큼 비범하기도 한 침착함의 소유자였다. 몇 분 전만 하더라도 의기소침했던 사람이, 이제 날뛰는 관중을 마주하고서도 전혀 불안해하는 것 같지 않았다. 그리고 그녀의 평온함이 효력을 발휘했고, 청중은 그녀의 말 한마디 한마디에 더욱더 차분해져 갔다. 마거릿의 말이 이 충성스러운 지지자들에게서 반향을 불러일으키지 못했음은 자명했는데, 그들은 노부인의 말은 마치 메시아의 입에서 나오는 말이기라도 한 듯 빨아들였다. 심령주의 운동의 수장은 조금도 고심하는 기색 없이, 심지어 초조함으로 살짝 눈썹이 찌푸려지는 일도 없이, 그들의 질문 하나하나에 성공적으로 답했다.

제니는 관중의 분위기를 반전시키는 그 기술을 조금 더 오래 지켜보고 싶은 유혹을 느꼈지만, 두 자매의 상태를 확인하러 가는 쪽을 택했다.

마술사 제니가 대기실로 뛰어가 봤더니, 마거릿은 울고 있고, 케이트는 그 옆에 앉아 있었다.

「매기, 드디어 할 말을 했잖아요. 그것만 해도 어딘데, 안 그래요?」

「하지만 사람들은 우리 말을 듣지 않았어요. 그들은 그럴 생각이……. 게다가 그 멍청한 여자까지 나서서…….」

그녀가 눈길을 들어 올려 제니를 보았다.

「미안해요. 우리 생각에는…… 그러니까 사람들이 보게 되면…… 하지만 그들은 신경도 안 써!」

두 자매의 친구는 고개를 가로저었다.

「소수만 소란을 피운다는 걸 알아차렸으면서 그래요. 침묵을 지키는 다수는 두 분 말을 들었어요. 단지 두 분을 옹호하려고 남아 있지 않았을 뿐이죠.」

「하지만…… 하지만…… 그 미치광이들이 여기로 오지는 않을까요?」

「그럴 일 없어요. 리아가 나섰어요. 리아가 자신의 고객들을 잡아 두려고 애쓰고 있어요. 잘됐지 뭐예요. 이제 리아에게는 두 분이 필요 없어졌어요. 리아가 보기에 두 분은 오히려 방금 걸림돌이 되고 말았어요. 리아는 지금 이 순간에 남은 거라도 건져 보려는 심사로 심령주의 운동에서 공식적으로 두 분을 내보냈답니다.」

마거릿이 눈물을 그쳤고, 케이트는 고개를 들었다.

「잠깐, 지금 얘기하는 것, 확실한 거지?」

제니가 고개를 끄덕였다.

「그저 고별맞이 소극이었다고 말하는 걸 들었어요.」

「그렇다면…… 심령주의, 그게 정말 끝일까?」 마거릿이 물었다.

「적어도 두 분에게는요. 그럴 가능성이 아주 높아 보여요. 언론이 나섰고, 이번 교령회까지 있었으니, 두 분은 돌아올 수 없는 지점에 닿은 거예요.」

두 자매는 기쁨의 웃음을 터뜨리더니 서로의 품에 안겼다. 두 여자는 어린아이처럼 허파가 터져라 소리를 질렀다.

마술사는 방금 새로 얻은 자유를 단둘이서 맛보라고 자리를 비켜 줬다.

38
『마술의 길』
구스타브 마턴

마지막 순서의 마술

마술 공연을 준비할 때, 마지막 순서에서 보여 줄 마술에 대해서 신중히 고심하는 것이 중요하다. 당신이 관객에게 남기게 될 마지막 인상이 공연의 질을 결정한다. 마지막 순서의 공연에 근거하여 공연 전체를 판단할 것이기 때문이다. 따라서 마지막에 가장 완벽하고 가장 놀라운 마술을 배치해야 한다.

당신이 그 일을 제대로 수행했다면, 당신은 당신 혼자서 그 성격과 규칙 들을 결정한 세계로 관객을 이끌었을 것이다. 그리고 특히 관객으로부터 최고의 찬사를 이끌어 내면서, 그들의 기억 속에 그 세계의 영속적 이미지를 남겨 주게 될 것이다.

관객이 공연을 보고 난 후에 하루를 넘겨서까지 당신에 대해 이야기를 할지, 혹은 당신이 수많은 다른 심심풀이 사이에 파묻혀 금방 잊힐 하나의 오락거리에 지나게 되지 않을지 여부를 결정하는 것, 그것이 바로 그 인상, 특별한 세계에 대해 저절로 떠오르는 기억이다.

추신: 마술사가 말을 하지 않고서, 카드나 수갑이나 흔히 마술에서 볼 수 있는 그 밖의 물품들을 사용하지 않고서 행하는 마술을 권한다. 당신 자신도 다른 곳에서 본 적이 없으며 당신만의 시심(詩心)을 표현하는, 정말로 개성 가득한 피날레를 택하라. 관객을 공연장에서부터 먼 곳으로, 당신이 창조해 낸 매혹적인 장소로 데려가라.

폭스 자매의 사건이 벌어지고 나서 몇 달이 흘렀다. 그들의 마지막 눈부신 활동은 이번에도 역시 전국적으로 언론을 들쑤셔 놓았다. 일간지마다 저마다의 의견을 내놓았다. 어떤 신문들은 여전히 심령주의 운동을 옹호하면서, 그러한 비밀 공개는 대규모로 획책된 음모의 일환이라고 주장했고, 그런가 하면 다른 일간지들은 오래전부터 비밀을 꿰뚫어 보았노라고 주장하면서, 망자와의 의사소통을 찬양했던 이전의 기사들을 언급하는 것은 망각한 채, 그것에 대해 문제를 제기했던 이전의 기사들만 내세웠다. 불행히도 언론 매체들은 그 이야기의 결말을 알 수가 없었는데, 마거릿과 케이트가 홀연히 자취를 감추어서였다.

핑커턴 탐정 회사는 지역의 싸구려 신문에서조차 단 한 번도 언급되지 않았지만, 그것은 로버트에게는 그다지 중요하지 않았다. 뛰어난 솜씨로 일련의 강도 사건을 해결했기 때문에, 탐정 회사는 재정적 측면에서 숨통이 트였다.

윌리엄의 부재 덕분에 로버트는 시간을 들여서 각각의 사건을 조사할 수 있었고, 그 결과 강도들이 어떤 은행 직원의 도움을 받았으며, 그 직원은 사건이 일어나고 난 직후에 〈고통스러운 경험이 트라우마를 남겼다〉라는 구실하에 전근을 요청했음을 알아냈다. 그 남자는 끔찍스러운 고독 속에서 살아가고 있어서, 로버트는 몇몇 새로운 친구들과 잠정적인 애인이라는 미끼로 그를 유혹했다. 예상한 대로 그 남자는 그들의 애정을 붙잡아 두기 위해서 서슴지 않고 그들에게 별의별 것들을 다 사 주었다. 그러고 나니 나머지 일은 아이들 장난이었다.

〈모두가 폭스 자매처럼 영리한 것은 아니라고 봐야겠지〉, 탐정은 토니 패스터[13] 극장 광장에서 담배를 비벼 끄면서 생각했다.

비록 사방에 자신의 이름을 붙여 놓는 극장주의 기벽이 자기중심적이라고 판단되었지만, 마술사로서의 경력 쌓기를 시작하기에는 이상적인 공연장이었다. 입구 위 정면에서 〈토니 패스터 극장〉이라는 글귀를 읽을 수 있었고, 바로 그 아래에 살짝 더 큰 글씨로 두 줄에 걸쳐서 이렇게 적혀 있었다.

13 Tony Pastor(1837~1908). 미국의 유명한 무대 연예인으로, 1865년 뉴욕에 자신만의 버라이어티 극장을 연다. 패스터 버전의 보드빌은 영화가 확산하기 전까지 미국 대중의 가장 중요한 오락 형태로 발전한다.

토니 패스터
극장

게다가 입구에서 몇 미터 떨어진 곳에 위치한 직사각형의 광고판에는 토니의 포스터들이 나붙었는데, 오십 줄에 들어선 콧수염을 기른 사내로, 새끼손가락에 요란한 금반지를 끼고 있었다. 이 모든 일의 대미는, 기둥마다 윗부분에 둥근 시계를 달아 놓았는데, 그 안에 설치해 놓은 전구 덕분에 깜깜한 밤에도 토니 패스터라는 글자를 읽을 수 있다는 사실이었다.

가장 놀라운 사실은 토니는 마술을 무척 좋아했으면서도 우스꽝스러워 보일까 봐 두려워서, 그 자신은 결코 시도해 본 적이 없다는 점이었다.

로버트가 그날 저녁 14번가 이스트 143번지의 광장에 나와 있다면, 그것은 그가 제니가 펼치는 공연의 중간 휴식 시간을 활용했기 때문이다. 로버트는 자신이 방금 본 마술들을 머릿속에서 되새기면서, 자신이 어렵지 않게 그 비법을 발견했던 마술들과 그 비법을 짐작할 수 없었던 마술들을 눈앞에 떠올려 봤는데, 마술 공연을 보고 나면 그가 즐겨 하는 지적 유희였다. 그는 이전에 자신이 거느렸던 직원이 아주 잘 헤쳐 나가고 있음을 인정하지 않을 수 없었다. 그녀의 손놀림은 본보기가 될 정도로 유연했고, 카드들은 그녀의 손에 닿는 듯 마는 듯 보였지만 손에 닿았다 하면 바뀌었다. 하트 퀸은 눈 한 번 깜짝할 시간도 채 안 걸려서 클로버 2가 되었다. 제니는 특히 관객의 카드가 팔뚝에 문신으로 새겨지는 묘기를 선보였는데, 로버트는 자기도 모르는 새 놀라서 소리를 질렀다.

그렇게 대단한 마술을 선보이고서도, 제니는 막간의 휴식이 끝난 뒤 마지막 놀라움이 기다리고 있다고, 그걸 보면 말문이 막힐 거라고 장담했다. 그것이 폭스 자매와의 상담이 있은 뒤로 로버트와 제니가 처음으로 나눈 대화였다. 제니는 〈마술〉이라는 제목의 첫 번째 공연을 처음으로 무대에 올리는 날 와달라며 초청장을 보내왔는데, 그녀의 새로운 예명인 〈제니 마턴〉이라는 서명이 있었고, 봉투 안에는 그를 오게 하려고 놀라움이 기다리고 있다는 내용의 다정한 쪽지를 넣어 두었더랬다. 로버트는 초청장이 없었더라도 왔겠지만, 공연 주역과의 사이에 형성되었던 특별한 유대 관계를 자신이 끊어 놓지 않았음을 알고서 기뻤다.

그는 마지막 담배 한 모금을 빨아들이면서 극장 옆에 붙어 있는 포스터를 자세히 들여다봤는데, 제니가 날아다니는 카드들에 둘러싸인 모습을 간략하게 그려 놓은 그림이었다. 굉장히 소박하군, 로버트가 생각했다. 의상마저도, 길거리의 마술사 시절이 저문 뒤로, 군더더기가 사라진 스타일이었다. 제니는 반짝이라든가 긴 금발은 치워 버렸고, 애덜리아의 갈색 머리를 그대로 간직했으며, 전단지의 네이비블루 색깔과 교묘하게 대비를 이루는 소매가 긴 흰 드레스를 택했더랬다. 이렇게 그림에서 군더더기가 제거되니까 제니는 진짜 전문가의 모습을 띠게 됐군, 핑커턴이 생각했다.

작은 종소리가 울려 퍼졌다. 다시 공연장으로 돌아가야 할 시간이었다. 제니를 보러 온 관객들의 구성에는 변화가 없었다. 어른들만큼 아이들이 있었다. 로버트는 자신도 참석한 적이 있는 초기의 거리 공연 때 시장 광장에서 보았던 몇몇 아이들을 알아본 것 같았다.

탐정은 약 2백 석 규모의 이 공연장에 놓여 있는 불편한 나무 의자에 최대한 등을 붙이고 앉으려고 애썼다. 커튼이 열리자마자, 아이들의 다투는 소리와 어른들의 이야기 소리가 뚝 그쳤다.

무대 위에는 낮은 단 위에 올려놓은, 궤짝 크기의 커다란 나무 함이 놓여 있었다. 바닥과 단 사이의 눈에 보이는 공간이 마룻바닥 밑에서부터 뭔가가 나올 수 있다는 의심을 아예 차단해 버렸다. 나무 함의 왼편으로 몇 미터 떨어진 곳에는, 황금빛으로 반짝이는 천들이 옷걸이에 걸려 있었다. 제니는 박수를 받으며 입장했지만, 거기에 거의 신경 쓰지 않는 듯 보였다. 제니는 함을 열었고, 그 안에 손을 집어넣어 황금빛 천으로 덮인 어떤 형체를 끄집어내더니, 무대 중앙으로 가지고 갔다. 그녀가 천을 벗기니, 공만 한 크기의 구체가 하나 나타났는데, 그 파리한 색깔에는 위쪽에 설치된 조명의 빛 때문에 살짝 노란색이 감돌았다. 제니는 손가락 끝으로 구체를 잡고서 아주 조심스럽게 최대한 높이

들어 올렸고, 그러자 그 구체는 마술사 제니가 처음 시작했던 그 움직임을 이어받아 계속 위로 올라가더니 허공에서 멈췄다. 마술사는 관객들이 입을 헤벌린 모습을 바라보면서 만족스러운 작은 미소를 지었다. 우아한 동작으로 다시 나무 상자로 돌아온 제니는 그 안에서 밝은 색깔의 나무로 만든 둥근 테를 꺼내어, 허공에 떠 있는 구체로 다시 걸음을 옮겼다. 제니는 구체 주위로 둥근 테를 밑에서부터 위를 향해 천천히 들어 올렸고, 그럼으로써 공이 실에 매달려서 허공에 떠 있는 것이 아님을 보여 주었다. 제니는 관중의 박수갈채를 기다렸다가, 모든 의혹을 제거하기 위해서, 구체가 둥근 테 가운데에 오게 한 뒤, 둥근 테를 앞에서 뒤로 그리고 다시 뒤에서 앞으로 한 바퀴 돌렸는데, 공은 그 행위에 전혀 영향을 받는 것 같지 않았다. 박수 소리가 두 배로 커진 가운데, 구체가 혼자서 둥근 테에서 빠져나오더니, 관중의 눈길이 미치지 못하는 상자 안으로, 그러니까 자신이 처음에 있었던 그곳으로 날아서 다시 들어가 버렸다.

제니는 관중석과 마주한 상자의 한쪽 면을 열어서, 관객에게 작은 철제 반구형 컵 위에 당당하게 올라앉은 공을 보여 주었다. 마술사는 옷걸이로 다가가, 거기에 늘어져 있는 천들 중 하나를 손에 쥐고 다시 단 위로 올라선 뒤, 상자 위에 대고 장엄하게 천을 흔들었다. 그 황금빛 천이 살아 움직여 제니의 손에서 빠져나갔는데, 마치 날아다니는 공이 천 밑에서 천을 들고 있는 듯했다. 천이 그렇게 날아오르자, 관객은 구체가 이제는 컵 위에 없음을 관찰할 수 있었고, 그러고 나자 제니가 좀 전에 들어 올렸던 나무 함의 한쪽 면을 다시 닫았다. 날아오른 천은 무대의 왼편으로 가더니 허공에 떠 있었다. 그러고는 제니가 다시 나무 함을 열어 보이자, 철제 컵 위에 새 구체가 보였다. 제니가 처음의 천과 흡사한 천을 갖고 천을 허공에서 흔들며 똑같은 조작을 반복했다. 천은 날아다니는 구체가 밑에서 받치는 듯 혼자의 힘으로 둥둥 떠 있었다. 제니가 마지막으로 다시 상자를 닫았다가 곧 다시 열어 보여 주자, 새 구체가 모습을 보였다. 연이어, 제니는 마지막 천을 쥐고 천을 높이 던져 올려 잠시 자신의 몸과 나무 함까지 완전히 덮이게 했다. 곧 천이 무대 한가운데로 날아갔고, 그러자 제니가 함 안으로 들어가서 자기 위로 뚜껑을 다 닫아 버렸다.

북소리가 둥둥 울렸다. 갑자기 나무 함의 측면들이 툭 떨어지면서, 방금 나무 함 안에 스스로를 가뒀던 마술사가 이제 그 안에 없음을 보여 줬다. 철제 반구형 컵을 제외하고는 아무것도 없이 텅 비었다.

양옆의 허공에 떠 있던 천들이 바닥으로 떨어져 내렸고, 이제 무대 중앙의 천만이 허공에 떠 있었다. 또다시 들려오는 북소리. 그때 떠 있던 마지막 천이 허공으로 치솟았다……. 그 천 아래 있던 마술사가 의기양양하게 쳐올린 거였다.

경탄 어린 침묵이 그 천이 바닥에 떨어질 때까지 지

속되었고, 그 뒤를 이어 우레와 같은 박수 소리가 터져 나왔다. 아이들이 벌떡 일어났고, 어른인 로버트 역시 일어선 것을 보고서, 부모들도 박수갈채에 동참했다. 탐정은 관중의 환호에 제니가 얼굴을 붉히며 움츠러드는 모습을 재미있게 지켜봤고, 무대에는 작은 손들이 이웃한 길가의 정원에서 몰래 꺾어 온 꽃들이 쌓였다.

일단 박수갈채가 가라앉고 다시 환하게 불이 켜지자, 부모들은 자신들이 방금 봤던 비범한 공연에 대해 아직도 황홀감에 취해 있는 아이들의 흥분을 통제하는 데 애를 먹었다. 로버트는 그 틈을 타서 무대 뒤로 슬그머니 들어갔다.

커튼을 지나쳐 무대 뒤로 들어가자, 네 명의 젊은 여성이 투명한 긴 실을 손가락에 둘둘 감으며 도구를 정리하는 모습이 보여서 로버트는 깜짝 놀랐다. 그 여성들은 로버트를 보자마자 즉시 공포에 사로잡혔다.

「여기 들어오시면 안 됩니다!」 어두운 색깔의 옷을 입은 가장 어린 여성이 분개하며 말했다.

탐정은 제니의 의상과 똑같은 하얀색 드레스를 입은 어떤 젊은 여성의 존재를 알아차렸는데, 그 여성은 차분하게 갈색 가발을 벗으면서 대기실을 향해 다가오다기, 역시 불청객이 있음을 알아차렸다. 그녀는 지체하지 않고 화장 지우기에 착수한 마술사를 향해 달려갔다.

「제니…… 제니!」 공포에 질린 그녀가 소리를 질렀다.

로버트는 무대 뒤에서 그렇게 많은 사람을 볼 거라고는 예상하지 못했더랬다. 그는 제니를 처음 보던 날, 그녀가 작은 나무 연단에 혼자 올라가 있던 장면을 떠올리며 뭉클한 감정을 느꼈다.

「이러시면 우리는 경찰을 부를 수밖에 없어요!」 마술사의 닮은 꼴이 위협했다.

그러자 여성들이 그를 둘러쌌고, 그러고는 그를 강제로 커튼 바깥으로 몰아내는 중에, 마술사의 불분명한 목소리가 대기실에서부터 들려왔다.

「바깥에서 기다리세요, 핑커턴 씨. 곧 갈게요.」

로버트는 군말 없이 물러나, 짓궂은 미소를 띠면서 입구로 나갔다. 제니가 그를 변하게 했다면, 그 역시 젊은 여성 마술사에게 영향을 주었다. 핑커턴 탐정 회사가 드디어 그녀에게 팀을 이뤄 일하는 법을 가르친 모양이었다.

10여 명의 아이들이 극장 앞에서 초조하게 기다리고 있었다. 그중 한 아이는 손에 아직 개시하지 않은 깨끗한 수첩을 들고 있었고, 다른 한 아이는 잉크병과 펜을 조심스럽게 들고 있었다.

드디어 마술사가 여전히 그 하얀색 드레스 차림으로 모습을 드러냈다.

「제니!」 꼬맹이들이 소리를 질렀다.

마술사는 자신의 충성스러운 관객들을 알아보았다. 올던, 미첼, 조지가 선두에 있었다. 제니는 아이들에게 미소를 지어 보이며 펜과 종이를 받아 들었다.

「어떤 이름을 써야 하나?」 그녀가 놀리듯 말했다.

초창기 팬들은 살짝 기분이 상한 표정이 되었다.

「아니, 제니 누나, 우리를 몰라보겠어요?」 올던이 서글프게 물었다.

제니는 고심하는 척하다가 고개를 가로저으며 아이들에게 수첩을 돌려줬는데, 아이들 각각의 이름이 적혀 있고 제니의 서명이 되어 있었다. 아이들에게는 일찍 찾아온 크리스마스였다.

「그럴 줄 알고 있었어요!」

제니는 사내아이의 머리를 다정하게 쓰다듬었다.

「내가 제일 좋아하는 세 명의 말썽꾸러기들을 어떻게 잊을 수 있겠니!」

미첼이 앞으로 나왔다.

「제니, 저…… 누나는 정말 마법의 힘을 갖고 있어요?」

제니는 자세를 낮추어 아이와 눈높이를 맞췄다.

「내가 답을 줄 수는 있겠지만, 솔직히 말해서 그 답이 네 마음에 들지 않을 거야. 이제, 내가 너에게 다른 제안을 해보려고 하는데, 그러니까…… 네가 혼자 힘으로 찾아내는 건 어떨까?」

「혼자 힘으로요?」 미첼이 놀랐다.

「그래, 내가 제안하는 건, 공연을 보러 와서 아주 간단한 질문을 스스로에게 해보라는 거야. 저걸 어떻게 하는 걸까? 만약 생각을 해보고 나서도 내가 여전히 마법의 힘을 갖고 있다는 결론을 내린다면, 너에게 그렇지 않다고 말하는 나는 누구일까?」

아이는 혼란스러운 듯 보였으나, 그의 친구들이 그를 도우러 왔다.

「우리가 재를 도와도 되죠?」 나머지 두 단짝이 한목소리로 물었다.

「그건 아주 어려운 일이거든. 내 공연의 비밀을 꿰뚫어 보려면 세 명도 많지는 않단다.」 제니가 살짝 윙크를 보내면서 대답했다.

아이들은 고개를 끄덕거리며 서로를 바라보았고, 이제 그들에게 너무나 소중해진 수첩을 들고서 즐겁게 떠나갔다.

제니가 드디어 로버트를 향해 몸을 돌렸다.

「그래, 어떻게 보셨어요?」

그가 잠시 뜸을 들였다.

「당신은 위대한 마술사요, 제니, 그 점에 있어서는 이제 아무런 의심도 없어.」

제니는 칭찬에 얼굴을 붉혔다.

「대표님도 탐정 회사의 명성을 다시 드높였다는 기사를 읽었어요.」

「요행수였지. 그런 일이 규칙적으로 되풀이된다면, 아마 내가 성공했다는 말을 할 수 있겠지만.」

「그렇게 될 거라고 확신해요. 폭스 자매와 만난 뒤로 변하셨어요, 그게 느껴져요.」

그가 미소를 지었다.

「다음번 공연은 언제요?」

「나흘 뒤에요.」

「아, 완벽하군. 그동안 뭘 할 생각이오?」

「특별히 뭔가를 생각해 두지는 않았어요.」

그가 손뼉을 쳤다.

「그렇다면 행운이 한 번 더 내 편인 것 같군. 내가 아주 오래전부터 하고 싶었던 일이 있는데, 혼자서는 할 엄두가 나지 않았거든.」

그가 거리 쪽으로 손짓을 보냈다.

「무슨 말씀을 하는 거예요?」

「자, 자, 근사한 깜짝쇼를 그 누가 싫어할까?」

사륜마차 한 대가 극장 앞에 와서 멈춰 섰고, 로버트가 마차의 문을 열었다. 제니는 잠깐 생각해 보고 마차에 올라탔는데, 자신의 작은 여행용 가방이 거기 있어서 놀랐다. 탐정도 마차에 올라타고서 문을 닫았다.

「어디로 가는데요?」

「나를 믿어요. 그동안, 좀 자두고. 당신에게 많은 도움이 될 거야. 눈 밑에 검게 무리진 것을 보니, 얼마나 오랜 시간 연습을 했을지 보이는군.」

제니는 신중한 표정으로 그를 바라보면서 잠시 입을 다물었고, 조금 더 캐물어야 할지 망설였지만, 어디서부터 시작해야 할지 알 수 없었다.

「제빌, 제니, 내가 당신을 믿었듯이 나를 믿어 달라고 부탁하는 거요. 이번 한 번만.」

토론이 무의미함을 깨닫고, 그리고 공연을 하느라 기운을 다 소진한 제니는, 난생처음 아주 작은 정보 하나도 없이 미지의 세계에 몸을 던지기로 했다. 얼마 지나지 않아 제니는 말들의 규칙적인 속보에 흔들리면서, 그리고 리넨으로 만든 얇은 커튼을 뚫고 들어오는 별빛을 받으며, 곧 잠에 빠져들었다.

잠에서 깨어나니, 마차가 작은 길을 덜컹거리며 달리고, 양옆으로는 너른 들판이 끝없이 펼쳐져 있었다. 제니는 편안하게 푹 자고 일어났지만, 이렇게 낯선 환경에 놓이니 어리둥절했다. 로버트가 맞은편에서 작은 공책을 읽고 있었고, 제니는 거기에 적혀 있는 게 숫자라는 걸 알아봤다. 탐정의 얼굴에 만족감이 어리는 걸 보니, 탐정 사무소의 일이 부쩍 잘 풀리는 모양이었다.

「어디로 가고 있는지 말해 줄 생각이 아직도 없어요?」

로버트가 고개를 들더니, 회계 장부를 닫고 안경을 집어넣었다.

「그래, 잠은 잘 잤소?」

제니가 낮잠에서 깬 고양이처럼 쭉 기지개를 켜며 몸을 부르르 떨었다.

「생각보다 훨씬 잘 잤어요. 마술 공연에 정말 전부를 쏟아부었던 모양이에요.」

「그래 보였소. 당신과 처음 만난 이래로 프로그램이 많이 바뀌었던데.」

그녀가 미소를 지었다.

「혼자서는 할 수 없는 일들이 있다는 걸 깨달았으니까요.」

로버트가 고개를 끄덕였다.

「제일 어려운 일, 그건 함께 일할 좋은 사람들을 찾아내는 거지.」

제니가 잠깐 침묵하더니, 말을 이었다.

「생각해 봤는데요, 로버트, 걸리는 게 하나 있어요. 대표님은 나에 대해 다 알고 있지만 난 대표님에 대해 하나도 모르잖아요.」

「무슨 말이오?」

「그러니까, 그게, 참전한 게 맞죠? 그렇게 본인 입으로 말씀했으니. 그런데 내게 준 탐정용 입문서를 봐도, 대표님이라면 공적이 있을 법한데 그에 대한 언급이 전혀 없고, 스스로도 그에 관한 말씀을 전혀 안 하네요.」

그가 시선을 돌렸다.

「모든 게 공적의 문제로 귀결되는 건 아니니까, 마틴 양. 난 정보 부대에 있었는데, 우리는 영광을 거둬들이는 사람들이 아니라 다른 사람들이 그럴 수 있게 해주는 사람들이라오.」

「어디에 계셨나요?」

「그 이야기는 다음번에 합시다.」 그가 피곤한 표정으로 말했다.

마술사의 손가락이 신경질적으로 톡톡 두드려 댔다. 제니로서는 마지막이 될 조사를 진행할 수 있기를 꿈꿔 왔는데, 이제 20년도 더 전부터 끌어 왔으며 폭스 자매의 폭로 이후로 그녀의 머릿속에서 떠나지 않던, 사건의 마지막 남은 의혹을 풀 수 있는 기회가 왔다.

「남북 전쟁 당시의 일화 하나를 이야기해 드려도 될까요?」

「전쟁 당시 당신은 갓난아이였을 뿐일 텐데. 당신 아버지의 이야기를 해주고 싶은 거요?」

「내 이야기도 아버지 이야기도 아니에요. 사랑 이야기를 해드리려고요. 티나와 윌리엄의 사랑 이야기.」

「윌리엄? 내 동생?」

「내가 가진 정보들을 드릴 테니, 결론은 스스로 내려 보세요.」

로버트가 침을 삼켰다.

「그러니까 그…… 티나라는 여자…… 대체 어디 출신이오?」

「캠던이라고, 아칸소주의 작은 도시예요. 포이즌 스프링에서 별로 멀지 않죠. 때는 1864년. 티나는 전쟁을 심각하게 여기지 않은 젊은 매춘부였어요. 굉장히 아름다운 여자로, 타고난 미모를 활용해서 남자들과 그들이 기꺼이 내어 줄 돈을 이용해 먹었죠. 게다가 엄격한 선별 기준이 있어서 자신의 호사스러운 취향을 유지해 줄 수 있는 남자들만 받았어요.」

「제니…… 대체 왜 이런 이야기를 하는 거요?」

「로버트, 우리가 어디로 가고 있는지도 말해 주지 않으면서. 나도 그런 식으로 이야기하는 중이니, 참아요. 당신의 그 전설적 인내심은 어디 있나요?」

탐정이 신경질적으로 다리를 떨었다.

「계속해 봐요.」

「그런데 전쟁의 문제는, 우리가 전쟁에 개입하지 않는다 할지라도, 우리 주위의 사람들이 그로 인해 기분에 영향을 받는다는 거죠. 그래서 티나의 출신지에서 막 빠져린 패배를 맛본 남군의 장성들이, 자신들에게 서비스를 제공하는 티나를 구타했어요. 그들은 티나의 몸을 돈을 주고 샀으니 모든 게 허용된다고 생각한 거죠. 그런 일을 겪고 난 티나가 그 일을 그만두리라고 생각했을지도 모르겠지만, 티나는 그 남자들이 정말 후하게 값을 지불했기에 맞고서도 참았어요. 그저 티나는 그에 대한 보상으로 다정한 남자를 필요로 할 뿐이었죠. 그런데 운명이 티나의 요청을 들어주기라도 한 것처럼, 보비라는 이름의 젊은 시계공이 그곳에 나타났어요. 보비는 아칸소주의 소도시에서 수습공 노릇이나 하기에는 똑똑했어요. 너무 똑똑했죠. 티나조차 그걸, 그러니까 그 젊은이가 지루한 일이나 하고 있기에는 야망이 대단하다는 걸 느낄 정도로요. 티나는 몰랐지만, 티나가 반하고 만 그 젊은이는 사실 핑커턴 탐정 사무소의 직원이었답니다.」

이제 제니가 활짝 미소를 지었다.

「윌리엄…….」 로버트가 느릿느릿 말했다.

「좀 참으세요. 기다릴 줄 아는 자만이 원하는 걸 손에 넣는 법이랍니다. 티나가 우리의 젊은 보비를 몹시 좋아했지만, 보비는 티나를 더 좋아했어요. 물론, 그녀가 보비가 처음 상대한 매춘부는 아니랍니다. 하지만 보비가 즐겨 찾던 대도시의 매춘부들은 고객에게 조금

치의 관심도 없이 그들을 상대해서, 서비스 제공이 끝나자마자 곧바로 잊어버렸죠. 그런데 그곳 캠던에서는 달랐고, 그게 보비의 첫사랑 이야기예요. 자, 이제 보비는 자신이 그저 단순한 애송이가 아님을 그 여인에게 보여 주고 싶어졌어요. 보비는 자신이 굶주림으로 고통받는 군대에 식량을 가져다줌으로써 전쟁의 흐름을 바꿔 놓게 될 거라는 말을 합니다. 그의 말대로라면, 북군은 남군 소유의 옥수수 저장고를, 프레리 단에 있는 그 저장고를 공격하기만 하면 되는 거죠. 티나는 그 말에 웃고 말았어요. 진지하게 받아들이지 않은 거예요. 젊은 시계공이 군사 정보에 무슨 영향을 어떻게 줄 수 있겠나 하는 생각이었으니까. 그러자 마침내 보비가 정체를 밝힙니다. 티나에게 자신을 다른 이름으로 불러 달라고 말한 거죠…… 윌리엄이라고.」

로버트는 아무런 말이 없었다. 어떤 말도 입 밖으로 나오지 않았지만, 제니가 캐묻는 시선으로 바라보자 억지로 이런 말을 내뱉었다.

「제니, 미안하오……. 약속하는데, 다음번에 동생을 보면, 내가 알아서…….」

「이야기는 그걸로 끝이 아니에요. 아시다시피 티나는 남군의 장성들을 계속 손님으로 받았으니까요. 어느 날, 그저 호기심 때문이었겠지만, 윌리엄이 말한 게 사실인지를 알아보려고 시도해요. 그래서 고위급 고객 한 명에게 프레리 단에 옥수수 저장고가 있고, 그곳 경비가 허술한지를 묻죠. 그 장성은 대답을 해주는 대신

티나가 어떻게 그런 사실을 알고 있는지를 알아내려고 합니다. 티나는 대답하지 않았어요. 아니, 적어도 그 즉시는 아니었어요. 하지만 그 작자가 티나가 굴복할 때까지 때렸고, 결국 티나는 입을 열게 되죠. 티나는 보비나 윌리엄이라는 이름조차 대지 않았어요. 하지만 이미 과오는 저질러지고 말았어요. 남군으로서는 북군의 굶주린 군인들을 상대로 함정을 파놓는 일만 남은 셈이니까요.」

「포이즌 스프링의 학살.」

「바로 그거예요. 북군이 압도적으로, 굴욕적으로 패배하고, 포로가 되어 고문을 받고 처형당하고 말았죠.」

「제니…… 미안하오.」

「아직 그러실 필요 없어요, 로버트. 이제 이야기가 시작이니까.」

탐정의 호흡이 가팔라졌다.

「무슨 말인지 이해가 안 가는군.」

「이야기를 마치게 해주세요. 질문은 그다음에. 아시겠지만, 티나는 폭력에 굴복해서 털어놓은 자신의 이야기가 어떤 결과를 낳았는지 알게 되자 잠을 이룰 수가 없게 됐어요. 눈을 감으면 사방에서 목소리들이 말을 걸어왔으니까요. 티나는 그게 자신의 실수로 목숨을 잃은 사람들의 목소리라고 믿었죠. 그래서 고통을 덜어 주고 불면증을 해결해 줄 두 가지 방법으로 심령주의와 알코올을 찾아내요. 그녀를 덮칠 게 확실한 광기에 휩쓸리지 않게 해주는 구명대인 셈이죠. 그렇다면, 윌리엄, 그는 어떻게 됐을까요? 티나가 이렇게 죄책감을 느끼는데, 혓바닥 간수를 할 줄 몰랐던 그 정보원은 어떻게 느꼈을지 상상해 보세요!」

이제 로버트의 다리에 격렬한 경련이 일었다.

「그 정보원은 죄를 씻기 위해 절망적으로 노력해요. 이름을 밝히지 않고 포이즌 스프링에서 목숨을 잃은 북군들의 무덤에 꽃을 매주 보내죠. 심지어 핑커턴 사무소의 형편이 좋지 않을 때도요. 하지만…… 하지만 죄책감은 그를 쫓아다녀요. 업무에서도, 형제와의 관계에서도, 아무런 전진을 보이지 못하고 있던 폭스 자매 사건의 조사에서도, 그 죄책감에 쫓기고 있었죠. 그런데 갑자기, 제대로 돌아가는 게 하나도 없는 상황에서, 신입 직원 후보감 중에서 이름 하나가 눈에 들어옵니다. 제니라는 이름의 젊은 여자였죠. 물론 이름이 관심을 끌었던 건 아니에요. 관심이 갔던 건 그에게 친숙한 그 여자의 성이었어요. 마턴이라는. 매주 묘지에 꽃다발을 보내다가 익숙해진 이름. 포이즌 스프링 학살에서 목숨을 잃은 북군 군인 중 한 명의 이름이었으니까.」

「하지만 당신을 채용했던 건 나요…… 윌리엄이 아니라. 당신이 무슨 말을 하고 싶어 하는지 알 수가 없군……. 당신의 주장은 앞뒤가 맞질 않잖소!」

제니는 꾀바른 표정을 짓지 않을 수가 없었는데, 로버트가 익히 잘 알고 있는 표정이었다.

「윌리엄은 터스키기에서 임무 수행 중이었죠. 남군

이 자신이 수습생으로 있던 철공소 주인을 처형하자, 남군 부대에 방화를 하느라 정신이 없을 때였다고요, 핑커턴 씨. 그런데 그 사실은 당신도 잘 알고 있지 않나요? 윌리엄이 아무 때나 그 이야기를 주절거리니까.」

로버트는 마차의 창문을 향해 얼굴을 돌렸다. 그가 그토록 내쫓고 싶었던 그 과거가 결국 그의 덜미를 잡았다. 속죄하려던 그의 시도는 그를 파멸로 이끄는 시도였던 거다.

「그저 이런 생각이었지……. 혹시 내가 당신에게 도움이 될 수 있지 않을까. 어쩌면…… 어쩌면 나 역시, 머릿속에서 울리는 목소리들을 잠재우고 약간의 평화를 찾을 수 있지 않을까.」

그가 길게 숨을 내쉬며 계속 제니의 시선을 애써 피했다. 제니의 시선과 마주치기라도 한다면, 단도에 찔리는 것보다도 더 고약할 테니.

「당신 아버지를 만났더랬는데, 알고 있소? 내가 일하는 가게에 속임수 장치가 달린 수갑을 제작해 달라고 주문했고, 그걸 찾으러 왔더군. 자기 부대의 동료 군인들을 위해 공연을 준비한다면서. 공연을 보고 있으면 그들이 배고픔을 잊는다고 말했지.」

로버트가 어찌나 세게 마차의 내벽을 후려쳤는지 마차가 크게 흔들리며 길에서 벗어날 뻔했고, 겁을 집어먹은 말들이 히힝거렸다.

「난…… 난 너무나 어리석어서 그…… 그 매춘부에 대한 사랑으로 눈이 멀었더랬소. 난…… 난 불행하게도, 동생이 되고 싶었던 거요. 동생이 처음 관계했던 창녀의 사랑을 받았듯이, 티나가 나를 사랑해 주기를 원했지.」

그가 다시 한번 주먹을 휘두르자 차체가 흔들렸다.

「진정하세요.」

「왜? 어떻게? 당신은 나를 증오해야 하는 게 아닌가?」 자신도 모르는 새 그는 제니를 향해 돌아앉았다. 그는 젊은 여인의 밤색 눈에서 활화산 같은 분노를 만나리라고 생각했다. 놀랍게도 그 두 눈은 겨울 숲만큼이나 고요했다.

「조사를 시작하고 얼마 안 되어, 당신이 보비일 거라는 결론에 도달했어요. 차분한 정신으로 새로 무대에 올릴 공연을 수없이 연습하면서, 별다른 노력을 기울이지 않고서도 포이즌 스프링 사건에 가졌던 여러 가지 의문에 대한 답을 찾아냈죠. 마침내 모든 게 이해됐을 때, 이제 와서 고백하자면, 멍청하게 이용당했다는 느낌이 들었어요. 그래서 눈물을 흘렸고 당신을 증오했답니다. 그러고는 이 모든 일이 당신에게는 본인이 망쳐 버린 균형을 회복하려고 노력하는 방식이라는 걸 이해하게 됐어요. 당신은 악인이 아니에요, 로버트. 폭스 자매가 지구상에 존재했던 가장 엄청난 사기꾼들이 아닌 것과 마찬가지죠. 그건 그저 단순한 실수였고, 어쩌다가 입 밖으로 튀어나온 불필요한 생각이었어요. 당신으로서는 결코 예상할 수 없었을 결과를 몰고 왔지만.」

로버트는 호흡을 가라앉혔고, 말들은 평소의 리듬을 되찾았다.

「용서할게요, 핑커턴 씨. 이제 당신이 찾아내야 할 건 당신 자신의 용서죠.」

「나의 용서라…….」

그는 남은 여정 동안 마치 풀리지 않는 수수께끼라도 되는 것처럼 나지막한 목소리로 그 말을 되뇌었다. 그가 자신의 생각에 빠져 있는 틈을 타, 제니는 어머니가 싸서 들려 보낸 가방을 뒤져 봤다. 옷가지, 『핑커턴 입문서』, 『마술의 길』, 그리고 정성스럽게 쓴 글씨로 작성한 야릇한 편지 한 통이 있었다. 〈목적지에 도착하기 전에 읽을 것.〉

39

사랑하는 제니야,

내가 감히 상상도 못 했을 정도로 완벽하며, 찬란히 빛나는 여성이 되었더구나. 그 새로운 일 덕분에 넌 결정적으로 변모했고, 이제는 〈마술이에요!〉라고 외치며 내 속치마 자락에 카드를 숨기면서 놀던 어린 소녀가 아니더라(비록 그러던 어린아이가 몹시 그립다는 이야기를 하지 않을 수 없지만).

나는 늘 네가 결혼을 두려워하는 이유가 나를 포기해야 한다는 두려움 때문이라고 생각했었다. 그런데 내가 틀렸더구나. 네가 위풍당당하게 날아오르는 모습을 보면서, 너는 그저 결혼이 상징하는 새장이 두려웠을 뿐임을 알겠더라.

하지만 오늘 너에게 털어놓아야만 하겠는데, 너는 거짓말이라는 새장에 갇혀 있었다. 네가 그 빌어먹을 책, 『마술의 길』을 발견한 그 순간부터 너는 그 안에 갇혔지. 네 아버지는 내가 늘 사랑했던 대단한 남자였다고 말해도 될 거야. 하지만 그에게는 엄청난 결점이 있었어. 자신이 품고 있는 환상을 온 마음을 다해 믿는다면, 그 환상이 어느 날엔가는 현실이 될 거라고 믿었거든. 그이는 자신이 쓴 책에서 자신이 성공한 마술사라고 주장함으로써, 자신이 쓴 글들이 결국에는 생명력을 얻어서 현실이 되기를 기대했지. 개인적으로는 그이가 설득하려고 가장 많은 노력을 기울였던 사람은 사실 그이 자신이었다는 생각이야.

불행히도 진실은 이래. 구스타브는 유명했던 적이 없었고, 무대 바닥을 밟아 본 적도 없으며, 직접 망치질을 해서 무대를 세워 본 적도 없다는 거야. 그가 군대에 지원했을 때, 우리는 빈털터리였단다. 네 아버지는 카드 한 벌을, 무대에 필요한 다른 소품들을 살 능력조차 없었어. 군대가 그에게서 목숨을 앗아 갔다지만, 군대는 그에게 봉급을, 친구를, 그리고 관객을 제공했겠지. 네 아버지가 겪은 실패가 재능 부족으로 인한 건지 혹은 외부적인 요인으로 인한 건지, 나도 딱 잘라 말하지는 못하겠다. 하지만 네 아버지는 그 때문에 속을 썩였어.

나는 네 운명이 마치 가족에게 내린 저주처럼 아버지의 운명과 엮여 있을까 봐 늘 두려웠어. 이제는 내가 틀렸음을 알겠다.

너는 네 아버지가 아니고, 너는 내가 아니야. 하지만 너는 우리 둘이 함께 만들어 낸 가장 아름다운 존재라는 건 확실해. 그러니 내게 남은 할 말이라고는 이게 다란다……. 계속 지금처럼만 하거라!

너를 사랑하는 엄마가

제니가 감동해서 편지를 읽고 또 읽고 있는데, 마차가 멈춰 섰다. 그녀의 마음 깊은 곳 어디에선가는, 아버지가 스스로 주장하듯이 유명한 마술사였던 적이 없음을, 그리고 성공이 비껴간 사람에게서 수업을 듣고 싶어 하는 사람이 아무도 없는 만큼 그 책은 자신의 지식을 환상 속에 존재하는 학생들에게 전달해 줄 방법에 불과했음을, 늘 알고 있었더랬다. 아무도 없다고는 했지만, 예외가 있었다. 바로 그가 한 번도 만난 적 없는 그의 딸. 그것이 구스타브의 마지막 환상, 마술이었고, 그 마술이 죽음을 가로질러 딸의 삶을 빚어냄으로써, 딸 역시 무대가 안겨 주는 도취감을 추구하게 했다. 하지만 아버지와는 반대로, 오늘날 딸은 그 진귀한 감로의 맛을 보았고, 그 음료가 그녀가 상상했던 것보다도 더 달콤함이 드러났다. 어머니의 편지는 제니에게 미래를 위해서 스스로를 넘어서고 아버지가 실현하지 못했던 꿈을 완수해야겠다는 욕구를 불러일으켰다.

목적지에 도착하자, 로버트가 아무 말 없이 먼저 내렸다. 그는 젊은 여성을 위해 문을 열어 잡고 서 있었지만, 그녀와 시선을 마주칠 엄두를 내지 못했다.

제니는 방금 알게 된 사실로 마음이 몹시 혼란스러웠기 때문에, 주위의 전원 풍경에는 전혀 신경을 쓰지 못한 채 그저 앞을 향해 걸어갔다.

그녀의 발치에 깔린 노란색 꽃들과 푸른색 꽃들이 흐릿한 점들로 뒤섞여서, 마치 인상주의 화가의 화폭 속을 걷는 느낌이었다.

「예쁘다, 입고 있는 드레스요.」 가느다랗고 높은 목소리가 들렸다.

제니가 고개를 들어 보니, 푸른색 넓은 옷깃이 달린 세일러복 차림의 열한 살쯤 되어 보이는 사내애가 눈에 들어왔다.

아이는 마술사 앞에 버티고 서서, 제니를 호기심 가득한 눈길로 바라보았다. 아이가 갑작스러운 아주 작은 움직임에도 달아날 준비를 한 겁 많은 고양이처럼, 코르셋 드레스의 천을 만져 보려고 손을 가져다 댔다.

「엄마의 인형들이 입고 있는 드레스와 비슷한 것 같아요.」

아이는 다시 제니의 얼굴을 뚫어져라 들여다보더니, 제니의 쓸쓸한 미소를 보고서 긴장을 풀었다.

「인형들을 보여 드릴까요? 한창 인형을 가지고 놀던 중이었거든요.」

제니가 미처 답을 할 새도 없이, 아이어머니가 숨이

턱에 닿아서 도착했다.

「퍼디낸드…… 하아…… 왜…… 후…… 그렇게 뛰는 거야…… 예고도 없이!」

케이트 폭스가 숨을 몰아쉬면서 두 손으로 무릎을 짚으며, 아이의 키에 맞춰서 몸을 낮추었다.

「엄마, 얼마나 예쁜지 모르겠어요, 봐요, 저 드레스! 엄마의 인형들 같아요.」

케이트가 눈길을 들어 올렸고, 곧 얼굴이 환히 빛났다.

「제니! 대체 어떻게…….」

마술사 제니는 로버트를 고갯짓으로 가리켰는데, 로버트는 몇 미터 뒤처져서 마차 근처에 부끄러운 듯 서 있었다.

「당신이 세상 사람들의 눈을 피해서 자취를 감출 수는 있지만, 핑커턴 탐정 회사의 눈을 피하지는 못했다고 생각해야겠죠.」 제니가 말했다.

영매가 미소를 지었다.

「마턴 양, 그걸 대단한 업적이라고 말할 수 있을까, 정말이지 잘 모르겠는데. 카드를 자기 소매 속에 감췄던 마술사보다 누가 사라진 카드를 다시 나타나게 하는 일을 더 잘할 수 있겠어?」

그러니까, 바로 이거였구나, 로버트가 말한 깜짝쇼라는 게. 폭스 자매의 사라짐이 너무 매끈하게 진행되었다는 사실을 눈치챘어야 했는데.

「우리 지금 정확히 어디 와 있는 거죠?」 제니가 물

었다.

「뉴저지주의 배츠토요.」 마침내 용기를 내어 다가온 로버트가 대답했다. 「하지만 당신만 알고 있어요, 극비니까.」

케이트가 탐정이 놀라게도 그의 품으로 뛰어들었다.

「고마워요, 로버트, 당신이 해준 일은, 정말이지…… 마법 같아요.」

남자가 살짝 거북해하면서도, 그녀를 마주 포옹했다.

「엄마, 이 사람들 알아요?」

「그럼, 내 강아지.」 그녀가 퍼디낸드에게 맞추어 자세를 낮추면서 말했다. 「이분 보이지?」

어린아이는 어쩔 줄 모르는 눈길로 남자의 얼굴을 뚫어져라 쳐다보다가, 곧 어머니에게로 되돌아갔다.

「예, 본 적 있어요!」

「좋아, 너도 알아 두어라. 이분 덕분에 우리가 이곳에 있고, 괴롭힘을 당하지 않으면서 자유롭게 산책을 할 수 있고, 특히…… 특히…….」

케이트가 살짝 아이의 뺨을 꼬집었다. 아이가 기분이 상해 몸을 뺐다.

「아야!」

「내가 널 볼 때마다 이렇게 널 귀찮게 할 수 있는 거란다.」

「하지만 엄마, 뺨은 안 된다고 했잖아요! 그러고 나면 빨개진다니까요!」

케이트가 살짝 장난스럽게 웃었다.

「그 유혹에 버틸 재주가 있어야지, 퍼디, 제일 사랑하는 아들의 뺨을 꼬집을 수 없다면, 엄마가 되어서 좋은 점이 뭐겠니?」

아이가 뿌루퉁한 표정을 지었다.

「난, 아빠가 됐을 때 절대로 뺨을 꼬집지 않을 거야.」

「난, 너도 자식들의 예쁜 뺨을 눈앞에 두면 그 유혹에 버티지 못할 거라고 장담하겠어.」

케이트가 다시 손을 내밀자, 퍼디낸드는 즉시 광대로 손을 올려 뺨을 보호하면서 어머니에게 혀를 날름 내밀었고, 그 어머니는 웃음을 참지 못했다.

「그래, 인정, 내가 졌다. 자, 엘리나에게 가봐라. 뒤뜰에서 장작을 패고 있을 거야. 어른들끼리 할 얘기가 있거든.」

「그러고 나서 다시 인형 놀이 할 거죠?」

케이트가 고개를 끄덕였다.

「잰켈 양이 혼자서 딸의 파티를 준비하게 내버려 둘 수는 없지!」

어린 사내애는 한 번 더 제니의 드레스를 바라보다가 만져 보고는, 집 쪽을 향해 즐겁게 정중정중 뛰어갔다.

「저 애기, 정말로…….」 제니가 물었다.

「그래, 퍼디낸드야. 아이를 안 본 지 너무나 오래되어서, 아이가 드디어 이곳에 도착했는데 알아보지조차 못했어. 리아가 늘 하기를 좋아했던 일이…… 분리 정책이지.」

그녀의 시선이 먼 곳을 헤맸다.

「그런데 왜 배츠토예요?」

케이트가 로버트를 가리켰다.

「그건 저분에게 물어야지.」

제니가 탐정을 향해 몸을 돌렸다. 제니가 그의 가면을 벗겨 버린 뒤 두 사람이 서로 이야기를 나누는 건 이번이 처음이었다.

「그러니까 대체 어떻게 한 거예요?」

「난…… 자, 솔직히 말하자면, 이 일을 주도하고 비용을 댄 건 리아 폭스요. 우리를 보러 와서 동생 둘의 흔적을 없애 달라고 부탁하더군. 그녀의 말을 믿자면, 신문지상에서 두 사람에 관한 기사가 덜 보일수록, 사람들이 발가락 사건을 더 빨리 잊는다고. 내가 내세웠던 유일한 조건은 내가 두 사람을 어디로 데려가는지 비밀로 한다는 거였소. 그 여자는 받아들였고.」

그가 깊이 숨을 들이쉬었고, 평소의 침착함이 돌아왔다.

「나머지 과정은 간단했소. 자매에게 새로운 신분을 만들어 줬지. 둘 다 남편이 사망한 뒤 세상으로부터 떨어져서 살기로 결심한 사촌 사이라고. 정착할 도시로 말하자면, 규모가 작고 접근이 쉽지 않은 동시에, 주민들이 각자 일에 바빠서 이웃에 사는 사람들의 정체에 신경을 쓸 시간이 없을 정도로 비약적으로 발전하고 있는 곳이기만 하면 되었어. 게다가 이 도시의 대부분을 소유한 남자를 개인적으로 아는데, 예전에 탐정 회사의 고객이었더랬소. 조금이라도 문제가 생긴다면, 그가 내게 알려 주리라고 믿으니까.」

제니가 감명을 받았다.

「대표님은 능력이 출중한 분이에요.」

「내 일을 할 뿐이오.」

제니는 말없이도 뜻이 잘 통하는 둘 사이의 관계가 다시 시작됐음을 느꼈다.

「자, 들어들 가요, 차를 대접해야겠어요.」 잔뜩 흥분한 케이트가 말했다.

집은 베란다가 달린 2층짜리 웅장한 건물이었다. 집 안으로 들어간 제니는 자기 집에 와 있는 것처럼 편안한 느낌이 든다는 사실을 인정하지 않을 수 없었다. 벽난로에서는 불이 활활 타오르고, 그 위에 연철로 만든 동물 모형 컬렉션이 놓여 있었다. 외벽은 벽돌이었지만 내벽은 나무를 둘러놓아서, 실내는 유일무이한 특징을 갖게 되었다. 제니의 눈에 거실의 테이블에 앉아서 어떤 남자의 말을 감탄하며 듣고 있는 마거릿이 들어왔는데, 60대로 보이는 그 남자는 헝클어진 백발에 아주 잘생겼다. 두 사람은 새로 들어온 사람들은 알아차리지도 못한 채 웃음을 터뜨렸다. 케이트가 두 사람의 대화를 중단시켰다.

「매기, 누가 왔는지 맞혀 볼래?」

마거릿은 대화를 끝내지 못해서 살짝 짜증이 난 것

처럼 보였지만, 고개를 돌리자마자 그녀의 얼굴에 미소가 돌아왔다.

「제니!」

그녀는 제니를 향해 뛰어가다가 잠시 머뭇거렸고, 의문을 품은 눈길로 바라보면서 그저 손을 내밀었다. 마술사 제니는 그 눈길을 받아 내면서 영매를 포옹했다.

「난…… 어떻게? 우리 생각엔…… 그러니까 여기에…….」

제니는 로버트를 돌아보았고, 마거릿은 즉각 어찌된 일인지 이해하면서 고개 숙여 로버트에게 인사를 건넸다.

「제니, 로버트, 이분은 나이절이에요. 크랜베리를 전문으로 다루는 농장주죠.」 그녀가 손님을 가리키면서 말했다. 「이분은…… 왜 자기 농장의 베리들이 엄청난 물을 필요로 하는지 제게 설명 중이었어요……. 그리고 배츠토가 이상적인 기후이기 때문에…….」

마거릿과 그녀의 친구는 설명이 진행될수록 얼굴이 붉어졌다.

「친애하는 마거릿, 내 이야기는 나중에 들어도 돼요.」 드디어 그가 말했다. 「내일 다시 들르죠. 그사이에 오늘 내가 가져온 잼을 손님들에게 맛보게 해요. 평이 어땠는지 나중에 얘기해 주고. 내 농장에서 나온 크랜베리랍니다.」

나이절이 여전히 얼굴이 진홍빛인 마거릿과 악수를

나누더니 떠나갔고, 마거릿은 꿈꾸는 듯한 표정으로 그를 지켜보았다. 케이트가 한쪽 눈을 찡긋거리면서 마거릿을 팔꿈치로 살짝 쳤다.

마거릿은 갑자기 몽상에서 빠져나와, 그녀의 얼굴색을 떠올리게 하는 색깔의 잼이 든 단지를 조심스럽게 정리해 놓더니, 손님들에게로 돌아왔다.

「어서 앉아요, 그리고 전부 다 이야기해 줘요!」

그들 모두가 차를 한 잔씩 앞에 놓고 각자의 삶에 대해 대화를 나누는 동안, 차츰차츰 가족적인 분위기가 자리 잡았다. 폭스 자매들은 그 어느 때보다도 따뜻했고, 마을에 대한 찬사는 마를 줄을 몰랐다. 제니는 자매가 행복한 모습을 보는 것이 이번이 처음임을 깨닫고 깜짝 놀랐다. 두 자매는 미국 전체를 자신들의 발아래 두었더랬지만, 그로 인해 절망으로 치달았을 뿐이었다. 하지만 기차조차 지나다니지 않는 뉴저지 한가운데의 외딴 이 마을에서 두 사람은 온종일 불가에 앉아 이웃과 크랜베리에 관한 이야기를 나눌 뿐이지만, 이 마을은 두 사람의 마음을 기쁨으로 가득 채워 줬다. 어쩌면 뉴욕의 스포트라이트를 받는 삶은 정말이지 모두에게 적합한 삶이 아닐지도 몰라, 제니가 생각했다.

「핑커턴 씨, 놀라운 일을 해내셨어요.」 마거릿이 즐거운 어조로 말했다. 「이 집은 보물이에요. 특히나 우리가 이곳에 온 뒤로 그 누구도 우리에게 심령이니 망자니, 그런 이야기는 단 한 번도 하지 않았답니다. 사람들은 죽음을 맞고…… 그러고 나면 또 다른 사람들이 와요. 그들은 다른 것으로 넘어가죠. 무덤들이 저기 있으니, 그들이 잊는 것은 아니지만…… 그 때문에 정신이 흐려지지는 않아요. 보시다시피, 그들은 제게 크랜베리 재배에 관해서 이야기해요. 그렇게 조그마한 베리가 그렇게 흥미진진할 수 있다고 그 누가 믿었겠어요?」

「정말로 관심이 가는 베리는 그분의 자그마한 베리뿐이잖아?」

「케이트, 그만해, 너는 이제 엄마라는 걸 내가 꼭 일깨워 줘야겠니.」

「재미를 보는 데 나이가 어디 있어.」

케이트가 찬장에서 잼 단지를 꺼내 왔다.

「어, 선물이라고! 그거 내…….」

「그분이 우리보고 맛보라고 했잖아!」

그녀는 과일 잼을 보호하는 파라핀 덮개를 제거했다.

「케이트…… 그러기만 해봐…….」

하지만 동생은 벌써 잼 단지에 검지를 푹 담갔고, 그러더니 손가락을 입으로 가져갔다.

「으으음…… 이거, 정말 최상품인데!」

마거릿은 짜증이 나서 뾰로통한 표정을 지었다가 길게 한숨을 쉬었다.

「보셨죠? 내가 뭘 데리고 사는지.」

네 사람은 화기애애하게 웃음을 터뜨렸고, 케이트는

잼 단지를 로버트에게 넘겼다.

「나는 마거릿의 초대객이 하라는 대로 따랐을 뿐이야.」

로버트는 잼 단지를 받아 들고, 이번에는 자신이 맛을 보았다.

「정말 맛이 있소.」

로버트는 잼 속에서 뭔가를 보기라도 한 듯이, 잼의 몽글몽글한 붉은 덩어리를 응시하면서 잠시 당혹스러워했다.

「이러고 싶지 않소만…… 여러분의 유쾌한 기분을 망치고 싶지 않소만…… 그래요, 계속 머릿속을 떠나지 않는 의문점이 하나 있어서…… 그 이야기를 안 할 수가 없군.」

두 자매가 조용해지면서 그를 바라봤는데, 그는 여전히 크랜베리 단지에서 눈을 돌리지 못하고 있었다.

「제니와 나, 우리는 폭스 농가의 지하실을 파보았소. 이 모든 일이 시작되던 첫날 밤, 두 분이 심령에게 이야기를 했던 바로 그 장소지. 그러다가…… 우리는 시신 한 구를 발견했다오.」

마거릿이 눈을 휘둥그레 떴다.

「차…… 찰스인가요?」

「나도 모르오. 오래전부터 그곳에 있었다는 것, 그게 내가 말할 수 있는 전부니까. 불행히도 나는 그와 이야기를 나눌 재주가 없었으니. 내 질문은, 그건…… 두 분은 어땠었소?」

두 자매는 똑같이 생각에 잠긴 표정을 지었다. 걸어온 길이 서로 달랐지만, 두 여성은 서로 닮지 않았던 적이 없었다.

「두 분은 우리를 미쳤다고 생각할 거예요. 그건…… 그건 어리석으니까.」 마거릿이 말했다.

「매기, 그 모든 일은 이제 다 끝났어. 우리가 리아를 다시 볼 일은 없을 거잖아. 그러니까 두 사람에게 말해도 되지 않을까?」

「우린 아이였지, 어쨌든 너는 그렇게는 생각지 않…….
그러니까…….」

두 자매는 마치 제니가 답을 알고 있다는 듯이 제니를 돌아보았지만, 제니는 두 사람을 말없이 지켜볼 뿐이었다.

「그 모든 일은 40년 전에 벌어졌잖아요. 당시 난 열두 살이었고, 매기는 열다섯 살이었죠.」 케이트가 설명했다. 「우리는 아무것도 없는 환경에 고립되어 있었어요. 정말이지 친구도 없었고, 우리에겐 서로가 전부였어요. 그래서 1848년 3월의 그날 밤, 사람들이 우리 집으로 몰려들어 왔을 때, 우린 우리가 시작했던 심령 이야기를 끝까지 책임졌어요. 우리는 시간을 들여 발가락을 튕겨 소리를 내는 연습을 했더랬죠, 아시겠어요? 우리는 우리가 했던 그 모든 연습이 헛되지 않기를 바랐어요. 그런데…… 진실은, 그건, 매기와 나, 우리가 진짜로 뭔가를 느꼈다는 거예요. 대변인 역할을 하던 의사가 묻는 질문마다, 우리는 서로의 의견을 타진해

볼 수조차 없었는데도, 자연스럽게 둘이 완벽하게 동시에 답을 냈더랬죠. 우리가 미리 의견의 일치를 보았던 건, 아무 데나 써먹을 수 있는 사탄 씨라는 이름을 가진 심령으로 하자는 것뿐이었어요. 하지만 밤중에 질문들이 이어질수록 찰스 B. 로마는 형체를 갖추어 갔고, 그리고…….」

제니와 로버트는 케이트의 입술만 쳐다보고 있는데, 케이트는 정확하게 표현하는 데 어려움을 느끼는 듯했다.

「그리고……?」 탐정이 물었다.

「그리고…… 우리 머릿속에서 그 목소리가 들렸어요, 우리가 해야 할 대답을 중얼대는 그 목소리가.」 마침내 마거릿이 털어놨다. 「하지만 그 사람의 시신이 발견되지 않았기 때문에, 사람들은 그것이 그저 자매 사이에 통하기 때문에 그런 거라고 생각했죠. 하지만 이제…… 이제…….」

「이제, 청중이 당신들에게 반기를 들게 했던 그 정신 나간 큰언니가 옳았던 게 아닌가 하는 의문이 드는 거죠.」 제니가 말했다.

케이트가 창가로 가서 아들이 가정부가 지켜보는 가운데 풀밭을 뒹구는 모습을 바라봤다.

「우리가 마지막 공연을 하고 난 뒤로, 그런 생각이 머릿속을 떠나지 않아요. 어떻게 미국의 소도시에 살며 가톨릭 신자인 두 어린아이가 망자들이 말하게 하겠다는 생각을 할 수 있었을까? 어떻게 해서 그런 생각을 하게 됐는지 더 이상 기억조차 나지 않아요. 사실…… 내 주위에서 뭔가 이상한 것이 느껴진다고 늘 속으로 생각했지만, 그걸 진정으로 받아들일 수도 거부할 수도 없었더랬죠. 리아가 준비하는 고객 정보 말고도 늘 머릿속에서 어떤 목소리가 들렸고, 그 목소리가 내게 해주는 말을 딱딱 소리를 통해서 그저 옮겨 줬어요. 그런데 그 목소리는 상담이 끝나고 나서도 입을 다물지를 않았고, 늘 내게 하고 싶은 이야기가 더 많았죠. 그래서…….」

「알코올요.」 제니가 대신 말을 맺었다.

「그렇지. 매기와 나, 둘 중 누가 시작했는지 말할 수는 없지만, 내가 보기에 그건 바닥없는 구렁으로 추락하는 거였어요. 그게 나 자신과 평화롭게 지내는 유일한 수단이 되었죠. 그래야 목소리들이 그쳤으니까. 상담하는 동안에는 리아의 지시를 따랐지만, 나를 가만히 내버려 두는 한, 난 신경 안 썼어요. 그러다가 어느 저녁, 내가 술을 너무 많이 마시고 말았죠. 리아가 어린이 보호 연맹을 불렀고, 나는 아들의 양육권을 빼앗겼어요. 퍼디낸드를 빼앗기고 나서야 심령주의가 나를 죽이고 있음을 깨달았고요. 그래서 오빠 집으로 자취를 감추기로 결심했던 거예요.」

마거릿이 일어서서 케이트에게 갔다.

「하지만 이제 끝났잖니. 그 모든 건, 이전 우리의 삶이었지. 이제, 퍼디낸드가 돌아왔어.」

제니가 일어섰다. 탐정의 질문은 그녀가 물었던 마

지막 질문과 딱 맞아떨어졌다. 폭스 자매는 이미 진짜로 망자들과 소통을 했을까?

「난…… 이기적으로 보일 수 있다는 것은 알지만…… 내겐 늘 소통해 보고 싶었던 누군가가 있어요. 마거릿이 그에게 말을 하는 데 성공했지만, 내가 그 순간에 헤이즐 바월의 행세를 했죠. 두 분에게 너무 많은 요구를 하는 것임을 알지만, 마지막으로 호의를 베풀어서 그를 다시 불러 줄 수 있나요. 그의 목소리를 듣는 것이 나로서는 다른 것으로 넘어갈 수 있는 유일한 방법이라고 믿어요.」

자매는 제니가 누구를 가리키는지 잘 알기에 잠시 뜸을 들였다.

「그 병사, 맞죠?」 마거릿이 물었다.

「내 아버지였어요.」

케이트가 침을 꿀꺽 삼켰고, 그녀의 손이 떨렸다.

「좋은 생각 같지 않은데.」

「이봐, 케이트, 제니는 한 번도 아버지를…….」

「매기, 이제야 여기서 좀 편안해졌는데, 저기…….」

케이트가 하늘을 향해 손짓을 했다.

「……그 모든 것으로부터 멀리 떨어져서.」

영매 케이트가 젊은 제니의 손을 잡았다.

「내가 당신에게 해주려는 이야기를 이해하는 데 시간이 좀 걸렸어. 하지만 당신이 사후 세계에 대한 나의 폭넓은 경험을 신뢰하면 좋겠군. 그러니 내 말을 주의 깊게 들어. 내 태도가 수상한가, 내가 거짓말을 하나,

그런 걸 살피려고 애쓰지 말고, 그저 당신의 정신을 활짝 열어 줘. 내 말을 무조건 믿으라고 요구하는 게 아니라, 내 말의 의미를 이해하려고 노력해 달라는 거야. 이제 내 입에서 나올 말은 아마도 당신 인생에서 가장 중요한 말이 될 테니까. 그렇게 할 수 있을 것 같아?」

제니는 그것이 영매의 손을 잡음으로써 생겨난 신체적 접촉에서 비롯된 것인지, 혹은 그것이 그녀의 크게 뜬 밤색 눈 때문인지 콕 집어 말할 수는 없었겠지만, 그 순간 실제로 케이트와 연결되었다고 느꼈는데, 마치 케이트가 자신이 세상에 감춘 모든 것을 실제로 꿰뚫어 볼 수 있는 것만 같았다. 제니는 자신이 벌거벗겨졌다고 느꼈지만, 심판의 대상이 되었다고 느끼진 않았다. 어쩌면 바로 거기에 폭스 자매의 진정한 재능이 있는 건지도 몰랐다. 상처 입은 영혼을 들여다볼 수 있는 창을 내고, 그 영혼을 어떻게 치유해야 할지를 정확하게 볼 수 있는 능력.

제니가 삶의 흐름을 바꿔 놓을 교훈을 들을 준비를 하고, 고개를 끄덕였다.

「당신이 아버지를 만난 적이 없다고 해도, 아버지는 늘 당신과 함께했어. 당신이 연습을 할 때마다, 당신이 공연을 할 때마다, 당신은 늘 그분의 일부를 전달했어. 하지만 이제, 그분을 더 나은 세계로 떠나도록 놔줘야 할 때지. 이곳으로 그분을 데리고 오는 것은 그분을, 또한 우리를, 특히 당신 자신을 벌주는 것과 진배없어. 나는 기꺼이 당신이 그 무게로부터 벗어나도록 돕겠지만, 당신만이 그 무게를 벗어 던질 수 있는 유일한 사람이야.」

그 순간, 제니는 그를 느꼈다. 제니는 아버지가 사람들이 침이 마르게 좋다고 칭찬하는 그 더 좋은 세계를 향해서 올라가려고 절망적으로 애를 쓰지만, 딸아이와 뒤섞여 있는 바람에 그러지를 못하고, 머리 가죽이 벗겨진 채 자신의 등에 들러붙어 있는 모습을 보았다. 제니는 자신이 자신의 삶을 바쳐 가며 애도하느라, 이곳 이승에 가둬 둔 심령의 생생한 무게를 온몸으로 느꼈다.

제니는 가방을 뒤져서 『마술의 길』을 꺼냈다. 수사본의 표지는 어찌나 낡았는지 모서리가 둥글게 닳아 있었다. 책을 쥐고 있던 제니는 자신이 그 책을 어찌나 세게 움켜쥐었는지 손가락 끝이 허옇게 질려 있음을 알아챘다.

마거릿이 다가와서 제니의 어깨에 손을 올려놓았다.

「이 책을 그분이 썼어요?」

「내게 있는 아버지의 유품은 이게 다예요. 아버지가 내게 말해 주지 못했던 모든 것이 그 안에 들어 있어요. 그것은…… 그러니까 관찰하고 즐겁게 해주고 훈련하는 법을 가르쳐 줬지요……. 그것은, 그분은, 그분은…… 그리고 여러분은…… 내 생각에는…….」

그녀는 손이 벌벌 떨렸고 두 눈알이 따끔거렸다. 제니는 방금 심령주의의 진정한 비밀을 간파했다. 폭스가의 두 자매는 그 일을 하도록 강요당하지만 않는다면 정말로 망자들과 소통할 수 있었다. 그런 능력을 지닌 두 사람이 교령 상담을 거절했다면? 제니가 자신의 삶을 규정했던 책에 눈길을 주었던 이래로 열망했던 상담인데!

「여러분은 내가 어느 순간에 회사의 대표가 되었음을 깨달았는지 아오?」

그 말은 로버트의 입에서 나왔다. 여전히 의연하게 의자에 앉은 채, 두 손에 잼을 잔뜩 묻히고서. 제니는 가까스로 그에게 주의를 기울였다.

「핑커턴사를 위해서 나만의 설명을 쓰면서부터요. 사실대로 말하자면, 두 분의 충고를 받아들여서, 나만의 지침서를 만들기 위해 내용을 업데이트하기 시작했소. 시대가 바뀌고 우리의 수사도 바뀌었으니, 시류를 따라서 새로이 추가해야 할 사항들이 있으니까.」

「그런 말을 하는 저의가 뭐예요?」 마술사 제니가 울음을 삼키는 사이사이 물었다.

「내가 하고자 하는 말은, 당신에게는 그 구닥다리 가르침을 모아 놓은 책이 이제 필요 없다는 거예요. 당신이 공연하는 모습을 봤는데…….」

제니는 책을 가슴팍에 꼭 붙였다.

「틀렸어요. 내가 해낸 모든 일은 이 책에서부터 나오는 거예요. 아버지에게서 전부 다 훔쳐 낸 거라고요. 어쩌면 그것이 내가 만들어 낸 유일한 진짜 마술일지도 모르죠. 그게 내게서 나온 거라고 여러분 모두가 믿게 만든 것.」

「그건 거짓말인데. 이곳에 오면서 당신이 잠자는 동안 그 책을 넘겨 볼 시간이 있었소. 그 어느 부분도 내가 토니의 극장에서 봤던 것과 들어맞지 않더군. 그런데 내가 당신에게 증명해 보여야 할 게 뭐가 있을까? 사실 당신이 나보다 훨씬 더 잘 알고 있는데. 나는 기꺼이 당신이 이 고비를 넘도록 돕고 싶소. 그 고비를 나 자신도 넘어 봤는데, 몹시 어려웠으니까. 제니, 당신이 아버지의 책과 헤어질 수 있다는 것을 나는 알아요.」

로버트는 실내를 둘러보았고, 그의 눈길이 불길이 점차 약해지기 시작한 벽난로에 머물렀다. 케이트가 그의 눈길을 따라갔다.

「윌리엄이라면 물론 찬성할 텐데.」 영매가 놀림조로 말했다.

제니는 가슴팍에서 수사본을 떼어 내어 다정하게 쓰다듬었다. 가죽 제본은 제니가 그 동작을 어찌나 수도 없이 되풀이했는지 맨들맨들했다. 머릿속으로 각 장의 내용을 되짚어 보면서, 제니는 자신의 마지막 공연에 책에 담긴 마술이 거의 반영되지 않았음을 인정해야 했다. 제니는 수사를 마무리 지은 뒤, 영점에서부터 출발하여 공연 내용을 전반적으로 전부 손보았기 때문이었다.

「어쩌면…… 당신이 옳을지도 모르겠군요.」

제니는 무거운 발걸음으로 벽난로로 다가갔다. 불 앞에서, 제니는 마지막으로 한 번 더 아버지가 남긴 책을 열어 보고 싶어서 망설였다.

「가장 힘든 일, 그건 놓아 버리는 거예요.」 마거릿이 말했다.

제니는 불길 위로 책을 갖다 댔고, 돌이킬 수 없는 것으로 판명될 선택을 다그치는 열기가 곧 팔뚝을 휘감아 옴을 느꼈다. 그녀의 손이 떨렸고, 제니는 자신이 앞으로 나아가기를 원한다면 유일한 해결책은 이 책을 불길에 던지는 것임을 알면서도, 아버지의 마지막 유품에 매달려 보려고 애를 썼다. 제니는 자기 자신만의 길을 개척하는 유일한 방법이 남들이 다 갔던 길을 따라가기를 그만두는 것임을 깨닫고, 드디어 결심을 굳혔다.

「안녕히 가세요, 아빠.」 제니가 목이 메어 중얼거렸다.

책이 떨어지면서 뜨거운 불티가 잔뜩 튀었고, 잉걸불이 거의 꺼질 듯했다. 하지만 고작 몇 초가 지났을 뿐인데, 불길이 다시 기운차게 일어나면서 『마술의 길』을 잿더미로 만들었다. 표지는 그보다 조금 더 버텼지만, 곧 쪼그라들고 부풀어 오르다가 탁탁 튀어 오르는 불길에 삼켜졌다.

제니는 자신의 몸이 가벼워진 것 같은 야릇한 느낌을 받았다. 그녀는 자신의 손을 응시했고, 그 손을, 벽난로의 오렌지 빛에 물든 장밋빛 손가락을, 처음으로 발견한 듯했다. 그녀의 등에는 이제 아무것도 없었다. 세상의 무게가 마침내 그녀의 어깨에서부터 떨어져 나간 것 같았다.

제니는 벽난로 속의 장작을 유심히 살피면서, 자신에게 그토록 많은 위안을 안겨 줬던 책의 마지막 흔적을 찾아 봤지만, 이미 완전히 사라지고 없었다.

로버트가 제니의 뒤에 와서 섰고, 그의 든든한 존재가 제니가 정신을 추스르게 해줬다.

「이제, 이러고 난 뒤에는요?」 그녀가 그에게 물었다.

「당신만이 그 질문에 대한 답을 갖고 있소, 제니.」

40
『마술사 수습생의 성찰』
제니 마턴

당신에게 마술 이야기를 하고 싶다. 당신이 거리 공연이나 혹은 뉴욕의 극장에서 볼 수 있는, 마술사의 능란한 손길로 행해지는 그런 마술만을 이야기하는 것은 아니다. 그렇다, 나는 당신에게 또 다른 유형의 마술, 그러니까 일상에서 우리에게 생기를 불어넣는 마술, 살다가 겪게 되는 불행과 어려움에도 불구하고 우리가 계속해서 매일 아침 일어나 최선을 다할 수 있게 도와주는 마술, 그런 마술에 대해 말하고 싶다.

나는 늘 모든 것에서 의미를 찾아내고, 나의 행위 하나하나를 정당화하고, 마술이라는 예술을 행하면서 완벽을 추구하고 싶어 하는 실수를 저질렀다. 나는 그렇게 함으로써, 나 스스로 그저 누군가의 문하생이 되었지, 마술사가 되지는 못했음을 깨달았다.

진정한 마술사는 공연을 하거나 사람들을 만나거나 살아가는 시간 동안, 사람들이 가능한 것에 대해 갖는 인식을 바꿔 줄 수 있는 사람이다. 그는 관객이 깜짝 놀라서 쳐다보는 가운데 현실 세계의 규칙들을 비트는 데 성공하고, 관객이 믿어 왔던 그 모든 것을 넘어서서 관객 스스로 만들어 내는 새로운 세계를 그들에게 제공한다.

그렇게 되면 마술의 비법은 그다지 중요하지 않으며, 자신을 갉아 대는 불신으로부터 해방되기 위해서 관중이 그 비법을 알아야 할 필요도 없다. 왜냐하면 만약 마술사가 아무리 잠깐일지라도 관객을 떠나지 않는 불신의 거품을 터뜨려 주기에 이른다면, 그는 관객의 삶을 영원히 변화시켜 놓는 셈이기 때문이다.

역사적 사실을 이야기하자

폭스 자매와 핑커턴 탐정 회사는 실제로 존재했다.

폭스 자매는 1848년에 심령들과 최초의 〈대화〉를 나누었다.

핑커턴 탐정 회사는 1850년에 문을 열었다.

진짜 폭스 자매

1881년 런던에서 남편이 사망하자, 케이트는 돈 한 푼 없는 상태가 되어 술에 빠져 절망을 달랜다. 파산한 그녀는 다시 뉴욕으로 돌아와, 영매의 재능으로 생활을 영위할 수 있기를 바란다. 하지만 불행히도 그녀의 음주벽은 심령주의 공동체 안에서 그녀에게 좋지 않은 평판을 안겨 주게 되고, 고객이 떨어져 나가게 된다. 그녀는 막 조직된 기구인 아동 보호 연맹에 곧 어린 아들 퍼디낸드(또 다른 아들인 헨리 주니어는 어린 나이에 사망했다)를 빼앗기게 된다. 이 일로 케이트는 더욱더 거세진 자학의 회오리에 휘말려 들어갔고, 의식을 잃을 정도로 술에 취하는 일이 자주 벌어진다.

한편, 마거릿은 리아가 채운 족쇄에서 벗어나기 위해 여러 번 뉴욕을 떠났지만, 결국에는 늘 되돌아오고 만다.

1888년, 마거릿은 케이트가 빠져든 상태를 보고 리아를 비난하면서, 『뉴욕 헤럴드』지와의 접촉을 시작으로 행동에 나서기로 결심한다. 그녀는 독점 인터뷰에서, 교령회에서 심령주의라는 사기의 정체를 밝히겠다고 관중에게 약속한다. 그녀는 인터뷰에 더해서 「심령주의를 내리친 최후의 타격」이라는 제목의 보고서를 기자와 공동으로 저술한다. 그 보고서는 심령주의란 리아가 꾸민 거대한 사기극으로, 40년간 지속되었다고 주장한다.

1888년 10월 21일, 뉴욕의 시립 음악원 무대에 오른 그녀는 2천 명의 관객 앞에서, 두 자매의 이름으로 발언을 한다. 그 자리에서 그녀는 딱딱 소리를 내는 심령들은 사실은 발가락을 튕기는 소리일 뿐이라고 설명한다.

그때부터 심령주의 운동은 수많은 신자를 잃고 분열을 겪는다. 한편에는 마거릿이 자기 자신의 재능을 깎아내리도록 돈에 매수되었다고 생각하면서 리아 곁에 남은 충성스러운 사람들과, 다른 한편에는 결속이 깨지자 이번 기회가 폭스 자매에게서 스타의 자리를 빼앗아 올 기회라고 본 영매들이 있었다. 어쨌든 심령주의는 너무 널리 퍼져 있는 데다가 이미 수많은 분파로 나뉘었던 만큼, 결국 그러한 폭로로도 심령주의 운동은 기세가 꺾이지도 않고 영향력을 상실하지도 않는다.

1889년, 마거릿은 고백을 뒤엎고 다시 과거의 영광을 되찾으려고 하지만 이미 너무 늦어 버린 터라, 관중은 더 이상 그녀에게 관심을 보이지 않는다. 집세를 내지 못하여 집에서 쫓겨난 그녀는 친구인 어떤 영매의 집에 기거하다가, 그곳에서 1893년에 사망한다.

한편, 케이트는 상태가 점점 악화되기만 하다가, 1892년에 거리에서 사망한다.

리아는 1890년, 호사를 누리다가 사망했다. 그녀가 두 동생보다 일찍 죽음을 맞기는 하지만, 그녀가 마거릿보다 스무 살이, 케이트보다는 스물네 살이 많다는 사실을 잊어서는 안 된다.

그녀는 두 동생이 자신에게 보이는 증오를 결코 이해하지 못했는데, 자신은 늘 두 동생을 도우려고 했다고 생각했다.

이 이야기는 폭스 자매가 사망하여도 중단되지 않는다. 1904년, 하이즈빌의 농가에서 놀던 아이들이 지하실의 벽 사이에 박혀 있던 해골의 나머지 부분들을 발견한다. 즉각 불려 온 지역 의사는 발굴된 뼈의 나이가 50대라고 추정함으로써, 두 자매가 연 첫 교령회의 신뢰도를 올려 줬다.

5년 뒤, 또 다른 의사가 그 해골을 검사한다. 그는 그것이 이상하다고 생각했는데, 인체의 주요 뼈들이 없는 대신 다른 뼈들이 많다는 이야기를 한다. 심지어 닭 뼈도 몇 개 발견한다. 그는 급하게 자신이 내린 결론을 언론에 알린다.

오늘날에도 회의론자들은 폭스 자매는 사기꾼이었다고 말하고, 그들의 지지자들(여전히 남아 있다)은 세상이 심령과 소통할 수 있는 여성들의 명성을 더럽히기 위해서 온갖 짓을 다 했다고 말한다.

개인적으로 나는 폭스 자매들이 그러한 결말을 맞아 마땅하다고 생각하지 않는다. 그런 이유로 내 마음대로 그들이 뉴저지의 외딴집에서 평화로운 은퇴 생활을 허구로나마 누리게 하고, 케이트가 알코올 의존증에서 빠져나와 다시 아들과 만날 수 있게 했다. 나는 자매에게, 자매가 소원했지만 삶이 그들에게 결코 부여한 적이 없던, 심령주의로부터의 결정적 탈출을 선사하고 싶었다.

이러한 도주가 그럴 법하게 만들기 위해서, 나는 핑커턴 회사와 그 탐정 회사의 설립자인 앨런 핑커턴의 두 후계자에게 도움을 청했다.

핑커턴 탐정 회사

앨런 핑커턴은 1819년 스코틀랜드의 글래스고에서

태어났다. 그는 1842년에 미국의 일리노이주 던디로 이주하여 통 제조업에 종사한다. 그는 통 제조에 필요한 원자재를 찾아 던디 근처의 작은 섬에서 숲을 탐사하다가 이상한 남자들과 맞닥뜨리고, 범죄를 의심하게 된다. 그가 지역 보안관에게 알리지만, 보안관은 일개 시민의 의심을 받아들여 섬 전체를 감시하는 것 말고도 다른 할 일이 있다고 대꾸한다. 그리하여 앨런은 직접 나서서 그 장소를 밤낮으로 감시하는 일에 뛰어든다. 그는 암시장을 발견하자, 자신이 거주하는 도시에서 자원자들을 모은 뒤 보안관을 데리고 범죄자들을 현행범으로 체포한다. 덕분에 화폐 위조범들은 일망타진된다. 이 사건 덕분에 그는 1849년 시카고 경찰과 공조하는 최초의 탐정이 된다. 한 해 뒤인 1850년, 그는 핑커턴 전국 탐정 회사를 설립한다.

초기에 회사는 말 절도와 열차 습격을 전문으로 맡는다. 그러다가 성공을 거두면서 활동 영역을 넓히게 된다. 핑커턴은 범죄자들이 다른 주로 달아난다 해도 그들을 계속 추격할 수 있었기에, 연방 경찰의 빈틈을 메운다는 최대 장점을 살려 미국 전역에 지점을 연다.

경찰의 공식 기구가 아니었기에, 앨런은 잠입 수사처럼 그때까지 본 적 없던 수사 기법을 사용한다. 그는 또한 갱스터들과 정기적으로 공조하여 다른 갱스터들을 꼼짝 못 하게 몰아붙이고 심문한다. 마침내, 그는 주저치 않고 여성을 현장 요원으로 활용하기에 이른다 (비록 핑커턴 회사의 남성 요원들에게서 반대가 있었지만).

최초의 여성 요원인 케이트 원은, 남자들은 자신의 범죄 행위를 그들의 여자들에게 떠벌리는 경향이 있으며, 범죄자의 여자들은 속속들이 지켜볼 수 있는 동시에 고립된 경우가 많다고 설명하면서, 앨런이 자신을 고용하도록 설득했던 듯하다. 또한 그녀로서는 그들과 친교를 맺는 일이 쉬울 텐데, 이는 남성 탐정들은 해낼 수 없는 일이라는 논리를 편 것으로 추정된다.

남북 전쟁 시기 맡게 된 에이브러햄 링컨의 경호 임무 당시, 대통령이 기차로 이동하던 중 원 요원에게 잠시 쉬라고 제안했지만, 그녀는 미국의 대통령이 안전하게 목적지에 도착해야만 잠자리에 들 거라고 대답했다고 한다. 이 일화에서 핑커턴사의 슬로건, 〈우리는 결코 잠들지 않는다〉가 탄생한 듯하다.

곧, 핑커턴은 미국에서 하나의 준거가 된다. 그는 노예제 폐지에 동참했는데, 이러한 사실은 바로 링컨의 눈에 띄었고, 대통령은 그를 연방 정보 부서(연방 비밀 정보기관의 전신)의 수장으로 임명한다.

핑커턴사의 쇠락을 촉발한 수사는 제시 제임스 사건이었다.

제시는 남군을 지지하는 미주리주의 폭력적인 무법자로서, 남북 전쟁 동안 매복 기습 공격으로 여러 차례 북부군 병사들의 목숨을 앗아 갔다. 전쟁이 남군의 패배로 끝난 뒤, 제시와 프랭크 형제는 여러 갱들과 동맹을 맺고 중서부 지역에서 은행, 합승 마차, 열차를 습격한다. 그 누구도 그를 잡지 못하자, 1874년 번창하던 투자 회사인 애덤스 익스프레스 컴퍼니가 핑커턴에게 문제 해결을 의뢰한다.

남군 출신들이 권총 강도들을 후원하고 탐정 회사 사람들을 방해하며 도움을 주는 바람에, 수사하기가 까다로웠다. 제시의 어머니인 제럴다의 농장에 잠입한 요원 한 명이 곧 사망한 채 발견된다. 이번에는 또 다른 요원이 동료의 복수에 나섰다가 죽음을 맞게 되나, 제시의 부하 갱스터 한 명을 죽이는 데 성공한다. 앨런은 이 두 가지 범죄를 자신에 대한 개인적인 보복으로 간주한다. 그리하여 1875년 1월 25일 아들인 윌리엄 핑커턴이 주축이 되어 제럴다의 농장을 공격하며 화염 폭탄을 던진다. 이 일로, 제시의 이복동생이 사망하고, 그의 어머니는 팔을 하나 잃는다.

이 공격의 폭력성과 당시 사용된 방식을 놓고 지역 신문이 떠들어 대자, 미주리주의 주지사는 그 야만적 행위에 대한 사과의 의미로 제시와 프랭크 제임스 형제에게 사면을 베푼다. 이렇게 방화를 동원한 공격 덕분에 제시 제임스는 일약 지역의 영웅으로 우뚝 서게 되었고, 그에 관한 전설은 여러 세기가 지나도록 살아남는다. 그 사건은 오늘날에도 여전히 핑커턴 탐정 회사의 가장 큰 실패로 간주된다.

1884년, 앨런 핑커턴은 인도에서 넘어지는 바람에 혀를 세게 물면서 생긴 상처가 감염이 되었고, 그로부터 몇 주 뒤 괴저로 인해 사망에 이르게 된다. 미국의 온갖 범죄자들과 척졌던 사내의 야릇한 종말이었다.

그의 두 아들인 로버트와 윌리엄이 그의 뒤를 잇는다. 로버트는 미국 동부(뉴욕)를 책임지고 윌리엄은 서부(특히 본사가 있는 시카고의 사무실들)를 책임진다.

노동 운동이 발전하면서 분쟁이 발생하게 되자, 핑커턴은 고용주 편에 섰고, 연거푸 실패한다. 1892년, 제철소인 홈스테드 파업 당시, 핑커턴사의 요원 3백 명이 노조 측에 의해 체포되고 분노한 노동자들의 조롱을 받으면서 쫓겨난다. 1893년에는 정부가 사설탐정의 도움을 받지 못하도록 금하는 반(反)핑커턴 법이 제정되기까지 한다.

실제로, 특히 번스 탐정 사무소 혹은 핑커턴 출신의 요원이 설립한 틸 탐정 회사 등 수많은 경쟁자가 나타난다.

1900년, 핑커턴사는 다시 한번 와일드 번치(부치 캐시디가 이끌었던 갱단으로, 이로부터 영감을 받아 「부치 캐시디와 선댄스 키드」라는 같은 이름의 영화가 만들어지기도 했다) 사건을 맡아 대실패를 겪는다.

1907년, 로버트가 심장 마비로 사망한다.

1910년부터 핑커턴 탐정 회사는 정기적으로 고용주들의 의뢰를 받아 노조의 부상(浮上)에 맞서 파업을 진압한다.

핑커턴사는 탐정 활동을 넘어서서 민간 군사 기업이 된다.

윌리엄은 1923년에 사망한다.

핑커턴사는 계속 외연을 확장해 왔고, 오늘날에도 존재한다. 1999년, 5만 요원을 거느린 핑커턴사는 34억 유로 상당의 평가 금액으로 시큐리타스 AB 보안 회사에 인수되었다.

참고 문헌

심령이라는 주제에 관심이 있고 영어권 독자가 아니라면, 비비안 페레Vivianne Perret의 『심령이여, 거기 있는가? *Esprit, es-tu là?*』를 권한다. 이 에세이는 폭스 자매뿐만 아니라 심령주의 전반을 다룬다. 예를 들어, 서구 심령주의의 주요 인물인 알랑 카르데크Allan Kardec[14]와 같은 드루이드 승에 대해 파고들면서 특히, 프랑스에서 심령주의가 차지하는 위상에 대해 말한다.

19세기 미국의 언론에 실렸던 기사의 경우, 〈서지학 및 검색 센터Center for Bibliographical Studies and Research〉 사이트를 활용했다. 핑커턴 형제에 관한 자료가 희귀한 상황에서, 그 사이트 덕분에 핑커턴 형제의 행보를 찾아낼 수 있었다.

핑커턴의 수사 기법에 관해서는, 앨런 핑커턴이 직

14 본명은 이폴리트 레옹 드니자르 리바이Hippolyte Léon Denizard Rivail(1804~1869). 프랑스의 철학가이자 교육가이며, 심령주의 철학의 창시자. 〈알란 카르데크〉는 드루이드 승이던 전생에 사용했던 이름.

접 작성했고 다양한 사건에 대해 기술하고 있는 열한 권의 저작에 의거했다. 이 책들은 요원들의 보고서 덕분에 자료 조사 측면에서 뛰어났다.

여성 요원의 수사에 관한 정보는, 크리스 엔스Chris Enss의 『핑커턴의 여성 요원들*The Pinks*』을 참조했다.

핑커턴에 관심이 생겼고 영어권 독자가 아니라면, 소박하게 『핑커턴』이라는 제목을 붙인 프랑스의 만화를 소개한다. 이 만화에서는 〈제시 제임스 사건 — 1875년〉을 비롯해 탐정 사무소를 거쳐 간 다양한 사건들에 대해 들려준다.

만화 『핑커턴』의 글 작가인 트리스탕 게랭Tristan Guérin은 로버트와 윌리엄이라는 인물 창조에 엄청난 도움을 주었다. 감사드린다.

감사의 말

내가 이 글을 읽고 또 읽으며 개선할 수 있게 도와주고 완벽한 지지를 아끼지 않은 라파엘 비스뮈, 아르튀르 아미엘, 로라 시코, 그리고 세바스티앵 리셰.

폭스 자매를 발견하게 해준 책 『만물상*Le Cabinet des curiosités*』의 저자 파트리크 보.

나의 취미를 직업 활동으로 이어 갈 수 있도록 늘 격려를 아끼지 않은 부모님.

그리고 끝으로 이 책이 빛을 볼 수 있게 도와준 티에리 비야르 편집장.

이들 모두에게 감사드린다.

옮긴이 **정혜용** 서울대학교 불어불문학과와 동 대학원을 졸업하고 파리3대학 통번역 대학원(ESIT)에서 번역학 박사 학위를 받았다. 현재 번역 출판 기획 네트워크 〈사이에〉 위원으로 활동 중이다. 지은 책으로 『번역 논쟁』이 있고, 옮긴 책으로 아니 에르노의 『한 여자』, 『집착』, 『카사노바 호텔』, 『그들의 말 혹은 침묵』, 마일리스 드 케랑갈의 『살아 있는 자를 수선하기』, 『식탁의 길』, 레몽 크노의 『연푸른 꽃』, 『지하철 소녀 쟈지』, 마리즈 콩데의 『세구: 흙의 장벽』 전 2권, 『나, 티투바, 세일럼의 검은 마녀』, 『울고 웃는 마음』, 바네사 스프링고라의 『동의』, 발레리 라르보의 『성 히에로니무스의 가호 아래』, 앙드레 고르스의 『에콜로지카』, 에두아르 루이의 『에디의 끝』, 쥘리 마로의 『파란색은 따뜻하다』 등이 있다.

심령들이 잠들지 않는 그곳에서

발행일 **2023년 1월 10일 초판 1쇄**

지은이 **조나탕 베르베르**
옮긴이 **정혜용**
발행인 **홍예빈 · 홍유진**
발행처 **주식회사 열린책들**

경기도 파주시 문발로 253 파주출판도시
전화 **031-955-4000** 팩스 **031-955-4004**
www.openbooks.co.kr

ISBN 978-89-329-2294-2 03860